CRIME E CASTIGO

ПРЕСТУПЛЕНІЕ

И

НАКАЗАНІЕ

РОМАНЪ

ВЪ ШЕСТИ ЧАСТЯХЪ СЪ ЭПИЛОГОМЪ

Ѳ. М. ДОСТОЕВСКАГО

ИЗДАНІЕ ИСПРАВЛЕННОЕ

ТОМЪ II

ПЕТЕРБУРГЪ

Изданіе А. Базунова, Э. Праца и Я. Вейденштрауха

1867.

Na página anterior, a reprodução do frontispício da edição definitiva de *Crime e Castigo*, do ano de 1867. A obra foi publicada originalmente entre os meses de janeiro e dezembro de 1866 na revista moscovita *Rússkii vêstnik* (Mensageiro russo).

CRIME E CASTIGO

FIÓDOR DOSTOIÉVSKI

Tradução, notas, prefácio e
cronologia biográfica do autor
Oleg Almeida

MARTIN CLARET

Título original: *Преступление и наказание*
(*Prestuplênie i nakazánie*)

Ano da primeira publicação:1866

Direção	Martin Claret
Produção editorial	Carolina Marani Lima Mayara Zucheli
Direção de arte e capa	José Duarte T. de Castro
Diagramação	Giovana Gatti Leonardo
Ilustração de capa e guarda	Julio Carvalho
Preparação	Leonardo Almeida
Revisão técnica	Marcelo Maia Torres
Revisão	Rubelita Pinheiro Waldir Moraes Alexander Barutti A. Siqueira
Impressão e acabamento	Geográfica Editora

Este livro segue o novo Acordo Ortográfico da Língua Portuguesa.

Dados Internacionais de Catalogação na Publicação (CIP)
(Câmara Brasileira do Livro, SP, Brasil)

Dostoiévski, Fiodor, 1821-1881.
Crime e castigo / Fiódor Dostoiévski; tradução Oleg Almeida.
— 1. ed. — São Paulo: Martin Claret, 2013.

Título original: *Prestuplênie i nakazánie*.
"Texto integral"
"Edição especial"
ISBN 978-85-7232-952-1

1. Ficção russa I. Título. II. Série.

13-07993 CDD-891. 7

Índices para catálogo sistemático:

1. Ficção: Literatura russa 891. 7

EDITORA MARTIN CLARET LTDA.
Rua Alegrete, 62 — Bairro Sumaré — CEP: 01254-010 — São Paulo — SP
Tel.: (11) 3672-8144
www.martinclaret.com.br
10ª reimpressão - 2024

Sumário

CRIME E CASTIGO

Romance em seis partes com epílogo

A presente tradução procurou aproximar-se o quanto possível do original russo, visando transpor para o português suas construções por vezes truncadas, corruptelas lexicais, assim como o valor estético de sua composição, de modo a preservar em nosso idioma a estrutura singular da prosa de Dostoiévski, em particular aquele estranhamento característico que ela pode causar ao leitor.

Esta tradução teve por base a edição: *Prestuplênie i nakazánie*: Sobránie sotchinênii v piatnádtsati tomakh. [Преступление и наказание: Собрание сочинений в пятнадцати томах] — Obras completas de F. M. Dostoiévski em 15 tomos, tomo 5. Leningrado, 1989.

PREFÁCIO

GRANDE HOMEM OU SER TREMENTE: HISTÓRIA DE UM ASSASSINO

O ROMANCE *CRIME E CASTIGO*[1] foi concebido por Fiódor Dostoiévski num dos momentos mais trágicos de sua vida. Preso e condenado a trabalhos forçados pela participação nas atividades subversivas de um grêmio socialista,[2] ele cumpria a pena no presídio de Omsk,[3] naquela temível "Casa dos mortos" onde os detentos se viam privados de toda a dignidade humana, como se realmente não estivessem mais vivos. Seu estado físico era deplorável: banido da majestosa cidade de São Petersburgo, que já o reconhecia como o futuro astro das letras russas, Dostoiévski passava fome, aturava o frio cortante e a labuta ininterrupta, padecia de crises epiléticas e outras moléstias. Contudo, não se rendia às provações. Quer carregasse pazadas de neve para limpar o pátio da prisão, quer triturasse o alabastro numa oficina de janelas gradeadas, quer descansasse na gelada caserna em que os presidiários dormiam sem trocar de roupa, "amontoados como os arenques num barril", ele não parava de pensar em como viveria ao recuperar a liberdade, que temas antes inimagináveis abordaria em suas obras por vir. A observação cotidiana da triste realidade carcerária sugeriu-lhe a ideia de perscrutar a complexa e contraditória psicologia de um criminoso atormentado, além do renitente medo de ser punido por seu delito, pelos remorsos que o arrastam, aos poucos, à beira da loucura e fazem que assuma a sua culpa perante a lei. A motivação romântica dos livros juvenis (*Gente pobre*, *Noites brancas*, *Nêtotchka Nezvânova*), patente mesmo nos intermitentes rasgos da crítica social, ficara para trás; a nova experiência

[1] *Crime e castigo* é citado pela edição em que se baseia a presente tradução para o português.

[2] Trata-se do círculo revolucionário de Mikhail Butachévitch-Petrachévski (1821–1866), reprimido pela polícia russa em 1849.

[3] Cidade russa situada na parte ocidental da Sibéria; Dostoiévski caracteriza-a como "suja, militarizada e depravada no mais alto grau".

perturbadora exigia novas tintas, não raro sombrias ao extremo, na representação das patologias morais que o escritor descobrira durante o seu exílio siberiano.

Em outubro de 1859, ainda degredado, esperando pela autorização oficial de restabelecer-se em Petersburgo, Dostoiévski comunicou ao irmão Mikhail que se dispunha a escrever um "romance confessional" idealizado ao longo de sua reclusão. Esse desígnio não foi efetuado de imediato, por causa de várias adversidades de cunho pessoal, mas deu início a três obras marcantes que, de certa forma, anteciparam o triunfo de *Crime e castigo*. Amargas reflexões sobre o crime, suas razões e consequências que se desdobram em *Memórias da Casa dos mortos* (1861); quadros do baixo fundo petersburguense, cujo desconsolo surpreende o leitor de *Humilhados e ofendidos* (1861); enfim, atos de sádica misantropia imputados ao personagem anônimo de *Diário do subsolo* (1864) — tudo isso serve de prólogo ao mais famoso dos escritos dostoievskianos para ressurgir em suas páginas com explosiva intensidade. O protagonista de *Crime e castigo*, estudante (ou melhor, "ex-estudante" como ele se apresenta de praxe) Rodion Raskólnikov, também se parece com o dito "homem do subsolo" — ambos se consideram superiores ao resto da humanidade e anseiam pelo poder e glória —, mas vai muito mais longe que este em sua ambição diabólica. Inaugurando a galeria dos facínoras em que figurarão, a seguir, Rogójin, Stavróguin e Smerdiakov,[4] os dois anti-heróis de Dostoiévski ilustram a diferença entre Gobineau[5] e Nietzsche,[6] que pregavam, na mesma época, a desigualdade antropológica e a exclusão sociorracial no silencioso conforto de seus gabinetes, e os nazifascistas do século XX que puseram a sinistra doutrina deles em prática. Se o modesto funcionário público, reduzido à condição de "uma mosca nojenta e repugnante" por não achar espaço na retrógrada e despótica Rússia dos czares, apenas destila no seu escuro cantinho o ódio pelas pessoas que o rodeiam, exprimindo seu bárbaro egocentrismo numa frase bombástica: "Prefiro que o mundo se dane,

---

[4] Personagens dos romances *O idiota* (1869), *Os demônios* (1872) e *Os irmãos Karamázov* (1881) respectivamente.

[5] Joseph Arthur de Gobineau (1816–1882): diplomata, escritor e sociólogo francês, autor de *Ensaio sobre a desigualdade das raças humanas* (1855) em que desenvolve uma crítica radical do processo de miscigenação peculiar do Brasil e outros países latino-americanos.

[6] Friedrich Wilhelm Nietzsche (1844–1900): filósofo alemão, segundo o qual a força motriz da vida humana consiste em certa "vontade de poder" universalizada.

contanto que eu sempre beba meu chá...", Raskólnikov não se limita a odiar o próximo bem-sucedido e passa dos torvos pensamentos, afrontas e provocações verbais às ações resolutas e inclementes. Na opinião do crítico Dmítri Píssarev,[7] "está numa conjuntura em que todas as forças positivas do indivíduo se voltam contra ele próprio, envolvendo-o no baldio conflito com a sociedade".

Em traços gerais, a história de Raskólnikov é simples. Um jovem provinciano — pobre, mas inteligente e trabalhador — vem a São Petersburgo com o propósito de estudar Direito. A capital do Império Russo recebe-o sem a menor hospitalidade. O dinheiro que lhe manda a mãe, viúva amparada pela escassa pensão marital e amiúde socorrida por empréstimos dos ricos conterrâneos, mal basta para alugar um quartinho de móveis precários e paredes escoriadas, semelhante a um armário, se não a um caixão. Em vez de frequentar as aulas, ele anda à procura de ganhos ocasionais de preceptor ou tradutor, para se manter na imensa cidade hostil aos forasteiros, e acaba abandonando o curso universitário. Pretende casar-se com uma moça bondosa e sensível, mas de repente sua noiva morre de tifo. Esfarrapado e desnutrido, Raskólnikov começa a penhorar seus últimos pertences a Aliona Ivânovna, velha usurária que abusa de sua boa-fé e gradualmente o leva à previsível ruína. Em suma, o caminho que ele escolheu para alcançar os ápices do sucesso e da prosperidade redunda num lastimoso impasse. Quantos jovens o seguiram, esse árduo caminho! Uns pereceram na luta pela realização dos sonhos, destruídos por tísica, álcool e paupérie insuperável; outros os abjuraram, regressando ao ponto da partida ou, na pior das hipóteses, integrando a turba de pequenos servidores atrabiliários, verdadeiros "homens do subsolo". Raskólnikov não sucumbiu aos reveses da sorte nem se conformou com a sua aparente derrota. Observemos, por exemplo, como ele fica dias inteiros trancado no seu cubículo, imerso em soturnas divagações, ou perambula, falando sozinho, pelas ruas: não é o comportamento de um fraco vencido pelas desgraças e, sim, o de quem tenciona fazer algo inusitado. "Tu, que és cabeçudo, por que estás aí, deitado que nem um saco, sem fazer coisa nenhuma? Antes, disseste, ensinava as crianças, e agora por que não fazes nada?" — pergunta a

[7] Dmítri Ivânovitch Píssarev (1840–1868): jornalista e pensador russo. Seu ensaio *Luta pela vida* (1867) contém uma análise circunstanciada de *Crime e castigo*.

cozinheira de sua locadora, que sente pena do jovem e guarda comida para ele. "Eu faço..." — responde Raskólnikov, carrancudo. "O que fazes?" — insiste a mulher intrometida. "Estou pensando" — essas palavras cheias de melancolia fazem a cozinheira cair na gargalhada. "E muito dinheiro já arrumaste, pensando?" — prossegue ela em tom de escárnio e, alegando Raskólnikov que não gastaria seu tempo para amealhar uns miseráveis tostões, replica com inesperada seriedade: "E tu querias, de vez, o cabedal todo?" "Sim, o cabedal todo!" — diz Raskólnikov, também sério. A sua decisão já está tomada, um plano terrível amadurece em sua mente doentia. Como Eugène de Rastignac, o arrivista balzaquiano que desafia Paris do ponto alto do cemitério Père-Lachaise,[8] ele está prestes a lançar um desafio sanguinário à inóspita Petersburgo. Intimamente abalado com a notícia de que Dúnia, sua querida irmã mais nova, vai desposar o sórdido advogado Lújin, sacrificando felicidade e honra feminina para ajudar os familiares a melhorarem de vida, o jovem deixa de lado todas as dúvidas impostas pela integridade inata de seu caráter e pela educação cristã. Sob o pretexto de empenhar um objeto de valor, dirige-se à casa de Aliona Ivânovna, abate-a com duas machadadas, rouba dinheiro e joias do cofrete escondido debaixo da cama e, afinal, trucida a irmã da credora morta, Lisaveta, que testemunhou, por infeliz casualidade, o assalto. Assim, consumado o crime, o castigo se põe em marcha.

Quem é, pois, Raskólnikov: um louco que age por impulso, um marginal que chegou ao cúmulo de desespero ou um trivial ladrão de estrada disfarçado de intelectual? Os autores de inspiração recreativa, fossem Vsêvolod Krestóvski[9] na Rússia, Eugène Sue[10] na França ou, mais tarde, Conan Doyle na Inglaterra, poderiam ter elaborado qualquer uma dessas imagens, transformando o assassino de duas mulheres indefesas num típico vilão literário, tão horripilante quanto superficial em sua essência. Entenda-se logo que Dostoiévski não se contentou com os esquemas tradicionais. Sob a sua pena engenhosa, Raskólnikov não só lamenta o ocorrido, vendo suas vítimas em pesadelos noturnos

---

[8] Veja a antológica cena final de *O pai Goriot* (1834).

[9] Vsêvolod Vladímirovitch Krestóvski (1840–1895): escritor russo, cujo romance *A súcia petersburguense* gozava de notável popularidade na época de Dostoiévski.

[10] Marie Joseph Eugène Sue (1804–1857): romancista francês, autor de *Os mistérios de Paris* (1842–1843) e outros livros de aventuras e suspense.

e quase perdendo a consciência em face do enigmático transeunte que teria presenciado, de algum modo sobrenatural, o latrocínio, mas também busca, obstinado até o desvairamento, justificá-lo. A partir de suas meditações desconexas, configura-se uma espécie de filosofia cujo teor perverso causa arrepios aos leitores de todos os idiomas e perfis culturais. Na convicção dele, o gênero humano se divide em duas categorias, uma das quais, rigorosamente seleta, domina a outra, correspondente à maioria absoluta das pessoas. O membro desta, denominado de "ser tremente", tem por missões intrínsecas a procriação animalesca e a produção material em benefício do daquela, "grande homem" a quem tudo é acessível e permitido.

Seguro de pertencer à classe dos grandes homens, "que possuem o dom ou talento para dizer, em seu meio, *uma palavra nova*", Raskólnikov se crê ombrear com os legisladores gregos Licurgo e Sólon, os cientistas Kepler e Newton, o profeta Maomé e, sobretudo, com Napoleão Bonaparte por cujas sangrentas façanhas nutre a mais sincera admiração.[11] "Um dia, fiz a mim mesmo essa pergunta: o que aconteceria, se, por exemplo, Napoleão estivesse no meu lugar e não tivesse, para começar a sua carreira, nem Toulon, nem o Egito, nem a escalada do Mont Blanc, mas tão somente alguma velhinha ridícula, em vez de todas aquelas coisas bonitas e monumentais, uma viuvinha... que lhe cumprisse abater... para furtar o dinheiro do baú dela... ele se atreveria a fazer aquilo? Não sentiria asco por aquilo não ser nada monumental, mas... só um pecado?" — raciocina o jovem numa das crises psicóticas que o perseguem. — "... fiquei cismando nessa "questão" muitíssimo tempo e acabei... envergonhando por adivinhar... que ele não só não sentiria asco nenhum, como nem sequer pensaria que aquilo não era monumental... e nem compreenderia, no fim das contas, que asco podia causar aquilo. E se não tivesse mesmo outro recurso, esganaria a velha de modo que ela sequer daria um pio, sem sombra de hesitação!". Daí um passo para desferir o golpe mortal, e Raskólnikov faz este passo com total sangue-frio. Vislumbram-se nele as feições dos protótipos que Dostoiévski encontrou na literatura de ficção e no ambiente real à medida que

---

[11] Inimigo histórico da Rússia, o imperador Napoleão I era, não obstante, cultuado pela elite russa. Púchkin satiriza esse hábito em seu romance em versos *Evguêni Onêguin*:

Queremos todos ser Napoleões
E de utensílio servem-nos milhões
De seres bípedes...

moldava seu personagem. Raskólnikov se assemelha ao orgulhoso Aleko do clássico poema *Os ciganos*, de Alexandr Púchkin, que mata sua esposa e o amante dela por se atribuir o soberano direito de acusar, condenar e executar, sem dó nem piedade, os que lhe são inferiores, e, máxime, a Pierre François Lacenaire, lendário criminoso francês guilhotinado em 1836. Como se sabe, Dostoiévski estudou com muita atenção os documentos do processo judicial contra Lacenaire, a fim de descrevê-lo na revista "O tempo" com a qual colaborava na década de 1860.[12] Os processos desse tipo, afirma o escritor, "são mais empolgantes que quaisquer romances, pois alumiam tais partes obscuras da alma humana em que a arte não gosta de tocar, a não ser de passagem...". "... trata-se de uma personalidade fenomenal, misteriosa, medonha e interessante" — continua, referindo-se ao próprio Lacenaire. — "Os baixos instintos e a pusilanimidade tornaram-no delinquente, mas ele se arrisca a posar de vítima do seu século. E isso com uma vaidade ilimitada...". Filho de um abastado burguês e aluno brilhante dos melhores colégios de Lyon, sua cidade natal, ele tentou promover-se como literato em Paris, sem que os seus poemas e canções lograssem sucesso, e trabalhou, por alguns anos, no comércio, também de maneira infrutífera. Engajando-se no exército, não demorou em desertar e, decidido a "sacudir o edifício social", enveredou para o crime. Ficou detido, pela primeira vez, por matar em duelo o sobrinho de Benjamin Constant.[13] Ao sair da cadeia, Lacenaire não tinha mais emprego nem domicílio fixo. Faminto e revoltado contra a sociedade, ele mergulhou no submundo parisiense, passando em breve a liderar uma gangue de salteadores que praticou diversos roubos e assassinatos. Quando a polícia desbaratou essa quadrilha, Lacenaire foi conduzido à barra do tribunal e deixou os juízes, bem como a imprensa que assistia ao julgamento, boquiabertos com a argúcia de seus discursos sobre a moral, a política e a religião. Morreu cingido pela auréola de herói romântico, gênio menosprezado e mártir do sistema capitalista. Aliás, permaneceu enraizado no imaginário dos compatriotas, a ponto de suscitar-lhes curiosidade até hoje.[14]

---

[12] Lacenaire é também mencionado em *O idiota* e nos rascunhos do romance *O adolescente* (1875).

[13] Benjamin Constant de Rebecque (1767–1830): influente estadista e pensador francês de origem suíça.

[14] Citem-se, como os exemplos recentes, suas *Memórias* reeditadas na França em 1968, 1988, 1991 e 2002, bem como o filme *Lacenaire* (1990) com Daniel Auteuil no papel principal.

No entanto, a história de Raskólnikov, por mais que se aproxime da de seus precursores, tem um desfecho esperançoso. Nem o Aleko puchkiniano nem, menos ainda, Lacenaire se arrependeram dos males perpetrados e aturaram, ambos, cruel suplício: um deles, execrado por todo mundo, isolou-se numa completa e vitalícia solidão; o outro, sentenciado à morte por banditismo, subiu ao cadafalso e, contam os mitos urbanos, volveu o rosto em direção à lâmina que lhe cortaria a cabeça. Raskólnikov estava ciente da inexistência de provas que corroborassem sua culpa, mas preferiu entregar-se às autoridades a viver torturado pela perpétua contrição. As partes finais de *Crime e castigo* evidenciam o renascer espiritual deste *Übermensch*[15] convertido, pelo fracasso de sua atroz teoria, naquele "ser tremente" por quem manifestava tamanho desdém. "Matei por matar, matei só para mim (...) não queria tanto dinheiro, quando matei; não precisava de dinheiro tanto assim, mas de outra coisa..." — confessa o jovem à sua amiga Sônia que, apesar de indigente e prostituída, conserva, algures no cerne de sua alma, extraordinária pureza e complacência inesgotável. — "... precisava saber, e o mais depressa possível, se era um piolho, igual a todos, ou um homem! (...) o demônio me arrastou para aquele lado e só depois explicou que não me cumpria ir lá, por ser o mesmíssimo piolho que todos! (...) Será que matei aquela velhota? Matei a mim mesmo e não a ela! Acabei comigo de uma vez só e para todo o sempre!" Qual seria a saída dessa situação dolorosa, senão a que aponta a cândida fé sem ressalvas? "Vai agora, neste mesmo instante, e fica no cruzamento de ruas, faz uma mesura, beija, primeiro, a terra que maculaste, e depois saúda o mundo inteiro, todas as quatro partes, e diz para todos em voz alta: 'Eu matei!'. Então Deus te dará nova vida" — aconselha-o Sônia, e, caminhando à delegacia, Raskólnikov para na suja e barulhenta praça Sennaia, cai de joelhos e beija o solo, "com prazer e felicidade", na frente do povo atarantado. "Ele vai a Jerusalém, maninhos, despede-se dos filhos e da pátria, saúda o mundo inteiro e beija a cidade metropolitana de São Petersburgo na sua terrinha..." — comenta um passante ébrio que nem sequer imagina quão longa será a viagem do assassino. Exilado numa deserta região asiática, cercado por malfeitores convictos, acometido de

[15] Super-homem (em alemão): personalidade sobre-humana descrita no livro *Assim falou Zaratustra*, de Friedrich Nietzsche.

febres e alucinações, ele passará oito anos redimindo, com sofrimentos físicos e mentais, o sangue derramado, para retornar, talvez, à normalidade do convívio humano de mãos limpas e coração reevangelizado.

Inicialmente publicado na revista moscovita "O mensageiro russo" (números 1, 2, 4, 6, 7, 8, 11 e 12 de 1866), *Crime e castigo* ganhou sua edição definitiva em 1867, sendo vertido em 1882 para o alemão; em 1883 para o sueco; em 1884 para o francês, o norueguês e o dinamarquês; em 1885 para o holandês; em 1886 para o inglês; em 1887 para o polonês; em 1888 para o sérvio e em 1889 para o húngaro, o italiano, o finlandês e o búlgaro. Inúmeras obras epígonas, montadas no palco, filmadas ou transcritas em partitura musical,[16] foram baseadas no texto de Dostoiévski, porém nenhuma delas o excedeu, nem mesmo conseguiu rivalizar com ele, nos quesitos de dramaticidade e potência sugestiva. "Tudo o que diz respeito à disposição interna e à atuação de Raskólnikov arrebata o leitor e transporta-o através de todas as sinuosidades do tenebroso labirinto psicológico dos criminosos" — discorre acerca disso o ensaísta Evguêni Márkov.[17] — "O leitor fica, de vez em quando, tão sufocado como o estava, provavelmente, o próprio Raskólnikov, vivenciando com ele todas as opressivas angústias de seu espírito, arcando a cada passo com a desconfiança, o temor, a implícita humilhação e, em especial, com a percepção da inutilidade do malefício cometido; sonhando, junto dele, acordado e transmudando o seu sonho numa fileira de cogitações e devaneios insuportáveis." Leiamos, então, o romance do mestre russo! Aceitemos ou não seus argumentos e conclusões, ninguém resistirá ao fascínio desta leitura.

Oleg Almeida

---

[16] Merecem destaque, entre muitas outras, a homônima peça teatral estreada em Moscou (1979) com Alexandr Trofímov e Vladímir Vyssótski nos respectivos papéis de Raskólnikov e Svidrigáilov; a película francesa de 1956 com a participação estelar de Jean Gabin, Marina Vlady e Robert Hossein; e a ópera inovadora, composta no estilo do rock progressivo e também encenada em Moscou (2007).

[17] Evguêni Lvóvitch Márkov (1835–1903): escritor e crítico literário russo.

CRONOLOGIA BIOGRÁFICA DO AUTOR

FIÓDOR MIKHÁILOVITCH DOSTOIÉVSKI (1821–1881)*

1819

Casam-se em Moscou Mikhail Andréievitch Dostoiévski, descendente da antiga nobreza lituana, e Maria Fiódorovna Netcháieva, filha de um comerciante moscovita. As índoles dos esposos são bem diferentes: Mikhail Andréievitch, médico militar, é severo, irritadiço e propenso à violência; Maria Fiódorovna é carinhosa, humilde e submissa.

1821

Março: Reformado em dezembro de 1820, Mikhail Andréievitch começa a trabalhar no hospital Mariínski para pobres.

30 de outubro: Nasce em Moscou Fiódor Mikháilovitch, o segundo dos 7 filhos do casal Dostoiévski.

1822-1833

A infância de Dostoiévski transcorre no apartamento funcional de seu pai. Toda a família leva uma vida muito regrada e tediosa. A monotonia diminui com a compra, em 1831, da aldeia Darovóie situada na região de Tula, onde os Dostoiévski passam a morar no verão.

Fiódor é um menino sensível e nervoso, sujeito às alucinações auditivas. Ele fica profundamente impressionado com os romances "góticos" de Ann Radcliffe, lidos pelos pais em voz alta, e com as histórias bíblicas que sua mãe usa para alfabetizá-lo. Fiódor e seu irmão mais velho, Mikhail, estudam latim com o pai; dois professores convidados ensinam-lhes francês e religião. Aos 10 anos de idade, Fiódor se empolga com a encenação de *Os bandoleiros*, de Friedrich Schiller; descobrindo

---

* Esta cronologia biográfica foi elaborada com base em: Gróssman, Leonid. *Dostoiévski*. Moscou: Molodaia Gvárdia, 1963; Yakúchin, Nikolai. *F. M. Dostoiévski v jízni i tvórtchestve*. Moscou: Rússkoie Slovo, 1998.

os tesouros da literatura mundial, lê a famosa *História* de Karamzin, poemas de Jukóvski e Púchkin, romances de Walter Scott, dramas de Shakespeare, misturados com inúmeras obras de qualidade inferior. "... é difícil imaginar uma leitura mais desordenada" — comenta Evguêni Soloviov, um dos primeiros biógrafos de Dostoiévski.

1834

Outono: Fiódor é matriculado no colégio interno de Leopold Tchermak. "Era um garoto sério e pensativo, de cabelo louro e rosto pálido" — lembra Vladímir Katchenóvski, um dos seus colegas àquela altura. — "As brincadeiras pouco o interessavam. Nos intervalos das aulas ele quase não largava os livros, passando o restante do recreio a conversar com alunos mais velhos".

1837

27 de fevereiro: A mãe de Dostoiévski, Maria Fiódorovna, falece vítima de tuberculose.

Maio: Os irmãos Fiódor e Mikhail Dostoiévski vão para Petersburgo a fim de ingressar na Escola de engenharia militar.

Junho: Os irmãos Dostoiévski começam o curso preparatório no internato do capitão Kostomárov.

Ao longo do ano Fiódor esboça um "romance da vida veneziana" inspirado pelos escritos de Ann Radcliffe.

1838

16 de janeiro: Dostoiévski é matriculado na Escola de engenharia militar.

1839

Dostoiévski cursa engenharia. Seu colega Konstantin Trutóvski recorda: "Em toda a escola não havia um só discípulo cuja afinidade com o porte marcial fosse tão pouca quão a de Dostoiévski. Seus movimentos eram algo desajeitados e, ao mesmo tempo, impetuosos. Ele vestia o uniforme de maneira canhestra; quanto à sua mochila, ao capacete e à espingarda, todos esses petrechos pareciam grilhões que lhe cumpria portar temporariamente e que o incomodavam. Do ponto de vista moral, ele também diferia muito de todos os seus companheiros mais ou menos levianos. Sempre imerso em si, passava as horas vagas andando de lá para cá longe deles, todo meditativo, sem ver nem ouvir o que acontecia ao seu redor".

8 de junho: O pai de Dostoiévski, Mikhail Andréievitch, é assassinado pelos servos da aldeia Tcheremóchna adquirida por ele em 1832.

1840

29 de novembro: Dostoiévski se torna sargento.

1841

5 de agosto: Dostoiévski é promovido a sargento-mor engenheiro. "Naquele tempo, eu era um tremendo sonhador" — contará ele, mais tarde, sobre a sua juventude. — "Gostava de me imaginar, em meus devaneios juvenis, ora Péricles, ora a Virgem Maria, ora um cristão da época de Nero, ora um cavaleiro a lutar num torneio... Com que não sonhei, quando moço, o que não vivi com todo o coração... naquelas divagações douradas e veementes que pareciam advir do ópio!" O jovem rascunha os dramas históricos *Maria Stewart* e *Boris Godunov*.

1843

12 de agosto: Ao terminar os estudos, Dostoiévski passa a servir no Corpo de engenharia militar. Envolvendo-se com a boemia petersburguense, esbanja seu salário, contrai dívidas e demonstra vivo interesse por jogos de azar.

Dezembro: Inspirado pelo sucesso triunfal das obras de Honoré de Balzac na Rússia, Dostoiévski traduz do francês seu romance *Eugénie Grandet*.

1844

Janeiro: Dostoiévski começa a escrever seu primeiro livro intitulado *Gente pobre*.

Junho — julho: A tradução de *Eugénie Grandet* é publicada na revista "Repertório e Panteão". "Milagre, milagre! A tradução ficou excelente!" — comunica o orgulhoso tradutor ao irmão Mikhail.

19 de outubro: Dostoiévski deixa o serviço militar, reformado "por motivos pessoais".

1845

Maio: Dostoiévski lê o manuscrito de *Gente pobre* para o seu amigo, escritor Dmítri Grigoróvitch, que o remete ao poeta Nikolai Nekrássov.

Junho: Por intermédio de Nekrássov, arrebatado com seu talento, Dostoiévski conhece Vissarion Belínski, o maior crítico literário da época, e passa a frequentar a casa deste. "Valorize seu dom e prossiga fiel a ele..." — vaticina Belínski —, "então você será um grande escritor!"

Verão: Morando com seu irmão em Revel (atualmente Tallinn), Dostoiévski começa a redação da novela *O sósia, aventuras de Goliádkin*.

Outono: Dostoiévski ajuda Nekrássov e Grigoróvitch a lançar "O zombeteiro", "pequeno almanaque-relâmpago". Conhece, no mesmo período, Ivan Turguênev, Vladímir Odóievski e outros literatos russos; sente atração por Avdótia Yákovlevna, esposa do novelista Ivan Panáiev, a qual o descreve como "um jovem terrivelmente nervoso e suscetível" que "... incapaz de conter-se, manifestava, com excessiva clareza, seu amor-próprio autoral e opinião exagerada sobre o seu talento".

1846

Janeiro — fevereiro: O romance *Gente pobre* é publicado no almanaque "Coletânea petersburguense"; a novela *O sósia* aparece na revista "Diário pátrio".

Março: Belínski elogia a estreia literária de Dostoiévski numa resenha publicada no "Diário pátrio".

Outubro: Dostoiévski publica a novela *Senhor Prokhártchin* no "Diário pátrio".

1847

Janeiro — fevereiro: Dostoiévski se afasta de Belínski, cuja doutrina estética não compartilha, e do seu círculo literário.

Março — abril: Dostoiévski começa a frequentar as reuniões do grêmio de Mikhail Butachévitch-Petrachévski, pensador de orientação socialista que conhece desde a primavera de 1846.

Abril — julho: O folhetim dostoievskiano *Crônicas petersburguenses* é publicado no jornal "Notícias de São Petersburgo".

7 de julho: Dostoiévski é acometido pela primeira grave crise de epilepsia, diagnosticada pelo seu amigo Stepan Yanóvski.

Outubro, dezembro: A novela de Dostoiévski *A dona* é publicada no "Diário pátrio".

1848

A revista "Diário pátrio" publica o conto *Mulher do outro*, a novela *O coração mole* e o ciclo *Contos de um homem vivido (do diário de um desconhecido)*.

28 de maio: Morte de Belínski que Dostoiévski caracteriza como "uma grande desgraça" para a sociedade russa.

Outubro — novembro: Entusiasmado com as ideias de Charles Fourier que "encantam a alma com seu refinamento", Dostoiévski participa das atividades do grêmio socialista de Petrachévski, já monitorado pelos órgãos policiais.

Dezembro: A novela *Noites brancas* aparece no "Diário pátrio".

1849

Janeiro — fevereiro: No "Diário pátrio" são publicadas a primeira e a segunda parte (*Infância* e *Nova vida*) do romance *Nêtotchka Nezvânova: história de uma mulher*.

15 de abril: Dostoiévski lê a censurada carta de Belínski a Nikolai Gógol numa reunião dos partidários de Petrachévski.

23 de abril: Dostoiévski é preso por ordem do conde Orlov, comandante do Terceiro Departamento, e encarcerado na Fortaleza de São Pedro e São Paulo.

29 de abril: Começa o inquérito oficial em relação ao grêmio de Petrachévski.

Maio: No "Diário pátrio" é publicada a terceira parte (*Mistério*) do romance *Nêtotchka Nezvânova*, sendo omitido o nome de seu autor.

6 de maio: Interrogado pela primeira vez, Dostoiévski declara: "Sou livre-pensador no mesmo sentido em que podem chamar de livre-pensador toda pessoa que sente, no fundo de seu coração, o direito de ser cidadão e de desejar o bem de sua pátria, pois encontra no coração o amor por ela e a consciência de que nunca a prejudicou de maneira alguma".

30 de setembro — 16 de novembro: Processo judicial contra Petrachévski e seus sequazes. A promotoria propõe destituir Dostoiévski "de todos os títulos e direitos de propriedade e submetê-lo à execução por fuzilamento".

19 de novembro: "Por ter participado das intenções criminosas, pela divulgação da carta do literato Belínski, repleta de expressões ofensivas contra a igreja ortodoxa e o poder supremo, e pela tentativa, em conjunto com outras pessoas, de propagar escritos voltados contra o governo por meio da litografia caseira, destituir o tenente reformado Dostoiévski de todos os direitos de propriedade e condená-lo a 8 anos de trabalhos forçados em presídios" — reza a sentença do tribunal. O imperador Nikolai I despacha, pessoalmente: "4 anos, e depois servir como soldado raso".

22 de dezembro: Dostoiévski e outros condenados passam "dez horríveis minutos de desmedido pavor" perante o pelotão de fuzilamento na praça de armas Semiônovski em Petersburgo, antes de ouvirem a sua sentença comutada. "Não estou triste nem abatido" — escreve Dostoiévski ao irmão Mikhail, recobrando o seu sangue-frio. — "A gente vive em qualquer lugar, a vida está cá dentro e não lá fora (...) ser homem entre os homens e permanecê-lo em quaisquer desgraças, para sempre, sem ficar triste e abatido — eis em que consiste a vida e seu objetivo."

24 de dezembro: Dostoiévski é mandado para a Sibéria.

1850

9 — 16 de janeiro: Dostoiévski está em Tobolsk.

23 de janeiro: Dostoiévski é transferido para o presídio de Omsk, a sinistra "Casa dos mortos".

1850-1854

"Vivíamos amontoados, todos juntos na mesma caserna..." — descreve Dostoiévski sua vida no presídio. — "Estávamos empilhados como os arenques num barril... Dormíamos nas tarimbas sem lençóis, sendo-nos permitido um só travesseiro. Cobríamo-nos com nossas peliças curtinhas... Internavam-me, volta e meia, no hospital. O desarranjo dos nervos causou-me a epilepsia... Contudo, não perdi o meu tempo em geral. Conheci... o povo russo tão bem como poucas pessoas talvez o conheçam". Socialista decepcionado, ele sofre uma profunda transformação espiritual, voltando-se para a ideologia patriarcal do cristianismo russo.

1854

23 de janeiro: Término dos trabalhos forçados.

Março: Dostoiévski é escoltado até Semipalátinsk, onde começa a servir como soldado raso de infantaria.

Primavera: Dostoiévski conhece o funcionário de alfândega Alexandr Issáiev e sua esposa Maria Dmítrievna. "Ela sabia que [Dostoiévski] tinha uma moléstia neurológica, que vivia em extrema pobreza e era um homem 'sem futuro'..." — escreve Alexandr Vrânguel, amigo do escritor, a respeito dessa mulher. — "E Fiódor Mikháilovitch tomou o sentimento de piedade e compaixão pelo amor correspondido e apaixonou-se por ela com todo o ardor da juventude."

1855

18 de fevereiro: Morte do imperador Nikolai I.

20 de agosto: Dostoiévski é promovido a sargento "em atenção à sua boa conduta e diligência em serviço".

1856

Maio: Dostoiévski escreve um poema dedicado à coroação de Alexandr II, filho de Nikolai I, na esperança de abrandar sua sentença.

1º de outubro: Dostoiévski é promovido a sargento-mor.

Novembro: Dostoiévski visita Kuznetsk, reencontra Maria Dmítrievna, que reside lá após a morte do marido, e pede-a em casamento.

1857

6 de fevereiro: Dostoiévski se casa, em Kuznetsk, com Maria Issáieva.

17 de abril: Em cumprimento de um decreto imperial, Dostoiévski recupera todos os direitos cassados, inclusive seus créditos de fidalguia.

Agosto: O conto *Pequeno herói*, escrito ainda na Fortaleza de São Pedro e São Paulo, é publicado no "Diário pátrio".

1858

Dostoiévski solicita a isenção do serviço militar "por ter totalmente estragado a saúde".

1859

Março: A revista "Palavra russa" publica a novela *Sonho do titio*. Dostoiévski recebe a autorização de morar em qualquer parte da Rússia, à exceção das capitais, e de publicar suas obras literárias. Entretanto, o Terceiro Departamento mantém-no sob a vigilância secreta.

2 de julho: Dostoiévski e sua esposa deixam Semipalátinsk. "Acredito que minha vida ainda não está acabada e não quero morrer!" — escreve Fiódor Mikháilovitch a Vrânguel.

Agosto: O casal chega a Tver, reclamando, em seguida, o direito de estabelecer-se em São Petersburgo.

Novembro-dezembro: A novela dostoievskiana *A aldeia Stepântchikovo e seus habitantes* é publicada no "Diário pátrio".

23 de novembro: O chefe do Terceiro Departamento, conde Dolgorúkov, permite que Dostoiévski se mude para a capital, contanto que permaneça sob a vigilância secreta.

Dezembro: Dostoiévski volta a morar em Petersburgo.

1860

Dostoiévski começa a colaborar com a revista "O tempo" e lança dois tomos de suas obras de ficção; acompanhado por seu irmão Mikhail, frequenta as "terças-feiras literárias" na casa de Miliukov, redator-chefe da revista "O archote". Nesse período surge também sua breve e ambígua amizade com a atriz Alexandra Schubert, esposa do doutor Yanóvski.

1861

Dostoiévski escreve para a revista "O tempo", publicando nela seu livro *Memórias da Casa dos mortos* e uma série de artigos críticos, resenhas e notas; edita o romance *Humilhados e ofendidos* em dois tomos; conhece Nikolai Dobroliúbov, Alexandr Ostróvski, Apollon Grigóriev.

1862

Fevereiro — março: Dostoiévski participa nos saraus artísticos em benefício do Fundo literário.

Junho — setembro: Viagem europeia do escritor: França — Inglaterra — Alemanha — Suíça — Itália — Áustria. De passagem em Londres, Dostoiévski se encontra com dois exilados políticos: o democrata revolucionário Alexandr Herzen e o anarquista Mikhail Bakúnin.

Dezembro: "O tempo" publica o conto *Uma anedota ruim*.

1863

Inverno: Relacionamento de Dostoiévski com a estudante Apollinária Súslova, 18 anos mais nova que ele. O escritor é eleito membro e secretário executivo do Fundo literário, em cujas atividades participará até o final de julho.

Março — abril: Dostoiévski participa de diversos eventos literários e musicais de cunho filantrópico.

Maio: Acometida de tuberculose, Maria Dmítrievna vai embora de Petersburgo, "cujo clima não pode mais suportar". A revista "O tempo" é fechada em consequência da publicação do artigo *A questão fatal*, de Nikolai Strákhov, referente à insurreição da Polônia contra o Império Russo.

Agosto — setembro: Dostoiévski parte para o estrangeiro com Apollinária Súslova, visitando a França, a Itália e a Alemanha. "Entreguei-me a ele por amor, sem perguntas nem cálculos" — recorda Súslova a sua paixão que durou só alguns meses. — "Falam-me de Fiódor Mikháilovitch. E eu tenho ódio por ele. Ele me causou tantos sofrimentos (...) foi o primeiro a matar minha fé."

Outubro: Arruinado com o ininterrupto jogo nos cassinos de Wiesbaden, Baden-Baden e Homburg, o escritor abandona Súslova e retorna a Petersburgo.

Novembro: Dostoiévski encontra sua esposa em Vladímir; o casal se muda para Moscou.

1864

27 de janeiro: Mikhail Dostoiévski obtém a licença para editar a revista "A época".

Março: A novela *Diário do subsolo* é publicada nos primeiros números de "A época".

15 de abril: Falece Maria Dmítrievna, esposa de Dostoiévski.

10 de julho: Morre Mikhail Dostoiévski, irmão do escritor.

25 de setembro: Morre o poeta e crítico Apollon Grigóriev, amigo íntimo de Dostoiévski.

De volta a Petersburgo, Dostoiévski publica em "A época" muitos artigos, resenhas e notas, e colabora ativamente com a gerência do Fundo literário, tentando superar a depressão resultante das trágicas perdas. "Eis que fiquei de repente sozinho e senti medo. Toda a minha vida rachou de vez" — escreve a Vrânguel. — "Tudo ao meu redor ficou frio e deserto." Suas dívidas somam, nesse meio tempo, quase 15 mil rublos.

1865

Fevereiro: A edição de "A época" é suspensa em razão das dificuldades financeiras.

Março — maio: Dostoiévski namora Anna Korvin-Krukóvskaia, a qual acaba recusando sua proposta de casamento.

7 de junho: O Fundo literário concede a Dostoiévski um subsídio de 600 rublos para evitar o confisco de seus bens apreendidos e saldar as dívidas mais urgentes.

Dostoiévski combina com o livreiro Fiódor Stellóvski a edição de suas *Obras Completas*, prometendo que lhe entregará, até o 1º de novembro de 1866, um novo romance; caso contrário, Stellóvski se apossará do direito de reprodução de todas as suas obras sem recompensa alguma.

Julho — outubro: Dostoiévski mora no estrangeiro; inadimplente, pede ajuda aos amigos e editores russos. "Faz três dias que não almoço, sustentando-me com chá de manhã e de tarde; o estranho é que não estou com muita fome..." — escreve de Wiesbaden, após perder na roleta todo o seu dinheiro. — "Mas o ruim é que me oprimem e negam, vez por outra, uma velinha à noite."

Lançamento das *Obras Completas* do escritor e da 3ª edição de *Memórias da Casa dos mortos*.

1866

Verão: Hospedado numa chácara perto de Moscou, Dostoiévski escreve o romance *Crime e castigo*, cujas partes iniciais são publicadas na revista "Mensageiro russo". "Todo o meu coração com sangue será inserto neste romance! Concebi-o no presídio, deitado em minha tarimba, num árduo momento de tristeza e autodestruição..." — assim o próprio autor caracteriza sua futura obra.

1º de outubro: Dostoiévski conta a seu amigo Alexandr Miliukov sobre o compromisso de fornecer, dentro de apenas um mês, um novo romance a Stellóvski, e Miliukov o aconselha a recorrer à estenografia para acelerar o processo de escrita.

4 de outubro: Dostoiévski contrata a estenógrafa Anna Snítkina, bonita e inteligente moça de 20 anos, e começa a ditar-lhe seu romance *O jogador*.

5 — 29 de outubro: Dostoiévski dita *O jogador* a Snítkina.

31 de outubro: Dostoiévski entrega o manuscrito de *O jogador* a Stellóvski e salva, dessa maneira, sua independência profissional.

8 de novembro: Dostoiévski pede Anna Snítkina em casamento. Tecendo uma bisonha alegoria, ele pergunta inseguro: "Imagine... que lhe fiz uma declaração de amor e pedi que fosse minha mulher. Diga o que me responderia?" A moça não hesita: "Responderia que o amo e amarei por toda a minha vida!"

Novembro — dezembro: Dostoiévski termina *Crime e castigo*, sua obra-prima incontestável.

1867

15 de fevereiro: Casamento de Dostoiévski e Anna Snítkina.

Fim de março — início de abril: Dostoiévski visita Moscou com sua esposa e recebe 1000 rublos adiantados de Mikhail Katkov, editor do "Mensageiro russo".

14 de abril: O casal Dostoiévski parte para o estrangeiro. Após uma breve estada em Dresden, os esposos se instalam em Baden.

28 de junho: Discussão de Dostoiévski com Turguênev acerca das relações entre a Rússia e o Ocidente.

Julho — início de agosto: Quase todos os dias Dostoiévski joga na roleta para melhorar sua situação material, mas sempre perde; ao gastar o último dinheiro, chega a penhorar os pertences do casal.

11 de agosto: Mudança para Genebra.

Setembro: Dostoiévski começa a escrever seu romance *O idiota*, em que pretende criar a imagem de "um Dom Quixote sério e não cômico", um idealista "humilde de espírito" vitimado pelo ambiente consumista.

24 de dezembro: Os primeiros capítulos de *O idiota* são encaminhados para a revista "Mensageiro russo".

1868

Janeiro — fevereiro; abril — dezembro: *O idiota* é publicado no "Mensageiro russo".

22 de fevereiro: Nascimento da filha de Dostoiévski, Sófia.

12 de maio: Morte de Sófia. Dostoiévski está desesperado. "Agora dizem, para me consolar, que ainda terei filhos" — escreve a Apollon

Máikov. — "E onde está Sônia? Onde está essa pequena criatura pela qual eu (...) iria para a cruz, contanto que ela vivesse".

Fim de maio: O casal Dostoiévski se muda para Vevey (Suíça).

21 de julho: Preocupado com a retomada da vigilância policial, Dostoiévski escreve a Apollon Máikov: "A polícia petersburguense abre e lê todas as minhas cartas...".

Outono: Mudança para Milão.

Novembro: O casal se transfere para Florença.

1869

Janeiro: Dostoiévski termina *O idiota*.

Início de agosto: Retorno a Dresden.

14 de setembro: Nascimento da filha de Dostoiévski, Liubov.

Dezembro: O escritor esboça o plano da epopeia *Vida do grande pecador* que nunca virá a lume.

1870

Janeiro — fevereiro: A revista "O arrebol" publica a novela *Eterno marido*.

Março — junho: Dostoiévski trabalha intensamente sobre o romance *Os demônios* e continua cogitando a *Vida do grande pecador*.

Outubro: O início de *Os demônios* é mandado ao "Mensageiro russo".

1871

O "Mensageiro russo" publica *Os demônios*, romance que se parece, na opinião do autor, com *Crime e castigo*, "porém está mais próximo da realidade, mais atual e diretamente ligado à mais importante questão contemporânea", a do movimento revolucionário prestes a abalar a sociedade russa.

Abril: Dostoiévski consegue superar sua mórbida atração por jogos de azar. "... desapareceu a abjeta fantasia que me tinha atormentado por quase dez anos (ou, melhor dito, desde a morte de meu irmão, quando me vira de repente esmagado por dívidas). O tempo todo, eu sonhava em ganhar, sonhava séria e ansiosamente. Mas agora está tudo acabado!" — confessa ele numa das cartas à esposa.

5 de julho: O casal Dostoiévski regressa à Rússia. A polícia detém o escritor na fronteira, revirando, conforme testemunha sua mulher grávida, "todas as malas e sacolas" dele e "pondo de lado" seus manuscritos e livros.

8 de julho: O casal chega a São Petersburgo.

16 de julho: Nasce o filho de Dostoiévski, Fiódor.

1872

Apollon Máikov e Nikolai Strákhov apresentam Dostoiévski ao príncipe Mechtcherski, líder dos conservadores russos.

Primavera: O pintor Vassíli Perov faz o retrato de Dostoiévski, conseguindo captar o "momento criativo" dele.

Novembro — dezembro: O "Mensageiro russo" termina a publicação de *Os demônios*.

20 de dezembro: Dostoiévski é designado redator-chefe da revista "O cidadão".

1873

1º de janeiro: Lançamento do semanário "O cidadão" que publicará, além de numerosos artigos de Dostoiévski, o seu famoso *Diário do escritor*.

Dostoiévski conhece Vladímir Soloviov, filósofo religioso e poeta simbolista, e tem várias reuniões com o influente estadista Konstantin Pobedonóstsev.

1874

19 de março: Dostoiévski solicita que o Departamento Geral da Imprensa o demita do cargo de redator-chefe de "O cidadão", continuando, todavia, a colaborar com a revista ao longo de todo o ano.

21 e 22 de março: Dostoiévski é preso pela divulgação não autorizada da nota "Os deputados quirguizes em Petersburgo".

Maio: Dostoiévski começa a esboçar o romance *O adolescente* que se dispõe a publicar na revista "Diário pátrio" dirigida por Nekrássov.

7 de junho — 10 de agosto: Dostoiévski faz tratamento no estrangeiro; morando em Ems (Alemanha), elabora o plano de *O adolescente*. De volta para a Rússia, o escritor se instala na cidade de Stáraia Russa, situada na região de Nóvgorod.

1875

A revista "Diário pátrio" publica *O adolescente*, romance sobre "a degradação da família russa" e "o desengonço dos alicerces morais" da Rússia ocidentalizada.

Fevereiro: Dostoiévski está em Petersburgo; encontros com Nikolai Nekrássov, Mikhail Saltykov, Apollon Máikov e outros literatos.

Maio — julho: Dostoiévski continua o tratamento em Ems.

10 de agosto: Nasce o filho de Dostoiévski, Alexei.

27 de dezembro: Dostoiévski consegue a autorização de editar, mensalmente, seu *Diário do escritor* em que tenciona "... relatar todas as impressões realmente vividas... tudo o que for visto, ouvido e lido" por ele.

1876

O *Diário do escritor*, cuja primeira parte data de 31 de janeiro, ganha uma popularidade fenomenal. Um dos contemporâneos se lembrará mais tarde daquelas "incontáveis cartas e visitas" com que os leitores prestigiavam Dostoiévski, agradecidos "pelo ótimo pasto moral, fornecido sob forma de *Diário do escritor*. Havia quem dissesse que lia o *Diário* com veneração, igual à Escritura Sagrada; uns viam nele [em Dostoiévski] seu mentor espiritual, outros, um oráculo, pedindo-lhe que esclarecesse suas dúvidas sobre algumas questões cruciais da época."

Julho — agosto: Dostoiévski faz tratamento em Ems.

Dezembro: Publicação da novela *Humilde criatura*. Dostoiévski é incorporado ao conselho da Sociedade filantrópica eslava.

1877

A notoriedade de Dostoiévski atinge o apogeu. "Vós sois o vate do sofrimento" — escreve-lhe uma admiradora. — "Vós sois o mais simpático e o mais profundo escritor nosso; vós legitimastes vosso talento com suplícios, portanto as vossas obras transtornam o homem, fazem-no olhar com pavor para si mesmo." "O senhor Dostoiévski... é um talento de primeira grandeza não só nas letras pátrias, como também nas europeias, tanto pela força de sua criatividade artística quanto pela profundeza da análise psicológica" — elogia seus livros o diretor do Departamento Geral da Imprensa. "O meu nome em si vale um milhão!" — exclama o próprio escritor.

Primavera: Dostoiévski adquire uma casa de veraneio em Stáraia Russa.

2 de dezembro: Dostoiévski é eleito membro correspondente da Academia das Ciências da Rússia.

27 de dezembro: Morte de Nikolai Nekrássov, amigo de Dostoiévski durante a vida toda.

30 de dezembro: Dostoiévski discursa no enterro de Nekrássov, comparando o finado poeta com Púchkin e Lêrmontov.

1878

16 de maio: Morre o filho de Dostoiévski, Alexei, por quem o escritor tinha, no dizer de sua esposa, "um amor quase doentio, como se pressentisse que o perderia em breve".

Junho: Dostoiévski visita Moscou e combina com Mikhail Katkov a publicação de seu novo romance, *Os irmãos Karamázov*, na revista "Mensageiro russo".

26 e 27 de junho: Acompanhado por Vladímir Soloviov, Dostoiévski visita o mosteiro Óptina Pústyn e conversa três vezes com o respeitado eremita, Mestre Amvróssi.

Início de outubro: Ao passar o verão em Stáraia Russa, Dostoiévski retorna a São Petersburgo.

Novembro: Outra vez em Moscou, Dostoiévski entrega a Katkov os capítulos iniciais de *Os irmãos Karamázov*.

1879

O "Mensageiro russo" publica *Os irmãos Karamázov*, romance escrito por Dostoiévski no intuito de afirmar "que o cristão... ideal não é uma figura abstrata e, sim, obviamente real e possível no futuro, e que o cristianismo é o único abrigo da Terra Russa contra todos os seus males".

Março — abril: Dostoiévski participa em saraus filantrópicos, lendo os fragmentos de seu novo romance.

3 de julho: O escritor recebe de Londres o aviso de que foi eleito membro do Comitê Honorífico da Associação Literária Internacional como "um dos mais célebres representantes da literatura moderna".

Julho — setembro: Dostoiévski se encontra no estrangeiro, seguindo seu tratamento em Ems.

Dezembro: Dostoiévski participa de três saraus literários, lendo seu conto *Um menino no Natal de Cristo* e trechos de *Os irmãos Karamázov*.

1880

1º de janeiro: Entra em funcionamento "A livraria de F. M. Dostoiévski".

Fevereiro — abril: Dostoiévski lê fragmentos de seus romances *Crime e castigo*, *O adolescente* e *Os irmãos Karamázov* em saraus filantrópicos.

2 de maio: O escritor é convidado a participar das festas em homenagem a Púchkin, fazendo um discurso solene na reunião da Sociedade dos amigos das letras russas.

24 de maio — 6 de junho: Dostoiévski participa, em Moscou, do festival dedicado à memória de Púchkin, encontrando-se com vários colegas e conhecendo os descendentes do grande poeta.

7 e 8 de junho: Dostoiévski palestra nas reuniões públicas da Sociedade dos amigos das letras russas, ganhando, segundo o jornalista Gleb Uspênski, "não apenas uma ovação, mas simplesmente a idolatria" por parte dos ouvintes. Eleito membro honorífico da Sociedade, o escritor é homenageado com uma imensa coroa de louros que deposita, na mesma noite, ao pé do monumento a Púchkin.

Verão: Dostoiévski termina o romance *Os irmãos Karamázov*, trabalhando de modo intenso e perseverante.

1º de agosto: O *Discurso sobre Púchkin* é publicado no *Diário do escritor*.

15 de outubro: "... se existe alguém condenado a trabalhos forçados, sou eu" — escreve Dostoiévski à sua amiga Pelagueia Gússeva. — "Fiquei recluso na Sibéria por 4 anos, mas lá o trabalho e a vida eram mais suportáveis do que este meu labor de hoje. Entre 15 de junho e 1º de outubro escrevi cerca de 20 folhas impressas de meu romance e editei o *Diário do escritor* em 3 folhas (...) fiquei sentado e trabalhei, literalmente, dias e noites (...) E minha saúde anda tão mal que você nem pode imaginar. Por causa do catarro das vias respiratórias, formou-se um enfisema, coisa incurável (apneia, falta de ar), e meus dias estão contados."

Outubro — dezembro: Apesar da doença, Dostoiévski participa de vários eventos literários, lendo suas próprias obras e as de outros autores.

1881

25 de janeiro: De noite, Dostoiévski sofre uma pequena hemorragia nasal, mas não a leva a sério.

26 de janeiro: Surge a hemorragia gutural. Chamado às pressas, o médico de família constata o rompimento da artéria pulmonar. O escritor se despede dos próximos, recebe a extrema-unção e faz a última confissão ao padre.

28 de janeiro: Pela manhã, Dostoiévski pressente a iminência da morte. Abrindo a esmo o Evangelho de São Mateus, avista a seguinte passagem: "Mas João procurava impedi-l'O, dizendo: 'Sou eu que devo ser batizado por Ti, e Tu vens a mim?' Jesus, porém, respondeu-lhe: 'Por enquanto deixa como está! Porque devemos cumprir toda a justiça'. E João concordou." (III, 14-15) e diz à sua mulher: "Ouves "deixa como está"? Então vou morrer...". Às 7 horas da noite Dostoiévski desmaia, vindo a falecer às 8 horas e 38 minutos.

29 de janeiro: "No meio literário, ele — de fato, quase sozinho — pregava ardorosamente os princípios da fé, da consciência nacional e do amor pela pátria. Nossos infelizes jovens, que deambulam como as ovelhas sem pastor, tinham confiança nele, e suas ações eram muito amplas e benfazejas" — escreve Konstantin Pobedonóstsev ao príncipe herdeiro Alexandr Alexândrovitch, em busca de amparo e proteção oficial para a família do escritor.

31 de janeiro: Despedida popular de Dostoiévski. 67 delegações dos meios políticos, empresariais, científicos e culturais da Rússia, bem como milhares de cidadãos comuns, estão velando o seu ataúde. "Não foram parentes nem amigos que o enterraram" — conta Alexandr Miliukov —, "mas, sim, toda a sociedade russa."

1º de fevereiro: Dostoiévski é sepultado no cemitério Tíkhvinskoie do mosteiro de Alexandr Nêvski. "... o amor de Dostoiévski é o nosso amor e a fé de Dostoiévski é a nossa fé" — diz Vladímir Soloviov em seu discurso fúnebre. — "Unidos pelo amor por ele, esforcemo-nos para que tal amor nos ligue um ao outro. Só então é que prestaremos devida homenagem ao timoneiro espiritual do povo russo por seus grandes trabalhos e sofrimentos."

CRIME E CASTIGO

PRIMEIRA PARTE

I

No início de julho, numa época extremamente quente, um jovem saiu, à tardinha, do cubículo que tinha alugado na viela S***, e devagar, como que indeciso, foi em direção à ponte K***.

Ele se esquivou, felizmente, de encontrar a locadora na escada. Seu cubículo ficava sob o próprio telhado do alto prédio de cinco andares e mais parecia um armário do que um apartamento. A dona dos quartos, que lhe locara esse cubículo com almoço e faxina, morava no andar de baixo, num apartamento particular, e todas as vezes que o jovem saía, precisava, sem falta, passar perto da cozinha dela, cuja porta quase sempre estava aberta para a escada. E todas as vezes, passando lá, ele tinha uma sensação mórbida e temerosa que o deixava envergonhado e carrancudo. Devia muito dinheiro à locadora e receava encontrá-la.

Não é que ele fosse tão medroso e acanhado assim, muito pelo contrário, porém o estado em que se encontrava ultimamente era algo irritadiço e tenso, semelhante à hipocondria. Tinha-se ensimesmado tanto e ficara tão longe de todo o mundo que temia encontrar qualquer pessoa e não apenas a locadora. Estava esmagado pela pobreza, mas até mesmo essa situação difícil deixara, nos últimos tempos, de incomodá-lo. Não se ocupava mais de seus negócios cotidianos nem desejava ocupar-se deles. No fundo, não tinha um pingo de medo da locadora, tramasse esta o que tramasse contra ele. Mas parar na escada, escutar todo aquele falatório sobre as bobagens do dia a dia, que não tinham nada a ver com ele, todas aquelas conversas maçantes a respeito do aluguel, ameaças, reclamações, e tentar escapar, nesse meio-tempo, pedir desculpas, mentir — não, era bem melhor esgueirar-se, como um gato, pela escadaria e ir embora, sem ninguém ver. Aliás, o medo de deparar-se com a sua credora espantou, dessa vez, a ele próprio.

“Quero meter-me num negócio daqueles e, ao mesmo tempo, tenho medo de tais ninharias!” — pensou ele, já na rua, com um sorriso estranho. "Hum... sim... está tudo nas mãos do homem, mas ele deixa a colher passar diante da boca, unicamente por ser medroso... esse é um axioma... É interessante! De que a gente teria mais medo? O novo passo, a nova palavra da gente é o nosso maior medo... De resto, tenho papeado demais. Por isso é que não faço nada, de tanto papear. Ou, talvez, o contrário, estou papeando por não fazer nada. Foi nesse último mês que aprendi a papear, deitado, por dias inteiros, no meu canto e pensando... na morte da bezerra. Por que é que vou lá, agora? Seria mesmo capaz *daquilo*? Seria *aquilo* para valer? De maneira alguma. Só me divirto assim, por fantasia, por brincadeira! Sim, talvez seja mesmo uma brincadeira!"

Lá fora fazia um calor terrível, havia, ainda por cima, abafo e multidão, cal derramada por toda parte, andaimes, tijolos, poeira e aquele específico fedor de verão, tão familiar a cada petersburguense[1] que não tem como alugar uma casa de veraneio — aquilo tudo veio, de uma vez só, perturbar os nervos do moço, os quais já estavam em pleno transtorno. O insuportável fartum das bodegas, especialmente numerosas naquela parte da cidade, e os bêbados encontrados a cada instante, mesmo nas horas de trabalho, complementaram o colorido abjeto e triste do quadro. A sensação de profundíssimo asco surgiu, por um segundo, nos finos traços do moço. A propósito, ele era muito bonito, com lindos olhos escuros e cabelos castanhos claros, de estatura acima da mediana e de talhe esguio. Contudo, mergulhou logo numa meditação profunda, ou, dizendo melhor, numa espécie de torpor, e foi embora, sem reparar mais no que estava em volta dele e nem mesmo queria reparar nisso. Apenas de vez em quando é que murmurava algo consigo mesmo, devido à sua afeição por monólogos que acabava de confessar. Reconhecia também, nesse instante, que seus pensamentos se confundiam, às vezes, e que ele próprio estava muito fraco por não ter comido quase nada desde o dia anterior. Andava tão malvestido que outra pessoa, mesmo acostumada, teria vergonha em sair, durante o dia, esfarrapada como ele. O bairro, aliás, era tal que assombrar alguém por ali com o traje seria difícil. A proximidade da Sennaia,[2] a abundância de casas mal-afamadas e, principalmente, a massa de operários

---

[1] Habitante de São Petersburgo, capital do Império Russo, em que é ambientada a maior parte das obras de Dostoiévski.

[2] Praça na parte histórica de São Petersburgo.

e artesãos apinhados que povoava as ruas e vielas daquela parte de Petersburgo, fazia aparecer no meio do panorama geral tais figuras que não seria nada espantoso encontrar lá qualquer sujeito que fosse. Mas tanto desprezo malvado já se acumulara na alma do moço que, apesar de todos os seus melindres próprios, vez por outra, da adolescência, eram aqueles farrapos que menos o envergonhavam. A não ser que encontrasse seus conhecidos ou companheiros antigos, com os quais não gostava de topar em geral... Entretanto, quando um bêbado, que passava então pela rua, não se sabe por que razão e com que destino, numa enorme carroça puxada por um enorme cavalo de carga, gritou, de súbito: "Ei, tu, chapeleiro alemão!", e ficou berrando, com todas as forças, e apontando para ele com a mão, o jovem parou repentinamente e pegou, num espasmo, em seu chapéu. Esse chapéu de Zimmermann, alto, redondo, estava já todo gasto e arruivado, esburacado, coberto de manchas, sem abas, e recurvava-se, num ângulo horroroso, para o lado. Todavia, não era a vergonha que se apossou do jovem, mas sim outra sensação, parecida até com um susto.

"Sabia!" — murmurava ele, confuso. "Bem que pensava nisso! É o pior de tudo, isso aí! Uma bobagem dessas, uma coisinha reles pode estragar todo o plano! Sim, meu chapéu é visível demais... É ridículo, por isso dá na vista... Preciso sem falta de um casquete para usar com meus farrapos, nem que mais pareça um velho crepe qualquer, e não deste monstro. Ninguém usa chapéus assim, vão avistá-lo a uma versta,[3] memorizar... o importante é que depois memorizam, eis uma prova. Nesses negócios, a gente precisa ser o mais imperceptível que possa... Detalhes, detalhes são importantes!... São justamente esses detalhes que sempre põem tudo a perder..."

Seu caminho não era comprido, ele sabia mesmo quantos passos havia, a contar do portão de seu prédio, exatamente setecentos e trinta. Tinha-os contado, um dia, meditativo em excesso. Àquela altura, não acreditava, ele próprio, em suas meditações, e só se irritava com a horrenda, mas tentadora, ousadia delas. Agora, um mês depois, começava a ter outra visão e, apesar de todos os monólogos provocantes acerca de sua fraqueza e falta de ânimo, algo começava, de modo involuntário, a

[3] Antiga unidade de medida de distância russa (no original russo: верста), equivalente a 1067 metros.

tomar o seu sonho "horrendo" por uma empresa, se bem que ainda não desse crédito a si mesmo. Inclusive, ia agora testar essa sua empresa, e a angústia dele crescia a cada passo.

De coração desfalecente, tremendo de tão nervoso, ele se achegou a um prédio imenso, do qual uma fachada dava para um fosso e a outra para a rua ***. Esse prédio era todo composto de pequenos apartamentos e habitado por artesãos de toda espécie — alfaiates, serralheiros, cozinheiras —, diversos alemães, moças vivendo por conta própria, servidores miúdos e semelhantes. Muitas pessoas entravam e saíam, sem trégua, por ambos os portões e pátios do prédio. Três ou quatro zeladores serviam ali. Todo contente de não ter encontrado nenhum deles, o jovem não demorou em passar, furtivo, do portão para a escada direita. Era uma escada "dos fundos", escura e estreita, porém ele já a conhecia e gostava de todo aquele ambiente, tendo-o estudado antes, com tanta escuridão, nenhum olhar curioso seria prejudicial. "Se mesmo agora estou tão apavorado, como estaria, se realmente fosse abordar, de algum jeito, aquele *negócio*?..." — pensou involuntariamente, subindo ao quarto andar. Barraram-lhe então o caminho alguns carregadores, soldados reformados que retiravam os móveis de um dos apartamentos. O moço já sabia antes que nesse apartamento morava um servidor de origem alemã, com sua família. "Pois agora o alemão está de saída, ou seja, no quarto andar, nesta escada e neste patamar aqui, só o apartamento da velha ficará, por um tempo, ocupado. Isso é bom... por via das dúvidas..." — voltou a pensar e tocou a campainha da velha. A campainha soava baixo, como se fosse de lata e não de cobre. Nesses pequenos apartamentos de semelhantes prédios, quase todas as campainhas eram assim. O jovem já não lembrava o som daquela sineta, e agora seu tilintar esquisito lhe trouxe de supetão à memória alguma coisa e como que apresentou claramente *aquilo*... Ele estremeceu tanto que os seus nervos estavam, dessa vez, fracos. Pouco depois a porta se abriu, deixando uma fenda mínima; através dela, a moradora examinava o visitante com evidente desconfiança, de modo que apenas seus olhinhos brilhavam na escuridão. Mas, vendo que havia muita gente no patamar, ela ficou mais animada e abriu a porta de todo. Passando a soleira, o jovem entrou numa antessala escura, dividida por um tabique atrás do qual ficava uma cozinha minúscula. A velha estava na frente dele, calada, e fitava-o com interrogação. Era uma velhinha seca, pequenininha, de uns sessenta anos, com olhos maldosos e penetrantes, pequeno nariz pontudo e cabelos desfeitos. Esses cabelos desbotados, com poucos fios brancos, estavam fartamente ungidos com óleo. Seu pescoço era fino e comprido como uma perna de galinha e estava envolto num trapo de flanela, e um casaquinho de peles, todo surrado e amarelado, cobria-lhe, apesar do calor, os ombros. A velhinha tossia e gemia a cada instante. O moço devia tê-la encarado de maneira meio singular, já que nos olhos dela surgiu, outra vez, a mesma desconfiança.

— Raskólnikov, estudante... Vim aqui um mês atrás — murmurou o jovem, apressado, e, recordando que precisava ser mais amável, inclinou um pouco a cabeça.

— Lembro, meu queridinho, lembro muito bem da sua visita — disse a velhinha nitidamente, sem despregar o olhar interrogativo do rosto dele.

— Pois então... venho de novo tratar do mesmo negocinho... — prosseguiu Raskólnikov, levemente confuso e admirado com a desconfiança da velha.

"Quem sabe talvez ela sempre seja assim, só que não reparei, da última vez" — pensou, com uma sensação desagradável.

A velha ficou por um tempo calada, como que pensativa, depois se afastou e disse, apontando para a porta do quarto e deixando o visitante ir em frente:

— Por aqui, queridinho.

O pequeno quarto com seu papel de parede amarelo, com seus gerânios e cortinas de musselina, estava todo iluminado pelo sol poente, no momento em que o moço entrou. "*Naquele dia*, pelo jeito, o sol também vai brilhar assim!..." — pensou Raskólnikov, como que por acaso, e correu um olhar ligeiro pelo quarto, a fim de examinar e, na medida do possível, decorar a disposição de todas as coisas nele. Porém, não havia no quarto nada de especial. A mobília de madeira amarela, toda muito velha, incluía um sofá com um enorme espaldar convexo de madeira, uma mesinha de forma oval, posta em face do sofá, um toucador entre duas janelas, umas cadeiras rente às paredes, duas ou três estampas baratas, de molduras amarelas, que representavam donzelas alemãs com pássaros nas mãos, e nada além disso. Uma lamparina estava acesa no canto, defronte de um pequeno ícone. Estava tudo bem limpo e lustroso: tanto os móveis quanto o assoalho brilhavam de tão encerados. "Coisas de Lisaveta" — pensou o moço. Não acharia sequer um grão de poeira em todo o apartamento.

"É na casa das viúvas maldosas e velhas que há tanta limpeza" — continuou Raskólnikov consigo mesmo e, curioso, olhou de viés para a cortina de chita que escondia a porta do outro quartinho minúsculo, em que ainda não tinha entrado nenhuma vez e onde, sabia, estavam a cama e a cômoda da velha. O apartamento inteiro era composto desses dois quartos.

— O que deseja? — indagou a velhinha, ríspida, entrando no quarto e plantando-se, outra vez, diante do moço, a fim de encará-lo bem de frente.

— Trouxe uma coisa a penhorar, aqui está! — ele tirou do bolso um velho relógio fino de prata, cujo reverso representava o globo terrestre. A corrente do relógio era de aço.

— É que o prazo do antigo penhor também expirou. Foi ainda antes de ontem que terminou o mês.

— Vou pagar-lhe juros por outro mês, espere.

— Isso depende da minha boa vontade, queridinho, esperar mais ou vender sua coisa agora mesmo.

— Quanto daria pelo relógio, Aliona Ivânovna?

— Só traz bugigangas, meu queridinho, não vale, parece, nada. Dei-lhe, da última vez, duas notinhas pelo seu anelzinho, e dá para comprar um desses, novo, na joalheria, por um rublo e meio.[4]

— Dê-me uns quatro rublos, o relógio é de meu pai, vou resgatá-lo. Em breve receberei dinheiro.

— Um rublo e meio, se quiser, e os juros adiantados.

— Um rublo e meio! — exclamou o jovem.

— O senhor é que sabe — a velha estendeu-lhe de volta o relógio. O moço pegou-o e ficou tão zangado que queria já ir embora, mas logo mudou de ideia, lembrando que não tinha mais aonde ir e que viera também com outro propósito.

— Fechado! — respondeu ele, grosseiro.

A velha tirou as chaves do bolso e foi ao outro quarto, detrás da cortina. Sozinho no meio do quarto, o moço escutava com atenção e refletia. Ouviu-a destrancar sua cômoda. "Deve ser a gaveta de cima",

[4] Moeda oficial da Rússia antiga e contemporânea, equivalente a cem copeques.

— pensava. "Então ela põe as chaves no bolso direito... todas juntas, na mesma argola de aço... e há uma chave três vezes maior que todas, a da ponta denteada, por certo, não é da cômoda... Quer dizer, há mais um cofrete ou uma caixeta... Isso é interessante. As caixetas é que têm, todas, essas chaves... De resto, como tudo isso é baixo..."

A velha retornou.

— Eis aqui, queridinho, se for uma *grivna*[5] ao mês, por cada rublo, então um rublo e meio dão quinze copeques de juros mensais, adiantados. E, quanto àqueles dois rublos, ainda está me devendo, pelo mesmo cálculo, vinte copeques adiantados. Quer dizer, trinta e cinco no total. Receberá, pois, agora um rublo e quinze copeques pelo seu relógio. Eis aqui, tome.

— Como? Agora só um rublo e quinze copeques?

— Exatamente.

O jovem pegou o dinheiro sem discutir. Não se apressava em retirar-se, olhando para a velha, como se quisesse dizer ou fazer mais alguma coisa, mas não soubesse, ele próprio, o que seria...

— Talvez lhe traga, um dia desses, outra coisa, Aliona Ivânovna,... uma cigarreira de prata... boa... logo que meu amigo a devolver... — confuso, ele se calou.

— Aí é que vamos conversar, queridinho.

— Adeus... E a senhora fica o tempo todo sozinha em casa, sem sua irmãzinha? — perguntou o jovem, tão desenvolto quanto podia, voltando para a antessala.

— E o que tem a ver com ela, meu queridinho?

— Nada de especial. Perguntei por perguntar mesmo. E a senhora já ficou... Adeus, Aliona Ivânovna!

Raskólnikov saiu, profundamente aflito. Sua aflição ia crescendo, crescendo. Ele parou várias vezes, enquanto descia a escada, como que assombrado, de chofre, por algo. Já na rua, exclamou: "Meu Deus! Como tudo isso é abominável! Será, será mesmo que eu... Não, é uma bobagem, um absurdo!" — acrescentou, resoluto. "Será que um horror desses podia ter vindo à minha cabeça? Contudo, de que torpeza é capaz o meu coração! O principal, é torpe, abjeto, vil, vil!... E eu, por um mês inteiro..."

---

[5] Antiga moeda russa, equivalente à décima parte do rublo, isto é, a dez copeques.

Mas nem as palavras nem as exclamações podiam expressar o quanto ele estava emocionado. A sensação de infinito asco, que começara a apertar e enfastiar o seu coração ainda quando ia visitar a velha, tornou-se agora tão grande e explícita que o moço não sabia mais onde se esconder da sua angústia. Ele seguia a calçada igual a um bêbado, despercebendo os passantes e deparando-se com eles, e só recuperou os sentidos na próxima rua. Ao olhar em volta, viu que estava perto de uma bodega, cuja entrada ficava no fim de uma escadinha a levar da calçada para o andar subterrâneo. Nesse exato momento, dois bêbados saíam dali, porta afora, apoiando-se um no outro e subindo a escada proferindo palavrões. Sem pensar muito, Raskólnikov desceu rápido para lá. Até então, nunca tinha entrado nessas bodegas, mas agora sentia tonturas, além de uma sede abrasadora. Queria tomar uma cerveja gelada, tanto mais que atribuía o seu mal-estar súbito, entre outros motivos, à fome. Sentou-se a uma mesa visguenta, num canto escuro e sujo, pediu que trouxessem cerveja e, sôfrego, entornou o primeiro copo. De imediato, veio um alívio, e seus pensamentos ficaram mais claros. "Tudo isso é bobagem" — disse o jovem a si mesmo, esperançoso — "e não há com que me afligir. Apenas um distúrbio físico! Um só copo de cerveja, uma torrada e eis que, num instante, a mente se fortalece, o pensamento clareia, as intenções se consolidam! Arre, como tudo isso é reles!..." Mas, apesar dessa cuspida desdenhosa, ele já parecia alegre, como se acabasse de se libertar de um fardo medonho, e corria pelos presentes um olhar amigável. Porém, mesmo nesse momento, tinha uma impressão indistinta de que toda a sua sensibilidade por coisas melhores também fosse mórbida. Havia então pouca gente naquela bodega. Logo após os dois bêbados que ele encontrara na escada, foi embora, de vez, toda uma caterva, uns cinco homens com uma só rapariga e um sanfoneiro. Na sala, agora mais sossegada e espaçosa, ficaram: um homem ébrio, embora de leve, que tomava cerveja — em aparência, pequeno-burguês —, e seu companheiro, gordo, enorme, vestido à siberiana, de barba grisalha, que adormecera num banco, muito embriagado, e começava, vez por outra, de supetão e como que meio acordado, a estalar os dedos, abrindo os braços, e a mover a parte superior do corpo, sem se levantar do banco; ele cantarolava, ao mesmo tempo, vários disparates, tentando relembrar a letra, por exemplo:

Todo um ano, afagava a mulher,
To-odo um ano afaga-a-va a mulher-r-r...

ou então, acordado de novo:

Pelas ruas passeou,
Sua antiga encontrou...

No entanto, ninguém compartilhava a felicidade do bêbado, seu companheiro calado tratava todas aquelas explosões com desconfiança e mesmo com certa animosidade. Estava lá mais um homem, que parecia um servidor reformado. Sentado à parte, defronte do seu copo, ele tomava, de vez em quando, um gole e olhava ao redor. Pelo visto, também estava um pouco emocionado.

II

Raskólnikov não estava habituado à multidão e, como já foi dito, evitava qualquer companhia, sobretudo nos últimos tempos. Mas agora, de súbito, veio-lhe a vontade de ficar mais perto do povo. Algo novo estaria acontecendo em seu âmago e, ao mesmo tempo, surgia-lhe uma sede de gente. Ele estava tão cansado, ao cabo de todo um mês dessa sua concentração aflitiva e excitação lúgubre, que queria passar ao menos um minutinho num mundo diferente, qualquer que fosse, para retomar fôlego. Por isso é que, não obstante toda a sujeira do ambiente, ele permanecia, com prazer, na bodega.

O dono do estabelecimento encontrava-se num outro cômodo, mas vinha amiúde à sala, descendo até lá pelos degraus, sendo que a princípio se avistavam suas elegantes botas alcatroadas, de cano vermelho e revirado. Ele usava uma *poddiovka*[6] e um colete preto de cetim, horrivelmente sebento e sem gravata, e seu rosto parecia todo untado com óleo, tal qual um cadeado de ferro. Atrás do balcão estava um garoto de uns catorze anos, o outro garoto, mais novo ainda, servia o que pediam. Em cima do balcão, havia pepinos picados, torradas de pão preto e peixe cortado em pedacinhos, tudo isso tinha um cheiro muito ruim. O ar

[6] Leve casaco masculino pregueado na cintura (no original russo: поддёвка).

estava tão abafado que era praticamente insuportável ficar ali, e tudo se impregnara tanto de odores de vinho que parecia possível a gente se embriagar, em cinco minutos, só com aquele ar.

Encontramo-nos, às vezes, com as pessoas, mesmo totalmente desconhecidas, que nos suscitam interesse à primeira vista, como algo que acontece de forma inesperada e surpreendente, antes que lhes digamos uma palavra. Foi justamente essa a impressão que teve Raskólnikov ao ver o homem sentado à parte, parecido com um servidor reformado. Mais tarde, o jovem se lembraria, algumas vezes, dessa primeira impressão, chegando mesmo a atribuí-la ao pressentimento. Ele não cessava de olhar para o servidor, até porque este também o fitava obstinado e, pelo visto, queria muito travar uma conversa. Quanto aos demais visitantes da bodega, inclusive o dono, mirava-os costumeiramente e mesmo com tédio, além de certo matiz de altiva negligência, como se fossem pessoas de posição e desenvolvimento inferiores, com as quais nem valia a pena falar. Era um homem na casa dos cinquenta, de estatura mediana e compleição robusta, com cabelos brancos e uma grande calvície, seu rosto, amarelo e até mesmo esverdeado, estava túmido por causa da bebedeira constante, e seus olhos avermelhados, minúsculos como as frestas, mas bem espertos, fulgiam atrás das pálpebras inchadinhas. Havia algo muito estranho nele, no seu olhar, decerto sensível e inteligente, transparecia uma espécie de êxtase e, ao mesmo tempo, faíscas de loucura. Ele trajava uma velha casaca preta, completamente esfarrapada, de botões arrancados. Apenas um destes ainda se segurava, bem ou mal, servindo para fechar a casaca, aparentemente, por mera conveniência. Sob o colete de nanquim, via-se um peitilho, todo amarrotado, manchado e sujo. Tinha escanhoado o rosto, como fazem os servidores, mas havia tempos, de modo que os pelos grisalhos e espessos já tornavam a despontar. E mesmo suas maneiras denotavam algo respeitável e próprio de um servidor público. Porém ele estava inquieto, arrepiava os cabelos e apoiava, de vez em quando, a cabeça nas duas mãos, com angústia, pondo os cotovelos furados na mesa molhada e visguenta. Enfim, ele olhou de frente para Raskólnikov e disse, em alto e bom som:

— E ousaria eu, meu prezado senhor, dirigir-lhe uma conversa decente? Minha experiência diz que, mesmo sem ter esses ares pomposos, é uma pessoa instruída e não habituada a beber. Eu mesmo sempre dei valor à instrução ligada aos sentimentos cordiais e, além disso, sou servidor público. Marmeládov, esse é meu sobrenome... servidor de nona classe. Ousaria perguntar se o senhor também servia?

— Não, tenho estudado... — respondeu o moço, em parte surpreso, tanto com o tom especialmente floreado desse discurso quanto por ter sido importunado assim tão sem rodeios. Apesar de sua recente vontade instantânea de aproximar-se, de alguma forma, das outras pessoas, ele sentiu, assim que lhe foi dirigida a primeira palavra real, seu costumeiro, irritante e desagradável asco em relação a qualquer estranho que tocasse ou apenas quisesse tocar em sua personalidade.

— Quer dizer, estudante ou ex-estudante! — exclamou o servidor. — Bem que pensava nisso! Experiências, prezado senhor, múltiplas experiências! — e pôs o dedo na testa em sinal de gabolice. — Foi estudante ou tem seguido a carreira de ciências! E permita... — ele se soergueu, cambaleante, pegou o seu copinho e veio sentar-se junto ao moço, um pouco ao viés dele. Estava ébrio, mas conversava com eloquência e vivacidade, apenas perdendo, de vez em quando, seu rumo e delongando o discurso. Abordou Raskólnikov com uma espécie de sofreguidão, como se não tivesse falado com ninguém por um mês inteiro.

— Prezado senhor — começou ele quase solenemente —, a pobreza não é pecado, isso é vero. Eu sei que a bebedeira tampouco é virtude, sei muito bem disso. Mas a miséria, prezado senhor, a miséria é um pecado, sim. Sendo pobre, há quem ainda preserve a nobreza dos sentimentos inatos, mas na miséria, ninguém e nunca. Não banem o mísero a pauladas da companhia humana, mas varrem-no com a vassoura, para ofendê-lo ainda mais, e isso é justo, pois na miséria eu cá seria o primeiro a ofender a mim mesmo. Daí a bebida! O senhor Lebeziátnikov espancou, há um mês, a minha esposa, e ela não é como eu! Entende, prezado senhor? Permita perguntar-lhe mais uma coisa, assim, por mera curiosidade, já teve a ocasião de pernoitar no Neva,[7] naquelas barcas de feno?

— Não tive, não — respondeu Raskólnikov. — O que é isso?

— Pois é, e eu venho de lá, já a quinta noite...

Ele encheu o copinho, bebeu e ficou pensativo. Havia, realmente, algumas hastes de erva seca grudadas em suas roupas e mesmo em seus cabelos. Era muito provável ele ter passado cinco dias sem se despir

---

[7] Rio às margens do qual fica a cidade de São Petersburgo.

nem tomar banho. Sobretudo, as suas mãos estavam imundas: gordas, vermelhas, de unhas pretas. Sua conversa parecia ter suscitado uma geral, embora indolente, atenção. Os garotos do balcão foram soltando risadinhas. O dono, que teria descido ali do cômodo de cima, com o propósito de ouvir o "engraçadinho", sentou-se de lado, bocejando de maneira preguiçosa, mas imponente. Pelo visto, Marmeládov era conhecido, naquele lugar, de longa data. E sua tendência para falar com floreios resultava, provavelmente, daquelas frequentes conversas de botequim que ele travava, por hábito, com diversas pessoas desconhecidas. Esse costume transforma-se, para alguns amigos do copo, numa necessidade, principalmente para os que se veem tratados com rigor ou tiranizados em casa. Por isso é que, numa turma de beberrões, eles sempre procuram conseguir para si justificativas e, se possível, até mesmo respeito.

— Engraçadinho! — disse o dono em voz alta. — E pra que não trabalha, pra que não serve, se é servidor?

— Por que não sirvo, prezado senhor — replicou Marmeládov, dirigindo-se exclusivamente a Raskólnikov, como se este lhe tivesse feito a pergunta —, por que não sirvo? E será que não dói o meu coração de andar à toa? Quando o senhor Lebeziátnikov espancou, há um mês, a minha esposa com o próprio punho, e eu estava deitado, de tão bebidinho, será que não sofria com isso? Licença, meu jovem, já aconteceu de... hum... você, pelo menos, pedir um empréstimo sem esperanças?

— Aconteceu... Mas como assim, sem esperanças?

— Quer dizer, sem nenhuma esperança mesmo, sabendo, de antemão, que não conseguirá nada. Você sabe, por exemplo, de antemão e com toda a certeza, que esse homem aí, esse cidadão digníssimo e utilíssimo não lhe dará, de maneira alguma, dinheiro emprestado, pois com que intuito, eu pergunto, ele daria? Pois ele sabe que eu não devolverei o dinheiro. Por compaixão? Mas o senhor Lebeziátnikov, que acompanha as novas ideias, acaba de explicar que em nossos tempos a compaixão até fica proibida pela ciência e que já se faz assim na Inglaterra, onde há economia política. Por que é que ele daria, pergunto eu? E eis que, sabendo de antemão que não dará, você vai, ainda assim, pedir a ele...

— Para que ir, então? — acrescentou Raskólnikov.

— E se não tiver mais aonde ir, com quem tratar? É que qualquer homem precisa, ao menos, ter aonde ir. É que chega um tempo em que a gente precisa mesmo ir para algum lugar, seja lá qual for! Quando a minha filha única usou o cartão amarelo,[8] pela primeira vez, eu também fui então... (já que minha filha usa o cartão amarelo...) — adicionou ele entre parênteses, mirando o jovem com certa inquietude. — Nada, prezado senhor, nada! — logo se apressou em declarar, com aparente tranquilidade, quando os dois garotos do balcão desandaram a rir e o próprio dono ficou sorrindo. — Não é nada! Não me constrange tal inclinar de cabeças, pois todos já sabem de tudo, e todo o oculto se manifesta, não me refiro àquilo com menosprezo, mas sim com resignação — que seja, que seja assim! "Eis o homem!" Licença, meu jovem, você poderia... Mas não, vou expressar-me mais forte e pitoresco, não *poderia*, mas *ousaria* você, olhando-me nesta hora, dizer, de maneira afirmativa, que eu não sou um porco?

O jovem não respondeu nada.

— Então... — prosseguiu o orador, ao esperar, todo sério e mesmo com uma dignidade, dessa vez reforçada, pelo fim das risadinhas que se sucediam na sala. — Então, que seja eu um porco, mas ela é uma dama! Eu tenho esta imagem animalesca, mas Katerina Ivânovna, minha esposa, é uma pessoa culta e filha de um oficial superior. Que seja, que seja eu um vilão, mas ela tem um coração nobre e está cheia de sentimentos enaltecidos pela educação. Entretanto... oh!, se ela tivesse pena de mim! Prezado senhor, prezado senhor, é que qualquer homem precisa, ao menos, de um lugar onde se apiedem dele! E Katerina Ivânovna, bem que seja uma dama generosa, não é justa... Embora eu mesmo entenda que, quando ela me puxa os cabelos, não os puxa por outros motivos senão por piedade cordial (pois, repito sem embaraço, ela me puxa os cabelos, meu jovem) — confirmou Marmeládov com especial dignidade, ouvindo, de novo, as risadinhas. — Mas, meu Deus, se ela tivesse, uma vez só... Mas não, não! É tudo embalde, e nada a dizer, nada a dizer... porque já ganhei, amiúde, o desejado, e amiúde se apiedaram de mim, mas... esta é minha feição, sou um bicho por natureza!

— E como é! — notou, bocejando, o dono.

Resoluto, Marmeládov deu um soco na mesa.

— Esta é minha feição! Você sabe, meu senhor, mas você sabe que troquei até mesmo as meias dela pela bebida? Não foram os sapatos,

---

[8] Documento de identidade usado, no Império Russo, pelas prostitutas.

que isso se assemelharia pelo menos um pouco à ordem das coisas, mas as meias, as meias dela foram trocadas pela bebida! O lenço dela, de lã de cabra, também o troquei, e não foi o meu lenço, mas foi o dela, presente antigo, e nós moramos num canto gelado, e ela se resfriou, neste inverno, e começou a tossir, já com sangue. E temos três filhos pequenos, e Katerina Ivânovna trabalha o dia todo, limpando, lavando e banhando as crianças, pois tem o hábito de limpeza, desde menina, mas o peito dela é fraco e propenso à tísica, eu sinto isso. Será que não sinto? E quanto mais bebo, mais sinto. Por isso mesmo é que bebo, por procurar, naquela bebida, compaixão e sentimento. Não busco pela alegria, mas unicamente pelo pesar... Bebo, pois quero sofrer em demasia! — e encostou a cabeça na mesa, como que desesperado.

— Meu jovem — continuou ele, endireitando-se —, eu leio no seu semblante um certo pesar. Li-o, tão logo você entrou, e destarte me dirigi a você. É que, recontando-lhe a história de minha vida, não quero expor-me às injúrias dessa gente ociosa, que assim mesmo já sabe de tudo, mas procuro por uma pessoa sensível e instruída. Fique sabendo, pois, que a minha esposa foi criada no internato para as meninas nobres de nossa província, e que dançou com xale, no baile de formatura, perante o governador e outros graúdos, e recebeu, naquela ocasião, uma medalha de ouro e um diploma de honra. A medalha... bem, vendemos aquela medalha... já faz tempo... hum... e o diploma de honra está, até hoje, no baú de minha esposa, e ela mostrou-o, há pouco, à locadora. Se bem que tivesse brigas ininterruptíssimas com a locadora, quis orgulhar-se um pouco, ante quem quer que fosse, contando sobre os dias felizes de seu passado. E eu não a condeno, não a condeno, porque é a última coisa que lhe ficou em recordações, e todo o resto se tornou pó! Sim, sim, uma dama veemente, soberba e inflexível. Lava, com suas mãos, o chão, só come pão preto, mas não admite que a destratem. Foi por isso que não quis perdoar ao senhor Lebeziátnikov a afronta dele e, quando o senhor Lebeziátnikov bateu nela, caiu doente mais de sentida que de espancada. Casei-me com ela quando já era viúva e tinha três filhos, um menor que o outro. Seu primeiro marido era um oficial da infantaria; casou-se com ele por amor e fugiu da casa paterna. Amava demais o marido, mas ele se pôs a jogar, acabou processado e faleceu com isso. Batia nela, por fim, e, mesmo que ela não o tivesse perdoado — sei disso com toda a certeza e por documentos —, lembra-se dele, até agora, com lágrimas, e compara-me ao primeiro marido, e eu estou contente, contente, pois, ao menos em sua imaginação ela se vê feliz, noutros tempos... E ela ficou, depois daquilo tudo, com três filhos pequenos, num distrito[9] distante e selvagem, onde eu também me encontrava então, numa miséria tão desesperada que, embora tivesse visto um bocado de aventuras diversas, não sou capaz mesmo de descrevê-la. E toda a família a rejeitou. Além disso, era orgulhosa, orgulhosa demais... Foi então, prezado senhor, que eu, também viúvo e pai de uma filha de catorze anos, ofereci minha mão a ela, pois não podia ver tamanho sofrimento. Pode julgar por isso até que ponto chegavam as desgraças dela, já que, instruída e educada e filha de casa notável, consentiu em casar-se comigo! Porém se casou! Chorando, soluçando e torcendo os braços, casou-se comigo! É que não tinha aonde ir. Entende, prezado senhor, mas entende mesmo o que significa não ter mais aonde ir? Não! Ainda não entende aquilo... Durante um ano inteiro, cumpria eu meu dever, tal qual um santo, e nem triscava nisso (ele apontou a garrafa com o dedo), por ter sentimento. Mas nem com isso consegui agradá-la, e eis que perdi o emprego — não foi culpa minha, mas sim a alteração dos quadros — e trisquei, dessa feita!... Faz cerca de um ano e meio que ficamos, enfim, após deambulações e várias calamidades, nesta capital admirável e adornada de inúmeros monumentos. Consegui um emprego aqui... Consegui e voltei a perder. Entende? Dessa vez é que foi minha culpa, pois tinha chegado ao meu limite... Moramos agora num canto, que nos aluga Amália Fiódorovna Lippewehzel, e como moramos lá e pagamos, não tenho ideia. Há muitos inquilinos ali, não só nós... Uma Sodoma horribilíssima... hum... sim... Nesse ínterim, cresceu a minha filha, a do primeiro casamento, e o que ela suportou, minha filha, por parte da sua madrasta, enquanto crescia, disso não conto. Ainda que esteja Katerina Ivânovna transbordando de sentimentos magnânimos, é uma dama veemente e irritadiça, e corta... Sim! Mas não vale a pena lembrar aquilo! Sônia,[10] como se pode imaginar, ficou sem educação. Tentei ensinar a ela, uns quatro anos atrás, a geografia e a história universal, mas, sendo o meu próprio conhecimento dessas matérias fraco e não havendo bons manuais para tanto — que livros a gente tinha...

---

[9] Região administrativa no Império Russo, subdivisão da província.
[10] Forma diminutiva e carinhosa do nome Sófia.

hum... pois bem, não há mais esses livros! —, acabou nisso todo o ensino. Paramos no Ciro da Pérsia.[11] Mais tarde, chegando já à maturidade, ela leu alguns livros de conteúdo romanesco e, há pouco, graças à intervenção do senhor Lebeziátnikov, mais uma obra — *A fisiologia*, de Lewis, conhece-a? —, que leu com grande interesse, inclusive, uns trechos para nós, em voz alta: eis ali toda a instrução dela. Dirigir-lhe-ei agora, meu prezado senhor, uma pergunta íntima, em meu próprio nome: pode, a seu ver, uma moça pobre, mas honesta, ganhar muita coisa, por meios honestos?... Não ganhará, meu senhor, nem quinze copeques por dia, se for honesta e não tiver especiais talentos, e isso botando para quebrar! Contudo o servidor de quinta classe Klopstock, Ivan Ivânovitch — ouviu falar dele? —, não só não lhe pagou, até hoje, pela costura de meia dúzia de camisas holandesas, como também a pôs para fora, com ofensas, batendo os pés e chamando-a de nomes feios, sob o pretexto de o colarinho da camisa ter sido feito sem medida e meio torto. E há criancinhas famintas... Então Katerina Ivânovna anda pelo quarto, torcendo os braços, e as manchas vermelhas despontam nas faces dela, o que sempre acontece com essa doença — "Moras tu, vagabunda, em nossa casa, comes e bebes, e aproveitas o calorzinho!" —, mas que "comes e bebes" são esses, quando as criancinhas não veem sequer uma crosta de pão, por três dias? Eu estava... fazer o quê, pois... eu estava deitado, de tão bebidinho, e ouço a minha Sônia (ela é recatada, e sua voz é tão tímida... moça lourinha, de rosto magrinho e sempre pálido) dizer: "Será que vou, Katerina Ivânovna, fazer aquele negócio?". E Dária Frântzevna, uma mulher de más intenções e bem conhecida pela polícia, já o tinha proposto, por meio da locadora, umas três vezes. "E por que não?" — responde Katerina Ivânovna, escarninha. — "Para que guardar? Eta, tesouro!" Mas não condene, não condene, prezado senhor, não condene! Ela não disse aquilo em são juízo, mas toda aflita, doente, ouvindo os filhos chorarem de fome; e disse mais por ofensa do que no sentido literal... Assim é a índole de Katerina Ivânovna, e quando as crianças se põem a chorar, nem que seja de fome, começa logo a bater nelas. E vejo eu, lá pelas seis horas, Sônetchka se levantar, pôr o lencinho, pôr a mantinha e ir embora de casa. Voltou pelas nove horas e foi direto ver Katerina Ivânovna, e colocou na mesa, bem na frente dela, trinta rublos,

[11] Rei da antiga Pérsia, no século VI a.C.

calada. Não disse uma palavra, naquele momento, nem olhou para ela, mas pegou o nosso grande lenço verde de *dradedam*[12] (temos tal lenço, um para todos, de *dradedam*), cobriu com ele toda a cabeça e deitou-se na cama, de rosto para a parede, com os ombros e todo o corpinho tremendo... E eu, como dantes, estava deitado do mesmo jeito... E vi eu, então, meu jovem, vi Katerina Ivânovna, tampouco dizendo uma palavra, achegar-se depois à caminha de Sônia e passar a noite inteira, de joelhos, ao lado dela, beijando-lhe os pés, sem querer levantar-se, e ambas adormeceram assim, abraçadas, juntas... as duas... as duas... sim... e eu... estava deitado, de tão bebidinho.

Marmeládov se calou, como se sua voz tivesse falhado. De súbito, encheu, apressado, o copo, bebeu e soltou um grasnido.

— Desde lá, meu senhor — prosseguiu ele, após uma pausa —, desde lá, devido a um caso desfavorável e à denúncia de certas pessoas mal-intencionadas (tendo contribuído para isso, em especial, Dária Frântzevna, por lhe termos faltado, dizia, com o respeito), desde lá, minha filha Sófia Semiônovna se viu obrigada a usar o cartão amarelo e, assim sendo, não pôde mais ficar conosco. É que nem a locadora, Amália Fiódorovna, queria admitir aquilo (e antes auxiliava, ela própria, Dária Frântzevna), nem o senhor Lebeziátnikov... hum... Foi por causa de Sônia que ele teve aquela história com Katerina Ivânovna. A princípio, requestava, ele mesmo, Sônetchka, e depois se assoberbou, de repente: "Como é que eu, homem tão esclarecido, morarei no mesmo apartamento com aquela ali?". E Katerina Ivânovna não aguentou, interveio... bem, e aconteceu... E agora Sônetchka vem visitar-nos, em geral, ao anoitecer, ajuda Katerina Ivânovna e traz o dinheiro que pode... Ela mora no apartamento do alfaiate Kapernaúmov, aluga lá um quartinho, esse Kapernaúmov é coxo e tem a língua presa, e toda a numerosíssima família dele também tem a língua presa. E a mulher dele também tem a língua presa... Eles todos ficam num quarto só, e Sônia tem um quarto particular, com um tabique... Hum, sim... Gente paupérrima e de língua presa... sim... Só que eu me levantei então, de manhã cedo, vesti meus farrapos, ergui os braços para o céu e fui ver Sua Excelência Ivan Afanássievitch. Conhece Sua Excelência Ivan

---

[12] Tecido de lã felpudo, corruptela (no original russo: драдедам) do termo francês *drap des dames*.

Afanássievitch?... Não? Pois não conhece um homem de Deus! É uma cera... cera que se derrete, assim, perante a face divina!... Até derramou lágrimas, ao dignar-se a escutar tudo. "Bom, disse-me, Marmeládov, já que lograste as minhas esperanças... Aceito-te de volta, mais uma vez, sob a minha responsabilidade pessoal — assim mesmo é que disse — vai e não te esqueças!" Beijei a poeira aos pés dele, mentalmente, que não deixaria beijar de verdade, por ser dignitário e homem de novas ideias estatais e edificantes, voltei para casa e, quando declarei lá que tornaria a servir e a receber meu salário, meu Deus, que coisa se deu então!...

Marmeládov parou outra vez, profundamente emocionado. Nesse momento, toda uma chusma de beberrões, já bastante embriagados, entrou na bodega, ouvindo-se perto das portas os sons de um realejo de rua e a voz trêmula de uma criança de sete anos que entoava a "Quintazinha". Fez-se barulho. O dono e os criados foram servindo as visitas. Marmeládov, sem dar atenção a elas, continuou seu relato. Ele parecia muito enfraquecido, porém se tornava mais e mais prolixo, à medida que se embebedava. De certa forma, as lembranças do recente sucesso profissional reanimaram-no e mesmo se refletiram em seu semblante, como um fulgor. Raskólnikov escutava atentamente.

— E ocorreu isso, meu senhor, cinco semanas atrás. Sim... Logo que souberam elas duas, Katerina Ivânovna e Sônetchka, meu Deus, foi como se me tivesse mudado para o reino divino. Antes estava deitado, que nem um bicho, e só injúrias! E agora andam de manso e fazem as crianças se quietarem: "Semion Zakhárovitch se cansou no trabalho, está repousando, psiu!". Servem-me, antes do trabalho, o café, fervem a nata! Passaram a arranjar para mim a nata de verdade, ouve? E como elas me conseguiram um uniforme decente, onze rublos e cinquenta copeques, não compreendo! As botas, os peitilhos de chita, magnificentíssimos, a túnica — arrumaram tudo por onze rublos e meio, de maneira excelentíssima. Volto eu, na primeira manhã, do trabalho e vejo, Katerina Ivânovna fez dois pratos, uma sopa e uma salé[13] com rábano-picante, no que antes a gente sequer pensava. Ela não tem vestido nenhum... quer dizer, nenhum mesmo, e, dessa feita, vestiu-se como que para sair, pois não apenas uma coisinha qualquer, mas tudo sabe fazer, assim, do nada: um penteado, um colarinho limpinho, manguitos, e eis

[13] Prato de carne salgada.

que se torna uma outra pessoa, mais nova e mais bonita. Sônetchka, meu benzinho, só ajudava com dinheiro, e ela mesma, dizia, teria vergonha, por ora, de visitar-nos frequentemente, a menos que fosse de noite, para ninguém a ver. Ouve-me, ouve? Vim dormir depois do almoço, e o que você acha? Não aguentou Katerina Ivânovna, tinha brigado, uma semana antes, com Amália Fiódorovna, do modo mais feio e, nesse dia, convidou-a para tomar um cafezinho. Ficaram sentadas, por duas horas, cochichando: "Pois agora que Semion Zakhárovitch está trabalhando e recebendo o salário, ele foi tratar, em pessoa, com Sua Excelência, e Sua Excelência saiu, em pessoa, mandou todos esperarem, pegou Semion Zakhárovitch pela mão e levou-o, na frente de todos, para o seu gabinete". — Ouve-me, ouve? "Eu, com certeza, Semion Zakhárovitch, lembro-me de seus méritos, disse ele, e, bem que tivesse tido aquela fraqueza leviana, confio, em atenção às suas promessas e porque, além disso, nosso negócio aqui não vai bem sem o senhor", ouve-me, ouve?... "Confio, disse ele, em sua palavra de honra", ou seja, ela pensou e inventou isso tudo, e não foi por leviandade, mas tão somente por fanfarrice! Não, ela mesma acredita em tudo, consola-se com essas fantasias suas, juro por Deus! E eu não condeno, não, eu não condeno isso!... E quando, seis dias atrás, eu trouxe o primeiro salário completo, vinte e três rublos e quarenta copeques, chamou-me de bebezinho: "Meu bebezinho, disse, tu és!". E foi a sós, entende? Mas que beleza, parece, eu tenho, e que tipo de esposo sou? Não, ela me beliscou a bochecha e disse: "Meu bebezinho, tu és!".

Marmeládov parou, tentando sorrir, mas, de repente, seu queixo começou a tremer. Aliás, ele se conteve. Essa bodega, esse aspecto deturpado, cinco noites passadas em barcas de feno e a garrafa, bem como esse amor doentio pela mulher e família, faziam o ouvinte perder o fio da meada. Raskólnikov escutava atento, mas com uma sensação mórbida. Estava arrependido de ter ido ali.

— Prezado senhor, prezado senhor! — exclamou Marmeládov, recobrando-se. — Oh!, meu senhor, talvez tudo isso o faça rir, assim como os outros, e eu apenas o incomode com a tolice de todos esses míseros pormenores de minha vida familiar, mas eu cá não estou rindo! É que posso sentir tudo isso... Pois, durante todo aquele paradisíaco dia da minha vida e toda aquela noite, entregava-me aos sonhos efêmeros, como iria pôr tudo em ordem, vestir as crianças e dar sossego a ela, e fazer minha única filha voltar ao seio da família, longe daquela desonra... E muita coisa, muita coisa ainda... É permissível, senhor. Então, meu jovem — de chofre, Marmeládov estremeceu, levantou a cabeça e olhou, bem de frente, para o seu ouvinte —, então, no dia seguinte, após todos aqueles sonhos (ou seja, exatamente cinco dias atrás), à noitinha, eu lancei mão de minha astúcia e, feito um ladrão noturno, furtei de Katerina Ivânovna a chave do seu baú, tirei o que sobrava do salário trazido — não lembro mais quanto foi —, e olhe para mim, acabou! Faz cinco dias que estou fora de casa, e a família me procura, e o serviço meu terminou, e a túnica ficou numa bodega, perto da Ponte Egípcia, onde recebi em troca estes trajes... e acabou tudo!

Marmeládov deu um soco na testa, cerrou os dentes, fechou os olhos e apoiou, com força, o cotovelo na mesa. Porém, um minuto depois, seu rosto mudou repentinamente, e, fitando Raskólnikov com certa malícia falsa e insolência afetada, ele se pôs a rir e disse:

— Fui hoje pedir a Sônia um dinheirinho para molhar a garganta! Hi-hi-hi!

— Será que deu? — gritou um dos fregueses, que acabava de entrar; gritou e riu a bandeiras despregadas.

— Esta garrafinha aqui foi comprada por conta dela — replicou Marmeládov, dirigindo-se tão só a Raskólnikov. — Trouxe-me trinta copeques, com suas próprias mãos, o último dinheiro, tudo o que tinha, eu mesmo vi... Não disse nada, apenas olhou para mim, calada... Não é neste mundo, mas lá... que se tem saudade da gente, choram por nós, mas não nos censuram, não censuram! E isso dói mais, dói mais, quando não nos censuram!... Trinta copeques, sim. E ela mesma está precisando deles agora, não é? Como acha, meu querido senhor? É que ela precisa agora cuidar do asseio. E tal asseio, o especial, custa dinheiro, entende? Entende? Para comprar batonzinho também, senão, não dá; saias engomadinhas, botins, assim, mais coquetes, para mostrar a perninha, quando passar por um charco. Entende, senhor, entende o que significa esse asseio? Pois é... e eu, pai de sangue, roubei-lhe aqueles trinta copeques para molhar a goela! E estou cá bebendo! E já os gastei com a bebida!... Quem é que teria pena de um sujeito como eu, hein? Tem pena de mim agora, senhor, ou não tem? Diga, senhor, se tem ou não tem! Hi-hi-hi-hi!

Ele queria encher o copo, mas não havia mais nada. A garrafa estava vazia.

— Por que ter pena de ti? — bradou o dono, que se aproximara outra vez deles.

Ouviram-se risadas e até mesmo injúrias. Os que tinham ouvido, bem como os que não tinham ouvido, riam e xingavam do mesmo modo, só de ver a figura do servidor reformado.

— Ter pena? Por que ter pena de mim? — berrou de súbito Marmeládov, e levantou-se, de braço estendido para frente, num rasgo de inspiração, como se tivesse esperado apenas por essas palavras. — Por que ter pena, tu dizes? Sim, não há por que ter pena de mim! É preciso crucificar-me, pregar-me na cruz, em vez de ter pena! Crucifica, juiz, crucifica-o, mas apieda-te dele, depois de crucificar! Então é que vou, eu mesmo, para a cruz, já que não tenho sede de alegria, mas sim de pesar e de lágrimas!... Estás pensando, comerciante, que essa tua garrafinha me tenha sido doce? Pesar, procurava pesar no fundo dela, pesar e lágrimas, e gozei, e obtive; mas quem terá pena de nós será o que se apiedou de todos, o que entendeu a todos e tudo, ele único, ele será o juiz. Virá, naquele dia, e perguntará: "Onde está a filha que se dedicou à madrasta maldosa e tísica, às crianças alheias e pequeninas? Onde está a filha que se apiedou de seu pai terreno, bêbado repugnante, sem se horrorizar com a selvageria dele?". E dirá: "Vem! Já te perdoei uma vez... Perdoei uma vez... E agora serão perdoados os teus pecados múltiplos, porque muito amaste...". E perdoará minha Sônia, perdoará, eu cá bem sei que perdoará... Senti isso no meu coração, há pouco, quando fui procurá-la!... E julgará todos e perdoará, os bons e os maus, os sábios e os humildes... E quando terminar de julgá-los a todos, proferirá também para nós: "Venham, dirá, e vocês! Venham, os bebidinhos e os fraquinhos e os desavergonhados!". E nós todos iremos, sem vergonha, e postar-nos-emos diante dele. E ele dirá: "São porcos, e trazem a imagem da besta e o selo dela, mas venham vocês também!". E hão de proferir os sábios e os sensatos: "Senhor, por que os aceitais?". E ele dirá: "Aceito-os, sábios, aceito-os, sensatos, porque nenhum deles se achou, a si próprio, merecedor disso...". E estenderá para nós os seus braços, e nós cairemos de joelhos... e choraremos... e tudo entenderemos! Então é que tudo entenderemos... e todo o mundo entenderá... e Katerina Ivânovna... ela também entenderá... Que venha o vosso reino, Senhor!

Marmeládov desabou no banco, exausto e esgotado, sem olhar para ninguém, como se tivesse esquecido tudo ao seu redor e caído numa profunda meditação. Suas palavras produziram certo efeito; por um minuto, fez-se silêncio, mas logo se ouviram as mesmas risadas e injúrias:

— Cabeção!

— Mentiroso!

— Servidor! — *et cetera, et cetera.*

— Vamos, senhor — disse, de supetão, Marmeládov, erguendo a cabeça e dirigindo-se a Raskólnikov —, leve-me daqui... À casa de Kozel, pelo pátio. Está na hora... de rever Katerina Ivânovna...

Fazia tempo que Raskólnikov queria ir embora, pensando, ele mesmo, em ajudá-lo. As pernas de Marmeládov estavam muito mais fracas do que seus discursos, e ele se agarrou, pesado, ao jovem. Havia uns duzentos ou trezentos passos pela frente. A vergonha e o medo se apossavam do bêbado cada vez mais, à medida que ele se aproximava de sua casa.

— Não tenho agora medo de Katerina Ivânovna — balbuciava ele, confuso —, nem de ela me puxar, novamente, os cabelos. Que cabelos... os cabelos são uma bobagem! Sou eu que digo! Até seria melhor se puxasse, mas não tenho medo disso... eu... tenho medo dos olhos dela... sim... dos olhos... Também tenho medo das manchas vermelhas nas faces... e ainda... de sua respiração... Tu viste como se respira com essa doença... quando se está perturbado? Também tenho medo de as crianças chorarem... É que, se Sônia não deu comida, então... não sei o quê, eu não sei! E lá de surras não tenho medo... Saiba, senhor, que aquelas surras não me causam dor, mas, às vezes, até me são prazerosas... Pois eu mesmo não posso prescindir disso. É melhor assim. Que me bata, que se alivie... melhor assim... Eis aqui minha casa. A casa de Kozel. A de um serralheiro, alemão, rico... leve-me!

Eles entraram pelo pátio e subiram ao quarto andar. A escadaria ficava mais escura a cada passo. Já eram quase onze horas e, mesmo que não haja, em Petersburgo, noites de verdade nesse período,[14] a parte superior da escada estava muito escura.

[14] Fenômeno próprio das regiões situadas perto dos círculos polares: noites de verão em que o sol não se põe por completo, causando um crepúsculo permanente.

Uma pequena porta fuliginosa, bem em cima, no fim da escadaria, estava aberta. Um coto de vela iluminava um quarto paupérrimo, de uns dez passos de comprimento, que se via todo a partir da entrada. As coisas estavam jogadas ali em desordem, sobretudo diversos trapos infantis. Um lençol furado estava estendido no canto dos fundos. Uma cama se encontrava, provavelmente, atrás dele. E no próprio quarto havia apenas duas cadeiras e um sofá coberto de oleado, todo aos pedaços, diante do qual ficava uma velha mesa de pinho, sem nenhuma pintura nem toalha. À beira da mesa estava um coto de vela de sebo, posto num castiçal de ferro e prestes a apagar-se. Deduzia-se que Marmeládov não dormia num canto, mas sim num cômodo separado, mas esse cômodo dava acesso aos outros. A porta voltada para os demais quartos ou celas, em que era repartido o apartamento de Amália Lippewehzel, estava entreaberta. Havia, por lá, barulho e gritaria. Umas pessoas gargalhavam. Parecia que jogavam baralho e tomavam chá. Ouviam-se, por vezes, as palavras menos cerimoniosas.

Raskólnikov logo reconheceu Katerina Ivânovna. Era uma mulher fina, bastante alta e esbelta, mas emagrecida ao extremo, cujos cabelos castanhos escuros ainda estavam lindos, e as faces, cobertas de manchas vermelhas. Ela andava de lá para cá pelo seu quartinho, de mãos apertadas ao peito e lábios crestados, e respirava a custo, de modo intermitente. Seus olhos brilhavam, como que de febre, mas o olhar estava cortante e imóvel, e esse rosto tísico e aflito, iluminado pelos últimos reflexos bruxuleantes do coto de vela, produzia uma impressão dolorosa. Raskólnikov achou que ela tivesse uns trinta anos, e que realmente não formava par com Marmeládov... Ela não os ouvira entrar, nem reparara neles, parecia que estava numa espécie de torpor, sem ouvir nem ver nada. O quarto estava abafadiço, porém ela não abrira a janela; um fedor vinha da escadaria, porém não trancara a porta de entrada, a fumaça de cigarros passava, em ondas, pela outra porta aberta, a dos cômodos interiores, e a mulher tossia, mas não fechava a porta. A menor das crianças, menina de uns seis anos, estava dormindo no chão, sentada, de certa maneira, e recurvada, de cabeça encostada no sofá. Um menino, um ano mais velho que ela, tremia todo, no canto, e chorava. Decerto acabava de levar uma sova. A menina mais velha, de uns nove anos, altinha e fininha como um palito, vestindo apenas uma camisola ruim e rasgada por toda parte, com uma vetusta mantinha de *dradedam* sobre os ombros nus, a qual teria sido feita há dois anos, já que agora não lhe chegava nem aos joelhos, estava no canto, ao lado de seu irmãozinho, abraçando o pescoço dele com o seu braço comprido e seco que nem uma lasca. Pelo visto, tentava acalmar o menino, cochichava alguma coisa, continha-o para que não tornasse a choramingar, e ao mesmo tempo espiava, medrosa, a mãe com seus grandes olhos, grandes e escuros, que pareciam maiores ainda no seu rostinho emagrecido e assustado. Sem entrar no quarto, Marmeládov se ajoelhou perto da porta e empurrou Raskólnikov para frente. Ao ver o desconhecido, a mulher parou diante dele, distraída, recuperando por um instante, os sentidos e como que refletindo: por que foi que ele entrou? Devia ter pensado que ia para os outros cômodos, situados atrás do seu quarto. Pensando assim, ela se dirigiu, sem lhe dar mais atenção, à porta de entrada para fechá-la e, de repente, soltou um grito, ao ver seu marido ajoelhado na soleira.

— Ah! — gritou ela, frenética. — Voltaste! Grilheta![15] Verdugo!... Onde está o dinheiro? O que tens no bolso, mostra! E as roupas são outras! Onde estão tuas roupas? Onde está o dinheiro? Fala!...

E ela se pôs a revistá-lo. Obediente e dócil, Marmeládov logo afastou os braços para facilitar, desse modo, a vistoria dos bolsos. Não havia sequer um copeque.

— Onde é que está o dinheiro? — gritava ela. — Meu Deus, será que gastaste tudo com bebida? Pois havia ainda doze rublos, lá no baú!... — de chofre, pegou-o, raivosa, pelos cabelos e arrastou-o para o quarto. Facilitando-lhe os esforços, Marmeládov rastejava, humildemente ajoelhado, atrás dela.

— E isso é meu deleite! Não é minha dor, mas sim meu de-lei-te, pre-za-do se-nhor! — vociferava ele, puxado pelos cabelos e mesmo batendo, uma vez, a testa no chão. A criança, que dormia no assoalho, acordou e começou a chorar. O menino, que estava no canto, não aguentou, ficou tremendo, gritando, e acorreu à irmã, num susto horrível, quase em delírio. A menina mais velha tremelicava de medo, igual a uma folha de árvore.

— Gastou! Gastou tudo, tudo! — berrava a pobre mulher, desesperada. — E as roupas são outras! Famintos, famintos! — torcendo os

[15] A palavra russa "kolódnik" (колодник) significa um criminoso condenado a trabalhos forçados e preso com grilhões.

braços, ela apontava para os filhos. — Oh, vida maldita! E você, você não tem vergonha? — de supetão, ela atacou Raskólnikov. — Veio do botequim! Bebeste com ele? Tu também bebeste com ele? Fora!

O jovem se apressou em sair, sem uma palavra. Ademais, a porta interna ficou escancarada, e alguns curiosos assomaram nela. Apareceram alguns sujeitos insolentes, risonhos, com cigarrinhos e cachimbos, de solidéus. Viam-se vultos de roupão e seminus, com trajes indecentes de verão, alguns com cartas nas mãos. Riam, sobretudo, de ouvir Marmeládov gritar, puxado pelos cabelos, que era o seu deleite. Começaram mesmo a adentrar o quarto, quando ressoou, afinal, um ganido sinistro; era Amália Lippewehzel, em pessoa, que vinha aos empurrões para restabelecer a ordem e, pela centésima vez, intimidar a pobre mulher com a injuriosa exigência de desocupar, no dia seguinte, o apartamento. Saindo, Raskólnikov pôs rapidamente a mão no bolso, juntou as moedas de cobre que lhe sobravam do rublo gasto na bodega e colocou-as, de modo imperceptível, no peitoril da janela. Em seguida, já na escadaria, mudou de ideia e quis retornar.

"Mas que besteira eu fiz" — pensou — "eles lá têm Sônia, e eu mesmo estou precisando." Porém, resolvendo que não era mais possível tomar o dinheiro de volta, e que, de qualquer maneira, ele não o tomaria, desistiu de sua intenção e foi para casa. "É que Sônia também precisa de batonzinho" — continuava ele, indo pela rua, com um sorriso malicioso — "custa dinheiro o tal asseio... Hum! E essa Sônetchka talvez acabe falindo hoje, porque o risco é o mesmo, a caça ao bicho valioso... as minas de ouro... pois todos eles vão ficar na pindaíba amanhã, sem o meu dinheiro... Eta, Sônia! Que poço, contudo, souberam abrir, e usufruem! Usufruem mesmo! Acostumaram-se. Primeiro choraram, e depois se acostumaram. O vil homenzinho se acostuma a qualquer coisa!"

Ele ficou pensativo.

— E se eu estava mentindo — exclamou, de improviso e sem querer —, se o homem não é vil, realmente, como um todo, quer dizer, toda a raça humana, então todo o resto são preconceitos e medos falsos apenas, e não há nenhum obstáculo, e deve ser assim mesmo!...

III

No dia seguinte, ele acordou tarde, após um sono inquieto que não o fortalecera. Acordou de mau humor, irritadiço, zangado, e olhou com ódio para o seu cubículo. Era um aposento minúsculo, de uns seis passos de comprimento, que parecia miserabilíssimo com o seu papel de parede amarelinho, empoeirado e solto por toda a parte, e era tão baixo que, entrando nele, uma pessoa minimamente alta sentia constante medo de bater a cabeça no teto. A mobília correspondia ao quarto, havia lá três cadeiras velhas meio desengonçadas, no canto, uma mesa pintada em cima da qual estavam alguns cadernos e livros (a julgar pelo seu aspecto poeirento, nenhuma mão os tocara por muito tempo), e, afinal, um grande sofá canhestro que ocupava metade da largura do quarto, além de quase toda a parede, antigamente coberto de chita, mas agora todo esfrangalhado, onde Raskólnikov dormia. Muitas vezes ele adormecia como estava, sem se despir, sem lençol, cobrindo-se com o seu velho e gasto casaco de estudante e usando um só travesseiro pequeno, debaixo do qual colocava todas as roupas íntimas, limpas e sujas, para aumentar a altura da cabeceira. Defronte do sofá, havia uma mesinha.

Seria difícil ficar mais descuidado e desleixado, todavia, Raskólnikov mesmo se comprazia com isso, nesse seu atual estado de espírito. Resoluto, ele se afastara de todos, feito uma tartaruga que se esconde na sua casca, até o rosto da moça encarregada de servi-lo, que vez por outra vinha dar uma espiada no quarto, provocava-lhe espasmos de irritação, coisa que acontece com certos monomaníacos, quando absortos demais em algum assunto. Fazia duas semanas que sua locadora não lhe fornecia mais comida, mas ele sequer pensava, por ora, em explicar-se com ela, conquanto andasse sem almoçar. Nastássia, a cozinheira e única empregada da locadora, estava, em parte, contente com esse humor do inquilino, deixara de arrumar e varrer o seu quarto, e só uma vez por semana, casualmente, pegava a vassoura. Foi ela quem o despertou nesse dia.

— Levanta-te, chega de dormir! — gritou em cima dele. — Vai dar dez horas. Trouxe-te chá; queres chazinho, hein? Ficaste tão magro!

Com um sobressalto, o inquilino abriu os olhos e reconheceu Nastássia.

— O chá é da dona, não é? — perguntou, soerguendo-se devagar no sofá, de cara mofina.

— Que dona?!

A empregada pôs na sua frente o bule fendido, com folhas de chá já usadas, e dois pedacinhos amarelos de açúcar.

— Eis aqui, Nastássia, toma, por favor — disse o jovem, vasculhando o seu bolso (dormira vestido) e tirando de lá um punhadinho de moedas de cobre —, vai comprar para mim uma *saika*.[16] E compra na mercearia um pouco de mortadela, das mais baratas.

— Trago-te agorinha a *saika*, mas não queres sopa de repolho, em vez da mortadela? Uma sopinha boa, de ontem. Guardei-a pra ti, ontem ainda, mas tu chegaste tarde. Uma sopinha boa.

Quando a sopa foi servida e ele começou a tomá-la, Nastássia se sentou no sofá, perto dele, e desandou a tagarelar. Mulher da roça, gostava demais de tagarelice.

— Praskóvia Pávlovna quer reclamar de ti na poliça — disse ela.

O jovem carregou o cenho.

— Na polícia? Está querendo o quê?

— Não pagas nem deixas o partamento. A gente sabe o quê.

— Eh, só esse diabo é que me faltava — murmurou ele, rangendo os dentes. — Não... agora isso... não vem a calhar... Ela é boba — acrescentou, em voz alta. — Vou hoje falar com ela.

— Que ela é boba, é, do mesmo jeito que eu, mas tu, que és cabeçudo, pra que estás aí, deitado que nem um saco, sem fazer coisa nenhuma? Antes, disseste, ensinava as crianças, e agora pra que não fazes nada?

— Eu faço... — disse, a contragosto, Raskólnikov, todo sombrio.

— O que fazes?

— Um trabalho...

— Mas que trabalho aí?

— Estou pensando — respondeu ele, sério, após uma pausa.

Nastássia deu uma gargalhada. Era daquelas pessoas que riem, quando acham graça, de modo silencioso, balançando e agitando o corpo todo, até ficarem enjoadas de tanto rir.

— E muito dinheiro já arrumaste, pensando? — chegou finalmente a perguntar.

— Não dá para ensinar as crianças sem botas. Aliás, cuspo para isso.

— A gente não cospe no prato onde come.

---

[16] Espécie de pão de trigo.

— Pagam em cobre pelas crianças. O que faria com esses copeques? — prosseguiu ele, a contragosto, como se respondesse aos seus próprios pensamentos.

— E tu querias, de vez, o cabedal todo?

Ele a encarou de maneira estranha.

— Sim, o cabedal todo — respondeu, firme, após uma pausa.

— Vai devagar, hein, senão tenho medo, que falas muito midonho. Eu vou, pois, comprar a *saika* ou não?

— Como quiseres.

— Ah, esqueci! Chegou uma carta pra ti, ontem, quando estavas fora.

— Uma carta? Para mim? De quem?

— Não sei de quem. Dei três copeques meus ao carteiro. Vais devolver, não vais?

— Traz aqui, pelo amor de Deus, traz a carta! — gritou Raskólnikov, cheio de emoção. — Meu Deus!

Um minuto depois, ela trouxe a carta. Bem que pensava na carta de sua mãe, vinda da província de R***. Pegando-a, ele ficou todo pálido. Já fazia tempos que não recebia cartas, porém fora algo bem diferente que lhe cerrara, de chofre, o coração.

— Vai embora, Nastássia, pelo amor de Deus! Eis aqui esses três copeques, mas, pelo amor de Deus, vai logo!

A carta tremia em suas mãos, ele não queria deslacrá-la na presença da empregada, apetecia-lhe ficar *a sós* com essa carta. Quando Nastássia saiu, levou depressa o envelope aos lábios e beijou-o, depois ficou muito tempo a examinar a letra do endereço, essa bem conhecida e amada letra, pequena e inclinadinha, a de sua mãe, que lhe ensinara outrora a ler e a escrever. Ele não se apressava, como se tivesse medo de alguma coisa. Abriu, afinal, o envelope, a carta era longa e densa, escrita em duas colunas, com uma caligrafia miúda, e ocupava duas grandes folhas de papel postal.

"Meu querido Ródia"[17] — escrevia a mãe —, "já fazia mais de dois meses que não conversava contigo por escrito, sofria, eu mesma, por causa disso e até passava uma ou outra noite sem dormir, cogitando. Decerto não me acusarás por este meu silêncio forçado. Tu sabes como

---

[17] Variante diminutiva e carinhosa do nome Rodion.

te amo, só temos a ti, eu e Dúnia,[18] és tudo para nós, toda a esperança e aspiração nossa. O que se deu comigo, quando soube que tinhas deixado a universidade, há vários meses, por falta de sustento, e que as aulas e outros meios teus tinham acabado! Como poderia ajudar-te com os meus cento e vinte rublos de pensão por ano? Aqueles quinze rublos que te mandei quatro meses atrás, pedi-os emprestados, como tu mesmo sabes, a Afanássi Ivânovitch Vakhrúchin, comerciante daqui, por conta desta minha pensão. Ele é um homem bom, e foi ainda amigo de seu pai. Mas, dando-lhe o direito de receber, por mim, a pensão, eu devia esperar até o pagamento da dívida, que se fez só agora, e não podia mandar-te nada, nesse tempo todo. Graças a Deus, agora já posso enviar, parece, mais dinheiro para ti e, além disso, nós podemos até nos gabar com a nossa sorte, o que te comunico, ansiosa. Em primeiro lugar, adivinhas tu, meu querido Ródia, que tua irmã mora, há um mês e meio, comigo, e que não nos separaremos mais, daqui em diante? Seja louvado Deus, terminou o martírio dela, porém vou contar-te tudo com calma, para que saibas como tudo aconteceu e o que te escondíamos até hoje. Quando me escreveste, dois meses atrás, ter ouvido alguém dizer que Dúnia estaria suportando muita grosseria na casa dos senhores Svidrigáilov e pediste exatas informações, o que é que podia, então, escrever em resposta? Se tivesse contado toda a verdade, terias abandonado tudo e vindo, quiçá, para casa, mesmo a pé, e protegerias tua irmã. Conheço a tua índole e teus sentimentos, contudo, eu mesma estava desesperada e não sabia o que fazer nem sabia, então, a verdade toda. A maior dificuldade era que, entrando na casa deles como governanta, no ano passado, Dúnetchka recebera cem rublos adiantados, sob a condição de devolvê-los por conta de seu salário, e não podia, portanto, deixar o emprego antes de pagar a dívida. E recebera aquela quantia toda (agora é que te explico, caríssimo Ródia) para mandar-te sessenta rublos, de que precisavas tanto, àquela altura, e que te enviamos no ano passado. Então te enganamos, escrevendo que era parte das economias antigas de Dúnia, mas não era assim, e agora te comunico toda a verdade, porque tudo acabou de mudar repentinamente, por vontade de Deus, para melhor, e a fim de que saibas como Dúnia te ama e que coração inapreciável ela tem. É verdade que o senhor

[18] Variante diminutiva e carinhosa do nome Avdótia.

Svidrigáilov a tratava, no começo, brutalmente, afrontando-a e escarnecendo na hora de comer... Porém não quero esmiuçar todos aqueles detalhes tristes, para não te afligir à toa, quando tudo já está terminado. Em resumo, apesar do bondoso e nobre tratamento de Marfa Petrovna, esposa do senhor Svidrigáilov, e de todos os familiares, Dúnetchka sofria muito, especialmente quando o senhor Svidrigáilov estava, segundo o seu velho hábito de regimentos, sob o influxo de Baco.[19] E o que foi que aconteceu em seguida? Imagina só, aquele insensato se apaixonara, há muito tempo, por Dúnia, mas disfarçava tudo com sua grosseria e desprezo por ela. Talvez estivesse, ele mesmo, envergonhado e horrorizado de nutrir, já entrado em anos e pai de família, tais esperanças levianas, e por isso tinha raiva involuntária de Dúnia. Ou queria, talvez, esconder a história toda dos outros, com a brutalidade de seu tratamento e seu escárnio. Não se conteve, por fim, e ousou fazer a Dúnia uma proposta clara e ignóbil, prometendo-lhe várias recompensas e, além disso, abandonar tudo e ir com ela para outra vila ou então para o estrangeiro. Podes imaginar todos os sofrimentos dela! Não poderia deixar logo o emprego, não só por causa da dívida monetária, mas também por poupar Marfa Petrovna, a qual teria, quem sabe, algumas suspeitas, da consequente rixa em sua família. E para Dúnetchka o escândalo seria grande, sem isso não passaria! Havia lá muitos motivos diversos, de modo que, sem completar, ao menos, seis semanas nessa casa horrível, Dúnia sequer poderia pensar em escapar dali. É claro que tu conheces Dúnia e sabes como ela é inteligente e que caráter firme possui. Dúnetchka pode suportar muita coisa e, mesmo nos casos mais extremos, tem revelado tanta magnanimidade a fim de preservar essa sua firmeza. Ela nem me escrevia sobre aquelas coisas, para não me deixar preocupada, embora trocássemos notícias frequentemente. O desfecho veio inesperado. Marfa Petrovna ouviu, sem querer, o marido implorar a Dúnetchka no jardim e, entendendo tudo errado, inculpou-a de tudo, pensando que ela mesma seria o pivô daquela história. Lá mesmo, no jardim, aconteceu com eles uma cena terrível: Marfa Petrovna não queria ouvir mais nada, chegou a bater em Dúnia e ficou gritando, uma hora inteira; enfim, mandou levarem Dúnia de volta para a cidade, numa simples carroça roceira, em que jogaram todos os pertences

[19] Na mitologia romana, deus do vinho e símbolo da embriaguez.

dela, roupas de baixo, vestidos, e tudo de qualquer jeito, solto e misturado. E de repente caiu um aguaceiro, e Dúnia, ofendida e desonrada, teve de passar, com um camponês, dezessete verstas numa carroça aberta. Pensa agora o que eu poderia escrever para ti, em resposta àquela tua carta que recebi há dois meses, e sobre o que contaria. Eu mesma estava desesperada, não me atrevia a contar-te a verdade, pois ficarias muito infeliz, entristecido e revoltado, e o que tu poderias fazer? Talvez acabasse prejudicando a ti mesmo, e Dúnetchka me proibia de escrever; e encher a carta de ninharias, tendo tamanho pesar na alma, eu não podia. Os boatos sobre aquela história andavam, por toda a nossa cidade, um mês inteiro, a ponto de não podermos nós duas, eu e Dúnia, nem sequer ir à igreja, por causa dos olhares desdenhosos e dos cochichos, e até mesmo das conversas em voz alta, na nossa presença. Todos os conhecidos se afastaram da gente, todos cessaram de cumprimentar-nos, e eu cá fiquei sabendo que certos comerciários e escrivães queriam, por certo, ofender-nos de modo baixo, sujando de alcatrão as portas de nossa casa, tanto assim que os donos passaram a exigir que desocupássemos o apartamento. A causa disso tudo era Marfa Petrovna, que já tinha acusado e manchado Dúnia em todas as casas. Ela conhece todos por aqui e, naquele mês, vinha à cidade a cada instante, e, sendo bastante falaz e gostando de contar sobre os negócios de sua família e, sobretudo, de queixar-se de seu marido para qualquer pessoa, o que é muito ruim, espalhou toda a história, em pouco tempo, não só na cidade, mas também por todo o distrito. Fiquei doente, mas Dúnetchka era mais forte que eu, e se tu visses como ela suportava tudo e como me consolava e alentava! Ela é um anjo! Porém, graças à caridade divina, o nosso martírio chegou ao fim, o senhor Svidrigáilov mudou de ideia, arrependeu-se e, tendo, quem sabe, pena de Dúnia, apresentou a Marfa Petrovna as provas completas e evidentes de toda a inocência de Dúnetchka, a saber, a carta que Dúnia fora obrigada a escrever e a entregar-lhe, antes ainda de Marfa Petrovna tê-los flagrado no jardim, para recusar as declarações pessoais e encontros furtivos, em que ele insistia, carta essa que ficara, indo Dúnetchka embora, nas mãos do senhor Svidrigáilov. Nessa carta, ela o exprobrava, da maneira mais ardorosa e com toda a indignação, justamente pela vileza de seu comportamento em relação a Marfa Petrovna, explicitava-lhe que era pai e marido e, finalmente, mostrava como ele fazia mal em atormentar e desgraçar uma moça desprotegida e infeliz, por si só. Numa palavra, querido Ródia, essa carta foi escrita de modo tão nobre e comovente que eu a li aos prantos e até agora não consigo lê-la sem lágrimas. Além disso, vieram em favor de Dúnia, por fim, os testemunhos dos criados que viam e sabiam muito mais do que supunha o próprio senhor Svidrigáilov, como isso sempre acontece. Marfa Petrovna ficou toda pasmada e 'abatida de novo', conforme ela mesma nos confessou, porém totalmente convicta da inocência de Dúnetchka, e logo no dia seguinte, domingo, veio direto à catedral e, ajoelhada, com lágrimas, rogou à Rainha que lhe desse forças para suportar essa nova provação e cumprir seu dever. Depois, logo da catedral, sem visitar ninguém pelo caminho, veio a nossa casa, contou-nos tudo, chorou amargamente e, toda contrita, abraçou Dúnia e pediu que a perdoasse. Na mesma manhã, sem atraso nenhum, logo de nossa casa, foi visitar as famílias de toda a cidade e, vertendo lágrimas, restabeleceu a inocência de Dúnia e a nobreza de seus sentimentos e atos, por toda a parte e com as expressões mais favoráveis a ela. E mais que isso; mostrava a todos e lia, em voz alta, a carta que Dúnetchka tinha escrito, com a própria mão, para o senhor Svidrigáilov, e mesmo deixava tirar cópias dela (o que era, a meu ver, desnecessário). Desse modo, ela teve de gastar alguns dias seguidos em percorrer a cidade inteira, porque algumas pessoas se sentiam preteridas, devido à preferência dada a outrem, e eis que começaram a surgir as filas, tanto assim que em cada casa já sabiam, de antemão, e esperavam Marfa Petrovna ler essa carta — tal ou tal dia, em tal ou tal lugar —, e mesmo aqueles que já a tinham ouvido diversas vezes, tanto em suas próprias casas quanto nas dos conhecidos, reuniam-se novamente para presenciar cada nova leitura. Em minha opinião, muita, mas muita coisa aí foi demasiada; porém, a índole de Marfa Petrovna é essa mesmo. Pelo menos, ela restabeleceu completamente a honra de Dúnetchka, e toda a baixeza dessa história cobriu de opróbrio inapagável o seu marido, como o principal culpado, de forma que eu tenho até mesmo piedade dele: foi muito severa a punição daquele insensato. Dúnia foi convidada, de imediato, a dar aulas em algumas casas, mas recusou-se. De modo geral, todo o mundo passou repentinamente a tratá-la com um respeito particular. Tudo isso contribuiu, antes de qualquer coisa, para o caso inesperado, por meio do qual agora muda, por assim dizer, todo o nosso destino. Fica sabendo, querido Ródia, que Dúnia tem noivo, e que já aceitou a proposta dele, e eu cá estou ansiosa por comunicar-te a tal notícia. Isso foi feito sem o teu conselho, mas espero que não te queixes de mim nem da irmã, pois verás, pelo ocorrido, que não nos seria possível demorar no aguardo de tua resposta. Nem tu mesmo poderias, ausente, avaliar tudo com precisão. Eis o que ocorreu. Ele é Piotr Petróvitch Lújin, servidor de sétima classe e contraparente de Marfa Petrovna, a qual muito contribuiu para isso. Começou por exprimir, por meio dela, sua vontade de conhecer-nos, foi recebido devidamente, tomou o café e, logo no dia seguinte, mandou uma carta em que expôs, com muita gentileza, a sua proposta e pediu uma decisão rápida e determinada. Sendo um homem de negócios muito atarefado, ele se apressa agora em partir para Petersburgo, portanto dá valor a cada minuto. É claro que, a princípio, ficamos bem espantadas, porque tudo isso foi por demais rápido e inesperado. Passamos todo esse dia cismando e refletindo juntas. Ele é um homem confiável e abastado, trabalha em dois lugares e já possui seu próprio cabedal. É verdade que já completou quarenta e cinco anos, mas tem uma aparência bastante agradável e pode ainda atrair as mulheres, de modo geral, é um homem assaz respeitável e decente, só um pouquinho sombrio e como que altivo. Talvez seja apenas a primeira impressão nossa. Aviso-te, ademais, Ródia: quando o vires em Petersburgo, o que acontecerá num futuro bem próximo, não o julgues com veemência e pressa demasiadas, como fazes de praxe, se não gostares, à primeira vista, de algum traço dele. Digo isso por via das dúvidas, embora esteja certa de que ele te fará uma impressão agradável. E, além disso, para conhecermos qualquer pessoa que seja, precisamos abordá-la de maneira gradual e prudente, a fim de evitarmos erros e preconceitos que são muito difíceis de serem depois corrigidos e mitigados. E Piotr Petróvitch — pelo menos, a julgar por vários indícios — é uma pessoa digníssima. Por ocasião de sua primeira visita, ele nos declarou ser um homem positivo, que compartilha, porém, 'o credo de nossas gerações mais novas', conforme as próprias palavras dele, e inimigo de todos os preconceitos. Disse também um bocado de outras coisas, por ser como que vaidoso e gostar muito que o ouçam, mas isso aí quase não é um defeito. É claro que eu entendi pouco, mas Dúnia me explicou que, apesar de não ter muita instrução, ele é um homem inteligente e, parece, bondoso. Conheces a índole de tua irmã, Ródia. É uma moça forte, sensata, paciente e generosa, embora de coração ardente, o que bem se percebe nela. Não há, certamente, nenhum amor especial, nem por parte dela e nem por parte dele, mas Dúnia, além de ser inteligente, é, ao mesmo tempo, uma criatura nobre, feito um anjo, e teria como dever a felicidade do marido, o qual, por sua vez, iria cuidar da felicidade dela, e desta última a gente não tem, por enquanto, grandes motivos de duvidar, por mais rápido que tudo isso se tenha dado. Ademais, é um homem bem precavido, e decerto verá, ele mesmo, que sua própria felicidade conjugal será tanto mais segura quanto mais feliz se sentir Dúnetchka ao seu lado. E no tocante à desigualdade de caracteres, a alguns velhos hábitos e mesmo a certa divergência nos pensamentos (o que se vê incontornável, até nos matrimônios mais felizes), no tocante àquilo a própria Dúnetchka me disse que contava consigo, que não havia nada a recear, e que ela podia tolerar muita coisa, sob a condição de as relações vindouras serem honestas e justas. Ele me pareceu, por exemplo, como que bruto, de início, contudo, isso pode ter acontecido exatamente porque é um homem franco, e é assim, com certeza. Em sua segunda visita, por exemplo, já recebido o nosso consentimento, ele disse que, antes mesmo de conhecer Dúnia, tinha decidido casar-se com uma moça honesta, porém sem dote e que já tivesse vivido uma situação trágica, porque, conforme me explicara, o marido nada teria a dever à sua esposa, sendo bem melhor que a mulher considerasse o esposo seu benfeitor. Acrescento que ele se expressou de forma um pouco mais branda e carinhosa do que eu escrevi, pois tinha esquecido a expressão exata e lembrava apenas a sua ideia, e, ademais, porque ele não dissera isso de propósito, mas, pelo visto, sem querer, nesse ardor da conversa, de modo que até buscava depois corrigir e abrandar o dito. Todavia, achei que foi um tanto ríspido, e disse isso mais tarde a Dúnia. Mas Dúnia me respondeu, mesmo com certa contrariedade, que 'falar ainda não é fazer', o que é justo, bem entendido. Antes de tomar a decisão, Dúnetchka não dormiu à noite inteira e, pensando que eu já estivesse dormindo, levantou-se da cama e passou toda a noite andando, de lá para cá, pelo seu quarto. Ficou afinal de joelhos, rezou longa e calorosamente perante o ícone e, de manhã, declarou-me que decidira.

Já mencionei que Piotr Petróvitch estava partindo para Petersburgo. Tendo grandes negócios naquela região, ele pretende abrir em Petersburgo um escritório público de advocacia. Faz tempo que se encarrega de diversos litígios e demandas, e ganhou, um dia desses, um pleito considerável. Precisa, outrossim, ir para Petersburgo por ter lá um negócio importante no Senado. Desse modo, querido Ródia, ele pode ser muito útil também para ti, mesmo em tudo, e nós duas, eu e Dúnia, já resolvemos que tu poderias, a começar pelo dia de hoje, investir seriamente em sua futura carreira e dar seu destino por claramente determinado. Oh, se isso se realizasse! Seria um benefício tal que não nos cumpriria tê-lo por outra coisa, senão pela benevolência direta do Onipotente. Dúnia está sonhando apenas com isso. Já ousamos dizer umas palavras a respeito a Piotr Petróvitch. Ele se pronunciou com cautela, dizendo que, como não poderia, bem entendido, prescindir do secretário, seria melhor assalariar um parente do que um estranho, caso aquele se mostrasse apto para o trabalho (mas é claro que te mostrarias apto!), porém logo expressou a dúvida de que teus estudos universitários não te deixassem tempo para trabalhar no escritório. Tudo terminou assim, dessa vez, mas Dúnia não pensa agora em outra coisa senão nisso. Anda simplesmente febril, há alguns dias, e já elaborou todo um projeto em que tu poderias, mais tarde, tornar-te colega ou mesmo sócio de Piotr Petróvitch, quanto aos pleitos dele, ainda mais que também estás estudando Direito. Concordo com ela plenamente, Ródia, e compartilho todos os seus planos e esperanças, acreditando na total probabilidade deles. E, apesar dos atuais e bem explicáveis subterfúgios de Piotr Petróvitch (o qual ainda não te conhece), Dúnia tem a certeza firme de que conseguirá tudo com sua boa influência sobre o seu futuro marido, tem plena certeza disso. É claro que tomamos o cuidado de não falar com Piotr Petróvitch sobre qualquer um desses nossos sonhos distantes, em especial, que tu serias o sócio dele. Sendo um homem positivo, tratá-los-ia, decerto, com muita frieza, achando que tudo isso não passasse de um devaneio. De igual modo, nem eu nem Dúnia lhe dissemos sequer meia palavra acerca de nossa firme esperança de ele nos ajudar a mandar-te dinheiro, enquanto estiveres na universidade. Não dissemos, primeiro porque isso se faria naturalmente mais tarde, oferecendo ele próprio tal possibilidade, quem sabe, sem muitos rodeios (e como ia negá-lo a Dúnetchka?), tanto mais que tu mesmo poderias tornar-te o braço direito dele no escritório e receber tal auxílio como uma recompensa por ti merecida, e não como um favor. É isso que Dúnetchka quer arranjar, e eu cá estou de acordo com ela.

Em segundo lugar, não dissemos, porque eu queria, sobretudo, colocar-te, por ocasião de nosso vindouro encontro, em pé de igualdade com ele. Quando Dúnia contava sobre ti com arroubo, ele respondeu que era preciso examinar, a princípio, qualquer pessoa de perto e com os próprios olhos, para julgar a respeito dela, e que ele mesmo iria opinar sobre ti, tão logo te conhecesse. Sabes, caríssimo Ródia, parece-me, em razão de certas cogitações (que, aliás, não se referem a Piotr Petróvitch, mas são apenas meus próprios e pessoais caprichos, talvez aqueles de uma mulher velhinha), parece-me que faria, quem sabe, melhor, se ficasse morando, após o casamento de Dúnia, sozinha, como hoje em dia, e não junto deles. Tenho toda a certeza de que ele é nobre e delicado o suficiente para me convidar, ele mesmo, e propor não me separar mais da filha, e que, se ainda não falou nisso até agora, é porque — tal assunto se pressupõe, bem entendido, sem falar, todavia, recusarei o convite. Já reparei, mais de uma vez na vida, que os genros não gostam tanto assim das sogras, e eu não apenas não quero onerar nem um pouco a quem quer que seja, mas também quero ser totalmente livre, enquanto tiver, pelo menos, o meu próprio pedaço de pão e tais filhos como tu e Dúnetchka. Se for possível, vou acomodar-me perto de vocês dois, já que guardei, meu Ródia, o mais agradável para o final da carta: fica sabendo, pois, meu filhinho querido, que talvez nos encontremos de novo, nós três, num futuro bem próximo, vindo a abraçar-nos após quase três anos de separação. Já foi decidido, *na certa*, que nós iremos, eu e Dúnia, para Petersburgo, não sei precisamente quando, mas, em todo caso, dentro em pouco, bem pouco tempo, quem sabe, talvez daqui a uma semana. Tudo depende das providências de Piotr Petróvitch, que nos mandará notícias, assim que se instalar em Petersburgo. Ele quer, por certos cálculos, arranjar o seu casamento o mais depressa possível e até mesmo, se puder, celebrá-lo neste desjejum[20] ou, caso não consiga devido à brevidade do prazo, logo depois da próxima Assunção.[21] Oh, com quanta felicidade é que te apertarei ao meu peito! Dúnia está toda emocionada e alegre à espera de nosso encontro, e uma vez disse, por brincadeira, que só por isso se casaria com Piotr Petróvitch. Ela é um anjo! Agora não acrescenta nada para ti, mandando-me só escrever

[20] Nesse contexto, período em que os cristãos ortodoxos podem comer carne.
[21] Festa religiosa que, segundo o calendário ortodoxo, era celebrada em 15 de agosto.

que tem tanta coisa a dizer-te, tanta coisa que não consegue tomar de pronto a pena, porque não poderia descrever nada em algumas linhas, apenas te deixaria triste. Manda-te um abraço bem forte e beijos sem conta. Se bem que talvez nos encontremos pessoalmente, em breve, mandar-te-ei um dia desses, dinheiro, o quanto puder. Agora que todo o mundo sabe que Dúnetchka vai casar-se com Piotr Petróvitch, meu crédito aumentou, de repente, e, segura de que Afanássi Ivânovitch me emprestará, por conta da pensão, até setenta e cinco rublos, enviarei para ti, talvez, vinte e cinco ou então trinta rublos. Enviaria mais ainda, mas temo pelas nossas despesas de viagem, embora Piotr Petróvitch tivesse tido a bondade de assumir parte dos gastos de nossa mudança para a capital, incumbindo-se de levar, por conta própria, nossas bagagens e um grande baú (faria isso por meio dos seus conhecidos), temos que ter em vista a nossa chegada a Petersburgo, onde não poderíamos aparecer sem um tostão, pelo menos nesses primeiros dias. Aliás, já calculamos tudo, eu e Dúnetchka, com precisão, e concluímos que a viagem não custaria caro. Nossa casa dista apenas noventa verstas da estrada de ferro, e nós já acertamos, por via das dúvidas, com um cocheirinho, nosso conhecido. E depois viajaremos otimamente, eu e Dúnetchka, no vagão de terceira classe. Desse modo, talvez consiga mandar-te, por certo, trinta e não vinte e cinco rublos. Mas chega, usei duas folhas inteiras, e não há mais onde escrever — toda uma história e quantos acidentes se tinham acumulado! E agora, caríssimo Ródia, abraço-te, até o próximo encontro nosso, e dou-te a minha bênção materna. Ama Dúnia, tua irmã, Ródia, ama-a como ela te ama, e fica sabendo que ela te ama infinitamente, mais do que a si própria. Ela é um anjo, e tu, Ródia, és tudo para nós, toda a esperança e aspiração nossa. Se tu estiveres feliz, nós também estaremos. Estás rezando a Deus, Ródia, como dantes, e acreditas na graça do Criador e Redentor nosso? Receio, cá no meu coração, que te tenha visitado, a ti também, aquela descrença que está hoje na moda! Se for assim, fico rezando por ti. Lembra, querido, como ainda em tua infância, quando teu pai era vivo, balbuciavas tuas orações no meu colo, e como nós todos estávamos, naquele tempo, felizes! Adeus, ou melhor, *até a vista*! Recebe o meu abraço bem forte e beijos sem conta.

Tua, até a cova,

Pulkhéria Raskólnikova."

O rosto de Raskólnikov estava molhado de lágrimas, ao longo de quase todo aquele tempo em que ele lia a carta, desde o começo, mas, terminada a leitura, ficou pálido, entortado por uma convulsão, com um sorriso maldoso e cheio de fel nos lábios. O jovem encostou a cabeça no seu travesseiro achatado e gasto, e passou muito tempo pensando. Forte batia seu coração e fortemente se agitavam seus pensamentos. Sentiu-se, por fim, abafado e apertado no seu cubículo amarelo, semelhante a um armário ou um baú. O olhar e a mente pediam espaço. Ele pegou o chapéu e saiu, dessa vez sem medo de encontrar alguém na escada, tendo esquecido isso. Rumava em direção à ilha Vassílievski,[22] pela avenida V***, como que atraído ali por um negócio, mas ia, conforme seu hábito, sem divisar o caminho, falando baixo e até alto consigo mesmo, para surpresa dos transeuntes. Muitos o tomavam por um bêbado.

IV

Ele ficou exaurido com a carta da mãe. Contudo, em relação ao ponto mais importante e crucial não tivera sombra de dúvidas, nem quando estava lendo a carta. A primordial essência estava determinada, na sua cabeça, determinada em definitivo: "Esse casamento não acontecerá, enquanto eu estiver vivo, e que o senhor Lújin vá para o diabo!".

"Pois aquilo ali é evidente" — murmurava consigo mesmo, sorrindo com malvadez e alegrando-se, de antemão, com o sucesso de sua decisão. "Não, mãezinha, não, Dúnia, vocês não vão ludibriar-me!... Ainda se desculpam por não terem pedido o meu conselho e resolvido o negócio sem mim! Como não? Elas acham que não há mais jeito de romper; pois veremos se há ou não há! E que pretexto fundamental: 'Piotr Petróvitch, aquele homem de negócios, anda tão atarefado, mas tão atarefado mesmo que nem pode casar-se de outra maneira senão a todo o vapor, com a estrada de ferro no meio'. Não, Dúnetchka, eu vejo tudo e sei que *tamanha* coisa tens a dizer-me, sei, ademais, em que estavas pensando, quando andavas, a noite inteira, pelo teu quarto, e como rezavas à Madre de Deus de Kazan, cuja imagem está no quarto

---

[22] Bairro histórico de São Petersburgo em que se encontram várias instituições de ensino, inclusive a Universidade de São Petersburgo, o Instituto de Minas e a Academia de Belas-Artes.

de nossa mãezinha. É difícil subir ao Calvário, não é? Hum... Então, decidido para valer: digna-se a desposar, Avdótia Romãnovna, um homem racional e atarefado, que tem o seu cabedal (que *já* tem o seu cabedal, assim fica mais respeitável, mais imponente), trabalha em dois lugares e compartilha o credo de nossas gerações mais novas (conforme escreve a mãezinha), e que '*parece* bondoso', como atesta a própria Dúnetchka. Aquele 'parece' é o termo mais admirável! E nossa Dúnetchka se casará com aquele 'parece'!... Perfeito! Perfeito!...

... É curioso; por que será que a mãezinha escreveu para mim sobre as 'gerações mais novas'? Apenas para caracterizar o senhor Lújin ou com um objetivo por vir, para me dispor a favor daquela pessoa? Ó astutas! Seria curioso esclarecer também outra circunstância: até que ponto elas duas foram sinceras uma com a outra, naquele dia e naquela noite, e em todo o tempo posterior? Será que todas as *palavras* foram ditas, entre elas, com franqueza, ou então as duas entenderam que, tendo o mesmo no coração e na mente, não precisavam falar sobre aquilo tudo, em voz alta, e soltar debalde a língua. Decerto foi assim mesmo, em parte; deduz-se da carta que a mãezinha o achou *um pouquinho* bruto e veio, ingênua que é, apoquentar Dúnia com suas observações. E esta ficou, bem entendido, zangada e 'respondeu com contrariedade'. Como não? Quem não se zangará, quando o negócio estiver claro e resolvido sem essas perguntas ingênuas, de modo que não é preciso dizer mais nada? E o que é que ela escreve lá: 'Ama Dúnia, meu Ródia, pois ela te ama mais do que a si mesma'? Será que o remorso a atormenta secretamente, a ela própria, por ter sacrificado a filha em prol do filho? 'És nossa aspiração, és tudo para nós!' Oh, mãezinha!..." Sua raiva ficava cada vez mais forte, tanto assim que mataria, talvez, o senhor Lújin, se o encontrasse agora!

"Hum, é verdade" — continuava ele, seguindo o turbilhão de pensamentos que girava em sua cabeça — "é verdade que se deve abordar uma pessoa 'de maneira gradual e prudente' para conhecê-la. Mas, quanto ao senhor Lújin, está tudo claro. O principal é que seja 'um homem de negócios e, *parece*, bondoso', encarregou-se das bagagens, leva um grande baú por conta própria — não é brincadeira, não! Como é que não seria bondoso? E elas duas ali, *noiva* e mãe, arrumam um roceiro com sua carroça coberta de esteira (eu é que sacolejei desse jeito!). Que nada! Apenas noventa verstas, 'e depois viajaremos otimamente no vagão de terceira classe', cerca de mil verstas ainda. É sensato; vamos dançar conforme a música... E o senhor Lújin, para que diabo o senhor serve? Pois é sua noiva, não é?... E não podia ignorar que a mãe emprestava dinheiro, por conta da pensão dela, para custear a viagem! É claro! Têm, vocês todos ali, um comércio comum, uma empresa de vantagens mútuas e cotas iguais, rachem, pois, suas despesas ao meio: amigos, amigos, negócios à parte, segundo o provérbio. Aliás, o homem de negócios burlou-as um pouquinho nesse ponto também: é mais barato levar as bagagens, e isso se não for de graça, do que pagar a viagem delas. Será que não enxergam, elas duas, ou não reparam de propósito? Estão contentes, contentes! Não pensam que são apenas florzinhas, enquanto os verdadeiros frutos virão depois! Não é a avareza, não é a sovinice que importa agora, mas sim o *tom* disso tudo. É o futuro tom da vida conjugal, a profecia... E a mãezinha, por que gasta à toa? Com que é que ela vem a Petersburgo, hein? Com três rublos ou duas 'notinhas', como diz aquela... velha... hum! De que é que espera viver em Petersburgo, futuramente? Pois já adivinhou, por alguns motivos, que não *poderia* viver com Dúnia após o casamento, nem em primeiros tempos. O homem de bem disse, por certo, alguma coisa *sem querer*, mostrou seu caráter, embora a mãezinha negue aquilo com todas as forças: 'Recusarei, diz, eu mesma!' Com que é que ela conta, então, com cento e vinte rublos de sua pensão, tirante a dívida de Afanássi Ivânovitch? Tece lá seus lencinhos de inverno, borda aqueles manguitos, estraga seus olhos velhos. Mas os lencinhos só acrescentam uns vinte rublos por ano à sua pensão de cento e vinte, sei disso. Quer dizer, contam, ainda assim, com a magnanimidade do senhor Lújin: 'Oferecerá, pensam, por si mesmo, implorará.' Vão pensando! É isso que sempre acontece com essas belas almas schillerianas:[23] adornam o homem, até o último instante, com plumas de pavão; não esperam, até o último instante, pelo mal, mas tão só pelo bem; pressentem o reverso da medalha, mas não o reconhecem, antes que se revele, de jeito nenhum, ficam tontas apenas ao pensar nisso, repelem a verdade com ambas as mãos, até que o homem emplumado lhes cole, pessoalmente, o nariz de palhaço. É curioso se o senhor

[23] Trata-se dos personagens de Friedrich Schiller (1759–1805), célebre poeta, filósofo e dramaturgo do Romantismo alemão, autor de grandes dramas como *Os bandoleiros* (*Die Räuber*), *Don Carlos*, *Wallenstein*, entre outros. A passagem alude à visão de Schiller sobre a

Lújin tem condecorações, aposto que bota a Ana[24] na lapela, quando vai almoçar com os fregueses e comerciantes. E no seu casamento botará, com certeza! Aliás, que o diabo o carregue!... Pois bem, que seja assim a mãezinha, Deus a proteja, ela é desse jeito, mas Dúnia? Dúnetchka, minha querida, eu a conheço! Já ia completar vinte anos, quando nos vimos pela última vez, e eu já compreendia a sua índole. A mãezinha escreve lá que 'Dúnetchka pode suportar muita coisa'. Eu cá sabia disso. Há dois anos e meio é que sabia e, desde então, passei dois anos e meio pensando nisso, exatamente nisso, que 'Dúnetchka pode suportar muita coisa'. Se até o senhor Svidrigáilov, com todas as consequências, ela pôde suportar, então pode mesmo suportar muita coisa. E agora imaginam ela e a mãezinha, que também poderá suportar o senhor Lújin com sua teoria sobre a vantagem das mulheres tiradas da miséria pelos maridos benfeitores, que ele relata praticamente no primeiro encontro. Pois bem, suponhamos que ele tenha falado 'sem querer', apesar de homem racional (ou seja, não tinha, talvez, soltado a língua, mas se apressou em explicitar aquilo, notadamente), mas Dúnia, Dúnia? Ela entende aquele homem e terá que viver com aquele homem. Nem que comesse só pão preto e bebesse só água, não venderia sua alma, não trocaria sua liberdade moral pelo conforto, não a trocaria por todo o Schleswig-Holstein[25] e, menos ainda, pelo senhor Lújin. Não, Dúnia, não eras assim, o quanto te conhecia, e... sem dúvida, não mudaste agora!... O que dizer? Os Svidrigáilov são complicados! É complicado servir, toda a vida, de governanta no interior, por duzentos rublos, ainda assim, eu sei que minha irmã preferiria ser negra numa plantação, ou então letã na fazenda de um alemão do Ostsee,[26] a humilhar seu espírito e sua moral, juntando-se a um homem que não respeita e com quem não tem nada a fazer, para sempre, tão só por proveito pessoal! E mesmo se o senhor Lújin fosse todo de puríssimo ouro ou diamante integral, mesmo assim não consentiria em ser concubina legítima do senhor

---

Tragédia, segundo a qual o sublime e a moral são resultados do próprio esforço do homem, chocando-se com os seus instintos e com a natureza não harmônica que o cerca, em contraste com a visão aristotélica do gênero, em que o homem se apresenta regido pelas leis divinas, e não por suas vontades e determinações naturais. (N.E.)

[24] Ordem de Santa Ana, uma das principais condecorações do Império Russo.

[25] Território alemão, cuja capital é Kiel.

[26] Trata-se dos alemães radicados nas regiões do Império Russo adjacentes ao mar Báltico ("Ostsee", em alemão).

Lújin! Por que consente, então? Qual é a causa? Qual é a chave do enigma, hein? Está claro: não se venderia por si própria, para o seu conforto, nem mesmo para se salvar da morte, mas sim por outrem! Vende-se pelas pessoas queridas e adoradas! Nisso é que consiste toda a nossa causa: vender em favor do irmão e da mãe! Vender tudo! Oh, nisso abafaremos, se for o caso, a nossa moral, a liberdade, a paz, mesmo a consciência, tudo, sim, levaremos tudo à feira do rolo. Que se dane a vida! Tomara que esses nossos entes queridos vivam felizes. Ainda por cima, inventaremos a nossa própria casuística, aprenderemos com os jesuítas e acalmar-nos-emos, talvez, por um tempo, convenceremos a nós mesmos que realmente é preciso agirmos dessa maneira, por um bom objetivo. Nós somos assim, e tudo está claro como a luz do dia. Está claro que ninguém mais, senão Rodion Românovitch Raskólnikov, entrou em cena e ficou em primeiro plano. E como não seria assim, podendo a irmã cuidar de sua felicidade, sustentá-lo na universidade, torná-lo sócio do tal escritório e garantir todo o futuro dele, para que chegue, quem sabe, a ser ricaço, honrado e respeitado, e talvez até mesmo famoso no fim da vida! E a mãe? Esse daí é meu Ródia, caríssimo Ródia, o primogênito! Como é que não sacrificaria, ao menos, aquela minha filha em prol desse primogênito? Oh, corações amados e injustos! Enfim, até do destino de Sônetchka não abriríamos mão, nesse caso! Sônetchka, Sônetchka Marmeládova, a eterna Sônetchka, desde que o mundo é mundo! E o seu sacrifício, mediram o seu sacrifício, vocês duas aí, por completo? Como será, razoável? Conseguirão? Tirarão disso proveito? E você sabe, Dúnetchka, que o destino de Sônetchka não é nada pior que o seu, com aquele senhor Lújin? 'Não pode haver amor lá' — escreve a mãezinha. E se, além de amor, não pode haver respeito, se, pelo contrário, houver asco, desprezo, execração, desde logo, o que será de você? Pois então terá de *cuidar do asseio*, por conseguinte. Não é assim mesmo? Entende, mas você entende o que significa o tal asseio? Entende que o asseio de Lújin é o mesmo de Sônetchka ou, quem sabe, pior, mais abjeto e vil, já que se trata, no seu caso, Dúnetchka, do conforto de sobra, enquanto ali simplesmente de não morrer de fome! 'Caro, Dúnetchka, custa caro esse asseio!' E se depois não aguentar, se ficar arrependida? Quanto pesar, quanta tristeza, quantas maldições e lágrimas escondidas de todo o mundo, pois você não é Marfa Petrovna? E o que acontecerá com a mãe? É que já anda inquieta, angustiada, e quando vir tudo claramente? E comigo?... O que foi que vocês duas pensaram de mim, afinal? Não quero seu sacrifício, Dúnetchka; não quero, mãezinha! Aquilo não acontecerá, enquanto eu estiver vivo, não acontecerá, não acontecerá! Não aceito!"

De súbito, ele parou, recuperando os sentidos.

"Não acontecerá? O que é que tu vais fazer, para que não aconteça? Proibirás? E que direito tens? O que podes oferecer a elas, por tua parte, para ter tal direito? Dedicar-lhes todo o destino teu, todo o futuro, *quando terminares o curso e arranjares lá uma vaga*? Já ouvimos falar nisso, isso é canja, mas e agora? É que precisas fazer algo de imediato, entendes isso? E o que estás fazendo agora? Roubando delas, porque arrumam esse dinheiro emprestado, por conta da pensão de cem rublos e do adiantamento dos senhores Svidrigáilov! Como é que vais protegê-las dos Svidrigáilov e de Afanássi Ivânovitch Vakhrúchin, hein, milionário em potência, Zeus que controla a sorte delas? Daqui a dez anos? Mas em dez anos a mãe ficará cega por causa daqueles lenços ou, talvez, até mesmo das lágrimas, e murchará toda com o jejum. E a irmã? Vem, inventa como ficará tua irmã daqui a dez anos, ou ao longo desses dez anos! Adivinhaste?"

Assim ele irritava e torturava a si próprio com essas perguntas, mesmo com certo prazer. De resto, todas as suas perguntas não eram novas nem inesperadas, mas sim antigas e dolorosas, acumuladas de longa data. Dilaceravam-lhe, havia muito tempo, o coração todo. Tendo brotado nele há tempos, o seu pesar atual foi crescendo, amontoando-se, e ficou, ultimamente, maduro e concentrado, tomou a forma de uma questão terrível, cruel e fantástica que lhe torturava o coração e a mente, por exigir, irresistível, a solução. A carta da mãe foi, para ele, como um relâmpago repentino. Estava claro que não precisava mais afligir-se nem padecer de maneira passiva, raciocinando apenas sobre aquelas questões insolúveis, mas sim fazer alguma coisa, sem falta, agora mesmo e o mais depressa possível. Custasse o que custasse, precisava tomar qualquer decisão que fosse, ou então...

"Ou então desistir desta vida!" — de súbito, gritou ele, frenético. "Aceitar docilmente o meu destino, tal como vier, de uma vez por todas, e abafar tudo dentro de mim, rejeitar todo direito de agir, de viver e amar!"

"Entende, prezado senhor, mas entende mesmo o que significa não ter mais aonde ir?" — lembrou-se, de supetão, da recente pergunta de Marmeládov. "É que qualquer homem precisa, ao menos, ter aonde ir..."

Teve um sobressalto, uma ideia, também recente, voltou a surgir em sua cabeça. Porém, não foi essa ideia que o fez estremecer. O jovem sabia, *pressentia* que ela havia de surgir, e já estava à espera dela. Aliás, essa ideia não era tão recente assim. Mas um mês atrás, e mesmo no dia anterior, ela não passava de um devaneio, e agora... agora deixou de ser devaneio, aparecendo, de chofre, numa forma nova, aterradora e totalmente desconhecida, e nisso consistia a diferença que ele próprio compreendera logo... Ele sentiu como que uma pancada na cabeça, seus olhos se turvaram.

O jovem olhou rápido ao redor, como se estivesse buscando alguma coisa. Passava então pelo bulevar K*** e procurava um banco para se sentar. O banco se avistava na frente, a uns cem passos. Ele foi lá o mais depressa possível, mas pelo caminho aconteceu com ele uma pequena aventura, que atraiu, por alguns minutos, toda a sua atenção.

Procurando o banco com os olhos, ele reparou numa mulher que caminhava a uns vinte passos, mas, a princípio, não deu nenhuma atenção a ela, bem como a qualquer um daqueles objetos que tinha visto, até então, pela frente. Muitas vezes ele chegava, por exemplo, em casa, completamente esquecido do percurso que acabava de fazer, e já estava acostumado a andar dessa maneira. Mas havia naquela mulher algo tão estranho, algo que tanto saltava aos olhos, desde a primeira vista, que sua atenção ficou, aos poucos, focada nela — de início, como que a contragosto, e depois com mais força. Ele quis entender, de repente, o que aquela mulher tinha de tão estranho assim. Em primeiro lugar, devia ser uma moça muito novinha que estava, apesar de tamanho calor, sem chapéu, sem sombrinha nem luvas, e ia movendo os braços de modo algo risível. Usava um vestidinho de seda, bem leve (tecido de quinta), e também posto de modo esquisito, quase desabotoado e roto na parte de trás da cintura, com um pedaço solto que pendia bem no começo da saia. Um pequeno lenço cobria-lhe, enviesado, o pescoço nu. Para completar, a moça andava sem firmeza, tropeçando e mesmo se balançando para todos os lados. Esse encontro acabou suscitando toda a atenção de Raskólnikov. Ele se aproximou da moça, mas de repente ela se prostrou sobre o banco, bem no cantinho, encostou a cabeça no espaldar e fechou os olhos, evidentemente cansada ao extremo. Ao examiná-la, o jovem percebeu logo que estava totalmente bêbada. Era estranho e assustador olhar para esse fenômeno. Ele chegou a pensar que estaria enganado. Via na sua frente um rostinho extremamente jovem, de uma garota de dezesseis ou, talvez, de apenas quinze anos, pequeno, branquinho e bonitinho, porém todo avermelhado e como que inchado. A moça parecia entender pouquíssima coisa, pondo uma perna em cima da outra e exibindo-a muito mais do que precisava, mal percebia, segundo todos os indícios, que estava na rua.

Raskólnikov não se sentou nem quis ir embora, ficando perplexo na frente dela. Sempre pouco movimentado, o bulevar estava quase deserto, por volta das duas da tarde e com tamanho calor. No entanto, um homem parara de lado, a uns quinze passos, na margem do bulevar; pelo visto, queria também achegar-se à moça com certas intenções. Devia tê-la avistado também de longe e ia atrás dela, mas Raskólnikov o atrapalhou. Lançava-lhe olhadelas maldosas, tentando fazer, aliás, que este não desse fé delas, e esperava, impaciente, o maltrapilho maçante se retirar. A situação estava clara. O homem tinha uns trinta anos, era robusto, gordo e corado, de lábios rosa e bigodinho, e vestia-se com muito apuro. Raskólnikov ficou enfurecido; veio-lhe, de supetão, a vontade de causar alguma ofensa àquele gordo frajola. Deixando por um minuto a moça, ele se aproximou do passante.

— Ei, você, Svidrigáilov! O que quer aí? — gritou, cerrando os punhos e rindo, espuma nos lábios.

— O que é isso? — perguntou o homem, severamente, e carregou o cenho com altivo espanto.

— Vá embora, eis o que é!

— Como te atreves, canalha?...

O homem ergueu a vergasta. Raskólnikov ia atacá-lo, mesmo sem ter pensado que o robusto passante daria conta de dois rapazes iguais a ele, mas nesse momento alguém o segurou, com força, por trás, e um policial se postou entre os inimigos.

— Chega, senhores, deixem de brigar em lugares públicos. O que você quer? Quem és? — ele se dirigiu a Raskólnikov com austeridade, depois de ver seus farrapos.

Raskólnikov olhou para ele com atenção. Bigodudo, de costeletas grisalhas, o policial tinha a cara de bravo soldado e um olhar entendido.

— O que eu quero é falar com o senhor! — exclamou o jovem, pegando na mão dele. — Sou Raskólnikov, ex-estudante... O senhor também pode saber disso — dirigiu-se ao passante —, vamos lá, que lhe mostrarei algo...

Ao pegar na mão do policial, arrastou-o em direção ao banco.

— Eis aqui, olhe, está totalmente bêbada, passava agora pelo bulevar, talvez seja daquelas, quem sabe, mas não parece que é o ofício dela. O mais provável é que a embebedaram e enganaram... pela primeira vez... e botaram assim na rua, entende? Olhe como o vestido está roto, olhe como o puseram, não foi ela mesma que se vestiu, foram as mãos alheias que a vestiram, ainda por cima, as mãos masculinas, desajeitadas. Isso é óbvio. E agora olhe para cá... O frajola com quem eu queria brigar, não o conheço, é a primeira vez que o vejo, mas ele também a notou de passagem, há pouco — embriagada como estava e sem sentidos —, e tem agorinha enorme vontade de agarrá-la, já que está desse jeito, e de levar para algum lugar... É com certeza assim, acredite que não me engano. Eu mesmo vi como ele a observava e espiava, então vim atrapalhá-lo, e agora ele espera que me retire. Ei-lo ali, afastou-se um pouco e faz de conta que está arrumando um cigarrinho... Como é que vamos impedi-lo? Como é que vamos mandá-la para casa, pense bem!

O suboficial entendeu tudo num instante. O homem gordo não lhe gerava dúvidas, restava examinar a moça. Quando o policial se inclinou sobre ela para ver melhor, uma sincera compaixão se refletiu em seus traços.

— Ai, que pena! — disse ele, abanando a cabeça. — É uma criança ainda. Enganaram, bem pode ser. Escute, senhorita — começou a chamá-la —, onde mora?

A moça abriu seus olhos cansados e turvos, olhou para os indagadores, aparvalhada, e agitou a mão.

— Escute — disse Raskólnikov —, eis aqui... — ele vasculhou o bolso e tirou vinte copeques vindos bem a calhar —, tome, chame um cocheiro e mande levá-la para casa. É só sabermos o endereço!

— Moça, hein, moça? — recomeçou o policial, tomando o dinheiro. — Agora chamo um cocheiro e levo a senhorita para casa. Aonde vamos, hein? Onde é que se digna a morar?

— Vai!... Que maçada!... — murmurou a moça e fez mais um gesto brusco.

— Ai ai, como é feio! Ai, que vergonha, moça, mas que vergonha! — o policial voltou a abanar a cabeça, com reproche, lamento e indignação. — Eta, problema! — dirigiu-se a Raskólnikov e logo o examinou, outra vez, da cabeça aos pés. Decerto o achava estranho: tão maltrapilho e distribuindo dinheiro!

— Foi longe daqui que a encontrou? — perguntou-lhe.

— Já disse: ela passava pelo bulevar, tropeçando, logo na minha frente. Assim que chegou até este banco, estatelou-se.

— Ai, que vergonha é que surgiu neste mundo, meu Deus! Esse brotinho já anda bêbado! Enganaram, com toda a certeza! E seu vestidinho está rasgado... Ai, que depravação é que se faz hoje!... E talvez seja dos nobres, ainda que empobrecidos... Tem muita gente assim, hoje em dia. Pela cara, parece tão meiga, feito uma donzela — e o policial se inclinou, outra vez, sobre a moça.

Talvez ele mesmo tivesse tais filhas, "meigas feito donzelas", com modos de bem-nascidas e toda aquela afetação aprendida...

— O principal — inquietava-se Raskólnikov — é não deixar aquele sujeito pegá-la! Pois ele abusará novamente dela! Está na cara o que ele quer: eta, cafajeste, não vai embora.

Raskólnikov falava alto e apontava o homem com a mão. Ouvindo-o, este ia zangar-se de novo, porém mudou de ideia e limitou-se a um olhar desdenhoso. Depois se distanciou, lentamente, uns dez passos, e parou outra vez.

— Não o deixar, isso a gente pode — respondeu o suboficial, pensativo. — Mas se ela dissesse aonde a levar, então... Senhorita, hein, senhorita! — tornou a inclinar-se.

De súbito, a moça abriu de todo seus olhos, mirou-o atentamente, como que entendendo algo notável, levantou-se do banco e foi para aquele lado de onde viera.

— Arre!, sem-vergonha, que droga! — disse, agitando mais uma vez a mão. Ia depressa, mas continuava a balançar-se toda. O frajola a seguiu, pela outra alameda, sem despregar os olhos dela.

— Não se preocupe, não vou deixar — declarou, resolutamente, o policial bigodudo e foi no encalço deles.

— Eta, que depravação é que se faz hoje! — repetiu, suspirando, em voz alta.

Nesse momento, algo como que machucou Raskólnikov e, num instante, revirou-lhe as entranhas.

— Escute, ei! — gritou ele para o bigodudo.

Este se virou.

— Deixe! Não importa! Largue isso! Que ele se divirta (apontou para o frajola). Tanto faz!

O policial arregalou os olhos, sem entender. Raskólnikov se pôs a rir.

— Vi-ixe! — replicou o suboficial, com um gesto enérgico, e foi seguindo o passante e a moça, decerto tomando Raskólnikov por um louco ou alguém ainda pior.

"Levou meus vinte copeques" — disse Raskólnikov, furioso, quando ficou sozinho. "Que cobre também daquele frajola e deixe a moça ir com ele, só isso... Por que me meti com a minha ajuda? Eu é que ia ajudar? Tenho o direito de ajudar? Nem que eles se engulam vivos, o que tenho a ver com isso? E como pude entregar esses vinte copeques? Não eram meus."

Apesar dessas palavras estranhas, sentia um peso enorme. Sentou-se no banco abandonado. Seus pensamentos estavam confusos... De modo geral, tinha muita dificuldade de pensar, nesse momento, em qualquer coisa. Queria esquecer tudo, completamente, depois acordar e começar tudo de novo...

"Pobre menina!..." — disse ele, olhando para o canto vazio do banco. "Vai recobrar-se, chorar um pouco, mais tarde, a mãe saberá... Primeiro dará uns tapas, depois a espancará, com dor e vergonha, e banirá, quem sabe, de casa... E se não banir, as Dárias Frântzevnas vão farejar o queimado, e a menina começará a pular de lá para cá... Logo depois, o hospital (aquilo sempre acontece com quem tiver uma mãe muito honesta e malinar sem que ela saiba), e depois disso... de novo o hospital... vinho... bodegas... o hospital, outra vez... daqui a dois ou três anos, estará aleijada, terá, no total, dezenove ou dezoito anos de vida, desde que nasceu... Será que não vi moças assim? E como elas apareceram? Desse jeito aí é que apareceram todas... Arre! Que assim seja! Como se diz, bem feito. Dizem que certo percentual deve ir, todo ano... embora... talvez, para o diabo, a fim de revigorar as outras pessoas e não as atrapalhar. Percentual! Mas que palavrinhas bonitas são essas, tão apaziguadoras, científicas. Dito, percentual, então nem precisa a gente se preocupar. Se fosse outra palavra, aí sim... seria, quem sabe, mais inquietante... E se Dúnetchka também entrar nesse percentual?... E se não for nesse mesmo, então no outro?..."

"Aonde é que vou?" — pensou ele, de improviso. "Estranho. Estava indo para algum lugar. Ia lá, depois de ler a carta... Agora lembro, ia ver Razumíkhin, à ilha Vassílievski é que ia... Por quê, entretanto? E de que maneira essa ideia de ver Razumíkhin me veio, justamente agora, à cabeça? É pasmoso."

Estava admirado consigo mesmo. Razumíkhin era um dos seus antigos colegas universitários. Note-se que, estudando na universidade, Raskólnikov quase não tinha amigos, permanecia longe de todos, não visitava ninguém e recebia visitas de má vontade. Aliás, todos lhe tinham virado logo as costas. Ele não participava nem das reuniões, nem das conversas, nem das diversões, nem dos outros eventos estudantis. Esmerava-se em estudar, não se poupava e era respeitado por isso, contudo ninguém gostava dele. Raskólnikov era muito pobre e, de certo modo, assoberbado e intratável, como se ocultasse alguma coisa dentro de si. Havia quem achasse que olhava de cima para todos os companheiros, como se os excedesse, feito crianças, em desenvolvimento, em conhecimentos e convicções, e tomasse os interesses e convicções deles por algo inferior.

Quanto a Razumíkhin, aproximou-se dele não se sabe por que motivo, quer dizer, passou a tratá-lo, sem serem amigos, de modo mais aberto e sincero. Aliás, não se podia tratar Razumíkhin de outro modo. Era um rapaz excepcionalmente alegre e sociável, bondoso até a ingenuidade. Sob essa aparência simplória escondiam-se, aliás, a profundeza e o brio. Os melhores dos seus amigos percebiam isso, e todo o mundo gostava dele. Razumíkhin não era nada tolo, conquanto se mostrasse, vez por outra, realmente ingênuo. Tinha um aspecto expressivo, sendo alto e magro, de cabelos pretos e barba sempre malfeita. Era tido por valentão e, às vezes, aprontava escândalos. Uma noite, derrubou, com uma só pancada, um colega descortês que tinha cerca de doze *verchoks*[27] de altura. Podia beber incansavelmente, mas podia, de igual maneira, cessar de beber, fazia, de vez em quando, travessuras inadmissíveis, mas sabia também deixá-las todas de lado. Ainda se destacava pela capacidade de nunca tomar a peito nenhumas desventuras nem circunstâncias adversas, as quais pareciam incapazes de oprimi-lo. Ele podia morar até no telhado, suportar uma fome de lobo e um frio extraordinário. Era paupérrimo e sustentava a si próprio sozinho, arranjando dinheiro com alguns bicos. Conhecia montões de fontes de renda, bem entendido legais. Passara, uma vez, todo o inverno sem aquecer o seu quarto, afirmando que o

---

[27] Antiga unidade de medida de comprimento russa (no original russo: вершок) equivalente a 4,445 cm. Na época de Dostoiévski, a altura humana era medida, na Rússia, segundo a fórmula "dois *archins* (aproximadamente 142 cm) + 'tantos' *verchoks*"; assim, a altura do colega de Razumíkhin é de 12 *verchoks* acima de dois *archins*, ou seja, aproximadamente 195 cm.

achava mais agradável assim, porque dormia melhor com aquele frio. Também obrigado a deixar a universidade, a essa altura, ele empenhava todos os esforços em reparar suas circunstâncias para voltar, em breve, a estudar. Fazia uns quatro meses que Raskólnikov não o visitava, e Razumíkhin sequer conhecia o endereço dele. Os jovens se tinham encontrado na rua, uns dois meses atrás, porém Raskólnikov virara as costas a Razumíkhin e mesmo atravessara a rua, para que este não o avistasse. E Razumíkhin, se bem que o tivesse visto, não quisera incomodar o *companheiro* e passara sem lhe dar atenção.

V

"É verdade que eu queria, faz pouco tempo ainda, pedir que Razumíkhin me arrumasse umas aulas ou mais um trabalho qualquer..." — cismava Raskólnikov — "porém, como ele poderia ajudar-me agora? Suponhamos que me arranje aulas; suponhamos que mesmo reparta comigo o seu último copeque — se o tiver, claro —, de modo que eu possa até comprar um par de botas e consertar minhas roupas para ir às aulas... hum... Bem, e depois? O que vou fazer com aqueles tostões? É disso que preciso hoje? Palavra de honra, é ridículo ter procurado Razumíkhin..."A razão pela qual procurava agora o seu colega incomodava-o mais do que ele mesmo imaginava, angustiado, buscava um sentido sinistro nesse seu ato, à primeira vista, bem ordinário.

"Será que queria resolver o problema todo apenas com a ajuda de Razumíkhin e tinha encontrado nela o único recurso?"— indagava-se, perplexo. Pensava, esfregando a testa, e — coisa estranha — veio-lhe à cabeça, de súbito e quase por si só, ao cabo de uma reflexão muito longa, uma ideia esquisitíssima.

"Hum... procurar Razumíkhin" — disse ele de supetão, totalmente calmo, como se expressasse sua decisão definitiva —, "vou procurar Razumíkhin com certeza... mas não agora... Vou procurá-lo... no dia seguinte, depois *daquilo*, quando *aquilo* já estiver feito e tudo ficar diferente..."

De chofre, ele recuperou os sentidos.

"Depois *daquilo*!" — exclamou, levantando-se, num pulo, do banco. "Mas *aquilo* acontecerá mesmo? Acontecerá de verdade?"

Deixando o banco, ele foi embora quase correndo. Queria ir para trás, a casa, mas de repente sentiu um asco terrível em voltar para lá, exatamente ali, no seu canto, naquele armário horripilante, é que amadurecia, por mais de um mês, *aquilo* tudo. E ele foi ao acaso, sem divisar o caminho.

Seu tremor nervoso tornou-se febricitante, passando o jovem a sentir frio, apesar de tamanho calor, e a tremelicar. Quase inconsciente, por uma necessidade interna, ele começava a examinar, com certo esforço, todas as coisas encontradas, como que tentando distrair-se forçadamente, mas não se saía bem e, a cada minuto, ficava meditativo. E quando estremecia e levantava, de novo, a cabeça para olhar ao redor, esquecia, de pronto, em que acabava de refletir e mesmo por onde passava. Dessa maneira, percorreu toda a ilha Vassílievski, chegou ao Neva Pequeno, atravessou uma ponte e tomou o rumo das ilhas. De início, a verdura e o frescor agradaram seus olhos cansados, habituados à poeira urbana, à cal e àqueles prédios imensos que o cercavam e sufocavam. Não havia ali nem abafo, nem fedor, nem bodegas. Mas essas sensações novas e aprazíveis tornaram-se, dentro em pouco, mórbidas e irritantes. Vez por outra, ele parava em face de uma casa de veraneio, toda adornada de plantas, mirava a cerca, avistava ao longe, nas sacadas e varandas, mulheres bem-vestidas, via as crianças que corriam pelo jardim. Eram as flores que atraíam, sobretudo, sua atenção, e ele passava mais tempo a examiná-las. Encontrava também as carruagens de luxo, cavaleiros e amazonas; seguia-os com olhos curiosos e esquecia-os antes de perdê--los de vista. Parando uma vez, recontou seu dinheiro, em torno de trinta copeques. "Vinte para o policial e três para Nastássia, pela carta... ou seja, dei ontem uns quarenta e sete ou cinquenta copeques a Marmeládov" — pensou ele, calculando o seu dinheiro com alguma finalidade, mas logo esqueceu mesmo por que o tirara do bolso. Lembrou-se disso quando passou perto de uma espécie de taberna e sentiu que estava com fome. Ao entrar na taberna, tomou um cálice de vodca e comeu bolo com algum recheio. Pondo-se novamente a caminhar, terminou de comer. Fazia muito tempo que não tomava vodca, e esta agiu num instante, conquanto tivesse bebido apenas um cálice. Pesaram-lhe, de chofre, as pernas, e ele se sentiu todo sonolento. Foi para casa, mas, chegando já à ilha Petróvski, parou, totalmente exausto, desviou-se do caminho, entrou no mato, caiu na relva e, logo em seguida, adormeceu.

Naquele estado mórbido, os sonhos apresentam, muitas vezes, relevo e vigor extraordinários e assemelham-se demasiadamente à realidade. Surge, vez por outra, um quadro monstruoso, mas o ambiente e todo o processo de apresentação manifestam-se, nesse momento, tão verossímeis e contêm tantos detalhes sutis, inesperados e correspondentes, de modo pictórico, a toda a plenitude do quadro que a pessoa sonhante, nem que seja um artista como Púchkin[28] ou Turguênev,[29] sequer conseguiria idealizá-los. Tais sonhos mórbidos sempre são lembrados por muito tempo e produzem uma forte impressão sobre o organismo da pessoa, já desarranjado e excitado. Raskólnikov teve um sonho horrível. Sonhou com a sua infância, lá na cidadezinha dele. Menino de uns sete anos, ele passeia com o pai no campo, num dia festivo, à tarde. O tempo está acinzentado; o dia, abafadiço; a paisagem, tal qual como subsiste em sua memória: mesmo em sua memória ela ficara bem menos nítida do que se via agora em sonho. A cidadezinha está toda aberta, como na palma da mão, sem uma árvore arredor; algures bem longe, na margem do próprio céu, avista-se um bosque. A alguns passos da última casa urbana, há uma bodega, uma bodega grande que o tem impressionado desde sempre, de forma desagradabilíssima, e mesmo o tem assustado, quando passeava, ali perto, com o seu pai. Sempre havia lá uma multidão, sempre havia berros, gargalhadas e palavrões, cantos feios e roucos, brigas frequentes; sempre andava, em volta da bodega, tanta gente bêbada e medonha... Vendo essas caras, ele não desgrudava do pai e tremia todo. Ao lado da bodega, havia uma estrada de terra, sempre poeirenta, e aquela poeira estava sempre tão escura. Ela passava, torta, adiante, e contornava, a uns trezentos passos à direita, o cemitério da cidade. No meio do cemitério, ficava uma igreja de cúpula verde, feita de alvenaria, em que o menino assistia, umas duas vezes por ano, às missas com seus pais, quando se rezava o ofício em memória de sua avó, que falecera muito tempo antes e que ele jamais tinha visto. Nessas ocasiões, a família sempre levava consigo a *kutiá*,[30] posta num prato branco e coberta por um guardanapo, e essa *kutiá* era de arroz

---

[28] Alexandr Serguéievitch Púchkin (1799–1837): o maior poeta russo do século XIX, criador da língua russa contemporânea; autor de novelas *A dama de espadas* e *A filha do capitão* e da obra dramática *Pequenas tragédias*.

[29] Ivan Serguéievitch Turguênev (1818–1883): grande romancista russo, autor de obras como *O primeiro amor* (conto) e *Pais e filhos* (romance).

[30] Mingau doce de trigo, cevada ou arroz (em russo: кутья), feito, conforme uma antiga tradição eslava, em homenagem aos antepassados; em vários países do Leste Europeu, inclusive na Rússia, também integra o cardápio das refeições rituais do Natal, Ano-Novo e Batismo (19 de janeiro).

com açúcar e tinha, na parte de cima, uma cruz de uvas-passas. Ele gostava daquela igreja com seus ícones antigos, em sua maioria sem molduras, e do velho sacerdote de cabeça tremente. Junto do túmulo da avó, recoberta por uma lápide, encontrava-se a pequena sepultura de seu irmão mais novo, que morrera aos seis meses de idade e que ele tampouco conhecia nem podia lembrar. Haviam-lhe dito, porém, que tivera um pequenino irmão, e, todas as vezes que vinha ao cemitério, ele se benzia, religiosa e respeitosamente, sobre a sepultura, fazia-lhe vênias e beijava-a. Estava sonhando, pois... Ele segue o pai, a caminho do cemitério, e passa ao lado da bodega, segurando a mão paterna e dando olhadas medrosas. Uma circunstância especial atrai sua atenção: parece, dessa vez, que há uma farra por ali, uma turba de mulheres com roupas de festa, seus maridos e muita escória. Todos estão bêbados, todos cantam, e perto das portas de entrada fica uma carroça, mas uma carroça estranha. É uma daquelas imensas carroças puxadas por grandes cavalos de carga e utilizadas para transporte de mercadorias e tonéis de vinho. Ele sempre gostava de olhar para os enormes cavalos de carga, com suas crinas compridas e pernas grossas, que iam a passo tranquilo e regular, levando um monte inteiro sem o menor esforço, como se fosse ainda mais fácil andarem assim carregados do que sem fardo. Mas agora — que coisa estranha! — um pequeno e magro rocim baio está atrelado à grande carroça, um daqueles cavalos de campo que puxam a muito custo (ele tem visto isso) uma carga descomunal de lenha ou feno, sobretudo, quando a carroça fica atolada, por vezes, na lama ou no carril, e que sempre são fustigados, nesse meio-tempo, os camponeses açoitam-nos com tanta, mas tanta força, mesmo pela cara e pelos olhos, e o menino sente tanta, mas tanta pena de vê-lo que quase chora, e a mãezinha o afasta, então, da janela. De súbito, faz-se uma barulhada, os brutamontes de camisas vermelhas e azuis, com seus *armiaks*[31] nas costas, saem da bodega embebedados, gritando, cantando, tocando balalaicas.[32] "Venham sentar-se todos!" — grita um deles, ainda jovem, de pescoço gordo e rosto carnudo, vermelho que nem a cenoura. "Vou levar todos, venham!" Mas ouvem-se logo risadas e exclamações:

— Esse rocim não aguenta!

[31] Tipo de casaco (no original russo: армяк) semelhante a um comprido roupão.

[32] Instrumento musical russo, espécie de bandolim de três cordas.

— Mas tu, Mikolka, estás doido, atrelaste uma eguinha dessas ao carroção!

— Aquela baia, maninhos, já tem uns vinte anos, na certa!

— Venham, que levo todos! — grita de novo Mikolka; o primeiro a subir à carroça, ele toma as rédeas e fica, em pé, na sua dianteira. — Matvei levou o cavalão embora ontem — grita lá da carroça —, e este rocim, maninhos, só machuca o meu coração, ia matá-lo, parece, pois come à toa. Sentem-se, digo, e vamos galopando! Eu cá a faço galopar! — e pega um chicote, aprontando-se, com deleite, para bater na baia.

— Que nada! — a turba solta gargalhadas. — Vamos galopando, ouviram?

— Já faz uns dez anos que não pula a galope.

— Mas vai pular!

— Sem dó, maninhos, peguem aí os chicotes, todo mundo, preparem-se!

— Isso! Açoitem-na!

Todos sobem à carroça de Mikolka, com gargalhadas e brincadeiras. Subiram uns seis homens, e há mais lugares. Levam também uma mulherona gorda e corada. Ela está de vermelho, com um xale bordado de miçangas e botas de pele felina; quebra as nozes e dá risadinhas. A multidão também ri arredor, e quem não riria: aquele cavalinho achincalhado vai galopar, levando tamanho peso! Dois rapazes, já na carroça, tomam os chicotes para ajudar Mikolka. Ouve-se "Eia!", o cavalinho puxa de todas as forças, porém não consegue levar a carroça não só a galope, como a passo miúdo, apenas move as pernas, geme e agacha-se sob os três chicotes, cujos golpes o atingem feito uma saraivada. O riso se duplica na carroça e na multidão, mas Mikolka fica zangado e passa a fustigar a eguinha com golpes acelerados, como se realmente pensasse, furioso, que ela vai galopar.

— Deixem-me também, maninhos! — brada, tomando gosto, um rapaz no meio da turba.

— Venham! Sentem-se todos! — grita Mikolka. — Levarei todos! Matarei! — e bate, bate e não sabe mais como bater, de tão exasperado.

— Papai, papaizinho! — chama o menino pelo seu pai. — Papaizinho, o que eles fazem? Batem no pobre cavalinho, papai!

— Vamos embora, vamos! — diz o pai. — Estão bêbados e bagunçam lá, tolos. Vamos, não olhes! — e quer levá-lo embora, mas o menino se livra das mãos dele e corre, enlouquecido, para o cavalinho. A pobre eguinha está mal. Ela para, ofegante, puxa de novo e quase cai.

— Batam até matar! — berra Mikolka. — É isso, matem-na!

— Será que não tens cruz, hein, Satanás? — grita um velho da multidão.

— Onde se viu um rocim daqueles levar tanto peso? — acrescenta o outro.

— Vais matar mesmo! — grita o terceiro.

— Tira a mão! Meu patrimônio! Faço o que quero! Venham sentar-se todos! Todos! Quero que ela galope, de qualquer jeito!...

De repente, uma explosão de risos abafa tudo, sem suportar os golpes acelerados, o cavalinho débil começou a dar coices. Até o tal velho não se conteve e sorriu. Vejam só; uma eguinha imprestável e ainda coiceia! Dois rapazes saem da multidão e acorrem, chicotes nas mãos, para açoitar o cavalinho. Cada um vem de seu lado.

— Pela fuça e pelos olhos, batam-na pelos olhos! — grita Mikolka.

— Cantem, maninhos! — berra alguém da carroça, e todos entoam. Ouve-se uma canção obscena, tilinta o pandeiro, o refrão vem acompanhado de silvos. A mulherona quebra as nozes e dá risadinhas.

O menino corre ao lado do cavalinho, vai para frente e vê como batem nos olhos dele, sim, nos olhos! Ele está chorando, seu coração se revolta, as lágrimas fluem. Um dos chicotes passa-lhe, de raspão, pelo rosto, mas o menino não sente a dor, grita, torcendo os braços, e acorre ao velho de barba branca, o qual condena aquilo tudo, abanando a cabeça. Uma mulher o pega pela mão e quer levá-lo embora, mas ele se livra e aproxima-se outra vez da eguinha. Esta já não aguenta mais, todavia dá coices de novo.

— Eta, diacho! — exclama Mikolka, enfurecido. Larga o chicote, inclina-se e tira do fundo da carroça um varal comprido e grosso, pega-o, com ambas as mãos, pelo cabo e ergue, com esforço, sobre a baia.

— Arrebentará! — gritam em volta.

— Matará!

— Meu patrimônio! — retruca Mikolka e, num ímpeto, faz o varal cair.

Ouve-se um golpe pesado.

— Batam nela, batam! Por que pararam? — gritam algumas vozes na multidão.

E Mikolka ergue, outra vez, o varal, e outra pancada desaba, num ímpeto, sobre as costas do desgraçado rocim. Este tomba, com toda a parte traseira no chão, contudo se levanta e puxa, puxa com todas as derradeiras forças, de um lado para o outro, tentando levar a carroça, mas seis chicotes o fustigam de todos os lados, e o varal se ergue pela terceira, depois pela quarta vez, e recai no mesmo ímpeto compassado. Mikolka fica enraivecido por não poder abatê-lo de uma vez só.

— Tem fôlego! — gritam em volta.

— Agora cai sem falta, maninhos, é o fim dela! — brada, no meio da turba, um apreciador.

— Tem que dar uma machadada, ué! Matá-la de vez! — brada o outro.

— Eh, as moscas te comam! Pra trás! — grita Mikolka, frenético, joga o varal, inclina-se de novo e tira da carroça uma barra de ferro.

— Cuidado! — volta a gritar e desfere, com todas as forças, um golpe terrível no pobre cavalo. Abatida, a eguinha se balança e cai, procurando puxar a carroça mais uma vez, mas a barra de ferro desaba novamente sobre as suas costas, e ela tomba no solo, como se lhe tivessem cortado as quatro pernas de uma vez.

— Acabem com ela! — berra Mikolka e salta, como que ensandecido, da carroça. Alguns rapazes, também vermelhos e bêbados, pegam qualquer coisa — chicote, pedaço de pau, varal — e acorrem ao cavalinho agonizante. Mikolka se põe de lado e começa a bater nele a esmo, com a barra de ferro. A égua estende a cabeça, solta um pesado suspiro e morre.

— Acabou! — gritam na multidão.

— Por que é que não galopava?

— Meu patrimônio! — brada Mikolka, de olhos vermelhos de sangue e com a barra nas mãos. Parece lamentar que não haja mais no que bater.

— Não tens mesmo cruz, não tens mesmo! — gritam, no meio da multidão, várias vozes.

E o coitado do menino já não se dá conta de nada. Atravessando, aos gritos, a multidão, ele se aproxima da baia, abraça a morta e ensanguentada cabeça dela, e beija, beija-lhe os olhos, os lábios... Depois fica, de supetão, em pé e, cerrando os pequenos punhos, arroja-se contra

Mikolka, cheio de fúria. Nesse momento, o pai, que corre atrás dele há muito tempo, acaba por agarrá-lo e levá-lo embora dali.

— Vamos, vamos! — diz-lhe. — Vamos para casa!

— Papai! Por que eles... mataram... o pobre cavalinho? — soluça o menino, mas o pranto lhe prende a respiração, e as palavras se tornam gritos no seu peito premido.

— Estão bêbados e bagunçam lá... Vamos, não é da nossa conta! — diz o pai. Abraçando-o, o menino sente cada vez mais aperto no peito. Ele quer tomar fôlego, quer gritar, e acorda.

Raskólnikov acordou em suor, de cabelos molhados, arfante, e soergueu-se, todo apavorado.

"Graças a Deus, é apenas um sonho!" — disse, sentando-se debaixo de uma árvore e respirando profundamente. "Mas o que é isso? Será que a febre me acomete? Um sonho tão feio assim!"

Todo o seu corpo estava como que espedaçado, e sua alma, sombria e triste. De cotovelos sobre os joelhos, ele apoiou a cabeça em ambas as mãos.

"Meu Deus!" — exclamou ele. "Será, será mesmo que pegarei um machado e racharei a cabeça dela, farei saltar os miolos... vou escorregar naquele sangue viscoso e quente, arrombar a porta, roubar e tremer, esconder-me, todo ensanguentado... com o machado nas mãos... Será mesmo, Senhor?"

Tremia como uma folha, dizendo isso.

"Mas o que é que me espanta?" — prosseguiu ele, curvando-se novamente e como que imerso num pasmo profundo. "Eu já sabia que não aguentaria aquilo, então por que me torturo até agora? Ainda ontem, ontem, quando fui fazer aquele... *ensaio*, ainda ontem é que entendi perfeitamente que não aguentaria... E agora, hein? Por que é que duvido até agora? Ainda ontem, descendo a escada, é que disse, eu mesmo, que era vil, abjeto, baixo, baixo... e, só de pensar naquilo, senti *mesmo* náuseas e fiquei horrorizado... Não, não aguentarei, não! Ainda que não haja nenhuma dúvida naqueles cálculos todos, que tudo o que foi resolvido neste mês seja claro como a luz do dia e justo como a aritmética. Meu Deus! Em todo caso, não me atreverei! E não aguentarei, não!... Então por que, por que é que, até agora?..."

Uma vez em pé, ele olhou, perplexo, ao seu redor, como se estivesse admirado de ter ido ali, e foi em direção à ponte T***. Estava pálido, de olhos brilhantes e com fadiga por todo o corpo, mas, de repente, sentiu-se como que aliviado. Sentiu-se liberto daquele horrível fardo que o oprimira por tanto tempo, e sua alma ficou, de chofre, leve e apaziguada. "Senhor! — rezava ele. "Mostrai-me o meu caminho, e eu abro mão deste maldito... sonho meu!"

Atravessando a ponte, ele mirava, silencioso e sereno, o Neva, o pôr do sol escarlate e vivo. Apesar de sua fraqueza, sequer se sentia cansado. Era como se um abscesso, que lhe doera no coração todo o mês, tivesse estourado subitamente. Liberdade, liberdade! Agora estava livre do sortilégio, daquela bruxaria, da alucinação, da magia!

Mais tarde, relembrando aquele tempo e tudo o que acontecera com ele naqueles dias — minuto por minuto, ponto por ponto, detalhe por detalhe —, ele ficaria constantemente assombrado, até a superstição, com uma circunstância que sempre lhe pareceria, mesmo sem ser extraordinária em si, uma espécie de predefinição do seu destino.

De fato, Raskólnikov nunca conseguiria entender e explicar a si próprio por que, exausto e atribulado que estava, ele voltara para casa por meio da praça Sennaia, embora não precisasse, de modo algum, ir ali, sendo melhor o caminho mais curto e reto. O rodeio era pequeno, mas óbvio e totalmente desnecessário. Na realidade, já regressara a casa, dezenas de vezes, sem recordar as ruas pelas quais tinha passado. Mas por que razão, questionava-se sempre, aquele encontro tão importante e decisivo para ele e, ao mesmo tempo, tão casual assim ocorrera lá na Sennaia (por onde nem precisava passar) e coincidira exatamente com aquela hora e aquele minuto de sua vida, exatamente com aquele estado de espírito dele e aquelas circunstâncias em que podia exercer o mais crucial e definitivo influxo sobre todo o seu destino? Aquele encontro como que o esperava!

Ele passava pela Sennaia por volta das nove horas. Todos os comerciantes fechavam as suas lojas, boticas e quitandas, recolhiam e guardavam suas mercadorias, e iam para casa, bem como os fregueses. Rente às tabernas situadas nos andares de baixo, nos pátios sujos e fedorentos dos prédios da praça Sennaia e, sobretudo, junto das bodegas, havia um mundaréu de diversos operários e vagabundos. Raskólnikov gostava, em especial, daquele lugar, assim como das ruelas vizinhas, quando saía de casa sem objetivo. Ali seus farrapos não atraíam a atenção arrogante dos transeuntes, e era possível andar vestido de qualquer jeito, sem escandalizar ninguém. Perto da viela K***, bem na esquina, um homem e sua esposa vendiam linhas, fitas, lenços de chita e outras coisinhas em duas mesas. Eles também iam retirar-se, mas demoraram a conversar com uma conhecida sua. Essa mulher era Lisaveta Ivânovna, ou simplesmente, como todo o mundo a chamava, Lisaveta, irmã mais nova da velha Aliona Ivânovna, viúva do servidor de décima quarta classe e usurária, que Raskólnikov visitara no dia anterior para empenhar-lhe o relógio e fazer seu *ensaio*... Fazia tempos que ele sabia tudo a respeito de Lisaveta, e ela mesma o conhecia um pouco. Era uma moça de trinta e cinco anos, alta, desajeitada, tímida e humilde, quase idiota, que estava completamente escravizada pela irmã, trabalhando para ela dia e noite, tremendo na sua frente e suportando até os espancamentos dela. Lisaveta se postara, com uma trouxa nas mãos, diante do homem e sua esposa, e escutava-os com atenção. Estes lhe explicavam algo com singular arroubo. Quando Raskólnikov a viu, certa estranha sensação semelhante a um profundíssimo pasmo apoderou-se dele, conquanto não houvesse nada de pasmoso nesse encontro.

— A senhora teria que resolver pessoalmente, Lisaveta Ivânovna — dizia o homem em voz alta. — Venha, pois, amanhã, pelas sete horas. E eles virão.

— Amanhã? — perguntou Lisaveta, arrastando as palavras, como se estivesse pensativa ou indecisa.

— Eta, quanto medo Aliona Ivânovna lhe causou! — pôs-se a tagarelar a esposa do vendedor, mulherzinha afoita. — Olho eu pra você, como se fosse uma minininha. E não é sua irmã de sangue, mas sim de criação, e tem tanto poder!

— Mas não diga, desta vez, nada a Aliona Ivânovna — interrompeu-a o marido —, e venha falar com a gente sem permissão, esse é meu conselho. O negócio é proveitoso. Depois sua irmãzinha vai entender.

— Será que venho?

— Pelas sete horas, amanhã, aquele pessoal também virá, e resolverão tudo pessoalmente.

— E botaremos um samovar[33] — acrescentou a mulher.

[33] Espécie de chaleira aquecida por um tubo central com brasas e munida de uma torneira na parte inferior.

— Está bem, virei — disse Lisaveta, ainda pensativa, e devagar foi embora.

Raskólnikov passou perto dela e não ouviu mais nada. Passou em silêncio, imperceptível, tentando não fazer o menor barulho. Seu pasmo inicial foi, pouco a pouco, substituído pelo pavor, como se um frio lhe tivesse percorrido as costas. Inesperada e subitamente, ele ficou sabendo que, no dia seguinte, às sete horas em ponto, Lisaveta, irmã da velha e a única pessoa que morava com ela, não estaria em casa, e que, por consequência, a velha *ficaria em casa sozinha*, às sete horas em ponto.

Faltavam só alguns passos até o seu apartamento. Ele entrou lá como um condenado à morte. Não refletia em nada, nem sequer conseguia refletir, mas de repente sentiu, com todo o seu ser, que não tinha mais liberdade espiritual nem força de vontade, e que tudo já estava decidido em definitivo. Mesmo se ele passasse anos à espera de uma ocasião favorável para realizar o seu plano, mesmo então não poderia contar com uma chance mais evidente de lograr êxito do que aquela que acabava de surgir. Em todo caso, seria difícil vir a saber, às vésperas do assalto e, certamente, com mais precisão e menos risco, sem perigosas indagações nem buscas, que no dia seguinte, a tal e tal hora, tal velha, que ia ser assaltada, estaria em casa sozinha.

VI

Mais tarde, Raskólnikov saberia casualmente por que aquele homem e sua esposa haviam convidado Lisaveta. O negócio era bem ordinário e não continha em si nada de especial. Vindos do interior e pobres, eles vendiam diversas coisas, roupas etc., tudo de uso feminino. Como não era proveitoso vender no mercado, estavam à procura de uma revendedora, e Lisaveta mexia com isso, cobrava comissões, arranjava negócios e possuía grande experiência, porque era muito honesta e sempre fixava o preço que se pagava depois, o mínimo. De modo geral, ela falava pouco e, como já fora dito, andava humilde e temerosa...

Nos últimos tempos, Raskólnikov ia ficando supersticioso. Os rastros da superstição permaneceriam nele por muito tempo ainda, quase inapagáveis. Ele sempre tenderia, mais tarde, a atribuir a todo aquele negócio certo caráter estranho ou enigmático, que teria sido condicionado pela presença das influências e coincidências peculiares. Ainda no inverno, um estudante conhecido, Pókorev, que partia para Khárkov,[34] comunicara-lhe numa conversa o endereço da velha Aliona Ivânovna, caso precisasse posteriormente empenhar a ela alguma coisa. Raskólnikov passou muito tempo sem a visitar, já que vivia, bem ou mal, de aulas e outros bicos. Recordou o endereço havia um mês e meio, tendo duas coisas que serviriam de penhor: o velho relógio de prata do seu pai e um pequeno anel de ouro com três pedrinhas vermelhas que a irmã lhe dera, quando da despedida, como lembrança. Ele decidiu penhorar o anel; ainda sem saber nada de especial a respeito da velha, sentiu um asco irreprimível por ela, desde o primeiro encontro, tomou--lhe duas "notinhas" e, a caminho de casa, entrou numa tabernazinha ordinária. Pediu chá, sentou-se e ficou cismando. Uma ideia estranha eclodia em sua cabeça, feito um pinto a sair do ovo, e ocupava-o muito.

Um estudante, que Raskólnikov não conhecia nem lembrava, e um jovem oficial estavam sentados à outra mesa, quase ao lado dele. Ao jogarem sinuca, eles começaram a tomar chá.

De súbito, ele ouviu o estudante falar com o oficial sobre a usurária Aliona Ivânovna, viúva do servidor de décima quarta classe, e repassar--lhe o endereço dela. Só isso já pareceu a Raskólnikov algo estranho, voltava justamente de sua casa e eis que ouviu conversarem sobre ela. Era, sem dúvida, uma casualidade, mas ele não poderia mais afastar sua impressão bem inabitual, e, como que para lhe prestar um serviço, o estudante se pôs, ainda por cima, a contar ao seu colega diversos detalhes acerca de Aliona Ivânovna.

— Ela é boa gente — dizia o estudante —, sempre dá para pedir-lhe empréstimo. É rica que nem um judeu, pode entregar cinco mil de uma vez, mas não prescinde daqueles penhores de um rublo só. Muitos dos nossos já procuraram por ela. É pena que seja tão sórdida...

E começou a contar como a velha era maldosa e pirracenta, vendia logo o penhor se o freguês atrasasse o pagamento por apenas um dia, emprestava um quarto do valor da coisa, cobrando cinco e até sete por cento ao mês etc. Prolixo que estava, o estudante relatou, além disso, que

---

[34] Grande cidade ucraniana.

a pequena e nojenta velha tinha uma irmã chamada Lisaveta, em quem batia a cada instante, mantendo-a numa escravidão absoluta, como uma criança, embora Lisaveta tivesse pelo menos oito *verchoks* de altura...[35]

— Eis aí outro fenômeno! — exclamou o estudante e deu uma gargalhada.

Eles passaram a falar de Lisaveta. O estudante contava sobre ela com um deleite particular e ria o tempo todo, enquanto o oficial escutava com muito interesse e pedia que o estudante mandasse aquela Lisaveta vir costurar as roupas de baixo dele. Sem ter dito uma só palavra, Raskólnikov soube tudo. Lisaveta era a meia-irmã mais nova da velha (elas nasceram de mães diferentes) e tinha já trinta e cinco anos. Ela trabalhava para a irmã dias e noites, servia em casa de cozinheira e lavadeira e, fora isso, costurava coisas para vender e mesmo se incumbia de lavar o chão em casas alheias, entregando todo o dinheiro à velha. Sem a permissão dela, não se atrevia a aceitar nenhuma encomenda, nenhum trabalho. E a velha já tinha feito o seu testamento, segundo o qual Lisaveta, que estava a par disso, não receberia um tostão furado, exceto os móveis, cadeiras e tal, todo o dinheiro seria destinado a um convento da província de N***, para que se servisse lá um eterno ofício em memória da velha. Sem pertencer à classe dos servidores, Lisaveta era burguesa, solteira e muito desajeitada em aparência, de estatura notavelmente alta, de pernas compridas e como que distorcidas, sempre usava os botins cambaios de pele de bode e andava asseada. Todavia, o principal, que o estudante achava espantoso e engraçado, era que Lisaveta ficava, volta e meia, grávida...

— Mas tu dizes que ela é feia? — replicou o oficial.

— Sim, tão morena feito um soldado travestido, mas sabes, não é tão feia assim. Seu rosto é tão bondoso, e os olhos também. Até demais. A prova é que muitos gostam dela. Tão dócil e sossegada, tão caladinha... e consente, consente tudo. E seu sorriso é muito bonito.

— Pois tu também gostas dela? — o oficial ficou rindo.

— Por estranheza. Não, digo-te uma coisa. Eu roubaria e mataria aquela velha maldita e, pode ter certeza, sem o menor remorso — acrescentou o estudante com ardor.

---

[35] A altura de Lisaveta é de aproximadamente 178 cm (*ver nota de rodapé 27*).

O oficial se pôs novamente a rir, e Raskólnikov estremeceu. Como isso era estranho!

— Permite que te faça uma pergunta séria — o estudante ficou empolgado. — É claro que estava agora brincando, mas olha, por um lado, uma velhota boba, inútil, nula, maldosa e doente, de que ninguém precisa e que, pelo contrário, é nociva para todos, nem sequer sabe para que está vivendo e vai morrer, por si só, amanhã mesmo. Entendes? Entendes?

— Pois bem, entendo — respondeu o oficial, fitando o companheiro entusiasmado.

— Continua ouvindo. Por outro lado, aquelas pessoas jovens e frescas que perecem, por toda a parte, em vão, sem apoio, milhares de pessoas! Cem, mil bons negócios e iniciativas é que se pode ajeitar e melhorar com o dinheiro da velha, destinado para o convento! Centenas ou, talvez, milhares de existências fadadas à vadiagem, dezenas de famílias salvas da miséria, da degradação, da morte, da devassidão, dos hospitais venéreos — e tudo isso com o dinheiro dela. Mata-a e pega seu dinheiro para te dedicares depois a servir, com ele, toda a humanidade e a causa comum; achas que um crimezinho minúsculo não fica apagado com milhares de boas ações? Por uma só vida, milhares de vidas salvas da podridão e degradação. Uma morte e cem vidas em troca, isso aí é a aritmética! E quanto é que vale, naquela balança geral, a vida de uma velhota tísica, boba e malvada? Não vale mais que a vida de um piolho ou uma barata; nem isso vale, pois a velhota é nociva. Está roendo a vida dos outros, mordeu, há pouco, o dedo de Lisaveta por maldade, e quase o cortaram fora!

— Por certo, ela não merece viver — notou o oficial —, mas a natureza é que está nisso.

— Eh, meu irmão, a natureza é corrigida e direcionada, sem isso, a gente teria de afundar nos preconceitos. Sem isso, não haveria nenhum grande homem. Dizem por aí "dever, consciência"; eu cá não quero dizer nada contra o dever e a consciência, mas como é que a gente os percebe? Espera, tenho mais uma pergunta a fazer-te. Escuta!

— Não, espera tu mesmo, eu é que vou fazer uma pergunta. Escuta!

— Bem...

— Estás agora falando e palestrando, mas diz-me: vais matar a velha *pessoalmente* ou não?

— É claro que não! É uma questão de justiça... Aqui nem se trata de mim...

— E eu acho que, se tu mesmo não te atreves, não há nisso nenhuma justiça! Vamos jogar mais uma partida!

Raskólnikov ficou extremamente emocionado. Eram, bem entendido, as mais ordinárias e frequentes conversas e ideias da juventude, que ele já ouvira várias vezes, apenas em outras formas e com outros propósitos. Mas por que logo agora chegou a ouvir justamente essa conversa e essas ideias, quando em sua própria cabeça acabavam de despontar... *os mesmíssimos pensamentos*? E por que logo agora surgiu, de repente, essa conversa sobre a velha, acabando ele de conceber o embrião de sua ideia na casa dela?... Tal coincidência sempre lhe pareceria estranha. Essa ínfima conversa de botequim exerceria sobre ele uma influência descomunal, à medida que sua intenção fosse ganhando corpo, como se realmente houvesse nisso alguma predefinição ou algum sinal...

....

Ao regressar da Sennaia, ele desabou no sofá e passou uma hora inteira sentado lá, imóvel. Entretanto escureceu, ele não tinha velas, nem lhe viria à cabeça acender uma. Jamais conseguiria lembrar se pensava em alguma coisa, nesse meio-tempo. Sentiu, afinal, sua febre recente e, tomado de calafrios, adivinhou, com prazer, que também poderia deitar-se no sofá. Pouco depois, um sono de chumbo se apossou dele, como que o oprimindo.

Ele dormiu por um tempo incomumente longo, sem sonhos. Nastássia, que entrou no seu quarto às dez horas da manhã seguinte, despertou-o a muito custo. Trouxe-lhe chá e pão. O chá, outra vez reaproveitado, estava, de novo, no bule dela.

— Eta que dorminhoco! — exclamou a criada com indignação. — Só dorme e dorme!

Ele se levantou com esforço. Doía-lhe a cabeça. Uma vez em pé, fez uns passos no seu cubículo e tornou a cair no sofá.

— Dormir de novo? — exclamou Nastássia. — Será que estás doente?

Ele não respondeu nada.

— Queres chá?

— Mais tarde — disse Raskólnikov com esforço, fechando de novo os olhos e virando-se para a parede.

Nastássia ficou em cima dele.

— Talvez esteja mesmo doente — disse ela, virou-lhe as costas e saiu.

Retornou às duas horas, trazendo uma sopa. Ele estava deitado, como dantes. Nem tinha tocado no chá. Nastássia ficou mesmo sentida e começou a empurrá-lo com raiva.

— Chega de dormir! — gritou, mirando-o com asco. Ele se soergueu e ficou sentado, mas não lhe disse nada, de olhos no chão.

— Estás doente ou não? — perguntou Nastássia, sem receber nenhuma resposta.

— Devias, pelo menos, dar uma volta — disse ela, após uma pausa —, pegar um ventinho. Vais comer, hein?

— Depois — articulou ele com uma voz fraca. — Vai embora! — e agitou a mão.

Ela demorou mais um pouco, olhando para ele condoída e retirou-se. Uns minutos depois, o jovem ergueu os olhos e ficou muito tempo fitando o chá e a sopa. Pegou, a seguir, o pão, tomou a colher e começou a comer.

Ele comeu pouco, sem apetite, umas três ou quatro colheradas, de modo algo maquinal. Sua dor de cabeça diminuiu. Ao almoçar, Raskólnikov se estendeu outra vez no sofá, todavia, não conseguiu mais adormecer e ficou deitado de bruços, sem se mover, de rosto enfiado no travesseiro. Estava sonhando, e seus sonhos eram todos meio estranhos, imaginava-se, na maioria das vezes, em algum lugar da África, no Egito, num oásis. A caravana descansa, os camelos estão deitados, quietinhos, as palmeiras crescem ao redor, feito um círculo, todos almoçam. E ele não faz outra coisa senão beber água, direto do riacho que flui, rumorejante, ao lado. Está fresco, e a água azul e gelada corre, maravilhosa, pelas pedrinhas multicolores e pela areia pura, com lentejoulas de ouro... Nesse momento, ele ouviu claramente o relógio tocar. O jovem estremeceu, recobrando-se, soergueu a cabeça, olhou da janela, entendeu que horas eram e, de repente, levantou-se num pulo e recuperou de todo os sentidos, como se alguém o tivesse tirado do sofá. Aproximou-se, nas pontas dos pés, da porta, entreabriu-a com cautela e começou a escutar os sons lá embaixo, na escadaria. Seu coração palpitava terrivelmente. Porém, não havia barulho pelas escadas, como se toda a vizinhança estivesse dormindo... Ele achou estranho e absurdo ter ficado nesse entorpecimento desde o dia anterior, sem fazer nada, sem nada ter preparado... Entretanto, o relógio dera, quem sabe, seis horas... E de repente uma azáfama extraordinária, febricitante e desnorteada apoderou-se dele, tomando o lugar do sono e do torpor. De resto, não tinha muitas preparações a fazer. Ele empenhava todos os esforços em rememorar tudo e não esquecer nada, enquanto seu coração continuava a bater descompassado, de forma que lhe custava respirar. Primeiramente precisava fazer um laço e costurá-lo no seu casaco, questão de um só minuto. Ele procurou debaixo do travesseiro e tirou do meio das roupas amontoadas uma velha camisa, suja e toda despedaçada. Arrancou dos farrapos dela uma fita, de um *verchok* de largura e uns oito *verchoks* de comprimento. Dobrou essa fita ao meio, despiu o seu largo e sólido casaco de verão, feito de um grosso tecido de algodão (a única roupa de cima que possuía), e pôs-se a costurar nele ambas as pontas da fita, do lado de dentro, sob o braço esquerdo. Suas mãos tremiam nesse meio-tempo, porém ele conseguiu prender o laço, de modo que nada se percebia do lado de fora, quando tornou a vestir o casaco. A agulha e a linha, que tinha preparado havia tempo, estavam na gaveta de sua mesinha, embrulhadas num papel. Quanto ao laço, era uma artimanha muito astuta que ele próprio inventara: o laço se destinava ao machado. Não se podia, bem entendido, andar pela rua com um machado nas mãos, e precisar-se-ia segurá-lo com uma mão, se escondido sob o casaco, o que daria na vista. Agora que havia um laço do lado de dentro, era só enfiar nele a lâmina para que o machado ficasse pendurado tranquilamente, ao longo de todo o caminho, debaixo do braço, podendo o jovem também colocar a mão no bolso lateral do casaco e segurar o cabo do machado para este não se balançar. Como o casaco era muito largo, um verdadeiro sacão, não dava para perceber que Raskólnikov segurava alguma coisa com a mão, pelo bolso. Ele inventara esse laço duas semanas antes.

Feito isso, ele passou os dedos numa pequena fresta, entre o seu sofá "turco" e o chão, vasculhou-a perto do canto esquerdo e tirou o *penhor* preparado e escondido ali havia muito tempo. Não era, aliás, nenhum objeto a penhorar, mas sim um pedaço de madeira bem aplainado, cujo tamanho e espessura não excediam os de uma cigarreira de prata. Tinha-o encontrado, por mero acaso, durante um dos seus passeios, no pátio de um prédio, no fundo do qual ficava uma oficina. Mais tarde, complementou a tabuinha com uma placa de ferro, lisa e fina — provavelmente uma lasca de alguma coisa —, que também encontrara na rua, nesse ínterim. Juntou os dois pedaços, sendo o de ferro menor que o de madeira, amarrou-os em cruz com um fio, e depois embrulhou, com esmero e certa faceirice, num papel branco limpo e atou com uma fitinha, também em cruz, fazendo o nó de modo que fosse bastante difícil desatá-lo. Fez isso para distrair, por um tempo, a atenção da velha, quando ela viesse a ocupar-se do nó, e ganhar, dessa forma, um minuto. E a placa de ferro tinha sido adicionada para aumentar o peso, a fim de a velha não adivinhar, ao menos no primeiro instante, que o "penhor" era de madeira. Tudo isso estava guardado, até o momento certo, debaixo do seu sofá. Tão logo tirou o penhor, ouviu um grito, algures no pátio:

— Já vai para as sete horas!

— Sete? Meu Deus!

Acorrendo à porta, ele voltou a escutar, depois pegou seu chapéu e foi descendo os treze degraus da escada, prudente e silencioso que nem um gato. Tinha a coisa mais importante a fazer: furtar o machado da cozinha. Decidira, havia muito tempo, usar naquele negócio seu um machado. Guardava também um canivete de jardineiro, mas, sem contar com o canivete nem, sobretudo, com suas forças físicas, escolheu o machado de uma vez por todas. Vale notar, a propósito, uma peculiaridade referente a todas as decisões definitivas, já tomadas por ele nesse caso. Todas elas tinham um detalhe estranho; quanto mais definitivas se tornavam, tanto mais feias e absurdas ficavam, de imediato, aos olhos dele. Apesar da sua dolorosa luta interna, Raskólnikov não pôde jamais, em momento algum, acreditar que seus planos eram realizáveis, nesse tempo todo.

E mesmo se ele chegasse, um dia, a planejar tudo até o ponto final e resolver em definitivo, mesmo se não lhe restasse nem sombra de dúvidas, até nesse momento acabaria rejeitando, parece, tudo, como algo absurdo, monstruoso e impossível. Restava-lhe, no entanto, uma infinitude de pontos não resolvidos e dúvidas. Quanto a arranjar um machado, essa ninharia não o preocupava nem um pouco, pois não havia nada mais fácil. É que Nastássia se ausentava de casa a cada minuto, especialmente à noite, ia correndo visitar os vizinhos ou fazer compras, e sempre deixava a porta escancarada. A dona não cessava de brigar com ela por causa disso. Então, era só entrar, no momento certo, na cozinha, pegar furtivamente o machado e, uma hora depois (quando tudo já tivesse terminado), retornar e pô-lo de volta. Contudo havia dúvidas, ele retorna uma hora depois para pôr o machado no mesmo lugar, e Nastássia já está lá de novo. Cumpre-lhe, nesse caso, ir embora e esperar até ela sair outra vez. E se ela der, nesse meio-tempo, pela falta do machado e começar a procurá-lo aos gritos? Eis aí uma suspeita ou, pelo menos, um motivo para suspeitar.

Mas tudo isso eram apenas ninharias, a respeito das quais ele sequer começara a pensar, inclusive, por falta de tempo. Pensava no principal, deixando as ninharias até que ele mesmo *se convencesse de tudo*. E este último parecia-lhe decididamente irrealizável. Ao menos, a impressão era assim. Por exemplo, ele não conseguia, de modo algum, imaginar que deixaria, em certo momento, de refletir, que se levantaria e simplesmente iria lá... Até seu recente *ensaio* (isto é, sua visita com o intuito de examinar, definitivamente, o local) fora *ensaiado* sem seriedade — "vou lá, digamos, e faço uma tentativa, em vez de sonhar!" —, pois ele não aguentou, desistiu e fugiu, com raiva de si próprio. Entretanto, toda a análise, no sentido de resolução moral da questão, já parecia terminada, sua casuística ficara afiada feito uma navalha, de modo que ele não achava mais, dentro de si, objeções conscientes. Nesse caso, todavia, não dava crédito a si mesmo e procurava argumentos, maquinal e teimosamente, por toda a parte, às cegas, como se alguém o compelisse e obrigasse a fazê-lo. E o último dia, que viera assim tão de improviso e resolvera tudo de vez, exerceu sobre ele um influxo quase totalmente mecânico, como se alguém o tivesse pegado na mão e arrastado com uma força sobrenatural, de maneira irresistível e cega, sem contradição. Como se a borda de sua roupa ficasse presa na roda de uma máquina e esta começasse a puxá-lo.

De início — aliás, muito tempo antes — Raskólnikov cismava numa coisa: por que quase todos os crimes eram investigados e punidos com tanta facilidade e por que os rastros de quase todos os criminosos se tornavam tão manifestos? Chegou, aos poucos, a várias conclusões curiosas, em sua opinião, a causa primordial não consistia apenas na impossibilidade material de ocultar o crime, mas principalmente no próprio criminoso, o qual se via exposto, no momento do crime, a certo enfraquecimento da vontade e do juízo, quase sempre substituídos pela fenomenal leviandade infantil, naquele exato momento em que ele mais precisava de raciocínio e cautela. O jovem estava convicto de que essa perda de razão e esse desânimo se apossavam do homem como uma doença, desenvolvendo-se gradualmente e alcançando o ápice pouco antes de este cometer o crime, mantendo-se no mesmo estado no próprio momento do crime e algum tempo depois, a julgar pelo indivíduo, e passando, a seguir, como sintomas de qualquer doença. A questão era se aquela doença acarretava o crime ou se, pelo contrário, aquele crime, devido à sua natureza particular, sempre vinha acompanhado de uma espécie de doença, porém o jovem ainda não tinha condições de resolvê-la.

Chegando a tais conclusões, Raskólnikov decidiu que, no seu caso pessoal, não haveria semelhantes reviravoltas mórbidas, e que o seu juízo e a vontade permaneceriam intactos e inalienáveis, durante toda a realização do desígnio, pelo único motivo de o desígnio dele "não ser crime"... Deixemos de lado todo aquele processo por meio do qual ele tomara a tal decisão, mesmo sem isso, já nos adiantamos demais... Acrescentemos apenas que as dificuldades reais e meramente físicas do seu plano desempenhavam, de modo geral, o papel mais secundário em sua mente. "É só preservar, no tocante a elas, toda a minha vontade e todo o juízo, e elas serão todas vencidas, na hora certa, quando eu tiver de explorar, até o menor detalhe, todas as minúcias daquele negócio..." Porém o negócio não começava. Como dantes, o jovem não dava o mínimo crédito às suas decisões definitivas e, quando chegou a hora, tudo aconteceu de outra maneira, espontânea e quase inesperada.

Uma ínfima circunstância colocou-o num impasse, antes ainda que ele tivesse descido a escada. Acercando-se da cozinha da locadora, cuja porta estava, como sempre, escancarada, o jovem a examinou de soslaio, cautelosamente, para ver se a própria dona da casa não se encontrava porventura lá, na ausência de Nastássia, e se as portas do quarto dela estavam bem fechadas. Queria ter certeza de que não toparia com ela quando fosse pegar o machado. Qual não foi seu espanto quando ele viu, de repente, que, além de estar dessa vez na cozinha, Nastássia cumpria uma tarefa; tirava as roupas lavadas de uma cesta e pendurava-as no varal! Vendo o jovem passar, a criada parou de pendurar as roupas, voltou-se para ele e fitou-o durante toda a sua passagem. Ele desviou os olhos e foi embora, como se não reparasse em nada. Porém, o negócio estava feito: não haveria mais machado! Raskólnikov ficou profundamente abatido. "Por que é que pensei" — refletia, descendo até o portão —, "por que é que pensei que justamente nesse momento ela não estaria em casa? Por que, por que, mas por que mesmo tinha a certeza disso?" Estava abalado, até humilhado de certa forma. Queria zombar de si próprio, enraivecido... Uma obtusa fúria animalesca fervia nele. Parou, pensativo, ao pé do portão. Ir para a rua e passear para inglês ver seria asqueroso, voltar para casa, mais asqueroso ainda. "Que oportunidade se perdeu para sempre!" — murmurou o jovem, plantado, sem objetivo algum, junto do portão, em face da guarita escura do zelador, também aberta. De súbito, ele estremeceu, vendo algo brilhar ali, no cubículo do zelador situado a dois passos, debaixo de um banco à sua direita... O jovem olhou ao redor, nenhuma alma viva. Aproximou-se, nas pontas dos pés, da guarita, desceu dois degraus e chamou pelo zelador em voz baixa. "Isso aí, não está em casa! De resto, deve andar por perto, já que deixou a porta aberta." Raskólnikov adentrou, num ímpeto, a guarita e pegou o machado que estava debaixo do banco, entre duas achas de lenha, logo o acomodou dentro do laço, pôs ambas as mãos nos bolsos e saiu da guarita, sem ninguém o ter visto. "Se não for o juízo, será o demônio!" — pensou com um sorriso estranho. Esse acaso o animara excepcionalmente.

Ele seguia seu caminho de modo silencioso e *pausado*, sem pressa, para não atrair nenhuma suspeita. Olhava pouco para os transeuntes e mesmo buscava não os encarar, comportando-se com a maior discrição possível. Lembrou-se do seu chapéu. "Meu Deus! Tinha dinheiro, antes de ontem, e não o troquei por um casquete!" Uma injúria surgiu-lhe no íntimo.

Olhando, de passagem, para dentro de uma lojinha, ele viu um relógio de parede que mostrava sete horas e dez minutos. Precisava apressar-se e, ao mesmo tempo, fazer um rodeio, chegando ao prédio do outro lado... Imaginando, às vezes, tudo isso antes, ele pensava que sentiria muito medo. Porém não tinha muito medo agora, ou melhor, não tinha medo nenhum. Eram os pensamentos alheios ao assunto que o ocupavam nesse instante — aliás, por pouco tempo. Passando ao lado do Jardim de Yussúpov, até se pôs a cismar na construção dos altos chafarizes que deixariam o ar bem fresquinho em todas as praças. Chegou, aos poucos, à conclusão de que, se o Jardim de Verão englobasse todo o Campo de Marte e mesmo se unisse ao jardim do Palácio Mikháilovski, seria uma coisa bela e utilíssima para a cidade. De chofre, ficou interessado com o seguinte: por que razão os habitantes de todas as grandes cidades são não apenas obrigados, como especialmente propensos a morar naqueles bairros urbanos que não têm jardins nem chafarizes, mas só sujeira, fedor e porcaria de toda espécie? Recordou, nesse momento, seus próprios passeios pela Sennaia, e recuperou, por um minuto, os sentidos. "Que bobagem" — pensou. "Não, é melhor não refletir em nada!"

"Aqueles que vão para o cadafalso é que decerto se agarram assim a todas as coisas que encontram pelo caminho" — essa ideia veio-lhe à mente como um relâmpago, e ele mesmo se apressou em apagá-la... Contudo, já estava perto: eis ali o prédio, eis ali o portão. De súbito, um relógio tocou algures, uma vez só. "O que é isso? Já são sete e meia? Não pode ser, o relógio deve estar adiantado!"

Felizmente tudo correu às mil maravilhas, no portão também. Nesse mesmo instante, como que de propósito, uma enorme carroça de feno entrava no pátio, encobrindo totalmente o jovem, ao passo que ele atravessava o portão. Tão logo a carroça entrou, Raskólnikov virou rápido à direita. Ouviam-se do outro lado da carroça algumas vozes que discutiam aos gritos, todavia ninguém o avistou nem se deparou com ele. Muitas janelas, que davam para o imenso pátio quadrado, estavam abertas nesse momento, mas ele não levantou a cabeça, não tinha mais forças. Já estava perto da escadaria que levava ao apartamento da velha, era só passar o portão e virar à direita. Já estava na própria escada...

Ao retomar fôlego, ele apalpou mais uma vez e ajeitou o machado, depois começou a subir a escada, prudente e silencioso, todo ouvidos, a mão sobre o coração palpitante. Entretanto a escada também estava vazia, e todas as portas fechadas, de modo que o jovem não encontrou ninguém. No segundo andar havia um apartamento desocupado, de portas abertas, mas os pintores que trabalhavam ali não repararam nele. O jovem ficou parado, pensou um pouco e continuou a subir. "Decerto seria melhor se eles não estivessem lá, porém... há mais dois andares em cima."

Eis, afinal, o quarto andar, eis a porta, eis o apartamento em frente, vazio. O apartamento do terceiro andar, que se encontrava sob o da velha, também estava vazio, segundo todos os indícios, ao desocupá-lo, os moradores tiraram o anúncio pregado às portas!... Raskólnikov arquejava. Chegou a pensar, por um instante apenas: "E se fosse embora?".

Contudo, não respondeu a si próprio e pôs-se a escutar; havia profundo silêncio no apartamento da velha. Depois prestou de novo atenção aos ruídos da escadaria, ficou escutando por muito tempo... Em seguida, olhou, pela última vez, ao redor e aprumou-se, voltando a apalpar o machado dentro do laço. "Será que estou... muito pálido?" — pensou. "Será que estou por demais aflito? Ela é desconfiada... Não é melhor esperar mais um pouco... até que o coração se aquiete?..." No entanto, seu coração não se aquietava, mas, pelo contrário, batia, como que de propósito, mais forte, mais forte, mais forte... Ele não aguentou, estendeu lentamente a mão para a campainha e tocou. Meio minuto depois, tocou outra vez, mais alto. Nenhuma resposta. Não adiantaria continuar tocando, até seria inconveniente. Por certo, a velha estava em casa sozinha e não abria devido à sua desconfiança. Ele conhecia, em parte, os hábitos dela... Tornou a grudar a orelha na porta. Não sabia se seus sentidos estavam tão aguçados assim (seria difícil supor aquilo, de modo geral) ou se realmente dava para ouvir bem, mas percebeu, de repente, um cauteloso ruído da mão, rente da fechadura, e o farfalho do vestido contra a própria porta. Alguém estava plantado, igual a ele, do lado de dentro, e escutava com atenção, às escondidas, e parecia também grudar a orelha na porta... O jovem se moveu de propósito e murmurou alguma coisa, mais alto, para evitar a suspeita de que quisesse esconder-se, e depois tocou a campainha pela terceira vez, calma e seguramente, sem sombra de impaciência. Lembrando-se disso, mais tarde, com toda a clareza — esse momento ficaria para sempre gravado em sua memória —, ele não conseguiria entender como criara tamanha astúcia, ainda mais que sua mente se obscurecia, de vez em quando, e seu corpo quase cessava de obedecer-lhe... Passado um instante, ouviu alguém destrancar a porta.

VII

Como da última vez, a porta se abriu só um pouco, e um olhar penetrante e desconfiado reapareceu nessa minúscula fresta, fitando-o na escuridão. Então Raskólnikov ficou confuso e quase cometeu um erro grave.

Receando que a velha tivesse medo de ficar com ele a sós e duvidando de que sua aparência fosse tranquilizá-la, ele puxou a porta, para a velha não se trancar, porventura, de novo. Nesse momento ela não soltou a porta nem a puxou, por sua vez, de volta, tanto assim que o jovem quase arrastou a velha, agarrada à maçaneta, para fora do apartamento. Vendo-a postada no meio da porta, sem o deixar passar, foi direto ao seu encontro. A velha recuou com susto, queria dizer algo, mas, pelo visto, não conseguiu, e cravou nele seus olhos arregalados.

— Boa noite, Aliona Ivânovna — começou ele com a maior desenvoltura possível, mas a voz não lhe obedecia, entrecortada e trêmula. — Trouxe... uma coisa aqui... Não seria melhor a gente ficar... mais perto da luz?... — e, sem esperar pelo convite, passou direto para o quarto. A velha correu atrás dele.

— Meu Deus! O que é que quer?... Quem é? O que deseja? — desandou a falar.

— Misericórdia, Aliona Ivânovna... Sou seu conhecido... Raskólnikov... eis aqui o penhor que lhe prometi um dia desses...

E ele estendeu o penhor à velha. Esta ia examiná-lo, mas logo passou a fitar o intruso bem nos olhos. Olhava com atenção, maldosa e desconfiada. Passou-se um minuto, e ele teve a impressão de lobrigar nos seus olhos uma espécie de escárnio, como se ela já tivesse adivinhado tudo. Sentia-se cada vez mais confuso e assustado, tão assustado que acabaria fugindo, se ela continuasse a mirá-lo assim, sem uma palavra, por mais meio minuto.

— Por que é que olha dessa maneira, como se não me reconhecesse? — disse ele, de súbito e também com maldade. — Tome, se quiser, se não, vou procurar outras pessoas. Não tenho tempo.

Sequer pensava em dizer isso, a frase lhe escapou por acaso. A velha se recobrou, visivelmente animada pelo tom resoluto do visitante.

— Por que vieste, meu queridinho, assim tão de repente?... O que é isso? — perguntou ela, olhando para o penhor.

— Uma cigarreira de prata, como lhe disse da última vez.

A velha estendeu a mão.

— E por que estás tão pálido? E as mãos tremem! Tomaste banho gelado, hein, queridinho?

— Estou com febre — respondeu ele, de modo entrecortado. — Qualquer um ficaria pálido sem ter o que comer — acrescentou a seguir.

Custava-lhe articular as palavras; as forças iam abandoná-lo outra vez. Porém sua resposta parecia verossímil; a velha tomou o penhor.

— O que é isso? — perguntou ela, tornando a examinar Raskólnikov e pesando o penhor na palma da mão.

— Uma coisa... uma cigarreira... de prata... olhe.

— Não parece que seja de prata... Eta, que nó fizeste.

Tentando desatar a fita, ela se voltou para a janela, ficando mais perto da luz (todas as suas janelas estavam fechadas, apesar do abafo), depois o deixou por alguns segundos e virou-lhe as costas. O jovem desabotoou o casaco e retirou o machado do laço, porém não chegou a sacá-lo, segurando, com a mão direita, debaixo da roupa. Suas mãos estavam muito fracas; ele mesmo sentia como, a cada instante, elas ficavam mais formigantes e rígidas. Temia que o machado lhe caísse das mãos... De repente, teve uma vertigem.

— Mas que diabo de nó ele fez! — exclamou a velha, irritada, e moveu-se em direção dele.

Não havia mais um segundo a perder. Ele tirou o machado, ergueu-o com ambas as mãos e, mal entendendo o que fazia, golpeou com o cabo de madeira a cabeça da velha, quase sem esforço, quase maquinalmente. Não tinha força nesse momento, mas, desferido o primeiro golpe, surgiu-lhe a força. A velha estava, como sempre, de cabeça nua. Ralos e levemente grisalhos, seus cabelos claros estavam, de modo usual, fartamente ungidos com óleo, reunidos numa trancinha igual a um rabo de ratazana e presos com um estilhaço de pente de chifre que sobressaía na sua nuca. O golpe atingiu justamente seu sincipúcio, devido à pequena altura dela. A velha soltou um grito, porém muito fraco, e de repente desabou toda no chão, levando as mãos à cabeça. Uma das suas mãos ainda segurava o "penhor". Com todas as forças, Raskólnikov lhe golpeou duas vezes o sincipúcio, de novo com o cabo do seu machado. O sangue jorrou como de um copo emborcado, e o corpo dela caiu de costas. Ele recuou, deixando o corpo cair, e logo se inclinou sobre o rosto da velha: ela já estava morta. Seus olhos estavam arregalados, como se fossem saltar das órbitas, a testa e todo o rosto, franzidos e deformados por uma convulsão.

Ele pôs o machado ao lado da morta e logo enfiou a mão no seu bolso, procurando não se sujar com o sangue vertido, naquele mesmo bolso direito do qual ela tirara, da última vez, as chaves. Estava completamente lúcido, não tinha mais perdas de consciência nem tonturas, embora as mãos continuassem a tremer. Recordaria depois que agia com muita atenção e cautela, buscando, o tempo todo, não se manchar... De imediato, tirou as chaves, todas penduradas, como dantes, na mesma argola de aço. Correndo, foi com elas ao quarto. Era um aposento muito modesto, com um imenso caixilho de ícones. Junto da outra parede havia uma grande cama bem limpa, com um cobertor de retalhos de seda forrado de algodão. Rente à terceira parede havia uma cômoda. Coisa estranha: tão logo ele começou a manipular as chaves e ouviu o tilintar deles, um espasmo lhe percorreu o corpo. De supetão, quis de novo largar tudo e retirar-se. Mas isso durou um instante apenas; já era tarde demais para ir embora. Ele chegou a zombar de si próprio, quando lhe veio, de súbito, outra ideia alarmante. Teve, de chofre, a impressão de que a velha talvez estivesse viva e poderia ainda recuperar-se. Deixando a cômoda e as chaves, Raskólnikov acorreu novamente ao corpo, pegou o machado e ergueu-o outra vez sobre a velha, mas não a golpeou. Sem sombra de dúvidas, ela estava morta. Inclinando-se para a examinar mais de perto, o jovem viu claramente que o crânio dela estava partido e mesmo deslocado um tanto para um lado. Queria apalpá-la, mas retirou a mão, dava para ver tudo a olho nu. De súbito, reparou num cordão que pendia no pescoço dela e puxou-o, mas o cordão era sólido e não se rompia, encharcado, ainda por cima, de sangue. Tentou tirá-lo, assim mesmo, de baixo das roupas, mas algo estava atrapalhando. Impaciente, ergueu outra vez o machado para partir o cordão, com um golpe, sobre o corpo, mas não ousou e, a muito custo, sujando as mãos e o machado, cortou o cordão após dois minutos de esforços, sem tocar o corpo com a lâmina, e tirou-o. Não se enganara, era um porta-moedas. Havia duas cruzes nesse cordão, uma de cipreste e a outra de cobre, e, além disso, um santinho esmaltado; junto deles estava pendurado um pequeno porta-moedas de camurça, todo seboso, com uma borda e um anelzinho de aço. Raskólnikov pôs esse porta-moedas atulhado no bolso, sem o examinar, jogou as cruzes sobre o peito da velha e, levando dessa vez o machado, voltou correndo para o quarto.

Extremamente apressado, ele pegou as chaves e começou a experimentá-las de novo, porém sem sucesso, já que as chaves não se inseriam nas fechaduras. Não é que suas mãos tremessem tanto, mas ele mesmo errava volta e meia; via, por exemplo, que a chave não entrava, mas insistia em enfiá-la. De chofre, lembrou-se da grande chave de ponta denteada, que estava no meio das outras chaves pequenas, e pensou que ela, sem dúvida, não abria a cômoda (isso já lhe viera à mente, da última vez), mas sim um cofrete, em que tudo seria, quem sabe, guardado. Deixou, pois, a cômoda e logo foi procurar debaixo da cama, ciente de que as velhas costumavam pôr lá seus cofretes. Era assim mesmo; havia, debaixo da cama, uma grande arca, de mais de um *archin*[36] de comprimento, com tampa saliente, revestida de marroquim vermelho, todo alastrado de minúsculos pregos de aço. A chave de ponta denteada destrancou-a com facilidade. Em cima, sob um lençol branco, estava uma peliça de lebre coberta de um conjunto vermelho, embaixo havia um vestido de seda, um xale e, pelo visto, só velhos trapos, ali no fundo da arca. Antes de tudo, ele se pôs a limpar suas mãos manchadas de sangue com o conjunto vermelho. "É vermelho, e o sangue não se percebe tanto sobre o pano vermelho" — ia raciocinando, e nisso recuperou os sentidos. "Senhor! Será que estou ficando louco?" — pensou com pavor. Mas assim que mexeu nesses trapos, um relógio de ouro brilhou, de repente, sob a peliça. Ele foi revirando tudo. Os objetos de ouro — decerto os penhores a resgatar — estavam, de fato, misturados com a trapagem, pulseiras, correntes, brincos, alfinetes etc., uns em estojos, os outros simplesmente embrulhados (aliás, com muito cuidado) em folhas duplas de papel-jornal e atados com fitas. De imediato, ele começou a encher com eles os bolsos da calça e do casaco, sem examinar nem abrir os embrulhos e estojos. Contudo, não conseguiu juntar muita coisa...

De súbito, ele ouviu alguém andar pelo cômodo onde estava a velha. Ficou parado, silencioso que nem um morto. Mas tudo estava tranquilo: seria engano? Ouviu, repentinamente, uma exclamação bem fraca, como se alguém tivesse soltado um curto gemido baixinho, calando-se a seguir. Houve mais um ou dois minutos de absoluto silêncio. Agachado perto da arca, ele esperava, prendendo a respiração, depois se levantou, num pulo, pegou o machado e saiu correndo do quarto. Plantada no meio do cômodo, com uma grande trouxa na mão, Lisaveta fitava a irmã morta. Estava toda branca, feito o lençol, e obviamente não tinha forças para gritar. Vendo-o entrar, ela ficou tiritando, e os espasmos lhe contraíram

[36] Antiga unidade de medida de comprimento russa (no original russo: аршин), equivalente a 71 cm.

o rosto todo; ela soergueu o braço, abriu a boca, mas não gritou, e começou a recuar, lentamente, para um canto, de olhos cravados nele assim, bem de frente, porém sem gritar, como se o ar lhe faltasse. Quando ele a atacou, brandindo o machado, os lábios da moça se contorceram de modo tão lastimoso como os de crianças muito pequenas que passam a sentir medo de alguma coisa, olham, atentas, para aquele objeto que as intimida e dispõem-se a gritar. E essa coitada de Lisaveta era tão simples, retraída e amedrontada, de uma vez por todas, que nem sequer levantou o braço para proteger o rosto, embora fosse, nesse momento, o gesto mais necessário e natural, pois o machado estava erguido bem em cima do rosto dela. Apenas levantou, só um pouco, sua livre mão esquerda e estendeu-a devagar para frente, como que afastando o assassino. A machadada lhe atingiu direto o crânio, a lâmina rachando toda a parte superior da testa, quase até o sincipúcio. Ela desabou no chão. Quase enlouquecido, Raskólnikov pegou sua trouxa, largou-a de novo e foi correndo à antessala.

O medo se apossava dele cada vez mais, sobretudo após esse segundo, inesperado assassinato. O jovem queria fugir de lá o mais depressa possível. E se fosse capaz, nesse momento, de enxergar e raciocinar com mais clareza, se somente pudesse imaginar todas as dificuldades de seu estado, todo o desespero, toda a feiura e todo o absurdo deste, compreendendo, nesse meio-tempo, quantas complicações e, quiçá, delitos ainda ia superar e cometer a fim de escapar dali e voltar para casa, então bem poderia ser que deixasse tudo e denunciasse logo seu próprio crime — menos por medo de ser punido que por horror e aversão pelo que fizera. Era, sobretudo, a aversão que aumentava a cada instante. Nem por todo o ouro do mundo ele se aproximaria agora da arca e nem mesmo voltaria para o quarto.

Todavia, uma espécie de distração ou pensatividade vinha, aos poucos, tomando conta dele; por momentos, o jovem se distraía, ou melhor, esquecia o principal e agarrava-se às minúcias. Entrando, aliás, na cozinha e avistando, em cima de um tamborete, um balde com água, teve a ideia de lavar as mãos e o machado. Suas mãos estavam ensanguentadas e pegajosas. Ele colocou a lâmina do machado na água, pegou um pedacinho de sabão, que estava num pires fendido posto no peitoril da janela, e começou a ensaboar as mãos, dentro do próprio balde. Depois de limpá-las, retirou o machado, lavou o ferro e gastou uns três minutos em esfregar a madeira, onde o sangue ficara coagulado, usando, inclusive, o sabão. Em seguida, enxugou tudo com as roupas de cama penduradas numa corda esticada através da cozinha, e passou muito tempo a examinar, com atenção, o machado perto da janela. Não havia mais rastros, apenas o cabo ainda estava úmido. Com todo o cuidado, Raskólnikov colocou o machado no laço, debaixo do seu casaco. Depois examinou o casaco, a calça e as botas, pelo menos, o quanto lhe permitia a fraca luz da cozinha. À primeira vista, não sobrara nada do lado de fora, somente as botas estavam manchadas. O jovem molhou um pano e limpou as botas. Sabia, de resto, que não olhava direito e que havia, talvez, algo bem perceptível que ele mesmo despercebera. Meditativo, ficou no meio da cozinha. Um pensamento obscuro e doloroso brotava em sua mente; maluco que estava, não era, quem sabe, capaz de raciocinar nem de defender-se, fazendo exatamente aquilo que não precisava fazer em tal ocasião... "Meu Deus! Tenho que fugir, fugir!" — murmurou ele e correu para a antessala. Mas lá se depararia com um pavor que jamais sentira em toda a vida.

Olhava, petrificado, e não acreditava em seus olhos, a porta, a porta de entrada que levava da escadaria para a antessala, aquela porta pela qual ele entrara, tocando a campainha, estava destrancada e até mesmo aberta, por um palmo, sem tranca nem cadeado, o tempo todo, em todo aquele tempo! A velha não fechara a porta atrás dele, talvez, por cautela. Deus! Ele viu, a seguir, Lisaveta! E como pôde, como pôde não entender que ela tinha entrado de algum modo! No fim das contas, não atravessara a parede...

Ele acorreu à porta e trancou-a. "Mas não, outra vez não é isso! Preciso ir embora, preciso ir..." Tirando o ferrolho, abriu a porta e começou a escutar.

Escutou por muito tempo. Algures bem longe, lá embaixo, provavelmente no portão do prédio, duas vozes gritavam até guinchar, discutindo e brigando. "O que é isso?..." O jovem esperava pacientemente. Enfim, o barulho cessou de vez, como que cortado: os brigões se retiraram. Ele já ia sair, mas uma porta se abriu, de súbito, no andar de baixo, e alguém começou a descer a escada, cantarolando uma melodia. "Como eles todos são barulhentos!" — pensou ele num relance. Voltou a esperar, encostando a porta. Tudo se acalmou, afinal, não havia mais ninguém lá. Raskólnikov ia pisar na escada e, de repente, ouviu novamente os passos.

Esses passos ecoavam muito longe, ainda no começo da escadaria, porém — ia lembrar aquilo, mais tarde, com toda a nitidez — ele foi suspeitando, desde que ouviu o primeiro som, que alguém se dirigia precisamente para *ali*, ao quarto andar, ao apartamento da velha. Por quê? Seriam aqueles sons tão peculiares assim, tão significativos? Os passos eram pesados, regulares e lentos. Eis que *ele* passou o primeiro andar e continuou subindo, mais e mais adiante! Ouviu-se o alento arfante de quem subia. Ele já chegava ao terceiro andar... Vinha ali mesmo! Raskólnikov teve, de chofre, a impressão de ficar como que entorpecido ou de sonhar que alguém corria no seu encalço, querendo matá-lo, e já o alcançava, enquanto ele permanecia no mesmo lugar, grudado no solo, e nem podia mover os braços.

Por fim, quando o tal visitante começou a subir ao quarto andar, ele estremeceu todo e esgueirou-se, destra e rapidamente, do patamar ao apartamento, fechando a porta no último instante. Pegou, a seguir, o ferrolho e introduziu-o, sem o menor ruído, no encaixe. Era auxiliado pelo instinto. Feito isso, ficou em silêncio, quase sem respirar, logo atrás da porta. O visitante importuno também se aproximou dela, do outro lado. Os dois estavam agora face a face, do mesmo modo que ele estivera, há pouco, em frente à velha, separado dela pela porta e escutando. O visitante soltou uns suspiros profundos. "Deve ser gordo e alto" — pensou Raskólnikov, segurando firme o seu machado. Parecia, de fato, que estava sonhando com tudo isso. O visitante agadanhou a campainha e tocou com força. Assim que o som metálico tilintou, Raskólnikov teve a impressão de que alguém se movera no quarto. Até mesmo ficou escutando, por uns segundos, com toda a atenção. O homem tocou mais uma vez, aguardou um pouco, impacientou-se, de supetão, e começou a puxar, com todas as forças, a maçaneta da porta. Apavorado, Raskólnikov fitava o gancho do ferrolho, que tremia todo no encaixe, e pensava, embotado pelo medo, que este não demoraria em pular fora. Isso parecia realmente possível, tão fortes eram as puxadas. Ele queria mesmo segurar o ferrolho com a mão, mas *o outro* podia desconfiar. Ia sentir-se outra vez tonto. "Vou cair!" — pensou num átimo, mas o homem se pôs a falar, e ele se recuperou logo.

— Que diabo elas estão fazendo ali, dormem ou alguém as esganou? Maaalditas! — bramiu o homem, como que dentro de um barril. — Ei, Aliona Ivânovna, velha bruxa!

Lisaveta Ivânovna, beldade inefável! Abram aí! Hein, malditas, estão dormindo, talvez? — e de novo, tomado de fúria, tocou a campainha umas dez vezes seguidas, com toda a força. Sem dúvida, era um sujeito autoritário e bem conhecido naquela casa. No mesmo instante, os passos miúdos e apressados ouviram-se, de repente, no patamar. Vinha outra pessoa. De início, Raskólnikov sequer a ouvira subir a escada.

— Será que não há ninguém? — exclamou o novo visitante, num tom estridente e alegre, dirigindo-se ao primeiro homem que continuava a tocar a campainha. — Boa noite, Koch!

"A julgar pela voz, deve ser muito jovem" — pensou, de improviso, Raskólnikov.

— Sabe lá o diabo, quase quebrei a tranca — respondeu Koch. — De onde o senhor me conhece?

— Como assim? Antes de ontem, ganhei do senhor três vezes a fio no bilhar do "Gambrinus".

— Aaah!

— Não estão, pois, em casa? É estranho. E muito bobo, aliás. Aonde iria a velha? Tenho um negócio a tratar com ela.

— Eu também tenho um negócio, amigo.

— Bom, fazer o quê? Temos que ir embora. E-eh! Pensava em arranjar dinheiro! — exclamou o moço.

— Temos, sim, mas para que marcar o encontro? Foi ela mesma, a bruxa, quem marcou comigo a hora. Moro longe daqui. E a que diabo ela podia ter ido, não entendo! O ano inteiro fica em casa mofando, bruxa, com dor nas pernas, e de repente foi passear!

— E se perguntar ao zelador?

— O quê?

— Aonde foi e quando voltará...

— Hum... diabo... perguntar... Mas ela não vai a lugar nenhum... — e ele puxou outra vez a maçaneta da porta. — Vamos lá, diabo, fazer o quê!

— Espere! — gritou o moço, de súbito. — Olhe: a porta se desprende assim, quando a gente puxa, está vendo?

— E daí?

— E daí que ela não está trancada para valer, apenas aferrolhada, quer dizer, tem aquele ganchinho! Ouve como o ferrolho está tilintando?

— Bom...

— Mas como o senhor não entende? É que uma delas está em casa. Se tivessem saído as duas, teriam fechado a porta com chave, do lado de fora, e não com ferrolho por dentro. E, nesse caso, ouve como está tilintando? Mas para botar o ferrolho por dentro, precisam estar em casa, entende? Estão, pois, em casa, contudo não abrem!

— Bah, é mesmo! — exclamou Koch, surpreso. — O que estão fazendo, então? — e tornou a puxar a porta, enraivecido.

— Espere! — redarguiu outra vez o moço. — Não puxe! Há coisa errada nisso... O senhor tocou a campainha, depois puxou a porta, mas elas não abriram; quer dizer, estão as duas em síncope, ou então...

— O quê?

— Vamos chamar o zelador, é isso. Que ele mesmo as acorde.

— Bom negócio! — os homens foram descendo a escada.

— Espere! O senhor fica aqui, e eu vou chamar o zelador.

— Por que ficar?

— Por via das dúvidas!...

— Talvez...

— É que eu estudo para juiz de instrução! Obviamente há coisa errada, ob-via-mente! — gritou o moço, entusiasmado, e desceu correndo a escada.

Ficando no patamar, Koch tocou de novo a campainha, que soou baixo, uma vez só, depois tornou a mover a maçaneta, bem devagar, como se a examinasse, meditativo, puxando-a e soltando de volta para ter toda a certeza de que a porta estava somente aferrolhada. Depois se abaixou, bufando, e olhou pelo buraco da fechadura; no entanto, a chave inserida do lado de dentro não permitia ver nada. De pé atrás da porta, Raskólnikov segurava o machado. Estava como que delirante. Até mesmo se preparava para lutar com eles, tão logo entrassem. Enquanto os homens tocavam a campainha e conversavam, viera-lhe, várias vezes, a ideia de chamá-los de trás da porta e acabar com tudo na hora. Queria, inclusive, começar a provocá-los, a discutir com eles até que abrissem a porta. "Tomara que venham logo!" — pensou nesse instante.

— Porém ele está... que diabo!

O tempo passava — um minuto, o outro —, mas ninguém vinha. Koch voltou a mover-se.

— Porém... que diabo! — gritou, de repente, deixou seu posto e foi descendo a escada, impaciente e apressado. Cessou o barulho das suas botas.

— Meu Deus, o que faço?

Raskólnikov retirou o ferrolho, entreabriu a porta sem ouvir mais nada e, de improviso, sem raciocínio algum, saiu, encostou a porta o quanto pôde e precipitou-se pelos degraus.

Ele já havia descido três lanços de escada, quando um forte ruído estourou, vindo de baixo. Onde se esconderia? Não tinha para onde fugir... Foi correndo de volta ao apartamento.

— Ei, diacho, tinhoso! Pega aí!

Saindo aos berros de um dos apartamentos de baixo, alguém desceu a correr, ou melhor, a rolar pela escada, gritando com todas as forças:

— Mitka![37] Mitka! Mitka! Mitka! Mitka! Que o rabudo te carregue!

O grito acabou com um guincho, ouvindo-se os últimos sons lá no pátio, e tudo ficou quieto. Porém, no mesmo instante, várias pessoas começaram a subir a escada, com muito barulho, falando alto e sem parar. Eram três ou quatro. Raskólnikov distinguiu a voz estridente do moço. "São eles!" Num desespero total, ele foi ao seu encontro. "Ocorra o que ocorrer! Se me pararem, está tudo perdido; se me deixarem passar, também está tudo perdido, que não vão esquecer minha cara!" Eles já estavam bem perto, restava tão só um lanço a percorrer, e de repente veio a salvação! A alguns degraus dele, do lado direito, havia um apartamento vazio, de porta escancarada, aquele mesmo apartamento do segundo andar onde trabalhavam os pintores, que tinham ido embora, como que de propósito. Decerto foram eles que acabaram de sair com tanta algazarra. O chão estava recém-pintado, no meio do quarto havia uma lata de tinta e um pincel posto num caco de louça. Num piscar de olhos, ele entrou porta adentro e escondeu-se atrás da parede, bem na hora, visto que eles já estavam no patamar. Depois passaram ao lado dele e dirigiram-se, falando bem alto, direto ao quarto andar. Raskólnikov esperou um pouco, saiu de mansinho e correu para baixo.

Não havia ninguém na escada, nem no portão do prédio! Atravessando depressa o pátio, ele virou à esquerda e seguiu a rua.

---

[37] Forma diminutiva e pejorativa do nome Dmítri.

Raskólnikov sabia muito bem, tinha toda a certeza de que, nesse exato momento, eles já se encontravam lá no apartamento, que tinham ficado muito surpresos de ver que estava aberto, embora estivesse, há pouco, trancado, que eles olhavam para os corpos e que, no máximo um minuto depois, chegariam a entender plenamente que o assassino acabara de estar ali e conseguira esconder-se, escapar deles e fugir; talvez chegassem a adivinhar, outrossim, que ele estava no apartamento vazio, enquanto eles subiam a escada. Entretanto, ele não se atreveria, de modo algum, a ir mais depressa, conquanto faltassem uns cem passos até a primeira esquina. "E se entrasse num pátio qualquer e esperasse um bocado em algum lugar, numa escada desconhecida? Não, é perigoso. E se jogasse o machado fora? E se chamasse um cocheiro? Perigo, perigo!"

Chegou, afinal, à primeira ruela, dobrando a esquina como que semimorto. Estava salvo, pela metade, e entendia isto: havia menos suspeitas e, além disso, a multidão estava grande e absorvia-o como um grão de areia. Mas todos aqueles sofrimentos esgotaram-no tanto que ele mal se movia. Pingava de suor, e seu pescoço estava todo molhado. "Eta, bebum!" — gritou-lhe alguém, quando se enveredava para o lado do canal.

Cada vez menos entendia o que vinha acontecendo. Contudo, lembraria mais tarde que, ao alcançar o canal, ficara assustado com o fato de que, havendo lá pouca gente, ele pudesse atrair atenção, e quis voltar à ruela. Embora quase caísse de exaustão, fez um rodeio e chegou a casa por um caminho bem diferente.

Não estava de todo lúcido, quando passou o portão de seu prédio; pelo menos, foi já na escada que se recordou do machado. Entrementes tinha uma tarefa muito importante a cumprir: colocar o machado de volta e da maneira mais discreta possível! É claro que não tinha mais forças para compreender que talvez fosse bem melhor jogar o machado — quem sabe, mais tarde — algures no pátio alheio, em vez de pô-lo no mesmo lugar.

Mas tudo se passou bem. A porta da guarita não estava trancada, mas só encostada, então o mais provável era que o zelador se encontrasse em casa. Porém o jovem perdera a capacidade de raciocinar a ponto de aproximar-se logo da guarita e abrir a porta. Se o zelador perguntasse "o que quer?", entregar-lhe-ia, quiçá, o machado, sem mais nem menos. Mas o zelador não estava, outra vez, em casa, e ele teve bastante tempo para acomodar o machado no mesmo lugar, debaixo do banco, cobrindo-o, inclusive, com uma acha de lenha. Não encontrou ninguém, nem uma alma viva, a caminho do seu quarto: a porta da locadora estava fechada. Entrando no quarto, atirou-se, vestido como viera, no sofá. Não adormeceu, mas ficou entorpecido. Se alguém entrasse nesse momento, ele se levantaria num pulo, gritando. Os trechos e pedaços de pensamentos fervilhavam em sua cabeça, mas o jovem não conseguia, apesar de todos os esforços, fixar sua atenção em nenhum deles...

SEGUNDA PARTE

I

Ele ficou prostrado assim por muito tempo. De vez em quando, acordava e via, nesses momentos, que já era bem tarde, mas a ideia de levantar-se mal lhe vinha à cabeça. Acabou reparando que tudo estava claro como de dia. Deitado de costas no seu sofá, continuava paralisado pelo recente torpor. Ouvia aqueles gritos bruscos e pavorosos que toda noite, por volta das três horas, soavam desesperadamente na rua, embaixo da sua janela. Foram eles que o despertaram agora. "Ah, eis os bêbados que saem já das bodegas" — pensou ele —, "vai para as três horas" — e levantou-se, de súbito, como se alguém o tivesse tirado do sofá. "Como? Três horas da manhã?" Sentado no sofá, lembrou tudo! Lembrou de improviso, num só instante.

No primeiro momento, pensou que enlouqueceria. Um frio horrível apoderou-se dele, provindo não só do medo, como também da febre que o acometera havia tempo, enquanto dormia. Sentiu, de repente, um calafrio tão forte que ficou todo tremendo, de modo que os dentes quase lhe saltavam da boca. O jovem abriu a porta e começou a escutar, mas o prédio todo estava dormindo. Pasmado, examinava a si próprio e tudo quanto o rodeava, sem entender; como pudera, no dia anterior, entrar no seu quarto e desabar no sofá, sem antes trancar a porta, não só vestido, mas também de chapéu, o qual estava lá mesmo, no chão, caído perto do travesseiro. "Se alguém tivesse entrado, o que iria pensar? Que eu estava bêbado, mas..." O jovem acorreu à janela. Havia bastante luz, e ele começou a examinar-se todo, dos pés à cabeça, todas as suas roupas, ansioso por ver se não restara algum vestígio. Não enxergava e, tomado de calafrios, pôs-se a tirar as roupas e a perscrutá-las de novo. Revirou tudo, até o último fio e retalho; desconfiado que estava, repetiu o exame umas três vezes. Pelo visto, não havia nada, nenhum rastro; apenas lá onde o tecido de sua calça estava desfeito, formando uma franja na parte de baixo, ainda se viam as manchas espessas de sangue coagulado. Ele pegou seu grande canivete e cortou a franja. Parecia que não sobrara mais nada. Lembrou, de repente, que o porta-moedas e outras coisas roubadas do cofrete da velha continuavam nos seus bolsos. Até lá, nem tinha pensado em retirá-las e esconder, nem mesmo no momento em que examinava as roupas! O que era isso? Num átimo, retirou as coisas, jogando-as em cima da mesa. Ao tirar tudo, revirou os bolsos para se certificar de que estavam realmente vazios, e carregou toda a pilha para um canto. Ali embaixo, o papel de parede se desprendia, rasgado, da alvenaria, e o jovem começou logo a enfiar tudo nesse buraco, sob o papel. "Coube! Tudo foi para lá, e o porta-moedas também!" — pensou com alegria, ficando em pé e olhando, atoleimado, para o canto, cujo buraco se inflara ainda mais. De súbito, estremeceu todo de susto. "Meu Deus" — cochichou com desespero —, "o que tenho? Escondi mesmo isso? Quem é que esconde dessa maneira?" Na verdade, não contava com os objetos de valor, pensando que pegaria tão só o dinheiro, portanto não tinha preparado, de antemão, o esconderijo. "Por que é que me alegro agora?" — pensava. "Quem é que esconde dessa maneira? Decerto o juízo me faz falta!" Sentou-se, exausto, no sofá, e logo um calafrio insuportável fê-lo tremer outra vez. Maquinalmente, puxou seu capote estudantil usado no inverno — quente, mas quase caindo aos pedaços —, o qual estava perto dele, em cima de uma cadeira, e cobriu-se com ele. Adormeceu e ficou dominado, ao mesmo tempo, pelo sono e pelo delírio.

Ao cabo de, quando muito, cinco minutos, ele pulou novamente do sofá e agarrou-se, frenético, às suas roupas. "Como pude voltar a adormecer sem nada ter feito? É isso aí, é bem isso: até agora não tirei esse laço do sovaco! Esqueci uma coisa tão importante assim! Uma prova dessas!" Arrancou o laço e começou a rasgá-lo, enfiando depressa as tiras debaixo do seu travesseiro. "Esses pedaços de lona rota não vão atrair suspeitas, de jeito nenhum. Parece que não, parece que não!" — repetia, plantado no meio do quarto, e examinava tudo em volta, no chão e por toda parte, com uma atenção concentrada até a dor: haveria mais algo por lá? A convicção de que tudo — mesmo a memória, mesmo a mais simples compreensão — ia abandoná-lo transformava-se numa verdadeira tortura. "Será que aquilo já vem, será que a punição está a caminho? Ei-lo aí, é bem isso!" Os restos da franja, que ele cortara da calça, estavam, de fato, jogados no chão, bem no meio do quarto, a olhos vistos! "O que é que tenho?" — exclamou ele de novo, como que desolado.

Nesse momento, veio-lhe à cabeça uma ideia estranha: talvez toda a sua roupa estivesse ensanguentada, talvez houvesse muitas manchas nela, porém ele não as via, deixava-as despercebidas, por ter a mente debilitada e despedaçada... por ter o juízo obscurecido... De súbito, ele lembrou que havia sangue também no porta-moedas. "Ora! Pois então há sangue, por certo, dentro do bolso, já que o porta-moedas ainda estava molhado, quando o coloquei lá!" Revirou, num instante, o bolso, e — era isso mesmo! — havia rastros de sangue no forro do bolso! "Então o juízo não me abandonou totalmente, então tenho ainda compreensão e memória, pois me recordo e adivinho a tempo! — pensou, jubiloso, e respirou profunda e alegremente, com todo o peito. "Tive apenas uma fraqueza febril, delirei um minuto" — e arrancou todo o forro do bolso esquerdo de sua calça. Nisso, um raio de sol iluminou sua bota esquerda; na meia que assomava da bota transpareciam uns rastros. Ele tirou a bota. "Há mesmo manchas! Toda a ponta da meia está ensopada de sangue; devia ter pisado então naquele charco, por imprudência... Mas o que fazer com isso? Onde esconder essa meia, a franja, o forro do bolso?"

Juntando tudo isso numa das mãos, ele parou no meio do quarto. "No forno? Mas é no forno que vão procurar primeiro. Queimar? Mas com quê? Nem fósforos tenho. Não, é melhor ir a algum lugar e jogar tudo fora. Sim! É melhor jogar fora!" — repetia, sentando-se outra vez no sofá. "E agora, sem demorar, neste instante!..." Mas em vez disso, sua cabeça recaiu no travesseiro, e, tiritando do mesmo calafrio insuportável, o jovem tornou a cobrir-se com o capote. Por muito tempo, durante várias horas, não cessou de sonhar, impulsivo, que "agorinha, sem tardar, iria a algum lugar e jogaria tudo fora, para se livrar daquilo rápido, rápido, rápido!". Ia levantar-se do sofá algumas vezes, queria ficar em pé, mas não conseguia. Despertaram-no, finalmente, umas fortes pancadas à porta.

— Abre aí, vem! Estás vivo ou não? — gritava Nastássia, esmurrando a porta. — Só dorme e dorme, dias inteiros, dorme feito um cachorro. É um cão mesmo! Abre aí, hein? Já vai para as onze horas!

— Talvez não esteja em casa? — disse uma voz masculina.

"Arre, é a voz do zelador... O que ele quer?"

O jovem acordou e sentou-se no sofá. Seu coração batia com tanta força que chegava a causar-lhe dor.

— E quem foi que botou o ferrolho? — rebateu Nastássia. — Passou a trancar, olha! Será que os ladrões o levam embora? Abre, cabeça, acorda!

"O que querem? Por que veio o zelador? Já sabem de tudo. Resistir ou abrir a porta? Estou perdido..."

Soerguendo-se do sofá, ele se inclinou para frente e tirou o ferrolho. O tamanho de todo o seu quarto era tal que poderia tirá-lo sem se levantar da cama.

Eram eles mesmos: o zelador e Nastássia.

Nastássia examinou-o de modo algo estranho. Ele encarou o zelador com desafio e desespero. Este lhe estendeu, taciturno, um papelzinho cinza, dobrado e selado com lacre de garrafa.

— Aviso... da repartição — disse, entregando o papel.

— De que repartição?...

— Da polícia, quer dizer, da delegacia. Todos sabem que repartição é essa.

— Da polícia?... Por quê?...

— Como é que vou saber? Eles chamam, tu vais — o zelador mirou o jovem com atenção, depois olhou ao redor e virou-lhe as costas para ir embora.

— Será que estás muito doente? — replicou Nastássia, que não desprendia os olhos dele. O zelador também voltou a cabeça, por um instante. — Desde ontem está com febre — acrescentou ela.

Raskólnikov não respondia, segurando o papel lacrado.

— Não te levantes, pois — prosseguiu Nastássia, apiedada de vê-lo tentar erguer-se no sofá e pôr os pés no chão. — Não vás ali, se doente: não há tanta pressa. O que tens na mão?

Ele segurava, com a mão direita, as tiras cortadas da franja, a meia e os pedaços do bolso arrancado. Tinha dormido com eles. Cismando nisso mais tarde, ele recordaria que, mesmo quando ia acordar, tomado de febre, cerrava tudo isso, com todas as forças, com a mão e, assim, adormecia de novo.

— Eta, quantos trapos arrumou e guarda que nem um tesouro... — e Nastássia desandou a rir com aquele seu riso nervoso. Num átimo, ele escondeu tudo sob o capote e fixou os olhos nela. Embora pudesse compreender pouquíssima coisa, nesse momento, sentia que, vindo prender uma pessoa, tratá-la-iam de outro modo. "Mas... a polícia?"

— Querias chá? Eu trago, se quiseres. Trago, sim, sobrou um pouco...

— Não... eu vou lá. Vou agora mesmo — murmurou ele, ficando em pé.

— Talvez nem desças a escada?

— Eu vou...

— Como quiseres.

Ela foi embora com o zelador. O jovem se aproximou logo da luz para examinar a meia e a franja. "Há manchas, mas não saltam aos olhos, tudo se sujou, ficou apagado e já se desbotou. Quem não souber de antemão, não vai enxergar nada. Foi por isso que Nastássia não percebeu nada de longe, graças a Deus!" Então abriu a intimação e começou a ler, trêmulo, ficou lendo por muito tempo e, afinal, entendeu. Era um ordinário convite para comparecer, às nove e meia do mesmo dia, à delegacia da quadra.

"Quando se viu uma coisa dessas? Por mim mesmo, não tenho nada a ver com a polícia! E por que logo hoje?" — refletia ele, numa perplexidade aflitiva. "Meu Deus, tomara que isso acabe rápido!" Queria ajoelhar-se e rezar, mas ficou rindo — de si próprio e não da prece. Começou a vestir-se, apressado. "Se perecer, perecerei, tanto faz! Calçar a meia!" — pensou de repente. "Ficará mais suja ainda, com essa poeira, e os rastros sumirão." Calçou a meia e retirou-a, de imediato, com aversão e terror. Retirou, mas, entendendo que não havia outra meia, tornou a calçá-la e riu novamente. "Tudo isso é convencional, relativo, tudo isso são formas apenas" — surgiu-lhe, de súbito, esse esboço de pensamento, e o seu corpo estremeceu todo. "Mas eu a calcei, assim mesmo! Acabei por calçá-la!" De resto, sua alegria logo cedeu lugar ao desespero. "Não, estou fraco..." — ficou pensando. Suas pernas tremiam. "De medo" — murmurou ele consigo mesmo. Sua cabeça doía e dava voltas de febre. "É uma cilada! Eles querem atrair-me com artimanhas e de repente me pegar no pulo" — continuava consigo, já na escada. "É ruim que esteja quase em delírio... posso soltar lá alguma besteira..." Descendo a escada, lembrou-se de ter deixado todas as coisas naquele buraco, sob o papel de parede. "E se fizerem, sem mim, a busca?" — essa lembrança fê-lo parar. Mas tanto desespero e tanto, por assim dizer, cinismo da perdição vieram, de súbito, apossar-se dele, que o jovem desistiu de voltar e seguiu seu caminho. "Tomara que passe rápido!"

Lá fora, fazia de novo um calor insuportável, sequer um pingo de chuva caíra nesses dias todos. Havia de novo poeira, tijolos e cal, fedor das lojinhas e bodegas, bêbados a cada instante, mascates estonianos e carroças em pandarecos. O sol luzia direto em seus olhos, de modo que estes começaram a doer, e ele ficou todo estonteado, a sensação ordinária de quem sai de casa, com febre, num dia ensolarado. Chegando à esquina *daquela* rua, o jovem fitou-a com dolorosa aflição, viu *aquele* prédio... e logo desviou os olhos.

"Se indagarem, talvez diga tudo" — pensou, aproximando-se da delegacia. Esta ficava a um quarto de versta. Acabava de mudar de endereço, instalada no quarto andar de um prédio novo. Ele já tinha visitado a delegacia antiga, passando por lá muito tempo atrás. Ao atravessar o portão, viu uma escada do lado direito, pela qual descia um homem com um livreto na mão. "É o zelador; então a delegacia fica aqui mesmo." O jovem foi subindo a escada, a esmo. Não queria perguntar nada a ninguém.

"Entrarei lá, cairei de joelhos e contarei tudo..." — pensava, chegando ao quarto andar.

A escada era estreita, íngreme e toda suja. As cozinhas de todos os apartamentos dos quatro andares abriam-se para essa escada e ficavam assim abertas, quase o dia todo. Por isso é que havia tanto abafo. Os zeladores subiam e desciam, com seus livretos debaixo dos braços, bem como os mais diversos requerentes e visitantes de ambos os sexos. A porta da própria delegacia também estava aberta de par em par. Ele entrou e parou na antessala. Alguns homens estavam lá, esperando. Havia também um abafo terrível e, além disso, o cheiro da tinta fresca, ainda úmida, preparada com aquele fétido óleo de linhaça, vinha dos cômodos recém-pintados, irritando o olfato até as náuseas. Raskólnikov esperou um pouco e decidiu passar para o cômodo seguinte. Todas as divisões da delegacia eram minúsculas e baixinhas. Uma impaciência enorme fazia-o avançar. Ninguém reparava nele. No segundo cômodo havia vários funcionários que escreviam, vestidos só um pouco melhor que ele, de aparência meio estranha. O jovem abordou um deles.

— O que queres?

Ele mostrou a intimação da delegacia.

— Você é estudante? — perguntou o funcionário, olhando para a intimação.

— Sim, ex-estudante.

O escrivão examinou-o, aliás, sem nenhuma curiosidade. Era um homem de cabelo em pé, com uma ideia fixa no olhar. "Esse daí não vai dizer nada, porque não se importa..." — pensou Raskólnikov.

— Vai falar com o secretário — disse o escrivão e estendeu o dedo para frente, apontando o último dos cômodos.

O jovem entrou nesse cômodo (o quarto pela ordem), apertado e repleto de gente, pessoas de trajes um tanto mais limpos que os visitantes das outras divisões. Havia lá duas damas. Uma delas, de luto, humildemente vestida, estava sentada defronte do secretário e escrevia o que ele ditava. A outra dama, muito obesa, de rosto escarlate com manchas, vistosa e trajada de modo algo pomposo, com um broche do tamanho de um pires de chá no peito, permanecia de lado, esperando por algo. Raskólnikov mostrou sua intimação ao secretário. Dando uma olhada nela, este lhe disse "espere" e continuou a conversar com a dama de luto.

Raskólnikov retomou fôlego. "Decerto não é aquilo!" Aos poucos, ficou aliviado, convencendo a si mesmo, com todas as forças, de reanimar-se e recobrar-se. "Alguma bobagem, a mais ínfima imprudência, e eu me entrego de todo! Hum... é pena que falte ar por aqui" — acrescentou ele —, "esse abafo... A cabeça está mais tonta ainda... e a mente também..."

Sentia um desarranjo medonho em todo o seu corpo. Temia que não desse conta de si próprio. Buscava agarrar-se a alguma coisa totalmente estranha e pensar nela, mas não conseguia. De resto, o secretário o interessava demais, o jovem queria adivinhar ou compreender algo pelo seu rosto. Era um homem muito novo, de uns vinte e dois anos, cuja fisionomia morena e ágil parecia mais velha, vestido conforme a moda, com peraltice, de cabelo dividido na nuca, penteado e engomado, com muitos anéis nos dedos brancos e escovados, e correntes de ouro sobre o colete. Dirigindo-se a um estrangeiro presente, chegou a dizer, inclusive, duas palavras em francês, de maneira bem satisfatória.

— Sente-se, por favor, Luísa Ivânovna — disse, entrementes, à dama pomposa, de rosto escarlate, a qual continuava em pé, como se não ousasse sentar-se na cadeira que estava ao lado.

— *Ich danke*[38] — respondeu ela e aboletou-se na cadeira, com um leve ruído sedoso. Seu vestido azul claro, adornado de rendas brancas,

[38] "Obrigada", em alemão.

espalhou-se em volta da cadeira e ocupou, feito um balão aéreo, quase metade do cômodo, todo perfumado. A dama se sentia, pelo visto, constrangida de ocupar metade do cômodo e de estar tão cheirosa, embora sorrisse, medrosa e afoita ao mesmo tempo, com óbvio desassossego.

A dama enlutada terminou, afinal, e levantou-se. De súbito, com certo barulho, entrou um oficial muito garboso, virando, de modo algo espetacular, os ombros a cada passo; jogou seu quepe com distintivo na mesa e sentou-se numa poltrona. A dama gorducha quase deu um pulo quando o viu e começou a cumprimentá-lo com um arroubo peculiar, mas o oficial não lhe prestou a menor atenção, e ela sequer teve a coragem de voltar a sentar-se na sua presença. Esse tenente, que auxiliava o delegado da quadra, tinha um bigode arruivado e espetado, horizontalmente, de ambos os lados do rosto, cujas feições miudíssimas não expressavam, de resto, nada particular, senão um bocado de insolência. Ele mirou Raskólnikov de soslaio e com alguma indignação, o traje do jovem era péssimo, mas, não obstante essa humilhação, sua postura contradizia o traje. Por imprudência, Raskólnikov ficou olhando para o oficial tão direta e longamente que este acabou sentido.

— O que quer? — gritou ele, provavelmente surpreso de um maltrapilho desses não dar a mínima para o seu olhar fulminante.

— Mandaram-me... uma intimação... — respondeu, com esforço, Raskólnikov.

— É para cobrar dinheiro do *estudante* — declarou, às pressas, o secretário, largando seus papéis. — Eis aqui!... — ele jogou a Raskólnikov um caderno, apontando um trecho lá. — Leia!

"Dinheiro? Mas que dinheiro?" — pensava Raskólnikov. "Porém não é, com certeza, *aquilo*!" Estremeceu todo de alegria, sentindo um alívio imenso, inexprimível. Um peso caiu-lhe das costas.

— E a que horas é que vosmecê deveria vir? — gritou o tenente, cada vez mais ofendido com não se sabia o quê. — Chamaram-no às nove horas, e agora já vai para o meio-dia!

— Recebi a intimação há um quarto de hora apenas — retrucou Raskólnikov em voz alta, por cima do ombro. De chofre, ele também se zangara, de modo algo inesperado, e mesmo achara nisso certo prazer. — Basta eu ter vindo aqui com febre.

— Não grite, por gentileza!

— Eu não grito, mas falo mui calmamente. Quem grita é o senhor, e eu sou estudante e não deixo esbravejar comigo.

O auxiliar ficou tão furioso que sequer conseguiu articular, no primeiro instante, alguma coisa, saltando-lhe só uns respingos da boca. Levantou-se num pulo.

— Fique qui-qui-quieto! Está numa repartição pública! Chega de gros-s-serias, senhor!

— O senhor também está numa repartição pública — exclamou Raskólnikov — e, além disso, grita, fuma esse cigarro, ou seja, não se importa com nada — dito isso, sentiu um prazer inefável.

O secretário olhava para eles com um sorriso. O tenente irascível ficou, pelo visto, perplexo.

— Não é da sua conta! — bradou ele, por fim, com força anormal. — Digne-se, pois, a dar explicações que lhe exigem. Mostre a ele, Alexandr Grigórievitch! Reclamam do senhor! Não paga as dívidas! Eis que falcão preclaro apareceu!

Mas Raskólnikov já não escutava, depressa agadanhou o papel, buscando a chave do enigma. Leu uma vez, duas vezes, contudo não entendeu patavina.

— O que é isso? — perguntou ao secretário.

— Uma cobrança. Exigem-lhe que salde uma cambial, o senhor deve pagar a dívida com todos os juros, multas e outras despesas, ou então explicar por escrito quando poderá pagá-la, assumindo, ao mesmo tempo, a obrigação de não sair, antes que pague, da capital e de não vender nem ocultar seus bens. E o credor tem o direito de vender o seu patrimônio e tratar o senhor conforme as leis.

— Mas eu... não devo a ninguém!

— Isso aí não é nosso negócio. Temos cá uma cambial de cento e quinze rublos a saldar, expirada e legalmente protestada, que o senhor entregou, nove meses atrás, à viúva do servidor de oitava classe Zarnítsyna, e que ela mesma transferiu ao servidor de sétima classe Tchebárov, portanto lhe cobramos o pagamento.

— Mas ela é minha locadora!

— E daí que é sua locadora?

O secretário fitava Raskólnikov com um indulgente sorriso de lamento e, ao mesmo tempo, de certo regozijo, sendo ele um novato que acabavam de intimar pela primeira vez — “Como te sentes aí, digamos?". Porém, o que tinha mesmo a ver agora com essa cambial e com essa cobrança? Valeria mesmo a pena ele se afligir com isso, por sua parte, prestar a isso um pingo de atenção? Raskólnikov lia, escutava e respondia, até chegava a questionar, ele próprio, mas tudo maquinalmente. O júbilo de autopreservação, a salvação do perigo que o ameaçava — eis o que enchia, nesse momento, todo o seu ser, sem previsão nem análise, sem palpites nem adivinhas futuras, sem dúvidas nem perguntas. Era um momento de plena, imediata e meramente animal alegria. Mas, nesse mesmo momento, algo semelhante ao trovão e relâmpago aconteceu na delegacia. Ainda chocado com a falta de respeito, todo enfurecido e obviamente disposto a redimir sua ambição vitimada, o tenente dirigiu todos os seus raios à pobre dama gorducha, a qual o mirava, desde que entrara, com um sorriso tolíssimo.

— E tu, assim, assada e desossada — vociferou, de repente, com todas as forças (a dama de luto já tinha saído) —, o que foi que ocorreu lá, em tua casa, ontem à noite, hein? Fazes de novo aquela sem-vergonhice, aquele deboche para toda a rua saber? De novo briga e bebedeira? Sonhas com a cadeia? Eu já te disse, eu já te avisei dez vezes que da décima primeira não perdoaria! E tu vens de novo, de novo, assim, assada e desossada!

Até o papel caiu das mãos de Raskólnikov. Atordoado, ele olhava para a dama gorducha, censurada com tanta sem-cerimônia; contudo, entendeu logo de que se tratava e achou toda aquela história bem engraçada. Passou a escutar com deleite, prestes a gargalhar, gargalhar e gargalhar... Todos os seus nervos estavam saltitando.

— Iliá Petróvitch! — o secretário zeloso ia intrometer-se na conversa, mas esperou um tempo, sabendo por experiência própria que não poderia conter o tenente arrebatado, exceto se o segurasse pelos braços.

Quanto à dama gorducha, de início ela ficou tremendo daquele trovão e relâmpago, e depois sobreveio-lhe uma coisa estranha. À medida que as injúrias ficavam mais fortes e numerosas, a fisionomia dela parecia cada vez mais amável, e seu sorriso destinado ao temível tenente, mais delicioso. Trotando no mesmo lugar e fazendo mesuras ininterruptas, ela esperava, impaciente, pelo momento em que a deixassem, por fim, dizer uma palavra, e esse momento chegou.

— Não ter nenhum barrulho nem brriga, senhorr Kapiten — pôs-se, de supetão, a tagarelar de maneira estabanada. Falava bem russo, embora com forte sotaque alemão, como que derramando ervilhas na mesa. — Nenhum, mas nenhum eshcândal; eles vir bêbado, e eu contar tudo, senhorr Kapiten, eu não ser culpada... minha casa ser fina, senhorr Kapiten, e meu trrato também, senhorr Kapiten, e eu nunca, mas nunca querer eshcândal nenhum. E eles vir bêbado e pedir mais três garrafa, e depois um deles levantar os pé e tocar o piano com os pé, e isso ser muito ruim numa casa fina, e ele quebrar, bem assim, o piano, e isso não ter nenhum, mas nenhum decoro, e eu ditzer. E ele pegar a garrafa e empurrar todos por trás com ela. E eu então começar a chamar logo o zelador, e Karl vir, e ele dar murro no Karl e dar murro na Henriette também, e bater na minha face cinco vez. E isso ser tão deshcortês numa casa fina, senhorr Kapiten, e eu gritar. E ele abrir a janela para o canal e começar a guinchar, como um porco pequeno, daquela janela, e isso ser um horror. Como poder guinchar da janela, como um porco pequeno, na rua? E isso ser um horror. Fuin-fuin-fuin! E Karl o puxar pela casaca, por trás, e lá — ser verdade, senhorr Kapiten! — rasgar uma aba dele. E então ele gritar que a gente ter que pagar quinze rublo de multa por isso. E eu mesma, senhorr Kapiten, pagar a ele, na hora, cinco rublo. Aquele ali ser um sujeito bruto, senhorr Kapiten, e fazer todo eshcândal! Eu, ditzer para mim, eshcrever um grrande pashquim sobre vocês, porrque saber botar tudo sobre vocês em qualquer jornal.

— Um escritor, quer dizer?

— Sim, senhorr Kapiten, e como ser bruto aquele ali, senhorr Kapiten, quando chegar numa casa fina...

— Pois bem, pois bem! Chega! Eu já te disse, já disse, bem que te disse...

— Iliá Petróvitch! — voltou a falar o secretário, num tom grave.

O tenente lançou-lhe uma olhadela, e o secretário inclinou de leve a cabeça.

— ... Escuta, pois, respeitabilíssima *Lavisa* Ivânovna, a minha última palavra e pela última vez — prosseguiu o tenente. — Se houver, apenas mais uma vez, um escândalo nessa tua casa fina, botar-te-ei no xadrez, como se diz no estilo mais nobre. Ouviste? Então o literato, o escritor cobrou, na "casa fina", cinco rublos pela aba rasgada? Eis como são, escritores! — e ele jogou um olhar desdenhoso a Raskólnikov. — Antes de ontem também houve uma história, ali na taberna, um tipo almoçou e não quis pagar — "vou, disse, escrever uma sátira contra vocês". E na semana passada, no barco, outro sujeito chamou a honrada família do servidor de quinta classe, a esposa e a filha dele, com os nomes mais feios. Enxotaram um outro também da confeitaria ontem, aos empurrões. Eis como são aqueles escritores, literatos, estudantes, arautos... arre! E tu, vai embora! Eu mesmo vou visitar-te um dia... então toma cuidado! Ouviste?

Fazendo mesuras com uma amabilidade redobrada, Luísa Ivânovna recuou, em meio às saudações, até a porta, onde o traseiro dela topou num oficial vistoso, de rosto aberto e fresco, adornado de elegantíssimas costeletas espessas e louras. Era Nikodim Fomítch, o delegado da quadra, em pessoa. Luísa Ivânovna se abaixou, apressada, quase até o chão para cumprimentá-lo e, saltitando com seus rápidos passos miúdos, saiu a voar da delegacia.

— De novo estrondos, de novo trovão e relâmpago, turbilhão, tempestade! — Nikodim Fomítch se dirigiu, cordial e amigavelmente, a Iliá Petróvitch. — Importunaram de novo seu coração, e ficou fervendo! Ouvi-o ainda na escada.

— Bobagem! — disse Iliá Petróvitch com uma nobre desenvoltura (não disse, aliás, "bobagem", mas deste jeito, "bo-o-ba-a-gi"), passando para a outra mesa, com alguns papéis nas mãos, e retorcendo, ostensivamente, os ombros a cada passo. — Venha cá ver: o senhor escritor, quer dizer, estudante, ou melhor, ex-estudante, não paga dívidas, assinou montes de cambiais, não desocupa o apartamento, não para de levar queixas, e ei-lo todo magoado, porque eu acendi um cigarro na sua frente! Eles mesmos estão aprrrontando, mas queira olhar para eles, ei-los aí, em seu estado mais atraente!

— Pobreza não é pecado, meu amigo, mas isso aí não foi nada! Explodiu que nem a pólvora, não suportou a afronta. Decerto o senhor também se sentiu magoado por ele e não se conteve — continuou Nikodim Fomítch, dirigindo-se cortesmente a Raskólnikov —, mas cometeu um erro, digo-lhe que é uma pessoa no-bi-lís-si-ma, apesar de pólvora, pura pólvora! Brigou, estourou, queimou, e ponto final! Tudo passou! E, como resultado, apenas o ouro do coração! Ainda no regimento, apelidaram-no de "tenente-pólvora"...

— E que re-gi-men-to era! — exclamou Iliá Petróvitch, todo contente com essa alusão prazenteira, mas ainda aborrecido.

De súbito, Raskólnikov quis dizer-lhes a todos algo bem agradável.

— Não fique zangado, capitão — começou ele com muita desenvoltura, dirigindo-se repentinamente a Nikodim Fomítch —, ponha-se no meu lugar... Estou mesmo prestes a pedir desculpas a ele, se cometi algum erro por minha parte. Sou um estudante pobre e doente, atormentado (disse assim mesmo, "atormentado") pela pobreza. Sou ex-estudante, porque não consigo sustentar-me agora, mas logo vou receber dinheiro... Minha mãe e minha irmã moram na província de R***. Elas mandarão dinheiro, e eu... pagarei. Minha locadora é uma mulher bondosa, mas ficou tão brava, por eu ter perdido as aulas e não lhe pagar há quase quatro meses, que até cessou de me servir o almoço... E não entendo mesmo que cambial é aquela! Mas agora que ela me cobra a dívida, por meio daquela cambial, vou pagar a ela. Pense bem!...

— Mas esse não é nosso negócio... — tornou a notar o secretário.

— Espere, espere! Concordo plenamente com o senhor, mas deixe-me também explicar — redarguiu outra vez Raskólnikov, dirigindo-se a Nikodim Fomítch, em lugar do secretário, e, na medida do possível, a Iliá Petróvitch, ainda que este fingisse, teimosamente, revirar a papelada e não lhe prestar, desdenhoso, nenhuma atenção. — Deixe-me também explicar, por minha parte, que moro na casa dela há cerca de três anos, desde que vim para cá do interior, e que antes... antes... — aliás, por que não reconheceria aquilo? — eu prometi, no começo, que me casaria com a filha dela: uma promessa verbal, sem nenhuma formalidade... Era uma moça... de que, aliás, eu também gostava... embora não estivesse apaixonado... numa palavra, a juventude... quer dizer, a locadora me dava então muito crédito, e eu levava uma vidinha... estava muito leviano...

— Não reclamamos a vosmecê essas intimidades, nem temos cá tempo — Iliá Petróvitch interrompeu-o num tom bruto e vitorioso, mas Raskólnikov fê-lo parar, veemente, por mais difícil que lhe fosse, nesse momento, continuar a conversa.

— Mas permita, permita-me, pelo menos, contar-lhe um pouco... como foi aquilo... se bem que não seja... preciso, concordo com o senhor... que conte... Um ano atrás, essa moça morreu de tifo, e eu fiquei morando ali, como dantes, e a locadora me disse, quando se mudou para o apartamento de hoje, e disse de modo amigável... que tinha toda a confiança em mim... mas perguntou-me se não gostaria de dar-lhe aquela cambial de cento e quinze rublos, pois era, pelos cálculos dela, toda a minha dívida. Vejam só! ela disse, notadamente, que, tão logo lhe desse aquele papel, ganharia de novo o crédito que quisesse, e que ela, por sua vez, nunca — foram as exatas palavras dela — jamais usaria aquele papel, até eu mesmo pagar... E agora, agora que perdi minhas aulas e não tenho o que comer, ela vem com essa cobrança... O que digo agora?

— Todos esses melindres não nos concernem, vosmecê — Iliá Petróvitch cortou-lhe, com insolência, a frase. — O senhor tem de explicar e assumir a obrigação, e que se dignou a apaixonar-se e todos aqueles detalhes trágicos... não temos cá nada a ver com aquilo.

— Mas isso é... uma maldade... — murmurou Nikodim Fomítch, sentando-se à mesa e também começando a assinar os papéis. Sentira certa vergonha.

— Escreva, pois — disse o secretário a Raskólnikov.

— Escrever o quê? — perguntou este com especial indelicadeza.

— Vou ditar-lhe.

Raskólnikov teve a impressão de que o secretário passara a tratá-lo com mais desdém e desprezo após sua confissão, mas, coisa bizarra, sentiu, ele mesmo, plena indiferença por qualquer opinião que fosse, e tal mudança aconteceu de repente, num só minuto. Se quisesse refletir um pouco, ficaria seguramente surpreso de ter podido conversar com eles assim, um minuto antes, e mesmo lhes impor suas emoções. De onde surgiram esses sentimentos? Se, pelo contrário, os seus melhores amigos viessem agora encher a delegacia, em vez dos policiais, nem para eles acharia Raskólnikov uma só palavra humana, tanto seu coração ficou, de chofre, vazio. A lúgubre sensação de angustiante e infinita solidão alienada manifestou-se, repentina e consciente, em sua alma. Não foram nem a baixeza de suas expansões cordiais perante Iliá Petróvitch nem a vil alegria com que o tenente as recebeu que lhe transtornaram, dessa maneira, o coração todo. Oh, o que tinha a ver agora com a sua própria baixeza, com todas aquelas ambições, com os tenentes, alemãs, cobranças, delegacias *et cetera* e tal! Mesmo se fosse condenado, nesse momento, à fogueira, sequer se moveria, até escutaria a sentença sem muita atenção. Sucedia-lhe algo totalmente ignorado, novo, inesperado, algo que jamais ocorrera. Ele não compreendia, mas intuía, com toda a clareza e toda a força de intuição, que não poderia mais confiar àquelas pessoas, ali na delegacia, não só suas expansões sentimentais, como fizera há pouco, mas qualquer coisa em geral, mesmo se todas aquelas pessoas não fossem tenentes e delegados, mas sim seus irmãos de sangue, mesmo então ele não teria nenhuma necessidade de recorrer a elas, em nenhum caso de sua vida. Tal sensação estranha e pavorosa jamais lhe surgira antes. E o mais aflitivo, era mais uma sensação do que uma consciência ou percepção, uma sensação física, a mais pungente das sensações que vivenciara até aquele momento. O secretário se pôs a ditar-lhe a explicação formal, própria de semelhantes casos, não posso pagar a dívida, mas prometo pagá-la tal dia (um belo dia), não sairei da cidade, não venderei meus bens nem os darei de presente etc.

— O senhor mal consegue escrever, a pena lhe cai das mãos — notou o secretário, examinando Raskólnikov com curiosidade. — Está doente?

— Sim... estou tonto... vá adiante!

— Mas é tudo! Assine.

O secretário tomou-lhe o papel e foi atender os outros visitantes.

Raskólnikov devolveu a pena, mas, em vez de levantar-se e ir embora, apoiou os dois cotovelos na mesa e segurou a cabeça com as mãos. Era como se lhe enfiassem um prego no crânio. Veio-lhe de improviso uma ideia estranha: levantar-se agora, achegar-se a Nikodim Fomítch e contar-lhe tudo o que se dera no dia anterior, até o último detalhe, a seguir; levar os policiais ao seu quarto e mostrar-lhes as coisas escondidas no canto, naquele buraco. O impulso foi tão forte que ele se levantou mesmo para realizar sua intenção. "Não seria melhor refletir um minuto?" — pensou de relance. "Não, é melhor que me livre logo daquilo!" De súbito, ele ficou imóvel, Nikodim Fomítch conversava, empolgado, com Iliá Petróvitch, e umas palavras chegaram aos seus ouvidos.

— Não é possível, vão libertar os dois! Primeiro, é tudo contraditório, olhe: por que chamariam o zelador, se o crime fosse deles? Para se entregarem na hora, não é? Ou por astúcia? Não, seriam astutos demais! Enfim, o estudante Pestriakov foi visto, lá perto do portão, por ambos os zeladores e uma burguesa, naquele exato momento em que ele entrou, foi com três colegas, despediu-se deles ao pé do portão e perguntou aos zeladores pelo endereço, ainda na presença dos colegas. Perguntaria aquele sujeito pelo endereço, se tivesse um intuito assim? E Koch, aquele outro, passou meia hora embaixo, na loja do prateiro, antes de ir ver a velha, e foi subindo quando faltava exatamente um quarto de hora para as oito. Agora pense...

— Mas veja que contradição eles estão alegando, asseguram ter batido à porta, que estava trancada, e três minutos depois, quando vieram com o zelador, a porta já estava aberta?

— É isso aí: o assassino estava, sem dúvida, ali dentro, de porta trancada, e certamente acabaria pego, se Koch não tivesse feito aquela besteira, indo também buscar o zelador. E *ele* conseguiu, nesse intervalo, descer a escada e, de alguma maneira, escapou a eles. Koch se benze com ambas as mãos. "Se tivesse ficado lá, diz, ele me teria, de supetão, atacado e matado a machadadas." Quer celebrar uma missa russa, he-he!...

— E ninguém viu o assassino?

— Quem o veria? O prédio é a Arca de Noé — notou o secretário que escutava do seu lugar.

— Está claro, está claro! — repetiu Nikodim Fomítch com ardor.

— Não, o negócio está bem obscuro! — replicou Iliá Petróvitch.

Raskólnikov pegou seu chapéu e foi em direção às portas, mas não as alcançou...

Quando recuperou os sentidos, viu que estava sentado numa cadeira, que um homem o arrimava do lado direito, que outro homem estava à sua esquerda, segurando um copo amarelo cheio de água amarela, e que Nikodim Fomítch o examinava, plantado em frente, com toda a atenção. Ele se levantou da cadeira.

— O que tem, está doente? — perguntou Nikodim Fomítch num tom assaz bruto.

— Ele mal mexia a pena, quando assinava — notou o secretário, voltando ao seu lugar e retomando a papelada.

— Faz tempo que está doente? — gritou Iliá Petróvitch do seu lugar, revirando, por sua vez, os papéis. Decerto ele também examinara o doente, quando este estava sem sentidos, mas logo se afastara, depois de vê-lo recuperado.

— Desde ontem... — murmurou Raskólnikov em resposta.

— E ontem saiu de casa?

— Saí.

— Doente?

— Doente.

— A que horas?

— Por volta das oito da manhã.

— Permite-me perguntar aonde foi?

— Andei pela rua.

— Conciso e claro.

As respostas de Raskólnikov eram bruscas, entrecortadas, ele mesmo estava todo pálido, feito um lenço, mas não desviava seus olhos negros e inflamados sob o olhar de Iliá Petróvitch.

— Ele mal aguenta em pé, e tu... — ia admoestá-lo Nikodim Fomítch.

— Não é na-da! — disse Iliá Petróvitch de modo algo especial. Nikodim Fomítch queria acrescentar outra coisa, porém, olhando para o secretário que também o fitava com muita atenção, ficou calado. De chofre, todos se calaram. Isso era estranho.

— Pois bem — concluiu Iliá Petróvitch, —, não o retemos mais.

Raskólnikov foi embora. Ainda conseguiu ouvir a conversa animada que começou com a sua saída, sendo o tom interrogativo de Nikodim Fomítch o mais audível... Recuperou-se de todo na rua.

"Busca, busca, vão fazer uma busca!" — repetia consigo mesmo, apressando-se em chegar a casa. "Suspeitam de mim, ladrões!" O medo recente voltou a dominá-lo todo, da cabeça aos pés.

II

"E se já houve busca? E se topar com eles no meu quarto?"

Porém não havia nada de novo no quarto dele, ninguém o tinha invadido. Nem Nastássia passara por lá. Mas... meu Senhor! Como ele pudera deixar todas as coisas roubadas naquele buraco?

Raskólnikov se precipitou para o canto, passou a mão sob o papel de parede e pôs-se a retirar as coisas e a atulhar com elas seus bolsos. Havia lá, no total, oito peças, duas caixinhas com brincos ou algo parecido (não tinha olhado direito), depois quatro pequenos estojos de marroquim. Uma corrente estava simplesmente embrulhada no papel-jornal. Havia mais algo envolto no mesmo papel, parece, uma ordem...

Ele colocou tudo em bolsos diferentes, nos do casaco e no bolso direito da calça, ainda desocupado, de modo que não atraísse muita atenção. Além dessas coisas, pegou o porta-moedas. Saiu, a seguir, do quarto, dessa vez deixando a porta escancarada.

Ele ia firme e rapidamente; apesar de sentir-se todo quebrado, estava em plena consciência. Temia a perseguição, receava que, meia hora ou um quarto de hora depois, seria lançada, talvez, a instrução de segui--lo, portanto lhe cumpria, custasse o que custasse, ocultar as provas em tempo hábil. Precisava dar conta delas, enquanto tivesse ainda um tantinho de forças e, pelo menos, algum raciocínio... Aonde iria?

Isso fora resolvido há tempos: "Jogar tudo num canal e pronto, o negócio está feito!". Assim ele decidira ainda de noite, quando delirava, naqueles instantes ora relembrados em que amiúde tentara levantar-se e ir "rápido, rápido, para jogar tudo fora". Mas fazer isso seria muito difícil.

Ele vagava pela margem do canal Yekateríninski, havia meia hora ou até mais que isso, lançando olhadas furtivas para as pranchas que encontrava. Todavia, era impensável realizar sua intenção; ou as balsas estavam rente ao cais e as criadas lavavam, em cima delas, a roupa, ou as lanchas vinham aportando ali e havia muita gente por toda a parte. Além disso, daria para avistá-lo de todos os lados, sendo suspeito aquele que descesse, de propósito, pelas pranchas, parasse e jogasse algo na água. E se os estojos não submergissem, mas, pelo contrário, fossem flutuando? Seria mesmo assim, e qualquer pessoa repararia. Sem isso, todos já olhavam para o jovem, mal o encontravam, fitavam-no, como se interessados só nele. "Por que será, ou estou, talvez, enganado?" — pensava Raskólnikov.

Afinal, teve a ideia de jogar as coisas algures no Neva. Como havia menos gente por lá, ele estaria menos visível, ficaria mais longe de sua morada e sentir-se-ia, em todo caso, mais à vontade. Ficou, de repente, pasmado, como pudera gastar meia hora perambulando, angustiado e temeroso, naquele lugar inseguro e nem pensara em tal possibilidade? E fora apenas por ter tomado sua decisão em sonho ou em delírio que desperdiçara meia hora com uma insensatez daquelas! Andava extremamente desatento e esquecido, e sabia disso. Sem dúvida, precisava apressar-se.

Seguiu a avenida V*** em direção ao Neva, mas veio-lhe, pelo caminho, mais uma ideia: "Por que logo o Neva? Por que jogaria aquilo na água? Não seria melhor ir a algum lugar bem distante, talvez novamente às ilhas, e lá, num rincão, num bosque, enterrar tudo debaixo de uma moita e decorar, quem sabe, a situação?". Embora sentisse que não podia avaliar tudo, nesse momento, de modo claro e coerente, a ideia lhe pareceu impecável.

Porém o destino não o levaria às ilhas, acontecendo o seguinte: passando da avenida V*** para uma praça, ele viu, à sua esquerda, a entrada de um pátio cercado por muros totalmente inteiriços. Do lado direito, logo atrás do portão, estendia-se pelo pátio o paredão não caiado do próximo prédio de quatro andares. Do lado esquerdo, havia uma cerca de madeira que adentrava o pátio, paralela ao paredão, por uns vinte passos, a contar da entrada, e depois virava à esquerda. Era um local bem fechado, onde estavam empilhados alguns materiais de construção. Mais adiante, no fundo do pátio, assomava de trás da cerca o canto de um galpão de alvenaria, baixo e fuliginoso, que fazia, pelo visto, parte de alguma oficina. Decerto era uma empresa de carruagens ou uma serralheria, ou algo semelhante; por todo o pátio, quase a começar do portão, havia muita poeira preta de carvão. "Jogar tudo lá e safar-me!" — pensou o jovem de súbito. Sem avistar ninguém no pátio, ele passou o portão e logo viu, atrás deste, uma calha montada rente da cerca (como se faz, de ordinário, em tais lugares, onde há muitos operários, artesãos, cocheiros etc.), em cima da qual estava escrita, a giz, uma pilhéria comum em semelhantes casos: "Acá se proíba dêxá a carroça". Já era bom que se pudesse entrar lá e ficar parado, sem provocar nenhuma suspeita. "Jogar tudo, de uma vez, por aqui, num montículo, e ir embora!"

Olhando, mais uma vez, ao redor, ele já pôs a mão no bolso e, de repente, vislumbrou uma grande pedra não talhada, cujo peso seria, talvez, de um *pud*[39] e meio, que estava entre o portão e a calha, onde toda a largura era de um *archin*, justamente ao pé do muro externo de alvenaria. A rua com suas calçadas se encontrava do outro lado do muro, ouviam-se os passos dos transeuntes, sempre numerosos naquele lugar, contudo ninguém poderia ver o jovem, a menos que entrasse portão adentro, e, sendo isso bem possível, ele não tinha tempo a perder.

Raskólnikov se inclinou sobre a pedra, agarrando o cume dela com ambas as mãos, juntou todas as forças e revirou-a. Embaixo havia uma pequena cavidade, e ele começou logo a jogar lá tudo o que tinha no bolso. O porta-moedas ficou em cima da pilha, porém ainda sobrava espaço na cavidade. Em seguida, ele se agarrou outra vez à pedra e, com um só movimento, virou-a na direção contrária, de modo que, posta no

---

[39] Antiga unidade de medida de peso russa (no original russo: пуд), equivalente a 16,38 Kg.

mesmo lugar, ela parecia agora um pouco mais alta. Contudo o jovem puxou mais terra para lá, calcando-a em redor da pedra. Dessa forma, nada se percebia.

Saiu, então, do pátio e dirigiu-se à praça. Uma alegria forte, quase insuportável, apoderou-se dele, por um instante, como ali na delegacia. "Enterrei as provas! Quem, mas quem teria a ideia de procurar debaixo daquela pedra? Talvez esteja lá desde que o prédio foi construído, e estará lá outro tanto. E mesmo se acharem aquilo, quem vai suspeitar de mim? Acabou tudo! Não há mais provas!" — e ele desandou a rir. Sim, lembraria mais tarde que seu riso era nervoso, miúdo, baixinho e longo, e que ele ria o tempo todo, enquanto atravessava a praça. Mas logo que alcançou o bulevar K***, onde havia encontrado, três dias antes, aquela mocinha, cessou repentinamente de rir. Outras ideias brotaram em sua cabeça. De súbito, teve a impressão de que sentiria muitíssimo asco passando ao lado daquele banco em que estava sentado então, tendo a moça já ido embora, e refletia, e que também lhe seria difícil topar outra vez com aquele bigodudo a quem entregara vinte copeques: "Que o diabo o carregue!". Ele ia, olhando ao redor com distração e malícia. Todos os seus pensamentos giravam agora em volta de certo ponto essencial — e ele mesmo sentia que o ponto essencial era, de fato, assim, e que agora, nesse exato momento, ficaria a sós com o tal ponto essencial — o que acontecia pela primeira vez no decorrer de dois últimos meses.

"Ah, que o diabo carregue isso tudo!" — pensou de improviso, num acesso de fúria inesgotável. "Ocorra o que ocorrer, e que o diabo carregue essa vida nova! Senhor, como isso é tolo!... E quantas mentiras e baixarias perpetrei hoje! De que jeito abominável vinha bajulando o nojento Iliá Petróvitch! Aliás, isso também é bobagem! Cuspo para eles todos, inclusive para a minha bajulação! Não é nada disso! Nada disso!..."

De chofre, ficou parado: uma nova questão, totalmente inesperada e extremamente simples, deixou-o de uma vez só todo confuso e amargurado. "Se é verdade que tudo aquilo foi feito de modo consciente e não à toa, se tu realmente possuías um objetivo firme e determinado, então como aconteceu que até agora nem abriste o porta-moedas para saber o que tinhas lucrado, por que tinhas aturado todos os sofrimentos e decidido, conscientemente, fazer uma coisa tão vil, abjeta e baixa assim?

É que quiseste, há pouco, jogá-lo na água, aquele porta-moedas, com todas as coisas que nem sequer tinhas visto... Como isso aconteceu?"

Era isso, sim, era isso mesmo. De resto, sabia-o antes, e a questão não era nova para Raskólnikov, já que, decidindo, ainda à noite, jogar o porta-moedas na água, ele tomara tal decisão sem sombra de hesitação nem óbice, mas como se fosse mister proceder assim e não se pudesse agir de outra maneira... Sim, estava a par disso tudo e tudo lembrava, formando-se sua decisão ainda no dia anterior, naquele mesmo momento em que, inclinado sobre a arca, ele tirava de lá os estojos... Era assim mesmo!...

"É porque estou muito doente" — concluiu ele, soturno —, "tenho extenuado e martirizado a mim mesmo, e não sei direito o que faço... Tenho-me torturado ontem, e antes de ontem, e todo aquele tempo... Vou convalescer e... deixarei de me torturar... E se não convalescer nunca? Meu Deus! Como isso tudo me aborreceu!..." Ele caminhava sem parar. Tinha imensa vontade de distrair-se, de alguma maneira, mas não sabia o que fazer nem como agir. Uma nova sensação irresistível se apossava dele cada vez mais, quase a todo instante: era uma infinita, quase física aversão a tudo o que encontrava pelo caminho e que o rodeava, uma aversão obstinada, maldosa e odiosa. Sentia asco de todas as pessoas que via, de seus semblantes, posturas e movimentos. Parecia que, se alguém lhe dirigisse uma palavra, mordê-lo-ia ou simplesmente cuspiria nele...

O jovem parou, de repente, quando chegou à margem do Neva Pequeno, lá na ilha Vassílievski, perto da ponte. "Ele mora aqui, neste prédio" — pensou. "O que é isso, parece que vim, por mim mesmo, à casa de Razumíkhin! De novo a mesma história, como naquele dia... Contudo, é bem curioso, vim por querer ou por mero acaso? Tanto faz... Disse, antes de ontem... que ia visitá-lo no dia seguinte, depois *daquilo*, pois irei mesmo! Como se não pudesse visitá-lo hoje..."

Subiu ao quinto andar, onde morava Razumíkhin. Este estava em casa, no seu cubículo, e nesse momento estudava, escrevendo alguma coisa. Abriu-lhe pessoalmente a porta. Fazia uns quatro meses que eles não se viam. Razumíkhin vestia um roupão todo esfarrapado, calçava sapatos sem meias, estava despenteado, de barba por fazer e de cara suja. Seu rosto expressava perplexidade.

— O que tens? — exclamou ele, ao examinar o colega dos pés à cabeça, depois se calou e deu um assobio.

— Estás tão mal assim? Mas tu, mano, botaste-me no chinelo — acrescentou, mirando os farrapos de Raskólnikov. — Senta-te, vem, decerto estás cansado! — e quando o jovem desabou no sofá turco forrado de oleado, o qual era pior ainda que o seu sofá, Razumíkhin percebeu, de súbito, que o colega estava doente.

— Mas tu estás doente para valer, sabias? — ele começou a apalpar-lhe o pulso, mas Raskólnikov retirou a mão.

— Deixa — disse ele —, eu vim... é o seguinte: não tenho mais aula nenhuma... queria... aliás, não preciso daquelas aulas...

— Sabes o que é? Estás delirando! — notou Razumíkhin, olhando atentamente para ele.

— Não estou delirando, não... — Raskólnikov se levantou do sofá. Subindo ao quarto de Razumíkhin, ele não pensara que teria de encará-lo assim, face a face. E agora adivinhou, num só instante e já por experiência própria, que não tinha, nesse momento, a menor disposição de encarar qualquer pessoa que fosse no mundo inteiro. Todo o seu fel entrou em ebulição. Quase se engasgou com a raiva consigo mesmo, tão logo passou a soleira de Razumíkhin.

— Adeus! — disse ele, de supetão, e dirigiu-se à porta.

— Espera, espera aí, bobalhão!

— Deixa!... — repetiu o jovem, tirando-lhe outra vez a mão.

— Para que diabo, pois, é que vieste aqui? Piraste da cabeça, é isso? Mas isso... é quase uma ofensa. Não te deixo sair assim.

— Escuta aí — vim a tua casa porque não conheço ninguém, além de ti, que possa ajudar... a começar... porque tu és mais bondoso que todos, quer dizer, mais inteligente, e podes compreender... Mas agora eu vejo que não preciso de nada, ouve, de mais nada... de nenhuma ajuda nem compaixão... Eu mesmo... sozinho... Pois então, chega! Que me deixem em paz!

— Espera um minutinho, porcalhão! Piraste de vez! Cá por mim, tanto faz. Olha, nem eu tenho aulas e pouco me importa, mas há no mercado de pulgas o livreiro Kheruvímov, pois ele mesmo é, por si só, uma aula. Não o troco agora por cinco aulas com os filhos dos negociantes. Ele faz lá edições de primeira e lança livrinhos de ciências naturais que vendem a rodo! Só os títulos valem ouro! Tu sempre afirmaste que eu era bobo, mas juro por Deus, mano, há gente mais boba que eu! Ele escolheu agora uma direção, não entende lá patavina, mas eu lhe dou corda, naturalmente. Eis aqui duas folhas[40] e tanto de texto em alemão, a meu ver, uma charlatanice tolíssima. Numa palavra, questionam se a mulher é gente ou não e, bem entendido, comprovam solenemente que é. Kheruvímov prepara um livro sobre a questão feminina, e eu traduzo, vamos derramar essas duas folhas e meia por umas seis folhas, inventaremos um título formidabilíssimo de meia página e botaremos à venda por cinquenta copeques. Vai vender! Ganharei com a tradução seis rublos por folha, isto é, uns quinze rublos no total, e já cobrei seis rublos adiantados. Feito isso, vamos traduzir algo sobre as baleias, e depois, uns boatos chatíssimos da segunda parte das *Confessions*[41] que destacamos e também vamos traduzir, pois alguém disse a Kheruvímov que Rousseau seria, de certa forma, Radíchtchev.[42] Eu cá não discuto, bem entendido, que o diabo o leve! Queres, então, traduzir a segunda folha de "Será a mulher gente?" Se quiseres, pega agora o texto, algumas penas e o papel — tudo isso é por conta dele — e toma aí três rublos, como já cobrei adiantado pela primeira e pela segunda folha, tua cota seria, dessa maneira, de três rublos. E quando terminares a folha, receberás mais três rublos. E mais uma coisa, não penses, por favor, que te presto um serviço. Pelo contrário, eu calculei, tão logo entraste, que me serias útil. Primeiro, sou fraco quanto à ortografia e, segundo, meu alemão é, às vezes, simplesmente um nojo, por isso eu mesmo vou inventando as coisas, e o que me consola apenas é que o texto fica melhor ainda com isso. E vai lá saber se, de fato, fica melhor ou pior... Aceitas ou não?

Calado, Raskólnikov pegou as folhas do artigo alemão, tomou três rublos e, sem dizer uma palavra, foi embora. Razumíkhin seguiu-o com os olhos, todo perplexo. Mas chegando já à primeira linha,[43] Raskólnikov retornou de repente, subiu outra vez ao quarto de Razumíkhin, pôs na mesa tanto as folhas em alemão quanto três rublos e, calado como estava, saiu porta afora.

— Estás com *delirium tremens*, é isso? — bradou Razumíkhin, enfurecido. — Para que essa comédia toda? Até a mim ludibriaste... Por que é que vieste aqui, diabo?

---

[40] Conforme as práticas editoriais da Rússia, uma "folha autoral" equivale a 40.000 caracteres de texto corrido com espaços, sinais de pontuação, números etc.

[41] Obra autobiográfica do filósofo franco-suíço Jean-Jacques Rousseau (1712–1778).

[42] Alexandr Nikoláievitch Radíchtchev (1749–1802): literato e pensador russo, cuja obra *Viagem de Petersburgo a Moscou* continha uma crítica contundente da Rússia czarista.

[43] Denominação das ruas da ilha Vassílievski.

— Não preciso... de traduções... — murmurou Raskólnikov, descendo a escada.

— Então de que diabo precisas? — gritou Razumíkhin de cima.

Raskólnikov continuava a descer em silêncio.

— Ei, tu! Onde moras?

Não teve resposta.

— Que o diabo te car-r-regue!...

Mas Raskólnikov já estava na rua. Quando passava pela ponte Nikoláievski, um acidente bem desagradável fê-lo recuperar outra vez todos os sentidos. O cocheiro de uma sege desferiu uma forte chicotada nas costas dele, pois o jovem, apesar de avisado, aos gritos, três ou quatro vezes, quase fora atropelado pelos cavalos. Essa chicotada o deixou tão furioso que, saltando para o lado do parapeito (não se sabe por qual motivo, ele estava bem no meio da ponte, no lugar que, reservado às carruagens, não se destina aos pedestres), ele se pôs a ranger com raiva e a estalar os dentes. Houve, bem entendido, risadas à sua volta.

— Bem feito!

— Um malandrim daqueles.

— É claro que se finge de bêbado e pula, de propósito, sob as rodas, e a culpa é da gente.

— Esse é ganha-pão, senhoria, esse é ganha-pão...

Mas nesse momento, plantado rente ao parapeito, seguindo a sege, que se afastava, com um olhar vazio e maldoso, e esfregando as costas, o jovem sentiu, de repente, alguém colocar o dinheiro na sua mão. Viu uma comerciante idosa, de lenço e botins de pele de bode, e uma moça de chapeuzinho, com uma sombrinha verde nas mãos, decerto a filha dela. "Toma, queridinho, em nome de Cristo." Ele pegou o dinheiro, e as mulheres se retiraram. Eram vinte copeques. Julgando pelo traje e pela aparência, elas bem podiam tê-lo tomado por um mendigo, um verdadeiro catador de vinténs na rua, e a esmola de vinte copeques sucedeu, com certeza, à chicotada que as teria sensibilizado.

Cerrando a moeda na mão, ele fez uns dez passos e virou-se para o Neva, em direção ao palácio.[44] Não havia sequer uma nuvem no céu, e a água estava quase azul, caso raro no Neva. A cúpula da catedral,

[44] Trata-se do Palácio de Inverno, a principal residência dos imperadores russos.

cuja melhor vista se apresenta justamente ali, na ponte, restando uns vinte passos até a capela, fulgia toda e, através daquele ar puro, podia--se distinguir com nitidez cada um dos adornos dela. A dor passou, e Raskólnikov se esqueceu da chicotada, só um pensamento inquietante e meio obscuro é que prendia agora toda a sua atenção. Ele olhava para longe, de modo atento e demorado: esse lugar lhe era bem conhecido. Quando estudava na universidade, parava, por hábito — sobretudo, na volta para casa —, quem sabe, umas cem vezes, nesse exato lugar, fitando atentamente o panorama realmente esplêndido e quase se surpreendendo, todas as vezes, com uma impressão sua, confusa e irresolúvel. Um frio inexplicável sempre lhe vinha desse panorama esplêndido; um espírito mudo e surdo enchia, aos olhos dele, esse quadro pomposo... Pasmado, todas as vezes, com sua impressão sombria e enigmática, ele não dava crédito a si mesmo e adiava a resolução desse enigma para o futuro. Agora se lembrou, bruscamente, das suas antigas questões e dúvidas, parecendo-lhe que não as evocara à toa nesse momento. Só o fato de ter parado, como antes, no mesmo lugar pareceu-lhe bizarro e absurdo, como se imaginasse mesmo que poderia pensar, como antes, do mesmo modo e interessar-se pelos mesmos temas e quadros que o interessavam... ainda há tão pouco tempo. Ficou quase rindo e, ao mesmo tempo, sentiu uma dor apertar-lhe o peito. Lá no fundo, embaixo, num lugarzinho quase invisível aos seus pés, surgiu de improviso todo o seu passado, os pensamentos e objetivos antigos, os temas e impressões de outrora, e todo aquele panorama, e ele próprio, e tudo, tudo... Parecia--lhe que subia voando, e que tudo sumia perante seus olhos... Fazendo um gesto involuntário e súbito com a mão, ele sentiu a moeda de vinte copeques cerrada no seu punho. Abriu a mão, examinou a moeda, atento, e atirou-a, com toda a força na água, depois se virou e foi para casa. Era como se tivesse pegado uma tesoura e cortado a si mesmo de todos e de tudo, nesse momento...

Chegou a casa de tardezinha, ou seja, ficara vagando umas seis horas. Não conseguia lembrar por onde nem como voltara. Despiu-se e, todo trêmulo como um cavalo derreado, deitou-se no sofá, cobriu-se com o capote e logo adormeceu...

Acordou-o, em plena escuridão, um grito terrível. Senhor, que grito era esse! O jovem nunca ouvira nem vira antes tais sons antinaturais, tais uivos e berros, rangidos, prantos, pancadas e palavrões. Sequer poderia imaginar tamanha barbárie e frenesi. Sentou-se, apavorado, na sua cama, desfalecendo, a cada instante, de tanta tortura. Porém a briga com esses berros e palavrões ficava mais e mais violenta. De chofre, ele ouviu, com extremo espanto, a voz de sua locadora. Ela uivava, guinchava e carpia, toda ansiosa, soltando palavras com tanta pressa que não se podia compreendê-las, implorando, por certo, que parassem de espancá-la, porque alguém a agredia, sem dó nem piedade, ali na escada. A voz do agressor ficara tão horrível de fúria e cólera que estava apenas rouquejando, contudo, o agressor também dizia alguma coisa, e também rápido e confuso, como que se engasgando às pressas. De chofre, Raskólnikov estremeceu todo, reconhecendo aquela voz: era a voz de Iliá Petróvitch. Iliá Petróvitch estava lá e surrava a locadora! Dava-lhe pontapés, batia a cabeça dela contra os degraus da escada — isso se percebia claramente pelos sons, berros e golpes! "O que é isso, será que o mundo ficou de cabeça para baixo?" Em todos os andares, por toda a escada, ouviam-se as vozes da multidão que se reunia, aos gritos, subindo, estalando as portas, acorrendo. "Mas por que, por que, e como se pode?" — repetia o jovem, pensando com seriedade que tinha enlouquecido de vez. Mas não; ouvia tudo muito bem!... E se fosse assim, logo entrariam no quarto dele também, "porque... era, na certa, por causa daquilo mesmo de ontem... Meu Deus!". Ia trancar a porta, mas a mão lhe falhou... ademais, não daria certo! O medo revestiu sua alma que nem o gelo, e congelou-lhe, cruento, o corpo... Mas eis que todo aquele barulho, que durara dez exatos minutos, começou finalmente a diminuir, pouco a pouco. A locadora se queixava, gemendo, Iliá Petróvitch continuava a xingar e a ameaçá-la... Enfim, ele também se quietou, aparentemente, não se ouvia mais a voz dele: "Será que foi embora? Meu Deus!". Sim, eis que a própria locadora se retirou, ainda com choros e gemidos... eis que a porta se fechou atrás dela... Eis que a multidão deixou a escadaria e voltou, em meio às discussões e exclamações, aos apartamentos, ora elevando a voz até o grito, ora a abaixando até o sussurro. Havia, sem dúvida, muitas pessoas, quase toda a vizinhança ficara em pé. "Senhor, será tudo isso possível? E por que ele veio aqui, por quê?"

Exausto, Raskólnikov caiu no sofá, mas não pregou mais os olhos, ficando por meia hora imerso num sofrimento tão grande, numa sensação tão insuportável de medo universal que jamais experimentara antes. De súbito, uma luz viva iluminou o seu quarto; foi Nastássia que entrou com uma vela e um prato de sopa. Olhando para o jovem com atenção e percebendo que não estava adormecido, ela pôs a vela em cima da mesa e começou a dispor o que tinha trazido — o pão, o sal, o prato e a colher.

— É desde ontem, por certo, que não comes. Ficaste o dia inteiro fora, e desse jeito, com febre.

— Nastássia... por que espancaram a dona?

A criada fixou os olhos nele.

— Quem espancou a dona?

— Foi Iliá Petróvitch, o ajudante do delegado... agorinha, há meia hora, lá na escada... Por que bateu tanto nela e... por que tinha vindo?...

Calada, Nastássia examinou-o por muito tempo, de cenho carregado. Tanta atenção lhe pareceu bem desagradável e até mesmo assustadora.

— Por que estás calada, Nastássia? — disse ele, por fim, com uma voz fraca e tímida.

— É o sangue — respondeu ela baixinho, como se falasse consigo mesma.

— Sangue?... Que sangue?... — murmurou ele, pálido, e recuou até a parede. Nastássia continuava a fitá-lo, silenciosa.

— Ninguém espancou a dona — disse-lhe num tom ríspido e resoluto. Raskólnikov a mirava quase sem respirar.

— Eu mesmo ouvi... não dormia... estava sentado — articulou ele, mais tímido ainda. — Escutei muito tempo... Veio o ajudante do delegado... Os moradores foram à escada, de todos os apartamentos...

— Ninguém veio. É o sangue que grita dentro de ti. Quando não tem saída e começa a ferver, lá nos fígados, aí é que a gente vê coisas... Vais comer, pois, não vais?

Ele não respondia. Nastássia estava em cima dele, fitando-o com atenção, mas não ia embora.

— Traz água... Nastássiuchka.

Ela desceu a escada e voltou, ao cabo de uns dois minutos, trazendo uma caneca branca de barro com água. Ele não se lembraria mais do que aconteceu a seguir; lembrar-se-ia apenas de ter tomado um gole de água gelada, derramando a água da caneca sobre o peito. Depois veio o desmaio.

III

Não é que estivesse de todo inconsciente, ao longo de sua doença, estava com febre e delirava, meio acordado. Mais tarde, recordaria vários detalhes. Ora lhe parecia que muitas pessoas se reuniam ao seu redor, querendo levá-lo embora, discutiam acerca dele e mesmo brigavam. Ora se via, de repente, sozinho no quarto, todos tinham saído, com medo dele, mas entreabriam a porta, de vez em quando, a fim de vê-lo, ameaçavam-no, combinavam algo entre si, zombeteiros e desafiadores. Lembrava de Nastássia, que com frequência aparecia ao seu lado, vislumbrava outra pessoa que lhe parecia bem familiar, mas não chegava a adivinhar quem era, ficava muito triste com isso e até chorava. Às vezes, tinha a impressão de ter passado um mês inteiro de cama, às vezes, imaginava que o mesmo dia ainda não terminara. Porém *daquilo* — *daquilo* ele se esqueceu por completo, embora se recordasse, a cada minuto, de ter esquecido algo que não podia esquecer, sofria, pois, e atormentava a si próprio, forçando a memória, gemia, ficava furioso ou sentia um pavor insuportável. Então queria levantar-se e fugir, mas alguém sempre vinha detê-lo, e ele se enfraquecia outra vez e desfalecia. Enfim, recuperou totalmente a consciência.

Isso aconteceu às dez horas da manhã. Nos dias claros, o sol sempre deixava, nessa hora, uma comprida faixa de luz na parede direita do seu quarto e alumiava o canto próximo da porta. Perto de sua cama estavam Nastássia e um moço desconhecido que o mirava com muita curiosidade. Este trajava um cafetã,[45] tinha uma barbicha e assemelhava-se a um capataz. No vão da porta entreaberta assomava a locadora. Raskólnikov se soergueu na cama.

— Quem é, Nastássia? — perguntou ele, apontando para o moço.

— Olha só, acordou! — disse ela.

— Acordou mesmo — replicou o capataz.

Vendo-o consciente, a dona da casa, que espiava atrás da porta, logo a fechou e escondeu-se. Sempre tímida, ela mal aguentava as conversas e explicações. Tinha em torno de quarenta anos e era robusta e gorda,

---

[45] Vestimenta tradicional russa, de origem oriental (no original russo: кафтан): espécie de comprido sobretudo masculino.

de sobrancelhas e olhos negros, bondosa de tanta obesidade e preguiça. De cara bonita, era acanhada mais que o necessário.

— Quem é... você? — continuava ele a indagar, dirigindo-se ao próprio capataz. Mas, nesse momento, a porta se abriu novamente de par em par e, inclinando um pouco a cabeça por ser alto, entrou Razumíkhin.

— Mas que cabine de marinheiro! — exclamou ele, entrando. — Sempre machuco a testa, e isso se chama apartamento! E tu, mano, já acordaste? Páchenka acaba de me contar.

— Acaba de acordar — disse Nastássia.

— Acaba de acordar — confirmou o capataz com um sorrisinho.

— E quem é mesmo o senhor? — perguntou Razumíkhin, abordando-o de supetão. — Eu, com todo o respeito, sou Vrazumíkhin; não Razumíkhin, como todo o mundo me chama, mas Vrazumíkhin, estudante, filho de fidalgos, e ele é meu amigo. Pois bem, e quem é o senhor?

— E eu sou capataz do mercador Chelopáiev, e vim tratar de um negócio.

— Sente-se, por favor, nessa cadeira — o próprio Razumíkhin se sentara do outro lado da mesinha. — Fizeste bem, mano, em acordar — prosseguiu, dirigindo-se a Raskólnikov. — Vai para quatro dias que mal comes e bebes. Davam-te chá com a colherzinha, verdade. E eu trouxe aqui, duas vezes, Zóssimov. Lembras-te de Zóssimov? Ele te examinou bem e disse, na hora, que tudo era bobagem: machucaste, parece, a cabeça de algum jeito. Foi um troço nervoso, disse, tinhas comida ruim, serviam-te pouca cerveja e rábano-picante, por isso adoeceste, mas a doença não era lá muita coisa e passaria logo. Ó grande Zóssimov! Ataca de médico... Não o retenho, pois — tornou a falar com o capataz — queira esclarecer sua necessidade! Nota bem, Ródia, é a segunda vez que o pessoal vem daquela casa, só que antes era outro sujeito, e a gente se explicou com ele. Quem foi que veio aqui antes do senhor?

— Deve ter sido antes de ontem... exato. Foi Alexei Semiônovitch, ele também é da nossa casa.

— E ele é mais esperto que o senhor, como acha?

— Sim, é mais esperto, na certa.

— Pois bem, continue.

— Temos uma remessa, lá em nossa casa, de Afanássi Ivânovitch Vakhrúchin, de quem, creio eu, o senhor já ouviu falar várias vezes, em nome de sua mãezinha — começou o capataz, dirigindo-se diretamente a Raskólnikov. — Caso já esteja em sã consciência, tenho cá trinta e cinco rublos a entregar-lhe, visto que Semion Semiônovitch recebeu de Afanássi Ivânovitch, em nome de sua mãezinha, um aviso de modo costumeiro. O senhor já sabia?

— Sim... lembro... Vakhrúchin... — disse Raskólnikov, pensativo.

— Ouve? Ele conhece o negociante Vakhrúchin! — exclamou Razumíkhin. — É claro que está consciente. Aliás, estou vendo que o senhor também é esperto. Bom! Dá gosto de ouvir falas inteligentes.

— Foi ele mesmo, Vakhrúchin, Afanássi Ivânovitch, quem já lhe mandou dinheiro por meio de nossa casa, da mesma maneira, em nome de sua mãezinha. Desta vez, ele também consentiu e avisou a Semion Semiônovitch, dia desses, lá da sua terra, que tinha trinta e cinco rublos a entregar-lhe, na melhor expectativa possível.

— Foi "na melhor expectativa possível" a frase mais imponente do senhor, e "sua mãezinha" também foi boa. Então, como o senhor acha: ele está em plena consciência ou não está, hein?

— Para mim, tanto faz. Só o recibo é que me cumpria pedir.

— Vá rabiscar! Trouxe o livro-caixa, não é?

— Ei-lo aqui...

— Dê-me o livro. Bem, Ródia, levanta-te. Pega aí a pena e assina "Raskólnikov" para ele, que eu te seguro. O dinheiro, mano, é mais doce agora para a gente do que o mel.

— Não precisa — disse Raskólnikov, afastando a pena.

— De que não precisa?

— Não vou assinar.

— Eta, diacho, mas como assim, sem recibo?

— Não quero... dinheiro...

— Não queres dinheiro? Mas isso, mano, é mentira, sou testemunha! Não se preocupe, por favor, ele está apenas... assim, viajando de novo. Aliás, faz isso até acordado... O senhor é um homem sensato, e a gente vai guiá-lo, ou seja, guiar a mão dele, para que assine. Vamos lá...

— De resto, virei outro dia.

— Não, não, por que o senhor se preocuparia? É um homem sensato... Vem, Ródia, não retenhas a nossa visita... vês, ele está esperando — e Razumíkhin se preparou mesmo para guiar a mão de Raskólnikov.

— Deixa, eu vou... — disse o jovem, pegou a pena e assinou o livro. O capataz entregou o dinheiro e foi embora.

— Bravo! E agora, mano, queres comer?

— Quero — respondeu Raskólnikov.

— Tem aí sopa?

— A de ontem — disse Nastássia, que tinha ficado lá o tempo todo.

— A de batata e arroz?

— A de batata e arroz.

— Sei de cor. Traz a sopa e serve chá.

— Já trago.

Raskólnikov sentia um grande pasmo e um medo obtuso de ver tudo isso. Decidira esperar, calado, pelo que seguiria. "Parece que não estou delirando" — pensava —, "parece que é real..."

Dois minutos depois, Nastássia serviu a sopa e anunciou que o chá também viria logo. Além da sopa, trouxe duas colheres, dois pratos e todo o talher — o saleiro, o pimenteiro, a mostarda para a carne de vaca, entre outras coisas — o que não acontecia, desse modo, havia tempos. A toalha de mesa estava limpa.

— Seria bom, Nastássiuchka, se Praskóvia Pávlovna nos mandasse umas duas garrafas de cervejinha. A gente bebe!

— Eta, que ladino! — murmurou Nastássia e foi cumprir a ordem.

Raskólnikov continuava a observar, assustado e tenso. Enquanto isso, Razumíkhin se sentou no sofá, perto dele, envolveu-lhe, desajeitado que nem um urso, a cabeça com o braço esquerdo, conquanto ele pudesse soerguer-se sozinho, e com a mão direita levou à sua boca uma colherada de sopa, antes soprando nela umas vezes para o amigo não se queimar. Mas a sopa estava apenas morna. Raskólnikov engoliu, sôfrego, uma colherada, depois a outra e a terceira. Dando-lhe algumas colheradas, Razumíkhin parou, de repente, e declarou que devia pedir a opinião de Zóssimov a respeito da outra comida. Entrou Nastássia, com duas garrafas de cerveja nas mãos.

— Queres também chá?

— Quero.

— Sapeca logo o chá, Nastássia, que o chá não precisa, pelo jeito, de faculdade para descer. Eis, enfim, a cervejinha! — voltando para a sua cadeira, ele puxou os pratos com sopa e carne de vaca, e começou a comer com tanto apetite que parecia não ter comido por uns três dias.

— Eu, mano Ródia, agora almoço por aqui todos os dias — murmurou, o quanto lhe permitia a boca atulhada de carne —, e tudo isso faz Páchenka, tua locadora — acolhe-me com todo o coração. Eu, bem entendido, não insisto, mas tampouco protesto. Aí vem Nastássia com o chá. Que rapidez, hein? Queres cervejinha, Nástenka?

— Vai pro capeta!

— E chá?

— Pode ser chá.

— Serve. Espera, que sirvo eu mesmo. Senta-te à mesa.

Serviu-lhe num instante o chá, depois pegou outra xícara e, abandonando seu desjejum, sentou-se outra vez no sofá. Levantou o doente e, envolvendo, da mesma maneira, a cabeça deste com o braço esquerdo, começou a dar-lhe chá com uma colherzinha, soprando-a o tempo todo e com um afinco especial, como se nesse processo de soprar consistisse o principal e o mais salutar ponto da convalescença. Calado, Raskólnikov não resistia, embora se sentisse forte o suficiente para se soerguer e ficar sentado no sofá sem a ajuda de ninguém, e não apenas usar as mãos, segurando uma colher ou uma xícara, mas também, quem sabe, andar. Mas uma estranha, quase animalesca astúcia sugeriu-lhe, de súbito, a ideia de ocultar, por enquanto, as suas forças, de aquietar-se e fingir, se preciso, que não entendia tudo, escutando e espiando, ao mesmo tempo, o que ocorria lá. De resto, não conseguiu dominar sua aversão: ao tomar umas dez colheradas de chá, libertou bruscamente sua cabeça, repeliu a colher, birrento, e recaiu no seu travesseiro. De fato, os travesseiros de verdade, os de pena de ganso, com fronhas limpas, estavam agora debaixo de sua cabeça — fato que ele também percebeu e levou em conta.

— É preciso que Páchenka nos mande, hoje mesmo, geleia de framboesa, para fazermos uma bebida para ele — disse Razumíkhin, sentando-se no seu lugar e tomando, outra vez, conta da sopa e da cerveja.

— E onde é que arrumará framboesa, hein? — perguntou Nastássia, que segurava um pires com os cinco dedos em leque e sugava o chá vertido nele, pondo torrões de açúcar na boca.

— Quanto à framboesa, minha amiguinha, vai comprá-la numa botica. Estás vendo, Ródia, toda uma história se deu por aqui, em tua ausência. Quando fugiste de mim, daquele jeito velhaco, e sem me dizer o endereço, tomou-me, de supetão, tanta raiva que decidi procurar-te para puni-lo. Comecei no mesmo dia. Andava eu, andava, indagava eu, indagava! Tinha-me esquecido deste apartamento teu; nunca me lembraria dele, aliás, porque não o conhecia. E o apartamento antigo... só lembro que fica perto das Cinco Esquinas,[46] na casa de Kharlâmov. Procurava eu, procurava aquela casa de Kharlâmov e acabei por saber que não era de Kharlâmov, mas sim de Buch — como a gente erra, às vezes, de sons! Então fiquei brabo. Fiquei, pois, brabo e fui, no dia seguinte, à seção de endereços, assim a esmo, e imagina só; em dois minutos, acharam o teu endereço. És registrado ali.

— Registrado?

— É claro, se bem que não conseguissem, de jeito nenhum, achar o general Kóbelev, enquanto eu estava lá. Pois bem, é uma história longa. Assim que vim cá, inteirei-me de todos os teus negócios. Sim, mano, de todos; sei tudo de cor e salteado. Ela também viu, conheci Nikodim Fomítch e Iliá Petróvitch, que me mostraram, e o zelador, e o senhor Zamiótov, Alexandr Grigórievitch, o secretário da delegacia daqui, e, finalmente, Páchenka — foi o fim da picada, ela também sabe...

— Adocicou — murmurou Nastássia, sorrindo com malícia.

— Coloque, pois, o açúcar no chá, Nastássia Nikíforovna.

— Eta, cachorro! — gritou de repente Nastássia e deu uma gargalhada. — Não sou Nikíforovna, sou Petrovna — acrescentou, ao parar de rir.

— A gente estima. Pois então, mano, para não falar demasiado, eu queria, de início, fazer uma corrente elétrica passar por aqui, para que todos os preconceitos deste local acabassem de vez, mas Páchenka me venceu. Nem pensava, mano, que ela fosse tão... avantajadinha assim. Como achas, hein?

Raskólnikov permanecia silencioso, se bem que não tirasse dele seu olhar alarmado, sequer por um minutinho, e continuava a fitá-lo com obstinação.

— É boazuda — prosseguiu Razumíkhin, não se importando nem um pouco com o silêncio e como que respondendo a si mesmo —, e muito, está com tudo em cima, em todos os artigos.

— Eta, safado! — exclamou novamente Nastássia, que, pelo visto, achava nessa conversa um prazer inefável.

[46] Cruzamento de quatro ruas no centro histórico de São Petersburgo.

— É ruim, mano, que não tivesses direcionado esse negócio desde o começo. Devias tratá-la de outro modo. Pois o caráter dela é, digamos assim, o mais inesperado! Bem, sobre o caráter a gente fala depois... Mas como, por exemplo, chegaste ao ponto de ela parar, por pirraça, de te mandar o almoço? Ou, por exemplo, aquela cambial? Estás mesmo louco para assinar as cambiais? Ou, por exemplo, aquele suposto casamento, quando a filha dela, Natália Yegórovna, ainda estava viva... Eu cá sei tudo! Percebo, aliás, que é uma corda sensível e que sou um burro, desculpa-me. A propósito da burrice, como achas, essa Praskóvia Pávlovna não é tão bobinha, mano, como se pode imaginar à primeira vista, hein?

— Não... — disse Raskólnikov por entre os dentes, olhando para o lado, mas entendendo que lhe seria mais proveitoso continuar a conversa.

— Não é mesmo? — exclamou Razumíkhin, visivelmente contente de receber a resposta. — Porém, tampouco é inteligente, hein? Um caráter totalmente, mas totalmente inesperado! Eu, mano, estou meio perdido, asseguro-te... Por certo, ela já tem quarenta anos. Diz que tem trinta e seis, e tem pleno direito de dizer isso. Juro-te, aliás, que julgo a respeito dela, em geral, mentalmente, só pela metafísica, e surge-nos, mano, tamanho emblema que nem a álgebra! Não entendo nada! Mas tudo isso é bobagem, só que ela, vendo que não estudavas mais, que havias perdido as aulas e o terno e que, depois de a mocinha morrer, não terias mais parentesco com ela, teve, de repente, um piripaque, e, como te escondeste, por tua vez, num cantinho, sem manter mais essas relações do passado, decidiu botar-te fora do apartamento. Fazia tempo que nutria tal intenção, mas ficou com dó da cambial. Asseguravas, além do mais, que tua mãezinha lhe pagaria...

— Dizia aquilo por vilania mesmo... Minha mãe está quase pedindo esmola... e eu cá mentia para ter casa e... comida — disse Raskólnikov em alto e bom som.

— Sim, isso foi sensato. Mas o problema é que surgiu o senhor Tchebárov, servidor de sétima classe e homem de negócios. Páchenka não teria inventado nada sem ele, por ser muito tímida, mas o homem de negócios não padece de timidez e perguntou, em primeiro lugar, o seguinte: há esperanças de resgatar a cambialzinha? Resposta: há, sim, porque Ródenka tem a mãezinha que vai socorrê-lo com sua pensão de cento e vinte e cinco rublos, nem que deixe de comer ela mesma, e a irmã que se tornará escrava, por causa do irmãozinho. Foi nisso que ele se baseou... Por que estás mexendo? Eu, mano, conheço agora todo o teu íntimo, pois não foi à toa que te abriste com Páchenka, quando estava ainda para entrar na família dela, e falo contigo afavelmente... Eis como é o truque: um homem honesto e sensível desabafa, e o homem de negócios escuta, comendo, e acaba por comê-lo. Ela cedeu, pois, aquela cambialzinha, como que paga, ao tal de Tchebárov, e ele veio cobrar formalmente, sem a menor vergonha. Queria eu, quando soube aquilo tudo, tacá-lo também com a minha corrente elétrica, só para tirar o peso da consciência, mas nesse momento chegamos nós dois, eu e Páchenka, ao consenso, e eu mandei terminar o negócio todo — quer dizer, bem na fonte — e garanti que tu pagarias. Eu, mano, dei garantias em teu nome, ouves? Chamamos Tchebárov, enfiamos-lhe dez rublos entre os dentes e pegamos o papel de volta. Agora tenho a honra de apresentá-lo, já que a tua palavra é confiável hoje; ei-lo aqui, pega, rasguei-o assim, como se deve.

Razumíkhin pôs a cambial na mesa. Raskólnikov olhou para ela e, sem uma palavra, voltou-se para a parede. Razumíkhin ficou meio aborrecido.

— Vejo, meu mano — disse ele, um minuto depois —, que fiz de novo uma besteira. Queria divertir-te um pouco com meu lero-lero, mas aumentei-te, parece, a melancolia.

— Eras tu que eu não reconhecia, quando delirava? — perguntou Raskólnikov, que também se calara por um minuto, sem virar a cabeça.

— Era, sim, e até ficavas com raiva por causa disso, sobretudo quando eu trouxe para cá Zamiótov.

— Zamiótov?... O secretário?... Por quê? — Raskólnikov se virou depressa e cravou os olhos em Razumíkhin.

— Por que estás assim?... Por que te inquietas? Ele queria conhecer-te, queria por si só, porque tínhamos conversado muito a teu respeito... Quem é que me contaria tanta coisa sobre ti, se não fosse ele? É gente boa, mano, um sujeito maravilhoso... de seu jeito, bem entendido. Agora somos amigos, vemo-nos quase todos os dias. É que me mudei para este bairro. Não sabias ainda? Acabei de mudar-me. Fui com ele à casa de Lavisa, umas duas vezes. Lembras-te de Lavisa, Lavisa Ivânovna?

— Eu dizia alguma coisa em delírio?

— Claro que dizia! Não te controlavas.

— Que coisa?

— Ué! Que coisa dizia? Sabe-se bem o que se diz em delírio... Bem, mano, agora ao trabalho, para não perder tempo à toa.

Ele se levantou da cadeira e pegou seu casquete.

— O que eu dizia?

— Mas que caturrice! Não tens, por acaso, algum segredo? Não te preocupes: nada foi dito sobre a condessa. Mas falaste muito de um buldogue, de uns brincos lá e correntes, da ilha Krestóvski, de um zelador, de Nikodim Fomítch e de Iliá Petróvitch, ajudante do delegado. E, além disso, ficaste muito interessado em tua própria meia, mas muito! Reclamavas: tragam-me logo a meia, e ponto final. Zamiótov procurou pessoalmente tuas meias em todos os cantos e, com suas mãozinhas banhadas em perfumes e com tantos anéis, entregou-te aquela droga. Só então é que te acalmaste e ficaste um dia inteiro com aquela droga nas mãos, nem dava para arrancá-la. Talvez esteja até agora aí, debaixo da tua coberta. Pedias também a franja para a tua calça, e com quantas lamúrias! A gente só indagava: mas que franja é aquela? Porém não se podia entender nada... Pois bem, ao trabalho! Eis aqui trinta e cinco rublos, eu pego dez e, dentro de umas duas horas, prestar-te-ei contas. Enquanto isso, avisarei Zóssimov, embora lhe cumpra, de qualquer modo, estar aqui há tempos, já que vai para o meio-dia. E você, Nástenka, venha vê-lo mais vezes, em minha ausência, caso ele peça água ou mais alguma coisa... E quanto a Páchenka, vou dizer agorinha, eu mesmo, o necessário. Até a vista!

— Chama a dona de Páchenka! Eta, que fuça astuciosa! — disse Nastássia, quando Razumíkhin saiu; depois abriu a porta para escutar às escondidas, mas não aguentou e correu para baixo. Estava toda interessada no que Razumíkhin diria à dona da casa e, pelo visto, tinha-se encantado com ele mesmo.

Assim que a porta se fechou atrás dela, o doente tirou a coberta e, feito louco, pulou da cama. Com uma impaciência ardente e convulsiva, esperava que eles se retirassem depressa, a fim de proceder, sem demora, ao seu negócio. Mas qual era esse negócio, disso ele se esquecera, como que de propósito. "Meu Deus, dizei-me só uma coisa: eles já sabem de tudo ou não sabem? Será que sabem e fazem de conta que não, zombam de mim, enquanto estou deitado, e depois entrarão, de repente, e dirão que tudo foi descoberto, há muito tempo, e que eles apenas fingiam... O que é que faço agora? Esqueci, como que de propósito, esqueci num instante: agorinha lembrava!...”

Plantado no meio do quarto, ele olhava ao redor com uma dolorosa perplexidade. Aproximou-se da porta, abriu-a e começou a escutar, mas não era isso. De súbito, como que recordando, precipitou-se para o canto, onde o papel de parede estava esburacado, começou a examinar tudo, pôs a mão no buraco e vasculhou-o, mas tampouco seria isso. Acercou-se do forno, abriu-o e começou a revirar as cinzas; as tiras da franja de sua calça e os pedaços do bolso roto continuavam lá, do mesmo modo que ele os jogara naquele dia, ou seja, ninguém os vira! Lembrou-se, nesse momento, da meia, sobre a qual Razumíkhin acabava de contar-lhe. A meia estava, de fato, no seu sofá, debaixo da coberta, mas ficara tão suja e gasta, desde aquele tempo, que Zamiótov, bem entendido, não poderia ter enxergado nada.

“Ora, Zamiótov!... Delegacia... Por que é que me chamam para a delegacia? Onde está a intimação? Ih... confundi-me, chamaram naquele dia! Também examinava minha meia, então, e agora... estava doente. Por que veio Zamiótov? Por que Razumíkhin o trouxe?...” — murmurava ele, extenuado, sentando-se outra vez no sofá. “O que é isso, enfim? Continuo a delirar, ou isso acontece de fato? Parece que acontece... Ah, lembrei, fugir, fugir rápido, sem falta, sem falta fugir! Sim... mas para onde? Onde estão minhas roupas? As botas não estão aqui! Levaram as botas, esconderam! Entendo! Porém, se esqueceram do casaco! Eis aqui o dinheiro, na mesa! Aqui está também a cambial... Vou pegar o dinheiro e sair, mudar de apartamento, e eles não me acharão mais!... Sim, e a seção de endereços? Achar-me-ão! Razumíkhin me achará. É melhor fugir mesmo... para longe... para a América, e cuspir neles todos! E levar a cambial... precisarei dela ali. O que mais tenho a levar? Eles creem que estou doente! Nem sabem que posso andar, he-he-he!... Adivinhei pelos olhos que eles sabiam tudo! Tomara que consiga descer a escada! E se houver lá guardas e policiais? O que é isso, o chá? Ah, sobrou também cerveja, meia garrafa, está geladinha!”

Ele pegou a garrafa, que ainda continha um copo inteiro de cerveja, e bebeu tudo num trago delicioso, como se apagasse o fogo no peito. Mas, em menos de um minuto, a cerveja lhe subiu à cabeça, e um calafrio percorreu-lhe as costas, leve e mesmo aprazível. O jovem se deitou e puxou a coberta. Seus pensamentos, que já estavam doentios e desconexos, mesclavam-se cada vez mais e, pouco depois, um sono leve e agradável veio envolvê-lo. Acomodando, com prazer, sua cabeça no travesseiro, ele se embrulhou com a fofa coberta de algodão, que o cobria agora em vez do capote rasgado, suspirou bem baixinho e mergulhou num sono profundo e calmo, fortificante. Acordou de ouvir alguém entrar no seu quarto, abriu os olhos e viu Razumíkhin, que abrira a porta de par em par e ficara na soleira, perplexo; entrar ou não? Soerguendo-se rápido no sofá, Raskólnikov olhou para ele, como que tentando relembrar algo.

— Ah, não estás dormindo? Eis-me aqui! Nastássia, traz a trouxa para cá! — gritou Razúmikhin. — Agora vais receber a conta...

— Que horas são? — perguntou Raskólnikov, olhando ao redor com inquietação.

— Sim, mano, dormiste um bocadão, já é tarde, por volta das seis. Dormiste umas seis horas e tanto...

— Meu Deus! O que tenho?...

— E por que não? É para a tua saúde! Estás com pressa? Tens um encontro marcado, não é? Agora o tempo é todo nosso. Faz umas três horas que espero aqui; entrei duas vezes, mas tu dormias. Fui duas vezes buscar Zóssimov: não está em casa, e ponto final! Porém não faz mal, ele virá!... Mexi também com os meus negocinhos. É que me mudei hoje e para valer, com o tio. Estou agora com o meu tio... Mas deixa-o quieto, diabo, e ao trabalho!... Dá aqui a trouxa, Nástenka. Agora a gente... E como te sentes, mano?

— Estou bem, não estou mais doente!... Razumíkhin, faz tempo que estás aqui?

— Já disse: faz três horas que estou esperando.

— Não... e antes?

— Como assim, antes?

— Desde quando vens para cá?

— Mas eu te contei há pouco, será que não lembras?

Raskólnikov ficou pensativo. O que acontecera há pouco parecia-lhe agora um sonho. Não conseguia lembrá-lo sozinho, fitando Razumíkhin de modo interrogativo.

— Hum — disse Razumíkhin —, esqueceste! Ainda pela manhã achava que não estavas bom de cabeça... Depois de dormir é que melhoraste... Tens uma cara melhor, é verdade. Pois bem, valentão, ao trabalho! Agora vais recordar. Olha aqui, meu amigo.

Ele começou a desatar a trouxa que o interessava, pelo visto, excessivamente.

— Era isso, mano, que mais tomava a peito, acreditas? Temos que fazer de ti um cara decente. Vamos lá, começando de cima. Vês este casquete? — foi falando, ao tirar da trouxa um casquete assaz bonitinho e, ao mesmo tempo, bem simples e barato. — Vens experimentar?

— Mais tarde, depois — disse Raskólnikov, com um gesto birrento.

— Não, mano Ródia, não resistas, que depois será tarde, e eu cá não vou dormir toda a noite, porque o comprei ao acaso, sem medidas. Perfeito! — exclamou solenemente, ao fazê-lo experimentar o casquete. — É de bom tamanho! O chapéu, mano, é a coisa mais importante do traje — de certa forma, uma referência. Tolstiakov, meu colega, tem de tirar sua cobertura cada vez que entra num lugar público, onde todos os outros estão de chapéus e bonés. A gente pensa que é por causa de seus sentimentos servis, mas é simplesmente porque ele se envergonha com esse seu ninho de pássaro, é um homem pudico! Bem, Nástenka, eis aqui dois chapéus, este Palmerston (ele tirou de um canto o chapéu de Raskólnikov, redondo e aleijado, chamando-o, por motivos desconhecidos, de Palmerston) e esta joinha. Avalia, Ródia — quanto foi que paguei, como achas? Nastássiuchka? — dirigiu-se à criada, vendo o amigo calado.

— Pagaste duas *grivnas*, talvez — respondeu Nastássia.

— Duas *grivnas*? Que burra! — gritou Razumíkhin, sentido. — Agora nem a ti compraria por duas *grivnas*! Foram oito *grivnas*, e isso por ser usado! Na verdade, há uma ressalva, quando gastares este, receberás um outro, no ano que vem, de graça, juro por Deus! Pois bem, agora passemos aos Estados Unidos da América, como se dizia em nosso colégio. — Aviso-te, tenho orgulho desta calça! — e ele abriu, na frente de Raskólnikov, uma calça cinza, feita de um leve tecido de lã. — Nenhum furinho, nenhuma manchinha, e bem sofrível, em geral, embora também usada, do mesmo jeito é o colete, unicolor, como exige a moda. E quanto a ser tudo usado, assim é melhor, na verdade, mais meigo, macio... Sabes, Ródia, para fazer uma carreira mundana basta, a meu ver, sempre respeitar a estação; se não pedires aspargos em janeiro, guardarás uns rublos no porta-níqueis. O mesmo se refere à minha compra. Agora estamos no verão, e eu comprei coisas estivais, pois no outono a estação exigirá um tecido mais quente e terás de jogar isso fora... ainda mais que tudo já estará, por si só, aos frangalhos, se não em virtude do luxo crescido, então por motivos internos. Avalia, pois! Quanto foi, como achas? Dois rublos e vinte e cinco copeques. E lembra-te que a ressalva é a mesma, quando gastares estas roupas, ganharás outras no ano que vem, de graça! Na loja de Fediáiev não vendem de outro jeito, se pagares uma vez, bastar-te-á para a vida toda, que não vens negociar novamente, tu mesmo. Bem, agora vejamos as botas, como estão? Dá para ver que são usadas, mas servirão uns dois meses, por serem feitas no estrangeiro e dali trazidas, foi o secretário da embaixada inglesa quem as vendeu, semana passada, na feira do rolo, tinha-as usado apenas seis dias, mas precisava muito de dinheiro. O preço é de um rublo e cinquenta copeques. Deu certo?

— Talvez não sirvam? — notou Nastássia.

— Como não? E o que é isso? — e ele tirou do bolso a velha bota de Raskólnikov, toda encardida, furada e recoberta de lama seca. — Levei a amostra, e foi a partir desse monstro que me restauraram o tamanho autêntico. Todo o negócio foi feito do coração. E quanto às roupas de baixo, a gente combinou com a dona. Primeiro, eis aqui três camisas, todas de lona, mas com os colarinhos à moda... Pois bem, contemos oito *grivnas* pelo casquete, mais dois rublos e vinte e cinco copeques pelas demais roupas, isto é, três rublos e cinco copeques, no total, um rublo e cinquenta copeques pelas botas — por serem muito boas! — dão quatro rublos e cinquenta e cinco copeques, mais cinco rublos por todas as roupas de baixo (comprei-as por atacado)... em suma, exatamente nove rublos e cinquenta e cinco copeques. Recebi quarenta e cinco copeques de troco, em moedinhas de cobre, de cinco copeques cada — ei-las aqui, digna-te a guardar — e dessa maneira, Ródia, estás agora provido de todas as vestimentas, já que, em minha opinião, o teu casaco não apenas ainda pode servir, mas até possui um aspecto de especial nobreza — eis o que dá encomendar trajes a Scharmer! Quanto às meias e outras coisinhas, deixo-as por tua conta, ficas ainda com vinte e cinco rublinhos, e que Páchenka e o aluguel não te perturbem — como já disse, teu crédito é ilimitadíssimo. E agora, mano, permite trocar tuas roupas, pois a doença agora reside tão só nessa tua camisa...

— Deixa! Não quero! — resistia Raskólnikov, escutando com asco o falsamente engraçado relato de Razumíkhin sobre a compra do vestuário.

— Não é possível, mano. Por que andei gastando as minhas botas? — insistia Razumíkhin. — Não se envergonhe, Nastássiuchka, mas nos ajude, assim! — e, não obstante a resistência de Raskólnikov, trocou-lhe as roupas. O jovem desabou nos seus travesseiros e, por uns dois minutos, permaneceu calado. "Quando é que me deixam em paz?" — pensava ele.

— Com que dinheiro foi comprado isso tudo? — perguntou, afinal, olhando para a parede.

— Dinheiro? Mas que gracinha! Com o teu próprio dinheiro. Ontem veio o capataz, da parte de Vakhrúchin... foi tua mãezinha que mandou. Será que esqueceste?

— Agora lembro... — disse Raskólnikov, ao cabo de uma reflexão longa e sombria. Razumíkhin o examinava inquieto, franzindo a testa.

A porta se abriu, e um homem alto e robusto entrou no quarto. Pelo visto, Raskólnikov o conhecia um pouco.

— Zóssimov! Até que enfim! — exclamou Razumíkhin com alegria.

IV

Zóssimov era um homem alto e gordo, de cabelo louro e liso, tinha um rosto inchado e pálido, quase incolor, de barba raspada, usava óculos e um grande anel de ouro num dedo túmido de gordura. Tinha em torno de vinte e sete anos. Vestia um largo casaco de verão, bem bonito, e uma calça leve e clara, e todas as roupas dele, de modo geral, eram folgadas, bonitas e novinhas em folha, inclusive sua camisa irreprochável e a corrente maciça de seu relógio. Sua maneira de agir era lenta e como que frouxa, mas, ao mesmo tempo, cheia de desenvoltura intencional; uma presunção, aliás, bem esconsa, transparecia a cada minuto. Todos os que o conheciam achavam-no uma pessoa difícil, dizendo, porém, que sabia bem seu negócio.

— Eu, mano, fui duas vezes buscar-te... Ele acordou, estás vendo? — exclamou Razumíkhin.

— Estou, sim. Como te sentes agora, hein? — Zóssimov se dirigiu a Raskólnikov, mirando-o com atenção, e logo se sentou no sofá, aos pés dele, recostado na medida do possível.

— Está triste — prosseguiu Razumíkhin. — Agora trocamos as roupas dele, e ficou quase chorando.

— Claro! Poderiam trocar as roupas mais tarde, já que ele não queria... O pulso está ótimo. A cabeça ainda dói um pouco, hein?

— Estou bem, estou totalmente curado! — disse Raskólnikov num tom insistente e irritadiço, soerguendo-se, de supetão, no sofá, de olhos brilhantes, e logo recaiu no travesseiro e virou-se para a parede. Zóssimov não despregava os olhos dele.

— Muito bem... está tudo certo — pronunciou, indolente. — Comeu alguma coisa?

Contaram-lhe tudo e perguntaram o que o doente poderia comer.

— Podem servir-lhe tudo... Sopa, chá... Não lhe deem cogumelos nem pepinos, bem entendido, tampouco a carne de vaca, e... mas chega de lero-lero!... — ele trocou olhadelas com Razumíkhin. — Chega de xarope e tudo mais, vou ver amanhã... Até poderia ser hoje... pois é...

— Amanhã à noite, vou levá-lo a passeio! — decidiu Razumíkhin. — Iremos ao Jardim de Yussúpov e depois daremos um pulinho ao *Palais de Cristal*.[47]

— Amanhã não iria mexer com ele, de resto... só um pouquinho... pois bem, vamos ver.

— Eh, que pena; hoje comemoro minha mudança para a casa nova, a dois passos daqui. Ele bem que poderia vir, nem que ficasse deitado, ali no sofá, com a gente! E tu mesmo vens? — de chofre, Razumíkhin se dirigiu a Zóssimov. — Não te esqueças, já que me prometeste.

— Talvez vá, só que mais tarde. O que tramaste aí?

— Nada de especial; chá, vodca, arenque.[48] Haverá também bolo. A nossa gente se reunirá.

— Quem, exatamente?

— Na verdade, todos são daqui e quase todos são novos, salvo o meu velho tio, mas ele também está em Petersburgo só desde ontem — veio resolver uns negocinhos. Vemo-nos uma vez por lustro.[49]

---

[47] "Palácio de Cristal", em francês: nome de um dos restaurantes petersburguenses.

[48] Pequeno peixe gorduroso, encontrado no mar Báltico e no norte dos oceanos Atlântico e Pacífico; uma das típicas iguarias russas.

[49] Período de cinco anos.

— Quem é ele?

— Vegetou a vida inteira em nosso distrito, como chefe dos correios... recebe lá uma pensãozinha, tem sessenta e cinco anos... nem vale a pena falar. Aliás, gosto dele. Porfíri Petróvitch também virá, investigador de causas penais por aqui... jurista. Sim, tu o conheces...

— Ele também é um parente teu?

— O mais afastado de todos... Por que essa cara sombria? Talvez não venhas hoje por ter brigado, uma vez, com ele?

— Estou cuspindo para ele...

— Melhor assim. Além do mais, uns estudantes, um professor, um servidor público, um músico, um oficial, Zamiótov...

— Diz-me, por favor, o que têm em comum, tu mesmo ou, por exemplo, ele — Zóssimov inclinou a cabeça para o lado de Raskólnikov — com aquele Zamiótov?

— Eta, resmungões! Teus princípios... dormes nesses princípios como nas molas, nem podes virar-te por tua vontade. Em minha opinião, se o homem for bom, o princípio é esse, e não quero saber de mais nada. Zamiótov é um sujeito maravilhoso.

— E cobra propinas.

— Se ele cobra, eu cuspo nisso! Cobra, pois, e daí? — gritou, de súbito, Razumíkhin, irritado além das medidas. — Será que o elogiei por cobrar propinas? Disse que só era bom de sua maneira ali! E mesmo que esquadrinhes todas as laias, encontrarás muita gente boa? Eu cá tenho plena certeza de que pagarão por mim, nesse caso, tão só uma cebolinha assada, com todas as minhas tripas, e isso se tu fores junto!...

— É pouco; eu pagarei por ti duas...

— E eu por ti uma apenas! Brinca mais! Zamiótov ainda é um garoto, ainda vou puxar-lhe os cabelinhos, porque temos de atraí-lo e não repelir. Não vais corrigir a pessoa, caso a repilas, muito menos um garotão. Um garotão exige o dobro de cautela. Eh, progressistas tolos, não entendem aí patavina! Não respeitam o homem e a si mesmos ofendem... E se quiseres saber, nós cá temos, talvez, um negócio comum.

— Queria saber, sim.

— É o caso do pintor, quer dizer, do cara que trabalha na obra... Vamos tirá-lo dos apuros! De resto, não há mais problema nenhum. Agora o negócio está totalmente claro! É só aumentar a pressão.

— Mas que pintor é aquele?

— Como, será que não te contei? Não? Ah, foi isso, contei-te apenas o comecinho... sobre o assassinato da velha usurária, viúva do servidor... pois um pintor se meteu agora nesse caso...

— Ouvi falar sobre o assassinato ainda antes de ti, e mesmo ando interessado nesse assunto... em parte... devido a um caso lá... e li nos jornais! Contudo...

— E Lisaveta também foi morta! — replicou, de improviso, Nastássia, dirigindo-se a Raskólnikov. Ela permanecera no quarto o tempo todo, grudada na porta, e ouvira tudo.

— Lisaveta? — murmurou Raskólnikov com uma voz quase inaudível.

— Lisaveta, a mascate, será que não conheces? Ela vinha aqui, ao andar de baixo. Ainda te consertou uma camisa.

Raskólnikov se voltou para a parede, em cujo papel amarelo e sujo se viam várias florzinhas brancas, escolheu uma flor branca, toda desengonçada, com uns tracinhos marrons, e pôs-se a examiná-la; quantas pétalas possuía, como era o recorte das pétalas e quantos tracinhos elas tinham? Sentia que seus braços e pernas ficavam entorpecidos, como que mortos, mas nem tentava mover-se, de olhos cravados naquela flor.

— E o que se deu com aquele pintor? — Zóssimov interrompeu a tagarelice de Nastássia com certo desprazer especial. Ela soltou um suspiro e calou-se.

— Também o alistaram nos assassinos! — prosseguiu, com ardor, Razumíkhin.

— Há provas contra ele, não há?

— Que diabo de provas? Aliás, houve mesmo um indício, mas não é um indício sério, eis o que cumpre provar! Foi a mesma coisa, quando eles prenderam e suspeitaram, a princípio, aqueles... — como se chamam? — Koch e Pestriakov. Arre! Como tudo isso é bobo, até olhar do lado de fora dá nojo! Talvez Pestriakov venha visitar-me hoje... A propósito, Ródia, tu já estás a par desse troço: aconteceu antes da tua doença ainda, justamente às vésperas de passares mal na delegacia, quando lá contavam sobre isso...

Zóssimov olhou para Raskólnikov com curiosidade, este não se movia.

— Sabes de uma coisa, Razumíkhin? É só olhar para ti: como andas azafamado — notou Zóssimov.

— Que nada, mas vamos salvá-lo, de qualquer jeito! — bradou Razumíkhin, dando um soco na mesa. — O que é o mais revoltante? Não é a mentira deles: sempre se pode perdoar a mentira, a mentira é bom negócio, porque leva à verdade. Não, o pior é que estão mentindo e venerando, ainda por cima, sua mentira. Respeito Porfíri, mas... O que foi, por exemplo, que os confundiu, em primeiro lugar? A porta estava trancada e, quando trouxeram o zelador, aberta, quer dizer, foram Koch e Pestriakov que mataram! Essa é a lógica deles.

— Não te exaltes: apenas os chamaram para depor, que não se podia... A propósito, tenho encontrado aquele Koch. Acontece que ele comprava os penhores caducos da velha, hein?

— É um vigarista! Compra também cambiais. Um cavalheiro de indústria. Que o diabo o leve! Entendes, pois, o que me enraivece? Aquela "rotina" deles, decrépita, imprestável, rançosa... E aqui, neste único caso, pode-se descobrir toda uma direção nova. Só pelos dados psicológicos é que se pode mostrar como se acha a pista certa. "A gente, digamos, tem fatos!" Mas os fatos em si não são tudo: pelo menos, metade do sucesso depende de saber lidar com esses fatos!

— E tu mesmo sabes lidar com os fatos?

— Eu cá não posso ficar calado, quando sinto, como que apalpando, que poderia ajudar, se... Eh!... Tu conheces o caso a fundo?

— Espero pela história daquele pintor.

— Pois é! Então escuta a história... Exatamente no terceiro dia após o assassinato, de manhãzinha, quando eles ainda buliam lá com Koch e Pestriakov (ainda que estes tivessem comprovado cada passo seu — uma evidência gritante!), revela-se, de repente, o fato mais inesperado. Um tal de camponês Dúchkin, dono da bodega que fica em frente àquele prédio, vem à delegacia e traz um estojo de joalheiro com brincos de ouro, contando toda uma novela: "Veio correndo, diz, antes de ontem, à noite, mais ou menos depois das oito — dia e hora, percebes? — um pintor chamado Mikolai, que já tinha vindo antes, de dia, e trouxe-me esta caixa com brincos de ouro e pedrinhas, querendo penhorar tudo por dois rublos, e quando lhe perguntei — 'onde arrumaste?' —, declarou que a tinha apanhado na calçada. Não perguntei, então, mais nada — é Dúchkin que está falando — e dei-lhe uma notinha, isto é, um rublo, porque pensava que, se não penhorasse a mim, penhoraria a alguém por ali; não importa para ele com que dinheiro beber. É melhor que essas coisinhas fiquem comigo; o que é do homem, o bicho não come, e se aparecer alguma coisa ou se correrem lá uns boatos, entregarei tudo de vez". É claro que conta uma história para o boi dormir, mente que nem um cavalo, conheço aquele Dúchkin — é usurário e receptador de coisas roubadas, e se furtou de Mikolai aquele objeto de trinta rublos, não foi para depois "entregá-lo". Apenas ficou com medo. Pois bem, escuta, diabo, o que diz Dúchkin em seguida — "E esse roceiro, Mikolai Dementiev, conheço-o desde criança, ele é da nossa província e do nosso concelho Zaráiski, porque eu mesmo sou de Riazan.[50] Mikolai não é beberrão, mas bebe, e a gente sabe que ele trabalha naquele mesmo prédio, pinta lá com Mítrei, e eles dois são da mesma roça. E, recebendo a notinha, trocou-a na hora, tomou logo dois copinhos, pegou o troco e saiu, e eu não vi Mítrei com ele, daquela feita. E no dia seguinte, a gente soube que tinham matado Aliona Ivânovna e sua irmãzinha Lisaveta Ivânovna com um machado, e a gente as conhecia... e fiquei, pois, eu na dúvida sobre aqueles brincos, por saber que a finada emprestava dinheiro em troca de tais coisinhas. Fui, então, à casa dos pintores e comecei a indagar com cautela, pouco a pouco, perguntando, antes de tudo: cadê Mikolai? E disse Mítrei que Mikolai tinha caído na farra, voltou a casa de madrugada, bêbado, ficou mais ou menos dez minutos e foi embora de novo, e Mítrei nunca mais o viu e teve de terminar o trabalho sozinho. E o trabalho deles é na mesma escadaria das mulheres assassinadas, no segundo andar. Ouvindo tudo isso, não contei nada a ninguém — é Dúchkin que continua falando —, mas fiquei perguntando tudo quanto pudesse sobre o assassinato e voltei para casa na mesma dúvida minha. E esta manhã, às oito horas — quer dizer, no terceiro dia, entendes? —, vejo Mikolai entrar na minha bodega, meio pingado, mas não tão bêbado assim para não entender a conversa. Sentou-se num banco, calado. E, além dele, só havia então na bodega um homem estranho, mais um conhecido meu, que dormia no banco, e dois rapazotes nossos. "Viste, pergunto-lhe, Mítrei?" — "Não, diz-me ele, não vi." — "E aqui não vieste?" — "Não vim, diz, há três dias." — "E onde dormiste hoje?" — "Foi em Peski,[51] diz, na casa dos de

---

[50] Cidade na parte central da Rússia.

[51] Bairro histórico de São Petersburgo, habitado principalmente por artesãos e pequenos comerciantes.

Kolomna."[52] — "E onde, eu digo, arrumaste aqueles brincos?" — "Achei na calçada..." — e diz isso como se fosse mentira, sem olhar para mim. — "E sabes o que aconteceu, naquela mesma noite e naquela mesma hora, no prédio onde trabalhas?" — "Não, responde ele, não sei..." — e escuta-me, de olhos arregalados, e fica pálido, de repente, que nem o giz. Conto-lhe aquilo e vejo: ele pega o chapéu e vai levantar-se. Quis nisso retê-lo: "Espera, Mikolai, digo, tu não vais beber, não?" E acenei ao rapazote para que segurasse a porta, e fui saindo de trás do balcão, vixe! como ele correu de mim, então, para a rua, galopando assim, depois sumiu numa viela, e nunca mais nos vimos! Resolvi, pois, minha dúvida, que o pecado, na certa, é dele..."

— Na certa!... — disse Zóssimov.

— Espera! Escuta o final! Foram, bem entendido, atrás de Mikolai, a todo o vapor. Detiveram Dúchkin e Mítrei, fizeram uma busca, beliscaram também os de Kolomna, e trouxeram, de supetão, o próprio Mikolai, antes de ontem. Prenderam-no perto do tal posto, numa pousada. Lá foi ele, tirou sua cruz de prata e pediu uma garrafinha em troca. Deram-lhe uma. Poucos minutos depois, uma mulher foi ao curral e viu, através de uma fresta: ele amarrou seu cinto à viga, num galpão vizinho, e fez um laço, depois subiu num cepo e ia pôr o laço no seu pescoço. A mulher desandou a gritar, feito louca, e todo mundo veio correndo: "Eis o que queres fazer!" — "Levem-me", diz Mikolai, "à tal delegacia, que vou confessar tudo." Pois bem, trouxeram-no, com devidas honras, à tal delegacia, quer dizer, para cá. Quiseram saber: quem, como, quantos anos — "vinte e dois" — e assim por diante. Pergunta: "Quando trabalhavam ali com Mítrei, não viram alguém subir a escada, a tal e tal hora?" Resposta: "É claro que passaram, talvez, umas pessoas lá, mas a gente não reparou." — "E não ouviram, quem sabe, algo; um barulho qualquer ou coisa assim?" — "Não ouvimos nada de especial, não." — "E sabias tu, Mikolai, naquele mesmo dia que a tal viúva e sua irmã tinham sido, a tal dia e hora, assassinadas e roubadas?" — "Não sei nadica de nada. Foi Afanássi Pávlytch quem me contou, três dias depois, na bodega." — "E onde arranjaste os brincos?" — "Achei na calçada." — "Por que não vieste trabalhar com Mítrei, no dia seguinte?" — "Por que caí na gandaia." — "E onde foi isso?" — "Em tal e tal

[52] Uma das partes mais importantes do centro histórico de São Petersburgo.

lugar." — "Por que fugiste de Dúchkin?" — " Por que a gente levou, então, um susto tremendo." — "Por quê?" — "Por medo de justiça." — "Como foi que te assustaste, já que não te sentes culpado de nada?..." Pois é, Zóssimov, acredites ou não, essa pergunta foi feita literalmente dessa maneira, eu tenho certeza, contaram-me direitinho! Como achas, então? Como achas?

— Não é isso, não; existem as provas.

— Não falo agora das provas, mas sim da indagação, de como eles entendem a sua essência! Mas que diabo!... Apertaram-no, pois, apertaram, prensavam-no, prensavam, e ele confessou: "Não foi na calçada, disse, que apanhei, mas no apartamento que a gente pintava com Mítrei." — "De que jeito?" — "Daquele mesmo jeito; ficamos pintando, eu mais Mítrei, o dia todo, até as oito horas, e estávamos para sair, e Mítrei pegou o pincel e borrou-me a cara com tinta, borrou minha fuça com tinta, pois, e foi correndo embora, e eu corri atrás dele. Corro, pois, atrás dele e grito, feito doido, e, quando íamos passar da escada para o pátio, topei com o zelador e uns senhores, e quantos eram aqueles senhores, não lembro. E o zelador me xingou por isso, e o outro zelador também, e a mulher do zelador saiu e também xingou a gente, e um senhor, que entrava no pátio com uma dama, também nos xingou, porque caímos, eu mais Mitka, de atravessado, eu peguei Mitka pelos cabelos e derrubei-o, e comecei a surrá-lo, e Mitka também me pegou, deitado, pelos cabelos e começou a surrar-me, porém a gente não fazia isso por maldade, mas assim, com todo o carinho, brincando. E depois Mitka se soltou e correu para a rua, e eu fui atrás, mas não o alcancei e voltei ao apartamento sozinho, porque precisava arrumar umas coisas lá. Comecei a arrumar, esperando por Mítrei: talvez venha? E pisei, então, naquela caixa, junto da porta da antessala, atrás da parede, num canto. Vejo alguma coisa embrulhada em papel. Tirei o papel fora... vejo uns ganchinhos pequenininhos assim, tirei os ganchinhos, e havia brincos dentro da caixa..."

— Atrás das portas? Estava atrás das portas? Atrás das portas? — gritou, de chofre, Raskólnikov, fixando em Razumíkhin um olhar baço e assustado, e soergueu-se devagar, apoiando-se num braço, no seu sofá.

— Sim... por quê? O que tens? O que foi? — Razumíkhin também se soergueu em seu lugar.

— Nada!... — respondeu Raskólnikov com uma voz quase inaudível, recaindo no travesseiro e virando-se de novo para a parede. Todos ficaram calados, por um minuto.

— Cochilava, talvez, e assustou-se — supôs, afinal, Razumíkhin, olhando para Zóssimov com interrogação, este fez um leve sinal negativo com a cabeça.

— Vem, continua — disse Zóssimov. — O que aconteceu depois?

— Depois? Assim que ele viu os brincos, esqueceu logo o apartamento e Mitka, pegou o chapéu e foi correndo falar com Dúchkin; recebendo deste, como se sabe, um rublo e mentindo que tinha apanhado a caixa na calçada, caiu na esbórnia. E quanto ao assassinato, confirma o dito: "Não sei nadica de nada, só no terceiro dia é que ouvi falar nisso". — "E por que foi que não te apresentaste até agora?" — "Por medo." — "E por que quis enforcar-se?" — "Por ideia." — "Mas que ideia?" — "A ideia de que me botarão na justiça." Eis aqui a história toda. Agora como achas: o que eles tiraram disso?

— Não acho nada: há uma pista, qualquer que seja. É um fato. Será que poderiam soltar esse teu pintor?

— Mas eles o têm agora como assassino confesso! Não sobrou mais nenhuma dúvida...

— Deixa de falar, calma! E os brincos, hein? Concorda tu mesmo que, passando os brincos, naquele mesmo dia e hora, do baú da velha direto para as mãos de Nikolai, devem ter passado de alguma forma, concorda! É muita coisa, nesse caso.

— Como passaram? Como passaram? — exclamou Razumíkhin. — Será que tu, médico, tu que deves, antes de tudo, estudar a pessoa e tens o ensejo de explorar a natureza humana melhor do que qualquer outro, será que não percebes, a julgar por todos os dados, que natureza possui aquele Nikolai? Será que não vês, desde logo, que tudo quanto ele depôs é a santíssima verdade? Foi justamente daquele modo que os brincos passaram para as mãos dele. Pisou em cima da caixa e encontrou-os!

— Santíssima verdade? Porém ele mesmo confessou ter mentido da primeira vez.

— Escuta-me, presta atenção: e o zelador, e Koch, e Pestriakov, e o outro zelador, e a mulher do primeiro zelador, e a burguesa que estava, naquele momento, na guarita com ela, e o servidor de sétima classe Kriúkov que desceu, naquele exato instante, da carruagem e entrava no pátio de braços dados com uma dama, todos eles, quer dizer, oito ou dez testemunhas dizem, de modo unânime, que Nikolai tinha derrubado Dmítri no chão, estava em cima dele e batia nele, enquanto este o agadanhou pelos cabelos e também lhe batia. Estão deitados de atravessado, obstruindo a passagem, todo mundo os xinga de todos os lados, e eles, "como dois meninos" (a expressão literal das testemunhas), estão um em cima do outro, guinchando, lutando e gargalhando, sim, gargalhando à porfia, com as caras mais hilárias, e depois correm para a rua, um atrás do outro. Ouviste? Agora nota bem: os corpos, ali no apartamento, ainda estão quentes, ouves, quentes — assim os encontraram! Se eles assassinaram as mulheres, ou então se foi Nikolai sozinho, arrombando os baús para roubar ou apenas participando, de alguma maneira, do roubo, deixa fazer-te uma só pergunta: combina semelhante estado de espírito, isto é, aqueles guinchos, gargalhadas e briga pueril sob o portão, com os machados, o sangue, a criminosa astúcia, a cautela, o roubo? Acabaram de matar, uns cinco ou dez minutos antes — é que os corpos ainda estavam quentes —, e, de improviso, largando os corpos e o apartamento aberto, sabendo que umas pessoas sobem ali, e deixando a presa toda, arrastam-se pelo chão, como dois meninos, dão gargalhadas, atraem a atenção universal, e dez testemunhas unânimes comprovam isso!

— Sem dúvida, é estranho! Não é possível, bem entendido, porém...

— Não há, mano, nenhum *porém*, se os brincos, que no mesmo dia e hora ficaram nas mãos de Nikolai, constituem, de fato, uma importante contraprova, a qual, no entanto, é diretamente elucidada pelos depoimentos dele, ou seja, é uma *contraprova* ainda *discutível*, então precisamos levar em conta os fatos absolvedores também, tanto mais que são fatos *incontestáveis*. E como achas, conforme o caráter de nossa jurisprudência, que eles aceitarão ou serão capazes de aceitar, como incontestável, um fato desses, baseado unicamente na impossibilidade psicológica, apenas no estado de espírito, que destrói todos os fatos acusadores e materiais, sejam estes quais forem? Não, não o aceitarão, não o aceitarão de modo algum, porque encontraram a caixa e o homem queria enforcar-se, "o que não poderia acontecer, se ele não se sentisse culpado"! Eis a questão capital, eis por que estou em brasa. Entende!

— Vejo bem que estás em brasa. Espera, esqueci-me de perguntar: o que prova que a caixa com brincos provinha realmente do baú da velha?

— Foi provado — respondeu Razumíkhin, sombrio e como que a contragosto. — Koch reconheceu o objeto e o dono dele, e o dono provou positivamente que os brincos eram seus.

— É ruim. Agora outra coisa: será que alguém viu Nikolai no momento em que Koch e Pestriakov foram subindo, e seria possível provar isso de alguma maneira?

— Ninguém o viu, eis o problema — respondeu Razumíkhin com irritação. — Isso aí é ruim: nem Koch nem Pestriakov repararam nele quando subiam a escada, embora o testemunho deles não valha muito agora. "Vimos, disseram, um apartamento aberto em que alguém estava, talvez, trabalhando, mas não prestamos atenção de passagem e não lembramos, seguramente, se havia ou não, naquele momento, operários lá dentro."

— Hum. Então a única justificativa é que batiam um no outro e gargalhavam? Suponhamos que seja uma prova séria, mas... Vejamos agora — como tu mesmo explicas todo aquele fato? Como explicas o achamento dos brincos, desde que ele os achou mesmo daquele jeito que alega?

— Como explico? Não há nada a explicar, está tudo claro! Pelo menos, o rumo que deve tomar a investigação está claro e comprovado, e foi justamente a caixa que o comprovou. Foi o verdadeiro assassino quem deixou os brincos caírem. O assassino estava trancado no apartamento da velha, enquanto Koch e Pestriakov batiam à porta. Koch vacilou e foi para baixo, então o assassino saiu e também correu pela escada, já que não tinha nenhum outro recurso. Escondeu-se, descendo, de Koch, Pestriakov e do zelador no apartamento vazio, naquele exato momento em que Dmítri e Nikolai saíram de lá, ficou atrás da porta, ao passo que o zelador e outros dois subiam a escada, esperou até os passos cessarem de ressoar e desceu com toda a tranquilidade, exatamente naquele momento em que Dmítri e Nikolai correram para a rua e todo mundo foi embora, e não restou alma viva perto do portão. Talvez o tivessem visto, mas não repararam nele: muita gente passa por lá. E quando o assassino estava atrás da porta, a caixa caiu do seu bolso, mas ele não percebeu que a tinha deixado cair, porque pensava em outras coisas. É a caixa que comprova claramente que ele ficou naquele lugar. Assim é o truque todo!

— Astuto! Não, mano, é astuto mesmo! É mais astuto que tudo.

— Mas por que, por quê?

— Porque tudo se encaixou bem demais... e ficou entrelaçado... como no teatro.

— E-eh! — ia bradar Razumíkhin, mas nesse momento a porta se abriu, e uma pessoa, que ninguém dos presentes conhecia, entrou no quarto.

V

Era um senhor de meia-idade, sério, bem-apessoado, de fisionomia sisuda e descontente, o qual começou por ficar plantado à porta, olhando ao redor com uma perplexidade ofensivamente indisfarçável e como que perguntando, por meio de seu olhar — "Onde é que estou?" Desconfiado, aparentava certo receio e quase mágoa, enquanto examinava a apertada e baixa "cabine de marinheiro" em que morava Raskólnikov. Com a mesma perplexidade, fixou, a seguir, os olhos no próprio Raskólnikov, que estava deitado — seminu, desgrenhado, sujo — no seu imundo sofá deplorável, e também o mirava de modo fixo. Depois, com a mesma morosidade, pôs-se a examinar Razumíkhin com seu cabelão emaranhado e barba por fazer, o qual lhe dirigia, por sua vez, uma afoita interrogação, fitando-o, sem se mover, bem nos olhos. Um tenso silêncio durou por um minuto, e finalmente, como se devia esperar, ocorreu uma pequena mudança de cenários. Decerto por entender, com base em alguns indícios, aliás, bem manifestos, que sua postura de exagerado rigor não imporia respeito a ninguém nessa "cabine de marinheiro", o visitante se abrandou um pouco e dirigiu-se a Zóssimov, num tom amável, embora marcado por severidade, cunhando cada sílaba de sua pergunta:

— O senhor é Rodion Românovitch Raskólnikov, estudante ou ex-estudante?

Zóssimov se moveu lentamente. Não iria, talvez, responder, mas Razumíkhin, a quem a pergunta não concernia, replicou sem demora:

— Ei-lo deitado no sofá! O que o senhor quer?

Esse familiar "o que quer" pegou o senhor sério de sobressalto, ele já ia revidar, virando-se para Razumíkhin, mas se conteve a tempo e logo se voltou, novamente, para Zóssimov.

— Raskólnikov é ele! — disse Zóssimov com indolência e acenou em direção ao doente, depois bocejou, abrindo a boca de forma excessiva e mantendo-a sobremaneira nesse estado. Em seguida, levou sua mão ao bolso do colete, bem devagar tirou um enorme relógio de ouro, abriu a tampa maciça e saliente dele, olhou as horas e, com a mesma preguiça e lentidão, colocou-o de volta no bolso.

Raskólnikov passou esse tempo todo em silêncio, deitado de costas, examinando o visitante com obstinação, embora sem nenhum pensamento. Não estava mais distraído pela esquisita flor do papel de parede, e seu semblante extremamente pálido expressava agora um sofrimento excepcional, como se o jovem acabasse de ser submetido a uma dolorosa cirurgia ou uma tortura. Contudo, o visitante começou a atrair sua atenção, aos poucos e cada vez mais, deixando-o, a seguir, perplexo, desconfiado e, afinal, um tanto intimidado. Quando Zóssimov disse, ao apontá-lo, "Raskólnikov é ele", o jovem se soergueu, num rompante, sentou-se na cama e pronunciou com uma voz quase desafiadora, se bem que fraca e entrecortada:

— Sim! Sou Raskólnikov! O que deseja?

O visitante olhou para ele com atenção e disse, todo imponente:

— Piotr Petróvitch Lújin. Estou na maior expectativa de que o meu nome não lhe seja completamente estranho.

Mas Raskólnikov, que esperava por outra coisa, fitou-o de maneira indiferente e pensativa, sem responder nada, como se ouvisse o nome de Piotr Petróvitch pela primeira vez na vida.

— Como? Será que até agora o senhor não recebeu nenhuma notícia? — perguntou Piotr Petróvitch, levemente aborrecido.

Em resposta, Raskólnikov se deitou lentamente no travesseiro, pôs as mãos sob a nuca e fixou os olhos no teto. Uma melancolia transpareceu no rosto de Lújin. Zóssimov e Razumíkhin passaram a examiná-lo com mais curiosidade, e ele acabou ficando visivelmente confuso.

— Supunha e previa — tartamudeou ele — que a carta enviada há mais de dez dias, há quase duas semanas...

— Escute, por que está aí na entrada? — interrompeu-o, de súbito, Razumíkhin. — Se tiver algo a explicar, sente-se, já que o senhor e Nastássia juntos estão meio apertados, aí no meio da porta. Afasta-te, Nastássiuchka, deixa o senhor passar! Entre cá e tome a cadeira. Enfie-se, venha!

Ele afastou sua cadeira da mesa, liberando um pouco de espaço entre a mesa e seus joelhos e esperando, com leve tensão, o visitante "enfiar-se" nessa frestinha. O momento foi escolhido de modo que não se pudesse recusar o convite, e o visitante entrou na estreita passagem, apressado e trôpego. Ao alcançar a cadeira, sentou-se e olhou para Razumíkhin com inquietação.

— Aliás, não se perturbe — soltou este. — Vai para cinco dias que Ródia está doente, passou três dias delirando, e agora se recupera e até come com apetite. Este aqui é o médico dele, acaba de examiná-lo, e eu sou colega de Rodka, também um ex-estudante, e agora venho cuidar dele. Pois então, não nos preste atenção nem se importe conosco, mas continue o seu negócio.

— Obrigado. Será que não vou incomodar o doente com minha presença e minha conversa? — Piotr Petróvitch se dirigiu a Zóssimov.

— Na-não, — respondeu Zóssimov com moleza —, até pode distraí--lo — e bocejou outra vez.

— Oh, ele está consciente faz tempo, desde a manhã! — prosseguiu Razumíkhin, cuja familiaridade tinha ares de tanta candura inimitável que Piotr Petróvitch refletiu um pouco e ficou mais animado, em parte porque esse maltrapilho afoito se tinha apresentado, ainda assim, como estudante.

— Sua mãezinha... — começou Lújin.

— Hum! — fez Raskólnikov em voz alta. Lújin olhou para ele, interrogativo.

— Não é nada, continue...

Lújin encolheu os ombros.

— ... Sua mãezinha, ainda quando eu estava lá, começou a escrever uma carta. Chegando aqui, não o visitei, de propósito, logo nos primeiros dias, para ter toda a certeza de o senhor ter sido informado acerca de tudo. Mas agora, para minha surpresa...

— Sei, sei! — disse Raskólnikov, de súbito, com a expressão da mais desagradável impaciência. — É você mesmo? O noivo? Sei, pois... e basta!

Piotr Petróvitch ficou decididamente sentido, mas se conteve. Procurava entender, às pressas, o que significava tudo isso. Houve um minuto de silêncio.

Entretanto Raskólnikov, que já se virara, respondendo, para ele, tornou a examiná-lo atentamente, com uma curiosidade especial, como se ainda não tivesse tido tempo de vê-lo ou estivesse pasmado com algum detalhe despercebido. Até se levantou do travesseiro com esse intuito. O aspecto geral de Piotr Petróvitch continha, de fato, algo particular, algo que parecia legitimar o apelido de "noivo" que lhe fora dado com tanta sem-cerimônia. Primeiro, estava claro e mesmo bem perceptível que Piotr Petróvitch se tinha apressado em aproveitar esses alguns dias na capital para pôr em ordem suas roupas e enfeitar-se à espera da noiva, o que era, de resto, bem inocente e permissível. Mesmo essa plena consciência de sua aprazível mudança para melhor, nem que fosse por demais fátua, poderia ser perdoada nesse caso, já que Piotr Petróvitch estava para casar-se. Todas as roupas dele eram novinhas em folha e muito boas, à exceção apenas do próprio fato de serem tão novas assim e ostentarem em demasia sua finalidade. Até o novinho chapéu redondo testemunhava, de tão garrido, esse objetivo; Piotr Petróvitch manipulava-o de certa maneira respeitosíssima e segurava-o com excessiva cautela. Até o magnífico par de luvas lilases, de genuína marca Jouvin, atestava o mesmo, porque Lújin não o calçava, mas tão somente o portava nas mãos para causar impressão. As cores das roupas de Piotr Petróvitch eram, principalmente, claras e juvenis. Ele vestia um bonitinho paletó de verão castanho-claro, uma calça leve e clarinha, um colete da mesma cor, uma fina camisa, que acabara de comprar, uma gravata de cambraia levíssima, com riscas rosadas, e — o melhor de tudo — o traje inteiro combinava bem com Piotr Petróvitch. Seu rosto, assaz fresco e mesmo bonito, não aparentava, em si, seus quarenta e cinco anos. As suíças escuras emolduravam-no vistosamente, em forma de duas costeletas, ficando mais espessas e charmosas ainda junto do queixo escanhoado até o brilho. Mesmo seus cabelos — aliás, só um pouco grisalhos —, penteados e frisados por um cabeleireiro, não tinham, em função disso, aquele aspecto ridículo ou abobalhado que surge, de praxe, em vista da cabeleira frisada, a qual dá ao semblante a aparência inevitável de um alemão prestes a contrair matrimônio. Se houvesse algo realmente desagradável e repulsivo naquela fisionomia bastante bela e respeitável, as causas seriam outras. Ao perscrutar, insolente, o senhor Lújin, Raskólnikov se deitou outra vez no seu travesseiro e, com um sorriso maligno, tornou a cravar os olhos no teto.

Porém o senhor Lújin se mantinha tranquilo, ao decidir, pelo visto, não reparar, por enquanto, em todas as estranhezas dele.

— Lamento muito e muito encontrá-lo nesse estado — voltou a falar, esforçando-se para romper o silêncio. — Se estivesse a par de sua enfermidade, teria vindo mais cedo. Mas, sabe, meus afazeres!... Tenho, ainda por cima, um negócio muito importante, ligado à minha advocacia, no Senado. Nem menciono aquelas tarefas que o senhor mesmo adivinha. Espero que os seus, quer dizer, sua mãezinha e sua irmãzinha, cheguem entre hoje e amanhã...

Raskólnikov se moveu, querendo dizer alguma coisa, e seu rosto expressou certa emoção. Piotr Petróvitch se calou, esperou um pouco e, como nada se sucedeu, continuou:

— ... Entre hoje e amanhã. Arranjei-lhes um apartamento, para estes primeiros tempos...

— Onde? — perguntou Raskólnikov com uma voz fraca.

— Bem perto daqui: a casa de Bakaléiev...

— É na avenida Voznessênski — interrompeu Razumíkhin —, há dois andares a alugar. Os quartos são do mercador Yúchin, já fui lá.

— Sim, os quartos...

— Uma porcaria horribilíssima: sujeira, fedor e, além disso, um lugar suspeito. Já aconteceram ali umas coisinhas, e há tanta ralé que só o diabo sabe!... Eu mesmo fui com um negocinho escandaloso. Aliás, o preço é baixo.

— Eu não pude, por certo, colher tantas informações, por ser uma pessoa nova aqui — redarguiu Piotr Petróvitch, melindroso —, mas, de resto, são dois quartinhos muito e muito limpos, e como seria apenas por um tempinho... Já achei o verdadeiro, isto é, o futuro apartamento nosso — dirigiu-se a Raskólnikov —, e agora ele está em reforma; enquanto isso, eu mesmo moro, apertado, de aluguel, a dois passos daqui, na casa da senhora Lippewehzel, no quarto de um jovem amigo meu, Andrei Semiônytch Lebeziátnikov. Foi ele quem me indicou a casa de Bakaléiev...

— Lebeziátnikov? — disse Raskólnikov bem devagar, como que recordando alguma coisa.

— Sim, Andrei Semiônytch Lebeziátnikov, servidor do ministério. O senhor o conhece?

— Sim... não... — respondeu Raskólnikov.

— Desculpe, sua pergunta me fez pensar assim. Fui outrora o tutor dele... um jovem muito amável... e instruído... E eu cá gosto de conversar com a rapaziada; ela sabe o que há de novo — Piotr Petróvitch olhou para todos os presentes, esperançoso.

— Em que sentido? — inquiriu Razumíkhin.

— No sentido mais sério, digamos, bem na essência — prosseguiu Piotr Petróvitch, como que entusiasmado com a pergunta. — Eu, vejam bem, passei fora de Petersburgo dez anos. Todas aquelas novidades, reformas, ideias — tudo aquilo também nos tocou no interior, entretanto, para enxergar tudo com nitidez, é preciso estar em Petersburgo. Pois eu acho que a gente descobre e elucida mais coisas ao observar, justamente, as nossas gerações novas. E reconheço; fiquei contente...

— Com o quê?

— Sua pergunta é ampla. Talvez esteja enganando, mas parece-me que os jovens têm uma visão mais clara e, digamos, mais crítica, que são mais empreendedores...

— É verdade — disse Zóssimov devagarinho.

— Mentira, não são empreendedores — intrometeu-se Razumíkhin. — O empreendedorismo não cai lá do céu, de graça, mas se adquire a duras penas. E a gente se desacostumou de fazer qualquer coisa há duzentos anos... As ideias circulam, talvez — dirigiu-se ele a Piotr Petróvitch —, e existe uma aspiração pelo bem, embora infantil, até acharíamos a honestidade, ainda que haja um mundaréu de ladrões por aqui, mas o empreendedorismo está ali fora! O empreendedorismo está onde Judas perdeu as botas.

— Discordo do senhor — retorquiu Piotr Petróvitch com manifesto prazer. — Há, bem entendido, aspirações e falhas, mas cumpre-nos ser indulgentes. As aspirações acusam o ardor, com que agem os jovens, e aquela errada situação externa em que eles agem. Se pouco foi feito é porque houve pouco tempo. Nem me refiro aos meios. Mas, se quiser, em minha opinião pessoal, algo foi feito mesmo; as ideias novas e úteis foram divulgadas, certos livros novos e úteis apareceram em lugar dos antigos, oníricos e romanescos; a literatura toma um matiz mais maduro, muitos preconceitos nocivos acabaram extirpados e satirizados... Numa palavra, cortamo-nos irreversivelmente do passado, e isso, a meu ver, é um avanço...

— Começou! Gaba-se — de chofre pronunciou Raskólnikov.

— O quê? – perguntou Piotr Petróvitch, sem tê-lo ouvido, mas não recebeu a resposta.

— Tudo isso é justo — replicou Zóssimov, apressado.

— Não é mesmo? — continuou Piotr Petróvitch, olhando para Zóssimov com simpatia. — O senhor concordará — dirigiu-se a Razumíkhin, mas já de maneira algo superior e vitoriosa, quase acrescentando "meu jovem" —, que há florescimento ou, como se diz hoje, progresso, nem que seja em nome da ciência e da verdade econômica...

— Um clichê!

— Não, não é um clichê! Se me diziam, por exemplo, antes: "ama!" e eu amava, o que isso produzia? — prosseguiu Piotr Petróvitch, talvez ansioso demais. — Como resultado, rasgava meu cafetã ao meio, repartindo-o com o meu próximo, e nós dois ficávamos seminus, conforme o provérbio russo: "Não dá para matar dois coelhos com uma só cajadada". Pois a ciência diz: antes de tudo, ama a si próprio, porque tudo se baseia, neste mundo, no interesse particular. Se amares a si próprio, arranjarás teus negócios como se deve, e teu cafetã continuará inteirinho. E a verdade econômica adiciona que, quanto mais negócios particulares benfeitos e, por assim dizer, cafetã inteirinhos tiver a sociedade, tanto mais terá fundamentos sólidos para organizar o negócio comum. Dessa forma, adquirindo bens única e exclusivamente para mim, eu os adquiro para todo o mundo e faço com que meu próximo ganhe algo maior que um cafetã roto, e não por conta das doações pessoais e raras, mas em razão da prosperidade universal. Uma ideia simples que não veio, infelizmente, muito antes, eclipsada pela exaltação e pelos sonhos, e não se precisava, parece, de muita argúcia para adivinhá-la...

— Desculpe, eu tampouco sou arguto — interrompeu bruscamente Razumíkhin —, portanto paremos aí. Comecei a falar com uma meta, pois toda essa tagarelice consoladora, todos esses clichês infinitos e ininterruptos, todas essas mesmices aborreceram-me, em três anos, tanto que estou corando, juro por Deus, de ouvir os outros, melhores que eu, falarem nisso. O senhor almejava, bem entendido, apresentar-nos seus conhecimentos, isso é bem perdoável, e não o condeno. Mas eu cá queria apenas saber quem é o senhor, porque, como se sabe, tantos cavalheiros de indústria mais variados têm sobrevindo, nesses últimos tempos, para agarrar-se ao dito negócio comum, e têm distorcido tudo quanto tocam de tal maneira, em prol deles mesmos, que o negócio todo ficou, decididamente, estragado. E basta!

— Prezado senhor — ia dizer o senhor Lújin, ofendendo-se com uma dignidade extraordinária —, não queria exprimir, desse jeito tão descortês, que eu também?...

— Oh, não, misericórdia... Será que eu podia?... Mas chega! — cortou Razumíkhin, virando-se bruscamente para Zóssimov a fim de retomar a recente conversa.

Piotr Petróvitch era assaz inteligente para logo acreditar nessa explicação. Aliás, decidiu retirar-se ao cabo de dois minutos.

— Espero que, travada agora, nossa amizade se fortaleça ainda mais — dirigiu-se ele a Raskólnikov —, depois da sua convalescença e em virtude das circunstâncias que o senhor conhece... Desejo-lhe, sobretudo, saúde...

Raskólnikov sequer voltou a cabeça. Piotr Petróvitch ia levantar-se da cadeira.

— Sem dúvida, foi um freguês que matou! — disse Zóssimov num tom afirmativo.

— Foi um freguês, com certeza! — confirmou Razumíkhin. — Porfíri não divulga seus pensamentos, mas interroga, ainda assim, os empenhadores...

— Interroga os empenhadores? — perguntou Raskólnikov em voz alta.

— Sim, por quê?

— Nada.

— Onde os acha? — perguntou Zóssimov.

— Koch indicou alguns; os nomes dos outros estavam escritos nos embrulhos dos penhores, e houve quem viesse por conta própria, depois de ouvir falar nisso...

— Mas que canalha astuto e experiente deve ser ele! Que ousadia! Quanta resolução!

— Mas é claro que não, é claro! — interrompeu Razumíkhin. — É justamente isso que confunde a todos. E eu cá digo: um sujeito desastrado, inexperiente e que, com certeza, agiu pela primeira vez! Imagina um canalha astuto e calculista, e o resultado será improvável. Agora imagina um criminoso novato, e tu verás que só uma casualidade o livrou do perigo, uma casualidade que é capaz de tudo. Poupa-me, mas ele sequer previu os obstáculos! E como se comporta, olha: pega coisinhas de dez ou vinte rublos, enche seus bolsos com elas, vasculha a arca da mulherzinha e os badulaques dela, enquanto lá dentro da cômoda, na gaveta de cima, há mil e quinhentos rublos em dinheiro sonante, guardados num cofrete, além das notas bancárias! Nem soube roubar, só pôde matar! Foi o primeiro crime, o primeiro mesmo, e ele se atrapalhou! Esgueirou-se por mero acaso e não por cálculo!

— Parece que está falando do recente assassinato da velha viúva — intrometeu-se, abordando Zóssimov, Piotr Petróvitch, que já estava para sair, o chapéu e as luvas nas mãos, mas queria antes soltar mais umas palavras inteligentes. Esforçava-se, pelo visto, para produzir uma impressão favorável, e sua vaidade venceu a sensatez.

— Sim. O senhor ouviu falar nisso?

— E como não ouviria? Moro cá perto...

— Conhece os detalhes?

— Não posso dizer que conheço, mas há outra circunstância que me interessa nisso, digamos, toda uma questão. Abstenho-me de dizer que os crimes aumentaram na classe baixa, nesses últimos cinco anos; não falo naqueles roubos e incêndios que ocorrem o tempo todo e por toda a parte. O que me é mais estranho é que os crimes também aumentam nas classes altas, da mesma forma e, por assim dizer, paralelamente. Ouve-se por ali que um ex-estudante assaltou os correios, na grande estrada; em outro lugar, as pessoas de posição social elevada fabricam dinheiro falso; lá em Moscou, prendem toda uma quadrilha que falsificava os bilhetes do último empréstimo público com loteria, e um dos principais cúmplices é um professor de história mundial; no estrangeiro, matam o secretário de nossa missão, por motivos financeiros e misteriosos... E, sendo aquela velha usurária morta por um dos empenhadores, ele também é das camadas mais altas da sociedade, já que os pobretões não empenham objetos de ouro. Como se explica, por esse lado, tanta depravação da parte civilizada de nossa sociedade?

— Há muitas mudanças econômicas... — respondeu Zóssimov.

— Como se explica? — Razumíkhin se agarrou às palavras de Lújin. — É justamente com essa nossa enraizada falta de iniciativa que se pode explicar isso.

— Quer dizer, como assim?

— E o que foi que respondeu, lá em Moscou, aquele seu professor, quando lhe perguntaram por que forjava os bilhetes? "Todos enriquecem de várias maneiras, pois eu também quis ficar rico rapidamente." Não lembro as exatas palavras dele, mas o sentido é ficar numa boa, depressa e sem trabalhar! Acostumaram-se a usar tudo prontinho, a viver por conta dos outros, a comer o mastigado. E, chegando a grande hora, cada um é por si...

— E a moral, todavia? Digamos assim, as regras...

— Mas o que é que o preocupa? — intrometeu-se, de supetão, Raskólnikov. — Sua teoria é que ficou comprovada!

— Como assim, minha teoria?

— É só o senhor levar sua causa àquelas consequências que pregava, há pouco, e concluirá que se pode matar as pessoas...

— Misericórdia! — exclamou Lújin.

— Não é assim, não! — replicou Zóssimov.

Raskólnikov estava prostrado, pálido e arfante, e seu lábio superior tremia.

— Tudo tem seus limites — prosseguiu Lújin com altivez. — A ideia econômica ainda não é um convite para matar, e se supusermos apenas...

— E é verdade que o senhor... — de repente, Raskólnikov voltou a interrompê-lo, e sua voz tremente de fúria expressava certo prazer de mágoa sofrida —, é verdade que o senhor disse à sua noiva... naquela mesma hora em que ela aceitou seu pedido, que mais se alegrava... de ela ser mísera... porque é mais proveitoso tirar a mulher da miséria para depois exercer o poder sobre ela... lembrando que ela lhe está devendo?...

— Prezado senhor! — exclamou Lújin, colérico e irritado, e ficou todo vermelho de vergonha. — Prezado senhor... minha ideia ficou tão distorcida! Desculpe-me, mas tenho de dizer-lhe que os rumores que chegaram, ou melhor, foram trazidos aos seus ouvidos não têm nem sombra de fundamentos racionais, e eu suspeito quem... numa palavra, essa farpa... numa palavra, foi sua mãezinha... Os pensamentos dela logo me pareceram — aliás, com todas as ótimas qualidades dessa mulher — um tanto exaltados e romanescos em seus matizes... Mas, ainda assim, eu estava a mil verstas de supor que ela pudesse entender e relatar o assunto dessa maneira perversamente fantasiosa... E afinal... afinal...

— Sabe o quê? — gritou Raskólnikov, soerguendo-se no seu travesseiro e fixando nele um olhar fúlgido e penetrante. — Sabe o quê?

— O quê? — Lújin cessou de falar, esperando com um ar sentido e desafiador. O silêncio durou por alguns segundos.

— ... Que, se mais uma vez... o senhor se atrever a dizer uma só palavra... sobre a minha mãe... vou jogá-lo dessa escada, de cabeça para baixo!

— O que tens? — bradou Razumíkhin.

— Ah, é isso aí? — todo pálido, Lújin mordiscou o lábio. — Escute-me, pois, meu senhor — começou a falar pausadamente, contendo-se com todas as forças, mas, ainda assim, ofegante. — Foi agorinha, desde o primeiro passo, que percebi sua aversão, mas fiquei aqui de propósito, para conhecê-lo melhor. Muita coisa é que poderia perdoar a um parente enfermo, mas agora... meu senhor... nunca...

— Não estou enfermo! — berrou Raskólnikov.

— Pior ainda...

— Vá para o diabo!

Mas Lújin já estava saindo: sem ter acabado o discurso, enfiara-se novamente na fresta entre a mesa e a cadeira. Dessa vez, Razumíkhin se levantara para deixá-lo passar. Sem olhar para ninguém e mesmo sem ter saudado Zóssimov, o qual lhe acenava, havia tempo, para que deixasse o doente em paz, Lújin saiu, tirando, por cautela, seu chapéu e abaixando a cabeça a fim de passar pela porta. E mesmo na curva de seu dorso parecia vislumbrar-se, dessa feita, a terrível ofensa que ele levava consigo.

— Será que pode, será que pode assim? — disse Razumíkhin, abanando a cabeça com pasmo.

— Larguem-me, larguem-me todos! — gritou Raskólnikov, frenético. — Afinal, vão deixar-me em paz, carrascos? Não tenho medo de vocês! Agora ninguém me amedronta, ninguém! Fora daqui! Quero ficar sozinho... sozinho, sozinho, sozinho!

— Vamos embora! — disse Zóssimov, acenando para Razumíkhin.

— Misericórdia! Será que podemos deixá-lo assim?

— Vamos! — repetiu Zóssimov com insistência e saiu. Razumíkhin pensou um instante e também correu atrás dele.

— Seria pior, se a gente não tivesse obedecido — disse Zóssimov, já na escada. — Não se pode irritá-lo...

— O que tem ele?

— Está precisando de um empurrão favorável, eis o que é! Estava tão forte, há pouco... Sabes, ele tem algo em mente! Algo imóvel, opressivo... É disso que tenho medo, precisamente!

— Talvez seja aquele senhor, Piotr Petróvitch, hein? Dá para entender, pela conversa deles, que vai casar-se com sua irmã, e que Ródia recebeu, às vésperas da doença, uma carta a respeito disso...

— Sim, foi o diabo que o trouxe agora. Talvez tenha estragado o negócio todo. E tu notaste que Rodion está indiferente a tudo, fica calado o tempo todo, com exceção de um tema só que o deixa exasperado: aquele assassinato...

— Sim, sim! — confirmou Razumíkhin. — Notei muito bem! Fica empolgado e assustado. Apavoraram-no na delegacia, no mesmo dia em que adoeceu — caiu lá duro.

— Conte-me isso com mais detalhes à noite, e depois te direi uma coisa. Fiquei muito interessado, muito! Daqui a meia hora, irei a tua casa... De resto, ele não terá pneumonia...

— Obrigado! Enquanto isso, vou visitar Páchenka e observá-lo por intermédio de Nastássia...

Enfim só, Raskólnikov mirava Nastássia impaciente e aflito, mas ela demorava em sair.

— Vais tomar chá agora? — perguntou a criada.

— Mais tarde! Quero dormir! Deixa-me...

Numa convulsão, virou-se para a parede. Nastássia saiu do quarto.

VI

Mas logo que ela saiu, o jovem se levantou, aferrolhou a porta, desatou a trouxa de roupas que Razumíkhin tinha trazido, há pouco, e depois arrumado de novo, e começou a vestir-se. Coisa estranha: parecia-lhe que ficara, de súbito, totalmente tranquilo — não tinha mais nem delírio maluco, como no dia anterior, nem pânico, como em todos os últimos tempos. Era o primeiro minuto de uma tranquilidade estranha e repentina. Seus movimentos eram precisos e firmes, uma decisão clara manifestava-se neles. "Hoje mesmo, hoje mesmo!..." — murmurava ele consigo. Entendia que estava ainda fraco, porém sua extrema tensão espiritual, que chegara à serenidade, a uma ideia fixa, dava-lhe força e autoconfiança, e ele esperava que não acabasse caindo na rua. Vestindo todas as roupas novas, ele examinou o dinheiro que estava em cima da mesa, pensou um pouco e colocou-o no bolso. Havia lá vinte e cinco rublos.

O jovem pegou também todas as moedinhas de cobre, troco daqueles dez rublos que Razumíkhin gastara com o vestuário. Depois tirou com cautela o ferrolho, saiu do quarto, desceu a escada e espiou através da porta escancarada da cozinha, de costas para ele, Nastássia aprontava, inclinada, o samovar da dona. Não ouviu nada. Quem poderia supor, ademais, que ele iria embora? Ao cabo de um minuto, já estava na rua.

Seriam, mais ou menos, oito horas; o sol se punha. O abafo estava como dantes, mas o jovem sorveu avidamente aquele ar fétido, poeirento e infectado pela cidade. Sentiu uma leve tontura, mas uma energia infrene brilhou, de repente, em seus olhos inflamados e em todo o seu rosto macérrimo e bem pálido, tirante a amarelo. Não sabia nem sequer pensava aonde iria, sabia só uma coisa: "*aquilo* tudo há de ser terminado hoje mesmo, de uma vez só, agora, senão ele não voltará para casa, porque *não quer viver desse modo*". Terminar como? Terminar onde? Não tinha a menor ideia disso nem queria pensar a respeito. Embora repelido por ele, esse pensamento não cessava de torturá-lo. Sentia apenas que tudo precisava mudar, de uma forma ou de outra, "de qualquer forma que fosse", e repetia isso com uma persuasão desesperada, constante e resoluta.

Conforme seu velho hábito, ele se dirigiu logo à Sennaia, seguindo o caminho costumeiro de seus passeios. Antes de chegar lá, viu um jovem músico de cabelo preto que estava na calçada, em face de uma loja de quinquilharias, e fazia seu realejo tocar uma romança muito sentimental. Acompanhava uma garota de uns quinze anos, vestida como uma donzela riquinha, que estava na frente dele. No entanto, todas as roupas da garota — vestido com crinolina, mantilha, luvas e chapeuzinho de palha com uma pluma da cor de fogo — estavam bem velhas e gastas. Ela cantava a romança com uma voz de rua, áspera, mas bastante agradável e forte, à espera de dois copeques que lhe daria o lojista. Raskólnikov parou ao lado de uns dois ou três ouvintes, escutou um pouco, tirou cinco copeques e colocou-os na mão da garota. Esta interrompeu, de súbito, a canção com a nota mais alta e penetrante, como se a tivesse cortado, gritou "chega!" para o tocador de realejo, e ambos foram adiante, em direção à loja seguinte.

— Gosta de cantos de rua? — Raskólnikov se dirigiu, de improviso, a um transeunte já idoso, que estava ao lado do realejo e parecia um *flaneur*.[53] O transeunte olhou para ele, estupefato, e sorriu.

— Eu gosto — continuou Raskólnikov com um ar esquisito, como se não estivesse falando em cantos de rua, mas sim de uma coisa bem diferente —, gosto que cantem assim, com o realejo, numa tardinha fria, escura e úmida de outono, sem falta úmida, quando os rostos de todos os passantes estão esverdeados, de tão pálidos, e doentios, ou melhor ainda, quando cai aquela neve molhada, verticalmente, sem vento, sabe... e as lanternas de gás brilham através dela...

— Não sei... Desculpe... — murmurou o senhor e, assustado com a pergunta e com o aspecto bizarro de Raskólnikov, passou para o lado oposto da rua.

Raskólnikov seguiu em frente e chegou direto àquele canto da Sennaia onde ficavam o quitandeiro e sua esposa, que haviam então conversado com Lisaveta. Agora não estavam ali. Reconhecendo o local, ele parou, olhou ao redor e perguntou a um moço de camisa vermelha que bocejava na entrada de um armazém de farinha:

— Há um homem que vende aqui, na esquina, com a esposa dele, não há?

— Muitos vendem — respondeu o moço, olhando para Raskólnikov de cima.

— Como ele se chama?

— Chama-se como foi batizado.

— E tu mesmo não és do Zaráiski? De que província vieste?

O moço voltou a examinar Raskólnikov.

— A gente não tem provinça, vossa senhoria, mas um distrito; pois veio o irmão, e eu fiquei em casa, por isso não sei... Perdoe, vossa senhoria, com indulgença.

— É uma taberna, lá em cima?

— Uma taberna, sim, com sinuca, e tem princesinhas... Assim, ó!

Raskólnikov atravessou a praça. Lá na esquina, havia uma multidão densa, composta só de homens. Ele ficou no meio da multidão, fitando os semblantes. Sentia vontade de conversar com todo o mundo, mas não sabia o porquê disso. Entretanto os homens não lhe davam atenção, apenas falavam algo entre si, reunindo-se em grupelhos. Ele pensou um pouco, imóvel, e foi à direita, pela calçada, em direção à avenida V***. Passando a praça, entrou numa viela...

---

[53] "Flanador", em francês: pessoa que anda sem destino, vagueia.

Já tinha passado antes por aquela curtinha viela que levava, torta, da praça à rua Sadóvaia. Ultimamente, tinha mesmo sentido vontade de vaguear, quando enjoado, em todos aqueles lugares, "para ficar mais enjoado ainda". Mas agora foi até ali sem pensar em nada. Havia pelo caminho um grande prédio, todo ocupado por botequins e outros estabelecimentos de comes e bebes, dos quais saíam correndo, a cada minuto, mulheres vestidas de modo "caseiro", isto é, só com roupas de baixo e de cabeça nua. Em dois ou três pontos, elas formavam grupelhos na calçada, principalmente às entradas do andar de baixo, onde ficavam, ao cabo da escadinha de dois degraus, várias casas de diversão. Numa das casas havia, nesse momento, barulho e algazarra ouvidos em toda a rua, tocavam lá violão e cantavam, indo a patuscada a todo o vapor. Um grande grupo de mulheres tinha-se reunido perto da entrada; umas estavam sentadas nos degraus, as outras, na calçada, e outras ainda permaneciam em pé, conversando. Um soldado bêbado rondava pela calçada, fumando um cigarrinho e xingando em voz alta, como se quisesse entrar em algum lugar, mas não lembrasse qual era. Um maltrapilho brigava com o outro, e um sujeito estava prostrado no meio da rua, mortalmente embriagado. Raskólnikov parou ao lado do grande grupo de mulheres. Elas conversavam com vozes rouquenhas, todas estavam sem chapéus e usavam vestidinhos de chita e sapatos de pele de bode. Algumas tinham mais de quarenta anos, mas havia também mocinhas de uns dezessete anos, e os olhos de quase todas estavam machucados.

Por algum motivo, Raskólnikov se interessou pelo canto e por todo aquele barulho que vinha de baixo... Ouvia como, acompanhado pelo trino fininho da melodia licenciosa e pelo violão, alguém dançava ali de modo algo desesperado, marcando o ritmo com o sapateado dos saltos em meio aos guinchos e gargalhadas. O jovem escutava atento, sombrio e meditativo, inclinando-se para o lado da porta e olhando, com curiosidade, da calçada para a antessala.

És meu lindo valentão,
Não me batas, pois, em vão!

— derramava-se a voz fina do cantor. Raskólnikov tinha enorme vontade de ouvir a letra, como se nisso consistisse a coisa mais importante.

"Será que entro?" — pensou ele. — "Estão gargalhando de tão bêbados! E se eu também me embebedar?"

— O senhorzinho não vai entrar? — perguntou uma das mulheres, cuja voz, bastante sonora, não estava totalmente enrouquecida. Era uma mulher nova e, a única em todo o grupo, não parecia repugnante.

— És bonitinha! — respondeu o jovem, endireitando-se e olhando para ela.

A mulher sorriu, o elogio a agradou em cheio.

— O senhorzinho também é bonito — disse ela.

— Como está magro! — notou outra mulher, com uma voz muito grave. — Acabou de sair do hospital?

— Parecem filhas do general, mas os narizes estão todos pra cima! — interrompeu, aproximando-se de chofre, um beberrão de carantonha ladina e sorridente, cujo *armiak* estava aberto de par em par. — Olha a alegria!

— Entra, já que vieste!

— Com todo o gosto!

E ele desceu, tropeçando, a escadinha.

Raskólnikov seguiu seu caminho.

— Escute, senhor! — gritou a rapariga atrás dele.

— O quê?

Ela ficou confusa.

— Sempre terei prazer em passar com o senhorzinho umas horas, mas agora, na sua frente, a coragem me faz falta. Dê-me de presente, cavalheiro afável, seis copeques para beber!

Raskólnikov tirou o troco que lhe restava; três moedas de cinco copeques.

— Ah, que senhor mais bondoso!

— Como te chamas?

— Vem procurar por Duklida.

— Não... o que é isso? — replicou, de repente, uma das mulheres, abanando a cabeça para Duklida. — Não sei como pode pedir desse jeito! Eu cá, parece, afundaria no chão, só de vergonha...

Raskólnikov olhou para ela com curiosidade. Era uma rapariga de uns trinta anos, de cara bexigosa e toda machucada, de lábio superior inchado. Falava e condenava num tom calmo e sério.

"Onde foi..." — pensou Raskólnikov, caminhando —, "onde foi que li como um homem condenado à morte, uma hora antes da execução, fala ou pensa que, se tivesse de ficar em cima de um penhasco bem alto, num terreno tão estreito que apenas os pés dele coubessem lá, no meio dos precipícios, do oceano, da treva, solidão e tempestade eternas, e tivesse de passar toda a vida, mil anos, uma eternidade em pé naquele *archin* de espaço, ser-lhe-ia melhor viver assim do que morrer logo?"

"Apenas viver, viver e viver! Viver, de qualquer maneira que seja!... Que verdade! Senhor, que verdade! O homem é vil! E vil é quem o chama de vil por isso" — acrescentou um minuto depois.

Estava na outra rua. "Ué! O 'Palácio de Cristal'! Há pouco, Razumíkhin falou nesse 'Palácio de Cristal'. Mas o que é que eu queria? Queria ler, sim... Zóssimov disse que tinha lido nos jornais..."

— Há jornais? — perguntou ele, entrando num restaurante assaz espaçoso e mesmo asseado, de vários cômodos, aliás, meio vazios. Dois ou três visitantes tomavam chá, e umas quatro pessoas aboletadas num cômodo afastado bebiam champanhe. Raskólnikov teve a impressão de que Zamiótov estivesse com elas. De resto, não se podia enxergar bem de longe. "Que seja!" — pensou ele.

— Queria vodca? — perguntou o criado.

— Serve-me chá. E traz os velhos jornais, de uns cinco dias para cá, que te darei gorjeta.

— Está bem. Eis os jornais de hoje. Queria, pois, vodca?

O criado trouxe os velhos jornais e o chá. Raskólnikov se sentou e começou a procurar: "Isler — Isler — Astecas — Astecas — Isler — Bartola — Mássimo — Astecas — Isler... Arre, diabo! Ah, eis aqui as notícias: mulher caiu da escada — burguês faleceu de bêbado — incêndio em Peski — incêndio no Lado Petersburguense[54] — outro incêndio no Lado Petersburguense — mais um incêndio no Lado Petersburguense — Isler — Isler — Isler — Isler — Mássimo... Ah, aqui está..."

Encontrou, afinal, o que procurava e pôs-se a ler. As linhas saltitavam ante seus olhos, contudo, o jovem leu a "notícia" inteira e, sôfrego, foi buscando a continuação nos números posteriores. Suas mãos tremiam de convulsiva impaciência, enquanto ele folheava as páginas. De súbito, alguém se sentou à sua mesa, bem perto dele. Era Zamiótov, aquele mesmo Zamiótov com aquela mesma aparência — anéis e correntes, uma risca a separar os cabelos negros, encrespados e engomados, um

---

[54] Bairro histórico de São Petersburgo composto de várias ilhas.

colete elegante e uma sobrecasaca um tanto gasta com uma camisa suja. Estava alegre; ao menos, sorria de modo muito alegre e amigável. Seu rosto moreno se avermelhara um pouco com o champanhe bebido.

— Como? Está aqui? — começou ele perplexo, como se conhecesse Raskólnikov havia séculos. — E Razumíkhin me disse ontem que ainda estava inconsciente. Que coisa estranha! Eu ia visitá-lo...

Raskólnikov sabia de antemão que ele o abordaria. Pôs os jornais de lado e virou-se para Zamiótov. Estava sorrindo, e uma nova impaciência irritadiça percebia-se no seu sorriso.

— Sei que me tem visitado — respondeu ele —, ouvi falar. Procurava a minha meia... E sabe que Razumíkhin está doidinho pelo senhor, diz que foram juntos à casa de Lavisa Ivânovna, daquela mesma que o senhor apoiava daquela feita, piscando para o "tenente Pólvora" que não entendia, lembra? Como é que não entendia... estava tudo na cara, hein?

— E como ele é turbulento!

— O Pólvora?

— Não, seu amigo Razumíkhin...

— E sua vida é boa, senhor Zamiótov, entra nos lugares agradabilíssimos sem pagar! Quem foi que o encheu agorinha de champanhe?

— Pois a gente... bebeu... Será que estou "cheio"?

— Felizardo! Aproveita de tudo! — Raskólnikov deu uma risada. — Pois bem, garoto bondoso, pois bem! — acrescentou, tocando no ombro dele. — Não digo isso por maldade, mas "com todo o carinho, brincando", igual àquele pintor que surrava Mitka... àquele envolvido com a velha.

— E como é que sabe disso?

— Mas eu talvez saiba mais do que o senhor.

— Parece meio estranho... Decerto o senhor ainda está doente. Não devia ter saído...

— Eu lhe pareço estranho?

— Sim. Está lendo os jornais?

— Estou...

— Escreve-se muito sobre os incêndios...

— Não leio sobre os incêndios, não. — Raskólnikov mirava Zamiótov de maneira misteriosa, e um sorriso escarninho entortava-lhe outra vez os lábios. — Não leio sobre os incêndios, não — continuou, dirigindo uma piscadela a Zamiótov. — Confesse, meu caro moço, que está muitíssimo curioso em saber o que eu estava lendo aqui.

— Nem um pouco. Perguntei por perguntar mesmo. Será que não podia? Por que o senhor...

— Escute, é uma pessoa instruída, erudita, não é?

— Terminei a sexta série do ginásio — respondeu Zamiótov com certa dignidade.

— A sexta? Ai que pardalzinho! Com essa risca nos cabelos, com esses anéis parece um homem rico! Eta, que menino bonitinho — Raskólnikov soltou uma risada nervosa diretamente na cara de Zamiótov. Este recuou depressa, mas não ficou sentido, apenas todo espantado.

— Arre, como está estranho! — repetiu Zamiótov, bem sério. — Parece-me que o senhor continua delirando.

— Delirando? Mentira, meu pardalzinho!... Estou, pois, estranho? E não estaria interessante para o senhor, hein? Estaria?

— Interessante, sim.

— O que eu lia, digamos assim, o que procurava? Vê quantos jornais mandei trazer? É suspeito, hein?

— É o senhor quem diz.

— Está de olho?

— Como assim, de olho?

— Depois lhe digo como assim, e agora, meu queridinho, declaro-lhe... não, é melhor "confesso"... Não, ainda não é isso: "venho prestar meus depoimentos, e o senhor os recebe" — assim está bem! Deponho, então, que lia, que me interessava... buscava... esquadrinhava... — Raskólnikov fez uma pausa, entrefechando os olhos —, que procurava, vindo aqui com este propósito, as notícias sobre o assassinato da velha viúva — pronunciou, enfim, quase cochichando, e aproximou o seu rosto do de Zamiótov. Este o examinava bem de frente, sem se mover nem afastar o rosto. Mais tarde Zamiótov ficaria assombrado com aquele minuto de completo silêncio, durante o qual eles se encaravam daquela maneira.

— E daí, se estava lendo? — exclamou ele, de supetão, perplexo e ansioso. — O que tenho a ver com isso? O que quer dizer?

— É aquela mesma velha — prosseguiu Raskólnikov cochichando, sem ter reagido à exclamação de Zamiótov —, aquela mesma de que se falava, ali na delegacia, quando eu desmaiei, lembra? Entende agora?

— O quê? "Entende..." o quê? — disse Zamiótov, quase assustado.

O imóvel e grave semblante de Raskólnikov mudou num instante e, de improviso, ele desandou novamente a rir com o mesmo riso nervoso, como se não conseguisse conter-se de modo algum. E relembrou, num instante, com uma extraordinária clareza de percepção, aquele momento, ainda recente, em que ele estava atrás da porta, com o machado nas mãos, via o ferrolho tremer, ouvia os homens xingarem e baterem à porta, e sentia vontade de chamá-los, gritando, brigar com eles, mostrar-lhes a língua, provocá-los e rir — gargalhar, gargalhar e gargalhar!

— O senhor está louco ou... — articulou Zamiótov e calou-se, como que aturdido por uma ideia que teria surgido, de súbito, em sua mente.

— Ou? "Ou" o quê? Venha, diga! Responda-me!

— Nada! — disse Zamiótov, irritado. — É tudo bobagem!

Os dois se calaram. Após essa explosão de riso inesperado e doentio, Raskólnikov ficou, de repente, pensativo e triste. Debruçou-se na mesa e apoiou a cabeça numa das mãos. Parecia que se esquecera completamente de Zamiótov. O silêncio durou muito tempo.

— Por que não bebe seu chá? Vai esfriar — disse Zamiótov.

— Hein? O quê? Meu chá?... Talvez... — Raskólnikov tomou um gole, pôs na boca um pedacinho de pão e, de repente, olhando para Zamiótov, como que recordou tudo e animou-se; nesse momento, seu rosto tomou a mesma expressão escarninha. Continuou bebendo chá.

— Há muitos vigaristas agora — disse Zamiótov. — Li, faz pouco tempo ainda, no "Notícias de Moscou", que tinham apanhado ali toda uma quadrilha de moedeiros falsos. Toda uma empresa. Falsificavam as notas bancárias.

— Oh, isso aconteceu há muito! Li um mês atrás — respondeu Raskólnikov, tranquilo. — O senhor acha que são vigaristas? — adicionou com um sorrisinho.

— E como não seriam?

— Como? Eles não são vigaristas, mas sim criancinhas, fedelhos! Cinquenta pessoas se reúnem com essa finalidade! Será possível? Bastariam três cúmplices, até dizer chega, e isso se cada um deles confiar mais nos outros do que em si mesmo. E lá, é só um sujeito soltar a língua, depois de bêbado, para que tudo vá por água abaixo! Fedelhos! Contratam pessoas inseguras para trocarem as notas falsas em casas de câmbio: confiar um negócio desses ao primeiro vindo? Pois bem, suponhamos que mesmo os fedelhos tenham lucrado, suponhamos que cada um tenha trocado um milhão, pois bem, e depois? A vida inteira? Cada um vai depender dos outros a vida inteira! Não, é melhor a gente se enforcar logo! E eles lá nem conseguiram trocar: começou a troca, na casa de câmbio, recebeu cinco mil, e as mãos lhe tremeram. Contou quatro milhares e pegou o quinto sem contar, só para botar o dinheiro no bolso e fugir rapidinho dali. Assim atraiu as suspeitas. E todo o negócio estourou por causa de um só basbaque! Será que se faz desse jeito?

— As mãos tremeram? — retorquiu Zamiótov. — Sim, é possível. Sim, estou plenamente seguro que isso é possível. Às vezes, a gente não aguenta.

— Aquilo ali?

— E o senhor talvez aguentasse? Não, eu cá não aguentaria! Enfrentar tanto horror por cem rublos de recompensa? Levar uma nota falsa — e aonde? — a um banco com toda aquela experiência. Não, eu ficaria confuso. E o senhor não ficaria?

Raskólnikov sentiu de novo uma enorme vontade de "mostrar a língua". Os calafrios lhe passavam, de vez em quando, pelas costas.

— Eu não faria daquele jeito — falava com rodeios. — Iria trocar assim: contaria o primeiro milhar umas quatro vezes, de todos os lados, examinando cada notinha, e passaria para o segundo; começaria a contá-lo e, chegando à metade, tiraria uma nota de cinquenta rublos e olharia à contraluz, depois viraria a nota e olharia de novo à contraluz: não é, por acaso, falsa? "Estou com medo, diria: uma parenta minha acaba de perder vinte e cinco rublos dessa maneira", e inventaria logo toda uma história. E, começando a contar o terceiro milhar... não, espere; parece que lá, no segundo, contei errado a sétima centena, estou na dúvida... e deixaria para lá o terceiro, retomando o segundo — e desse modo contaria todos os cinco mil. E, pelo fim, tiraria uma nota do quinto milhar e mais uma do segundo, examiná-las-ia de novo à contraluz, incrédulo, e pediria "troque, por gentileza", e assim prememeria o bancário até o sétimo suor, de sorte que ele nem soubesse como me despachar o mais depressa possível. Terminando, afinal, tudo, iria embora, mas, ao abrir as portas — não, desculpe-me! — voltaria atrás para perguntar alguma coisa ou receber algum esclarecimento... Eu cá faria desta maneira!

— Arre, que coisas medonhas o senhor diz! — respondeu Zamiótov, rindo. — Mas tudo isso é apenas conversa, e na realidade tropeçaria sem falta. Digo-lhe que, a meu ver, não só a gente, como também um ladrão perdido e rematado não se garantiria naquele caso. E não precisa ir longe, eis o exemplo da velha assassinada em nossa quadra. Parece que foi um cabra desesperado — em pleno dia, enfrentou todos os riscos e safou-se por milagre! —, porém as mãos dele tremeram do mesmo jeito; não soube roubar, não aguentou; dá para ver logo...

Raskólnikov aparentava ressentimento.

— Logo? E tentem apanhá-lo agora, tentem! — exclamou ele, provocando Zamiótov com malvadez.

— Apanharemos, pode deixar.

— Quem? O senhor? O senhor é que vai apanhá-lo? Cansar-se-á! O que é o seu principal: gasta o cabra dinheiro ou não? Não tinha dinheiro e, de repente, começa a gastar — está claro que é ele! Mas esse garotão enganará a polícia, se quiser!

— É que todos eles fazem assim — redarguiu Zamiótov. — Mata com astúcia, arriscando a própria vida, e depois se deixa apanhar logo, numa bodega. Pegam-nos em razão dos gastos. Nem todos são tão espertos quanto o senhor. Decerto o senhor não iria a uma bodega?

Raskólnikov carregou o cenho e olhou para Zamiótov com atenção.

— Parece que o senhor está tomando gosto e quer saber como eu agiria nesse caso também? — inquiriu ele, contrariado.

— Quero, sim — respondeu Zamiótov, firme e sério. Passara a falar e olhar com uma seriedade demasiada.

— Muito?

— Muito.

— Bem. Eu agiria da maneira seguinte — começou Raskólnikov, reaproximando, de súbito, o seu rosto do de Zamiótov, tornando a encará-lo e a cochichar de modo que, dessa vez, ele estremeceu de susto. — Eis o que eu faria: pegaria dinheiro e objetos de valor e, saindo de lá, iria logo, sem parar em nenhuma parte pelo caminho, até um local ermo, onde só há cercas ou não há quase nada — até um terreno baldio ou algo semelhante. Teria escolhido de antemão, naquele ermo, uma pedra assim, de um *pud* ou um *pud* e meio de peso, algures no canto, ao pé da cerca, que fica ali, quem sabe, desde a construção da casa, levantaria aquela pedra — haveria uma cavidade embaixo dela — e colocaria nessa cavidade todo o dinheiro e outras coisas. Empilharia tudo ali, cobriria com a pedra, da mesma forma que ela estava antes, calcaria com o pé e depois iria embora. E não pegaria nada um ano, dois anos, três anos seguidos — procurem-me, pois! Estava lá o ladrão, mas se escafedeu!

— O senhor está louco — disse Zamiótov, também passando a cochichar por algum motivo, e afastou-se subitamente de Raskólnikov. Os olhos do jovem brilhavam, ele ficou horrivelmente pálido, e seu lábio superior começou a tremelicar. Aproximou-se de Zamiótov o mais perto possível, movendo os lábios sem dizer nada. Isso durou cerca de meio minuto: ele sabia o que estava fazendo, mas não conseguia conter-se. A terrível palavra tremia nos lábios dele, igual àquele ferrolho da porta, soltar-se-ia, tão logo ele a deixasse escapar, tão logo a pronunciasse!

— E se fui eu quem matou a velha e Lisaveta? — proferiu de repente e... voltou a si.

Zamiótov olhou para ele, apavorado, e ficou pálido como a toalha de mesa. Um sorriso veio entortar-lhe o rosto.

— Seria isso possível? — perguntou com uma voz baixíssima.

Raskólnikov o fitava com fúria.

— Confesse que acreditou! Foi? Mas foi mesmo?

— É claro que não! Agora acredito menos do que nunca! — disse Zamiótov apressadamente.

— Peguei, afinal! Peguei o pardalzinho! Então me acreditava antes, já que agora "acredita menos do que nunca"?

— Não é nada disso! — exclamou Zamiótov, visivelmente confuso. — O senhor me assustava adrede para conduzir até esse ponto?

— Não acredita, pois? E de que os senhores passaram a falar, quando eu saí, naquele dia, da delegacia? E por que o tenente Pólvora me interrogava após o desmaio? Ei, tu! — gritou Raskólnikov para o criado, levantando-se e pegando o seu casquete. — Quanto te devo?

— Trinta copeques ao todo — respondeu, acorrendo, o criado.

— Toma mais vinte de gorjeta. Eta, quanto dinheiro! — estendeu a Zamiótov sua mão trêmula com as notas bancárias. — São vermelhinhas, azuizinhas assim: vinte e cinco rublos. De onde? E de onde seria este traje novinho? Os senhores sabem que eu não tinha sequer um vintém, não sabem? Já chegaram a interrogar a locadora, por certo... Mas basta! *Assez causé*![55] Até a vista... com todo o prazer!...

Ele saiu, todo trêmulo de certa pavorosa sensação histérica, a qual continha, entretanto, um pouco de insuportável deleite. Aliás, estava

[55] "Chega de conversa!", em francês.

lúgubre e muitíssimo fatigado, de semblante contorcido como que em decorrência de um ataque histérico. Sua fadiga aumentava rapidamente. As forças lhe vinham, excitadas, de supetão, com o primeiro impulso, com a primeira sensação irritante, e enfraqueciam-se do mesmo modo, à medida que tal sensação diminuía.

E Zamiótov permaneceu, ficando só, no mesmo lugar, todo meditativo. Raskólnikov transtornara, sem querer, todas as opiniões que ele tinha no tocante a determinado assunto, fazendo que seu ponto de vista se estabelecesse completamente. "Iliá Petróvitch é um palerma!" — decidiu ele em definitivo.

Abrindo a porta do restaurante, Raskólnikov se deparou, logo no terraço de entrada, com Razumíkhin. Indo um de encontro ao outro, os jovens não se avistaram sequer a um passo de distância, portanto suas cabeças quase se colidiram. Ficaram, por uns segundos, mirando um ao outro. Razumíkhin estava todo pasmado, porém uma ira, uma verdadeira ira fulgiu, de chofre, em seus olhos ameaçadores.

— Ah, está bem aí! — bradou ele de todas as forças. — Fugiu da cama! E eu procurei por ele até debaixo do sofá! Até subimos ao sótão! Quase espanquei Nastássia por sua causa... E ele está bem aí! Rodka! O que significa isso? Diz-me toda a verdade! Desembucha, ouves?

— Significa que vocês todos me aborreceram mortalmente, e que eu quero ficar só — respondeu Raskólnikov, bem tranquilo.

— Só? Quando não podes andar ainda, quando o carão ainda está branco que nem o linho, quando te falta fôlego? Besta!... O que fazias no "Palácio de Cristal"? Confessa logo!

— Deixa-me! — disse Raskólnikov, tentando retirar-se. Isso encolerizou Razumíkhin, e ele pegou-o com força no ombro.

— Deixa? Tu ousas dizer "deixa-me"? Sabes o que faço de ti agora? Agarro-te, amarro com uma corda e levo, debaixo do braço, para casa. E tranco ali!

— Escuta, Razumíkhin — começou Raskólnikov com uma voz baixa e aparentemente serena —, será que não vês que eu não quero teus favores? E que vontade é essa, a de ajudares a quem... está cuspindo para isso? A quem, finalmente, mal aguenta essa tua ajuda? Por que foi que me procuraste no início da minha doença? Eu teria, quiçá, o maior prazer em morrer! Será que ainda não te mostrei hoje como me estás torturando, o quanto me... aborreceste? Queres mesmo torturar a gente? Asseguro-te, pois, que tudo isso atrapalha seriamente a minha convalescença, porque me irrita sem parar. Zóssimov é que foi embora para não me irritar! Deixa-me em paz, tu também! E que direito é que tens, afinal, de me segurar à força? Será que não percebes que falo agora com toda a consciência? Como, ensina-me, como te implorar, enfim, para que não me aborreças mais com esses favores teus? Que eu seja ingrato, que eu seja vilão, mas deixem-me todos em paz, por amor de Deus, larguem-me! Larguem-me! Larguem!

Ele se pôs a falar tranquilo, alegrando-se de antemão com todo aquele veneno que ia derramar, e terminou frenético e arfante, como no caso de Lújin. Razumíkhin ficou imóvel, pensou um pouco e soltou o braço dele.

— Vai para o diabo, então! — disse em voz baixa e quase meditabunda. — Espera! — berrou de repente, assim que Ras kólnikov se moveu. — Escuta-me! Declaro que vocês todos, sem exceção alguma, são tagarelas e fanfarrões! Se tiverem aí um pesarzinho, mexem com ele feito uma galinha com o seu ovo! Até nisso furtam dos outros autores. Nem sinal de vida própria é que possuem! São feitos daquele unguento de espermacete, e têm o soro em lugar do sangue! Não acredito em nenhum de vocês! A primeira coisa que fazem, em quaisquer circunstâncias, é não parecerem gente! Pa-a-ara! — gritou com um frenesi duplicado, vendo Raskólnikov se mover outra vez para ir embora. — Escuta até o fim! Tu sabes que hoje comemoro a minha mudança para a casa nova, talvez o pessoal já tenha vindo, fui lá agorinha e deixei o meu tio para que recebesse as visitas. Pois bem, se não fosses um bobo, um bobo nojento, um bobo rematado, se não fosses traduzido da língua estrangeira... — vês, Ródia, eu reconheço que és um rapaz inteligente, mas bobo! —, então, se não fosses bobo, seria melhor que me visitasses hoje, para comemorarmos juntos, em vez de gastares as botas à toa! O que fazer, se saíste? Arrumaria para ti uma poltrona tão fofa, meus locadores têm uma... Chazinho, turminha... Se não, até ficarias deitado no canapé, ainda assim, estarias conosco... E Zóssimov também irá lá. Topas, pois?

— Não.

— Mentira! — exclamou Razumíkhin, impaciente. — Como é que sabes? Não te responsabilizas por ti mesmo! E não entendes nadinha disso... Eu cá briguei mil vezes com as pessoas, do mesmo jeito, e depois voltei para trás, correndo... A gente sente vergonha e faz as pazes! Decora, pois, a casa de Potchinkov, no terceiro andar...

— Mas dessa maneira o senhor Razumíkhin permitirá, quem sabe, alguém espancá-lo por mero deleite de prestar um favor.

— A quem espancar? A mim? Vou desatarraxar o nariz só por essa ideia! A casa de Potchinkov, número quarenta e sete, o apartamento do servidor Bábuchkin...

— Não irei, Razumíkhin! — Raskólnikov se virou e foi embora.

— Aposto que virás! — gritou Razumíkhin atrás dele. — Se não, tu és... se não, não quero mais saber de ti! Espera, hein! Zamiótov está lá?

— Está.

— Viste-o?

— Vi.

— E falaste com ele?

— Falei.

— De quê? Pois bem, não contes, que o diabo te leve. Potchinkov, quarenta e sete, Bábuchkin, não esqueças!

Raskólnikov chegou à rua Sadóvaia e dobrou a esquina. Razumíkhin o seguia com os olhos, meditativo. Decidiu, afinal, entrar no restaurante, mas parou no meio da escadaria. "Que diabo!" — continuou, quase em voz alta. — "Fala consciente, mas parece... Mas eu também sou bobo! Será que os loucos não falam de modo consciente? E Zóssimov, pelo visto, receia exatamente aquilo!" — ele se deu uma dedada na testa. "E se ele... como é que se pode deixá-lo agora sozinho? Talvez se afogue... Eh, que gafe eu cometi! Não se pode!" E ele correu no encalço de Raskólnikov, mas não havia mais nem cheiro deste. Desistindo de sua intenção, Razumíkhin regressou, a passo rápido, ao "Palácio de Cristal" para conversar lá com Zamiótov.

Raskólnikov foi direto à ponte ***, parou bem no meio dela e, apoiando-se com ambos os cotovelos no parapeito, ficou olhando para o espaço. Ao despedir-se de Razumíkhin, sentia-se tão debilitado que lhe custou muito ir até lá. Queria ficar sentado ou mesmo deitado em algum lugar, em plena rua. Inclinando-se sobre a água, ele fitava maquinalmente o derradeiro reflexo rosa do pôr do sol, a fileira de prédios que se via na crescente escuridão, uma janela distante, numa das mansardas, ali na margem esquerda, que reluzia, tal e qual uma flama, com o último raio de sol que a tocara por um instante, a água enegrecida do canal, e parecia perscrutar essa água com toda a atenção. Os círculos vermelhos começaram, por fim, a rodopiar ante seus olhos, os prédios, os transeuntes, as margens do rio, as carruagens — tudo isso foi girando e requebrando-se em volta dele. De súbito, o jovem estremeceu, talvez salvo da nova síncope por uma visão medonha e repulsiva. Sentiu alguém se postar à sua direita, bem perto dele, e viu uma mulher alta, de lenço, com um rosto alongado e amarelo de bebedeira, cujos olhos fundos estavam avermelhados. Ela o encarava atenta, mas, pelo visto, não enxergava ninguém nem compreendia nada. De chofre, apoiou-se no parapeito com a mão direita, levantou a perna direita, passando--a por cima da grade de proteção, em seguida a perna esquerda, e atirou-se no canal. A água suja se abriu, engolindo, por um instante, a vítima, mas um minuto depois ela veio à tona e foi levada pela correnteza, bem lentamente, de cabeça e pernas submersas, de costas para cima, ao passo que sua saia revirada se erguia, feito uma almofada, sobre a água.

— Afogou-se! Afogou-se! — gritavam dezenas de vozes. As pessoas vinham correndo, ambas as margens se enchiam de gente, o povo se reunia na ponte, cercando Raskólnikov e apertando-o, aos empurrões, por trás.

— Mas é nossa Afrossíniuchka, gente! — ouviu-se por perto uma voz feminina chorosa. — Socorro, gente! Meus pais de sangue, tirem--na da água!

— Lancha! Uma lancha! — gritavam na multidão.

Contudo a lancha não era mais necessária; um policial desceu correndo os degraus que levavam ao canal, tirou o capote e as botas, e saltou na água. Não precisou de muitos esforços; como a correnteza levava a suicida a dois passos da margem, ele agarrou com a mão direita a roupa dela, pegou com a mão esquerda a vara que lhe estendia um companheiro, e a mulher foi logo tirada da água e colocada nas lajes de granito, ao pé da escada. Ela se recobrou logo, soergueu-se, ficou sentada e começou a espirrar e a fungar, enxugando debalde o seu vestido molhado com as mãos. Não dizia nada.

— Bebeu até a doidura, gente, até a doidura! — uivava a mesma voz feminina, já ao lado de Afrossíniuchka. — Ontem também queria enforcar-se, tiramos da corda. Eu fui à lojinha e deixei a filhota pra ela olhar, e eis que veio o pecado! Minha vizinha, gente, minha vizinha, moramos aqui perto, a segunda casa do lado, bem aqui...

A multidão se dissipava, os policiais ainda se ocupavam da suicida, alguém gritou algo sobre a delegacia... Raskólnikov mirava tudo isso com uma estranha sensação de indiferença e frieza. Sentia asco. "Não, é nojento... a água... não vale a pena" — murmurava consigo mesmo. "Nada vai acontecer" — acrescentou a seguir —, "não há nada a esperar. O que é isso, a delegacia?... E por que Zamiótov não está na delegacia? A delegacia fica aberta pelas dez horas..." De costas para o canal, ele olhou ao redor.

"E daí? Que assim seja!" — disse, resoluto, saiu da ponte e foi em direção à delegacia. Seu coração estava vazio e surdo. Sequer lhe apetecia pensar. Até a angústia passou, o jovem não tinha mais nem um pingo daquela energia que sentira ao sair de casa, para "dar cabo de tudo"! Ela cedera lugar à completa apatia.

"Pois bem, é uma saída!" — pensava ele, seguindo a margem do canal com vagar e indiferença. "Vou acabar, de qualquer maneira, porque assim quero... Seria, porém, uma saída? Ah, tanto faz! Terei um *archin* de espaço, he! Entretanto, que fim! Será o fim mesmo? Vou dizer-lhes ou não? Eh... diabo! Ainda por cima, estou cansado: tomara que fique logo deitado ou sentado! E a maior vergonha é a bobagem. Que seja, eu cuspo nisso. Arre, que asneiras me vêm à cabeça..."

Para chegar à delegacia, ele precisava ir em frente, dobrando depois a segunda esquina esquerda que ficava a dois passos de lá. Porém, na primeira esquina ele parou, refletiu um pouco, entrou na viela e foi fazer um rodeio, duas ruas adiante — talvez sem nenhum objetivo, ou então para ganhar mais um minuto de tempo. Caminhava de olhos no chão. De súbito, como se alguém cochichasse algo ao seu ouvido, levantou a cabeça e viu que estava junto *daquele* prédio, ao pé do portão. Desde *aquela* noite, não ia ali nem passava por perto.

Um desejo irresistível e inexplicável apoderou-se dele. O jovem atravessou o portão e o pátio inteiro, entrou na primeira porta à direita e, dirigindo-se ao quarto andar, começou a subir a escada conhecida. Íngreme e estreita, ela estava toda escura. Raskólnikov parava em cada patamar e olhava, curioso, ao seu redor. No patamar do primeiro andar a janela estava sem caixilho: "Não era assim, daquela vez" — pensou ele. Eis o apartamento do segundo andar em que trabalhavam Nikoláchka e Mitka: "Está trancado, e a porta pintada de novo, está, pois, para alugar". Eis o terceiro andar... e o quarto... "Aqui!" Ficou tomado de perplexidade; a porta daquele apartamento estava aberta de par em par, havia gente lá dentro, ouviam-se umas vozes — ele não esperava por isso, de modo algum. Após um instante de hesitação, o jovem subiu os últimos degraus e entrou no apartamento.

O apartamento estava em reforma, havia lá uns operários, e isso deixou-o como que abalado. Vinha pensando, não se sabia por que motivo, que encontraria tudo no mesmo estado como o deixara naquele dia — quem sabe, até com os cadáveres no chão e nos mesmos lugares! Agora via as paredes nuas, e nem sinal de mobília — que coisa estranha! Ele se acercou da janela e sentou-se no peitoril.

Havia lá dois operários, ambos jovens; um era um pouco mais velho, e o outro, muito mais novo. Eles colavam nas paredes o novo papel branco com florzinhas roxas, substituindo o antigo papel amarelo, gasto e puído. Sem saber por que, Raskólnikov ficou desgostoso com isso, mirava o novo papel de parede com aversão, como se lamentasse tudo ter mudado tanto.

Os operários haviam, sem dúvida, demorado e, apressados, enrolavam o seu papel para ir embora. O aparecimento de Raskólnikov quase não atraiu a atenção deles. Estavam conversando sobre alguma coisa. Cruzando os braços, Raskólnikov se pôs a escutá-los.

— Vem, pois, aquela de manhãzinha — dizia o mais velho para o mais novo —, cedinho e toda emperiquitada. "Por que é que me vens aí, digo, com esses limões, por que vens aí, digo, com essas laranjas?" — "Eu quero, Tit Vassílitch, responde ela, ficar à sua inteira disposição, daqui para a frente." É desse jeito. E como vestida: uma revista, simplesmente uma revista!

— E o que é "uma revista", titio? — perguntou o moço. Decerto estava aprendendo com o "titio".

— Uma revista, maninho, são os desenhos assim, pintados, que os alfaiates daqui recebem cada sábado, pelos correios, do estrangeiro, para que saibam como se deve vestir tanto a parte masculina como a feminina. São desenhos, então. Para os homens, desenham-se mais as *bekechas*,[56] e, quanto à divisão feminina, tem lá tamanhos berliques e berloques que, se a gente gastar tudinho, ainda faltará prata.

---

[56] Variante: *bekiche*; termo de origem iídiche. É o nome de um tipo de casaco da região do Leste Europeu, além de ser uma vestimenta comum dos judeus ortodoxos. (N. E.)

— Vixe, quanta coisa tem nesse Peter![57] — exclamou o moço, entusiasmado. — Só não tem pai e mãe!

— Fora isso, maninho, a gente acha tudo — arrematou o mais velho num tom didático.

Raskólnikov se levantou e passou para o outro quarto, onde antes ficavam a arca, a cama e a cômoda. Sem móveis, o quarto lhe pareceu pequeníssimo, o papel de parede era o mesmo, e nele se destacava, num canto, o contorno do caixilho de ícones. O jovem deu uma olhada e voltou a sentar-se no peitoril da janela. O operário mais velho examinava-o de soslaio.

— O que quer? — perguntou de chofre, dirigindo-se a ele.

Em vez de responder, Raskólnikov ficou em pé, foi à antessala, pegou o cordão da campainha e puxou-o. A mesma campainha, o mesmo som metálico! O jovem tocou a segunda e a terceira vez, escutando e relembrando. Sua antiga sensação dolorosa, medonha e repulsiva vinha-lhe à mente, agora mais viva e forte, de modo que ele estremecia a cada toque, sentindo um crescente prazer.

— Mas o que queres? Quem és? — gritou o operário, aproximando-se dele.

Raskólnikov entrou de novo na antessala.

— Quero alugar o apartamento — disse ele —, vim dar uma olhada.

— Não alugam o partamento de noite, além disso, o senhor tem que vir com o zelador.

— O chão foi lavado... Vão pintar? — prosseguiu Raskólnikov. — Não há mais sangue?

— Que sangue?

— É que mataram aqui uma velha e sua irmã. Houve todo um charco de sangue.

— Mas que tipo de gente tu és? — gritou o operário, inquieto.

— Eu?

— Sim.

— E tu queres saber?... Vamos à delegacia, ali te direi.

Os operários fitaram-no com perplexidade.

— É tempo de sair, estamos atrasados. Vamos, Aliochka. Tenho que trancar a porta — disse o mais velho.

---

[57] Nome coloquial de São Petersburgo.

— Pois vamos! — respondeu Raskólnikov, indiferente, e saiu o primeiro, descendo devagar a escada. — Ei, zelador! — chamou, uma vez no pátio.

Algumas pessoas estavam ao pé do portão, olhando para os transeuntes, ambos os zeladores, uma mulher, um burguesinho de roupão e mais alguém. Raskólnikov veio direto abordá-las.

— O que deseja? — perguntou um dos zeladores.

— Já foste à delegacia?

— Acabo de voltar de lá. O que deseja?

— Há gente ali?

— Há, sim.

— E o ajudante está?

— Estava há pouco. Mas o que quer?

Sem responder, Raskólnikov ficou ao seu lado, meditativo.

— Veio olhar o partamento — disse, aproximando-se deles, o operário mais velho.

— Que partamento?

— Onde a gente trabalha. "Por que, disse, lavaram o sangue? Aconteceu, disse, um assessinato aqui, e eu vim alugar." E começou a tocar a campainha, quase arrancou. Vamos, falou, à delegacia, lá vou provar tudo. Pegou no meu pé.

Surpreso, o zelador mirava Raskólnikov e carregava o cenho.

— Mas quem é o senhor? — gritou ele com uma voz mais severa.

— Sou Rodion Românytch[58] Raskólnikov, ex-estudante, e moro na casa de Schill, aqui perto na viela, no apartamento número catorze. Pergunta ao zelador... ele me conhece — Raskólnikov disse tudo isso sem se virar, num tom algo indolente e pensativo, fitando a rua escurecida.

— E por que veio ao partamento?

— Para ver.

— O que tem para ver lá?

— E se o pegar e levar para a delegacia? — intrometeu-se, de súbito, o burguesinho, e logo se calou.

---

[58] O patronímico de Raskólnikov tem, na língua russa, duas opções de pronúncia e grafia: "Românovitch", própria da linguagem formal, e "Românytch", peculiar da linguagem coloquial. Ambas as variantes são mantidas no texto a fim de ilustrar a diferença entre os respectivos modos de falar. O mesmo se refere, aliás, aos outros patronímicos masculinos russos: Dostoiévski, por exemplo, seria chamado "Fiódor Mikháilovitch" num evento literário e "Fiódor Mikháilytch", ou simplesmente "Mikháilytch", numa conversa de botequim.

Raskólnikov o mirou de viés, por cima do ombro, com atenção, e disse no mesmo tom baixo e indolente:

— Vamos!

— Levar mesmo! — continuou o burguesinho, animando-se. — Por que indagava sobre *aquilo*, o que tem em mente, hein?

— Talvez esteja bêbado, só Deus sabe — murmurou o operário.

— O que quer, finalmente? — bradou outra vez o zelador, que começava a zangar-se para valer. — Por que atazana a gente?

— Tens medo de me levar à delegacia? — perguntou Raskólnikov com escárnio.

— Por que tenho medo? Por que atazana?

— Vagabundo! — gritou a mulher.

— Pra que falar com ele? — gritou o outro zelador, um homem enorme, de *armiak* aberto e com as chaves na cintura. — Fora!... Um vagabundo qualquer... Fora!

E, pegando no ombro de Raskólnikov, jogou-o na rua. O jovem quase caiu, mas se endireitou logo, olhou para todos os presentes e, calado, seguiu seu caminho.

— Que cara esquisito — disse o operário.

— Hoje todo mundo está esquisito — replicou a mulher.

— Mas seria bom mesmo levá-lo à delegacia — acrescentou o burguesinho.

— Deixa pra lá — decidiu o zelador grande. — É um vagabundo acabado! Parece que está procurando e, se achar, vai dar trabalho... A gente sabe!

"Então vou lá ou não vou?" — pensava Raskólnikov, parando no meio da calçada, num cruzamento de ruas, e olhando em volta, como se estivesse à espera da última palavra. Mas não teve nenhuma resposta: tudo estava silencioso e morto como as pedras que ele pisava, morto só para ele, unicamente... De supetão, lobrigou ao longe, a uns duzentos passos dali, naquela escuridão que se espessava no fim da rua, uma multidão agitada... No meio da multidão estava uma carruagem... Uma lanterninha se acendeu na rua. "O que é isso?" Raskólnikov virou à direita e foi rumo à multidão. Como que se agarrando a qualquer chance, sorriu com frieza de pensar nisso, já que, tomada a firme resolução de ir à delegacia, sabia que tudo estava para acabar.

VII

No meio da rua estava uma sege garbosa e senhoril, atrelada a um par de fogosos cavalos cinza, não havia passageiros, e o cocheiro ficara, ao descer da boleia, ao lado da carruagem; alguém segurava os cavalos pelos freios. Muita gente se reunira ao redor. Os policiais estavam na frente, um deles tinha na mão uma lanterninha acesa e, inclinando-se, iluminava com ela algo no chão, perto das rodas. Todos falavam, gritavam, vociferavam, o cocheiro parecia perplexo e repetia, de vez em quando:

— Que pecado! Meu Deus, mas que pecado!

Raskólnikov se aproximou, aos empurrões, da sege e viu, afinal, a causa de toda essa agitação e curiosidade. Um homem, que os cavalos acabavam de atropelar, estava prostrado no chão, aparentemente sem sentidos, e suas roupas míseras, embora de talhe "nobre", estavam encharcadas de sangue. O sangue lhe escorria da cabeça, pelo seu rosto machucado, escoriado, escangalhado. Via-se logo que o estado dele era grave.

— Gente! — lamuriava o cocheiro. — Como não atropelaria? Se fosse rápido ou não gritasse pra ele, aí sim... mas ia devagarinho, a passo regular. Todo mundo viu, não me deixarão mentir. O bêbado não está nem aí pra nada, a gente sabe!... Vejo-o atravessar a rua, cambaleando e quase caindo; grito uma vez, outra vez e mais uma, seguro os cavalos, mas ele se joga direto na frente das rodas! Será que fez de propósito, ou estava tão bebo assim?... Os cavalos são novos, medrosos — puxaram com força, e ele gritou, e os cavalos puxaram de novo... aí é que veio a desgraça.

— É assim mesmo! — exclamou, no meio da multidão, uma testemunha.

— O cocheiro gritou para ele, gritou três vezes, verdade! — acrescentou outra voz.

— Três vezes exatas, todos ouviram! — gritou a terceira pessoa.

De resto, o cocheiro não estava muito triste e assustado. A carruagem pertencia, pelo visto, a uma pessoa rica e influente, que a esperava algures, e os policiais se esforçavam, bem entendido, para atenuar as circunstâncias do acidente. Era preciso levar o atropelado à delegacia e ao hospital. Ninguém sabia o nome dele.

Entretanto Raskólnikov se achegou à vítima e inclinou-se para frente. A lanterninha iluminou, de supetão, o rosto do homem, e Raskólnikov reconheceu-o.

— Eu o conheço, conheço! — berrou ele, avançando aos empurrões. — É um servidor reformado, o servidor de nona classe Marmeládov! Ele mora aqui perto, na casa de Kozel... Chamem o médico! Eu pagarei, olhe! — o jovem tirou seu dinheiro do bolso e mostrou-o ao policial. Estava todo transtornado.

Os policiais estavam contentes de saber quem era a vítima. Raskólnikov se apresentou, deu-lhes seu endereço e pediu — com todas as forças, como se cuidasse de seu pai doente — que não demorassem em levar o Marmeládov desacordado à casa dele.

— É cá pertinho, daqui a três prédios — agitava-se ele —, a casa de Kozel, um alemão rico... Decerto ele estava bêbado e voltava para casa. Conheço-o... Ele é beberrão... Ali está a família dele, a mulher e os filhos, a filha dele também. É demorado levá-lo ao hospital, e há, com certeza, um médico lá no prédio! Eu pagarei, pagarei!... A família vai cuidar dele, receberá ajudinha na hora, senão ele morre antes que chegue ao hospital...

Até enfiou, à sorrelfa, uma notinha na mão do policial, aliás o assunto era claro e legítimo, e a ajuda seria ali, de qualquer maneira, mais rápida. Os policiais e mais algumas pessoas levantaram o atropelado e carregaram-no. A casa de Kozel ficava a uns trinta passos. Raskólnikov ia atrás, segurando a cabeça de Marmeládov e apontando o caminho.

— Por aqui, por aqui! Temos de levá-lo pela escada de cabeça para frente,[59] virem... isso aí! Eu pagarei, eu agradecerei — murmurava ele.

Sempre que lhe sobrava um minutinho livre, Katerina Ivânovna começava a andar, costumeiramente, pelo seu quarto pequeno, de lá para cá, da janela à lareira e vice-versa, apertando os braços cruzados ao peito, falando consigo mesma e tossindo. Nos últimos tempos, tem conversado cada vez mais com a filha mais velha, Pólenka, de dez anos, a qual ainda não entendia muitas coisas, mas percebeu muito bem que a mãe precisava dela e, portanto, sempre a seguia com seus olhinhos grandes e espertinhos, fingindo de todas as forças entender tudo. Dessa

[59] Segundo uma superstição russa, deve-se levar uma pessoa viva de cabeça para frente, e um cadáver, de pés para frente.

vez, Pólenka despia o irmãozinho, que passara o dia todo indisposto, para colocá-lo na cama. Esperando até lhe trocarem a camisa, que ia ser lavada na mesma noite, o menino estava sentado numa cadeira, reto e imóvel, de cara séria, estendendo as perninhas para frente, juntando os calcanhares e afastando as pontas dos pés. Escutava a mãe conversar com a irmãzinha sem se mover, fazia beicinho e arregalava os olhos, ou seja, portava-se justamente como precisa portar-se, de praxe, todo menino inteligente, quando o despem e mandam para a cama. Outra menina, menor que ele e toda esfarrapada, estava perto de um biombo e esperava sua vez. A porta de entrada estava aberta para, de certa maneira, proteger os moradores daquelas ondas de fumo que vinham dos outros cômodos e, a cada minuto, faziam a pobre tísica tossir longa e dolorosamente. Katerina Ivânovna parecia ter emagrecido ainda mais nessa última semana, e as manchas vermelhas ardiam, nas faces dela, mais do que antes.

— Não vais acreditar, Pólenka, sequer poderás imaginar — dizia ela, andando pelo quarto — com que alegria e luxo a gente vivia na casa do papaizinho, e como esse beberrão acabou comigo e ainda vai acabar com todos vocês! Meu pai era um coronel, embora não servisse, e quase chegou a governador; apenas lhe restava um passo a fazer, de modo que todo mundo vinha visitá-lo, dizendo — "Nós já o temos, Ivan Mikháilytch, como nosso governador". Quando eu... (tosse)... quando eu... (tosse-tosse-tosse)... oh, vida maldita! — exclamou ela, escarrando e pegando no peito. — Quando eu... ah, quando no último baile... na casa do decano da nobreza... fui vista pela princesa Bezzemêlnaia — a que depois me daria sua bênção, Pólia, quando ia casar-me com seu paizinho — ela me perguntou logo: "Não é aquela mocinha linda que dançava com xale na formatura?"... Temos de costurar esse buraco... Por que não toma a agulha e não costura rapidinho, como eu te ensinei?... Senão, amanhã... (tosse)... amanhã (tosse-tosse-tosse)... fica pior ainda! — gritou ela, desesperada... — Àquela altura, o príncipe Chtchegolskoi acabava de vir de Petersburgo... dançou comigo uma mazurca[60] e, no dia seguinte mesmo, queria pedir-me em casamento, mas eu lhe agradeci com expressões lisonjeiras e disse que meu coração pertencia, havia tempos, a outro homem. Esse outro homem era teu pai, Pólenka, e meu

---

[60] Dança popular de origem polonesa.

papaizinho andava todo zangado... A água está pronta? Dá-me a camisola e as meiazinhas... Lida — ela se dirigiu à filha mais nova —, dorme esta noite assim, sem camisola, de algum jeito... e põe suas meiazinhas por perto... Vamos lavá-las de uma vez... Por que esse maltrapilho não vem, esse beberrão? A camisa dele está suja que nem um pano de chão, e toda rasgada... Queria lavar tudo junto, para não gastar duas noites com essa tortura! Meu Deus! (Tosse-tosse-tosse-tosse) De novo? O que é isso? — exclamou ela, vendo uma multidão na antessala e as pessoas que entravam no seu quarto com algum fardo. — O que é isso? O que é que trazem? Meu Deus!

— Onde o coloco? — perguntava um policial, olhando ao redor; ensanguentado e desacordado, Marmeládov já estava no quarto.

— No sofá! Põem-no logo aqui, no sofá, de cabeça para cá — mostrava Raskólnikov.

— Atropelaram na rua! Estava bêbado! — gritou alguém na antessala.

Katerina Ivânovna estava toda pálida e arfante. As crianças se assustaram. A pequena Lídotchka acorreu, aos gritos, a Pólenka e abraçou-a, tremendo.

Pondo Marmeládov no sofá, Raskólnikov se dirigiu a Katerina Ivânovna.

— Acalme-se, pelo amor de Deus, não se assuste! — dizia ele bem rápido. — Ele atravessava a rua e foi atropelado por uma sege, não se preocupe, ele vai acordar, fui eu que mandei trazê-lo para cá... já estive aqui, lembra?... Ele vai acordar, eu pagarei!

— Conseguiste! — exclamou Katerina Ivânovna com desespero e acudiu ao marido.

Raskólnikov percebeu logo que não era uma daquelas mulheres que desmaiam num piscar de olhos. A cabeça da vítima ficou acomodada num travesseiro, no que ninguém ainda pensara, e Katerina Ivânovna se pôs a despir o marido e a examiná-lo, às pressas, mas sem perder o juízo, esquecida de si própria, mordendo seus lábios trêmulos e coibindo os gritos que estavam prestes a escapar-lhe do peito. Entrementes, Raskólnikov convenceu a alguém de ir buscar o médico. Este morava, pelo que lhe disseram, no prédio vizinho.

— Mandei buscar o doutor — repetia ele a Katerina Ivânovna —, não se preocupe, eu pagarei. Há água?... Dê-me um guardanapo, uma toalha ou algo assim, depressa, a gente não sabe ainda como ele está ferido... Não está morto, apenas ferido, tenha certeza... O que dirá o doutor?

Katerina Ivânovna foi correndo até a janela, ali no canto, em cima de uma cadeira afundada estava uma grande bacia de barro cuja água seria usada para lavar, de noite, as roupas dos filhos e do marido. Katerina Ivânovna fazia essa lavagem noturna com as próprias mãos, pelo menos duas vezes por semana ou até com maior frequência, já que a família quase não tinha mais roupas — apenas uma muda para cada um dos familiares — e Katerina Ivânovna não tolerava a sujeira em casa e preferia ser assim torturada, de noite, quando todos estavam dormindo, e além das medidas, para ter tempo de secar as roupas molhadas num corda estendida e servi-las, de manhã, limpas. Ela ia pegar a bacia, a fim de trazê-la por solicitação de Raskólnikov, mas quase caiu por causa do peso. Contudo o jovem já encontrara uma toalha, molhara-a com água e começara a lavar o rosto ensanguentado de Marmeládov. Katerina Ivânovna estava ao lado dele, respirando a custo e apertando as mãos ao peito. Ela mesma precisava de ajuda. Raskólnikov entendia que talvez tivesse cometido um erro, insistindo em trazer o atropelado até lá. O policial também estava perplexo.

— Pólia! — gritou Katerina Ivânovna. — Vai buscar Sônia, rápido! Se não a encontrares em casa, tanto faz — diz que o pai foi atropelado pelos cavalos e pede que ela venha para cá... logo que voltar. Rápido, Pólia! Pega o lenço e cobre-te!

— Corre com toda a força! — gritou, de repente, o menino, que estava sentado, reto e taciturno, na sua cadeira, e retomou sua pose, de olhos arregalados, de calcanhares juntos e pontas dos pés afastadas.

Nesse ínterim, o quarto ficara abarrotado de gente.

Os policiais tinham ido embora, somente um deles permanecia no quarto, tentando mandar o público, que o enchia, de volta para a escada. Ao mesmo tempo, quase todos os inquilinos da senhora Lippewehzel, os quais tinham saído dos cômodos interiores, primeiro ficaram obstruindo a porta, e depois, todos juntos, invadiram o quarto dos Marmeládov. Katerina Ivânovna chegou ao frenesi.

— Nem deixam morrer em paz! — bradou ela, dirigindo-se à multidão toda. — Que espetáculo é que acharam? E com cigarros! (Tosse-tosse-tosse) Entram ainda de chapéus!... Um tipo está de chapéu mesmo... Fora daqui! Tenham respeito, pelo menos, ao corpo morto!

Ficou sufocada pela tosse, mas o seu grito surtiu efeito. Pelo visto, os moradores temiam Katerina Ivânovna, eles começaram a sair, um por um, porta afora, com aquela estranha sensação interna de satisfação que sempre se percebe, mesmo no meio das pessoas mais próximas, quando uma desgraça inesperada, de que ninguém é isento, acomete um conhecido, não obstante o mais franco sentimento de compaixão e pesar. Atrás da porta, ouviram-se, entretanto, as vozes que insistiam em levar a vítima para o hospital, pois não convinha incomodar os vizinhos com sua presença.

— Morrer é que não convém! — gritou Katerina Ivânovna e arrojou-se em direção às portas para disparar toda uma rajada contra os descontentes, mas se deparou com a própria senhora Lippewehzel, a qual acabava de saber do acidente e veio correndo para pôr ordem na casa. Era uma alemã extremamente briguenta e desregrada.

— Ah, meu Deus! — ela agitou os braços. — Seu marido beber, e os cavalo pisar. Levar para o hospital! Eu ser a dona!

— Amália Liúdvigovna! Peço-lhe que pondere o que está falando — começou Katerina Ivânovna num tom arrogante (ela sempre conversava com a locadora nesse tom arrogante, para que esta "não esquecesse o seu lugar", e mesmo agora não pôde negar a si própria tal luxo). — Amália Liúdvigovna...

— Eu lhe dizer, de uma por toda vezes, para jamais me chamar de Amália Liúdvigovna. Sou Amal-Ivan!

— Não é Amal-Ivan, mas Amália Liúdvigovna, e, visto que não pertenço à laia de seus vis bajuladores, como o senhor Lebeziátnikov, que agora está rindo atrás da porta (atrás da porta, ouviram-se realmente umas risadas e gritos: "Briga, briga!"), vou chamá-la sempre de Amália Liúdvigovna, embora não entenda, de modo algum, por que esse nome a desagrada. A senhora bem vê o que aconteceu com Semion Zakhárovitch, ele está morrendo. Peço que tranque agora essa porta e não deixe ninguém entrar. Que ele, pelo menos, morra em paz! Senão, asseguro-lhe que amanhã mesmo o próprio general-governador será informado sobre a sua conduta. O príncipe me conhece desde mocinha e lembra-se muito bem de Semion Zakhárovitch, a quem prestou diversos favores. Todos sabem que Semion Zakhárovitch teve muitos amigos e defensores, que ele mesmo abandonou por nobre orgulho, sentindo essa sua fraqueza infeliz, mas agora (ela apontou para Raskólnikov) quem nos ajuda é um jovem magnânimo e provido de meios e vínculos, e que Semion Zakhárovitch conheceu ainda na infância, portanto tenha certeza, Amália Liúdvigovna...

Tudo isso foi proferido com uma rapidez extraordinária, a qual aumentava a cada minuto, porém a tosse logo interrompeu a eloquência de Katerina Ivânovna. Nesse momento, o moribundo recuperou os sentidos, gemendo, e ela se aproximou dele correndo. Marmeládov abriu os olhos e, ainda sem compreender nada, fixou-os em Raskólnikov, que estava ao seu lado. Respirava com dificuldade, profunda e pausadamente; o sangue apareceu-lhe nos cantos da boca e o suor semeou-lhe a testa. Sem reconhecer Raskólnikov, pôs-se a olhar em volta, inquieto. Katerina Ivânovna mirava-o triste, mas severa, e as lágrimas escorriam dos olhos dela.

— Meu Deus! Todo o seu peito está esmagado! Quanto sangue, quanto! — disse com desespero. — Precisamos tirar-lhe toda a roupa de cima! Vira-te um pouco, Semion Zakhárovitch, se puderes — chamou por ele.

Marmeládov a reconhecera.

— Tragam um padre! — respondeu ele com uma voz rouca.

Katerina Ivânovna se acercou da janela e, encostando a testa no caixilho, exclamou desesperada:

— Oh, vida maldita!

— Um padre! — voltou a dizer o moribundo, após um minuto de silêncio.

— Já foram buscaaar! — gritou Katerina Ivânovna, e, obedecendo ao grito, ele se calou. Dirigia-lhe um olhar tímido e aflito, de modo que ela se aproximou outra vez e ficou à cabeceira da cama. Marmeládov se acalmou, mas por pouco tempo. Logo em seguida, fixou os olhos na pequena Lídotchka (sua caçulinha), que tremia, como que possessa, num canto, cravando nele seus olhinhos atentos e cheios de pueril espanto.

— Ah... ah... — inquieto, ele apontava para a filha. Queria dizer alguma coisa.

— O que mais? — gritou Katerina Ivânovna.

— De pezinhos no chão! Descalça! — murmurava ele, e seu olhar insano apontava para os pezinhos descalços da menina.

— Cala-a-ado! — gritou Katerina Ivânovna com irritação. — Tu mesmo sabes por que está descalça!

— Graças a Deus, veio o doutor! — exclamou Raskólnikov, animado.

Entrou o médico, um velho alemão pontual; olhando ao redor com desconfiança, acercou-se do doente, mediu-lhe o pulso, examinou, de maneira atenta, a cabeça e, auxiliado por Katerina Ivânovna, desabotoou toda a sua camisa ensanguentada para desnudar o peito dele. O peito estava todo deformado, amassado e dilacerado, algumas costelas do lado direito, quebradas. Do lado esquerdo, bem em cima do coração, havia uma grande mancha sinistra, da cor amarela tirante a preto: rastro do casco de cavalo. O médico carregou o cenho. O policial lhe contou que o homem ficara preso na roda, a qual o puxara, girando, uns trinta passos pela calçada.

— É surpreendente ele ter recuperado os sentidos — disse o médico, em voz baixinha, a Raskólnikov.

— O que o senhor me diz? — perguntou o jovem.

— Morrerá logo.

— Será que não tem nenhuma esperança?

— Nem a mínima. Está agonizando... Ademais, a cabeça dele está gravemente ferida... Hum. Talvez se possa fazer-lhe uma sangria, mas... isso será inútil. Daqui a cinco ou dez minutos, morrerá sem falta.

— Então é melhor fazer a sangria!

— Talvez... De resto, aviso-o que isso é totalmente inútil.

Ouviram-se, nesse momento, outros passos, a multidão se dispersou na antessala, e um padre velhinho, de cabelo branco, assomou na soleira com suas eucaristias. Um policial vinha atrás dele. O médico lhe cedeu, de pronto, lugar, trocando com ele um olhar significativo. Raskólnikov pediu que o médico demorasse mais um pouco. Este deu de ombros e ficou no quarto.

Todos se afastaram. A confissão durou pouquíssimo tempo. Era improvável que o moribundo entendesse bem qualquer coisa, pronunciando apenas sons vagos e entrecortados. Katerina Ivânovna levou Lídotchka e o menino, que estava sentado, para o canto onde ficava a lareira, ajoelhou-se e pôs as crianças de joelhos na sua frente. A menina só tremelicava, mas o menino ajoelhado erguia regularmente a mãozinha, fazia o completo sinal de cruz e inclinava-se até bater a testa no chão, o que lhe proporcionava, pelo visto, um prazer singular. Katerina Ivânovna mordia os lábios para conter o choro, ela também rezava, de vez em quando arrumando a camisolinha da menina, sem se levantar nem interromper a oração, tirou da cômoda um lenço e cobriu com ele os ombros por demais nus da criança. Entrementes, os curiosos começaram a reabrir as portas dos quartos interiores. Quanto à antessala, os espectadores se agrupavam nela cada vez mais; eram os inquilinos de todo o prédio que, no entanto, não passavam a soleira. Só um coto de vela iluminava a cena.

Nesse momento Pólenka, que fora buscar a irmã, entrou depressa no quarto, atravessando, aos empurrões, a multidão. Mal retomando fôlego após uma corrida rápida, tirou o seu lenço, procurou com os olhos a mãe, achegou-se a ela e disse: "Está vindo. Encontrei-a na rua!". A mãe fez que a garota se ajoelhasse ao seu lado. Tímida e humilde, surgiu uma moça na multidão, e seu aparecimento inesperado nesse quarto, no meio da miséria e dos farrapos, em face da morte e do desespero, era estranho. Ela também estava esfarrapada, seu traje, de um vintém só, era enfeitado de modo rueiro, segundo os gostos e regras que se tinham formado num ambiente peculiar, para que logo desse na vista seu vergonhoso objetivo. Sônia parou na antessala, rente à soleira, a qual, aliás, não atravessara, e parecia perdida, sem entender nada nem se lembrar do seu vestido de seda florida, comprado da quarta mão e indecente nesse lugar com sua ridícula cauda compridíssima, da sua imensa crinolina que barrara toda a porta, de seus botins claros, da sombrinha que carregava, embora inútil de noite, e do redondo chapeuzinho de palha, bem engraçado, com uma pluma da cor de fogo. Debaixo desse chapeuzinho à banda, via-se um rostinho magro, pálido e assustado, de boca aberta e olhos petrificados pelo terror. Sônia tinha uns dezoito anos; era uma moça loura, de estatura pequena, assaz bonita, embora magrinha, de belos olhos azuis. Também arfante por causa da pressa, ela fitava a cama e o padre. Alguns dos cochichos, que soavam no meio da multidão, chegaram, afinal, aos ouvidos dela. Abaixando os olhos, ela passou a soleira, entrando no quarto, mas novamente ficou ao lado da porta.

A confissão e a comunhão haviam terminado. Katerina Ivânovna se aproximou outra vez do leito do marido. O padre se afastou e, já de saída, queria dizer duas palavras de apoio e consolo a Katerina Ivânovna.

— E o que vou fazer com eles? — interrompeu ela, num tom brusco e irritado, apontando para os pequenos.

— Deus é benevolente. Espere pela ajuda do Supremo — ia falar o padre.

— Ora! É benevolente, mas não para a gente!

— É um pecado, senhora, pecado — notou o padre, abanando a cabeça.

— E isso não é pecado? — exclamou Katerina Ivânovna e apontou para o moribundo.

— Talvez aqueles que foram a causa involuntária disso consintam em compensar-lhe, ao menos, a perda da renda...

— O senhor não me entende! — gritou Katerina Ivânovna, irritada, agitando a mão. — E por que me compensariam? Foi ele mesmo, bêbado, que se jogou na frente dos cavalos! Que renda? Não tínhamos renda com ele, mas tão somente tortura. É que ele desperdiçava tudo, beberrão. Furtava o dinheiro da gente e levava-o à bodega; estragou a sua e a minha vida naquela bodega! Está morrendo, graças a Deus! Terei menos prejuízo!

— Deveria perdoá-lo na hora da morte! É um pecado, senhora: tais sentimentos são um grande pecado!

Katerina Ivânovna se azafamava ao lado do doente, dando-lhe água, enxugando o suor e o sangue da sua cabeça, ajeitando os travesseiros, e conversava com o padre, dirigindo-se, de vez em quando, a ele em meio a tantos afazeres. Agora lhe retrucou, de repente, quase frenética.

— Eh, meu pai! Palavras, apenas palavras! Perdoar! Se ele tivesse vindo hoje bêbado, se não o tivessem esmagado, teria caído de cama para dormir, e eu lhe tiraria a única camisa, toda surrada e rota, e lavaria os trapos dele e das crianças a madrugada toda, depois iria secá-los lá fora, além da janela, e consertar, tão logo amanhecesse — seria assim toda a minha noite!... Por que falar, então, do perdão? Já perdoei aquilo!

Uma tosse profunda e pavorosa interrompeu as palavras dela. A mulher escarrou num lenço e exibiu-o ao padre, segurando com a outra mão o seu peito doído. O lenço estava todo ensanguentado...

O padre abaixou a cabeça e não disse mais nada.

Marmeládov estava na última agonia, sem despregar os olhos do rosto de Katerina Ivânovna, que se inclinara outra vez sobre ele. Tentava dizer-lhe alguma coisa; começou a falar, movendo a língua com muito esforço e articulando palavras indistintas, mas Katerina Ivânovna, entendendo que o marido queria pedir-lhe perdão, exclamou logo, de modo imperioso:

— Ca-a-ala-te! Não precisas!... Sei o que queres dizer!... — e o doente ficou calado. Porém, seu olhar inquieto voltou-se, nesse mesmo instante, para a porta, e ele viu Sônia... Não a avistara antes; ela se mantinha à sombra, num canto.

— Quem é? Quem é? — disse, de súbito, com uma voz rouca e ofegante, todo aflito, dirigindo seus olhos apavorados à porta, onde estava sua filha, e tentando levantar-se.

— Deita-te! De-e-eita-te! — ia gritar Katerina Ivânovna.

Mas ele conseguiu apoiar-se, com um esforço anômalo, numa das mãos. Por algum tempo, ficou examinando a filha com um olhar fixo e temeroso, como se não a reconhecesse. Aliás, não a vira ainda nenhuma vez com essas roupas. De chofre, reconheceu-a, humilhada e abatida, emperiquitada e envergonhada, esperando humildemente a sua vez para despedir-se do pai agonizante. Um sofrimento infindo transpareceu no rosto de Marmeládov.

— Sônia! Minha filha! Perdoa! — gritou ele, querendo estender-lhe o braço, mas perdeu seu arrimo, caiu do sofá e estatelou-se de rosto no chão. Os presentes acorreram para levantá-lo e pôr outra vez na cama, mas ele já estava morrendo. Sônia também acorreu, com uma exclamação fraca, abraçou o pai e ficou imóvel assim, segurando-o. Ele morreu nos seus braços.

— Conseguiu o que procurava! — berrou Katerina Ivânovna, vendo o corpo de seu marido. — O que vou fazer agora? Com que vou enterrá-lo? E eles, o que eles vão comer amanhã?

Raskólnikov se aproximou de Katerina Ivânovna.

— Katerina Ivânovna — começou ele —, na semana passada, seu finado marido contou-me toda a vida dele e todas as circunstâncias... Tenha a certeza de que falou da senhora com um exaltado respeito. Desde aquela noite em que fiquei sabendo como ele estava fiel a toda a sua família e, sobretudo, como a respeitava e amava, Katerina Ivânovna, apesar dessa fraqueza infeliz, desde aquela noite nós éramos amigos... Permita-me, pois, agora... contribuir para rendermos as últimas homenagens ao meu finado amigo. Eis aqui... vinte rublos, parece, se isso puder ajudá-la, então eu... numa palavra, virei cá mais vezes, virei sem falta... talvez venha amanhã mesmo... Adeus!

Depressa, ele saiu do quarto e atravessou, aos empurrões, a multidão, rumo à escada, mas de repente se deparou com Nikodim Fomítch, que soubera do acidente e viera para dar ordens pessoalmente. Eles não se viam desde aquela cena na delegacia, porém Nikodim Fomítch logo o reconheceu.

— Ah, o senhor está aí? — abordou-o.

— Morreu — respondeu Raskólnikov. — Veio o doutor, veio o padre, está tudo em ordem. Não incomode muito a pobre mulher, além do mais, ela está com tísica. Anime-a de algum jeito, se puder... O senhor é gente boa, eu sei... — acrescentou com um sorrisinho, fitando-o bem nos olhos.

— E como o senhor se sujou de sangue, olhe — notou Nikodim Fomítch, enxergando, à luz da lanterna, umas manchas recentes no colete de Raskólnikov.

— Sujei-me, sim... estou todo sujo de sangue! — disse Raskólnikov com um ar esquisito, depois sorriu, inclinou a cabeça e foi descendo a escada.

Descia devagar, sem barulho, todo febricitante e, sem se dar conta disso, cheio de uma nova e inabarcável sensação que lhe trouxera o inesperado afluxo da vida plena e vigorosa. Essa sensação podia assemelhar-se à de um réu condenado à morte a quem anunciam, de chofre, a comutação de sua pena. No meio da escada, o jovem encontrou o padre, que já regressava a casa, e deixou-o passar, calado, trocando com ele uma mesura silenciosa. Mas quando estava nos últimos degraus, ouviu, de repente, os passos apressados por trás. Alguém corria no seu encalço. Era Pólenka que descia atrás dele, chamando: "Escute! Escute!".

O jovem se virou para ela. Pólenka parou logo na sua frente, no degrau superior ao dele. Uma luz fraca vinha do pátio. Raskólnikov vislumbrou o rostinho magro, mas bonitinho, da garota que olhava para ele sorrindo, com uma alegria infantil. Viera com uma incumbência que, pelo visto, agradava muito a ela mesma.

— Escute: qual é seu nome?... E mais isso: onde o senhor mora? — perguntou ela, apressada, com uma voz ofegante.

Ele colocou ambas as mãos nos ombros dela, mirando-a com certa felicidade. Comprazia-se tanto em mirá-la, sem mesmo saber por quê.

— Quem a mandou?

— Foi a irmãzinha Sônia quem me mandou — respondeu a garota, sorrindo ainda mais.

— E eu já sabia que era a irmãzinha Sônia.

— Foi também a mãezinha quem me mandou. Quando a irmãzinha Sônia me mandava, a mãezinha também veio e disse: "Corre logo, Pólenka!".

— Gosta da irmãzinha Sônia?

— Gosto dela mais que de todo mundo! — respondeu Pólenka com uma firmeza especial, e seu sorriso ficou, de improviso, mais sério.

— E vai gostar de mim?

Em vez de responder, a garota aproximou seu rostinho do rosto dele; o jovem viu seus lábios que buscavam, fofinhos e inocentes, beijá-lo. De súbito, seus braços fininhos que nem dois palitos abraçaram-no com força, e, pondo a cabecinha no ombro de Raskólnikov, a garota começou a chorar bem baixo, de rosto colado no seu pescoço.

— Coitado do papaizinho! — disse ela um minuto depois, levantando o rostinho choroso e enxugando as lágrimas com as mãos. — Só temos desgraças agora — acrescentou de repente, com aquele ar de especial seriedade que as crianças se empenham em tomar quando querem falar "como adultos".

— E o papai amava vocês?

— Era Lídotchka que ele mais amava — prosseguiu a garota num tom muito grave e sem sorrir, parecendo de todo uma pessoa adulta —, amava porque ela é pequena e porque está doente também, e sempre trazia presentes para ela, e a nós todos ensinava a ler, e a mim, a gramática e a religião — adicionou com dignidade. — E a mamãe não dizia nada, mas a gente sabia que ela gostava disso, e o papai também sabia; e a mamãe quer ensinar-me o francês, porque está na hora de eu receber uma instrução.

— E vocês sabem rezar?

— Oh, isso sim, sabemos! Já faz tempo — eu, sendo grandinha, rezo por mim mesma, e Kólia com Lídotchka rezam com a mãezinha, em voz alta — primeiro leem "Ave Maria" e depois mais uma oração, "Senhor, perdoai e abençoai a irmãzinha Sônia", e depois a outra, "Senhor, perdoai e abençoai o nosso outro paizinho", porque nosso paizinho mais velho já morreu, e este é nosso outro pai, e a gente também reza por ele.

— Póletchka, meu nome é Rodion. Reze, um dia, por mim também — "e o servo Rodion" — só isso.

— Vou rezar por você toda a minha vida futura — disse a garota com ardor e, de repente, voltou a rir, acorreu e abraçou-o com força outra vez.

Raskólnikov deu-lhe seu nome e endereço, prometendo que viria sem falta, logo no dia seguinte. Encantada com ele, a garota foi embora. Eram quase onze horas, quando ele saiu do prédio. Ao cabo de cinco minutos, estava na ponte, naquele exato lugar em que a mulher se jogara na água. "Chega!" — proferiu ele resoluta e solenemente. "Abaixo as miragens, abaixo os falsos temores, abaixo os espectros!... A vida existe! Será que não vivia agorinha? A minha vida ainda não morreu com aquela velha! Deus a tenha, e chega, velhinha, é hora de descansar! Que venha agora o reino de juízo e luz, e... de vontade e poder, e... ainda veremos! Vamos medir nossas forças!" — acrescentou ele com altivez, como que se dirigindo a certa força obscura para desafiá-la. "E eu já estava para aceitar um *archin* de espaço!... Estou muito fraco neste momento, mas... parece que a doença toda passou. Sabia que ia passar, quando saí há pouco. A propósito: a casa de Potchinkov é a dois passos daqui. Vou ver Razumíkhin sem falta, nem que não haja apenas dois passos... que ele ganhe a aposta!... Que ele também se alegre, que assim seja!... Preciso de força, de força: sem força não conseguirei nada. E a força se adquire com força, é isso que eles não sabem!" — adicionou, firme e orgulhoso, e, mal movendo os pés, foi embora da ponte. A firmeza e o orgulho cresciam nele a cada instante; um minuto depois, não seria mais o mesmo homem de um minuto antes. Mas o que foi que aconteceu de tão peculiar assim, revolvendo-o todo? Ele mesmo não o sabia, como quem se agarra a uma palha para não se afogar, achou repentinamente que "podia viver, que a vida existia ainda, que sua vida não morrera com aquela velha". Talvez sua conclusão fosse precipitada demais, porém ele não pensava nisso.

"Ainda assim, pedi que rezassem pelo servo Rodion — passou-lhe, de súbito, pela cabeça — pois isso... foi só por via das dúvidas!" — complementou e logo desandou a rir de sua farsa pueril. Estava de um humor excelente.

Foi fácil achar o endereço de Razumíkhin: na casa de Potchinkov o novo inquilino já era conhecido, e o zelador apontou, sem demora, o caminho a Raskólnikov. Ainda no meio da escada, podia-se distinguir o barulho e o falar animado de uma grande tertúlia. A porta de entrada estava aberta de par em par, ouviam-se gritos e discussões. O quarto de Razumíkhin era bastante amplo, e umas quinze pessoas participavam da sua reunião. Raskólnikov ficou parado na antessala. Lá atrás de um tabique, duas criadas do locador ocupavam-se de dois grandes samovares, além das garrafas, pratos e travessas com bolo e petiscos trazidos da cozinha do dono. Raskólnikov perguntou por Razumíkhin. Este veio correndo, todo jubiloso. Percebia-se, desde a primeira olhada, que tinha bebido em excesso e, posto que Razumíkhin quase nunca conseguisse embebedar-se para valer, dessa vez o estado dele saltava aos olhos.

— Escuta — apressou-se Raskólnikov —, vim apenas para dizer que ganhaste a tua aposta, e que realmente ninguém sabe o que lhe pode acontecer. Não posso entrar, estou tão fraco que logo vou cair. Portanto, salve e adeus! Vem ver-me amanhã...

— Sabes, levar-te-ei para casa! Se tu mesmo dizes que estás fraco, então...

— E teus convidados? Quem é esse sujeito de cabelo crespo que acabou de aparecer?

— Esse daí? Só o diabo sabe! Pode ser um conhecido do tio, ou veio, talvez, por si só... Vou deixar o tio com eles, é um homem preciosíssimo, é pena que não possas conhecê-lo agora. De resto, que o diabo os leve a todos! Não estão nem aí para mim, e eu cá preciso refrescar a cabeça. Vieste na hora certa, mano, mais dois minutos, e eu bateria em alguém, juro por Deus! Mentem de um jeito... Nem podes imaginar até que ponto um homem chega com suas mentiras! Aliás, como não imaginarias? A gente também mente, não é? Que mintam, depois é que não mentirão mais... Fica aqui um minutinho, que chamo Zóssimov.

Zóssimov abordou Raskólnikov até com certa avidez, patenteando uma curiosidade bem particular, pouco depois o rosto dele clareou.

— Dormir imediatamente — resolveu ele, ao examinar, na medida do possível, seu paciente — e tomar antes uma coisinha aí. Toma? Preparei ainda pela manhã... um remediozinho.

— Nem que sejam dois — respondeu Raskólnikov.

Tomou o remédio de imediato.

— É muito bom que o leves, tu mesmo — disse Zóssimov a Razumíkhin. — Vamos ver o que se dá amanhã, mas hoje ele não está nada mal — uma mudança considerável, se comparar com o dia de ontem. Quanto mais se vive, mais se aprende...

— Sabes o que me cochichou Zóssimov agorinha, quando a gente saía? — perguntou Razumíkhin, já indo os dois pela rua. — Eu, mano, vou dizer tudo sem rodeios, porque eles são bobos. Zóssimov mandou que eu papeasse contigo pelo caminho e que te fizesse papear também, contando o resultado para ele, pois sua ideia é que tu... estás louco ou prestes a enlouquecer. Imagina só isso! Primeiro, és três vezes mais inteligente que ele, segundo, se não fores insano mesmo, cuspirás naquela bobagem que ele tem na cabeça, terceiro, aquele pedaço de carne e cirurgião por ofício anda doidinho pelas doenças mentais, e, quanto a ti, foi a tua conversa de hoje com Zamiótov que o convenceu por completo.

— Zamiótov te contou tudo?

— Tudo, e fez muito bem. Agora entendo todos os podres, e Zamiótov entende... numa palavra, Ródia... o negócio é o seguinte... Estou um pouquinho bêbado... Mas isso não é nada... é que aquela ideia — entendes? — realmente lhe despontava... entendes? Quer dizer, ninguém por ali ousava exprimi-la em voz alta, por ser um disparate horrível, mas, sobretudo quando prenderam aquele pintor, tudo estourou e apagou-se para sempre. Quem mandou serem bobos? Dei uma surrazinha então em Zamiótov — diga-se entre nós, mano, nem aludas sequer que sabes! —, reparei que ele estava melindroso... foi na casa de Lavisa; contudo, hoje, hoje tudo se esclareceu. O principal é aquele Iliá Petróvitch! Ele se aproveitou então de seu desmaio na delegacia, mas depois ficou envergonhado, eu é que sei...

Raskólnikov escutava com sofreguidão. Razumíkhin soltava a língua de bêbado.

— Desmaiei naquele dia por causa do calor e do cheiro de óleo — disse Raskólnikov.

— Mais uma explicação! E não apenas o óleo, a inflamação estava para acontecer havia um mês inteiro, Zóssimov é testemunha! Mas como aquele fedelho está abatido agora, nem poderias imaginar! "Não valho, diz, o mindinho daquele homem!" Quer dizer, teu mindinho. Tem, vez por outra, bons sentimentos. Mas a tua lição, a aula que lhe deste hoje no "Palácio de Cristal" é o cúmulo da perfeição! É que o assustaste de início, levaste-o às convulsões! Quase o obrigaste a acreditar novamente em todo aquele disparate medonho, e depois lhe mostrou, de repente, a língua: "Toma, pois, apanhaste?" Uma perfeição! Está agora esmagado, aniquilado! E tu és um mestre, juro por Deus! É desse jeito que se deve tratá-los. Ih, eu é que não estava lá! Ele te esperava agora, todo ansioso. Porfíri também quer conhecer-te...

— Ah... esse também?... Mas por que foi que me alistaram nos loucos?

— Nos loucos, não. Parece-me, mano, que fiquei palrando demais... Olha, o que o assombrou a ele é que tu te interessas tão só por um ponto, agora está claro o porquê disso, ciente de todas as circunstâncias...

e como isso te irritava então... e como se juntou à doença... Eu, mano, estou um pouco bêbado, mas, sabe lá o diabo, Zóssimov tem uma ideia própria... Digo-te: anda doidinho pelas doenças mentais. Vem, cospe nele...

Os dois passaram meio minuto em silêncio.

— Escuta, Razumíkhin — Raskólnikov retomou a conversa —, quero dizer-te sinceramente: eu venho da casa de um finado, foi um servidor que morreu... deixei ali todo o meu dinheiro... e, além disso, uma criatura acabou de beijar-me, e, mesmo se realmente tivesse matado alguém, ela também... numa palavra, vi lá mais uma criatura, a outra... com pluma da cor de fogo... aliás, estou delirando, estou muito fraco, segura-me... eis aqui a escada...

— O que tens? O que tens? — perguntava Razumíkhin, inquieto.

— A cabeça anda um pouco tonta, mas não é isso, é que estou tão triste, tão triste, como uma mulher... é verdade! Olha, o que é isso? Olha aí, olha!

— O que houve?

— Será que não vês? Há luz no meu quarto, viste? Na fresta...

Eles já estavam ao pé do último lanço da escada, junto das portas da locadora, e viam, de fato, que havia luz no cubículo de Raskólnikov.

— É estranho! Talvez seja Nastássia — notou Razumíkhin.

— Ela nunca entra no meu quarto nesta hora e, ainda por cima, está dormindo há tempo, mas... tanto faz! Adeus!

— O que tens? Eu te acompanho, vamos entrar juntos!

— Sei que vamos entrar juntos, mas quero apertar tua mão e despedir-me de ti aqui. Dá-me, pois, a mão, e adeus!

— O que é que tens, Ródia?

— Nada. Vamos lá, serás testemunha...

Eles foram subindo a escada, e Razumíkhin teve, de súbito, a ideia de que Zóssimov talvez tivesse razão. "Eh! Confundi-o com minha tagarelice!" — murmurou em voz baixa. Aproximando-se da porta, eles ouviram as vozes dentro do quarto.

— Mas o que é? — exclamou Razumíkhin.

Raskólnikov foi o primeiro a pegar na maçaneta e abrir a porta de par em par; abriu-a e ficou imóvel na soleira.

A mãe e a irmã dele estavam sentadas no seu sofá, aguardando por uma hora e meia. Por que menos as esperava e menos pensava nelas, apesar da notícia que tornara a ouvir nesse mesmo dia, a de que elas se tinham embarcado, estavam chegando, viriam proximamente? As mulheres haviam passado essa hora e meia interrogando Nastássia, a qual continuava na frente delas, depois de contar a história toda. Levaram um susto enorme de ouvir que ele "escapuliu hoje", doente e, como se deduzia do relato, em pleno delírio! "Senhor, o que ele tem?" Ambas estavam chorando, ao suportar um martírio nessa hora e meia de espera.

Um grito alegre e exultante saudou a vinda de Raskólnikov. A mãe e a irmã acorreram juntas. Mas ele estava feito morto: a consciência insuportável atingira-o de repente, qual um relâmpago. Os braços dele não se levantavam para abraçá-las, não se moviam. A mãe e a irmã abraçavam-no com toda a força, beijavam-no, riam, choravam... O jovem fez um passo, cambaleou e caiu no chão sem sentidos.

Alarme, gritos de pavor, gemidos... Razumíkhin, que estava plantado na soleira, arrojou-se no quarto, pegou o doente com suas mãos vigorosas e colocou-o, num átimo, no sofá.

— Não é nada, nada! — gritava à mãe e à irmã. — É uma síncope, é coisinha pouca! O doutor acabou de dizer que ele estava bem melhor, que estava totalmente curado! Água! Olhem, já está de volta, olhem, já se recobrou!...

E, pegando a mão de Dúnetchka com tanta força que quase a deslocou, inclinou-a para mostrar que o irmão "já se recobrara". Tanto a mãe quanto a irmã miravam Razumíkhin como uma pessoa providencial, enternecidas e gratas, Nastássia já lhes contara tudo o que tinha feito para seu Ródia, durante toda a doença dele, "esse jovem esperto", como o chamaria na mesma noite, numa conversa privada com Dúnia, a própria Pulkhéria Alexândrovna Raskólnikova.

TERCEIRA PARTE

I

Raskólnikov se soergueu e ficou sentado no sofá. Ainda fraco, acenou a Razumíkhin para interromper todo um fluxo de consolações desconexas e calorosas que este dirigia à mãe e à irmã, pegou as mãos de ambas as mulheres e, por uns dois minutos, fitou-as em silêncio, ora uma, ora outra. A mãe se assustou com o olhar dele. Nesse olhar transparecia um sentimento potente até causar dor e, ao mesmo tempo, algo fixo e como que insano. Pulkhéria Alexândrovna começou a chorar. Avdótia Românovna estava pálida, e a mão dela tremia na do irmão.

— Vão para casa... com ele — disse o jovem, com uma voz entrecortada, apontando para Razumíkhin. — Até amanhã... tudo fica para amanhã. Faz tempo que vieram?

— De tarde, Ródia — respondeu Pulkhéria Alexândrovna —, o trem chegou muito atrasado. Mas, Ródia, não te deixarei agora de jeito nenhum! Vou pernoitar aqui, perto de ti...

— Não me aborreçam! — retorquiu ele com um gesto irritadiço.

— Eu fico com ele! — exclamou Razumíkhin. — Não vou deixá-lo nem um minuto, e que o diabo leve toda a minha turminha, mesmo que subam as paredes! Meu tio ficou lá de presidente.

— Como, mas como lhe agradeceria? — ia dizer Pulkhéria Alexândrovna, apertando outra vez as mãos de Razumíkhin, mas Raskólnikov tornou a interrompê-la:

— Eu não posso, não posso — repetia com irritação —, não me aflijam! Chega, vão embora... Não posso!...

— Vamos, mãezinha, pelo menos saiamos do quarto, por um minuto — cochichou Dúnia, assustada. — A gente o prejudica, dá para ver isso.

— Será que nem olharei para ele, após esses três anos? — chorava Pulkhéria Alexândrovna.

— Esperem! — Raskólnikov fez de novo que elas parassem. — Vocês me interrompem, e meus pensamentos ficam confusos... Já viram Lújin?

— Não, Ródia, mas ele já sabe da nossa chegada. Ouvimos falar, Ródia, que Piotr Petróvitch teve a bondade de visitar-te hoje — acrescentou Pulkhéria Alexândrovna com certa timidez.

— Sim... teve a bondade... Dúnia, eu disse a Lújin, há pouco, que ia jogá-lo da escada e mandei-o para o diabo...

— Ródia, o que tens? Tu, com certeza... não queres dizer que... — começou Pulkhéria Alexândrovna, assustada, mas se calou ao olhar para Dúnia.

Avdótia Românovna fitava o irmão e esperava pela continuação. Nastássia já tinha avisado as mulheres sobre a briga, o quanto ela própria podia entender e relatar, fazendo-as sofrer, perplexas e ansiosas.

— Dúnia — prosseguiu Raskólnikov com esforço —, não quero esse casamento, por isso te cumpre recusar Lújin amanhã mesmo, logo na primeira conversa, para que não haja nem cheiro dele aqui.

— Meu Deus! — exclamou Pulkhéria Alexândrovna.

— Pensa, irmão, no que está falando! — ia dizer, num impulso, Avdótia Românovna, mas logo se conteve. — Talvez não tenhas forças agora: estás cansado — disse com pacatez.

— Achas que estou delirando? Não... Tu te casas com Lújin por minha causa. E eu não aceito teu sacrifício. Portanto escreve, amanhã mesmo, uma carta... com a recusa... Deixa que eu a leia, pela manhã, e ponto final!

— Não posso fazer isso! — exclamou a moça, sentida. — Com que direito?...

— Dúnetchka, tu também tens a cabeça quente; deixa até amanhã... Será que não vês?... — a mãe acorreu a Dúnia, toda aflita. — Ah, é melhor irmos embora!

— Está delirando! — bradou Razumíkhin, embriagado que estava. — Se não, como se atreveria? Amanhã toda essa doidice passa... E hoje ele o botou mesmo para fora. Foi assim mesmo. Pois, e aquele ali ficou bravo... Palestrava aqui, exibia seus conhecimentos, e depois se escafedeu, com o rabo entre as pernas...

— Então é verdade? — exclamou Pulkhéria Alexândrovna.

— Até amanhã, irmão — disse Dúnia, compadecida. — Vamos, mãezinha... Adeus, Ródia!

— Ouves, irmã? — repetiu ele, juntando as últimas forças. — Não estou delirando; esse casamento é uma vileza. Que seja eu cafajeste, mas tu não deves... só um de nós dois... e eu, ainda que seja um cafajeste, não vou mais reconhecer uma irmã dessas como irmã. Ou eu ou Lújin! Agora vão...

— Mas tu enlouqueceste! Déspota! — berrou Razumíkhin, mas Raskólnikov já não respondia ou não tinha, quem sabe, mais forças para responder. Ele se deitou no sofá e virou-se para a parede, completamente exausto. Avdótia Românovna olhou para Razumíkhin com curiosidade, seus olhos negros brilhavam, e Razumíkhin até estremeceu com esse olhar. Pulkhéria Alexândrovna estava como que aturdida.

— Não posso ir embora de jeito nenhum! — cochichava ela a Razumíkhin, quase com desespero. — Eu fico em algum lugar por aqui... acompanhe Dúnia.

— Vai estragar o negócio todo! — também cochichou Razumíkhin, perdendo a paciência. — Vamos, pelo menos, à escada. Nastássia, traz a vela! Juro-lhe — continuou, em voz baixa, já na escada — que ele quase nos espancou, a mim e ao doutor, ainda hoje! A senhora entende isso? O próprio doutor! E o doutor anuiu, para não o irritar, e foi embora, e eu fiquei embaixo, vigiando-o, mas aí ele se vestiu e escapuliu. E vai escapulir de novo, caso o irritem, dessa vez à noite, e fará alguma besteira...

— Ah, o que diz?!

— E Avdótia Românovna não pode ficar naqueles quartos sozinha, sem a senhora! Pense bem onde estão hospedadas! Será que esse canalha Piotr Petróvitch não poderia arranjar um apartamento melhor?... Aliás, sabe, estou um pouco bêbado, e por isso... chamei-o assim... Não prestem...

— Mas eu vou falar com a dona desta casa — insistia Pulkhéria Alexândrovna — e implorarei que ela nos dê um cantinho para esta noite, a mim e a Dúnia. Não posso deixá-lo nesse estado, não posso!

Eles falavam nisso no patamar da escada, bem em frente à porta da locadora. Nastássia segurava a vela num degrau de baixo. Razumíkhin estava numa excitação incomum. Ainda meia hora antes, acompanhando Raskólnikov até sua casa, ele tagarelava demais e dava-se conta disso, mas estava totalmente lúcido e quase sóbrio, apesar do descomunal volume de vinho que tomara nessa noite. Agora o estado dele assemelhava-se a um êxtase e, ao mesmo tempo, parecia que todo o vinho tomado voltou a subir-lhe à cabeça, de uma vez só e com uma potência duplicada. Segurando as mãos de ambas as damas, persuadia-as, argumentava com uma sinceridade assombrosa e, provavelmente para convencê-las ainda mais, apertava-lhes as mãos, quase a cada palavra, com toda a força, como que usando tenazes, e parecia devorar com os olhos Avdótia Románovna, sem sombra de constrangimento. De vez em quando, elas sentiam dor e retiravam as mãos da enorme e ossuda manzorra de Razumíkhin, mas ele não apenas despercebia isso, como as atraía ainda mais para si. Se elas mandassem então que se jogasse, a título de favor, da escada de cabeça para baixo, fá-lo-ia de imediato, sem raciocínios nem dúvidas. Toda perturbada de pensar em seu Ródia, Pulkhéria Alexândrovna sentia que, excêntrico em excesso, o moço lhe apertava demais a mão, porém não queria atentar a todos esses pormenores excêntricos, pois o considerava, ao mesmo tempo, providencial. Não obstante a mesma perturbação, Avdótia Románovna, cujo caráter, aliás, não era dos temerosos, observava o selvagem fulgor dos olhares que lhe lançava o amigo de seu irmão com espanto e quase com medo; tão só a confiança ilimitada, imposta pelos relatos de Nastássia sobre esse homem estranho, é que a impediu de fugir dele, puxando sua mãe pelo braço. Ela entendia, outrossim, que talvez nem fugir elas conseguissem agora. De resto, ficou bem mais calma uns dez minutos depois; Razumíkhin tinha a faculdade de desembuchar por completo num átimo, fosse qual fosse o seu estado, de modo que todos ficassem logo sabendo com quem lidavam.

— Não podemos incomodar a dona, é uma bobagem horrível! — exclamou ele, convencendo Pulkhéria Alexândrovna. — Embora seja a mãe dele, vai levá-lo ao frenesi, se ficar, e sabe lá o diabo o que acontecerá! Escute, vou fazer o seguinte: Nastássia ficará, por enquanto, com ele, e eu vou acompanhá-las, porque não podem andar pelas ruas sozinhas, aqui em Petersburgo, isso é... Mas não importa!... Depois voltarei correndo para cá e, dentro de um quarto de hora — minha palavra de honra! —, levar-lhe-ei o comunicado de como ele está, se dorme ou não, e todo o resto. E depois, escute! Depois correrei num instante a minha casa — tenho uns convidados ali, todos bêbados — e pegarei Zóssimov: é o doutor que cuida dele; está em minha casa, mas sóbrio — aquele lá está sóbrio, nunca fica embriagado! Farei com que examine Rodka e, logo depois, virei outra vez falar com a senhora, ou seja, a senhora receberá, numa hora só, duas notícias sobre ele, e uma notícia do médico, entende, do próprio médico que não é o mesmo que eu! Se estiver mal, juro que as trarei novamente aqui, e se estiver bem, vão dormir as duas. E eu mesmo passarei a noite aqui, na antessala, ele nem vai ouvir, e mandarei Zóssimov dormir no apartamento da dona, para que esteja por perto. Quem é melhor para ele agora: a senhora ou o doutor? O doutor é mais útil, mais útil, não é? Vão para casa, pois, vão! Mas não podemos incomodar a dona: eu cá posso, mas a senhora não pode; ela não a deixará entrar, porque... porque é boba. Vai ter ciúmes de Avdótia Românovna e, se quiser saber, da senhora também... E de Avdótia Românovna, sem falta. É um caráter totalmente, mas totalmente inesperado! Aliás, eu também sou bobo... Não importa! Vamos! Acredita em mim? Pois acredita em mim ou não?

— Vamos, mãezinha — disse Avdótia Românovna —, por certo, ele fará o que promete. Já ressuscitou nosso irmão e, se for verdade que o doutor consinta em pernoitar aqui, não há nada melhor!

— A senhorita... a senhorita é que me entende... porque é um anjo! — exclamou Razumíkhin, exaltado. — Vamos! Nastássia, sobe rapidinho e fica lá, perto dele, com a vela. Eu voltarei daqui a um quarto de hora...

Se bem que não estivesse completamente persuadida, Pulkhéria Alexândrovna deixou de resistir. De braços dados com elas, Razumíkhin fê-las descer a escada. De resto, a mãe continuava preocupada — "será que poderá mesmo, embora esperto e bondoso, cumprir a promessa? Nesse seu estado..."

— Ah, estou entendendo, a senhora pensa em que estado me encontro! — Razumíkhin adivinhou os pensamentos dela e interrompeu-os, fazendo passos enormes pela calçada, de sorte que ambas as damas mal conseguiam acompanhá-lo, sem ele reparar nisso. — Bobagem! Quer dizer, estou bêbado que nem um paspalho, mas não se trata disso, não estou bêbado de vinho. Algo me subiu à cabeça, tão logo as vi... E cuspo para mim mesmo! Não prestem atenção, estou mentindo e desmereço sua benevolência... Desmereço-a no mais alto grau!... E assim que as levar para lá, vou jogar-me, de pronto, dois baldes d'água na cabeça, aqui mesmo, neste canal, e ficarei fresquinho... Se as senhoras soubessem apenas como amo as duas!... Não riam nem se zanguem!... Zanguem-se com todo mundo, menos comigo! Sou amigo dele, por conseguinte, sou seu amigo. Assim eu quero... Já pressentia isso... no ano passado, houve um instante assim... Aliás, não pressentia nada, porque as senhoras vieram como que caindo do céu. Talvez eu não durma a noite inteira... Aquele Zóssimov tinha medo, há pouco, de que ele tivesse enlouquecido... Por isso é que não se pode irritá-lo...

— O que é que diz? — exclamou a mãe.

— Foi mesmo o doutor quem disse? — perguntou Avdótia Românovna, assustada.

— Foi mesmo, mas não é isso, não é nada disso. Ele também prescreveu um remédio em pó, eu vi, e as senhoras vieram logo... Eh!... Seria melhor se viessem amanhã! É bom a gente ter ido embora. E, daqui a uma horinha, o próprio Zóssimov lhes prestará contas. Aquele ali é que não está bêbado! E eu também ficarei sóbrio... E por que me embebedei tanto? Foi porque me envolveram numa discussão, malditos! Jurava que não ia discutir mais!... Falam tanta asneira! Quase bati neles! Deixei lá o meu tio por presidente... Exigem a total impessoalidade e acham nisso o maior prazer, acreditam? Tomara que não sejas tu mesmo, tomara que menos te pareças à tua própria figura! É isso que eles têm como o mais alto progresso. Se, pelo menos, mentissem de seu jeito particular, mas...

— Escute — interrompeu-o, com timidez, Pulkhéria Alexândrovna, mas isso só aumentou o arroubo.

— A senhora pensa o quê? — gritava Razumíkhin, elevando cada vez mais o tom. — A senhora pensa que eu apoio as mentiras deles? Bobagem! Eu gosto de ouvir lorotas! Mentir é o único privilégio humano perante todos os organismos. Mentindo é que se chega à verdade! Sou homem, porque estou mentindo. Ainda não atingimos nenhuma verdade sem termos mentido umas catorze ou, sabe-se lá, cento e catorze vezes, e isso é, de certa forma, honroso, porém nem mentir de nosso jeito sabemos! Engana-me, mas de tua maneira própria, então te beijarei. Mentires de teu jeitinho próprio é quase melhor do que dizeres tão só a verdade dos outros, no primeiro caso, és gente, e no segundo, apenas um passarinho! A verdade não fugirá, mas a vida pode ficar estagnada, houve exemplos. Quem somos agora? Todos nós, todos sem exceção, ainda estamos na primeira série preparativa do ginásio, quanto à ciência, ao desenvolvimento, à mentalidade, às invenções, aos ideais, aos desejos, ao liberalismo, ao juízo, às experiências e a tudo... tudo, tudo, tudo, tudo! Tomamos gosto pela inteligência alheia e fomos usufruindo, não é? Estou certo? — bradava Razumíkhin, sacudindo ambas as damas e apertando-lhes as mãos. — Eu estou certo?

— Oh, meu Deus, não sei — disse a pobrezinha da Pulkhéria Alexândrovna.

— Certo, certo... embora não concorde com o senhor em tudo — acrescentou Avdótia Românovna com seriedade e logo soltou um grito, tão forte foi, dessa vez, o aperto da mão dele.

— Certo? A senhorita diz "certo"? Mas é, depois disso... é... — vociferou Razumíkhin, exaltado — é uma fonte de bondade, pureza, inteligência e... perfeição! Dê-me a sua mão, dê-me... e a senhora também, eu quero beijar suas mãos aqui e agora, de joelhos!

E ele se ajoelhou no meio da calçada que, dessa vez, felizmente, estava deserta.

— Peço-lhe, pare! O que está fazendo? — gritou Pulkhéria Alexândrovna, assustada ao extremo.

— Fique em pé, fique! — ria Dúnia, embora também alarmada.

— De jeito nenhum, antes que me deem suas mãos! Isso aí, e basta, eu me levanto e vamos adiante! Eu sou um bobão desgraçado, eu desmereço, eu estou bêbado e com vergonha... Eu desmereço amá-las, mas venerá-las é o dever de qualquer um, salvo se for um bruto arrematado! Eu cá venero... Eis aqui os seus quartos, e dou razão a Rodion só por ter expulsado o tal de Piotr Petróvitch! Como ele se atreveu a alugar esses quartos para as senhoras? É um escândalo! Sabem quem passa por aqui? E a senhorita é noiva! É noiva, não é? Então lhe digo que seu noivo é um cafajeste depois disso!

— Escute, senhor Razumíkhin, está esquecendo... — ia dizer Pulkhéria Alexândrovna.

— Sim, sim, a senhora tem razão, eu esqueci e estou envergonhado! — mudou de tom Razumíkhin. — Mas... mas... a senhora não pode ter raiva de mim por dizer essas coisas! Digo-as com sinceridade e não porque... hum... isso seria baixo; numa palavra, não porque a... hum... que assim seja, não é preciso, não vou dizer o porquê, não ousarei!... Mas nós todos percebemos, logo que ele entrou, que não era um homem de nosso meio. Não por ter vindo de cabelo frisado num salão, nem por exibir, rapidinho, sua inteligência, mas por ser alcaguete e especulador, por ser judeu e palhaço, e isso está na cara. As senhoras acham que ele é inteligente? Não, é bobo, bobo! Será que ele combina com a senhorita? Oh, meu Deus! Vejam bem, senhoras — parou ele, de súbito, já subindo a escada que levava aos quartos —, ainda que todos os meus convidados estejam bêbados, são todos honestos; e mesmo que estejamos mentindo — é que eu também minto! —, chegaremos, enfim, à verdade, por meio das nossas mentiras, pois seguimos um caminho nobre, e Piotr Petróvitch... não segue o caminho nobre. Ainda que tenha xingado agorinha aquelas pessoas, tenho respeito por todas elas; e, bem que não respeite Zamiótov, gosto tanto dele, porque é um fedelho! Até esse canalha Zamiótov, sim, porque é honesto e sabe o que faz... Mas chega, está tudo dito e perdoado. Perdoado? Será? Mas vamos. Conheço este corredor, já passei por aqui, houve um escândalo lá, no terceiro quarto... Onde as senhoras ficarão, pois? Em que quarto? No oitavo? Tranquem a porta de noite e não deixem ninguém entrar. Dentro de um quarto de hora, voltarei com notícias e, mais meia hora depois, trarei Zóssimov, as senhoras vão ver! Adeus, que estou correndo!

— Meu Deus, Dúnetchka, o que vai acontecer? — disse Pulkhéria Alexândrovna, dirigindo-se à filha com medo e angústia.

— Acalme-se, mãezinha — respondeu Dúnia, tirando o chapéu e a mantilha. — Foi o próprio Senhor quem nos mandou esse moço, se bem que viesse logo de uma esbórnia. Podemos confiar nele, asseguro-lhe. E tudo o que ele já fez para o irmão...

— Ah, Dúnetchka, só Deus sabe se ele volta! E como ousei deixar Ródia?... Não é nesse estado que imaginava encontrá-lo, não é mesmo! Como estava severo, parecia que nossa vinda não o animava...

As lágrimas surgiram nos olhos dela.

— Não, mãezinha, não é isso. A senhora não prestou atenção, chorava o tempo todo. Ele está muito abatido por causa de uma doença grave: eis a razão de tudo.

— Ah, essa doença! O que vai acontecer, o quê? E como ele falou contigo, Dúnia! — disse a mãe, olhando com timidez bem nos olhos da filha para ler todos os seus pensamentos. Consolava-se, em parte, com o fato de Dúnia defender Ródia, tendo-o, por consequência, perdoado. — Tenho a certeza de que amanhã ele mudará de ideia — acrescentou ela, indagadora até o fim.

— E eu tenho a certeza de que amanhã ele dirá a mesma coisa... sobre aquilo — cortou Avdótia Românovna, e esse era o problema, havendo um ponto delicado que Pulkhéria Alexândrovna temia muito abordar na ocasião. Dúnia se achegou à mãe e beijou-a. Esta a abraçou com força, sem dizer nada. Depois se sentou, esperando, inquieta, pelo retorno de Razumíkhin e seguindo com seus olhos tímidos a filha, que começara a andar pelo quarto, de lá para cá, de braços cruzados no peito, também esperando e refletindo consigo mesma. Esse andar pensativo de um canto para o outro era um hábito de Avdótia Românovna, e a mãe sempre tinha medo de atrapalhar, em tais momentos, suas meditações.

É claro que Razumíkhin parecia ridículo com sua paixão por Avdótia Românovna, tão repentina e atiçada pela embriaguez, no entanto, ao verem Avdótia Românovna, sobretudo agora que ela andava de braços cruzados pelo quarto, triste e meditativa, muitas pessoas perdoariam, talvez, o moço, desconsiderando a excentricidade do seu estado. Avdótia Românovna era muito bonita, alta, admiravelmente esbelta, forte, segura de si, o que se expressava em todos os gestos dela, sem nada subtrair, aliás, à suavidade graciosa de seus movimentos. Seu rosto se parecia com o do irmão, mas até poderia ser chamado de lindo. Os cabelos dela eram castanhos, um pouco mais claros que os do irmão, os olhos, quase negros, brilhantes, orgulhosos e, ao mesmo tempo, extremamente bondosos em certos momentos. Dúnia estava pálida, mas sem aquela palidez doentia, o rosto dela irradiava vigor e saúde. Sua boca era um tanto miúda, e o lábio inferior, fresco e rubro, sobressaía um pouco, assim como o queixo — o único defeito desse belo semblante que o tornava, todavia, bem característico e, vez por outra, como que assoberbado. A expressão facial dela sempre era mais séria e pensativa do que risonha, mas, em compensação, como o sorriso combinava com esse rosto, como o vivificava um riso alegre, jovem e sincero! Entendia-se logo que aquele entusiástico, franco, simplório, honesto, forte como um valentão e bêbado Razumíkhin, que nunca tinha visto nada semelhante, perdera a cabeça com a primeira olhada. Além disso, o acaso quis, como que de propósito, que seu primeiro encontro com Dúnia se desse naquele belo momento de amor e alegria de rever o irmão. Depois ele viu o lábio inferior da moça indignada tremer em resposta às ordens de seu irmão, tão ousadas e cheias de cruel ingratidão, e... não pôde mais resistir.

De resto, Razumíkhin não mentiu em razão da embriaguez, quando declarou, lá na escada, que a excêntrica locadora de Raskólnikov, Praskóvia Pávlovna, iria sentir ciúmes não só de Avdótia Românovna, mas, quem sabe, até de Pulkhéria Alexândrovna. Se bem que Pulkhéria Alexândrovna já tivesse quarenta e três anos, seu rosto ainda guardava os resquícios da beleza antiga e, além disso, ela parecia muito mais nova, qualidade quase sempre peculiar das mulheres que preservam, até a velhice, a lucidez do espírito, o frescor das impressões e o honesto e puro calor do coração. Digamos entre parêntesis que em preservar tudo isso consiste o único meio de não perder a beleza nem mesmo na senectude. Os cabelos dela já iam ficando brancos e ralos, as rugazinhas raiadas tinham aparecido, há tempos, perto dos olhos, as faces cavadas murchavam de preocupações e pesares, mas esse rosto, ainda assim, continuava lindo. Seria o retrato de Dúnetchka vinte anos depois, exceto o lábio inferior que, no caso da mãe, não sobressaía. Pulkhéria Alexândrovna era sensível — aliás, sem a melosidade —, tímida e pacata, porém até certo ponto; ela podia ceder em muitos casos, podia aceitar muitas coisas, mesmo que estas contradissessem suas convicções, mas sempre respeitava aquele limite de decência, regras e convicções extremas que nenhumas circunstâncias a forçariam a atravessar.

Exatamente vinte minutos depois da saída de Razumíkhin, ouviram-se duas macias, mas apressadas batidas à porta; ele voltou.

— Não vou entrar, que não tenho tempo! — disse rápido, quando as mulheres abriram a porta. — Dorme que nem uma pedra, profunda e tranquilamente, e queira Deus que durma assim umas dez horas. Nastássia está com ele; mandei que não saísse antes de meu retorno. Agora vou trazer Zóssimov, ele prestará contas, e depois as senhoras vão dormir também — cansaram-se, pelo visto, até dizer chega.

E ele foi correndo pelo corredor.

— Que jovem esperto e... dedicado! — exclamou Pulkhéria Alexândrovna, cheia de alegria.

— Parece uma boa pessoa! — respondeu Avdótia Românovna com certo ardor, pondo-se outra vez a andar pelo quarto, de lá para cá.

Quase uma hora depois, ouviram-se passos no corredor e outra batida à porta. Ambas as mulheres estavam esperando, dessa vez plenamente seguras de que Razumíkhin cumpriria sua promessa, e ele veio mesmo e trouxe Zóssimov. Este consentira logo em abandonar a tertúlia, indo examinar Raskólnikov, mas viera visitar as damas a contragosto e com muita desconfiança em relação ao bêbado Razumíkhin. Porém seu amor-próprio ficou logo tranquilizado e mesmo lisonjeado: ele entendeu que o esperavam, de fato, como um oráculo. Permaneceu no quarto dez exatos minutos, o suficiente para convencer e acalmar totalmente Pulkhéria Alexândrovna. Falava com uma compaixão extraordinária, mas de maneira reservada e bastante séria, justamente como deveria falar um médico de vinte e sete anos numa consulta importante, sem uma palavra que não dissesse respeito ao assunto nem sombra de vontade de estabelecer relações mais íntimas e particulares com ambas as damas. Ao reparar, logo que entrou no quarto, na beleza deslumbrante de Avdótia Românovna, procurava não prestar a menor atenção a ela, em todo o tempo de sua visita, e dirigia-se unicamente a Pulkhéria Alexândrovna. Tudo isso lhe proporcionava uma satisfação interna excepcional. Quanto ao paciente, declarou que, nesse momento, achava o estado dele bem satisfatório. Segundo as suas observações, a doença do paciente tinha, a par da má situação material desses últimos meses, certos motivos morais, sendo "por assim dizer, o resultado de muitas complexas influências morais e materiais, inquietudes, receios, preocupações, certas ideias... e assim por diante". Ao perceber, de passagem, que Avdótia Românovna passara a escutá-lo com especial atenção, Zóssimov tratou esse tema de modo mais detalhado. E quando Pulkhéria Alexândrovna lhe perguntou, temerosa e tímida, sobre "aquelas suas suspeitas de insanidade", respondeu, com um sorriso tranquilo e franco, que as palavras dele teriam sido muito exageradas, por certo, percebia-se no doente alguma ideia fixa, algo sugestivo da monomania — visto que ele, Zóssimov, observava, em especial, essa área interessantíssima da medicina —, mas era preciso levar em conta que, quase até a presente data, o doente estava delirando, e que... com certeza, a vinda das parentas ia fortalecê-lo, distraí-lo e surtir um efeito salutar. "Se for possível, é claro, evitar novos abalos peculiares!" — acrescentou ele de forma significativa. Depois se levantou, saudou as mulheres respeitosa e amigavelmente, ao passo que Pulkhéria Alexândrovna lhe dirigia bênçãos, palavras de ardorosa gratidão, súplicas, e Avdótia Românovna lhe estendia sua mãozinha, sem ele ter buscado apertá-la, e foi embora, extremamente contente de sua visita e, mais ainda, de si próprio.

— Vamos conversar amanhã, e agora vão para a cama, sem falta! — concluiu Razumíkhin, saindo com Zóssimov. — Amanhã, assim que puder, trarei mais notícias.

— Mas que menina gostosa é essa Avdótia Românovna! — notou Zossímov, quase lambendo os beiços, quando eles estavam na rua.

— Gostosa? Disseste "gostosa"? — berrou Razumíkhin e, de repente, agrediu Zóssimov, pegando-o no pescoço. — Se tu ousares, um dia...

Entendes? Entendes? — gritou, sacudindo-o pela gola e apertando contra um muro. — Ouviste?

— Deixa-me, diacho bêbado! — debatia-se Zóssimov. Em seguida, já solto, fitou Razumíkhin e deu, de chofre, uma gargalhada. Razumíkhin estava na sua frente, de braços caídos, numa meditação sombria e grave.

— Eu sou um asno, bem entendido — disse ele, soturno que nem um nimbo —, mas... tu também.

— Não, mano, não é a mesma coisa. Eu cá não sonho com asneiras.

Eles foram embora, calados; só quando se achegavam ao apartamento de Raskólnikov é que Razumíkhin, muito preocupado, rompeu o silêncio.

— Escute — disse ele a Zóssimov —, tu és um bom rapaz, mas tens um bocado de qualidades ruins e, ainda por cima, és um libertino dos sujos, isso eu sei. És um canalha nervoso e fraco, andas meio doido, estás gorducho e não consegues recusar nada a ti mesmo — e eu chamo isso de canalhice, pois leva diretamente à sujeira. Ficaste tão repimpado que a coisa que menos entendo, confesso-te, é como podes ser, apesar disso tudo, um médico competente e até mesmo abnegado. Dormes num colchão de penas (eta, que doutoreco!), mas te levantas, de noite, para socorrer o doente! Daqui a uns três anos, não vais mais levantar-te por causa de teus pacientes... Mas não, diabo, não se trata disso, mas eis o que é, dormirás hoje no apartamento da dona (mal consegui convencê-la!), e eu, na cozinha: — um bom caso para vocês se conhecerem melhor! Ela não é o que estás pensando! Não há, mano, nem sombra daquilo...

— Mas eu não estou pensando nada...

— Há, mano, pudor, taciturnidade, acanhamento, castidade fervorosa e, apesar disso, suspiros... e derrete-se que nem a cera, derrete-se toda! Livra-me dela, por todos os diabos do mundo! É tão avantajadinha!... Merecerei, merecerei com a minha vida!

Zóssimov desandou a rir mais ainda.

— Ih, como te queixas! Por que vou querê-la?

— Asseguro-te que não será muito difícil, é só dizeres qualquer absurdo, senta-te perto dela e fala. És médico, ainda por cima, então começa a tratá-la de alguma doença. Juro que não te arrependerás. Ela tem lá um clavicórdio;[61] tu sabes que sei tocar um pouquinho... pois

[61] Antigo instrumento musical de cordas e teclado, semelhante ao cravo.

tenho uma canção russa, das verdadeiras: "Verterei lágrimas amargas...". Ela gosta de canções verdadeiras, e nosso caso começou por essa cançãozinha, mas tu tocas piano feito um virtuose, um mestre, um Rubinstein...[62] Asseguro-te que não te arrependerás!

— Mas tu prometeste, talvez, alguma coisa àquela mulher? Assinaste um formulário? Talvez tenhas prometido que te casarias com ela?...

— Nada, nada, mas absolutamente nada disso! E ela não é tão ingênua assim; Tchebárov a cortejava...

— Deixa-a, então!

— Mas não posso deixar desse jeito!

— Por que não podes?

— Não posso mesmo, e ponto final! Há nisso, mano, um fator envolvente.

— Então por que a seduziste?

— Não a seduzi, de maneira alguma, talvez tenha deixado que ela me seduzisse a mim, por minha tolice, mas para ela não faz diferença nenhuma, tu ou eu, tomara que haja alguém por perto, a suspirar. Isso, mano... Não posso expressar-te isso: por exemplo, tu entendes bem de matemática e estudas até agora, eu sei... começa, pois, a ensinar-lhe, digamos, o cálculo integral — juro por Deus que não estou mentindo! — e para ela, falando sério, não fará diferença alguma, ela vai olhar para ti e suspirar, e assim um ano inteiro. Diga-se de passagem, contei-lhe por muito tempo, uns dois dias seguidos, sobre a câmara prussiana da fidalguia (e de que mais falaria com ela?), e ela não fazia outra coisa senão suspirar e suar! Só não puxes conversas sobre o amor — é tímida até os espasmos! — mas faz de conta que não consegues afastar-te dela, e chega. Um conforto enorme, como se estivesses em casa: lê, senta-te, deita-te, escreve... Até podes beijá-la, com prudência...

— Mas por que ia querê-la?

— Eh, como é que faço para explicar-te? Olha, vocês dois combinam perfeitamente um com o outro! Ainda antes pensava em ti... É que tu vais acabar exatamente assim! Que diferença faria, então, se acontecesse mais cedo ou mais tarde? Há nisso, mano, um princípio do colchão de penas, sim, e não apenas ele! Isso envolve; é o fim do mundo, tua

[62] Anton Grigórievitch Rubinstein (1829–1894): pianista, compositor e maestro russo, fundador do Conservatório de São Petersburgo.

âncora, teu rincão sossegado, o umbigo da terra, o globo em cima de três peixes, a essência dos crepes, dos pastelões gordurosos com carne, do samovar noturno, dos ais baixinhos e dos casaquinhos quentes, dos leitos aquecidos — como se já estivesses morto e, ao mesmo tempo, continuasses vivo, ambas as vantagens de uma vez! Pois é, mano: fiquei palrando, diabo, e está na hora de dormir! Escuta... às vezes, acordo de noite e vou ver Ródia. Mas isso é uma bobagem, já que está tudo bem. Não te preocupes em demasia, tu mesmo, mas, se quiseres, vai vê-lo também. E se notares alguma coisa, por exemplo, delírio ou febre, vem acordar-me logo. De resto, não é possível...

II

No dia seguinte, Razumíkhin acordou por volta das oito horas, preocupado e sério. Muitas novas e imprevistas estranhezas iam cercá-lo, de súbito, nessa manhã. Ele sequer imaginava que uma manhã despertaria nesse estado. Lembrava, até os últimos pormenores, tudo o que ocorrera no dia anterior e entendia que algo incomum se dera com ele, que ele havia assimilado uma impressão antes desconhecida e dessemelhante a todas as impressões antigas. Ao mesmo tempo, percebia com clareza que o sonho surgido em sua cabeça era irrealizável no mais alto grau, tão irrealizável que Razumíkhin se apressou a abordar os outros, mais urgentes, problemas e estranhezas que "o maldito dia de ontem" lhe deixara de espólio.

Sua lembrança mais horripilante era a de como ele se mostrara "vil e abjeto" no dia passado, e não só por estar bêbado, mas porque, tomado de ciúmes tolos e precipitados, aproveitara a situação da moça e injuriara seu noivo, desconhecendo não apenas as relações e obrigações mútuas dessas duas pessoas, como também o próprio homem injuriado. Com que direito julgara aquele homem de modo tão precipitado e irrefletido? E quem o convidara a ser juiz? Será que uma criatura como Avdótia Românovna poderia entregar-se a um homem indigno por dinheiro? Então ele também possui sua dignidade. A pousada? Como é que poderia saber, realmente, que os quartos eram assim? Está preparando um apartamento, no fim das contas... arre, como tudo isso é baixo! E que justificativa é essa, a de estar bêbado? Um bobo pretexto que o deixa mais humilhado ainda! A verdade está no vinho,[63] e eis que a verdade foi toda dita, isto é, toda a sujeira de seu coração grosseiro e invejoso é que se extravasara! E ser-lhe-ia permitido, de qualquer maneira que fosse, tal sonho — a ele, Razumíkhin? Quem é, se comparado àquela moça, ele, bêbado desordeiro e fanfarrão de ontem? "Será possível uma comparação tão cínica e risível?" Esse pensamento fez que Razumíkhin ficasse todo vermelho, lembrando-se repentina e nitidamente, nesse exato momento e como que de propósito, de ter dito, na noite anterior, parando lá na escada, que a dona da casa teria ciúmes de Avdótia Románovna... Isso já era insuportável. Com todas as forças, ele deu um murro no forno da cozinha, ferindo sua mão e fazendo um dos tijolos saltar fora.

"É claro" — murmurou ele para si mesmo, passado um minuto, com certo sentimento de auto-humilhação —, "é claro que não poderei encobrir nem expiar todas essas vilezas... jamais... pois então, não adianta sequer pensar nisso. É só eu aparecer calado e... cumprir as minhas obrigações... também calado, e... e não pedir desculpas nem dizer nada, e... e agora, sem dúvida, está tudo perdido!" No entanto, ele examinou seu traje de modo mais minucioso que de costume, antes de vesti-lo. Não tinha outras roupas e, mesmo se tivesse, não as usaria, talvez, de propósito. Em todo caso, não podia parecer cínico e porcalhão, não tinha o direito de ofender os sentimentos de certas pessoas, ainda mais que essas pessoas precisavam dele e chamavam-no. Limpou cuidadosamente o traje com uma escova. Quanto às suas roupas de baixo, estas sempre eram sofríveis, já que Razumíkhin andava bem asseado.

Nessa manhã ele se banhou de maneira meticulosa, pedindo que Nastássia lhe emprestasse um sabonete; lavou os cabelos, o pescoço e, sobretudo, as mãos. Quando chegou à questão se faria a barba ou não (Praskóvia Pávlovna guardava ótimas navalhas, que deixara ainda o finado senhor Zarnítsyn), ficou até mesmo irado e tomou a resolução negativa: "Que fique desse jeito! Senão, elas vão pensar que me barbeei para... sem dúvida, vão pensar isso! Nem por todo o ouro do mundo!"

"E... e o principal: sou tão bruto, estou tão sujo e meus modos são os de bodega, e... e talvez eu saiba que também sou um homem decente, pelo menos um pouco... então me orgulharia mesmo de ser um homem

[63] Alusão ao ditado romano *In vino veritas.*

decente? Toda pessoa deve ser decente e mais puro que eu, e... e, ainda assim (lembro-me bem daquilo), já fiz umas coisinhas lá... não é que sejam infames, contudo... E que pensamentos já tive... hum... e colocar tudo isso ao lado de Avdótia Românovna! Eta, diabo! Que seja assim! Vou continuar, de propósito, tão sujo, sebento, botequeiro, e ponto final! E mais ainda!..."

Foi nesses monólogos que o flagrou Zóssimov, o qual passara a noite na sala de Praskóvia Pávlovna. Ele ia para casa e apressava-se, antes de sair, a rever o doente. Razumíkhin lhe comunicou que este dormia feito uma pedra. Zóssimov mandou que o deixassem dormir até acordar por si só, e prometeu que voltaria lá pelas onze horas.

— Só se ele estiver em casa — acrescentou Zóssimov. — Mas que diacho! O médico não manda em seu paciente, vai, pois, tratá-lo! Não sabes se *este* vai visitar aquelas ou se *aquelas* vêm para cá?

— Aquelas, eu acho — respondeu Razumíkhin, ao entender o objetivo de sua pergunta —, e vão certamente falar dos negócios familiares. Irei embora. Tu, como doutor, é que tens, sem dúvida, mais direitos que eu.

— Mas não sou confessor: venho e vou embora também. Tenho muito trabalho sem elas.

— Há uma coisa que me preocupa — interrompeu Razumíkhin, sombrio. — Ontem estava bêbado e soltei a língua, quando voltávamos para cá; contei a Ródia várias bobagens... várias... inclusive o teu receio de que ele... esteja propenso à loucura...

— Ontem contaste a mesma coisa às damas também.

— Sei que foi uma asneira! Bate-me, se quiseres! Mas é verdade que tinhas uma ideia consolidada?

— Digo-te, uma bobagem... Que ideia consolidada é essa? Tu mesmo o descreveste como monomaníaco, quando me levaste à casa dele... E ontem a gente jogou mais lenha no fogo, quer dizer, foste tu com esse teu papo... sobre o pintor — mas que boa conversa, se ele, quem sabe, enlouqueceu por causa daquilo! Se eu soubesse, de fato, o que tinha acontecido então na delegacia; se eu soubesse que um canalha o tinha ofendido ali... com aquela suspeita! Hum... não deixaria travares ontem essas conversas. É que os monomaníacos fazem um oceano de uma só gota d'água, veem uma história da carochinha na realidade... Que me lembre, esse relato de Zamiótov esclareceu-me ontem metade da situação.

Pois é! Conheço um caso, quando um quarentão hipocondríaco não tinha mais como suportar as caçoadas diárias de um menino de oito anos, à mesa, e acabou por degolá-lo! E Rodion veio todo esfarrapado, e... aquele policial insolente, a doença que começava e tal suspeita! Pensa num hipocondríaco furioso com sua vaidade desenfreada e demasiada! Talvez consista nisso o ponto inicial de toda a doença dele? É isso, diabo!... A propósito, o tal de Zamiótov é realmente um rapazote boníssimo, porém... hum, não devia ter contado ontem tudo isso. Uma matraca terrível!

— Mas a quem foi que ele contou? A mim e a ti?

— E a Porfíri.

— E daí, se contou a Porfíri?

— Tu tens, a propósito, alguma influência sobre aquelas mulheres, a mãe e a irmã dele? Cumpre-nos hoje o tratar com muita cautela...

— Eles se entenderão! — respondeu Razumíkhin a contragosto.

— E por que atacou tanto aquele Lújin? Um homem endinheirado, e não parece que repila a moça... Elas não têm, com certeza, um tostão furado, hein?

— E por que andas bisbilhotando? — gritou Razumíkhin com irritação. — Como é que vou saber se têm ou não têm? Pergunta tu mesmo, talvez elas te digam...

— Arre, como és bobo, às vezes! É a bebida de ontem que persiste... Até a vista, e agradece, em meu nome, o pernoite a Praskóvia Pávlovna. Trancou-se no quarto e não respondeu ao meu *bonjour* por meio das portas, embora tivesse acordado às sete horas, quando lhe trouxeram, pelo corredor, o samovar da cozinha... Não tive a honra de vê-la...

Às nove horas em ponto, Razumíkhin chegou à casa de Bakaléiev. Ambas as damas esperavam por ele, com uma impaciência histérica, havia muito tempo. Tinham-se levantado por volta das sete horas ou, quem sabe, mais cedo ainda. Ele entrou sombrio como a noite, saudou-as sem graça e logo ficou zangado — bem entendido, consigo mesmo. Seus cálculos estavam errados, Pulkhéria Alexândrovna se arrojou ao encontro dele, pegou-lhe ambas as mãos e por pouco não as beijou. Tímido, ele olhou para Avdótia Românovna, mas até o seu rosto altivo expressava, nesse momento, tanta gratidão e benevolência, tanto respeito pleno e inesperado (em lugar das olhadelas escarninhas e daquele desprezo involuntário e indisfarçável!), que lhe seria seguramente mais fácil se o tivessem recebido com ultrajes! Razumíkhin ficou todo confuso. Tinha, felizmente, um tema já pronto a abordar e logo se agarrou a ele. Ouvindo que "Ródia ainda não acordara" e que "estava tudo ótimo", Pulkhéria Alexândrovna declarou que era melhor assim, pois "ela precisava muito, muito, muito conversar antes". Sucedeu a pergunta se Razumíkhin queria chá e o respectivo convite: as mulheres ainda não tinham feito seu desjejum à espera dele. Avdótia Românovna tocou a campainha, veio um maltrapilho imundo, a quem as damas pediram que trouxesse o chá, e o chá foi enfim servido, mas de um modo tão sujo e indecente que elas ficaram envergonhadas. Razumíkhin ia xingar, energicamente, os quartos, mas se recordou de Lújin e, muito confuso, permaneceu calado. Só quando Pulkhéria Alexândrovna começou a fazer-lhe diversas perguntas sem trégua, sentiu grande alívio. Passou três quartos de hora a responder, interrompido inúmeras vezes e indagado de novo, e relatou, na medida de seu conhecimento, todos os fatos mais importantes e necessários que se referiam ao último ano da vida de Rodion Românovitch, terminando com a descrição detalhada de sua doença. Aliás, omitiu muitas coisas que não precisavam ser mencionadas, inclusive a cena que ocorrera na delegacia, com todas as consequências dela. As mulheres escutavam-no com avidez, mas quando ele pensou que, terminada sua narrativa, elas se davam por satisfeitas, teve a impressão de sequer a ter iniciado.

— Diga-me, diga como acha... ah, desculpe, até agora não sei o seu nome! — apressava-se Pulkhéria Alexândrovna.

— Dmítri Prokófytch.

— Pois bem, Dmítri Prokófytch, queria tanto, queria tanto saber... como, de modo geral... ele vê as coisas agora, quer dizer, entenda-me, como é que lhe diria isto, ou seja, como diria melhor — de que ele gosta e de que não gosta? Está sempre tão irritadiço assim? Diga-me, se puder, que desejos e sonhos, digamos, ele tem? O que é, notadamente, que o influencia hoje? Numa palavra, eu queria...

— Ah, mãezinha, mas como se pode responder, assim tão de repente, a todas essas perguntas juntas? — interpelou Dúnia.

— Ah, meu Deus, não é, não é nesse estado que esperava encontrá-lo, Dmítri Prokófytch.

— Isso aí é bem natural — respondeu Razumíkhin. — Não tenho mãe, porém o meu tio me visita todos os anos e quase nunca me reconhece, nem do lado de fora, e ele é um homem inteligente. E, nesses três anos de sua separação, muitas águas rolaram. O que lhe direi? Conheço Rodion há um ano e meio: sombrio, melancólico, soberbo e orgulhoso, nos últimos tempos (ou, sabe-se lá, desde muito antes), desconfiado e hipocondríaco. Contudo, magnânimo e bondoso. Não gosta de manifestar os seus sentimentos, e antes faria uma maldade do que expressaria seu íntimo com palavras. Às vezes, não está nada hipocondríaco, aliás, mas simplesmente frio e insensível até a crueldade, palavra de honra: como se dois caracteres opostos se revezassem nele. Às vezes, anda horrivelmente intratável! Nunca tem tempo, todos o atrapalham, mas ele mesmo fica deitado, sem fazer nada. Não é arguto, e não por lhe faltar espírito, mas por não ter, parece-me, tempo para tais ninharias. Não escuta até o fim o que estão dizendo. Jamais se interessa pela mesma coisa que todo mundo, em dado momento. Atribui a si próprio um valor imenso e, parece, com certo direito. O que mais?... Eu acho que sua vinda exercerá sobre ele uma influência salubríssima.

— Ah, queira Deus! — exclamou Pulkhéria Alexândrovna, exaurida com o parecer de Razumíkhin acerca de seu Ródia.

E Razumíkhin passou a mirar Avdótia Românovna com mais ânimo. Lançava-lhe, ao longo da conversa, frequentes olhadas, mas bem depressa, num só instante, e logo desviava os olhos. Avdótia Românovna ora se sentava à mesa e escutava com atenção, ora se levantava e tornava a andar, conforme seu hábito, de um canto para o outro, cruzando os braços, cerrando os lábios, de vez em quando fazendo uma pergunta, e meditando sem interromper sua andança. Ela também costumava não escutar a conversa até o final. Trajava um vestidinho escuro de certo tecido leve, com uma echarpe branquinha e transparente no pescoço. Julgando por muitos indícios, Razumíkhin percebeu logo que a situação de ambas as mulheres estava extremamente precária. Se Avdótia Românovna estivesse com roupas de uma rainha, ele não teria, talvez, o menor medo dela, mas agora, provavelmente por se dar conta da miséria de suas roupas e da míngua de todo o ambiente, teve o coração invadido pelo temor, passando a ponderar cada palavra sua e cada gesto, o que era, por certo, constrangedor para quem já não tinha confiança em si próprio.

— O senhor disse muita coisa interessante sobre o caráter do irmão e... disse de modo imparcial. Isso é bom — achava que o venerasse —

notou Avdótia Românovna, sorrindo. — Parece igualmente justo que ele precisa de uma mulher por perto — acrescentou, pensativa.

— Não disse assim, aliás, pode ser que nisso a senhorita tenha razão, só que...

— O quê?

— Só que ele não ama ninguém e talvez não chegue a amar nunca — replicou Razumíkhin.

— Ou seja, ele não é capaz de amar?

— E sabe, Avdótia Românovna, como se parece com seu irmão, mesmo em tudo? — essa pergunta foi feita de supetão, sem que ele mesmo esperasse por ela, e logo, ao relembrar o que acabava de contar à moça sobre o irmão, Razumíkhin ficou todo confuso e vermelho feito o arrebol. Olhando para ele, Avdótia Românovna não pôde conter o riso.

— Quanto a Ródia, vocês dois podem enganar-se — entrou na conversa Pulkhéria Alexândrovna, um pouco amuada. — Não falo do seu estado de hoje, Dúnetchka. O que escreve Piotr Petróvitch nessa carta... e o que nós duas temos suposto pode não ser verdade, mas o senhor nem imagina, Dmítri Prokófytch, o quanto ele é esquisito e, como eu diria, manhoso. Nunca pude confiar no caráter dele, nem quando tinha apenas quinze anos. Tenho a certeza de que mesmo agora ele seria capaz de fazer uma coisa tal que nenhuma pessoa sequer pensaria em fazer... Não precisamos ir muito longe — o senhor sabe que, um ano e meio atrás, ele me assombrou, espantou e quase acabou comigo, quando decidiu, de repente, casar-se com aquela... qual é o nome? Com a filha dessa tal de Zarnítsyna, sua locadora?

— O senhor sabe alguns detalhes dessa história? — inquiriu Avdótia Românovna.

— O senhor acha — prosseguiu Pulkhéria Alexândrovna com ardor — que ele teria então desistido por causa das minhas lágrimas, dos meus pedidos, da minha doença, da minha morte, quiçá, de tamanho desgosto, da nossa penúria? Teria passado, tranquilo, por cima de todos os obstáculos. Será que ele, será que ele não nos ama?

— Ele mesmo nunca me contou nada sobre aquela história — respondeu Razumíkhin com cautela —, mas eu soube alguma coisa da própria senhora Zarnítsyna, que também, diga-se de passagem, é uma contadora fraquinha, e o que soube é, digo-lhes eu, um tanto estranho...

— Mas o que foi que o senhor soube? — perguntaram as duas mulheres juntas.

— Em geral, nada que fosse tão especial assim. Soube apenas que esse casamento, já totalmente arranjado e não consumado tão só devido à morte da noiva, desagradava muito à própria senhora Zarnítsyna... Dizem, além disso, que a noiva não era nada bonita, ou seja, dizem que era até feia... e tão doentia, e... e esquisita... de resto, parece-me que tinha certas vantagens. Tinha, sem sombra de dúvidas, algumas vantagens; senão, não daria para entender nada... Tampouco receberia dote; aliás, ele mesmo não contaria com o dote... Enfim, é difícil julgar um negócio desses.

— Estou certa de que era uma moça digna — sumariou Avdótia Románovna.

— Deus que me perdoe, mas eu me alegrei, na época, com a morte dela, se bem que não soubesse quem dos dois iria acabar com o outro, ele com ela ou ela com ele — concluiu Pulkhéria Alexândrovna, tornando depois a indagar sobre a recente briga de Ródia com Lújin. Perguntava cautelosamente, parando e olhando volta e meia para Dúnia, que não gostava, pelo visto, disso. Era evidente que essa história a preocupava em excesso, que a fazia tremer de medo. Razumíkhin contou tudo de novo, com todos os detalhes, mas dessa vez acrescentou sua própria conclusão, diretamente acusou Raskólnikov de ter ofendido Piotr Petróvitch adrede, sem alegar, sobretudo, a sua doença como desculpa.

— Inventou isso ainda antes de adoecer — adicionou ele.

— Eu também penso assim — disse Pulkhéria Alexândrovna com um ar triste. Dessa vez, ela ficou espantada de Razumíkhin ter mencionado Piotr Petróvitch com tanta prudência e até mesmo com certo respeito. Avdótia Románovna também ficou espantada.

— Então é essa sua opinião sobre Piotr Petróvitch? — não pôde deixar de perguntar Pulkhéria Alexândrovna.

— Minha opinião sobre o futuro marido de sua filha não poderia ser outra — respondeu Razumíkhin com ardor e firmeza. — Não digo isso apenas por baixa amabilidade, mas porque... porque... só porque Avdótia Románovna se dignou por si, voluntariamente, a escolher esse homem. E se o xinguei tanto ontem, foi porque ontem estava torpemente embriagado e ainda... maluco. Sim, maluco: perdi a cabeça, enlouqueci totalmente... e hoje tenho vergonha disso!... — ele ficou vermelho e calou-se. Avdótia Românovna também corou, mas não rompeu o silêncio. Não tinha pronunciado uma palavra sequer, desde o momento em que se falara de Lújin.

Enquanto isso, Pulkhéria Alexândrovna estava visivelmente indecisa sem o apoio dela. Por fim, gaguejando e olhando o tempo todo para a filha, declarou que uma circunstância a inquietava em especial.

— Olhe, Dmítri Prokófytch... — começou ela. — Serei totalmente sincera com Dmítri Prokófytch, Dúnetchka?

— Mas é claro, mãezinha — replicou Avdótia Românovna num tom grave.

— É o seguinte — a mãe falava apressada, como se a permissão de contar seu pesar lhe tivesse tirado uma montanha das costas. — Hoje de manhãzinha nós recebemos, em resposta ao nosso aviso de termos chegado a Petersburgo, um bilhete de Piotr Petróvitch. Ontem ele devia ter vindo à estação ferroviária, conforme a sua promessa, para buscar-nos, entende? Mandou, em vez disso, um lacaio com o endereço destes quartos, que nos encontrou na estação e indicou o caminho, dizendo que Piotr Petróvitch viria pessoalmente ver-nos, esta manhã. Mas de manhã só chegou um bilhete dele, ei-lo aqui... Seria melhor que o senhor mesmo o lesse, há um ponto que me preocupa demais... o senhor logo vai ver que ponto é esse, e... diga-me a sua franca opinião, Dmítri Prokófytch! É o senhor que conhece o caráter de Ródia melhor que todos, e seu conselho também será o melhor. Aviso-o que Dúnetchka já resolveu tudo, desde o primeiro passo, mas eu... eu ainda não sei o que fazer, e... e estava esperando pelo senhor.

Razumíkhin abriu o bilhete datado do dia anterior e leu o seguinte:

"Prezada senhora Pulkhéria Alexândrovna, tenho a honra de informá-la que, tendo acontecido uns atrasos inesperados, eu não pude encontrar as senhoras no cais, mandando com esse propósito um homem bem destro. De igual modo, privar-me-ei do prazer de vê-las amanhã de manhã, em virtude dos meus prementes negócios no Senado e para não impedir o encontro familiar da senhora com seu filho e de Avdótia Românovna com seu irmão. Destarte terei a honra de visitá-las em seu apartamento e de saudá-las tão só amanhã, exatamente às oito horas da noite, ousando acrescentar o meu encarecido e, complemento, meu insistente pedido para Rodion Românovitch não participar de nosso encontro, visto que ele me ofendeu, com uma impolidez sem precedentes, quando o visitei ontem, na hora de sua moléstia, e, além disso, porque me cumpre apresentar à senhora, pessoalmente, uma explicação necessária e circunstanciada acerca do ponto citado, a respeito do qual gostaria de receber sua própria interpretação. Tenho ainda a honra de adverti-la de antemão que, se não obstante o meu pedido, eu encontrar Rodion Românovitch, ver-me-ei obrigado a retirar-me de imediato, e nesse caso a culpa será toda sua. Escrevo-lhe por supor que Rodion Românovitch, o qual parecia tão enfermo durante a minha visita, tenha convalescido, de chofre, em duas horas, e que possa, dessa maneira, sair de casa e ir visitar as senhoras. Foram meus próprios olhos que me convenceram disso, vendo-o ontem no apartamento de um beberrão, que foi atropelado pelos cavalos e morreu por esse motivo, entregar à filha deste, moça da mais vergonhosa conduta, até vinte e cinco rublos sob o pretexto de enterro, o que me deixou pasmado, por saber com quantas dificuldades a senhora havia juntado essa quantia. Assim, exprimindo a minha deferência particular à digníssima Avdótia Românovna, peço-lhe que aceite o sentimento de respeitosa lealdade

Do seu humilde servo,

P. Lújin."

— O que é que faço agora, Dmítri Prokófytch? — disse Pulkhéria Alexândrovna, quase chorando. — Como peço a Ródia que não venha? Ontem ele insistiu tanto em dispensarmos Piotr Petróvitch, e hoje se vê dispensado também! Mas ele virá de propósito, se souber, e... o que acontecerá então?

— Aja, pois, como decidiu Avdótia Românovna — logo respondeu Razumíkhin, todo tranquilo.

— Ah, meu Deus! Ela diz... ela diz Deus sabe o quê, mas não me explica o objetivo! Ela diz que seria melhor — ou seja, não é melhor, mas é necessário para alguma finalidade — que Ródia também viesse hoje às oito horas, e que eles se encontrassem sem falta... E eu cá não queria mostrar-lhe a carta, fazendo-o, com alguma artimanha e com a ajuda do senhor, desistir de vir... porque é tão irritadiço... E não entendo patavina; que beberrão é que morreu, que filha é aquela e de que maneira Ródia pôde entregar àquela filha o último dinheiro... que...

— Que a senhora juntou com tanto esforço, mãezinha — arrematou Avdótia Românovna.

— Ontem ele estava transtornado — replicou Razumíkhin, meditativo. — Se a senhora soubesse que coisas dizia ontem no restaurante, ainda que inteligentes... hum! Contou-me, de fato, sobre um defunto e uma moça, quando voltávamos para casa, mas eu não entendi uma só palavra... De resto, eu mesmo estava ontem...

— O melhor, mãezinha, é irmos à casa dele, nós mesmas, e asseguro-lhe que lá veremos de pronto o que fazer. Além disso, está na hora, meu Deus! Já vai para as onze horas! — exclamou Dúnia, olhando o magnífico relógio de ouro, com a tampa esmaltada, que pendia no pescoço dela, numa fininha corrente veneziana, e destoava completamente de todo o seu traje. "Presente do noivo" — pensou Razumíkhin.

— Está, sim!... Vamos, Dúnetchka, vamos! — azafamou-se Pulkhéria Alexândrovna, inquieta. — Senão ele vai pensar que estamos zangadas desde ontem e por isso não vamos visitá-lo. Ah, meu Deus!

Dizendo isso, ela punha, às pressas, sua mantilha e seu chapéu; Dúnetchka também se vestia. As luvas dela, além de gastas, estavam rotas, como percebeu Razumíkhin, no entanto, essa manifesta pobreza do vestuário até concedia a ambas as damas certa dignidade particular, o que sempre acontece com quem sabe usar roupas humildes. Razumíkhin mirava Dúnetchka com admiração e orgulhava-se de que fosse acompanhá-la. "Aquela rainha" — pensava consigo mesmo —, "que consertava suas meias na prisão havia de parecer, naquele momento, uma rainha de verdade, e mais ainda do que durante os mais pomposos festejos e desfiles".

— Meu Deus! — exclamou Pulkhéria Alexândrovna. — Sequer pensava que temeria tanto o encontro com meu filho, com meu querido, querido Ródia!... Mas temo, Dmítri Prokófytch! — acrescentou, olhando para ele com timidez.

— Não tema, mãezinha — disse Dúnia, beijando-a —, é melhor acreditarmos nele. Eu acredito.

— Ah, meu Deus! Eu também acredito, mas não dormi a noite toda! — desabafou a pobre mulher.

Eles saíram da pousada.

— Sabes, Dúnetchka, assim que adormeci um pouquinho, já de manhã, fiquei, de repente, sonhando com a finada Marfa Petrovna...

toda de branco... ela se aproximou de mim, tomou minha mão e abanou a cabeça, tão ríspida, tão severa, como se me censurasse... Não é mau agouro, não? Ah, meu Deus, o senhor ainda não sabe, Dmítri Prokófytch, que Marfa Petrovna morreu!

— Não sei, não. Quem é Marfa Petrovna?

— Foi fulminante! E imagine só...

— Depois, mãezinha — intrometeu-se Dúnia —, pois ele ainda não sabe quem era Marfa Petrovna.

— Ah, o senhor não sabe? E eu achava que já estivesse a par de tudo. Desculpe-me, Dmítri Prokófytch, nesses últimos dias, ando meio atarantada. Palavra de honra,creio que o senhor seja nossa providência, portanto estava convencida de que já sabia tudo. Tenho-o como um parente... Não se zangue com minhas palavras. Ah, meu Deus, o que tem sua mão direita? Machucou-a?

— Sim, machuquei — murmurou Razumíkhin, todo contente.

— Às vezes, falo com tanta cordialidade que Dúnia me corrige... Mas, meu Deus, em que cubículo ele mora! Será que já acordou? E aquela mulher, a locadora dele, toma aquilo por um quarto? Escute! o senhor diz que ele não gosta de demonstrar seus sentimentos. Será que vou aborrecê-lo com minhas... fraquezas?... O senhor não me ensina, Dmítri Prokófytch? Como me comportar com ele? Ando toda perdida, sabe?

— Não o interrogue demais sobre nada, se o vir fazendo caretas... E, mais ainda, não indague sobre a saúde, ele não gosta disso.

— Ah, Dmítri Prokófytch, como é difícil ser mãe! Mas eis aqui a escada dele... Que escada horrível!

— Mãezinha, a senhora está pálida. Acalme-se, minha pombinha — disse Dúnia, acarinhando-a. — Ele deve estar feliz só de vê-la, e a senhora se apoquenta tanto — acrescentou, com brilho nos olhos.

— Esperem, eu vou ver se já acordou.

As damas seguiram Razumíkhin, subindo devagar a escada, e, acercando-se, já no quarto andar, da porta da locadora, viram que a porta estava entreaberta e que dois olhos vivos e negros as espiavam na escuridão. Quando os olhares se cruzaram, a porta se fechou, de supetão e com tamanho estrondo que Pulkhéria Alexândrovna quase gritou de susto.

III

— Está bem, está bem! — exclamou Zóssimov, todo alegre, dirigindo-se às visitas. Tinha chegado uns dez minutos antes e estava sentado, como no dia anterior, num canto do sofá. Raskólnikov, sentado no canto oposto, estava todo vestido e até mesmo lavado e penteado com especial afinco, o que não lhe acontecia havia tempos. O quarto se encheu de vez, mas Nastássia conseguiu, ainda assim, entrar com as visitas e ficou escutando.

De fato, Raskólnikov estava quase curado, sobretudo em comparação com o dia passado, apenas continuava muito pálido, distraído e sombrio. Do lado de fora, ele se assemelhava, de sobrolho carregado, lábios cerrados e olhar inflamado, a uma pessoa ferida ou suportando uma intensa dor física. Falava pouco e sem vontade, como que se esforçando ou cumprindo uma obrigação, e certa inquietude transparecia, por vezes, em seus movimentos.

Faltava-lhe só algum curativo no braço ou envoltório de tafetá num dos dedos para que se parecesse de todo com um homem que tem, por exemplo, um abscesso muito dolorido no dedo ou um machucado no braço, ou mais algo desse gênero. Aliás, mesmo seu rosto pálido e soturno ficou, por um instante, como que iluminado, quando entraram a mãe e a irmã, mas isso apenas substituiu sua expressão distraída e triste pela de sofrimento mais concentrado. A luz se apagou logo, mas o sofrimento ficou, e Zóssimov, o qual observava e estudava o paciente com todo o entusiasmo de um jovem médico a iniciar sua carreira, percebeu com assombro que, vindas as parentas, o doente manifestou, em vez da alegria, uma espécie de lúgubre e furtiva resolução de aturar uma ou duas horas de tortura que não poderia evitar. Viu, a seguir, que quase todas as palavras da conversa posterior como que tocavam numa chaga de seu paciente, fazendo-a doer mais ainda, e ficou, ao mesmo tempo, um tanto pasmado com o presente sangue-frio desse monomaníaco, que se encolerizava, um dia antes, por causa de meia palavra, e com a capacidade de esconder seus sentimentos que este patenteava.

— Sim, agora vejo, eu mesmo, que estou quase curado — disse Raskólnikov, beijando afavelmente a mãe e a irmã, motivo pelo qual Pulkhéria Alexândrovna ficou logo radiante —, e já não digo isso *como ontem* — adicionou, dirigindo-se a Razumíkhin com um amigável aperto de mão.

— E quanto a mim, até fiquei espantado com ele hoje — começou Zóssimov, muito contente de eles terem vindo, já que perdera, em dez minutos, o fio da conversa com seu paciente. — Daqui a três ou quatro dias, se continuar desse jeito, ficará como antes, ou seja, como um mês atrás ou dois... ou, quem sabe, três meses. É que isso tudo se preparava havia tempos, hein? Agora entende que a culpa talvez seja sua? — acrescentou com um sorriso recatado, como que temendo ainda irritar o doente.

— É bem possível — respondeu Raskólnikov friamente.

— Digo isso porque... — prosseguiu Zóssimov, tomando gosto — ... seu total restabelecimento agora depende, *grosso modo*, unicamente de você mesmo. Agora que já se pode conversar com você, gostaria de inculcar-lhe que precisa eliminar os motivos primários e, digamos assim, essenciais que influenciaram o surgimento de seu estado mórbido para ficar curado; senão até vai piorar. Eu não conheço esses motivos primários, mas você deve conhecê-los. É um homem inteligente e, com certeza, tem observado a si próprio. Ao que me parece, o início de seu distúrbio coincide parcialmente com a sua saída da universidade. Você não pode ficar desocupado, destarte o trabalho e uma meta firmemente estabelecida bem poderiam, a meu ver, ajudá-lo.

— Sim, sim, você tem toda a razão... logo que voltar, o mais depressa possível, para a universidade, correrá tudo... às mil maravilhas...

Zóssimov, que lançara mão desses conselhos valiosos, em parte, para impressionar as damas, decerto ficou um pouco perplexo, quando, terminando o discurso e olhando para o seu ouvinte, percebeu que este zombava abertamente dele. Aliás, isso durou apenas um instante. Pulkhéria Alexândrovna começou logo a agradecer a Zóssimov, sobretudo pela recente visita noturna à pousada.

— Como, ele as visitou à noite também? — perguntou Raskólnikov, como que preocupado. — Então vocês duas não dormiram depois da viagem?

— Ah, Ródia, mas isso tudo terminou antes das duas horas. Eu e Dúnia, nós nunca íamos para a cama antes das duas, nem mesmo em casa.

— Tampouco sei como agradecer a ele — continuou Raskólnikov, de súbito carregando o cenho e abaixando o olhar. — Fora a questão financeira — desculpe tê-la mencionado (ele se dirigiu a Zóssimov) —, ignoro completamente como mereci essa sua especial atenção. Ignoro mesmo... e... e isso me aflige por ser incompreensível; digo-lhe com franqueza.

— Mas não se irrite — Zóssimov se forçou a rir —, suponha que seja o meu primeiro paciente, e nosso pessoal, que ainda está no começo de sua prática, ama os primeiros pacientes como os próprios filhos e, vez por outra, quase se apaixona por eles. E eu cá não tenho tantos pacientes.

— Nem falo dele — acrescentou Raskólnikov, apontando para Razumíkhin —, que não recebeu de mim outra coisa senão ofensas e afazeres.

— Eta, que papo! Estás emocionado hoje, é isso? — exclamou Razumíkhin.

Teria percebido, se fosse mais perspicaz, que não havia ali nem sombra de emoções, mas, sim, algo bem diferente. Mas Avdótia Românovna reparou nisso. Ela observava o irmão com atenção e angústia.

— E da senhora, mãezinha, sequer me atrevo a falar — prosseguiu ele, como se recitasse uma lição decorada. — Só hoje é que pude compreender, bem ou mal, como a senhora deve ter sofrido ontem aqui, à espera de meu retorno — dito isso, ele estendeu, de repente, a mão à irmã, calado e sorridente. Contudo no seu sorriso transpareceu, dessa vez, um sentimento sincero e verdadeiro. Dúnia pegou logo a mão dele e apertou-a com emoção, alegre e agradecida. Foi a primeira vez que o irmão se dirigiu a ela após a recente desavença. O rosto da mãe se alumiou de júbilo e felicidade, assim que ela viu essa definitiva e tácita reconciliação dos irmãos.

— Por isso é que gosto dele! — cochichou Razumíkhin, que costumava exagerar tudo, e virou-se energicamente na sua cadeira. — Ele tem lá seus impulsos...

"Mas como ele faz bem as coisas" — pensava a mãe consigo mesma —, "que ímpetos nobres possui e de que maneira simples e delicada pôs termo a toda aquela briga com a irmã — apenas estendeu a mão no momento certo e olhou para ela com afeto... E que belos olhos é que ele tem, e como é belo todo o seu rosto!... É mais lindo ainda que Dúnetchka... Todavia, meu Deus, que terno ele tem, que roupas horríveis usa! Vássia, o moço de recados na loja de Afanássi Ivânovitch, veste-se melhor!... Ia assim, parece, ia assim abraçá-lo e... chorar, mas tenho medo... sim, medo... como ele está, meu Deus!... Fala com tanta ternura, mas tenho medo! Medo de quê?"

— Ah, Ródia, não vais acreditar — disse ela, de chofre, apressando-se a responder à réplica dele — como nós duas, eu e Dúnetchka, estávamos infelizes... ontem! Agora que tudo passou e acabou, agora que estamos de novo felizes, posso contar-te isso. Imagina, vimos correndo para cá, quase logo do vagão, para te abraçar, e essa mulher... ah, ei-la aí! Bom dia, Nastássia!... Ela nos diz, de repente, que estás em pleno delírio e acabas de fugir, sorrateiramente, do seu doutor, delirante assim, e que estão procurando por ti. Não vais acreditar o que a gente sentiu! Lembrei-me logo da morte trágica do tenente Potântchikov, nosso conhecido e amigo de teu pai — não o lembras, Ródia —, que também estava delirando e, dessa mesma maneira, correu para o pátio da casa e caiu lá no poço; só no dia seguinte é que conseguiram tirá-lo dali. E nós cá, bem entendido, exageramos ainda mais a ameaça. Queríamos sair correndo à procura de Piotr Petróvitch, para, pelo menos com a ajuda dele... porque estávamos sozinhas, totalmente sozinhas — disse ela num tom lastimoso e, de repente, ficou calada, recordando que falar de Piotr Petróvitch ainda era meio perigoso, embora "todos já estivessem felizes de novo".

— Sim, sim... tudo isso é certamente penoso... — murmurou em resposta Raskólnikov, mas com um ar tão distraído e quase desatento que Dúnetchka olhou para ele atônita.

— O que mais eu queria? — continuou, esforçando-se para lembrar. — Sim, por favor, mãezinha, e tu, Dúnetchka, não pensem que eu mesmo não queria ir vê-las hoje e esperava pela sua visita.

— Mas o que é isso, Ródia? — exclamou Pulkhéria Alexândrovna, também surpresa.

"Será que ele nos responde por dever" — pensou Dúnetchka — e fica conformado e pede desculpas, como se estivesse fazendo um sermão ou recapitulando uma aula?"

— Eu acabei de despertar e já ia sair, mas foram as roupas que me retiveram, tinha-me esquecido de dizer ontem a ela... a Nastássia... para lavar esse sangue... Só agora é que consegui vestir-me.

— Sangue? Que sangue? — apavorou-se Pulkhéria Alexândrovna.

— Nada grave... não se preocupem. O sangue é porque ontem, perambulando meio delirante, topei com um homem atropelado... um servidor...

— Delirante? Mas tu te lembras de tudo — interrompeu Razumíkhin.

— É verdade — respondeu Raskólnikov com uma cisma particular —, lembro tudo, até os menores detalhes, porém me perguntem: por que fiz aquilo, por que fui ali, por que disse tal coisa? Não poderei explicar direito.

— É um fenômeno bem conhecido — intrometeu-se Zóssimov. — A execução do processo é, às vezes, perfeita, engenhosíssima, e a gestão das ações, o princípio delas, está desarranjada e depende de várias impressões mórbidas. Parece um sonho.

"Talvez isso seja bom mesmo, se ele me tomar quase por um louco" — pensou Raskólnikov.

— Mas a mesma coisa acontece, quem sabe, com as pessoas saudáveis também — notou Dúnetchka, mirando Zóssimov com inquietude.

— Eis uma observação assaz justa — respondeu ele. — Nesse sentido, todos nós estamos, não raras vezes, como que insanos, tirante aquela pequena diferença de que os "doentes" andam um tanto mais loucos que a gente; portanto precisamos divisar o limite. E que não existe quase nenhum homem harmonioso, é pura verdade: encontraríamos só um ou outro entre dezenas ou, sabe-se lá, várias centenas de milhares de pessoas, sendo, ainda por cima, tais exemplares fraquinhos...

A palavra "insano", que deixou escapar Zóssimov ao abordar, prolixo e imprudente, seu tema predileto, estranhou a todos. Raskólnikov parecia não lhe prestar atenção, meditativo e com um sorriso esquisito nos lábios. Continuava cismando em alguma coisa.

— E aquele homem atropelado? A gente te interrompeu! — exclamou Razumíkhin, precipitado.

— O quê? — Raskólnikov como que acordou. — Sim... sujei-me de sangue, quando ajudava a levá-lo para o apartamento... A propósito, mãezinha, fiz ontem uma coisa imperdoável, estava realmente maluco. Dei ontem todo o dinheiro que a senhora me tinha mandado... à esposa dele... para o enterro. Ela ficou viúva: uma mulher miserável e tísica... com três órfãos pequenos, famintos... a casa está vazia... e há mais uma filha dele... A senhora mesma, quem sabe, daria a ela aquele dinheiro, se a visse... Aliás, eu não tinha nenhum direito, reconheço... especialmente por saber como a senhora havia conseguido aquela quantia. Quem quer ajudar, precisa antes ter esse direito, senão: *Crevez, chiens, si vous n'êtes pas contents!*[64] — ele deu uma risada. — Não é, Dúnia?

— Não é assim, não! — respondeu Dúnia com firmeza.

— Ih! Tu também tens... intenções!... — murmurou ele, fitando-a quase com ódio, e sorriu escarninho. — Eu devia ter entendido isso... Pois bem, é louvável; assim será melhor para ti... e chegarás a um limite tal que, se não o atravessares, ficarás infeliz, mas, se o atravessares, ficarás, quiçá, mais infeliz ainda... De resto, tudo isso é bobagem! — adicionou ele com irritação, arrependido de seu arroubo involuntário. — Queria dizer apenas que lhe peço perdão, mãezinha — arrematou num tom brusco e entrecortado.

— Chega, Ródia, estou segura de que tudo quanto fizeres é perfeito! — disse-lhe a mãe, animada.

— Pois não esteja — respondeu ele, entortando a boca num sorrisinho. Seguiu-se um momento de silêncio. Havia certa tensão em toda essa conversa, bem como no próprio silêncio, na reconciliação e no perdão presenciados, e todos sentiam isso.

"Por certo, eles têm medo de mim" — pensava Raskólnikov consigo mesmo, olhando de soslaio para a mãe e para a irmã. Pulkhéria Alexândrovna ficava, de fato, mais e mais tímida, à medida que o silêncio se prolongava. "Parece que as amava tanto, de longe" — passou-lhe pela cabeça.

— Sabes, Ródia, Marfa Petrovna morreu! — exclamou, de repente, Pulkhéria Alexândrovna.

— Quem é Marfa Petrovna?

— Ah, meu Deus, é Marfa Petrovna Svidrigáilova! Ainda te escrevi tanto sobre ela.

— A-anh, sim, lembro... Morreu, pois? Ah, é isso? — de súbito, o jovem se animou, como que acordado. — Será que morreu mesmo? De quê?

— Imagina só — morreu fulminante! — precipitou-se Pulkhéria Alexândrovna, encorajada com a curiosidade dele. — E foi exatamente no mesmo momento em que te enviei a minha carta, naquele exato dia! Imagina, aquele homem terrível foi, ao que parece, a causa da morte dela. Dizem que a espancou cruelmente!

---

[64] "Morram, cachorros, se não estão contentes!", em francês.

— Será que eles viviam dessa maneira? — perguntou ele, dirigindo-se à irmã.

— Não, pelo contrário. Ele sempre a tratou de modo bem paciente e mesmo cortês. Até se mostrou, várias vezes, complacente demais com a índole dela, ao longo de sete anos... Perdeu a paciência subitamente.

— Pois ele não é tão terrível assim, já que se controlou por sete anos? Parece, Dúnetchka, que o defendes.

— Não, não, é um homem terrível! Nem posso imaginar ninguém mais terrível — respondeu Dúnia, quase trêmula, carregou o sobrolho e ficou pensativa.

— Aquilo se deu de manhã — continuava, às pressas, Pulkhéria Alexândrovna. — Logo em seguida, ela mandou atrelar os cavalos para ir à cidade, depois do almoço, porque sempre ia à cidade em tais casos. Dizem que almoçou com muito apetite...

— Espancada?

—... Ela sempre teve, aliás, esse... hábito, almoçou, pois, e, para não delongar sua ida à cidade, foi logo tomar banho... Sabes, ela tomava lá banhos medicinais: há uma fonte gelada na sua propriedade, e ela se banhava nela regularmente, todos os dias; assim que entrou na água, sofreu um mal súbito!

— É claro! — disse Zóssimov.

— E ele bateu muito nela?

— Mas isso não faz diferença — replicou Dúnia.

— Hum! De resto, mãezinha, será que tem mesmo vontade de contar essas bobagens? — Raskólnikov pronunciou isso de forma irritadiça e como que involuntária.

— Ah, meu querido, eu nem sabia de que falar — deixou escapar Pulkhéria Alexândrovna.

— O que é isso!? será que todos têm medo de mim? — perguntou ele com um sorriso sinuoso.

— É realmente assim — disse Dúnia, olhando para o irmão direta e severamente. — A mãezinha até se benzia de medo, quando saiu daqui.

Uma espécie de espasmo deformou o rosto do jovem.

— Ah, o que tens, Dúnia? Por favor, Ródia, não te zangues... Por que disseste isso, Dúnia? — voltou a falar Pulkhéria Alexândrovna, toda confusa. — Na verdade, quando vinha para cá, fiquei sonhando no vagão, durante toda a viagem, em como nos encontraríamos e contaríamos tudo um ao outro... e estava tão feliz que nem via o caminho! E não foi só então: estou feliz até agora!... Não precisavas, Dúnia! Estou feliz apenas de ver-te, Ródia...

— Chega, mãezinha — murmurou Raskólnikov, constrangido, sem olhar para ela, mas apertando-lhe a mão. — Teremos bastante tempo para conversar!

Dito isso, embaraçou-se de chofre e ficou pálido, sua recente sensação pavorosa tornou a invadir-lhe a alma com um frio mortífero, ficou-lhe, de súbito, totalmente claro e manifesto que acabara de mentir de modo abjeto, pois não apenas nunca mais teria, dali em diante, bastante tempo para conversar, mas sequer poderia *falar* com qualquer pessoa sobre qualquer assunto. A impressão que deixara esse pensamento pungente era tão forte que, por um segundo, o jovem quase esqueceu tudo, levantou-se e, sem olhar para ninguém, foi embora do quarto.

— O que tens? — gritou Razumíkhin, pegando-o na mão.

Ele se sentou outra vez e começou a olhar ao redor, calado, enquanto todos o miravam atônitos.

— Mas por que estão todos tão chatos? — exclamou ele, sem que ninguém esperasse por isso. — Digam alguma coisa! Por que estão desse jeito, hein? Vão, falem! Vamos conversar... Reunimo-nos e ficamos calados... Alguma coisinha!

— Graças a Deus! Já pensava que ele ia ficar como ontem — disse, benzendo-se, Pulkhéria Alexândrovna.

— O que foi, Ródia? — perguntou Avdótia Románovna, desconfiada.

— Nada grave, apenas lembrei um troço — respondeu ele e, de repente, ficou rindo.

— Ainda bem que foi só um troço aí! É que eu mesmo já pensava... — murmurou Zóssimov, levantando-se do sofá. — Contudo, preciso ir; talvez venha aqui outra vez... se ele estiver em casa...

Ele se despediu e foi embora.

— Que excelente pessoa! — notou Pulkhéria Alexândrovna.

— Sim, excelente, magnífica, culta, inteligente... — de súbito, Raskólnikov desandou a falar com uma rapidez inesperada e uma animação até lá inimaginável. — Já não lembro onde o encontrei antes da doença... Parece que o encontrei em algum lugar... E esse daí também é gente boa! — ele inclinou a cabeça para o lado de Razumíkhin. — Gostas dele, Dúnia? — perguntou à irmã e, de improviso, começou a rir sem causa aparente.

— Muito — respondeu Dúnia.

— Arre, como és... porco! — proferiu Razumíkhin e levantou-se, todo confuso e vermelho, da sua cadeira. Pulkhéria Alexândrovna sorriu de leve e Raskólnikov soltou uma gargalhada.

— Aonde vais?

— Eu também... preciso.

— Não precisas de nada, fica! Zóssimov foi embora, e tu também queres? Não vás... Que horas são? Já é meio-dia? Mas que relógio bonitinho é que tens, Dúnia! Por que se calaram de novo? Sou eu, sozinho, que estou falando!...

— É o presente de Marfa Petrovna — respondeu Dúnia.

— E muito caro — acrescentou Pulkhéria Alexândrovna.

— Aah, que relógio grande, nem parece feminino.

— Gosto de relógios assim — disse Dúnia.

"Não é, pois, presente do noivo" — pensou Razumíkhin e ficou, por algum motivo, alegre.

— E eu pensava que o presente fosse de Lújin — notou Raskólnikov.

— Não, ele ainda não presenteou Dúnetchka com nada.

— A-anh! E a senhora lembra, mãezinha, como eu estava apaixonado e queria casar-me? — inquiriu ele de repente, fitando a mãe pasmada com a reviravolta da conversa e com o tom de seu filho.

— Ah, sim, meu querido! — Pulkhéria Alexândrovna trocou olhadelas com Dúnetchka e Razumíkhin.

— Hum! Sim! O que é que lhes contaria? Sequer me lembro de muita coisa. Era uma mocinha tão doentia — prosseguiu ele, de novo meditativo e cabisbaixo —, tão doentia; gostava de dar esmola, andava sonhando com o convento e, um dia, rompeu a chorar, quando me falava sobre aquilo, sim, sim... lembro... lembro muito bem. Era tão... feiazinha. Palavra de honra, não sei por que me apeguei tanto a ela, decerto porque estava sempre doente... Se fosse, ademais, manca ou corcunda, amá-la-ia, quem sabe, mais ainda... — ele sorriu, pensativo. — Foi assim... um delírio primaveril...

— Não, não foi apenas um delírio primaveril — disse Dúnetchka, animada.

Ensimesmado e tenso, ele fitou a irmã, mas não ouviu ou, quiçá, nem mesmo entendeu as palavras dela. Depois ficou em pé e, imerso numa reflexão profunda, aproximou-se da mãe, beijou-a, voltou ao seu lugar e sentou-se.

— Tu a amas até agora! — pronunciou Pulkhéria Alexândrovna, enternecida.

— A ela? Até agora? Ah, sim... estão falando dela! Não. Aquilo tudo está agora como que no além... e tanto tempo se passou. E tudo quanto se faz arredor não parece ser feito cá...

O jovem olhou para todos com atenção.

— E vocês também... como se as visse a milhares de verstas daqui... E sabe lá o diabo por que a gente fala nisso! Por que me interrogam? — complementou, aborrecido, e calou-se, outra vez pensativo, a roer as unhas.

— Que apartamento ruim é que tens, Ródia, feito um caixão — disse, de súbito, Pulkhéria Alexândrovna, rompendo o silêncio angustiante. — Estou convencida de que metade da culpa de teres ficado tão melancólico assim é desse apartamento.

— Meu apartamento?... — respondeu ele, distraído. — Sim, o apartamento contribuiu muito... eu também pensei nisso... Se a senhora soubesse, porém, que ideia estranha me deu agora, mãezinha — acrescentou repentinamente, com um sorriso esquisito.

Mais um pouco, e essa reunião, essas parentas que tinham aparecido após três anos de separação, esse tom familiar da conversa com a total impossibilidade de falar sobre qualquer assunto que fosse — tudo isso lhe ficaria, enfim, absolutamente insuportável. Havia, no entanto, um negócio urgente que deveria, de um modo ou de outro, ser resolvido no mesmo dia: ele decidira assim de manhãzinha, logo ao acordar. Agora se sentiu animado com o *negócio* que seria uma saída.

— É o seguinte, Dúnia — começou ele num tom sério e seco —, eu te peço, bem entendido, desculpas pelo que ocorreu ontem, mas tenho por dever relembrar-te que não abrirei mão do essencial. Ou eu ou Lújin. Que seja eu cafajeste, mas tu não deves. Um de nós dois. E se te casares com Lújin, eu deixarei logo de considerar-te minha irmã.

— Ródia, Ródia! Mas é tudo a mesma coisa que disseste ontem! — exclamou Pulkhéria Alexândrovna, abalada. — E por que te chamas, volta e meia, de cafajeste? Não posso mais aguentar isso! E ontem a mesma coisa...

— Irmão — respondeu Dúnia, cujo tom também era firme e seco —, há nisso tudo um erro por tua parte. Fiquei pensando de noite e achei o erro. Todo o problema, parece, é que supões que eu me sacrifique a alguém em favor de alguém. Não é nada disso. Caso-me por mim mesma, porque é difícil viver sozinha, mais tarde, por certo, ficarei muito contente, se conseguir ser útil aos meus próximos, mas não é isso que mais pesa em minha decisão...

"Mente!" — pensava ele consigo, roendo as unhas de sanha. — "Orgulhosa! Não quer reconhecer que almeja fazer caridade! Ó vis caracteres! Amam, como se estivessem odiando... Oh, como eu... odeio todos eles!"

— Numa palavra, casar-me-ei com Piotr Petróvitch — prosseguiu Dúnetchka —, por escolher dos dois males o menor. Estou disposta a cumprir honestamente tudo o que ele esperar de mim, portanto não o ludibrio... Por que sorriste agorinha dessa maneira?

Ela estava toda vermelha, e seus olhos brilhavam de cólera.

— Cumprirás tudo? — perguntou Raskólnikov com um sorriso malvado.

— Até certo limite. Tanto a maneira como Piotr Petróvitch me pediu em casamento quanto o meio disso mostraram-me logo o que ele queria. É claro que ele valoriza a si mesmo, talvez em excesso, mas eu espero que ele também dê valor a mim... Por que estás rindo de novo?

— E por que estás corando? Tu mentes, irmã, tu mentes de propósito, só por essa teimosia feminina, só para insistir em tua opinião na minha frente... Não podes respeitar Lújin, vi-o e falei com ele. Vendes-te, então, por dinheiro e, assim sendo, fazes, em todo caso, uma vileza; e eu cá estou contente de que, pelo menos, sejas capaz de corar!

— Não é verdade, não minto!... — exclamou Dúnetchka, perdendo todo o seu sangue-frio. — Não me casarei com ele, se não estiver segura de que ele me dá valor e apreço, não me casarei com ele, se não tiver plena certeza de que poderei, eu mesma, respeitá-lo. Felizmente posso convencer-me disso plenamente e ainda hoje. E tal casamento não é vileza, como tu dizes! E mesmo se tivesses razão, se eu me atrevesse, realmente, a fazer uma vileza, não seria cruel, por tua parte, conversar comigo dessa maneira? Por que me exiges uma façanha que tu mesmo talvez não consigas fazer? É tirania, é violência! Se acabar com alguém, acabarei somente comigo mesma... Ainda não degolei ninguém!... Por que me olhas desse jeito? Por que ficaste tão pálido? Ródia, o que tens? Ródia, querido!...

— Meu Deus! Fizeste-o desmaiar! — gritou Pulkhéria Alexândrovna.

— Não, não... bobagem... nada!... Tive uma leve tontura. Não foi um desmaio... Só pensam em desmaios!... Hum, sim... o que eu queria? Sim, de que modo é que te convencerás, ainda hoje, de que podes respeitá-lo, e de que ele te dá... valor — foi isso que disseste? Parece que será hoje mesmo? Ou eu não ouvi direito?

— Mãezinha, mostre ao irmão a carta de Piotr Petróvitch — disse Dúnetchka.

Pulkhéria Alexândrovna passou, com a mão trêmula, a carta a Raskólnikov. Este a tomou cheio de curiosidade. Mas, antes de abri-la, olhou para Dúnetchka com certo espanto.

— É estranho — disse lentamente, como que atordoado por uma nova ideia. — Por que estou tão preocupado assim? Por que toda essa gritaria? Casa-te com quem quiseres!

Parecia falar consigo mesmo, mas pronunciou tudo em voz alta e fitou, por algum tempo, a irmã, como que perplexo.

Por fim, abriu a carta com a mesma expressão de estranha perplexidade, depois começou a lê-la, atenta e vagarosamente, e acabou lendo duas vezes. Pulkhéria Alexândrovna estava especialmente inquieta, todos esperavam, aliás, por algo especial.

— Estou admirado — disse Raskólnikov após certa reflexão, devolvendo a carta à mãe, mas sem se dirigir a ninguém em particular. — É que ele tem seu negócio, é advogado e mesmo fala assim... com pretensão... mas escreve como um boçal.

Todos se moveram: teriam esperado por outra coisa.

— Mas eles todos escrevem assim — notou depressa Razumíkhin.

— Será que tu leste?

— Sim.

— Nós mostramos a carta, Ródia, nós... pedimos agorinha conselho — começou Pulkhéria Alexândrovna, confusa.

— Na verdade, é o estilo jurídico — interrompeu Razumíkhin —, os papéis jurídicos são redigidos, até hoje, dessa maneira.

— Jurídico? Sim, justamente jurídico, oficial... Não é que seja muito tosco, mas tampouco é muito literário, é oficial!

— Piotr Petróvitch sequer esconde que estudou com moedinhas de cobre, e até mesmo se gaba de ter aberto seu próprio caminho — notou Avdótia Románovna, um tanto sentida com esse novo tom do irmão.

— Caso se gabe, tudo bem, há de que se gabar — não nego. Parece que tu, irmã, ficaste sentida com esta objeção frívola que fiz a respeito de toda a carta dele, e pensas aí que comecei de propósito a falar sobre tais ninharias, para atenazar-te de magoado. Pelo contrário, quanto ao seu estilo, veio-me à cabeça uma observação bem oportuna no presente caso. Há lá uma expressão — "a culpa será toda sua" — que ele usou de forma muito clara e significativa, e, além disso, a ameaça de que ele logo vai embora, se eu vier. Essa ameaça de ir embora equivale à ameaça de abandonar vocês duas, se não lhe obedecerem, e abandoná-las agora, já vindas a Petersburgo. Como tu achas, pois: seria essa expressão de Lújin tão ofensiva assim, se ele a escrevesse (o jovem apontou para Razumíkhin) ou Zóssimov, ou alguém de nós?

— N-não — respondeu Dúnetchka, animando-se. — Eu mesma entendi que ele se expressava de maneira muito ingênua, e que talvez não soubesse escrever bem... Tua opinião está boa, irmão. Nem esperava...

— Ele se expressou de modo jurídico, sendo esse o modo jurídico de escrever, e a carta ficou mais grosseira do que ele, quem sabe, queria. De resto, cumpre-me decepcionar-te mais um pouco, há nessa carta outra expressão, uma calúnia a meu respeito, e bastante sujinha. Ontem entreguei o dinheiro à viúva, toda abatida e tísica, e não foi "sob o pretexto de enterro", mas justamente para pagar o enterro, não à filha — moça, como ele escreve, "da mais vergonhosa conduta" (que vi ontem pela primeira vez na vida) —, mas precisamente à viúva. Percebo nisso tudo um desejo por demais precipitado de difamar-me e fazer com que nós cá briguemos. E ele se expressa outra vez de modo jurídico, ou seja, deixa o objetivo bem claro e apressa-se com muita ingenuidade. Ele é um homem inteligente, porém a inteligência em si não basta para agir inteligentemente. Tudo isso nos apresenta esse homem, e... não creio que ele te dê muito valor. Digo-te isso com o objetivo unicamente didático, porque desejo, com toda a sinceridade, o teu bem...

Dúnetchka não respondia; sua decisão fora tomada ainda pela manhã, e agora ela só esperava a noite.

— Como, pois, tu decides, Ródia? — perguntou Pulkhéria Alexândrovna, ainda mais preocupada com esse novo, inesperadamente *oficial*, tom do filho do que com seus atos recentes.

— Como assim: "tu decides"?

— É que Piotr Petróvitch escreve que tu não deves vir à noite, e que ele irá embora... se vieres. O que vais fazer... pois?

— Não sou eu, bem entendido, quem vai decidir isso, mas, primeiro, vocês duas, salvo se tal exigência de Piotr Petróvitch lhes for ofensiva, e, segundo, Dúnia, salvo se ela também se ofender. E eu farei como for melhor para vocês — adicionou ele num tom seco.

— Dúnetchka já decidiu, e eu estou de acordo com ela — apressou--se a comentar Pulkhéria Alexândrovna.

— Decidi que te pediria, Ródia, e pediria encarecidamente que tu viesses sem falta para participar desse encontro — disse Dúnia. — Virás?

— Irei.

— Peço-lhe também que venha às oito horas — ela se dirigiu a Razumíkhin. — Mãezinha, vou convidá-lo também.

— Está ótimo, Dúnetchka. Pois bem; como vocês decidiram — acrescentou Pulkhéria Alexândrovna —, que assim seja. E eu me sinto aliviada também, já que não gosto de fingir e mentir; é melhor dizermos toda a verdade... Quer o senhor se zangue agora, Piotr Petróvitch, quer não!

IV

Nesse momento a porta se abriu sem barulho, e uma moça entrou no quarto, olhando com timidez ao redor. Todos se viraram para ela, pasmados e curiosos. Raskólnikov não a reconheceu à primeira vista. Era Sófia Semiônovna Marmeládova. O jovem a vira, pela primeira vez, no dia anterior, porém em tais circunstâncias e com tais roupas que lhe ficara na memória um semblante bem diferente. Agora essa moça, ainda muito novinha e quase parecida a uma menina com suas maneiras humildes e decentes, e o seu rosto sereno, mas como que um pouco assustado, estava vestida de modo modesto e mesmo pobre. Usava um vestidinho caseiro, bem simples, e um velho chapeuzinho de feição antiga, como na noite passada, tinha na mão uma sombrinha. Vendo, de súbito, um quarto cheio de gente, ela não apenas se confundiu, mas também ficou toda desconcertada e intimidada, qual uma criança, e até fez um movimento espontâneo para recuar.

— Ah... é você?... — disse Raskólnikov, atônito, e de improviso também ficou confuso.

Ele imaginou logo que a mãe e a irmã já estavam informadas, pela carta de Lújin, sobre certa moça da "mais vergonhosa" conduta. Acabava de protestar contra as calúnias de Lújin, declarando ter visto tal moça pela primeira vez na vida, e de repente... ei-la aí em pessoa! Lembrou-se também de não ter oposto uma só palavra à expressão "a mais vergonhosa conduta". Tudo isso surgiu em sua cabeça incerta e instantaneamente. Mas, ao examinar a moça com atenção, ele percebeu o quanto essa humilde criatura vivia humilhada e, num instante, sentiu pena dela. E quando ela se moveu para fugir de susto, algo se revolveu no seu íntimo.

— Não esperava pela senhorita — apressou-se ele, fitando-a de modo que ela parasse. — Tenha a bondade de sentar-se. Deve ter vindo da parte de Katerina Ivânovna. Espere, não é aqui, não... sente-se aí.

Vendo Sônia entrar, Razumíkhin, que ocupava uma das três cadeiras de Raskólnikov postas junto da porta, levantou-se para deixá-la passar. Primeiro Raskólnikov indicou à moça o canto do sofá, lugar costumeiro de Zóssimov, mas depois se lembrou de que o sofá era *familiar* demais, servindo-lhe de cama, e apontou apressadamente para a cadeira de Razumíkhin.

— E tu, senta-te aqui — disse a Razumíkhin, convidando-o a tomar o lugar de Zóssimov.

Sônia se sentou, quase tremendo de medo, e olhou com timidez para ambas as damas. Pelo visto, ela mesma não compreendia como ousara sentar-se ao lado delas. Ao pensar nisso, ficou tão apavorada que logo se levantou de novo e dirigiu-se a Raskólnikov, completamente confusa.

— Eu... eu... vim por um minutinho. Desculpe incomodá-lo — disse a moça, gaguejando. — Venho da parte de Katerina Ivânovna, porque ela não tinha a quem mandar... Katerina Ivânovna faz questão de pedir-lhe encarecidamente que venha amanhã à missa de corpo presente, pela manhã... na hora da missa... à igreja da viela Mitrofânievski, e que venha depois... almoçar... com a gente... com ela... honrá-la com sua presença... Foi isso que ela mandou pedir.

Sônia se calou, atrapalhada.

— Procurarei ir lá sem falta... sem falta — respondeu Raskólnikov, também se soerguendo, embaraçado, e falando com rodeios... — Tenha a bondade de sentar-se — disse de supetão —, preciso falar com você. Por favor... talvez esteja com pressa... tenha a bondade de oferecer-me dois minutos...

E ele achegou a cadeira. Sônia se sentou outra vez, lançou uma olhadela tímida e confusa às duas damas e, de repente, abaixou os olhos. O rosto pálido de Raskólnikov ficou vermelho; ele teve uma espécie de convulsão, e seus olhos fulgiram.

— Mãezinha — disse o jovem num tom firme e insistente —, é Sófia Semiônovna Marmeládova, filha daquele mesmo infeliz senhor Marmeládov que foi ontem, ante meus olhos, atropelado pelos cavalos, e de quem eu já lhe falei...

Pulkhéria Alexândrovna olhou para Sônia e piscou de leve os olhos. Apesar de todo o seu embaraço sob o olhar insistente e desafiador de Ródia, ela não pôde negar a si própria esse prazer. Dúnetchka fixou seu olhar atento e sério bem no rosto da pobre moça, examinando-a com perplexidade. Uma vez apresentada, Sônia ia erguer os olhos, mas ficou mais confusa ainda.

— Queria perguntar-lhe — Raskólnikov se dirigiu, apressado, a ela —, como vocês estavam agora? Não foram incomodados... por exemplo, pela polícia?

— Não, tudo passou... É óbvio demais por que motivo ele morreu. Não nos incomodaram... só os inquilinos andam zangados.

— Por quê?

— Porque o corpo continua lá... é que agora faz calor... cheiro... por isso hoje mesmo, na hora da missa vespertina, levarão o corpo ao cemitério para deixá-lo, até amanhã, numa capela. Primeiro Katerina Ivânovna não queria, mas agora vê, ela mesma, que não se pode...

— Então hoje?

— Ela pede que o senhor nos faça a honra de vir amanhã à missa de corpo presente e de participar, logo em seguida, do almoço de despedida que será servido em nossa casa.

— Ela faz um almoço de despedida?

— Sim, uns salgados. Ela mandou que lhe agradecesse muito por nos ter ajudado ontem... sem o senhor, não teríamos com que enterrar o pai — de repente, os lábios e o queixo da moça começaram a tremer, mas ela se dominou e conteve o pranto, apressando-se a cravar outra vez os olhos no chão.

Ao longo da conversa, Raskólnikov a examinava com atenção. O rostinho da moça era magro, bem magro e pálido, de traços assaz irregulares, como que agudinho, de narizinho e queixo pontudos. Nem se podia chamá-la de bonitinha, porém seus olhos azuis eram, em compensação, tão claros, e, quando eles se animavam, todo o seu semblante ficava tão bondoso e cândido que ela se tornava atraente mesmo sem querer. Além disso, seu rosto tinha, bem como toda a sua aparência, um detalhe bem peculiar: embora já tivesse dezoito anos, Sônia não aparentava sua idade e parecia quase uma menina, quase uma criança, o que se revelava, às vezes, de modo engraçado em certos movimentos dela.

— Será que Katerina Ivânovna consegue arranjar tudo com tão pouco dinheiro, até mesmo os salgados?... — perguntou Raskólnikov, insistindo em continuar a conversa.

— É que o caixão será bem simples... e tudo será simples, isto é, barato... nós calculamos agorinha tudo, eu e Katerina Ivânovna — ainda sobrará dinheiro para homenagear o finado... e Katerina Ivânovna quer muito que seja assim. Pois não se pode... é o consolo dela... o senhor sabe como ela é...

— Sei, sei... com certeza... Por que é que examina este meu quarto? Minha mãezinha diz que ele também parece um caixão.

— O senhor nos deu ontem todo o seu dinheiro! — respondeu Sônetchka de repente, num sussurro forte e rápido, voltando a abaixar os olhos. Os lábios e o queixo dela estremeceram de novo. Desde o começo, a moça estava pasmada com a pobre mobília de Raskólnikov, de modo que essas palavras lhe escaparam agora por si só. Seguiu-se uma pausa. Os olhos de Dúnetchka clarearam, e Pulkhéria Alexândrovna mirou Sônia até com simpatia.

— Ródia — disse ela, ficando em pé —, nós almoçamos, bem entendido, juntas. Vamos, Dúnetchka... E tu, Ródia, deverias dar uma voltinha e depois repousar deitado, antes que venhas visitar-nos... Receio que a gente te tenha cansado...

— Sim, sim, eu vou — respondeu ele, levantando-se às pressas... — Aliás, tenho um negócio aqui...

— Será que vocês vão almoçar cada um no seu canto? — exclamou Razumíkhin, olhando para Raskólnikov com espanto. — O que é isso?

— Sim, sim, eu vou, com certeza... E tu, fica por um minuto. A senhora não precisa dele agora, mãezinha? Ou será que o retenho, talvez?

— Oh, não, não! E o senhor vem almoçar conosco, Dmítri Prokófytch, por gentileza?

— Venha, por favor — pediu Dúnia.

Razumíkhin aceitou o convite, todo radiante. Por um minuto, todos ficaram estranhamente confusos.

— Adeus, Ródia, quer dizer, até a vista, não gosto de dizer "adeus". Adeus, Nastássia,... ah, disse "adeus" de novo!...

Pulkhéria Alexândrovna queria saudar também Sônetchka, mas ficou um pouco sem graça e, apressada, saiu do quarto. Porém Avdótia Românovna parecia esperar sua vez e, seguindo os passos da mãe, cumprimentou Sônia com uma mesura completa, atenciosa e amável. Confusa, Sônetchka retribuiu de maneira algo medrosa e precipitada, ao passo que uma sensação dolorosa se refletia no rosto dela, como se a amabilidade e atenção de Avdótia Românovna lhe causassem angústia e dor.

— Adeus, Dúnia! — gritou Raskólnikov, quando a irmã já estava na antessala. — Dá-me a mão, hein?

— Mas já lhe dei a mão, esqueceste? — respondeu Dúnia, virando-se para ele, carinhosa e desajeitada.

— Pois dá mais uma vez!

E ele apertou com força os dedinhos dela. Dúnetchka sorriu para o irmão, ficou corada, depressa lhe retirou a mão e foi seguindo a mãe. Por alguma razão, também estava toda feliz.

— Agora está tudo bem — disse ele a Sônia, retornando ao quarto e fixando nela um olhar sereno. — Tenha Deus os finados, e os vivos viverão ainda, não é? Não é mesmo? O que acha?

Sônia olhava para o seu semblante subitamente desanuviado com certa admiração. O jovem passou alguns instantes a examiná-la em silêncio: tudo quanto dissera o finado pai a respeito dela ressurgiu, nesse momento, em sua memória...

— Meu Deus, Dúnetchka! — disse Pulkhéria Alexândrovna, tão logo as mulheres saíram do prédio. — É como se eu mesma me contentasse de ter ido embora, fiquei como que aliviada. Sequer pensava, ontem no vagão, que até me alegraria com isso!

— Digo-lhe outra vez, mãezinha, ele ainda está muito doente. Será que a senhora não vê? Pode ser que se tenha desconcertado por ter sofrido longe da gente. Precisamos ser indulgentes, e podemos perdoar-lhe muita, muita coisa.

— Tu é que não foste indulgente! — interrompeu-a logo Pulkhéria Alexândrovna, num tom impulsivo e enciumado. — Sabes, Dúnia, estava olhando para vocês dois e, pelo que vi, tu és todo o retrato dele, nem tanto a tua cara quanto a alma. Vocês dois são melancólicos, sombrios e irritadiços, altivos, mas magnânimos... É que ele não pode ser egoísta, Dúnetchka, hein?... E só de pensar no que vai acontecer hoje à noite, falha-me o coração todo!

— Não se aflija, mãezinha: que aconteça o que há de acontecer.

— Dúnetchka! Pensa só em que situação a gente se encontra! E se Piotr Petróvitch desistir? — deixou escapar, imprudentemente, a pobre Pulkhéria Alexândrovna.

— E o que ele valerá depois disso? — respondeu Dúnetchka de modo brusco e desdenhoso.

— Fizemos bem em sair agora de lá — Pulkhéria Alexândrovna se apressou a interrompê-la. — Ele tinha um negócio urgente ali, que passeie um pouco, que tome o ar fresco... o quarto dele é tão abafado... e onde se toma ar por aqui? As ruas são o mesmo que os quartos sem postigos. Meu Deus, que cidade!... Espera, deixa passar; senão ficará esmagada, carregam alguma coisa! Foi um piano que carregaram, gente... mas que empurrões... Daquela moça eu também tenho medo...

— De que moça, mãezinha?

— Daquela mesma, Sófia Semiônovna, que estava lá...

— Por quê?

— Tenho um pressentimento, Dúnia. Acredites-me ou não, mas logo que ela entrou, eu pensei que o principal estava bem ali...

— Nada disso! — exclamou Dúnia com irritação. — Mas que pressentimentos são esses, mãezinha? Ele a conhece só desde ontem e, quando ela entrou, não a reconheceu.

— Pois tu vais ver!... Ela me perturba, vais ver mesmo, vais, sim! E levei tamanho susto: olha ela para mim, olha, e seus olhos são assim... mal aguentei sentada, quando ele a apresentou, lembras? Eis o que é estranho! Piotr Petróvitch escreve sobre ela daquele jeito, e Ródia a apresenta à gente e, mais ainda, a ti! Dá, pois, valor a ela!

— Pode-se escrever qualquer coisa! Já falaram da gente também e até escreveram... será que a senhora esqueceu? Eu cá estou segura de que ela é... boazinha, e de que tudo aquilo é uma bobagem!

— Deus te ouça!

— E Piotr Petróvitch é um bisbilhoteiro indigno — cortou, de repente, Dúnetchka.

Pulkhéria Alexândrovna perdeu todo o ânimo. A conversa ficou interrompida.

— O negócio de que queria tratar contigo é o seguinte... — disse Raskólnikov, levando Razumíkhin para o lado da janela.

— Pois eu digo a Katerina Ivânovna que o senhor virá... — Sônia se despedia às pressas para ir embora.

— Espere, Sófia Semiônovna, não temos segredos, você não nos atrapalha... Queria dizer-lhe mais duas palavras... É o seguinte — Raskólnikov se dirigiu a Razumíkhin de súbito, como que cortando a conversa com Sônia. — Tu conheces aquele... qual é o nome?... Porfíri Petróvitch?

— Claro que o conheço! É meu parente. Por quê? — replicou Razumíkhin numa explosão de curiosidade.

— É que ele investiga aquele crime... pois, aquele assassinato... como vocês comentaram ontem... não é?

— Sim... e daí? — de chofre, Razumíkhin arregalou os olhos.

— Ele interroga os empenhadores, e eu também tenho lá uns penhores... assim, umas bugigangas, um anelzinho que a irmã me presenteou como suvenir, quando eu vinha para cá, e o relógio de prata do meu pai. Tudo isso vale uns cinco ou seis rublos, mas é bem caro para mim como lembrança. O que é que vou fazer agora? Não quero que essas coisas se percam, sobretudo o relógio. Estava agorinha com medo de a mãe pedir que o mostrasse a ela, quando falávamos do relógio de Dúnetchka. É a única coisa que me restou do pai. Se desaparecer, ela ficará doente! Essas mulheres! Ensina-me, pois, o que fazer. Sei que deveria reclamar na delegacia. Mas não seria melhor pedir ao próprio Porfíri, hein? O que tu pensas? Temos que fazer isso depressa. Minha mãe me perguntará antes do almoço ainda, vais ver!

— Nem pensar na delegacia! Vamos logo pedir a Porfíri — exclamou Razumíkhin com uma emoção singular. — Mas como estou alegre! Chega de conversa e vamos lá; decerto o encontraremos, é a dois passos daqui.

— Talvez... vamos...

— E ele ficará muito contente de conhecer-te, muito, muito, muito! Falei de ti várias vezes com ele, em várias ocasiões... E ontem falei. Vamos!... Tu conhecias, pois, a velha? É isso!... Mas que viravolta ma-ra-vi-lho-sa!... Ah, sim... Sófia Ivânovna...

— Sófia Semiônovna — corrigiu Raskólnikov. — Sófia Semiônovna, é meu amigo Razumíkhin... ele é boa gente.

— Se precisarem já ir embora... — começou Sônia, sem mesmo ter olhado para Razumíkhin, e ficou ainda mais confusa com isso.

— Já vamos, sim! — decidiu Raskólnikov. — E eu vou vê-la ainda hoje, Sófia Semiônovna, é só você dizer onde mora.

Ele não se atrapalhava falando, mas estava como que apressado e evitava o olhar dela. Sônia lhe deu o endereço e, nisso, ficou corada. Saíram todos juntos.

— Não trancas a porta? — perguntou Razumíkhin, descendo a escada atrás de Raskólnikov e Sônia.

— Nunca!... Já faz dois anos, aliás, que quero comprar um cadeado — acrescentou o jovem descuidosamente. — Está feliz quem não tiver o que guardar! — dirigiu-se, rindo, a Sônia.

Uma vez na rua, pararam ao pé do portão.

— Vai à direita, Sófia Semiônovna? A propósito; como você me achou? — perguntou Raskólnikov, como que disposto a dizer-lhe algo bem diferente. Queria tanto olhar para os olhos dela, tão serenos e claros, mas parecia não conseguir fazer isso...

— Mas o senhor deixou seu endereço com Póletchka ontem.

— Pólia? Ah, sim... Póletchka! Aquela pequenina... é sua irmã? Dei, pois, meu endereço a ela?

— Será que o senhor esqueceu?

— Não... lembro...

— E eu ouvi ainda meu pai finado falar do senhor... Só que não sabia então o seu sobrenome, nem ele mesmo sabia... Agora vim... e quando soube ontem seu sobrenome... perguntei hoje: o senhor Raskólnikov mora aqui?... Não sabia que o senhor também alugava um quarto... Adeus... Eu digo a Katerina Ivânovna...

Ela estava toda contente de poder, afinal, ir embora. Foi de cabeça baixa, apressando-se a deixá-los logo para trás, a fazer bem depressa esses vinte passos até a esquina e a ficar, finalmente, só, virando à direita, para depois caminhar com calma, sem ver ninguém nem reparar em nada, repensando e relembrando cada palavra dita e cada circunstância. Nunca, nunca ela sentira nada parecido. Todo um mundo novo lhe invadira a alma, desconhecido e indistinto. De chofre, ela se recordou de Raskólnikov ter pensado em visitá-la no mesmo dia — quem sabe, ainda pela manhã, agorinha!

— Não venha hoje, por favor, não venha! — murmurava ela, qual uma criança assustada que implora a alguém, e seu coração desfalecia. — Meu Deus! Em minha casa... naquele quarto... ele verá... ó, meu Deus!

E, com certeza, Sônia não podia reparar, nesse momento, num senhor desconhecido que vinha no seu encalço, sem despregar os olhos dela. Seguia-a desde que ela saiu portão afora. Quando todos três, Raskólnikov, Razumíkhin e ela, pararam na calçada para trocar duas palavras, esse transeunte ia contorná-los e, de repente, estremeceu ao ouvir, de passagem e sem querer, a frase da Sônia: "e perguntei: onde mora o senhor Raskólnikov?". De modo rápido, mas atento, ele examinou os três, sobretudo Raskólnikov a quem se dirigia Sônia, depois olhou para o prédio e decorou o número. Tudo isso foi feito num instante, por alto, e, como se de nada se tratasse, o transeunte seguiu seu caminho, retardando o passo e como que esperando por alguém. Esperava por Sônia, percebendo que, ao despedir-se dos jovens, ela iria agora à casa dela.

"Mas onde é sua casa? Vi esse rosto em algum lugar" — pensava ele, relembrando as feições de Sônia... —, "preciso saber".

Uma vez na esquina, o homem atravessou a rua, virou-se e viu Sônia caminhar atrás dele, seguindo o mesmo caminho sem reparar em nada: quando chegara à esquina, enveredara justamente pela mesma rua. Indo no seu encalço pela calçada oposta, o transeunte não a perdia de vista, ao fazer uns cinquenta passos, atravessou novamente a rua e foi acompanhando Sônia pela mesma calçada, mantendo-se a uns cinco passos de distância.

Esse homem de uns cinquenta anos, de estatura acima da mediana, era robusto e tinha ombros largos e roliços, o que lhe dava um aspecto meio arqueado. Com o seu traje garrido e cômodo, parecia um senhor respeitável. Usava luvas novinhas e tinha numa das mãos uma bonita bengala, com a qual tocava, a cada passo, a calçada. Seu rosto largo, de maçãs salientes, era assaz agradável, e sua tez, ao contrário da dos petersburguenses, bem fresca. Os cabelos dele, ainda muito espessos, eram louros e só um pouco grisalhos, e a barba espessa, que parecia uma pá de tão larga, mais loura ainda do que os cabelos. Seus olhos azuis olhavam com frieza, atentos e pensativos; seus lábios eram encarnados. De modo geral, era um homem bem preservado que nem de longe aparentava sua idade.

Quando Sônia foi ao longo do canal, não havia ninguém na calçada, além deles dois. Seguindo-a, o homem deu fé de seu estado meditativo e distraído. Ao acercar-se de sua casa, Sônia passou o portão, e o homem acompanhou-a, pelo visto, um pouco perplexo. Entrando no pátio, ela virou à direita e dirigiu-se para o canto onde ficava a escada que levava ao seu apartamento. "Ué!" — murmurou o senhor desconhecido e começou a subir os degraus atrás dela. Só então é que Sônia reparou nele. A moça subiu ao terceiro andar, passou pela galeria e tocou a campainha do número nove, em cujas portas estava escrito a giz: "Kapernaúmov, alfaiate". "Ué!" — repetiu o desconhecido, pasmado com essa estranha coincidência, e tocou a campainha do vizinho número oito. Ambas as portas se encontravam a uns seis passos uma da outra.

— Mora no apartamento de Kapernaúmov? — disse ele, olhando para Sônia e rindo. — Ele me remendou o colete ontem. E eu moro cá perto, no apartamento da senhora Resslich, Gertruda Kárlovna. Que coincidência!

Sônia mirou-o com atenção.

— Somos vizinhos — prosseguiu ele com certa alegria especial. — Só faz três dias que estou na cidade. Pois bem, até a vista.

Sônia não respondeu: a porta se abriu, e ela entrou no seu quarto. Sentiu, por algum motivo, vergonha e ficou acanhada...

Indo falar com Porfíri, Razumíkhin estava particularmente animado.

— Isso é bom, mano — repetiu várias vezes —, e estou contente! Estou contente!

"Estás contente com o quê?" — pensava Raskólnikov consigo mesmo.

— Eu nem sabia que tu também penhoravas coisas à velha. E... e... isso foi há tempo? Quer dizer, faz tempo que a visitaste?

"Mas que bobalhão ingênuo tu és!"

— Quando?... — Raskólnikov parou, recordando. — Uns três dias antes da morte dela, parece. De resto, não posso resgatar os penhores agora — continuou com um zelo especialmente ansioso para com essas coisas —, já que tenho apenas um rublo de prata... devido àquele maldito delírio de ontem!...

Referiu-se ao delírio com um acento bem perceptível.

— Pois sim, sim, sim — dizia Razumíkhin depressa, como que confirmando não se sabia o quê —, foi por isso que ficaste então... um tanto abalado... e sabes, até em delírio não cessavas de falar sobre alguns aneizinhos e correntes lá!... Pois sim, sim... Está claro, agora está tudo claro.

"Vejam só! Eis como essa ideia se propagou no meio deles! Até este homem, que iria por mim ao calvário, está muito contente de *ter esclarecido* por que falei de aneizinhos em delírio! Eis como eles todos se convenceram!..."

— Vamos encontrá-lo mesmo? — perguntou Raskólnikov em voz alta.

— Vamos, sim — apressava-se Razumíkhin. — É um bom rapaz, mano, vais ver! Um pouco desajeitado, embora seja um cavalheiro, é desajeitado, digo eu, em outro sentido. Um moço inteligente, experto... não é nada tolo, só que o modo de pensar dele é um tanto singular... Desconfiado, cético, cínico... gosta de ludibriar, quer dizer, de caçoar... E o método material dele é antigo... Mas sabe o que faz, sabe... No ano passado, investigou um assassinato com quase todas as pistas perdidas! Quer conhecer-te muito, muito, muito!

— Mas por que tanto interesse?

— Não é que esteja... olha, nesses últimos tempos, desde que caíste doente, tenho-me lembrado de ti com frequência... Pois ele escutou... e, quando soube que estudavas Direito, mas não conseguias terminar o curso por causa das tuas circunstâncias, disse: "Que pena!". Eu concluí então... quer dizer, tudo isso vem junto, não é a mesma coisa... ontem Zamiótov... Vês, Ródia, ontem eu palrava alguma coisa, bêbado, quando voltávamos para casa... pois eu receio, mano, que acabes exagerando, entendes?...

— O que é isso? Por que me acham louco? Talvez seja verdade, quem sabe.

Raskólnikov sorriu com esforço.

— Sim... sim... quer dizer, arre... não! Pois tudo o que eu dizia (e sobre outras coisas, inclusive), era tudo bobagem e fala de bêbado.

— Mas por que pedes desculpas? Como estou farto disso tudo! — gritou Raskólnikov com uma irritação exagerada. Aliás, fingia em parte.

— Sei, sei, entendo. Podes ter a certeza de que te entendo. Até dá vergonha de falar...

— Não fales, pois, se te dá vergonha!

Os jovens se calaram. Razumíkhin estava mais do que exaltado, e Raskólnikov sentia isso com aversão. O que Razumíkhin acabava de contar sobre Porfíri deixava-o igualmente preocupado.

"Com aquele também precisarei disfarçar-me" — pensava ele, empalidecendo, e seu coração palpitava —, "e com a maior naturalidade. O mais natural seria, aliás, não dizer nada. Nem abrir a boca! Não, ficar de boca fechada não seria nada natural... Pois bem, veremos qual é... a situação... agorinha... É bom ou ruim que eu vá lá? A borboleta voa por si só até a vela. O coração está batendo, eis o que não é bom!..."

— É nesse prédio cinza — disse Razumíkhin.

"O mais importante é se Porfíri sabe que ontem estive no apartamento daquela bruxa... e perguntei pelo sangue, ou não sabe. Preciso tirar isso a limpo num instante, desde o primeiro passo, assim que entrar... julgando pela cara dele. Senão... Nem que eu morra, mas fico sabendo disso!"

— Sabe de uma coisa? — de súbito, ele se dirigiu a Razumíkhin com um sorriso finório. — Eu, mano, reparei hoje que, desde a manhã, estavas numa emoção extraordinária. É assim mesmo?

— Que emoção? Não estou nem um pouco emocionado — estremeceu Razumíkhin.

— Não, mano, é verdade, dá para perceber isso. Sentaste-te na cadeira como nunca te sentas, assim na pontinha, e parecias ter tiques. Pulavas da tua cadeira, volta e meia, não sei por quê. Ora te zangavas, ora tinhas a cara igual a uma balinha dulcíssima, também sem motivo. Até coravas; foi, sobretudo, quando te convidaram para o almoço que ficaste todo vermelho.

— Mas não foi nada... mentira! De que estás falando?

— E por que te esquivas que nem um escolar? Eta, diabo, ele está vermelho de novo!

— Mas que porco tu és, todavia!

— Por que estás confuso? Romeu! Espera, vou contar isso hoje, em algum lugar, ah-ah-ah! Eta, como a mãezinha vai rir... e mais alguma pessoa...

— Escuta, escuta, escuta, eu falo sério, eu... O que vai acontecer depois disso, diabo? — Razumíkhin se confundiu totalmente, gelando de medo. — O que vais contar para elas? Eu, mano... Arre, mas que porco tu és!

— Feito uma rosa primaveril! E como isso combina contigo, se tu soubesses: Romeu de dez *verchoks*[65] de altura! E como te lavaste hoje,

---

[65] Aproximadamente 186,5 cm (*v. nota 27*).

como limpaste as unhas, hein? Quando já fizeste isso? E, juro por Deus, engomaste os cabelos! Inclina-te, vem!

— Porco!!!

Raskólnikov ria tanto que, pelo visto, já não conseguia conter-se; dessa maneira, rindo, eles entraram no apartamento de Porfíri Petróvitch. Raskólnikov contava justamente com isso: dava para ouvir, lá nos quartos, que os jovens entraram às gargalhadas e continuavam a gargalhar na antessala.

— Nem uma palavra aqui, ou eu te... arrebento! — cochichou Razumíkhin, furioso, pegando no ombro de Raskólnikov.

V

O jovem já entrava nos quartos. Em aparência, segurava-se com todas as forças para não cair, a qualquer momento, na gargalhada. Envergonhado e vermelho como uma tulipa, Razumíkhin entrou atrás dele, arrastando, meio desajeitado, as pernas, e sua fisionomia estava completamente desfigurada pela fúria. Nesse minuto, o rosto e todo o aspecto dele pareciam, de fato, hilários e justificavam o riso de Raskólnikov. Este, ainda não apresentado, cumprimentou o dono da casa, que estava plantado no meio do quarto e fitava os jovens de modo interrogativo, estendeu-lhe a mão e apertou a dele, ainda com um esforço patente e extraordinário de coibir sua alegria e dizer, ao menos, duas ou três palavras para identificar-se. Contudo, mal conseguiu tomar um ar sério e balbuciar algo, olhou de novo para Razumíkhin, de chofre e como que sem querer, e não se conteve; quanto mais se esforçava, até lá, para dominar o riso, tanto mais forte estourou sua risada. A ira descomedida, com a qual Razumíkhin reagia a esse riso "amigável", tornava toda a cena realmente engraçada e, o traço mais importante, natural. Razumíkhin ajudava o amigo de forma involuntária.

— Arre, diabo! — berrou ele, agitando os braços, e desferiu, sem querer, uma pancada na mesinha redonda, em cima da qual havia um copo com sobras de chá. Tudo se esborrachou, com estrondo, no chão.

— Para que quebrar as cadeiras, senhores, que o fisco fica prejudicado? — exclamou Porfíri Petróvitch com alegria.

A situação era a seguinte: Raskólnikov ainda ria, deixando sua mão na do anfitrião, mas esperava, por respeitar os limites, o momento certo para terminar de rir logo e da maneira mais natural possível. Razumíkhin, transtornado em definitivo com a queda da mesinha e com o copo quebrado, lançou uma olhada lúgubre aos estilhaços de vidro, cuspiu e voltou-se rápido para a janela, ficando de costas para o público, de cara muito soturna, e olhando pela janela sem divisar nada. Porfíri Petróvitch ria com todo o gosto, mas era óbvio que ele precisava de explicações. Num canto estava ainda Zamiótov, sentado numa cadeira; levantando-se, com a chegada dos jovens, e soabrindo a boca num sorrisinho, ele mirava toda a cena atônito e, pelo visto, até meio desconfiado, e olhava para Raskólnikov com certa inquietude. A presença inesperada de Zamiótov causou a Raskólnikov uma impressão desagradável. "Tenho que pensar nisso!" — decidiu ele.

— Desculpe-me, por favor — começou ele, fingindo-se de confuso. — Sou Raskólnikov...

— Muito prazer... e foi um prazer vê-los entrarem... E ele, será que nem quer cumprimentar a gente? — Porfíri Petróvitch acenou com a cabeça para Razumíkhin.

— Juro por Deus, não sei por que ele tem raiva de mim. Apenas lhe disse, pelo caminho, que se parecia com Romeu e... e provei isso, e acho que não houve mais nada.

— Porco! — rebateu Razumíkhin, sem se virar.

— Teve, pois, umas razões muito sérias para ficar tão zangado assim com uma só palavrinha — Porfíri deu uma risada.

— Ei, tu, investigador!... Que o diabo os leve a todos! — cortou Razumíkhin e, de repente, rindo ele mesmo, aproximou-se de Porfíri Petróvitch, com a fisionomia toda animada, e disse, como se de nada se tratasse. — Basta! Chega, basbaques, e ao trabalho! Esse é meu colega Rodion Românytch Raskólnikov; primeiro, ouviu falar de ti e quis conhecer-te; segundo, tem uma coisinha a discutir contigo. Puxa! Zamiótov! Como é que estás aqui? Será que vocês se conhecem? Há muito tempo?

"O que é isso?" — pensou Raskólnikov com angústia.

Zamiótov ficou um tanto confuso.

— Conhecemo-nos ontem, em tua própria casa — disse num tom informal.

— Então Deus me poupou o esforço, ele me pediu tanto, na semana passada, que o apresentasse, de algum jeito, a ti, Porfíri, e vocês já se conheceram sem mim... Onde guardas o fumo?

Vestido à caseira, Porfíri Petróvitch estava de roupão, camisa bem limpa e chinelos cambados. Era um homem de estatura abaixo da mediana, forte e mesmo barrigudinho, de barba raspada, sem bigode nem costeletas; tinha uns trinta e cinco anos, e os cabelos estavam bem rasos na sua cabeça grande e redonda, com uma saliência peculiar na nuca. Seu rosto redondo e rechonchudo, de nariz um pouco arrebitado, tinha uma cor doentia, amarela escura, mas denotava boa disposição e mesmo ironia. Até pareceria bondoso, se não interferisse a expressão dos olhos com seu leve brilho aquoso e seus cílios quase brancos, os quais tremiam como que dando piscadelas. O olhar dele estava em estranha desarmonia com todo o seu vulto, que tinha até certas feições efeminadas, tornando-o bem mais sério do que se podia supor à primeira vista. Mal soube que o visitante tinha "uma coisinha" a discutir, Porfíri Petróvitch pediu-lhe logo que se sentasse no sofá e aboletou-se na outra ponta deste, fixando os olhos no jovem e esperando pela imediata descrição do assunto, com aquela reforçada e por demais grave atenção que até nos incomoda e confunde da primeira vez, em especial, quando falamos com uma pessoa desconhecida e, sobretudo, se o assunto relatado for, em nossa própria opinião, bem desproporcional à importância extrema que o interlocutor atribui a ele. No entanto, Raskólnikov expôs seu assunto em termos breves e coerentes, explicou-o com clareza e precisão, e ficou contente consigo mesmo, tendo examinado Porfíri de modo bem pormenorizado. Porfíri Petróvitch tampouco desviou os olhos dele, nesse tempo todo. Razumíkhin, que se sentara à mesa, em face deles, acompanhava o relato com entusiasmo e impaciência, a cada minuto passando o olhar de um homem para o outro, o que ia um pouco além dos limites da decência. "Burro!" — xingou Raskólnikov com os seus botões.

— O senhor deve fazer reclamação à polícia — respondeu Porfíri com o ar mais oficial —, alegando que, ciente de tal ocorrência, quer dizer, desse assassinato, pede, por sua vez, comunicar ao investigador incumbido desse negócio que tais e tais coisas lhe pertencem, e que o senhor deseja resgatá-las... ou então... aliás, a polícia vai ajudá-lo a escrever.

— Mas o problema é que eu, atualmente... — Raskólnikov se esforçou para ficar o mais confuso possível — ... não tenho muito dinheiro...

e nem essa bagatela posso... olhe, só gostaria agora de avisar que as coisas são minhas, e que, quando tiver dinheiro...

— Isso não faz diferença — respondeu Porfíri Petróvitch, aceitando com frieza a explicação financeira —, de resto, o senhor pode escrever direto a mim, se quiser, e no mesmo sentido: ciente de tal ocorrência e comunicando sobre tais coisas que são minhas, peço...

— Posso escrever num papel simples? — Raskólnikov se apressou a interrompê-lo, abordando de novo o lado financeiro do assunto.

— Oh, no mais simplicíssimo! — de chofre, Porfíri Petróvitch olhou para ele com uma ironia explícita, entrefechando um olho e como que lhe jogando uma piscadela. Talvez fosse apenas a impressão de Raskólnikov que durou, aliás, um instante. Houve, pelo menos, algo assim. Raskólnikov juraria por Deus que o anfitrião piscou para ele, mas ignorava por que motivo. "Ele sabe!" — esse pensamento surgiu-lhe como um relâmpago.

— Desculpe tê-lo incomodado com essas bobagens — prosseguiu ele, um tanto constrangido. — Minhas coisas só valem cinco rublos, mas têm, para mim, um valor particular, como lembrança daquelas pessoas de que as ganhei, e confesso-lhe: quando fiquei sabendo, levei grande susto...

— Foi por isso que te apavoraste ontem, quando eu disse a Zóssimov que Porfíri estava interrogando os empenhadores! — comentou Razumíkhin de modo visivelmente intencional.

Isso já era insuportável. Raskólnikov não aguentou e, irado, cravou nele seus olhos negros, brilhantes de fúria. Recompôs-se logo em seguida.

— Parece que tu, mano, estás rindo de mim? — dirigiu-se a ele com uma irritação habilmente forjada. — Reconheço que talvez me preocupe demais com essa droga, como tu achas; todavia, não podes considerar-me por isso egoísta nem avarento, pois eu cá não acho que essas duas bugigangas sejam tão inúteis assim. Já te disse hoje que esse relógio de prata, que vale um só vintém, é a única coisa que tinha herdado de meu pai. Zomba de mim, porém minha mãe veio visitar-me — de súbito, ele se virou para Porfíri — e, se ela soubesse — virou-se outra vez para Razumíkhin, fazendo que sua voz parecesse trêmula — que esse relógio se perdeu, juro-lhe que ficaria desesperada! Essas mulheres!

— Nada disso! Não falei desse jeito! Muito pelo contrário! — gritava Razumíkhin, angustiado.

"Foi bom? Foi natural? Não exagerei, por acaso? — dentro de si, Raskólnikov tremelicava de medo. — Para que disse "essas mulheres"?"

— Sua mãezinha veio para cá? — inquiriu, por alguma razão, Porfíri Petróvitch.

— Sim.

— Quando é que foi?

— Ontem à noite.

Porfíri se calou, como que meditativo.

— Suas coisas não podem ter sumido em caso algum — continuou ele, tranquilo e frio. — Já faz tempo que estou esperando pelo senhor aqui.

E, como se de nada se tratasse, ofereceu, desvelado, o cinzeiro a Razumíkhin que deixava, o tempo todo, as cinzas de seu cigarrinho caírem no tapete. Raskólnikov estremeceu, mas Porfíri sequer olhou para ele, ainda preocupado com o cigarrinho de Razumíkhin.

— O quê?! Esperando? Será que sabias que ele também penhorava *ali*? — exclamou Razumíkhin.

Porfíri Petróvitch se dirigiu diretamente a Raskólnikov:

— Ambas as coisas suas, o anel e o relógio, estavam na casa *dela*, embrulhadas no mesmo papelzinho, e nesse papelzinho estava escrito, a lápis, o nome do senhor, bem legível, assim como a data em que as coisas haviam sido empenhadas...

— Como é que o senhor é tão observador? — Raskólnikov ia sorrir, meio sem graça, procurando fitá-lo bem nos olhos, porém não se conteve e acrescentou de repente. — Digo isso agora porque havia, na certa, muitos fregueses... de sorte que seria difícil o senhor se lembrar deles todos... E o senhor, ao contrário, lembra-se tão bem deles, e... e...

"Bobo! Fraco! Por que acrescentei isso?"

— É que quase todos os empenhadores já são conhecidos agora, digamos que só o senhor não se dignou a comparecer — respondeu Porfíri com um matiz de ironia quase imperceptível.

— Eu não estava muito bem de saúde.

— Ouvi falar disso também. Ouvi falar, inclusive, que o senhor andava transtornado com alguma coisa. Até agora está um tanto pálido?

— Não estou pálido, não... pelo contrário, estou totalmente curado! — disse Raskólnikov brusca e brutalmente, de chofre mudando de tom. A ira fervilhava no seu âmago, sem que pudesse dominá-la. "Assim me delatarei, de irado!" — surgiu-lhe outro pensamento fulminante. "Por que é que me estão torturando?..."

— Não estava muito bem de saúde? — acudiu Razumíkhin. — Eta, que bobagem! Até ontem estava delirando, quase sem sentidos... Acreditas, Porfíri: mal se mantinha em pé, mas logo que nós dois, eu e Zóssimov, baixamos ontem a guarda, vestiu-se e fugiu às escondidas, e andou não se sabe por onde quase até a meia-noite, e isso, digo-te eu, num delírio completíssimo, podes imaginar uma coisa dessas? Um caso admirabilíssimo!

— Será que foi mesmo um delírio *completíssimo*? Que coisa, hein? — Porfíri abanou a cabeça de modo algo efeminado.

— Eh, bobagem! Não acredite! Aliás, o senhor não está acreditando mesmo! — Raskólnikov deixou essa frase escapar por mera irritação. Mas Porfíri Petróvitch parecia não ter ouvido suas palavras estranhas.

— Mas como poderias sair, se não estivesses delirando? — de supetão, Razumíkhin ficou todo empolgado. — Por que saíste? Com que intuito?... E por que logo às escondidas? Será que tinhas então um pingo de bom senso? Agora que todo o perigo passou, digo-te isso na cara!

— Eles me aborreceram ontem — de chofre, Raskólnikov se dirigiu a Porfíri com um sorriso afoito e desafiador —, então fugi deles e fui alugar um apartamento, para que eles não me encontrassem mais, e levei um montão de dinheiro. Foi o senhor Zamiótov quem viu aquele dinheiro. Venha, senhor Zamiótov, diga se eu estava ladino ontem, quando delirava, ou não, resolva o mal-entendido!

Parecia que estava prestes a esganar Zamiótov nesse momento. Detestava o olhar e o silêncio deste.

— A meu ver, o senhor falava de modo racional e mesmo astucioso, apenas estava irritadiço em demasia — declarou secamente Zamiótov.

— Pois hoje Nikodim Fomítch me disse — comentou Porfíri Petróvitch — que tinha encontrado o senhor ontem, a altas horas da noite, no apartamento de um servidor atropelado pelos cavalos...

— E só aquele servidor, por exemplo! — continuou Razumíkhin. — Será que não estavas maluco, quando foste à casa dele e entregaste o último dinheiro à viúva para bancar o enterro? Se quiseres ajudar, dá quinze rublos, dá vinte e guarda, pelo menos, três rublinhos para ti mesmo, mas não... deste todos os vinte e cinco de vez!

— Quem sabe se não achei um tesouro em algum lugar, e tu estás por fora? Por isso é que fui ontem tão generoso... Olha, o senhor

Zamiótov lá sabe que achei um tesouro!... Desculpe-me, por favor — de lábios trêmulos, ele se dirigiu a Porfíri —, a gente tê-lo incomodado, por meia hora, com essas besteiras. Está aborrecido, hein?

— É claro que não, pelo contrário, mu-u-uito pelo contrário! Se o senhor soubesse como me interessa! Fico curioso em vê-lo e escutar... e confesso que estou tão contente de que se tenha dignado, afinal, a comparecer...

— Sirvam-me chá, pelo menos! A goela está toda seca! — exclamou Razumíkhin.

— Excelente ideia! Talvez todos a apoiem. E não querias... algo mais substancial antes do chá?

— Cai fora!

Porfíri Petróvitch saiu para mandar trazer chá. Os pensamentos turbilhonavam na cabeça de Raskólnikov. Ele estava irritadíssimo.

"O principal é que não se fingem nem se importam comigo! E por que razão conversaste a meu respeito com Nikodim Fomítch, já que não me conheces nem um pouco? Perseguem-me feito uma matilha e já não fazem questão de disfarce! Cospem-me francamente na cara!" — ele tremia de raiva. — "Batam-me logo, pois, e não brinquem como um gato e um ratinho. Isso é falta de decoro, Porfíri Petróvitch, e eu talvez não lhe permita! Vou levantar-me e dizer toda a verdade na cara deles; vão ver como os desprezo a todos!..." — custou-lhe a retomar fôlego. "E se isso apenas me parece? Se for uma miragem, e eu estiver enganado em tudo, zangado por imperícia, sem suportar este meu papel de vilão? Talvez seja tudo sem intenção? Todas as palavras deles são ordinárias, mas há algo nelas... Sempre se pode dizer tudo isso, porém há algo errado. Por que ele disse logo "na casa dela"? Por que Zamiótov acrescentou que eu falava de modo *astucioso*? Por que eles falam nesse tom? Sim... o tom... Razumíkhin também está aqui, então por que ele não percebe nada? Mas esse bobão ingênuo nunca percebe nada! A febre, de novo!... Porfíri piscou agorinha para mim ou não? Bobagem, sem dúvida; por que ia piscar-me? Será que querem irritar os meus nervos ou zombam de mim? Ou é tudo uma miragem, ou eles *sabem*!... Até Zamiótov está afoito... Zamiótov está afoito? Zamiótov mudou, nessa noite, de opinião. Eu pressentia que mudaria de opinião! Ele está aqui como em sua casa, mas veio pela primeira vez. Porfíri não o trata como visita, senta-se de costas para ele. Já se entenderam! Foi com certeza *por minha causa* que se entenderam! Falaram de mim, com certeza, antes que a gente viesse!... Será que sabem da minha ida ao apartamento? Tomara que seja rápido!...Quando lhe disse, há pouco, que tinha fugido ontem para alugar um apartamento, ele não deu ouvidos, não se agarrou àquilo... E foi muito bom ter falado daquele apartamento, depois vou tirar proveito!... Estava, digamos assim, delirando!... Ah-ah-ah! Ele está a par de toda a noite de ontem! Mas não sabia que minha mãe tinha vindo!... E a bruxa até escreveu a data a lápis!... Tudo bobagem, não vou render-me! É que não são ainda os fatos, mas tão somente uma miragem! Não, deem-me fatos! E o apartamento não é um fato, mas sim um delírio, eu sei o que dizer a eles... Será que sabem da minha ida ao apartamento? Não irei embora, sem que o saiba! Por que vim? E que estou zangado agora, isso aí é, talvez, um fato! Ufa, como ando irritadiço! Talvez seja bom assim: um papel mórbido... Ele me sonda. Vai confundir-me. Por que é que vim pra cá?"

Tudo isso passou pela sua cabeça qual um relâmpago.

Porfíri Petróvitch voltou num instante. Ficara, de súbito, animado.

— Minha cabeça, mano, não está boa, desde a tua festinha de ontem... E eu mesmo fiquei todo desengonçado — começou ele num tom bem diferente, dirigindo-se a Razumíkhin e rindo.

— E a festinha foi alegre? É que os deixei ontem no momento mais interessante, hein? Quem foi que venceu?

— Ninguém, bem entendido. Acabamos por abordar as questões sempiternas, pairando nos ares.

— Imagina, Ródia, a que ponto chegamos ontem: existe o crime ou não? Bem que te disse: mentimos até a doidura!

— O que há de espantoso? Uma questão social ordinária — respondeu Raskólnikov, distraído.

— A questão não foi formulada dessa maneira — notou Porfíri.

— Não foi, não, é verdade — de pronto concordou Razumíkhin, apressado e empolgado como de praxe. — Olha, Rodion: escuta e diz a tua opinião. Assim quero. Ontem suava sangue com eles e esperava por ti, havia-lhes dito, a eles também, que virias... Começamos pela doutrina dos socialistas. Essa doutrina é conhecida, o crime é um protesto contra a anormalidade da ordem social e ponto, e nada mais que isso, e nenhum outro motivo é admitido, e nada!...

— Mentira! — gritou Porfíri Petróvitch. Ele se animava visivelmente de olhar para Razumíkhin, e ria a cada minuto, provocando-o desse modo ainda mais.

— Não é admitido mais nada! — interrompeu Razumíkhin com veemência. — Não é mentira!... Vou mostrar-te os livretos deles, tudo se faz porque "o ambiente oprime", e nada mais que isso! A frase predileta! Deduz-se disso, diretamente, que, se a sociedade tiver uma ordem normal, todos os crimes desaparecerão de vez, pois não haverá por que protestar, e todos se tornarão, num átimo, virtuosos. A natureza não se leva em conta, a natureza é expulsa, a natureza não tem espaço! Para eles, não é a humanidade que se desenvolverá, por via histórica, *viva*, até o fim, transformando-se, afinal, por si só numa sociedade normal, mas, pelo contrário, certo sistema social sairá de alguma cabeça matemática e logo organizará toda a humanidade, tornando-a, num instante, virtuosa e impecável, antes de qualquer processo real, sem qualquer via histórica e viva! Por isso é que eles não gostam tanto, instintivamente, da história — "há nela apenas horrores e tolices!", e tudo se explica com essas tolices! Por isso é que não gostam do *vivo* processo da vida: não precisamos da *alma viva*! A alma viva exigirá vida; a alma viva não obedecerá à mecânica, a alma viva está desconfiada, a alma viva é retrógrada! Agora a alma deles, ainda que cheire a carniça, pode ser feita de caucho, em compensação, não é viva, não tem vontade; em compensação é escrava, não se rebelará! O resultado é que tudo se restringe a uma fileira de tijolinhos e à disposição dos corredores e quartos do falanstério![66] O falanstério já está pronto, mas sua natureza, senhores, ainda não está preparada para o falanstério e quer vida; os senhores não terminaram ainda seu processo vital, é cedo para irem para o cemitério! Não dá para saltarem a natureza só com a lógica. A lógica prevê três casos, e eles são um milhão! Cortar todo esse milhão e reduzir tudo à questão de conforto? É a resolução mais fácil do problema! Está tudo sedutoramente claro, e não se precisa pensar! O principal é que não se precisa pensar! Todo o mistério da vida cabe em duas folhas impressas.

— Mas que erupção, que matraca! Segurem-no pelas mãos — ria Porfíri. — Imagine — ele se virou para Raskólnikov —, foi dessa mesma

[66] Na opinião do socialista francês Charles Fourier (1772–1837), modelo ideal de convivência humana.

forma, ontem à noite, no quarto dele, seis vozes em coro, e todos se embebedaram antes de ponche — pode imaginar? — Não, mano, estás mentindo: "o ambiente" influencia muito o crime, e vou comprovar-te isso.

— Eu mesmo sei que influencia muito, porém me diz o seguinte: um quarentão estupra uma menina de dez aninhos — é o ambiente que o força a fazer aquilo?

— Quem sabe... num sentido estrito, talvez seja o ambiente — redarguiu Porfíri com uma imponência pasmosa. — O crime em relação à menina pode ser muito e muito bem explicado pelo "ambiente".

Razumíkhin ficou quase frenético.

— Pois queres que *deduza* agora para ti — bradou ele — que teus cílios são brancos pela única razão de Ivan, o Grande,[67] ter trinta e cinco braças[68] de altura, e que deduza isso de forma clara, exata e progressista, e até mesmo com certo matiz liberal? Desafio-te! Queres apostar?

— Aceito! Escutem, por gentileza, a dedução dele!

— Não faz outra coisa senão fingir, diabo! — exclamou Razumíkhin, ficando em pé e agitando a mão. — Vale a pena falar contigo? Pois ele diz tudo isso de propósito, ainda não o conheces, Rodion! E ontem tomou o partido deles, só para escarnecer todo o mundo. E que coisas disse ontem, meu Deus! E eles lá ficaram contentes!... É que ele aguenta dessa maneira até duas semanas. No ano passado, assegurava à gente, não se sabe por que, que ia entrar num monastério: por dois meses insistia nisso! Há pouco, passou a assegurar que ia casar-se, e que já estava tudo pronto para o casamento. Até se fizeram roupas novas. A gente já ia felicitá-lo, mas... Nem a noiva, nem nada: foi tudo uma miragem!

— Mentira! Fiz roupas novas antes. Foi a propósito dessas roupas novas que tive a ideia de iludir a todos.

— O senhor é mesmo tão dissimulado? — perguntou Raskólnikov ao léu.

— E o senhor achava que não fosse? Espere, que vou ludibriá-lo também, ah-ah-ah! Não, veja bem: — dir-lhe-ei toda a verdade. A respeito de todas essas questões, dos crimes, do ambiente, das meninas, lembrei agora de um artigo seu (aliás, sempre me interessei por ele)

---

[67] Célebre campanário que faz parte do conjunto arquitetônico do Kremlin de Moscou.

[68] Antiga unidade de medida de comprimento (no original russo: сажень), equivalente a 2,2 m.

— "Do crime"... ou qual é o título, esqueci, não lembro mais. Tive a honra de lê-lo, dois meses atrás, no "Discurso periódico".

— Meu artigo? No "Discurso periódico"? — perguntou Raskólnikov, espantado. — De fato escrevi, há seis meses, quando acabava de sair da universidade, um artigo sobre um livro, mas ofereci-o então ao jornal "Discurso semanal" e não ao "Periódico".

— E foi publicado no "Periódico".

— É que o "Discurso semanal" deixou de existir, foi por isso que não o publicaram então...

— Foi assim mesmo, todavia, deixando de existir, o "Discurso semanal" se fundiu com o "Discurso periódico", portanto seu artigo apareceu, dois meses atrás, no "Discurso periódico". O senhor não sabia?

Raskólnikov realmente não sabia nada.

— Misericórdia, mas o senhor pode reclamar lá seu honorário pelo artigo! Que caráter é que o senhor tem! Vive tão recatado que ignora as coisas que lhe concernem diretamente. O fato é esse.

— Bravo, Rodka! Nem eu sabia! — exclamou Razumíkhin. — Ainda hoje darei um pulinho à biblioteca e perguntarei por aquele jornal! Dois meses atrás? Qual é a data? Encontrarei de qualquer jeito! Que coisa, hein? E ele está calado!

— E como o senhor soube que o artigo era meu? Ele foi assinado com uma letra só.

— Soube por acaso, apenas um dia destes. Foi o editor quem me disse: a gente se conhece... Fiquei muito interessado.

— Eu explorava, que me lembre, o estado psicológico do criminoso ao longo de todo o processo do crime.

— Sim, e insistia que o ato de cometer o crime sempre vinha acompanhado de uma doença. Muito, muito original, mas... não foi essa parte de seu artigo que me intrigou, mas sim certa ideia referida no final do artigo, à qual o senhor, infelizmente, fez apenas uma alusão incerta... Numa palavra, caso o senhor se recorde ainda, há certa alusão a que existem no mundo tais pessoas que podem... ou seja, não é que possam cometer quaisquer delitos e crimes, mas possuem todo o direito de cometê-los, já que a lei não foi feita para elas.

Raskólnikov sorriu por achar ridícula essa forçada e consciente deturpação da sua ideia.

— O quê? Como assim? O direito de cometer crimes? Mas não seria porque "o ambiente oprime"? — interpelou Razumíkhin, até com certo susto.

— Não, não, a razão não é essa — respondeu Porfíri. — Todo o problema é que, nesse artigo dele, todas as pessoas são classificadas como "ordinárias" e "extraordinárias". As pessoas ordinárias devem obedecer à lei e não têm o direito de infringi-la, exatamente por serem ordinárias. E as pessoas extraordinárias têm o direito de perpetrar quaisquer crimes e de infringir a lei de toda maneira, pelo próprio fato de serem extraordinárias. Foi assim que o senhor escreveu, a menos que me engane?

— Mas como assim? Não pode ser que tenha escrito assim! — murmurou Razumíkhin, perplexo.

Raskólnikov voltou a sorrir. Entendeu logo de que se tratava e a que conversa queriam impeli-lo. Lembrava muito bem de seu artigo e decidiu aceitar o desafio.

— Não foi justamente assim que escrevi — começou ele num tom simples e modesto. — Aliás, reconheço que o senhor relatou meu artigo de modo quase correto ou mesmo, se quiser, totalmente correto... — parecia comprazer-se em reconhecer que o artigo fora relatado de modo totalmente correto. — A única diferença é que não insisto, de forma alguma, que aquelas pessoas extraordinárias tenham, sem falta, o dever e a obrigação de perpetrar sempre quaisquer delitos, como o senhor diz. Acho mesmo que tal artigo nem teria sido publicado. Eu aludi simplesmente a que uma pessoa "extraordinária" tinha o direito... não o direito oficial, é claro, mas o direito pessoal de permitir que sua consciência passasse por cima... de certos obstáculos, e unicamente naquele caso em que a realização de sua ideia (por vezes, salvadora para toda a humanidade, quem sabe) viesse a exigi-lo. O senhor se digna a dizer que meu artigo está confuso, e eu estou pronto a esclarecê-lo para o senhor na medida do possível. Talvez não me engane, se supuser que o senhor deseja exatamente isso. Pois bem... A meu ver, se as descobertas de Kepler[69] e Newton[70] não pudessem, devido a certas combinações

[69] Johannes Kepler (1571–1630): egrégio astrônomo, matemático e astrólogo alemão que formulou as três principais leis da mecânica celeste.

[70] Isaac Newton (1643–1727): um dos maiores físicos e matemáticos da humanidade, que descobriu a lei da gravitação universal e as leis fundamentais da mecânica clássica (leis de Newton).

nefastas, chegar ao conhecimento dos humanos de nenhuma outra maneira, senão mediante o sacrifício de uma, dez, cem ou mais vidas daquelas pessoas que impedissem tal descoberta ou constituíssem um obstáculo para ela, Newton teria o direito e mesmo a obrigação de... *eliminar* aquelas dez ou cem pessoas, a fim de tornar sua descoberta legado de toda a humanidade. Não se deduz disso, aliás, que Newton teria o direito de matar a quem ele quisesse, a Fulano ou a Sicrano, ou de furtar cada santo dia mercadorias na feira. A seguir, que me lembre, desdobra-se no meu artigo a ideia de que todos... bem, por exemplo, todos os legisladores e constituidores da humanidade, começando dos mais antigos e arrolando Licurgo,[71] Sólon,[72] Maomé,[73] Napoleão[74] e similares, foram, sem exceção alguma, criminosos, apenas pelo fato de que, criando uma lei nova, eles infringiam assim a lei antiga, venerada pela sociedade e herdada dos pais, e não se importavam, sem dúvida, nem com o derramamento de sangue, contanto que esse sangue (às vezes, o dos inocentes ou de quem o derramou, glorioso, pela lei antiga) pudesse ajudá-los. É mesmo notável que a maioria desses benfeitores e constituidores da humanidade é composta de facínoras mais sanguinários. Numa palavra, eu deduzo que todas aquelas pessoas que, mesmo sem serem grandes, saiam um pouco dos eixos, quer dizer, sejam minimamente capazes de fazer algo novo, hão de ser criminosas por natureza — mais ou menos criminosas, é claro. Caso contrário, teriam dificuldades em sair dos eixos e não consentiriam, por certo, em continuar dentro destes, novamente por sua natureza, nem deveriam, em minha opinião, consentir. Resumindo, o senhor vê que, até aqui, não há nisso nada de especialmente novo. Isso já foi mil vezes impresso e lido. Quanto à minha classificação das pessoas em ordinárias e extraordinárias, concordo, sim, que ela é uma pouco arbitrária, porém não insisto em números exatos. Apenas acredito na minha ideia essencial. Ela consiste notadamente em as pessoas serem, por lei da natureza, classificadas em duas categorias *de modo geral*: a categoria inferior (ordinária), ou seja, por assim dizer, o material que serve unicamente para a reprodução de seres

[71] Licurgo (séc. VIII a.C.): lendário legislador espartano.
[72] Sólon (cerca de 638–558 a.C.): célebre político e estadista ateniense.
[73] Maomé (570–632): fundador do Islã, tido pelos muçulmanos como profeta.
[74] Napoleão Bonaparte (1769–1821): imperador da França entre 1804 e 1814, um dos maiores políticos e estrategistas militares de todos os tempos.

similares, e a das pessoas propriamente ditas, das que possuem o dom ou talento para dizer, em seu meio, *uma palavra nova.* As subdivisões são, bem entendido, inúmeras, entretanto os traços característicos de ambas as categorias são assaz nítidos, a primeira categoria, ou seja, o material, abrange, de modo geral, as pessoas conservadoras e decentes por natureza, que vivem obedecendo e gostam de ser obedientes. A meu ver, elas têm mesmo a obrigação de ser obedientes, porque esse é o seu destino e porque não há nisso absolutamente nada que possa humilhá-las. A segunda categoria inclui as pessoas que infringem a lei, sendo, em função das suas capacidades, destruidoras ou propensas à destruição. Os crimes dessas pessoas são, bem entendido, relativos e bem variados, mas exigem, na maioria das vezes e nas mais diversas manifestações, a destruição do presente em prol de algo melhor. Contudo, se tal pessoa precisar, guiada por sua ideia, passar por cima de um cadáver ou de um charco de sangue, então dentro de si, no seu âmago, ela pode, a meu ver, permitir-se passar por cima desse charco de sangue — dependendo, aliás, da própria ideia e das proporções dela —, e tome isso em conta. Só nesse sentido é que falo, no meu artigo, do direito de tais pessoas cometerem crimes. (Lembre-se de que começamos por abordar uma questão jurídica.) De resto, não há muito com que se preocupar: a massa quase nunca reconhece o direito dessas pessoas, executa-as por enforcamento (em maior ou menor grau) e assim cumpre, com toda a justiça, a sua função conservadora, de modo que, no entanto, as gerações posteriores da mesma massa colocam os executados num pedestal e veneram-nos (em maior ou menor grau também). A primeira categoria sempre é a dona do presente, e a segunda, a dona do futuro. A primeira resguarda o mundo e aumenta-o quantitativamente; a segunda faz o mundo progredir e leva-o ao objetivo. Ambas as categorias têm igualíssimo direito de existir. Numa palavra, todos têm, em minha opinião, igual direito, e... *vive la guerre éternelle*,[75] até a Nova Jerusalém, bem entendido!

— Pois então o senhor acredita na Nova Jerusalém?

— Acredito — respondeu Raskólnikov com firmeza, dizendo isso e durante toda a sua longa tirada, ele fitava o chão, de olhos fixos em certo ponto do tapete.

---

[75] "Viva a eterna guerra!", em francês.

— E-e-e acredita em Deus? Desculpe ser tão curioso.

— Acredito — repetiu Raskólnikov, erguendo os olhos e encarando Porfíri.

— E-e acredita na ressurreição de Lázaro?

— Ac-credito, sim. Por que quer saber isso tudo?

— Acredita literalmente?

— Literalmente.

— Ah, é isso... foi só por curiosidade que perguntei. Desculpe-me. Mas espere, que volto ao mesmo assunto, não é toda vez que os executam, alguns, ao contrário...

— Triunfam em vida? Oh, sim, alguns conseguem isso em vida, então...

— Começam a executar, eles mesmos?

— Se isso for necessário e, sabe, até na maioria dos casos. Em geral, sua objeção é bem arguta.

— Obrigado. Mas diga-me o seguinte: como é que a gente discerniria as pessoas extraordinárias das ordinárias? Será que elas apresentam alguns sinais, quando de nascimento ainda? O que quero dizer é que precisamos de maior exatidão e, digamos assim, de melhor definição externa; desculpe a minha preocupação natural de um homem prático e bem-intencionado, mas não se poderia implantar, por exemplo, alguma roupa especial, algum distintivo ou, sabe-se lá, algumas marcas?... Concorde que, se acontecer uma confusão e uma pessoa de certa categoria imaginar que pertence à outra categoria e começar a "eliminar todos os obstáculos", conforme a expressão bem oportuna do senhor, então...

— Oh, isso acontece com muita frequência! Essa sua objeção é ainda mais arguta que a precedente...

— Obrigado...

— Não há de quê. Mas leve em consideração que o erro só é possível por parte da primeira categoria, isto é, das pessoas "ordinárias" (como as denominei, talvez, de modo bem inoportuno). Apesar de sua propensão inata à obediência, certo capricho da natureza, que não seria alheio nem à vaca, faz com que muitas dessas pessoas gostem de imaginar-se vanguardistas e "destruidoras", aspirando a dizer aquela "palavra nova", e isso com toda a sinceridade. Ao mesmo tempo, elas despercebem, volta e meia, as pessoas realmente *novas* e até mesmo as desprezam pelo suposto atraso e modo de pensar humilhante. Porém, a meu ver, não pode haver perigos consideráveis nisso, e o senhor não tem com que se preocupar, porque essas pessoas nunca vão longe demais. Poder-se-ia, com certeza, fustigá-las de vez em quando, por tal arroubo, para mostrar o lugar delas, mas nada mais que isso, nesse caso, nem precisaríamos de carrasco, elas mesmas iriam fustigar umas às outras por serem tão virtuosas — uma prestaria esse serviço à outra, e mais outra bateria em si mesma com o próprio punho... Até se imporiam, nesse ínterim, várias penitências em público, bonitas e edificantes, numa palavra, o senhor não teria com que se afligir... Tal lei existe.

— Bom, pelo menos por esse lado, o senhor me acalmou em parte. Há, no entanto, outro mal nisso: diga-me, por favor, se essas pessoas que têm o direito de degolar as outras, essas pessoas "extraordinárias" são muitas. Eu cá, bem entendido, estou prestes a curvar-me a elas, porém concorde comigo, seria um horror, se elas fossem numerosas demais, hein?

— Oh, não se preocupe com isso também — prosseguiu Raskólnikov com o mesmo tom. — Em geral, as pessoas com novas ideias, as pessoas minimamente capazes de fazer, ao menos, algo *novo*, nascem extremamente poucas, até, eu diria, estranhamente poucas. Apenas está claro que a ordem de aparecimento das pessoas e de todas essas categorias e subdivisões deve ser determinada, com muita certeza e precisão, por alguma lei da natureza. Desconhecemos, bem entendido, essa lei hoje, mas eu acredito que ela existe e, no futuro, pode tornar-se conhecida. Essa enorme massa humana, esse material existe na terra somente para que, afinal de contas, por meio de algum esforço, mediante algum processo até agora misterioso, com o auxílio de algum cruzamento de clãs e gêneros, apareça enfim neste mundo, nem que seja só uma de mil pessoas, um homem minimamente autônomo. Um homem cuja autonomia seja mais ampla nasce, quem sabe, um só entre dez mil pessoas (falo de modo exemplar, ilustrativo). Um homem de autonomia mais abrangente ainda nasce sozinho entre cem mil pessoas. Um homem genial surge sozinho no meio de milhões de pessoas, e os grandes gênios, os timoneiros da humanidade, nascem, talvez, no passar de vários milhares de milhões de pessoas que vivem na terra. Em suma, eu não vi aquela retorta, em que todo o processo se faz. Mas certa lei, sem dúvida, existe e deve existir: não há casualidades nisso.

— Estão brincando, vocês dois, não estão? — exclamou, por fim, Razumíkhin. — Enganam um ao outro, não é? Estão sentadinhos aí e riem-se um do outro. Falas sério, Ródia?

Calado, Raskólnikov virou para ele seu rosto pálido e tristonho, mas não lhe respondeu nada. E a mordacidade de Porfíri — indisfarçável, insolente, irritante e *impolida* — estranhou Razumíkhin em face desse semblante sereno e triste.

— Pois, mano, se isso for realmente sério, então... Tens certamente razão em dizer que isso não é novo e assemelha-se àquilo tudo que a gente leu e ouviu mil vezes; mas o que é mesmo *original* nessa matéria toda — e pertence, de fato, tão só a ti, para meu pavor — é que justificas o sangue *com a consciência* e, desculpa-me, com tanto fanatismo... Nisso, pois, consiste a ideia central de teu artigo. E tua tentativa de justificar o sangue *com a consciência* é... para mim, é mais horrível do que a permissão oficial de derramar o sangue, a permissão legítima...

— Justamente... é mais horrível — replicou Porfíri.

— Não, tu ficaste exagerando de alguma forma! Há erro nisso. Vou ler... Ficaste empolgado! Não podes pensar assim... Eu vou ler.

— Nem tudo isso consta do meu artigo, mas há alusões — disse Raskólnikov.

— Pois bem, pois bem — impacientou-se Porfíri. — Agora está quase claro, cá para mim, como o senhor se digna a compreender o crime, mas... perdoe-me a minha insistência (incomodo-o em excesso, até sinto vergonha!) e veja bem — o senhor acabou de acalmar-me para valer no tocante aos casos de fusão errônea das duas categorias, porém... são diversos casos práticos que me deixam de novo angustiado! E se algum homem, ou até mesmo um garoto, imaginar que seja Licurgo ou Maomé... no futuro, bem entendido... e começar a eliminar todos os obstáculos para tanto?... Há, digamos, uma longa campanha pela frente, mas para bancá-la precisa-se de dinheiro... e esse homem começa a arranjar o dinheiro para a campanha... sabe?

De chofre, Zamiótov deu uma risadinha no seu canto. Raskólnikov sequer olhou para ele.

— Tenho de concordar — respondeu com calma — que tais casos realmente devem acontecer. As pessoas bobinhas e vaidosas é que caem, sobretudo, nesse anzol — em especial, as pessoas jovens.

— Está vendo? E como explica isso?

— Assim mesmo — sorriu Raskólnikov. — A culpa disso não é minha. Isso já aconteceu e vai acontecer sempre. Ele, pois (inclinou a cabeça para o lado de Razumíkhin), acabou de dizer que eu justifico o sangue. E daí? A sociedade está muito bem provida de degredos, presídios, promotores de justiça, trabalhos forçados — por que nos preocuparíamos? Vão pegar o ladrão!...

— E se pegarmos?

— Bem feito para ele!

— O senhor tem lógica. E quanto à consciência do criminoso?

— Mas o que tem a ver com ela?

— Só falo assim por humanidade.

— Quem tiver consciência, que sofra por reconhecer seu erro. Esse é o castigo dele, além do trabalho forçado.

— E os verdadeiros gênios — perguntou Razumíkhin, carregando o cenho —, aqueles que têm o direito de degolar, não devem sofrer nem um pouco com o sangue derramado?

— Para que essa palavra: *devem*? Não há nisso permissão nem proibição. Que sofram, se tiverem dó da vítima... O sofrimento e a dor são sempre indispensáveis para a consciência abrangente e para o coração profundo. Parece-me que as pessoas realmente grandes devem sentir, neste mundo, uma tristeza enorme — acrescentou ele, meditativo, mudando subitamente o tom da conversa.

Raskólnikov ergueu os olhos, olhou para todos com atenção, sorriu e pegou seu casquete. Estava tranquilo demais em comparação ao estado em que tinha vindo e percebia isso. Todos ficaram em pé.

— Podem xingar-me, pois, podem zangar-se comigo — concluiu novamente Porfíri Petróvitch —, mas eu não posso deixar de fazer-lhe mais uma perguntinha (atormento-o demais, não é mesmo?), de mencionar só uma ideiazinha a mais, unicamente para não esquecer...

— Está bem, diga sua ideiazinha — Raskólnikov estava plantado na frente dele, sério e pálido, e esperava pela pergunta.

— Eis o que é... palavra de honra, não sei como me expressar melhor... essa ideiazinha é por demais frívola... psicológica... É que, quando o senhor compunha seu artigo ali, não poderia ser... he-he... que não tomasse também a si próprio, nem que fosse só um tiquinho, por um homem "extraordinário" dizendo aquela *palavra nova*... em seu sentido, é claro... Foi assim mesmo?

— Bem poderia ser — respondeu-lhe Raskólnikov, desdenhoso.

Razumíkhin fez um gesto.

— E se fosse assim, o senhor ousaria pessoalmente, digamos, por causa de alguns malogros e apuros cotidianos ou para contribuir, de alguma forma, para a humanidade inteira, passar por cima de um obstáculo?... Matar e roubar, por exemplo?...

E de repente, Porfíri voltou a piscar-lhe com o seu olho esquerdo, rindo baixinho, exatamente da mesma maneira que pouco antes.

— Mesmo se tivesse passado por cima, decerto não lhe diria — ripostou o jovem com um desdém arrogante e desafiador.

— Não, o meu interesse é só para entender o seu artigo propriamente dito, apenas em sua dimensão literária...

"Arre, como isso é óbvio e descarado!" — pensou Raskólnikov com asco.

— Permita fazê-lo notar — respondeu secamente — que não me considero Maomé nem Napoleão... nem qualquer uma das semelhantes pessoas; por conseguinte, sem ser uma delas, não posso explicar-lhe, de modo satisfatório, como eu agiria.

— Mas chega, quem não se acha Napoleão nesta Rússia de hoje? — de supetão, Porfíri passou a falar com uma familiaridade espantosa. Até a entonação de sua voz continha, nesse momento, algo singularmente explícito.

— Será que foi um Napoleão em potência quem abateu, na semana passada, nossa Aliona Ivânovna a machadadas? — deixou escapar, de repente, Zamiótov, aboletado no canto.

Raskólnikov estava calado e fitava Porfíri atenta e firmemente. Razumíkhin ficou todo sombrio. Tinha, desde antes, certa impressão agourenta; olhava ao redor com fúria. Passou-se um minuto de lúgubre silêncio. Raskólnikov se virou para ir embora.

— O senhor já vai? — disse Porfíri num tom carinhoso, estendendo-lhe a mão com uma amabilidade excessiva. — Foi um prazer conhecê-lo. E quanto ao seu pedido, não tenha nem sombra de dúvidas. Escreva exatamente aquilo que lhe disse. Seria melhor ainda, se viesse falar comigo... um dia desses... quem sabe, amanhã. Decerto estarei na delegacia por volta das onze horas. Aí arranjaremos tudo... conversaremos... O senhor, como uma das últimas pessoas que estiveram *lá*, poderia, talvez, dizer-nos alguma coisa... — acrescentou com ares de plena benevolência.

— O senhor quer interrogar-me oficialmente, com todos os requisitos? — perguntou Raskólnikov num tom brusco.

— Por quê? Hoje em dia, não precisamos disso. O senhor não me entendeu bem. Sabe... eu não perco a ocasião, e... e já falei com todos os empenhadores, colhendo depoimentos de alguns... e o senhor, como o último... Ah, sim, a propósito! — exclamou ele, entusiasmando-se, de repente, com alguma coisa. — Lembrei a propósito, como ando esquecido!... — ele se virou para Razumíkhin. — Estou careca de ouvir-te falar sobre aquele Nikolachka... pois é, já sei, eu mesmo, já sei — ele se virou para Raskólnikov — que o rapaz está limpo, mas o que faria? Tive, inclusive, de incomodar Mitka também... o problema, ou seja, toda a essência é a seguinte: passando então pela escada... veja bem; o senhor lá esteve por volta das oito horas?

— Estive, sim — respondeu Raskólnikov, surgindo-lhe, no mesmo instante, a desagradável sensação de que poderia não dizer isso.

— Então, passando pela escada por volta das oito horas, o senhor não viu, por acaso, no segundo andar, naquele apartamento aberto — lembra? —, os dois operários ou, pelo menos, um deles? Não reparou neles, que estavam pintando ali? Isso é muito importante para eles, muito!...

— Os pintores? Não os vi, não... — Raskólnikov respondeu devagar, como se estivesse vasculhando sua memória, ao mesmo tempo, todo o seu ser ficou tenso e atormentado pela vontade de adivinhar, o mais depressa possível, em que consistia a cilada para não cair nela. — Não os vi, não; sequer avistei, na verdade, aquele apartamento aberto... porém no quarto andar (ao perceber o ardil, estava triunfante), que me lembre, um servidor se mudava do apartamento... defronte do de Aliona Ivânovna... lembro... lembro com toda a clareza... os soldados levavam embora um sofá e apertaram-me contra a parede... e quanto aos pintores, não, não lembro se havia pintores lá... nem havia, ao que parece, nenhum apartamento aberto. Não, não havia...

— Mas como assim? — exclamou Razumíkhin de súbito, como que se recobrando e pondo suas lembranças em ordem. — Os pintores trabalhavam no dia do assassinato, e ele esteve lá três dias antes! Por que estás perguntando, hein?

— Eta, confundi tudo! — Porfíri deu uma palmada na sua testa. — Que diabo, esse negócio me deixa todo transtornado! — ele se dirigiu a Raskólnikov, como que lhe pedindo desculpas. — É que a gente precisa tanto saber se alguém os viu, por volta das oito horas, naquele apartamento que fiquei imaginando agora que o senhor também poderia dizer... confundi por completo!

— Pois deves prestar mais atenção — notou Razumíkhin, sombrio.

As últimas palavras foram ditas já na antessala. Porfíri Petróvitch acompanhou os jovens até a porta com muita amabilidade. Os dois saíram do prédio tristes e carrancudos, sem dizer, nesses primeiros passos, uma só palavra. Raskólnikov soltou um suspiro profundo...

VI

— ... Não acredito! Não posso acreditar! — repetia Razumíkhin, perplexo, tentando com todas as forças desmentir os argumentos de Raskólnikov. Eles já se aproximavam da pousada de Bakaléiev, onde Pulkhéria Alexândrovna e Dúnia os esperavam havia tempo. Pelo caminho, Razumíkhin parava a cada minuto, confuso e emocionado só com o próprio fato de que, pela primeira vez, sua conversa acalorada se referia diretamente àquilo.

— Não acredites! — respondia Raskólnikov com um sorriso frio e desdenhoso. — Segundo o teu hábito, não reparaste em nada, mas eu cá ponderei cada palavra.

— És melindroso, por isso ponderaste... Hum... realmente, concordo que o tom de Porfíri estava meio estranho, e que, sobretudo, aquele fedelho Zamiótov!... Tens razão, ele tinha algo assim... mas por quê? Por quê?

— De noite mudou de opinião.

— Mas pelo contrário, pelo contrário! Se eles tivessem mesmo aquela ideia descabelada, fariam de tudo para ocultá-la e esconder seus trunfos para depois te pegar no pulo... E agora é tudo ousadia e imprudência!

— Se eles tivessem fatos, quer dizer, verdadeiros fatos ou, pelo menos, algumas suspeitas minimamente consistentes, então tentariam mesmo encobrir o jogo na esperança de ganhar mais ainda (aliás, teriam feito uma busca, há tempos!). Mas eles não têm nenhum fato — tudo é uma miragem, tudo tem dois gumes e não passa de uma ideia efêmera —, portanto procuram confundir a gente com sua ousadia. Quem sabe se ele não ficou bravo com a ausência de fatos e não falou assim por irritação?

Ou talvez tenha algum intuito... Parece um homem inteligente, não é? Queria, talvez, assustar-me com seu conhecimento da causa... Há nisso, mano, toda uma psicologia... De resto, dá nojo explicar tudo isso. Deixa!

— É uma ofensa, uma ofensa! Entendo-te bem! Mas... como já começamos a falar às claras (e isso é ótimo, deixar afinal tudo claro, estou contente!), confesso-te agora sem rodeios que percebi aquilo neles faz muito tempo; aquela ideia estava, bem entendido, apenas embrionária, apenas engatinhava nesse tempo todo, mas por que diabo engatinhava? Como eles se atrevem? Onde, mas onde se escondem as raízes? Se tu soubesses como me enfurecia! Que história é essa? Um pobre estudante, mutilado pela miséria e pela hipocondria, às vésperas de uma doença grave, quando o delírio já vem, quem sabe, tomando conta dele (nota bem isso!), sensível, cheio de amor-próprio, ciente de seu valor, que passou seis meses confinado no seu canto, sem ter visto ninguém, e usa roupas esfarrapadas e botas sem solas, fica em pé, na frente de uns policiais lá, e atura a judiação deles, logo lhe esfregam na cara aquela dívida inesperada, a cambial expirada do servidor de sétima classe Tchebárov, e vêm, a seguir, a tinta fedida, a febre de trinta graus de Réaumur,[76] o ar abafado, o mundaréu, a narração sobre o assassinato da pessoa que ele acaba de visitar — e tudo isso com a barriga vazia! Como é que o rapaz deixaria de desmaiar? E tomar isso, apenas isso por base? Que o diabo os leve! Entendo que é penoso, mas, se estivesse no teu lugar, Rodka, gargalharia na cara deles, ou melhor, cus-pi-ria na cara de todos e, com gostinho, distribuiria lá umas duas dezenas de bofetadas, por todo lado e de maneira espertinha, como se deve distribuí-las sempre, e nisso acabaria. Cospe neles! Ânimo! Quanta vergonha!

"Todavia ele expôs aquilo muito bem" — pensou Raskólnikov.

— Cuspir? E amanhã haverá outro interrogatório! — disse com amargura. — Será que vou explicar-me com ele? Já faz pena que ontem me tenha humilhado, lá no restaurante, com aquele Zamiótov...

— Eta, diabo! Vou falar com Porfíri, eu mesmo! E vou apertá-lo *como parente*: que me demonstre tudo, até as raízes! E quanto a Zamiótov...

"Enfim adivinhou!" — pensou Raskólnikov.

— Espera! — gritou Razumíkhin, pegando, de chofre, no ombro dele. — Espera! Estavas mentindo! Eu entendi: tu estavas mentindo!

---

[76] 37,5 °C, segundo a escala proposta pelo físico francês René Antoine de Réaumur em 1730.

Mas que ardil foi aquele? Dizes que a pergunta sobre os operários é um ardil? Pensa bem — se tu tivesses feito *aquilo*, terias podido dizer que os tinhas visto pintar o apartamento... aqueles operários? Pelo contrário, não viste nada, mesmo que tivesses visto! Quem é que depõe contra si próprio?

— Se eu tivesse cometido aquele crime, teria dito sem falta que tinha visto os operários e o apartamento — Raskólnikov continuava a responder a contragosto e com um asco patente.

— Mas por que deporias contra ti mesmo?

— Porque só os broncos, ou então os novatos mais inexperientes, passam a negar tudo, quando interrogados, direta e consequentemente. E o homem um tanto desenvolvido e entendido há de reconhecer, na medida do possível, todos os fatos externos e inegáveis, apenas procurando outras causas para eles, e de introduzir algum detalhe próprio, peculiar e inesperado o suficiente para lhes dar um significado bem diferente e mostrá-los sob outro ângulo. Porfíri podia ter calculado que eu lhe responderia, sem falta, dessa maneira e diria, para fins de verossimilhança, tê-los visto, citando algum detalhe como explicação...

— Mas ele te diria logo que, dois dias antes, os operários sequer podiam estar ali, e que, assim sendo, tu estavas naquele prédio exatamente no dia do assassinato, por volta das oito horas. Far-te-ia de bobo com um nada!

— Pois era justamente com isso que ele contava; pensava que eu não teria tempo de refletir e responderia, às pressas, de modo verossímil, esquecendo, em particular, que, dois dias antes, os operários nem podiam estar ali.

— Mas como esquecerias isso?

— Muito fácil! É nessas coisinhas ocas que a gente finória esbarra com toda a facilidade. Quanto mais esperta for a pessoa, menos ela suspeitará que possam enganá-la com uma coisinha simples. É justamente com a coisa simplicíssima que se deve enganar a pessoa espertíssima. Porfíri não é tão parvo como tu achas...

— Ele é um canalha depois daquilo!

Raskólnikov não pôde impedir-se de rir. Porém, seu próprio ânimo e o gosto com que expressou a última explicação pareceram-lhe, nesse mesmo momento, estranhos, já que toda a conversa precedente fora levada em tom de soturno asco, aparentemente com alguma intenção ou por alguma necessidade.

"Estou tomando gosto por certos assuntos!" — pensou ele consigo mesmo.

Mas, quase no mesmo instante, ficou algo inquieto, como se uma ideia inesperada e perturbadora o tivesse atingido. Sua angústia ia crescendo. Os jovens já tinham chegado à pousada de Bakaléiev.

— Vai lá sozinho — disse Raskólnikov de repente. — Eu voltarei logo.

— Aonde vais? A gente já chegou!

— Estou precisando... tenho um negócio... voltarei dentro de meia hora... Diz para elas.

— Como quiseres, mas eu vou contigo!

— Pois tu também queres trucidar-me? — exclamou Raskólnikov com tanta irritação amarga e tanto desespero no olhar que Razumíkhin ficou de braços caídos. Por algum tempo, ele se deteve à porta de entrada, entristecido, olhando Raskólnikov caminhar depressa em direção à sua viela. Por fim, cerrando os dentes e punhos e jurando a si próprio que no mesmo dia espremeria Porfíri todinho, feito um limão, ele subiu aos quartos para acalmar Pulkhéria Alexândrovna, já angustiada com a longa ausência deles.

Quando Raskólnikov se acercou do prédio em que morava, suas têmporas estavam molhadas de suor, e sua respiração, ofegante. Ele subiu apressadamente a escada, entrou no seu quarto aberto e logo aferrolhou a porta. Depois, loucamente apavorado, arrojou-se ao canto, àquele mesmo buraco no papel de parede em que guardara então as coisas roubadas, enfiou a mão nele e, durante alguns minutos, vasculhou-o minuciosamente, explorando as mínimas pregas do papel. Sem nada ter encontrado, ficou em pé e retomou fôlego. Fora ao aproximar-se da pousada de Bakaléiev que ele imaginara, de supetão, que algum objeto, alguma corrente, abotoadura ou mesmo aquele papelzinho que lhes servia de embrulho, com anotações feitas pela mão da velha, teria podido ficar, naquele dia, perdido numa frestinha e depois reaparecer como uma prova inesperada e incontestável.

Ele estava imerso numa espécie de meditação, e um sorriso estranho, humilhado e algo mórbido transparecia em seus lábios. Pegou, enfim, seu casquete e saiu do quarto, silencioso. Seus pensamentos se confundiam. Meditativo, chegou até o portão.

— Aí vem ele mesmo! — gritou uma voz forte. O jovem levantou a cabeça.

O zelador estava à porta de sua guarita e apontava-o para um homem baixinho que tinha a aparência de um pequeno-burguês, trajava algo parecido a um roupão e um colete, e muito se assemelhava, de longe, a uma velha mulher. Sua cabeça com um boné sebento pendia para baixo, e ele todo estava como que arqueado. Seu rosto flácido e enrugado aparentava mais de cinquenta anos, os olhos pequenos e inchados expressavam tristeza, severidade e desprazer.

— O que é? — perguntou Raskólnikov, achegando-se ao zelador.

O burguesinho fitou-o de esguelha, de modo atento e concentrado, sem pressa, depois se virou lentamente e, sem ter dito uma palavra, saiu portão afora e foi pela rua.

— Mas o que é isso? — exclamou Raskólnikov.

— Um tipo veio perguntar se o estudante morava aqui, disse o nome do senhor e de quem alugava o quarto. Aí o senhor desceu, eu o mostrei para ele, e ele foi embora. Que coisa!

O zelador, que também estava meio perplexo (aliás, não muito), pensou mais um pouco, virou-lhe as costas e voltou para a sua guarita. Raskólnikov correu no encalço do burguesinho e viu-o, de pronto, caminhar pelo outro lado da rua, com aquele seu passo regular e vagaroso, de olhos no chão e como que cismando em alguma coisa. O jovem alcançou-o rápido, mas ficou, por algum tempo, caminhando atrás, acabou por ombreá-lo, mirando o seu rosto de lado. O homem reparou logo nele, examinou-o depressa, mas abaixou novamente os olhos, e assim eles avançaram por um minuto, um perto do outro e sem dizer uma só palavra.

— O senhor perguntou por mim... ao zelador? — disse, finalmente, Raskólnikov, porém com uma voz muito baixa.

O burguesinho não respondeu nada, nem sequer olhou para ele. Os dois se calaram de novo.

— Mas como assim: o senhor vem perguntando por mim... e está calado. O que é isso? — a voz de Raskólnikov se interrompia, e suas palavras soavam assaz indistintas.

Dessa vez, o burguesinho ergueu os olhos e cravou em Raskólnikov um olhar lúgubre e sinistro.

— Assessino! — disse ele, de súbito, com uma voz baixa, mas clara e nítida...

Raskólnikov caminhava ao lado dele. Sentiu, de repente, uma fraqueza horrível nas pernas e um frio nas costas; seu coração se congelou, por um instante, e depois começou a bater descompassado, como que desprendido de um anzol. Desse modo, um ao lado do outro e, novamente, sem uma palavra, eles fizeram uns cem passos. O burguesinho não olhava para ele.

— O que o senhor disse... como... quem é assassino? — murmurou Raskólnikov com uma voz quase inaudível.

— *Tu* és assessino — proferiu o homem, ainda mais nítida e gravemente, sorrindo com uma alegria odiosa, e tornou a olhar bem no rosto pálido de Raskólnikov, bem nos olhos exânimes dele. Os dois se aproximaram então de um cruzamento de ruas. O burguesinho virou à esquerda e, sem olhar para trás, foi embora. Raskólnikov ficou parado e, por muito tempo, seguiu-o com os olhos. Viu o homem percorrer uns cinquenta passos, voltar-se e fitá-lo outra vez, ainda plantado no mesmo lugar. Não dava para enxergar, mas Raskólnikov teve a impressão de que, dessa vez também, o homem lhe dirigisse aquele seu frio, odioso e triunfante sorriso.

Com um passo lento e fraco, de joelhos trêmulos e como que tomado de calafrios, Raskólnikov regressou a casa e subiu ao seu cubículo. Tirou o casquete e colocou-o em cima da mesa, ficando depois em pé, imóvel, por uns dez minutos ainda. Deitou-se, em seguida, no sofá e estendeu-se nele com um gemido baixo e doentio. Seus olhos estavam fechados. Assim ele ficou prostrado cerca de meia hora.

Não pensava em nada. Tinha apenas alguns pensamentos ou trechos de pensamentos, via algumas imagens caóticas e desconexas — os rostos daquelas pessoas que vira ainda na infância ou encontrara algures, uma vez só, e de quem nunca se lembraria mais; o campanário da igreja V***; a mesa de bilhar numa taberna e um oficial junto daquela mesa, o cheiro de charutos numa tabacaria situada num subsolo, uma bodega, uma escada dos fundos, toda escura, suja de lavadura e coberta de cascas de ovo, e a badalada dominical dos sinos que vinha de alguma parte... As coisas se revezavam e rodopiavam como um turbilhão. O jovem até gostava de algumas dessas imagens e agarrava-se a elas, porém a visão se apagava, e algo parecia premê-lo por dentro, de modo geral, mas sem muita força. Às vezes, até sentia prazer... Seu leve calafrio não passava, e essa sensação também era quase agradável.

Ele ouviu os passos apressados de Razumíkhin e sua voz, fechou os olhos e fingiu que estava dormindo. Razumíkhin abriu a porta e ficou, por algum tempo, na soleira, como que pensativo. Depois entrou, cauteloso, no quarto e aproximou-se do sofá. Ouviu-se o cochicho de Nastássia:

— Não trisques nele, deixa dormir. Vai comer mais tarde.

— Está certa — respondeu Razumíkhin.

Os dois saíram, cuidadosos, e fecharam a porta. Passou-se mais cerca de meia hora. Raskólnikov abriu os olhos e deitou-se outra vez de costas, pondo as mãos sob a nuca...

"Quem é ele? Quem é aquele homem que veio do subterrâneo? Onde ele esteve e o que viu? Ele viu tudo, isso é indubitável. Mas onde ficou, naquele dia, de onde olhou para mim? Por que só agora saiu do seu esconderijo? E como poderia ter visto? Seria isso possível?... Hum... — continuava Raskólnikov, tremelicando de frio — e o estojo que Nikolai encontrou atrás da porta: seria isso possível também? As provas? É só desperceber um tracinho entre cem mil outros, e eis aí um tijolo para a pirâmide egípcia! Uma mosca passou voando e viu tudo! Seria isso possível?"

E de repente ele sentiu com asco o quanto ficara débil, fisicamente débil.

"Devia saber isso" — pensava com um sorriso amargo. "E, conhecendo a mim mesmo, *pressentindo* a mim mesmo, como me atrevi a pegar o machado e derramar sangue? Era mister eu saber de antemão... Eh, mas eu cá sabia de antemão!..." — cochichou ele, desesperado.

Vez por outra, ficava estático perante alguma ideia:

"Não, aquelas pessoas têm outro feitio. Um verdadeiro *soberano*,[77] a quem tudo é permitido, arrasa Toulon, faz uma chacina em Paris, *esquece* seu exército no Egito, *gasta* meio milhão de soldados na campanha de Moscou e contenta-se com um trocadilho em Vilno; morto aquele homem, os monumentos são erigidos em sua homenagem, ou seja, *tudo* é permitido mesmo. Não, as pessoas assim têm o corpo de bronze e não de carne!"

Estranha e inesperada, uma das suas ideias deixou-o, de súbito, quase risonho:

"Napoleão, as pirâmides, Waterloo — e aquela velhota, a usurária, magra e repugnante viuvinha com sua arca vermelha embaixo da cama:

---

[77] Trata-se de diversos feitos de Napoleão Bonaparte que ilustram o caráter despótico e desumano de seu reinado.

como digeria isso, por exemplo, Porfíri Petróvitch?... Seriam eles capazes de digeri-lo?... A estética impediria: vai um Napoleão, digamos, farejar embaixo da cama de uma 'velhota'? Eh, que droga!..."

Por momentos, ele se sentia como que delirante, e uma exultação febril se apossava dele.

"A velhota não é nada!" — pensava num ímpeto ardoroso. "Talvez a velha seja um erro, mas não se trata dela! A velha foi apenas uma doença... eu queria logo passar por cima... não matei lá uma pessoa, mas sim um princípio! Matei o princípio, sim, contudo, passar por cima não consegui, fiquei deste lado... Não soube fazer outra coisa senão matar. E, pelo visto, nem isso soube fazer... O princípio? Por que foi que o bobo de Razumíkhin xingou, faz pouco, os socialistas? Um povo laborioso e empreendedor mexe com a 'felicidade universal'... Não, tenho uma vida apenas e nunca mais a terei, não quero, pois, esperar pela 'felicidade universal'. Quero viver por mim mesmo, senão é melhor não viver. E aí? Apenas não quis desprezar minha mãe faminta, guardando meu rublo no bolso, à espera daquela 'felicidade universal'. 'Vejam bem! levo um tijolinho para a felicidade de todos, e meu coração se aquieta com isso'. Ah-ah! Por que é que me deixaram nascer? Eu cá vivo uma vez só, eu também quero... Eh, sou apenas um piolho estético e mais nada" — acrescentou e, de supetão, riu feito um louco. "Sim, realmente sou um piolho" — prosseguiu, apegando-se, por maldade, a essa ideia, revirando-a, brincando e divertindo-se com ela —, "tão só pelo fato de que, primeiro, penso agora que sou um piolho, e, segundo, por ter importunado, um mês inteiro, a santíssima providência, rogando para ela testemunhar que eu não tramava aquilo, digamos, em prol da minha carne e lascívia, mas tinha em vista um alvo magnífico e luzidio — ah-ah! Terceiro, por ter decidido fazer aquilo com a possível justiça, respeitando medidas e pesos, e toda a aritmética, escolhi o mais inútil de todos os piolhos e, matando-o, resolvi roubar dele justamente o necessário para o meu primeiro passo, sem mais nem menos (e o restante iria mesmo, dessa maneira, ao convento, em termos do testamento espiritual — ah-ah!)... Sou um piolho, definitivamente sou um piolho" — complementou ele, rangendo os dentes —, "por ser, sabe-se lá, mais vil e abjeto ainda do que o pilho morto, e por ter *pressentido* que só me diria isto *depois* de matá-lo! Será que alguma coisa pode comparar-se a tanto horror? Oh, baixeza! Oh, vilania!... Oh, como entendo o 'profeta' com o seu sabre e a cavalo. Alá ordena, e obedece-lhe, ser 'tremente'! Tem razão o 'profeta', tem razão quando bota no meio da rua uma boa baterrria e vai atirando nos culpados e inocentes, sem mesmo prestar esclarecimentos! Obedece, ser tremente, e *não desejes*, porque não é teu negócio!... Jamais, oh, jamais perdoarei a velhota!"

Seus cabelos estavam molhados de suor, os lábios trêmulos se cobriam de crostas, o olhar continuava cravado no teto.

"Mãe e irmã, como eu as amava! Por que as detesto agora? Detesto-as, sim, detesto fisicamente, não as suporto perto de mim... Acheguei-me à mãe, de manhã, e beijei-a, lembro... Abraçar e pensar que, se ela soubesse... Seria capaz de contar-lhe aquilo? Seria capaz, sim, eu acho... Hum! *Ela* deve ter sido igual a mim" — acrescentou o jovem, refletindo com esforço e como que resistindo ao delírio que se apoderava dele. "Oh, como odeio hoje aquela velhota! Parece que a mataria de novo, se tivesse ressuscitado! Coitada de Lisaveta! Por que veio então?... Porém é estranho que quase não esteja pensando nela, como se não a tivesse assassinado!... Lisaveta! Sônia! Coitadas, tímidas, com esses olhos humildes... Queridas!... Por que não estão chorando? Por que não estão gemendo?... Entregam tudo... e olham tão tímidas e pacatas... Sônia, Sônia! Essa humilde Sônia!..."

Ele acabou cochilando e achou meio estranho não recordar como ficara na rua. A noite já estava bem avançada. As trevas se espessavam, e a lua cheia brilhava cada vez mais, todavia, o ar estava abafado em demasia, cheirando a cal, a poeira, a água estagnada. A multidão enchia as ruas, os artesãos e outras pessoas ocupadas voltavam para casa, havia quem passeasse. Raskólnikov caminhava triste e preocupado, lembrava-se muito bem de ter saído de casa com certa intenção, sabia que precisava fazer algo urgente, mas já esquecera o que seria. Ficou, de repente, parado e viu um homem acenar-lhe do outro lado da rua. O jovem ia atravessar a rua, porém o homem se virou, de chofre, e foi embora pela calçada, como se de nada se tratasse, de cabeça baixa, sem olhar para trás e fingindo que não o conhecia. "Mas chega, será que ele me chamou mesmo?" — pensou Raskólnikov, indo no seu encalço. A uns dez passos de distância, reconheceu-o de supetão e levou um susto: era o burguesinho que vira recentemente, com o mesmo roupão e da mesma forma curvado. Raskólnikov o seguia de longe, seu coração palpitava. Eles entraram numa viela, mas o desconhecido não se virou.

"Ele sabe que vou atrás dele?" — pensava Raskólnikov. O burguesinho passou o portão de um grande prédio. Raskólnikov se acercou rápido do portão e olhou para o homem, iria este virar-se e chamá-lo? De fato, ao atravessar o portão e entrar no pátio, o homem se virou e fez um gesto indistinto, como se o chamasse. Raskólnikov passou logo o portão, mas o burguesinho já não estava no pátio. Fora subindo, por conseguinte, a escadaria mais próxima. Raskólnikov correu atrás dele. Os passos lentos e regulares do burguesinho ouviam-se, realmente, dois lanços acima. "É estranho; parece que a escada é conhecida! Eis a janela do primeiro andar, triste e misterioso, o luar passa através das vidraças; eis o segundo andar. Ué! É aquele mesmo apartamento que os operários pintavam... Como é que não o reconheci logo?" Os passos de quem subia na frente não se ouviam mais... "Então ele parou ou escondeu-se algures. Eis o terceiro andar, será que sigo adiante? E que silêncio é este, até dá medo..." Contudo o jovem continuou subindo. O barulho de seus próprios passos deixava-o alarmado e amedrontado. "Meu Deus, que escuridão! O burguesinho deve estar por aqui, calado num canto. Ah, a porta do apartamento está aberta de par em par..." O jovem pensou um pouco e entrou lá. A antessala estava toda escura e vazia: nem uma alma viva, como se tivessem levado tudo embora. Furtivamente, nas pontas dos pés, ele passou para a sala, o cômodo estava todo enluarado, e toda a mobília permanecia no mesmo lugar — as cadeiras, o espelho, o sofá amarelo e os desenhos emoldurados. A lua olhava direto para as janelas, imensa, redonda, vermelha que nem o cobre. "É da lua que vem tanto silêncio" — pensou Raskólnikov. — Estaria ela revelando seu segredo?" Estava esperando, imóvel, e quanto mais silenciosa se revelava a lua, tanto mais forte batia o coração dele, chegando a causar-lhe dor. Havia apenas silêncio. De súbito, ouviu-se um instantâneo estalo seco, como se alguém tivesse quebrado uma vareta, e tudo ficou de novo entorpecido. Fora uma mosca acordada que se chocara, voando, contra a vidraça e soltara um lastimoso zumbido. Nesse exato momento, ele reparou num *salop*[78] pendurado na parede, ali no canto entre um armarinho e a janela. "Por que o *salop* está lá?" — pensou o jovem. "Antes não estava...". Ele se aproximou sem barulho e adivinhou que alguém se escondia atrás do *salop*. Afastou-o, cautelosamente, com a mão e viu

[78] Espécie de largo manto feminino.

uma cadeira posta no cantinho, em que estava sentada a velhota, toda curvada e cabisbaixa, de modo que ele não conseguiu enxergar o seu rosto, embora soubesse que era bem ela. Raskólnikov se postou em face da velha, pensando — "está com medo!", depois retirou devagar o machado do laço e golpeou-lhe o sincipúcio, uma e outra vez. Mas eis o que era estranho: ela sequer se moveu após os golpes, como se fosse de madeira. Assustado, o jovem se inclinou e começou a examiná-la de perto, porém ela abaixou ainda mais a cabeça. Então ele se curvou quase até o chão e olhou de baixo para o rosto da velha, olhou e ficou semimorto de pavor: sentada na sua cadeira, a velha ria, derramando um riso baixinho, quase inaudível, e segurando-se com todas as forças para que ele não a ouvisse. Pareceu-lhe, de súbito, que a porta do quarto estava entreaberta, e que de lá também vinham risadas e cochichos. O frenesi tomou conta dele, juntando todas as forças, o jovem se pôs a golpear a cabeça da velha, mas, a cada machadada, aquelas risadas e cochichos que vinham do quarto soavam mais e mais alto, e a velhota se contorcia toda de riso. Ele foi embora correndo, mas a antessala já estava repleta de gente, as portas estavam escancaradas, ao longo de toda a escadaria, e só havia pessoas no patamar, na escada e lá embaixo — muitas pessoas que o fitavam, reunidas, e todas a esperar em silêncio... O coração de Raskólnikov se cerrava, seus pés não se moviam, como que pregados no chão... Ele queria gritar e... acordou.

Custou-lhe retomar fôlego, mas, coisa bizarra, o sonho parecia continuar. A porta de seu quarto estava escancarada, e um homem totalmente desconhecido examinava-o com atenção, plantado na soleira.

Raskólnikov mal teve tempo de abrir os olhos e logo os fechou de novo. Estava deitado de costas e não se movia. "O sonho está continuando ou não?" — pensou ele, erguendo um pouquinho os cílios para espiar, de modo imperceptível, o desconhecido. Este permanecia no mesmo lugar e examinava-o. De chofre, passou cautelosamente a soleira, fechou devagarinho a porta, achegou-se à mesa, esperou um minuto — tudo isso sem despregar os olhos dele — e, sem o menor barulho, sentou-se na cadeira que estava junto do sofá, colocando o chapéu de lado, no chão, apoiando ambas as mãos na sua bengala e pondo o queixo em cima das mãos. Era evidente que se preparara para esperar muito tempo. Pelo que Raskólnikov podia enxergar através dos cílios trementes, era um homem de meia-idade, robusto, com uma barba espessa e loura, quase branca... Decorreram uns dez minutos. Ainda estava claro, porém já anoitecia. O quarto estava completamente silencioso. Nenhum ruído vinha sequer da escada. Apenas uma grande mosca se chocava, voando, contra a vidraça e zumbia. Por fim, a situação se tornou insuportável, Raskólnikov se soergueu, repentinamente, e ficou sentado no seu sofá.

— Diga, pois, o que está procurando!

— E eu já sabia que o senhor não dormia, mas só fazia de conta — respondeu o desconhecido de modo estranho, com uma tranquila risada. — Arkádi Ivânovitch Svidrigáilov, permita que me apresente...

QUARTA PARTE

I

"Será a continuação do sonho?" — pensou novamente Raskólnikov. Examinava o visitante inesperado com prudência e desconfiança.

— Svidrigáilov? Que bobagem! Não pode ser! — disse, afinal, em voz alta, todo perplexo.

O visitante não parecia nem um pouco surpreso com essa exclamação.

— Vim visitá-lo por dois motivos: primeiro, quis conhecer o senhor em pessoa, já que tenho ouvido muita coisa curiosa e lisonjeira a seu respeito; segundo, espero que o senhor não me negue ajuda numa empresa diretamente ligada aos interesses de sua irmãzinha, Avdótia Românovna. Se aparecesse sozinho e sem recomendações, ela nem sequer me deixaria, quem sabe, entrar no seu quintal, devido ao preconceito; porém, com a ajuda do senhor, eu conto, pelo contrário...

— Faz contas erradas — interrompeu-o Raskólnikov.

— É que elas chegaram apenas ontem, permita-me perguntar?

Raskólnikov não respondeu.

— Ontem, eu sei. Eu mesmo cheguei apenas anteontem. Pois bem, eis o que lhe direi a respeito disso, Rodion Românovitch. Acho desnecessário justificar o meu ato; contudo, permita-me declarar: no fim das contas, o que houve naquilo tudo de tão criminoso assim por minha parte? Quer dizer, julgando sem preconceitos, racionalmente?

Raskólnikov continuava a fitá-lo em silêncio.

— Que eu fiquei perseguindo, em minha casa, uma donzela indefesa e "ofendi-a com minhas propostas sujas", é isso? (Adianto um pouco a conversa!) Porém, suponha tão só que eu também seja gente, *et nihil humanum...*[79] numa palavra, que eu também seja capaz de gostar e amar

[79] "E nada humano...", em latim: alusão à máxima romana *Homo sum et nihil humani a me alienum puto* ("Sou homem e nada humano me é estranho").

(o que certamente não acontece por ordem do senhor); então tudo se explica da maneira mais natural possível. Há nisso uma questão: eu sou verdugo ou a própria vítima? E se for vítima? É que, propondo ao objeto de minha paixão fugirmos para a América ou para a Suíça, nutria, talvez, os sentimentos mais respeitosos e cogitava, ainda por cima, nossa felicidade mútua!... O juízo é que serve à paixão; prejudiquei-me, dessa maneira, ainda mais... Misericórdia!

— Mas não se trata de nada disso — interrompeu Raskólnikov com asco. — O senhor é apenas repulsivo, quer tenha razão quer não tenha, por isso a gente não quer recebê-lo e manda embora. Vá, pois!...

De súbito, Svidrigáilov deu uma gargalhada.

— Contudo o senhor... contudo o senhor não se rende! — disse ele, rindo com toda a sinceridade. — Eu cá pensava em ludibriá-lo, mas não: o senhor acertou em cheio!

— Porém tenta ludibriar-me até neste minuto.

— E daí? E daí? — repetia Svidrigáilov, rindo a bandeiras despregadas. — Pois isso é o que se chama *bonne guerre*,[80] e meu estratagema é o mais legítimo!... Ainda assim, o senhor me interrompeu. De qualquer modo, volto a afirmar: não haveria nenhuma contrariedade, se não tivesse acontecido aquele caso no jardim. Marfa Petrovna...

— Dizem que de Marfa Petrovna o senhor também deu cabo? — interrompeu, brutalmente, Raskólnikov.

— O senhor já ouviu falar? E como não ouviria, aliás?... Não sei mesmo o que lhe dizer sobre essa dúvida sua, mas a minha própria consciência está totalmente tranquila quanto a isso. Ou seja, não pense que eu tenha algum receio: tudo foi feito com plena ordem e precisão. O exame médico detectou uma apoplexia advinda de ter tomado banho logo depois de almoçar à farta e de beber quase uma garrafa inteira de vinho, e não poderia detectar, aliás, nada além disso... Não, eis o que estava pensando, por algum tempo, com meus botões, sobretudo pelo caminho, sentado no vagão: será que contribuí para toda aquela... desgraça, com algum impulso moral ou outra coisa do mesmo gênero? Porém concluí que isso tampouco havia acontecido.

Raskólnikov começou a rir.

— Não precisava incomodar-se tanto!

---

[80] "Guerra justa", em francês.

— Por que está rindo? Pense bem: bati nela tão só duas vezes com minha vergasta, nem sequer deixei marcas... Não me considere cínico, por favor: tenho total consciência de quanto isso foi baixo por minha parte *et cetera*; mas também sei, com toda a certeza, que Marfa Petrovna andava, quem sabe, até contente com esse meu, por assim dizer, vício. A história com sua irmãzinha esgotou-se até a última gota. Já ia para três dias que Marfa Petrovna se via obrigada a ficar em casa: não tinha mais fofocas a espalhar pela cidade, e todos se aborreceram, ainda por cima, com aquela carta (ouviu falar sobre como ela lia a carta?). E, de repente, essas duas chicotadas vieram tão a calhar! Primeiramente mandou preparar a carruagem!... Nem me refiro àqueles casos em que as mulheres sentem muito e muito prazer em serem ofendidas, não obstante toda a indignação aparente. Todo mundo os tem, semelhantes casos: o ser humano, em geral, gosta muito de ser ofendido, já reparou nisso? Mas as mulheres têm um gosto especial. Até podemos dizer que elas só se divertem com isso.

Durante algum tempo, Raskólnikov pensava em levantar-se e sair, terminando o encontro dessa maneira. Todavia, certa curiosidade e mesmo uma espécie de cálculo retiveram-no por um instante.

— O senhor gosta de bater? — perguntou ele, distraído.

— Nem tanto, não — respondeu Svidrigáilov, tranquilo. — Quanto a Marfa Petrovna, quase nunca bati nela. Vivíamos de maneira assaz harmoniosa, e ela sempre estava contente comigo. Em todos os nossos sete anos, usei a vergasta apenas duas vezes (se não contar mais um caso, o terceiro, que é, de resto, meio ambíguo): pela primeira vez, dois meses depois de nosso casamento, logo que chegamos à fazenda, e novamente dessa última vez. E o senhor já pensava que eu fosse verdugo, retrógrado, escravocrata? He-he... A propósito: não está lembrando, Rodion Românovitch, como alguns anos atrás, ainda em tempos de benfazeja transparência, um fidalgo — esqueci o nome dele! — foi estigmatizado, em nossa terra, perante todo o povo e em toda a imprensa... aquele que espancou uma alemã no vagão, lembra? Parece que no mesmo ano aconteceu também a "Vergonha do *Século*" ("As noites egípcias", pois, a leitura em público, lembra? Os olhos negros, hein? Oh, onde estás, a época de ouro da nossa mocidade?). Pois bem, eis aqui a minha opinião: não tenho a mínima pena do senhor que espancou a alemã, porque realmente... não há de que termos pena! Entretanto, não posso deixar de declarar que surgem, às vezes, tais "alemãs" provocadoras com quem nenhum progressista poderia, parece-me, garantir seu total sangue-frio. Ninguém examinou então o assunto sob esta ótica e, no entanto, esta ótica é a mais humana de todas, palavra de honra!

Dito isso, Svidrigáilov tornou a rir. Raskólnikov percebia claramente que esse homem tinha tomado, dentro de si, alguma resolução firme.

— Decerto o senhor não conversou com ninguém por vários dias seguidos? — perguntou ele.

— Quase acertou. Talvez fique admirado de que eu seja um homem tão bizarro assim?

— Não, fico admirado de que seja um homem bizarro demais.

— Porque não me ofendo com a grosseria de suas perguntas? É isso aí? Por que me ofenderia, pois? Respondia-lhe da mesma forma que o senhor perguntava — acrescentou Svidrigáilov com uma pasmosa expressão de singeleza. — É que quase não me interesso por nada especial, juro por Deus — prosseguiu com certa pensatividade. — Sobretudo, agora que não tenho o que fazer... Aliás, é-lhe permitido pensar que o bajulo por interesse, por ter um negócio a discutir com sua irmãzinha, conforme lhe disse. Mas digo sinceramente: estou com muito tédio! Sobretudo nesses três dias... de modo que até fiquei alegre com nosso encontro. Não se zangue, Rodion Românovitch, mas o senhor mesmo me parece, não sei por que, muitíssimo estranho. Diga o que disser, mas tem algo aí: exatamente agora, quer dizer, não neste exato momento, mas agora em geral... Está bem, bem, não vou mais falar nisso, não fique sombrio! Não sou tão urso quanto o senhor pensa.

Raskólnikov olhou para ele, soturno.

— Bem pode ser que o senhor não tenha nada de urso — disse ele. — Até me parece que o senhor é de um meio muito decente ou, pelo menos, sabe comportar-se, em certas ocasiões, de modo decente.

— É que nenhuma opinião me interessa em demasia — respondeu Svidrigáilov num tom seco e mesmo com um matiz de soberba —, então por que não me permitiria ser um tanto vilão, desde que esse traje é tão confortável em nosso clima e... e, sobretudo, porque a gente tem uma propensão natural para isso — adicionou, rindo de novo.

— Entretanto, ouvi falar que o senhor tinha muitos conhecidos na capital. Tem, como se diz, "uns pistolões" por aí. Então por que está precisando de mim, se não for para alguma finalidade?

— É pura verdade que tenho meus conhecidos — replicou Svidrigáilov, sem ter respondido à principal pergunta. — Já encontrei alguns, que estou aqui há três dias: eu reconheço uns, e os outros me reconhecem. Estou bem-vestido, por certo, e não me têm na conta de homem pobre, pois a reforma agrária[81] não afetou a gente: tenho florestas e campos, os lucros não diminuem, mas... não vou vê-los; ando enfastiado, por três dias, e não cumprimento ninguém... Ainda por cima, esta cidade! Como foi que ela se compôs, diga-me, por favor? Cidade de servidores pedantes e toda espécie de estudantes! Palavra de honra, não enxerguei muita coisa, oito anos atrás, quando passeava aqui... Juro por Deus, hoje conto somente com a anatomia!

— Que anatomia é essa?

— E quanto àquele negócio dos clubes, de Dussot,[82] de seus *points* lá ou, quem sabe, também do progresso, que isso se dê sem a gente — continuou ele, de novo sem reparar na pergunta. — Não quero mais ser fulheiro.

— E o senhor já foi fulheiro?

— E como não seria? A gente tinha toda uma turma, das mais decentíssimas, uns oito anos atrás, e passava assim o tempo; e sabe, só eram pessoas refinadas, havia poetas em nosso meio, havia capitalistas. E o senhor tem notado que nesta sociedade russa, de modo geral, as melhores maneiras são as de quem já apanhou? Foi na fazenda que me desleixei, agorinha. E, àquela altura, puseram-me na cadeia por dívidas, um gregozinho de Néjin.[83] Ali é que acudiu Marfa Petrovna, fez sua barganha e resgatou-me por trinta mil pratas (estava devendo setenta mil, no total). Contraímos então matrimônio legítimo, e ela me levou logo à sua fazenda, feito um tesouro. Era cinco anos mais velha que eu. Amava-me muito. Por sete anos, não arredei o pé dali. Note bem, entretanto, que toda a vida guardou um documento contra mim, a respeito daqueles trinta mil, e, se eu me rebelasse de algum modo, logo me botaria atrás das grades! Botaria, sem dúvida! O mulherio combina bem essas coisas.

— E se não houvesse aquele documento, o senhor teria fugido?

---

[81] Trata-se da abolição da servidão na Rússia, que aconteceu em 1861.
[82] Alusão a um luxuoso restaurante em São Petersburgo.
[83] Cidade ucraniana.

— Não sei o que lhe dizer. O documento quase não me constrangia. Não queria ir a lugar algum, se bem que Marfa Petrovna me tivesse convidado, umas duas vezes, para o estrangeiro, vendo que estava entediado. E daí? Já fora ao estrangeiro antes, e sempre sentira nojo. Quer dizer, não era nojo, não: o sol nasce, o golfo de Nápoles, o mar, a gente olha e fica triste! E o pior de tudo é que sente mesmo saudades de alguma coisa! Não, vive-se melhor em casa: cá, pelo menos, acusamos os outros de tudo e defendemos a nós mesmos. Talvez vá agora ao Polo Norte, com uma expedição, porque *j'ai le vin mauvais*[84] e tenho asco de beber, mas não me resta mais nada, além do vinho. Já tentei. Será verdade que Berg vai voar, domingo que vem, no jardim de Yussúpov, num balão enorme, e que convida uns companheiros por um dinheirinho?

— Pois o senhor voaria com ele?

— Eu? Não... assim... — murmurou Svidrigáilov, como que realmente pensativo.

"Será que está sendo sincero?" — pensou Raskólnikov.

— Não, o documento não me constrangia — prosseguiu Svidrigáilov, meditativo —, eu mesmo é que não saía da fazenda. Além do mais, já faz um ano que Marfa Petrovna me devolveu aquele documento, no dia do meu aniversário, presenteando-me, ainda por cima, com uma quantia considerável. O cabedal é que pertencia a ela. "Está vendo, Arkádi Ivânovitch, que confiança lhe dou" — palavra de honra, falou desse modo. O senhor não acredita que tenha falado assim? Mas, sabe, tornei-me um fazendeiro sofrível naquelas bandas; conhecem-me em todo o distrito. Também encomendava livros pelos correios. A princípio, Marfa Petrovna me aprovava, mas depois tinha medo de que ensandecesse de tanto estudar.

— Parece que Marfa Petrovna lhe faz muita falta?

— A mim? Pode ser. Bem pode ser, palavra de honra. A propósito, o senhor acredita em espectros?

— Em que espectros?

— Naqueles mesmos, nos mais ordinários!

— E o senhor acredita?

— Acho que não, *pour vous plaire*...[85] Quer dizer, não é que não acredite...

---

[84] "O vinho me deixa mal", em francês.

[85] "... para agradar-lhe," em francês.

— Será que os vê?

Svidrigáilov olhou para ele de modo algo estranho.

— Marfa Petrovna se digna a aparecer — disse, entortando a boca num esquisito sorriso.

— Como assim: digna-se a aparecer?

— Já me visitou três vezes. Pela primeira vez, vi-a no mesmo dia das exéquias, uma hora depois de voltar do cemitério. Foi às vésperas de minha vinda para cá. Pela segunda vez, vi-a anteontem, pelo caminho, na estação Málaia Vichera de manhãzinha, e pela terceira vez, há duas horas, no apartamento em que me hospedo, quando estava sozinho no meu quarto.

— Viu mesmo?

— Sem dúvida. Vi-a de fato, todas as três vezes. Vem, fala por um minuto e toma o caminho da porta; sempre sai. Dá para ouvi-la sair.

— Bem que eu pensava que algo parecido acontecesse com o senhor! — replicou, de repente, Raskólnikov e ficou, no mesmo instante, pasmado de ter dito isso. Estava profundamente emocionado.

— Será? Pensava assim mesmo? — inquiriu Svidrigáilov, espantado. — Será que pensava? Pois não lhe disse que tínhamos algo em comum, hein?

— Nunca me disse isso! — respondeu Raskólnikov num tom brusco e entusiástico.

— Não disse?

— Não!

— Achei que tivesse dito. Há pouco, quando entrei e vi o senhor deitado, de olhos fechados, e fazendo de conta que dormia, disse logo a mim mesmo: "Pois é aquele homem em pessoa!".

— Como assim: em pessoa? De que está falando? — exclamou Raskólnikov.

— De quê? Palavra de honra, não sei de quê... — murmurou Svidrigáilov, sincero, mas como que todo confuso.

Os dois se calaram por um minuto. Fitavam um ao outro com toda a atenção.

— Tudo isso é bobagem! — exclamou Raskólnikov, irritado. — O que é que ela lhe diz, quando aparece?

— Ela? Imagine só: fala sobre as ninharias mais reles, e isso — o senhor ficará admirado! — isso é que me enfurece. Da primeira vez (estava cansado, sabe: o ofício dos mortos, "que os Santos a tenham consigo", depois a liturgia e a refeição... finalmente fiquei só no gabinete, acendi um charuto, fui meditando), ela entrou pela porta: "E hoje, Arkádi Ivânovitch, o senhor se esqueceu, de tão atarefado, de dar corda ao relógio da sala de jantar." E quanto àquele relógio, dava-lhe corda mesmo cada semana, durante todos os sete anos, e, quando esquecia, ela me recordava sempre. No dia seguinte, estava vindo para cá. Desci, de manhãzinha, numa estação — tinha dormido de noite... entontecido, de olhos empapuçados — e pedi um café; de supetão, vejo Marfa Petrovna sentada ao meu lado, com um baralho nas mãos: "E se deitasse uma carta, Arkádi Ivânovitch, para saber o fim de sua viagem?". E ela sabia bem adivinhar pelas cartas. Nunca me perdoarei não ter pedido que me lesse a sorte! Fui embora de susto, e logo anunciaram o embarque. Fico sentado hoje, após um almoço horribilíssimo numa baiuca, de estômago pesado, fumando, e, de repente, entra outra vez Marfa Petrovna, toda emperiquitada, com um novo vestido verde de seda, daqueles de cauda compridíssima: "Bom dia, Arkádi Ivânovitch! O que o senhor acha do meu vestido? Aniska não faria um destes". (Aniska é uma costureira, lá em nossa aldeia, dos antigos servos; estudou, inclusive, em Moscou — uma garota boazinha.) Fica em pé e vira-se na minha frente. Examinei, pois, o vestido e olhei atentamente para o rosto dela: "Será que a senhora tem vontade, Marfa Petrovna, de visitar-me com essas ninharias todas, de se dar ao trabalho?". — "Ah, meu Deus, nem se pode mais incomodar-te, queridinho?" Então lhe digo, para provocá-la: "Eu, Marfa Petrovna, quero casar-me". — "Isso é bem no seu estilo, Arkádi Ivânovitch: não terá muita honra em casar-se de novo, logo ao enterrar sua esposa. Se, pelo menos, escolhesse uma moça decente, mas eu cá sei o que acontecerá: nem para ela nem para si — tão só para a gente rir." Diz isso e vai embora, apenas a cauda faz ruge-ruge. Mas que bobagem, hein?

— Talvez o senhor esteja mentindo, aliás? — retorquiu Raskólnikov.

— Raras vezes minto — respondeu Svidrigáilov, pensativo, como se não tivesse reparado na grosseria dessa pergunta.

— E antes disso, antigamente, nunca tinha visto espectros?

— S-sim, vi uma vez só na vida, há seis anos. Era Filka, um dos meus servos: acabamos de enterrá-lo, eu chamei, de esquecido: "Filka, traz meu cachimbo!", e ele entrou e foi direto à prateleira onde ficam os meus cachimbos. Eu penso, sentado: "Quer vingar-se de mim", já que, pouco antes de ele morrer, tivemos uma briga feia. "Como te atreves, digo, a entrar aqui com essa manga rasgada? Fora, canalha!" Ele se virou, saiu e nunca mais voltou. Não contei então sobre isso a Marfa Petrovna. Queria servir uma missa das almas em homenagem a ele, mas fiquei com vergonha.

— Vá ao médico.

— Entendo, eu mesmo, que tenho uma doença, contudo, palavra de honra, não sei qual é. A meu ver, tenho o quíntuplo de saúde do senhor. Não foi isso que lhe perguntei, se o senhor acredita que os espectros aparecem. Perguntei mesmo se o senhor acredita que os espectros existem.

— Não acredito de modo algum! — exclamou Raskólnikov, mesmo com certa cólera.

— Pois como é que se fala de ordinário? — murmurava Svidrigáilov, como se falasse consigo mesmo, olhando para o lado e inclinando um pouco a cabeça. — Dizem: "Estás doente; por consequência, tudo quanto vires é tão somente um delírio quimérico". Mas não há nisso estrita lógica. Concordo que os espectros só visitam as pessoas doentes; todavia, isso prova apenas que os espectros só podem visitar as pessoas doentes, sem provar que eles não existem como tais.

— É claro que não existem! — insistia Raskólnikov, irritado.

— Não? O senhor acha? — continuava Svidrigáilov, fixando nele um olhar lento. — E se raciocinarmos assim (venha ajudar-me): "Os espectros são, por assim dizer, pedaços e partes de outros mundos, o início deles. Uma pessoa saudável não precisa, bem entendido, vê-los, porquanto essa pessoa saudável é o ser mais terreno que deve, em função disso, levar apenas uma vida terrena, para que tudo esteja em plena ordem. Mas logo que ela adoece, logo que a ordem normal terrena se perturba no seu organismo, começa a manifestar-se, de imediato, a proximidade do outro mundo, e quanto mais adoece a pessoa, tanto mais se achega ao outro mundo, de modo que morrendo, no fim das contas, ela passa diretamente para aquele mundo". Faz tempo que estou cogitando nisso. Se o senhor acredita numa vida futura, pode acreditar, igualmente, neste meu raciocínio.

— Não acredito na vida futura — disse Raskólnikov.

Svidrigáilov continuava meditativo.

— E se lá não houver outra coisa senão aranhas ou algo que as valha? — replicou de súbito.

"Ele está louco" — pensou Raskólnikov.

— A gente só imagina a eternidade como uma ideia que não se possa compreender, como algo imenso, enorme! Mas por que logo enorme? Imagine que, de repente, em lugar disso tudo, haverá lá um quartinho apenas, fuliginoso como uma casa de banho rural, com aranhas em todos os cantos, e que essa será toda a eternidade. Às vezes, tenho visões semelhantes, sabe?

— E será, será mesmo que o senhor não imagina nada mais consolador e justo que isso? — exclamou Raskólnikov com uma sensação dolorosa.

— Mais justo? Quem sabe, talvez essa seja a justiça, e, sabe, eu cá faria assim de propósito! — respondeu Svidrigáilov com um sorriso indistinto.

Um frio repentino dominou Raskólnikov com essa resposta terrível. Svidrigáilov ergueu a cabeça, mirou-o atentamente e, de chofre, deu uma gargalhada.

— Não, imagine o seguinte! — vociferou ele. — Há meia hora, nem sequer nos conhecíamos, tidos por inimigos e com um negócio pendente no meio. Deixamos aquele negócio para lá, e eis em que literatura nos metemos! Não é verdade, pois, que nós somos, conforme eu disse, farinha do mesmo saco?

— Faça-me, então, um favor — prosseguiu Raskólnikov com irritação —, permita pedir-lhe que se explique o mais depressa possível e comunique por que me concedeu a honra de sua visita... e... e... estou com pressa, não tenho tempo, quero ir embora...

— É claro, claro. Sua irmãzinha, Avdótia Românovna, vai casar-se com o senhor Lújin, Piotr Petróvitch?

— Será que não poderia omitir, de alguma forma, qualquer questão relativa à minha irmã e deixar de mencionar o nome dela? Nem sequer entendo como o senhor se atreve a pronunciar o nome dela na minha presença, salvo se não for mesmo Svidrigáilov.

— Mas eu vim justamente para falar sobre ela; como não a mencionaria, então?

— Está bem: fale, mas rápido!

— Estou certo de que já tem uma opinião rematada sobre esse senhor Lújin, um parente meu do lado de minha esposa, caso o tenha visto, pelo menos, por meia hora ou tenha ouvido alguém falar dele com precisão e sinceridade. Não é bom marido para Avdótia Românovna.

A meu ver, nesse caso Avdótia Românovna se sacrifica com muita nobreza e pouco cálculo para... para a sua família. Pensava assim por ter ouvido falar que o senhor, por sua parte, ficaria muito contente, se esse casamento pudesse desarranjar-se sem prejuízo aos interesses. Agora que o conheço pessoalmente, tenho plena certeza disso.

— E por sua parte, tudo isso é muito inocente. Desculpe, eu queria dizer: insolente — disse Raskólnikov.

— Ou seja, o senhor deixa claro que estou interessado em meu proveito. Não se preocupe, Rodion Românovitch: se estivesse interessado nisso, não me expressaria com tanta retidão, pois não sou totalmente bobo. Nesse ponto, vou revelar-lhe uma esquisitice psicológica. Quando justificava agorinha o meu amor por Avdótia Românovna, disse que eu mesmo era vítima. Pois fique sabendo que não sinto atualmente nenhum amor, ne-nhum, de modo que isso me estranha a mim mesmo, por ter sentido, de fato, alguma coisa...

— Por ócio e devassidão — interrompeu Raskólnikov.

— Sou realmente um homem devasso e ocioso. De resto, sua irmãzinha possui tantos dotes que não poderia deixar de causar-me certa impressão. Mas tudo isso é bobagem, como eu mesmo percebo agora.

— Faz tempo que percebeu?

— Comecei a notá-lo ainda antes, mas fiquei totalmente convicto anteontem, quase no mesmo momento em que cheguei a Petersburgo. Aliás, ainda em Moscou imaginava que vinha para pedir a mão de Avdótia Românovna e rivalizar com o senhor Lújin.

— Desculpe interrompê-lo, por gentileza: não poderia abreviar a conversa e abordar diretamente a meta de sua visita? Estou com pressa, preciso ir embora...

— Com o maior prazer. Ao chegar aqui e decidir que faria agora uma... viagem, eu quis tomar certas providências preliminares. Meus filhos ficaram com a tia: eles são ricos e não precisam, pessoalmente, de mim. E que espécie de pai sou eu? Deixei para mim mesmo apenas aquilo que Marfa Petrovna me tinha presenteado um ano atrás. Aquilo me basta. Desculpe-me, que agora passo para o próprio negócio. Antes de minha viagem que talvez se realize, quero dar cabo também do senhor Lújin. Não é que o odeie tanto, mas foi por causa dele que ocorreu minha briga com Marfa Petrovna, quando eu soube que ela andava tramando esse casamento. Desejo agora rever Avdótia Românovna, com o auxílio do senhor, e explicar a ela, talvez em sua presença, que, primeiramente, o senhor Lújin não apenas não lhe proporcionará nenhum benefício, mas, pelo contrário, causar-lhe-á, sem dúvida, prejuízo. Depois, pedindo desculpas por todas essas contrariedades de fresca data, pedirei a permissão de oferecer a ela dez mil rublos e, desse modo, facilitar sua ruptura com o senhor Lújin, ruptura que ela própria, tenho toda a certeza, gostaria de fazer, se surgisse uma possibilidade para tanto.

— Mas o senhor está louco, louco mesmo! — gritou Raskólnikov, nem tanto zangado quanto atônito. — Como se atreve a falar desse jeito?

— Sabia que o senhor ia gritar! Mas, antes de tudo, embora não seja rico, disponho mesmo desses dez mil rublos, quer dizer, não preciso nem um pouco deles. Se Avdótia Románovna não os aceitar, talvez os gaste de maneira mais tola ainda. É o primeiro ponto. E o segundo: minha consciência está totalmente calma, faço minha oferta sem qualquer cálculo. Acredite-me ou não, mas depois saberão os dois, o senhor e Avdótia Románovna, que falo verdade. É que realmente causei certas contrariedades e dissabores à sua respeitabilíssima irmãzinha; por conseguinte, sentindo um franco arrependimento, desejo de coração — não me redimir, pagando pelo feito, mas simplesmente fazer algum benefício em favor dela, tão só pelo fato de não me ter atribuído, afinal de contas, o privilégio de perpetrar apenas vilezas. Caso a minha proposta tivesse um milionésimo de interesse, não a faria de modo tão direto, nem ofereceria apenas dez mil, porquanto já ofereci a ela, só cinco semanas atrás, uma quantia maior. Ademais, é possível que me case, num futuro bem próximo, com uma donzela; por consequência, todas as suspeitas de qualquer atentado que seja contra Avdótia Románovna hão de ser eliminadas com isso. Em conclusão, direi que, casando-se com o senhor Lújin, Avdótia Románovna receberá o mesmo dinheiro, só que de outra maneira... Não se zangue, Rodion Románovitch, julgue com calma e sangue-frio.

Dizendo isso, Svidrigáilov patenteava, ele mesmo, muita calma e sangue-frio.

— Peço-lhe que termine — disse Raskólnikov. — Em todo caso, é uma afoiteza imperdoável.

— Nem um pouco. Será que, neste mundo, o homem só pode causar mal ao seu próximo e, ao contrário, não tem o direito de fazer nem uma migalha de bem, em razão dessas ocas conveniências universais? É um absurdo. Pois se eu, digamos, morresse e deixasse essa quantia à sua irmãzinha em termos de testamento espiritual, será que mesmo então ela se recusaria a aceitá-la?

— Bem poderia ser.

— Mas isso aí, não. Aliás, se não aceitasse, não aceitaria; que seja assim mesmo. Só que dez mil é uma coisa boníssima, em certas ocasiões. De qualquer modo, peço-lhe que transmita o dito a Avdótia Românovna.

— Não vou transmitir, não.

— Nesse caso, Rodion Românovitch, ver-me-ei obrigado a procurar um encontro pessoal com ela e, dessa forma, incomodá-la.

— E se eu transmitir, o senhor não vai procurar o encontro pessoal?

— Palavra de honra, não sei o que lhe dizer. Gostaria muito de vê-la uma vez mais.

— Nem espere.

— É pena. Aliás, o senhor não me conhece. Talvez, se nos conhecêssemos melhor...

— O senhor acha que podemos conhecer-nos melhor?

— E por que não? — disse Svidrigáilov com um sorriso, levantou-se e pegou o chapéu. — Não é que tivesse tanta vontade de perturbá-lo e, vindo para cá, nem contava muito com isso; porém sua fisionomia me surpreendeu ainda pela manhã...

— Onde foi que o senhor me viu pela manhã? — perguntou Raskólnikov, inquieto.

— Por acaso... Não paro de pensar que temos algo em comum... Mas não se preocupe, não sou descarado: dei-me bem com os fulheiros; não deixei o príncipe Svirbei, fidalgo e meu contraparente, nem um pouco aborrecido; consegui escrever lá umas coisas sobre a Madona de Rafael[86] no álbum da senhora Prilúkova; convivi sete anos inteiros com Marfa Petrovna; pernoitei, nos tempos idos, na casa de Viázemski, na Sennaia; talvez acabe voando com Berg no balão dele.

— Está bem. Permita-me perguntar se fará logo sua viagem.

---

[86] Raffaello (Rafael) Sanzio (1483–1520): um dos maiores mestres da Renascença italiana, autor de grandes pinturas como *O casamento da Virgem* e *Transfiguração*. Nessa passagem há a menção direta a outra de suas mais notáveis e conhecidas obras, a *Madona Sistina* (*La Madona Di San Sisto*), célebre quadro de 1512, hoje preservado na Pinacoteca dos Antigos Mestres (*Gemäldegalerie Alte Meister*), em Dresden, na Alemanha. (N. E.)

— Que viagem?

— Mas aquela "viagem" ali... O senhor mesmo disse.

— Viagem? Ah, sim... realmente lhe falei da viagem... Bom, essa questão é ampla... Se o senhor soubesse apenas sobre o que me pergunta! — acrescentou ele e, de repente, soltou uma risada breve e sonora. — Talvez me case, em vez da viagem; tenho uma noiva por aqui.

— Por aqui?

— Sim.

— Quando é que o senhor conseguiu?

— Mas gostaria muito de ver Avdótia Románovna uma vez mais. Peço com seriedade. Até a vista, pois... ah, sim! Eis o que esqueci! Diga à sua irmãzinha, Rodion Románovitch, que Marfa Petrovna lhe deixou três mil em seu testamento. É positivamente certo. Marfa Petrovna providenciou isso uma semana antes de falecer, e foi na minha presença. Daqui a umas duas ou três semanas, Avdótia Románovna poderá receber o dinheiro.

— O senhor fala verdade?

— Verdade. Diga-lhe isso. Pois bem, às suas ordens. Moro pertinho do senhor.

Saindo, Svidrigáilov se deparou com Razumíkhin.

II

Já eram quase oito horas; os jovens se apressavam em chegar à pousada de Bakaléiev antes de Lújin.

— Quem era aquele homem? — perguntou Razumíkhin, assim que saíram do prédio.

— Era Svidrigáilov, aquele mesmo fazendeiro em cuja casa foi perseguida minha irmã, que lá servia como governanta. Foi por causa das investidas libidinosas dele que foi expulsa pela sua esposa, Marfa Petrovna. Mais tarde Marfa Petrovna pediu que Dúnia a perdoasse, e depois, de repente, morreu. Era a respeito dela que se falava há pouco. Não sei por que razão, mas tenho muito medo daquele homem. Ele veio logo após enterrar a esposa. Anda todo estranho e parece ter tomado uma decisão... como se estivesse a par de algum segredo... Precisamos resguardar Dúnia dele... Era isso que queria dizer-te, ouves?

— Resguardar? Mas que dano é que ele pode causar a Avdótia Românovna? Pois bem, agradeço-te, Ródia, por essas palavras... Vamos protegê-la, vamos! Onde ele mora?

— Não sei.

— Por que não perguntaste? Eh, que pena! Aliás, vou saber!

— Viste-o? — replicou Raskólnikov, após uma pausa.

— Vi, sim, e memorizei.

— Viste-o com certeza? Viste claramente? — insistiu Raskólnikov.

— É claro que me lembro da cara dele: vou reconhecê-lo entre mil pessoas, que tenho boa memória para as feições.

Os jovens se calaram de novo.

— Hum... é isso... — murmurou Raskólnikov. — É que sabes... fiquei pensando... parece-me o tempo todo... talvez seja apenas uma fantasia.

— Estás falando de quê? Não te compreendo bem.

— É que vocês não param de dizer — prosseguiu Raskólnikov, entortando a boca num sorrisinho — que estou louco. Parece-me agorinha que estou realmente louco, e que vi só um fantasma!

— Mas o que tens?

— Quem sabe mesmo? Talvez esteja louco de fato, e todo o ocorrido nesses últimos dias... quem sabe se tudo isso não ocorreu apenas em minha imaginação...

— Eh, Ródia! Tiraram-te novamente do teu compasso!... Mas o que foi que ele disse, por que veio?

Raskólnikov não respondia. Razumíkhin pensou um minuto.

— Escuta, pois, a minha resposta — começou ele. — Vim ao teu quarto antes, mas tu estavas dormindo. Então almocei, e depois fui falar com Porfíri. Zamiótov continua na casa dele. Queria travar uma conversa, mas não consegui. Não pude explicar o assunto de modo correto. Parece que eles não entendem nem querem entender, porém não ficam embaraçados. Levei Porfíri até a janela e comecei a falar, mas não deu certo de novo: ele olhava para um lado, e eu olhava para o outro. Aproximei, finalmente, o punho da fuça dele e disse que o arrebentaria todo, como parente. Ele só olhou para mim. Eu desisti e fui embora, eis tudo. Foi muito bobo. Não troquei uma só palavra com Zamiótov. Mas olha: pensava que tinha feito estrago, mas, quando descia a escada, tive uma ideia que me reanimou: por que é que andamos tão preocupados? Se houvesse algum perigo para ti ou mais uma coisa dessas, aí sim. Mas não há perigo nenhum! Não tens nada a ver com aquilo, então cospe neles: vamos rir deles depois, e eu, se estivesse no teu lugar, ainda ia mistificá-los. Pois que vergonha terão depois! Cospe, vai: mais tarde, até poderemos bater aquela gentinha, e agora vamos rir dela!

— É assim mesmo! — respondeu Raskólnikov. "E o que vais dizer amanhã?" — pensou consigo. Coisa estranha: não lhe viera, até lá, nenhuma vez a ideia: "o que achará Razumíkhin, quando souber?". Ao pensar nisso, Raskólnikov fitou o amigo com atenção. Quanto ao relato dele sobre o encontro com Porfíri, não estava muito interessado: tanta coisa veio à tona, desde então, e sumiu!

No corredor da pousada, eles toparam com Lújin, o qual viera às oito horas em ponto e estava procurando o quarto, de modo que todos os três entraram juntos, mas sem se entreolhar nem saudar um ao outro. Os jovens passaram para o cômodo, e Piotr Petróvitch demorou um pouco, por conveniência, na antessala para tirar o casaco. Pulkhéria Alexândrovna logo veio recebê-lo, enquanto Dúnia cumprimentava o irmão.

Entrando, Piotr Petróvitch saudou as damas de forma bastante amável, mas com uma soberba dobrada. Aliás, parecia que se confundira um pouco e ainda não se recompusera. Pulkhéria Alexândrovna, também um tanto confusa em aparência, apressou-se a acomodar todos em volta de uma mesa redonda, em cima da qual havia um samovar fervente. Dúnia e Lújin ficaram dos lados opostos da mesa, um em frente ao outro. Razumíkhin e Raskólnikov sentaram-se em face de Pulkhéria Alexândrovna: Razumíkhin mais perto de Lújin, e Raskólnikov junto da irmã.

Houve um instante de silêncio. Piotr Petróvitch tirou devagar um lenço de cambraia, de que emanava perfume, e assoou o nariz com o ar de uma pessoa virtuosa, conquanto um pouco melindrada em sua dignidade e firmemente disposta a reclamar explicações. Ainda na antessala, ele tivera a ideia de não tirar o casaco e de ir logo embora, punindo ambas as damas de modo rigoroso e exemplar, para que compreendessem de vez como estava sentido. Mas não teve a coragem de fazer isso. Além do mais, esse homem não gostava de indecisão, buscando por esclarecimentos: decerto havia algum motivo de infringir sua ordem assim tão às claras; por conseguinte, seria melhor elucidá-lo na hora, ainda mais que não lhe faltaria tempo nem oportunidade para punir as mulheres depois.

— Espero que sua viagem tenha sido boa — Lújin se dirigiu a Pulkhéria Alexândrovna num tom oficial.

— Graças a Deus, Piotr Petróvitch!

— É um prazer ouvir isso. E Avdótia Românovna tampouco se cansou?

— Sou nova e forte, não sinto cansaço, mas a mãezinha passou diversos apuros — respondeu Dúnetchka.

— Fazer o quê? Nossas estradas nacionais são muito compridas. A chamada "mãe Rússia" é tão grande... Quanto a mim, não tive ontem nenhuma possibilidade de ir buscá-las, por mais que quisesse. Porém espero que tudo se tenha passado sem tantas contrariedades!

— Ah, não, Piotr Petróvitch, ficamos muito desanimadas — apressou-se a declarar, com certa entonação especial, Pulkhéria Alexândrovna. — Parece que foi o próprio Deus que nos mandou ontem Dmítri Prokófytch; senão acabaríamos simplesmente perdidas. É ele, Dmítri Prokófytch Razumíkhin — acrescentou ela, apresentando o jovem a Lújin.

— Pois é, já tive a honra... ontem — murmurou Lújin, olhando para Razumíkhin de soslaio e com aversão, depois carregou o cenho e ficou calado.

De modo geral, Piotr Petróvitch pertencia à categoria de pessoas que, sendo extremamente amáveis numa companhia e, sobretudo, pretendendo exibir sua amabilidade em público, perdem todas as suas vantagens, tão logo alguma coisa não lhes convém, e tornam-se parecidas antes com sacos de farinha do que com aqueles cavalheiros desenvoltos que animam a reunião. Todos se calaram outra vez: Raskólnikov teimava em não conversar, Avdótia Românovna não queria romper o silêncio antes que viesse o momento certo, e Razumíkhin não tinha o que dizer, de sorte que Pulkhéria Alexândrovna voltou a ficar alarmada.

— Marfa Petrovna morreu, o senhor já sabe? — começou ela, recorrendo ao seu recurso fundamental.

— É claro que sei. Fui informado, assim que se soube disso, e mesmo vim agorinha avisá-las que, imediatamente ao enterrar a esposa, Arkádi Ivânovitch Svidrigáilov tinha embarcado, às pressas, para Petersburgo. Pelo menos, é isso que consta das notícias mais exatas que recebi.

— Para Petersburgo? Para cá? — perguntou Dúnetchka, toda aflita, trocando olhares com a mãe.

— Exatamente assim e, com certeza, não sem objetivos, levando em conta a pressa de sua partida e as circunstâncias antecedentes, em geral.

— Meu Deus! Será que nem aqui ele deixará Dúnetchka em paz? — exclamou Pulkhéria Alexândrovna.

— Ao que me parece, nem a senhora nem Avdótia Românovna têm grandes motivos para afligir-se, a menos que queiram, por sua parte, estabelecer algum contato com ele. Quanto a mim, estou de olho nele e procuro agora o seu endereço...

— Ah, Piotr Petróvitch, o senhor não acreditará que susto acabei de levar! — continuou Pulkhéria Alexândrovna. — Vi-o apenas duas vezes, e ele me pareceu terrível, terrível! Tenho plena certeza de que é o culpado da morte de Marfa Petrovna.

— Não posso tirar conclusões a respeito disso. Tenho informações precisas. Não nego: talvez ele tenha acelerado a marcha dos acontecimentos, digamos, com o impacto moral da mágoa, mas, no tocante à conduta e às características morais daquele homem, em geral, concordo com a senhora. Não sei se está rico hoje nem o que notadamente lhe tinha legado Marfa Petrovna (vou saber isso dentro em breve), mas não há dúvida de que, uma vez em Petersburgo e tendo, ao menos, algum dinheiro, ele retomará logo seu modo de viver antigo. É o homem mais corrompido e atolado em vícios de todo o gênero desses homens! Eu tenho sérios motivos para suspeitar que Marfa Petrovna, que sucumbiu à desgraça de apaixonar-se tanto por ele e para livrá-lo, há oito anos, das dívidas, tenha ajudado, outrossim, a resolver outro problema: foram unicamente o zelo e o sacrifico dela que abafaram, bem no início, uma causa penal referente a um hediondo e, por assim dizer, fantástico homicídio que lhe valeria, com toda a probabilidade, um passeio para a Sibéria. Eis como é aquele homem, se quiserem saber.

— Ah, meu Deus! — exclamou Pulkhéria Alexândrovna. Raskólnikov escutava com atenção.

— É verdade que o senhor tem informações exatas sobre isso? — perguntou Dúnia num tom severo e grave.

— Digo apenas o que me segredou a finada Marfa Petrovna. É preciso notar que, do ponto de vista jurídico, aquele negócio é bem obscuro. Morava aqui (e parece que mora até hoje) uma tal Resslich, estrangeira e, além disso, pequena usurária que também se ocupava de outros negócios. É com essa Resslich que o senhor Svidrigáilov mantinha, havia tempos, certas relações muito próximas e misteriosas. Na casa dela morava uma contraparenta — parece, uma sobrinha —, menina surda e muda de quinze ou mesmo de catorze anos de idade, que essa Resslich odiava sem medida: brigava com ela por cada pedaço de pão e até a espancava de modo bárbaro. Um dia, encontraram-na enforcada no sótão. O juiz deliberou que foi um suicídio. Após os procedimentos de praxe, o inquérito foi terminado, porém mais tarde surgiu a denúncia de que a criança teria sido... brutalmente molestada por Svidrigáilov. É verdade que tudo isso foi obscuro, e que a denúncia veio de outra alemã, uma mulher indecente que não merecia confiança; enfim, nem denúncia houve, no fundo, graças ao empenho e ao dinheiro de Marfa Petrovna — tudo resultou num boato. Porém aquele boato foi significativo. Decerto a senhorita ouviu falar na casa deles, Avdótia Românovna, daquilo que se deu com o servo Filipp, morto sob tortura há uns seis anos, ainda em tempos do direito servil.

— Ouvi falar que, pelo contrário, aquele Filipp se teria enforcado.

— Exatamente isso, mas será que não foi o sistema de permanentes cobranças e perseguições por parte do senhor Svidrigáilov que o forçou, ou melhor, impeliu a suicidar-se?

— Não estou a par disso — respondeu secamente Dúnia —, apenas ouvi uma história muito estranha de que aquele Filipp teria sido um hipocondríaco, um filósofo caseiro. Dizem que ele "lia demais" e enforcou-se mais por escárnio do que por violência do senhor Svidrigáilov. Na minha presença, ele tratava bem os subalternos, e estes até gostavam dele, ainda que também o culpassem da morte de Filipp.

— Pelo que vejo, Avdótia Românovna, a senhorita criou, de repente, certa tendência a justificá-lo — notou Lújin, entortando os lábios num sorriso ambíguo. — Ele é, de fato, astucioso e sedutor em relação às damas, e Marfa Petrovna, que faleceu de maneira tão estranha, representa um deplorável exemplo disso. Eu apenas queria dar à senhorita e à sua mãezinha um conselho em vista de novas e indubitáveis tentativas dele. No que diz respeito a mim pessoalmente, tenho toda a certeza de que esse homem há de sumir outra vez na delegacia da inadimplência. Marfa Petrovna jamais teve a intenção de deixar alguma herança a ele, pensando em seus próprios filhos, e, se lhe deixou algo, foi uma coisa de primeira necessidade, barata e efêmera, que não sustentaria um homem com esses hábitos nem por um ano.

— Piotr Petróvitch, eu lhe peço — disse Dúnia —, paremos de falar sobre o senhor Svidrigáilov. Isso me entristece.

— Ele acaba de visitar-me — disse, de chofre, Raskólnikov, rompendo o silêncio pela primeira vez.

De todos os lados ouviram-se exclamações; todos se viraram para ele. Até Piotr Petróvitch ficou emocionado.

— Há mais ou menos uma hora e meia, quando eu estava dormindo, ele entrou, acordou-me e disse seu nome — prosseguiu Raskólnikov. — Estava bastante desenvolto e alegre, e tinha a certeza de que faria amizade comigo. A propósito, ele procura insistentemente por um encontro contigo, Dúnia, e pediu-me que fosse intermediário nesse encontro. Queria fazer-te uma proposta e comunicou-me em que esta consistia. Além disso, informou-me positivamente que, uma semana antes de falecer, Marfa Petrovna deixara para ti três mil rublos em termos de testamento, e que tu poderias receber esse dinheiro num futuro bem próximo.

— Graças a Deus! — exclamou Pulkhéria Alexândrovna, benzendo-se. — Reza por ela, Dúnia, reza!

— Isso é verdade — disse, sem querer, Lújin.

— Pois bem, o que mais? — apressava-se Dúnia.

— Depois ele disse que não era rico e deixaria todo o patrimônio aos filhos, que moram com a tia. Depois comentou que se tinha hospedado perto de mim, mas onde... não sei, não lhe perguntei.

— Mas o que será que ele quer propor a Dúnetchka? — replicou Pulkhéria Alexândrovna, toda apavorada. — Ele te disse?

— Sim, disse.

— O que é?

— Conto mais tarde — Raskólnikov se calou e voltou-se para o seu chá. Piotr Petróvitch tirou o relógio e consultou-o.

— Preciso cuidar de um negócio; dessa forma, não vou atrapalhá-los — adicionou ele, com um ar meio sentido, e ia levantar-se da cadeira.

— Fique, Piotr Petróvitch — disse Dúnia —, já que estava disposto a passar a tarde inteira conosco. Ademais, foi o senhor mesmo que escreveu que queria esclarecer algo com minha mãe.

— Exatamente, Avdótia Românovna — disse com imponência Piotr Petróvitch, sentando-se outra vez na cadeira, mas segurando ainda o chapéu. — De fato, queria discutir com a senhorita e com a sua respeitável mãezinha alguns pontos bem importantes. Mas, do mesmo modo que seu irmão não pode explicitar, em minha presença, certas propostas do senhor Svidrigáilov, eu tampouco desejo e posso expressar-me... na presença das pessoas estranhas... acerca de uns assuntos de grande importância. Além disso, meu pedido fundamental e encarecido não foi atendido...

Lújin tomou ares de amargura e calou-se com altivez.

— Seu pedido para que meu irmão não participasse deste encontro não foi atendido unicamente por minha insistência — disse Dúnia. — O senhor escreveu que teria sido ofendido por meu irmão; eu acho, pois, que isso deve ser, de imediato, tirado a limpo, e que vocês dois precisam fazer as pazes. E, tendo Ródia realmente ofendido o senhor, ele *deverá* pedir-lhe desculpas e *pedirá* mesmo.

Piotr Petróvitch ficou logo animado.

— Há certas ofensas, Avdótia Românovna, que a gente não pode esquecer, mesmo com toda a boa vontade. Tudo tem um limite perigoso de atravessar, pois, ao atravessá-lo uma vez, não podemos voltar.

— Na verdade, não lhe falei sobre isso, Piotr Petróvitch — interrompeu Dúnia com leve impaciência. — Entenda bem que todo o nosso futuro depende agora da nossa capacidade de esclarecer e acertar tudo isso o mais depressa possível. Digo-lhe com franqueza, desde a primeira palavra, que não posso agir de outra maneira, e, se o senhor me der, pelo menos, algum valor, toda essa história acabará hoje mesmo, por mais difícil que seja resolvê-la. Repito-lhe que, se meu irmão tem culpa, ele vai pedir-lhe perdão.

— Estou admirado de a senhorita colocar a questão dessa forma, Avdótia Românovna — Lújin ficava cada vez mais irritado. — Dando-lhe valor e, por assim dizer, adorando-a, eu posso, ao mesmo tempo, não gostar nem um pouco de algum dos seus próximos. Buscando a felicidade de ser seu marido, não posso, ao mesmo tempo, assumir compromissos incompatíveis...

— Ah, deixe todos os seus melindres, Piotr Petróvitch — interrompeu Dúnia, emocionada —, e seja aquele homem inteligente e nobre que sempre o considerei e quero considerar. Fiz-lhe uma grande promessa, sou sua noiva; então confie em mim nesse caso e acredite que terei condições de fazer um julgamento imparcial. Desempenhando o papel de árbitro, vou surpreender tanto o meu irmão quanto o senhor.

Pedindo a ele, depois de ler sua carta, que viesse sem falta participar de nosso encontro, não lhe comuniquei nada a respeito das minhas intenções. Entenda que, se vocês não se reconciliarem, terei de escolher um dos dois: o senhor ou meu irmão. A questão é assim, tanto da parte dele quanto da sua parte. Eu não quero nem devo fazer má escolha. Pelo senhor, cumpre-me romper com o irmão; pelo irmão, cumpre-me romper com o senhor. Agora eu quero e posso saber com toda a certeza se ele é mesmo meu irmão. E quanto ao senhor, se me dá valor, se me tem apreço, ou seja, se é mesmo meu marido.

— Avdótia Românovna — pronunciou Lújin, melindroso —, suas palavras são por demais significativas para mim e, digo-lhe mais, até me são ofensivas em virtude da posição que tenho a honra de ocupar em relação à senhorita. Mesmo sem falar desse cotejo lesivo e estranho que faz, colocando-me no mesmo nível que esse... rapaz arrogante, a senhorita alude à possibilidade de infringir a promessa dada. Diz assim: "ou o senhor, ou ele", e mostra-me, desse modo, quão pouco me valoriza... o que não posso admitir em vista das relações e... obrigações que nos ligam.

— Como? — Dúnia ficou corada. — Eu ponho seu interesse ao lado de tudo o que me é caro na vida, do que tem constituído, até agora, *toda* a minha vida, e de repente o senhor fica sentido de que *pouco* o valorize?

Raskólnikov sorriu, taciturno e sarcástico; Razumíkhin estremeceu todo; entretanto, Piotr Petróvitch não aceitou a objeção, ficando, pelo contrário, mais insolente e irritadiço a cada palavra, como se estivesse tomando gosto pela rixa.

— O amor pelo futuro companheiro de vida, pelo marido, deve exceder ao amor pelo irmão — proferiu ele em tom de sentença — e, em todo caso, eu não posso permanecer no mesmo nível que ele... Apesar de ter insistido, há pouco, em não querer nem poder explicitar, na presença de seu irmão, tudo o que tenho a dizer, estou disposto a dirigir-me, agora mesmo, à sua respeitável mãezinha para esclarecer-lhe, por necessidade, um assunto crucial e muito ofensivo para mim. Seu filho — dirigiu-se a Pulkhéria Alexândrovna — ofendeu-me ontem, na presença do senhor Rassúdkin[87] (ou... parece que é isso, desculpe ter esquecido seu sobre-

[87] Consta do original russo um trocadilho relativo às palavras "juízo" (рассудок) e "razão" (разум), sendo o sobrenome "Razumíkhin" derivado da última e podendo ser confundido com a primeira.

nome) — fez uma mesura amável em direção a Razumíkhin —, com a deturpação da minha ideia, que comuniquei à senhora numa conversa privada, tomando o café, a de que, a meu ver, é mais proveitoso, quanto à união conjugal, desposar uma moça pobre, que já experimentou os males da vida, do que uma moça criada na abastança, pois isso favorece a moral. Seu filho exagerou adrede o significado das minhas palavras até o absurdo, acusando-me de intenções malignas e baseando-se, a meu ver, nas correspondências pessoais da senhora. Dar-me-ei por feliz, Pulkhéria Alexândrovna, se a senhora puder persuadir-me no sentido contrário e, desse modo, acalmar-me consideravelmente. Comunique-me, pois, em que termos exatos a senhora descreveu minhas falas em sua carta a Rodion Românovitch.

— Não lembro mais — confundiu-se Pulkhéria Alexândrovna. — Descrevi conforme o meu entendimento. Não sei o que lhe contou Ródia... Talvez tenha exagerado mesmo alguma coisa.

— Não pôde ter exagerado sem a influência da senhora.

— Piotr Petróvitch — pronunciou Pulkhéria Alexândrovna com dignidade —, a prova de que nós duas, eu e Dúnia, não levamos suas palavras a mal é que estamos *aqui*.

— Isso, mãezinha! — disse Dúnia com aprovação.

— Então a culpa é outra vez minha? — Lújin ficou sentido.

— O senhor anda acusando Rodion, Piotr Petróvitch, mas não escreveu toda a verdade sobre ele na sua carta recente — acrescentou, animando-se, Pulkhéria Alexândrovna.

— Não me lembro de ter escrito alguma inverdade.

— O senhor escreveu — disse Raskólnikov bruscamente, sem se virar para Lújin — que ontem eu não teria dado o dinheiro à viúva do homem atropelado, como isso acontecera na realidade, mas sim à filha dele (a qual eu não vira nunca, até o dia de ontem). O senhor escreveu isso para fazer-me brigar com as minhas parentas e, para tanto, acrescentou umas frases abomináveis sobre a conduta daquela moça que desconhece. Tudo isso é mentira e baixaria.

— Desculpe, prezado senhor — respondeu Lújin, tremendo de raiva —, mas eu relatei, nessa minha carta, suas qualidades e ações com o único propósito de atender ao pedido de sua irmã e de sua mãezinha, que queriam saber como o tinha achado e que impressão o senhor me causara. Quanto ao que consta da minha carta, encontre, pelo menos, uma linha errônea, ou seja, diga que não gastou o dinheiro, e que naquela família, por mais infeliz que esteja, não há pessoas indignas!

— Pois, em minha opinião, o senhor com toda a sua dignidade não vale sequer o mindinho daquela pobre moça que apedreja agora.

— E, assim sendo, o senhor ousaria trazê-la à presença de sua mãe e de sua irmã?

— Já fiz isso, se o senhor quer saber. Hoje fi-la sentar ao lado da mãezinha e de Dúnia.

— Ródia! — exclamou Pulkhéria Alexândrovna.

Dúnetchka ficou vermelha; Razumíkhin carregou o sobrolho. Lújin sorriu, escarninho e assoberbado.

— A senhorita está vendo, Avdótia Românovna — disse ele —, se o acordo é possível mesmo? Espero agora que este tema esteja esgotado e esclarecido, de uma vez por todas. Quanto a mim, vou embora, a fim de não estragar o futuro prazer do encontro familiar nem impedir a divulgação dos segredos (ele se levantou da cadeira e pegou o chapéu). Mas, indo embora, atrevo-me a notar que, daqui em diante, espero que me poupem de semelhantes encontros e, por assim dizer, compromissos. Peço-lhe, respeitável Pulkhéria Alexândrovna, que pense bem nesse assunto, ainda mais que minha carta se destinava à senhora e não a outrem.

Pulkhéria Alexândrovna ficou um pouco sentida.

— Parece que o senhor deseja subjugar-nos de todo, Piotr Petróvitch. Dúnia lhe contou o motivo pelo qual não atendemos ao seu pedido, pois tinha boas intenções. Além disso, o senhor escreveu para mim como se estivesse mandando. Será que devemos tomar cada desejo seu por uma ordem? Mas eu cá lhe digo, pelo contrário, que agora o senhor deveria tratar-nos com especial delicadeza e indulgência, porque abandonamos tudo e, confiando no senhor, viemos aqui e ficamos, portanto, em seu poder quase absoluto.

— Não é bem assim, Pulkhéria Alexândrovna, e sobretudo no momento presente, quando a senhora ficou sabendo daqueles três mil que Marfa Petrovna deixara como herança: coisa bem oportuna, a julgar pelo novo tom com que está falando comigo — acrescentou Lújin, sarcástico.

— E, a julgar por essa observação, podemos supor que o senhor realmente tenha contado com o nosso desamparo — notou Dúnia com irritação.

— Mas agora não posso, pelo menos, contar com isso, nem quero, em especial, atrapalhar a divulgação das propostas secretas de Arkádi

Ivânovitch Svidrigáilov, das quais ele incumbiu o seu irmãozinho e que, pelo que vejo, têm para a senhorita um significado fundamental e, bem pode ser, muito agradável.

— Ah, meu Deus! — exclamou Pulkhéria Alexândrovna.

Razumíkhin mal se mantinha sentado.

— Agora não tens vergonha, irmã? — perguntou Raskólnikov.

— Tenho, Ródia — disse Dúnia. — Piotr Petróvitch, saia fora daqui! — dirigiu-se a Lújin, pálida de furor.

Parecia que Piotr Petróvitch não esperava por tal desenlace. Confiava demais em si mesmo, contava com seu poder e a impotência de suas vítimas. Nem agora acreditou: ficou pálido, e seus lábios tremeram.

— Avdótia Românovna, se eu sair agora por essa porta, com essas palavras de despedida, então — tome isto em conta! — não voltarei nunca mais. Pense bem nisso! Minha palavra é firme.

— Quanta desfaçatez! — exclamou Dúnia, levantando-se depressa do seu lugar. — Mas eu cá não quero mesmo que o senhor volte!

— Como? C-o-o-omo é isso? — bradou Lújin, que nem por sombras acreditava, até o último instante, nesse desfecho e acabou perdendo o fio da conversa. — É isso aí? Mas a senhorita sabe, Avdótia Românovna, que eu poderia até protestar?

— Com que direito é que o senhor fala assim com ela? — interferiu, com ardor, Pulkhéria Alexândrovna. — Como é que o senhor pode protestar? Quais são esses seus direitos? Será que eu entregaria minha Dúnia a um homem de sua laia? Vá embora e deixe a gente em paz! A culpa de ter feito esse negócio errado é toda nossa e, sobretudo, minha...

— Contudo, Pulkhéria Alexândrovna — continuava Lújin, enfurecido —, as senhoras me amarraram com a promessa da qual agora desistem... e, afinal... afinal, fui envolvido, digamos assim, em gastanças por meio disso...

Essa última queixa condizia tanto com a índole de Piotr Petróvitch que Raskólnikov, todo pálido de cólera e de esforços para contê-la, não aguentou e... de repente deu uma gargalhada. Nesse ínterim, Pulkhéria Alexândrovna também ficou furiosa:

— Gastanças? Mas que gastanças são essas? Será que está falando de nosso baú? Pois o senhor pediu que o condutor o transportasse de graça. Meu Deus, a gente é que amarrou o senhor! Recobre-se, Piotr Petróvitch: foi o senhor quem nos amarrou os braços e as pernas, não fomos nós!

— Chega, mãezinha; por favor, chega! — implorava Avdótia Románovna. — Piotr Petróvitch, tenha a bondade de ir embora!

— Eu vou, sim, mas peço a última palavra! — disse ele, quase completamente fora de si. — Parece que sua mãezinha esqueceu por completo que me atrevera a desposá-la, por assim dizer, após aqueles boatos sobre a sua reputação que se tinham espalhado pela cidade e pelo distrito todo. Não me importando, por sua causa, com a opinião pública e restabelecendo a sua reputação, eu poderia, bem entendido, contar, de fato, com uma recompensa e até mesmo exigir sua gratidão... Mas só agora é que meus olhos se abriram! Bem vejo que fiz, talvez, uma coisa muito e muito errada em não dar ouvidos à voz da sociedade...

— Será que ele tem duas cabeças? — gritou Razumíkhin e levantou-se, num pulo, da cadeira, prestes a linchar Lújin.

— O senhor é vilão e bruto! — disse Dúnia.

— Nem uma palavra! Nem um gesto! — exclamou Raskólnikov, segurando Razumíkhin; depois se aproximou, quase corpo a corpo, de Lújin...

— Digne-se a sair daqui! — disse-lhe baixa e pausadamente. — E nem uma palavra a mais, senão...

Piotr Petróvitch fitou-o por uns segundos, de rosto pálido e convulso de fúria, depois se virou, saiu... e, com certeza, poucas seriam aquelas pessoas que guardariam no coração o mesmo ódio raivoso que esse homem tinha por Raskólnikov. Culpava de tudo tão só a ele. Note-se que, já descendo a escada, continuava cismando que o negócio não estaria, talvez, totalmente perdido e, no tocante às damas, bem poderia ser levado adiante.

III

O principal problema consistia em que, até o último minuto, Lújin não esperava, de modo algum, por semelhante desfecho. Ficou insistindo até o limite, sem imaginar a própria possibilidade de duas mulheres paupérrimas e desprotegidas poderem livrar-se do seu influxo. Tal convicção se baseava, em larga parte, em sua vaidade e naquele grau de presunção que seria melhor chamar de narcisismo. Ao alcançar certa posição social, Piotr Petróvitch tinha o hábito de adorar morbidamente a si mesmo, valorizava muito sua inteligência e suas faculdades em geral, e até chegava, por vezes, a mirar-se, com encanto, no espelho. Porém, o que mais amava e apreciava neste mundo era o dinheiro que arranjara com labor e por outros meios: o dinheiro igualava-o a tudo o que estava acima dele. Quando lembrava, amargurado, a Dúnia que decidira desposá-la apesar dos maus boatos a seu respeito, Piotr Petróvitch estava plenamente sincero e mesmo profundamente indignado com essa "negra ingratidão". No entanto, pedindo Dúnia em casamento, ele não duvidava, desde o começo, da absurdidade de todos aqueles boatos, desmentidos em público pela própria Marfa Petrovna e deixados, havia tempos, de lado por toda a cidadezinha que se manifestava, com entusiasmo, a favor de Dúnia. Nem ele mesmo negaria agora que já sabia então de tudo isso. Ainda assim, tinha em alta estima a sua resolução de elevar Dúnia até seu nível e considerava-a uma façanha. Declarando isso a Dúnia, ele explicitava a ideia que tinha nutrido em segredo: empolgava-se amiúde com ela e não compreendia como os outros não se empolgavam com tal proeza. Indo visitar Raskólnikov, entrou no seu pardieiro como um benfeitor pronto a colher louros e ouvir elogios dulcíssimos. Por isso é que, descendo agora a escada, sentia-se ultrajado e preterido no mais alto grau.

Quanto a Dúnia, ele simplesmente necessitava dela; rejeitá-la seria impensável. Fazia já vários anos que Lújin sonhava, embevecido, com o casamento; juntava dinheiro e aguardava. Tirava prazer em imaginar, à sorrelfa, uma moça virtuosa e pobre (certamente pobre), muito novinha e bonitinha, nobre e instruída, uma moça toda tímida que passara por inúmeras provações e plenamente se resignara a elas, uma moça que o considerasse, durante a vida toda, seu salvador e obedecesse, com êxtase e veneração, tão só a ele. Quantas cenas, quantos deliciosos episódios é que ele criara em imaginação, descansando de seus negócios e cogitando, em silêncio, nesse assunto tentador e frívolo! E eis que o sonho de tantos anos estava prestes a realizar-se: a beleza e a educação de Avdótia Románovna tinham-no pasmado, e a situação complicada dela levara-o ao extremo. Ia ganhar até algo maior do que vinha sonhando: surgira uma moça orgulhosa e geniosa, que excedia a ele próprio em virtude, educação e desenvolvimento (Lújin intuía isso), e essa criatura haveria de agradecer-lhe, a vida toda, sua façanha, prostrada aos seus pés cativa e adoradora, enquanto ele reinasse ilimitada e soberanamente!...

Fora pouco antes disso, ao cabo de longas esperas e reflexões, que ele resolvera, como que de propósito, mudar, em definitivo, sua carreira e ampliar o círculo de atividades, ingressando aos poucos numa sociedade mais alta, na qual pensava com empolgação havia muito tempo... Numa palavra, ele resolveu provar de Petersburgo. Sabia que, usando as mulheres, poderia ganhar "muita e muita" coisa. O charme de uma mulher linda, virtuosa e inteligente poderia facilitar, de modo extraordinário, seu caminho, atrair as pessoas, criar uma aura... e eis que tudo ia por água abaixo! Essa ruptura inesperada e feia atingira-o como um raio. Era alguma piada horrível, algum disparate! Ele se encorajara só um pouquinho; mal tivera tempo de expressar-se, apenas se exaltara por brincadeira, e o final viera tão grave! Por fim, ele até amava Dúnia à sua maneira, já a possuía em seus devaneios, e de repente... "Não! Amanhã, amanhã mesmo precisarei restaurar isso tudo, curar, emendar e, o principal, acabar com aquele fedelho arrogante, com aquele rapazote que foi a causa de tudo." Com certa sensação dolorosa, Lújin se recordava também, de modo involuntário, de Razumíkhin... porém logo se acalmou no tocante a ele: "Faltava só pôr aquele também ao meu lado!". Mas quem o amedrontava de fato era Svidrigáilov... Numa palavra, havia muitas preocupações pela frente.

— Não, a minha culpa é a maior de todas! — dizia Dúnetchka, abraçando e beijando a mãe. — Fiquei seduzida com o dinheiro dele, mas juro-te, meu irmão, que nem imaginava que pudesse ser um homem tão indigno assim. Se tivesse percebido isso antes, não me teria deixado seduzir! Não me culpes, irmão!

— Deus libertou, Deus libertou! — murmurava Pulkhéria Alexândrovna, de modo algo inconsciente, como se ainda não entendesse bem o que tinha acontecido.

Todos estavam alegres e, cinco minutos depois, até começaram a rir. Só vez por outra é que Dúnetchka empalidecia e franzia a testa, relembrando o ocorrido. Pulkhéria Alexândrovna sequer imaginava que também ficaria contente: a ruptura com Lújin lhe parecia, ainda pela manhã, uma desgraça terrível. E Razumíkhin estava feliz. Ainda não ousava exprimir isso, mas tremia como que de febre, como se um fardo de cinco *puds* lhe tivesse caído do coração. Agora tinha todo o direito de dedicar-lhes sua vida, de servir a elas... E se acontecesse outra coisa?

De resto, ele bania, medroso, os pensamentos que lhe vinham, intimidado pela sua imaginação. Apenas Raskólnikov permanecia sentado no mesmo lugar, quase lúgubre e mesmo distraído. Ele que mais insistira no afastamento de Lújin parecia agora o menos interessado no que ocorrera. Dúnia pensou, sem querer, que continuava muito zangado com ela, e Pulkhéria Alexândrovna fitou-o com certo receio.

— O que foi, pois, que te disse Svidrigáilov? — Dúnia se aproximou do irmão.

— Ah, sim, sim! — exclamou Pulkhéria Alexândrovna.

Raskólnikov levantou a cabeça:

— Ele quer presentear-te, sem falta, com dez mil rublos e declara ainda a vontade de ver-te, um dia, na minha presença.

— Vê-la? Nem por todo o ouro da terra! — exclamou Pulkhéria Alexândrovna. — E como ele se atreve a oferecer-lhe dinheiro?

A seguir, Raskólnikov relatou (sem muitos detalhes) a sua conversa com Svidrigáilov, omitindo o espectro de Marfa Petrovna para não se aprofundar nessa matéria e sentindo asco em abordar quaisquer assuntos que fossem, salvo os mais necessários.

— O que foi que lhe respondeste? — perguntou Dúnia.

— Primeiro disse que não te transmitiria nada. Então ele deixou claro que ia buscar o encontro pessoalmente, com todos os meios. Assegurou-me que sua paixão por ti era um desvario, e que agora não sentia mais nada... Ele não quer que te cases com Lújin... Em geral, não falou direito.

— Como tu mesmo explicas isso, Ródia? Como o achaste?

— Confesso que não entendo bem nada. Oferece dez mil e diz, em seguida, que não é rico. Declara que quer ir a algum lugar e esquece, dez minutos depois, ter dito isso. Diz também, de repente, que quer casar-se e já tem uma noiva... É óbvio que ele tem lá seus objetivos e, com toda a probabilidade, maus. Contudo, seria estranho supor, outra vez, que ele fosse abordar o assunto com tanta tolice, caso realmente tivesse más intenções referentes a ti... Bem entendido, eu recusei, em teu nome, aquele dinheiro, de uma vez por todas. Mas, em geral, achei-o muito esquisito e... mesmo com certos indícios de loucura. Aliás, podia enganar-me: podia ter sido apenas uma espécie de logro. A morte de Marfa Petrovna parece tê-lo impressionado...

— Que Deus a tenha consigo! — exclamou Pulkhéria Alexândrovna. — Eternamente vou suplicar pela alma dela! O que seria agora de nós,

Dúnia, sem aqueles três mil? Meu Deus, é como se tivessem caído do céu! Ah, Ródia, esta manhã só tínhamos três rublos no bolso e pensávamos, eu e Dúnetchka, em penhorar o relógio dela em algum lugar, para não pedir dinheiro àquele homem até que ele mesmo percebesse.

De certa forma, a proposta de Svidrigáilov deixou Dúnia abalada. Ela permanecia em pé, toda pensativa.

— Ele tomou alguma decisão horrível! — disse ela, enfim, quase cochichando e estremecendo.

Raskólnikov reparou nesse medo excessivo.

— Parece que precisarei revê-lo mais de uma vez — disse ele a Dúnia.

— Vamos procurá-lo! Eu o acharei! — gritou Razumíkhin, enérgico. — Não despregarei os olhos da senhorita. Ródia me permitiu. Acabou de dizer, ele mesmo: "Protege minha irmã". E a senhorita permite, Avdótia Românovna?

Dúnia sorriu, estendendo-lhe a mão, porém o seu rosto expressava temor. Pulkhéria Alexândrovna olhava para ela com timidez; aliás, os três mil tinham-na, pelo visto, acalmado.

Um quarto de hora depois, todos estavam conversando com a maior animação. Até Raskólnikov, que não participava da conversa, prestou, por algum tempo, atenção a ela. Quem discursava era Razumíkhin.

— Por que, mas por que as senhoras iriam embora? — derramava ele, num arroubo, um discurso grandiloquente. — O que vão fazer naquela cidadezinha? E o essencial é que estão aqui todos juntos, e um precisa do outro, precisa tanto que... entendam-me! Ao menos, por um tempinho... Quanto a mim, aceitem-me como amigo ou sócio, e asseguro-lhes que juntos faremos um excelente negócio. Escutem, que vou esquadrinhar tudo isso, todo o projeto! Ainda pela manhã, antes de qualquer coisa acontecer, já me surgia em mente... Eis o que é: tenho um tio (vou apresentá-lo às senhoras: um velhote direitinho e digno de todo o respeito!), e esse tio dispõe de mil rublos de cabedal, mas vive, ele próprio, de pensão sem precisar de mais nada. Vai para dois anos que ele me azucrina para usar esses mil rublos, pagando-lhe, em troca, seis por cento de juros. Entendo bem que deseja apenas dar-me uma ajudinha; entretanto, no ano passado, não precisava de dinheiro e, este ano, só estava esperando pela sua chegada para aceitar a proposta. Depois as senhoras darão mais um mil dos três que possuem, e isso bastará para o início; assim nos reuniremos. O que é que vamos fazer?

E Razumíkhin começou a desdobrar demoradamente seu projeto, dizendo que "quase todos os nossos livreiros e editores, que entendem pouco de sua mercadoria, costumam ser maus empresários, enquanto as edições decentes engendram lucro, de modo geral, e dão juros, às vezes consideráveis". Exatamente com as atividades de editor é que sonhava Razumíkhin, que trabalhava, havia dois anos, para os outros e tinha conhecimento passável de três idiomas europeus, apesar de ter dito, uns seis dias antes, a Raskólnikov que seu alemão era "um nojo" para convencê-lo a aceitar metade da tradução e três rublos adiantados: tanto ele mentia então, quanto Raskólnikov sabia que estava mentindo.

— Por que, mas por que perderíamos nosso proveito, já que acabamos de arranjar um dos meios primordiais — nosso próprio dinheiro? — dizia Razumíkhin, entusiasmado. — É claro que precisaremos trabalhar muito, mas a gente vai trabalhar: a senhora, Avdótia Românovna, eu, Rodion... há livros que dão, hoje em dia, bom lucro! E a maior base de nossa empresa é que sabemos que traduções são necessárias. Vamos traduzir, publicar, estudar, tudo junto. Agora posso ser útil, pois tenho experiência. Já vai para dois anos que ando de editora em editora e conheço todo o ofício delas: acreditem que Roma não se fez num dia! Por que, mas por que deixaríamos a colher passar diante da boca? Eu mesmo conheço e mantenho em segredo umas duas ou três obras tão boas que só a ideia de traduzi-las e editar por aqui pode valer cem rublos por livro, e uma delas é tão valiosa que nem quinhentos rublos eu cobraria pela ideia. E o que as senhoras acham: se contasse a algum editor, este até ficaria, talvez, na dúvida, com essa bronquice toda! E quanto aos afazeres — negócio, tipografia, papel, vendas — confiem-nos todos a mim, que conheço todas as artimanhas! Começaremos aos poucos e chegaremos às coisas grandes; ao menos, sempre teremos o que comer e, em todo caso, vamos recuperar o investimento.

Os olhos de Dúnia brilhavam.

— Gosto muito do que o senhor diz, Dmítri Prokófytch — disse ela.

— Eu cá não sei de nada disso, é claro — replicou Pulkhéria Alexândrovna. — Talvez seja bom mesmo, mas quem sabe é Deus. Uma coisa nova, desconhecida. O certo é que precisamos ficar aqui, pelo menos por algum tempo... — ela olhou para Ródia.

— O que achas, irmão? — perguntou Dúnia.

— Acho que a ideia dele é muito boa — respondeu Raskólnikov. — É claro que não se deve sonhar, de antemão, com uma empresa, mas pode-se realmente editar uns cinco ou seis livros de indubitável sucesso. Eu mesmo conheço uma obra que certamente dará lucro. E quanto à capacidade dele de tocar o negócio, disso não tenho dúvida: ele entende das coisas... Aliás, vocês ainda terão tempo de acordar tudo...

— Hurra! — bradou Razumíkhin. — Agora esperem: há um apartamento por aqui, no mesmo prédio e do mesmo dono. É um apartamento especial, separado destes quartos e mobiliado; aluga-se por um preço módico e tem três cômodos. Aluguem-no, para começar. Amanhã vou penhorar o seu relógio e trarei o dinheiro para cá, e depois tudo se arranjará. O que importa é que poderão morar todos juntos, inclusive Ródia... Aonde vais, Ródia, hein?

— Como assim, Ródia, já estás de saída? — perguntou Pulkhéria Alexândrovna, até com certo assombro.

— Neste momento? — exclamou Razumíkhin.

Dúnia examinava o irmão, incrédula e pasmada. Ele já segurava o casquete, preparando-se para ir embora.

— Parece que vocês me enterram ou dizem adeus para sempre — disse ele de modo algo estranho. Sorriu, a seguir, como se não estivesse sorrindo.

— Quem sabe, aliás: talvez nos vejamos pela última vez — acrescentou sem querer. Pensava nisso consigo mesmo e acabou por dizer em voz alta.

— O que é que tens? — exclamou sua mãe.

— Aonde vais, Ródia — perguntou Dúnia, também de maneira algo estranha.

— É aqui perto, preciso ir mesmo — respondeu ele sem firmeza, como que hesitando em escolher as palavras. Porém o seu rosto pálido expressava uma resolução cortante. — Eu queria dizer... quando vinha para cá... eu queria dizer-lhe, mãezinha... e a ti, Dúnia, que seria melhor a gente se separar por um tempo. Não me sinto bem, não estou tranquilo... virei depois, por mim mesmo, quando... for possível. Lembro-me de vocês e amo-as... Deixem-me! Deixem-me só! Eu decidi assim, ainda antes... Minha decisão é certa... Aconteça o que acontecer comigo, nem que eu morra, quero ficar sozinho. Esqueçam-me totalmente... Assim será melhor... Não se informem sobre mim. Quando for preciso, virei eu mesmo ou... mandarei chamá-las. Talvez tudo ressuscite!... Mas agora, se me amam, desistam... Senão, vou odiá-las, pressinto isso... Adeus!

— Meu Deus! — gritou Pulkhéria Alexândrovna.

Tanto a mãe quanto a irmã ficaram apavoradas, e Razumíkhin também.

— Ródia, Ródia! Façamos as pazes e vivamos como dantes! — exclamou a mãe infeliz.

Devagar, ele se virou para as portas e saiu do quarto. Dúnia correu atrás dele.

— Irmão! O que estás fazendo com nossa mãe? — cochichou, lançando-lhe um olhar fulgente de indignação.

Raskólnikov retribuiu com um olhar pesado.

— Não é nada, eu virei visitá-las! — murmurou ele à meia voz, como se não entendesse por completo o que queria dizer, e foi embora.

— Insensível e mau, egoísta! — exclamou Dúnia.

— Ele não é insensível, mas está louco! Perdeu o juízo! Será que não percebe isso? A senhorita é que não tem sensibilidade, nesse caso!... — cochichou, com ardor, Razumíkhin ao seu ouvido e apertou-lhe com força a mão.

— Eu volto já! — gritou, dirigindo-se a Pulkhéria Alexândrovna, que estava semimorta de susto, e saiu correndo do quarto.

Raskólnikov esperava por ele no fim do corredor.

— Sabia que tu virias — disse ele. — Volta, pois, e fica com elas... Fica com elas amanhã... e sempre. Talvez eu venha... se puder. Adeus!

E, sem estender a mão ao amigo, ele foi embora.

— Aonde vais? O que tens? O que está havendo? Será que podes?... — murmurou Razumíkhin, completamente perdido.

Raskólnikov parou mais uma vez.

— Digo-te de uma vez por todas: nunca me perguntes sobre nada. Não tenho nada a responder-te... Não vás a minha casa. Talvez eu venha aqui... Deixa-me, mas elas... *não as deixes.* Entendes?

O corredor estava escuro. Parados perto de uma lâmpada, eles se fitaram, em silêncio, por um minuto. Razumíkhin iria lembrar esse momento a vida toda. Atento e fúlgido, o olhar de Raskólnikov parecia reforçar-se a cada instante, penetrando-lhe na alma e consciência. De súbito, Razumíkhin estremeceu, como se algo estranho tivesse surgido entre eles... Uma ideia brotara qual uma alusão: algo tétrico, repulsivo e, de improviso, compreendido por ambas as partes... Razumíkhin ficou mortalmente pálido.

— Agora entendes?... — disse Raskólnikov, e seu rosto se contraiu repentina e dolorosamente. — Volta, vai cuidar delas — adicionou e virou-se rápido para ir embora.

Não vou descrever agora o que aconteceu, naquela noite, com Pulkhéria Alexândrovna, como voltou Razumíkhin, como acalmava as mulheres, como jurava que Ródia precisava descansar após sua doença, que Ródia viria sem falta, que as visitaria todos os dias, que ele estava muito e muito abalado, e que não lhes cabia irritá-lo, dizendo que ele próprio, Razumíkhin, iria cuidar de Ródia, arranjaria um bom doutor, não, o melhor dos doutores, e todo um concílio... Numa palavra, naquela noite Razumíkhin se tornou filho e irmão delas.

IV

E Raskólnikov foi direto ao prédio do canal em que morava Sônia. Esse prédio, antigo e verde, tinha três andares. O jovem procurou pelo zelador e recebeu deste umas informações imprecisas de onde residia o alfaiate Kapernaúmov. Ao encontrar, num canto do pátio, a entrada de uma escadaria estreita e escura, subiu finalmente ao segundo andar e alcançou a galeria que o contornava pelo lado do pátio. Enquanto perambulava na escuridão e cogitava, perplexo, onde poderia ficar o apartamento de Kapernaúmov, uma porta se abriu, de chofre, a uns três passos dele. O jovem se agarrou, maquinalmente, a essa porta.

— Quem está aí? — perguntou, com inquietação, uma voz feminina.

— Sou eu... vim visitá-la — respondeu Raskólnikov, entrando numa antessala minúscula, iluminada por uma vela, inserida num torto castiçal de cobre e posta numa cadeira afundada.

— É o senhor! Meu Deus! — exclamou Sônia, baixinho, e ficou imóvel.

— Onde mora? Aí?

E Raskólnikov, tentando não olhar para ela, passou rápido para o quarto. Um minuto depois, Sônia também entrou com a vela numa das mãos, deixou a vela e ficou na frente dele, toda perdida numa emoção inexprimível e, pelo visto, assustada com a sua visita inesperada. De súbito, a vermelhidão cobriu o pálido rosto dela, e mesmo as lágrimas lhe subiram aos olhos... Ela sentia asco, vergonha e prazer ao mesmo tempo... Raskólnikov lhe virou depressa as costas e sentou-se numa cadeira, ao lado da mesa. Examinou, de passagem, o quarto.

Era um cômodo grande, mas extremamente baixo, o único que não ocupava a família de Kapernaúmov, a cujo apartamento levava uma porta situada do lado esquerdo. Do lado oposto, à direita, havia outra porta que sempre estava trancada. Ela dava acesso ao apartamento vizinho, cujo número era outro. O quarto de Sônia se assemelhava a um curral com sua forma de um quadrilátero todo deformado que o tornava bem feio. A parede com três janelas, voltada para o canal, cortava o quarto de modo algo oblíquo, portanto um dos cantos, demasiadamente agudo, sumia algures no fundo, de sorte que, com essa iluminação fraca, nem se podia enxergá-lo, e o outro canto exibia um ângulo horrivelmente obtuso. Todo esse grande cômodo quase não tinha móveis. No canto direito havia uma cama e uma cadeira posta junto dela, próximo da porta. Ao pé da mesma parede, perto da porta do apartamento vizinho, havia uma simples mesa de madeira, coberta por uma toalha azulada, e duas cadeiras de vime achegadas a ela. Ao pé da parede oposta, rente do canto agudo, ficava uma pequena cômoda de madeira tosca, como que perdida na escuridão. Era tudo o que se encontrava no quarto. O papel de parede, amarelado, manchado e gasto, estava enegrecido por toda parte; pelo visto, o quarto se tornava bem úmido e abafado no inverno. A pobreza saltava aos olhos: a cama nem sequer possuía cortinas.

Calada, Sônia olhava para o visitante, que examinava o quarto dela com tanta atenção e audácia, e começou, afinal, a tremer de medo, como se estivesse diante de um juiz que ia determinar seu destino.

— Vim tarde... Já são onze horas? — perguntou o jovem, ainda sem olhar para ela.

— Já — murmurou Sônia. — Ah, sim, já! — pôs-se a falar apressada, como se nisso consistisse todo o êxito dela. — O relógio do dono acabou de tocar... eu mesma ouvi... Já.

— Vim vê-la pela última vez — prosseguiu Raskólnikov, melancólico, se bem que a sua visita fosse tão só a primeira —, talvez não a veja mais...

— O senhor... vai embora?

— Não sei... só amanhã...

— Pois o senhor não irá amanhã à casa de Katerina Ivânovna? — a voz de Sônia tremia.

— Não sei... Tudo será decidido amanhã de manhã... Mas não se trata disso: vim para dizer-lhe uma palavra...

Ele ergueu o olhar pensativo e percebeu, de repente, que estava sentado, enquanto ela permanecia em pé na sua frente.

— Por que está em pé? Sente-se — disse o jovem, e sua voz mudou de improviso, ficando baixinha e carinhosa.

Ela se sentou. Raskólnikov mirou-a por um minuto, com afeto e quase com piedade.

— Como está magrinha! Seu braço é tão fino, todo transparente! E seus dedos são como os de uma morta.

Ele pegou sua mão. Sônia sorriu-lhe com timidez.

— Eu sempre fui assim — disse ela.

— Mesmo quando morava em casa?

— Sim.

— É claro que sim! — pronunciou ele bruscamente, tendo a expressão de seu rosto e o som de sua voz mudado de novo. Voltou a olhar ao redor.

— Aluga o quarto de Kapernaúmov?

— Si-sim...

— A família dele está lá, atrás da porta?

— Está... Eles também têm um quarto como este.

— Moram todos no mesmo quarto?

— No mesmo.

— Teria medo de ficar no seu quarto à noite — notou o jovem, soturno.

— Os donos são muito bons, muito amáveis — respondeu Sônia, que parecia ainda não ter reunido e posto em ordem seus pensamentos —, e todos os móveis, e tudo... tudo é deles. E são muito bondosos, e os filhos deles vêm visitar-me...

— São gagos?

— Sim... Ele é tartamudo e coxo. E sua esposa também... Não é que tartamudeie, mas como que não consegue dizer tudo. Ela é muito bondosa. E ele era um servo, antes. E têm sete filhos... e só o mais velho é que tartamudeia, mas os outros são apenas doentes... não tartamudos... E como o senhor os conhece? — acrescentou ela com certo espanto.

— Foi seu pai quem me contou tudo. E contou tudo sobre a senhorita... E como foi embora às seis horas e retornou por volta das dez, e como Katerina Ivânovna se ajoelhou ao lado de sua cama.

Sônia ficou confusa.

— Parece que o vi hoje — cochichou ela, indecisa.

— Quem?

— Meu pai. Eu ia pela rua, aqui pertinho, na esquina, por volta das dez horas, e ele como que ia na frente. Como se fosse ele mesmo. Já queria falar com Katerina Ivânovna...

— Estava passeando?

— Sim — cochichou Sônia, confundindo-se outra vez e abaixando os olhos.

— É verdade que Katerina Ivânovna quase a espancava, na casa do pai?

— Ah, não, o senhor não sabe, não! — Sônia olhou para ele, quase assustada.

— Então a senhorita gosta dela?

— Dela? E como nãããão? — Sônia arrastou essa frase com uma voz lastimosa, crispando, de chofre, as mãos. — Ah, o senhor não a... Se somente a conhecesse... Ela é igual a uma criança... A mente dela está toda transtornada... de tanto pesar. Mas era tão inteligente... tão magnânima... tão bondosa! O senhor não sabe de nada, nada... ah!

Sônia pronunciou isso como que desesperada, torcendo os braços com emoção e sofrimento. As pálidas faces dela ficaram de novo vermelhas, uma aflição se refletiu nos seus olhos. Era óbvio que Raskólnikov lhe tocou em muitas cordas sensíveis, e que ela tinha tanta vontade de expressar algo, de dizer, de defender. Certa compaixão inexaurível, sendo permitida tal expressão, transpareceu, de súbito, em todas as feições dela.

— Espancava? O que é que o senhor diz? Espancava, meu Deus! E mesmo se espancasse, seria o quê? O quê? O senhor não sabe de nada, nada... É uma mulher tão infeliz; ah, como está infeliz! E doente... Ela procura justiça... É casta. E acredita tanto que em tudo deve haver justiça, e reclama... E mesmo que a torturassem, não cometeria injustiça nenhuma. Não percebe, ela mesma, que as pessoas não podem ser todas justas, e fica irritada... Como uma criança, como uma criança! Ela é justa, justa!

— E o que será de você?

Sônia olhou de modo interrogativo.

— Pois eles ficaram à sua custa. É verdade que antes tudo também dependia de você, e que o finado vinha pedir-lhe dinheiro para beber. E o que vai acontecer agora?

— Não sei — disse Sônia com tristeza.

— Eles ficarão lá?

— Não sei, mas estão devendo à dona daquele apartamento. Ainda hoje a dona disse que queria expulsá-los, e Katerina Ivânovna respondeu que não demoraria ali um só minuto.

— De onde lhe vem tanta coragem? Conta com você?

— Ah, não, não fale assim!... Somos uma família, vivemos juntos — Sônia ficou novamente emocionada e mesmo brava, como se de repente se tivesse zangado um canário ou outro passarinho. — E como ela faria? Como, mas como faria? — perguntou ela com empolgação. — Quanto, mas quanto ela chorou hoje! A mente dela está perturbada, será que o senhor não reparou nisso? Está perturbada, sim: ora ela se inquieta, feito uma menina, para que tudo seja decente amanhã, os salgados e tudo... ora escarra sangue, torcendo os braços e soluçando, ora começa a bater a cabeça contra a parede por desespero. E depois se acalma, contando com o senhor: diz que é agora seu ajudante, e que pedirá um dinheirinho emprestado em algum lugar e voltará para a sua cidade, comigo, e abrirá uma pensão para donzelas nobres, colocando-me lá como inspetora, e que teremos então uma vida nova e bela... e beija-me, abraça e consola, e como acredita, mas como acredita em suas fantasias! Será que se pode contradizê-la? E passou hoje o dia inteiro lavando, limpando, consertando a bacia, sozinha, com sua força pequenininha: trouxe a bacia para o quarto e desabou, ofegante, na cama. E, de manhã, fomos nós duas à galeria das lojas para comprar sapatinhos para Póletchka e Liônia, porque os deles já estão caindo aos pedaços, mas faltou-nos dinheiro, faltou muito dinheiro, e Katerina Ivânovna tinha escolhido as botazinhas tão lindas, que ela tem bom gosto, o senhor não sabe... Lá mesmo, na loja, começou a chorar, na frente dos comerciantes, dizendo que faltava dinheiro... Ah, que pena fazia vê-la.

— Dá para entender, assim sendo, por que... você vive assim — disse Raskólnikov com um sorriso amargo.

— E o senhor não tem pena? Não tem? — Sônia tornou a refutá-lo. — Pois o senhor nos deu o último dinheiro, sem ter visto nada, eu sei. E se o senhor tivesse visto tudo, oh, meu Deus! E quantas, quantas vezes a fiz chorar! Ainda na semana passada. Ai de mim! Só uma semana antes da morte do pai. Fiz uma crueldade! E quantas, quantas vezes fiz isso. Ah, como doía lembrá-lo o dia inteiro!

Falando, Sônia chegava a torcer os braços, tanto suas lembranças eram pungentes.

— É você quem é cruel?

— Eu, sim, eu! Vim então — continuava ela, chorando —, e o finado me diz: "lê para mim, Sônia, que minha cabeça está doendo; lê aí... eis o livrinho"; conseguiu um livro com Lebeziátnikov, Andrei Semiônytch, que mora ali... sempre conseguia esses livrinhos engraçados. E eu lhe disse: "estou de saída", porque não queria ler e por ter vindo, em especial, para mostrar os colarinhos a Katerina Ivânovna: é que Lisaveta, a vendedora, tinha oferecido colarinhos e manguitos — bonitinhos, novinhos, ornamentados e bem em conta. E Katerina Ivânovna gostou muito: vestiu-os e mirou-se no espelho, e achou muito, mas muito bonito: "Dá-os para mim de presente, Sônia, por favor!". Pediu *por favor*, já que tanto os queria. E onde iria usá-los? Foram apenas os tempos idos, felizes, que relembrou! Mira-se no espelho, admira-se, mas não tem nenhum vestido, nenhum, e nenhum apetrecho, faz tantos anos! E nunca pediu nada a ninguém: é orgulhosa e antes daria, ela mesma, o derradeiro tostão, mas aí me pediu — tanto gostou dos colarinhos! E eu tive pena e disse: "para que os queria, Katerina Ivânovna?". Disse assim mesmo: "para quê". Era isso que não precisava dizer-lhe, de jeito nenhum! Ela me olhou de tal maneira, e ficou tão triste com minha recusa, e fez tanta pena vê-la... E não foi por causa dos colarinhos, mas sim por causa de minha recusa, eu vi. Ah, parece que faria agora tudo voltar para trás, para refazer tudo, todas essas palavras minhas... Oh, eu... Mas que diferença faz, o senhor não se importa!

— Você conhecia aquela Lisaveta, a vendedora?

— Sim... Será que o senhor também a conhecia? — perguntou Sônia, um tanto pasmada.

— Katerina Ivânovna está com tísica grave; ela vai morrer logo — disse Raskólnikov após uma pausa, sem responder à pergunta da moça.

— Oh, não, não, não! — e Sônia pegou-lhe, com um gesto inconsciente, ambas as mãos, como que pedindo para isso não acontecer.

— Mas será melhor se ela morrer.

— Não será, não; não será nada melhor! — repetia ela, transtornada de susto.

— E as crianças? Aonde você as trará senão aqui?

— Oh, não sei, não! — exclamou Sônia, quase desesperada, e levou as mãos à cabeça. Era evidente que essa ideia já lhe havia surgido diversas vezes, e que o jovem tão só a trouxera à tona.

— E se agora, ainda com Katerina Ivânovna viva, você adoecer e for para o hospital, o que vai acontecer? — insistia ele sem clemência.

— Ah, o que é isso? Isso aí não é possível! — e o rosto de Sônia se contraiu de pavor.

— Como não é possível? — continuava Raskólnikov com um sorriso cruel. — A senhorita está assegurada? O que acontecerá com as crianças então? Irão todas juntas para a rua: ela vai tossir e pedir esmola, e bater, em algum lugar, a cabeça contra a parede, como hoje, e os pequenos vão chorar... E depois ela cairá, será levada para a delegacia, dali para o hospital, e acabará morrendo, e os filhos...

— Oh, não!... Deus não permitirá isso! — essa frase parecia ter saído do fundo do peito apertado de Sônia. Ela escutava, olhando para o jovem com súplica e juntando as mãos num rogo mudo, como se tudo dependesse somente dele.

Raskólnikov se levantou e começou a andar pelo quarto. Passou-se um minuto. Sônia estava em pé, de braços caídos e cabeça baixa, tomada de uma aflição horrível.

— E não daria para poupar? Amealhar dinheiro para o dia negro? — perguntou ele, parando, de supetão, na frente da moça.

— Não — respondeu Sônia, cochichando.

— É claro que sim! Você já tentou? — adicionou ele, quase escarninho.

— Tentei.

— E não deu certo? Pois é, entendo! Nem vale a pena perguntar!

O jovem voltou a andar pelo quarto. Passou-se mais um minuto.

— Não é todo dia que ganha?

Sônia ficou mais confusa ainda, e a vermelhidão cobriu-lhe outra vez o semblante.

— Não — cochichou ela com um dolorido esforço.

— Decerto o mesmo vai acontecer com Póletchka — disse ele repentinamente.

— Não, não! Não pode acontecer, não! — desesperada, Sônia gritou bem alto, como se tivesse levado uma facada. — Deus... Deus não permitirá um horror desses!...

— Em outros casos permite.

— Não, não! Deus a protegerá, Deus!... — repetia ela, fora de si.

— Quem sabe: talvez Deus não exista — respondeu Raskólnikov, até com certa malvadez, e olhou para ela, rindo.

De chofre, o rosto de Sônia se alterou todo, crispado de convulsões. Ela mirou o jovem com um reproche inexprimível, queria dizer alguma coisa, mas não conseguiu articular nada e, de repente, começou a chorar com total desespero, cobrindo o rosto com as mãos.

— Você diz que a mente de Katerina Ivânovna está transtornada; porém sua mente também está transtornada — disse Raskólnikov após uma pausa.

Decorreram uns cinco minutos. Ele não cessava de andar de lá para cá, taciturno e sem olhar para Sônia. Enfim, aproximou-se dela; seus olhos brilhavam. Pôs ambas as mãos nos ombros da moça e olhou direto para esse rostinho molhado de lágrimas. Seu olhar estava seco, inflamado e penetrante; seus lábios tremiam muito... De súbito, ele se inclinou todo e, prostrado no chão, beijou o pé dela. Sônia recuou apavorada, como que fugindo de um louco. E realmente ele a fitava com plena loucura.

— O que é isso? O que está fazendo? Perante mim? — murmurou ela, empalidecendo por sentir um doloroso espasmo no coração.

Ele se levantou logo.

— Não foi a ti que prestei homenagem, mas a todo o sofrimento humano... — disse, num tom algo ríspido, e afastou-se em direção à janela. — Escuta — acrescentou, regressando um minuto depois —, eu disse hoje a um ofensor que ele nem sequer valia o teu mindinho... e que tinha sido uma honra ficares sentada ao lado de minha irmã.

— Ah, o que foi que o senhor disse? Na frente de sua irmã? — exclamou Sônia, assustada. — Sentada ao lado dela? Uma honra? Mas eu sou... desonesta... sou uma grande pecadora, grande! Ah, o que foi que disse?

— Não foi por causa de tua desonra e de teu pecado que disse isso, mas pelo grande sofrimento teu. E quanto a seres uma grande pecadora, é verdade — adicionou, quase exaltado —, e, mais ainda, és pecadora porque te traíste e imolaste *em vão*. Como não ficarias horrorizada com tanto? Como não ficarias horrorizada de viver nessa lama que tanto detestas, e de saber, ao mesmo tempo (é só abrires os olhos), que não ajudas ninguém, desse modo, nem salvas ninguém de nada? Diz-me, afinal — proferiu ele, à beira do frenesi —, como tanta vergonha e baixaria se avizinham, dentro de ti, com outros sentimentos, opostos e sãos? É que seria mais justo, mil vezes mais justo e racional atirares-te, de cabeça para baixo, na água e acabares de vez com tudo!

— E o que será deles? — perguntou Sônia, enfraquecida; olhava para ele com dor, mas, ao mesmo tempo, nem um pouco surpresa com sua proposta.

Raskólnikov mirou a moça de maneira estranha, lendo tudo num só olhar dela. Ela própria já tinha, pois, essa ideia. Talvez tivesse cismado, diversas vezes e com seriedade, em como poderia, desesperada, logo pôr fim a tudo, com tanta seriedade que agora quase não se surpreendeu com a proposta do jovem. Nem sequer reparara na crueldade de suas palavras: bem entendido, tampouco compreendera o significado de suas alusões e de sua visão especial do opróbrio dela, e Raskólnikov percebia isso. Porém ele entendeu plenamente a que dor monstruosa a teria levado, há tempos, a consciência de sua situação infame e vergonhosa. "O que poderia ter contido, até agora, sua resolução de acabar logo com tudo, o quê?" — pensou ele. E só então é que se deu conta do que significavam para a pobre moça aqueles pequenos órfãos e aquela mísera e quase enlouquecida Katerina Ivânovna com sua tísica e suas cabeçadas contra a parede.

Ainda assim, estava bem claro para ele que Sônia, com seu caráter e com aquele nível de desenvolvimento que ela teria alcançado, de modo algum poderia continuar nessa situação. O que não estava claro era a razão pela qual a moça aguentara o seu estado por tanto tempo e não perdera o juízo, sendo incapaz de jogar-se na água. Raskólnikov entendia, com certeza, que o estado de Sônia era um fenômeno casual nessa sociedade, se bem que não fosse, infelizmente, raro nem muito menos excepcional. Mas era a própria casualidade, bem como certo desenvolvimento e toda a vida anterior dela, que poderia, em aparência, tê-la matado com o primeiro passo por esse caminho abominável. O que lhe dava forças? Não era, sem dúvida, a libertinagem, porquanto essa infâmia a tocara, pelo visto, apenas mecanicamente. O jovem, que via a moça como que na palma de sua mão, percebia que a verdadeira devassidão ainda não contaminara o coração dela nem sequer com uma gotícula...

"Ela só tem três caminhos" — pensava ele, — "jogar-se no canal, acabar num asilo de loucos, ou... ou entregar-se, afinal, àquela devassidão que entorpece a mente e empedra o coração". Era a última ideia que lhe gerava mais asco; todavia, ele já era cético, e — jovem, abstraído e, por conseguinte, cruel — não podia acreditar que o último recurso, ou seja, a devassidão, fosse o mais provável.

"Será que isso é verdade?" — exclamou ele consigo mesmo. "Será que essa criatura, que ainda preserva sua pureza espiritual, também acabará por mergulhar, consciente, naquele buraco abjeto e fétido? Será que o mergulho já está próximo; será que ela aguentou até hoje somente porque o pecado não lhe parece mais tão execrável assim? Não, não pode ser, não!" — repetia, igual a Sônia. "O que a tem impedido, até agora, de atirar-se no canal é a consciência do pecado e *eles lá*... E se até agora ela não enlouqueceu... Mas quem disse que já não tinha enlouquecido? Está mesmo em pleno juízo? Pode-se falar como ela fala? Será que uma pessoa de sã consciência raciocina como ela? Será que a gente pode ficar, desse jeito, em face de sua morte, em cima daquele buraco fétido em que acabará mergulhando, e agitar os braços e tapar os ouvidos, quando se fala de perigo? O que ela espera, um milagre? E é assim, com certeza. Não seriam esses os sintomas da insanidade?"

Ele se agarrou, pertinaz, a essa ideia. Chegou a gostar desse desfecho ainda mais que de qualquer outro. Passou a examinar a moça com mais atenção.

— Pois tu rezas muito, Sônia? — perguntou-lhe.

Sônia estava calada, e ele se postou ao seu lado, esperando pela resposta.

— O que eu seria sem Deus? — cochichou ela, rápida e energicamente, erguendo, por um instante, os olhos rútilos e apertando-lhe com força a mão.

"É assim mesmo!" — pensou ele.

— E como Deus te retribui isso, o que faz por ti? — perguntou, insistindo em interrogá-la.

Sônia ficou calada por muito tempo, como que sem poder responder. Seu peito fraquinho ondeava todo de emoção.

— Cale-se! Não me pergunte! O senhor não merece!... — exclamou de repente, fixando nele um olhar severo e furioso.

"É assim mesmo, assim mesmo!" — repetia ele consigo, todo obstinado.

— Faz tudo! — cochichou Sônia depressa e abaixou os olhos.

"Eis o desfecho! Eis a explicação do desfecho!" — decidiu o jovem, mirando-a com ávida curiosidade.

Com uma nova sensação, estranha e quase doentia, ele fitava esse rostinho pálido, magro e anguloso, esses tímidos olhos azuis, capazes de irradiar tanto fogo, tanta emoção forte e severa, esse pequeno corpo que ainda tremia de indignação e cólera, e tudo isso lhe parecia cada vez mais esquisito, quase impossível.

"Vidente, vidente!" — repetia ele consigo mesmo.

Havia um livro em cima da cômoda. Raskólnikov reparara nele, enquanto andava, de lá para cá, pelo quarto; pegou-o agora e examinou de perto. Era a versão russa do Novo Testamento. O livro era velho, usado, com uma capa de couro.

— Isto veio de onde? — gritou ele do canto oposto do quarto. A moça permanecia no mesmo lugar, a três passos da mesa.

— Trouxeram para mim — respondeu ela, como que a contragosto, sem olhar para ele.

— Quem trouxe?

— Foi Lisaveta, eu tinha pedido a ela.

"Lisaveta? Que estranho!" — pensou o jovem. Tudo o que concernia a Sônia ficava, aos olhos dele, mais estranho e miraculoso a cada minuto. Ele se achegou à vela acesa e começou a folhear o livro.

— Onde é a história de Lázaro? — perguntou de repente.

Sônia não respondeu, teimando em fitar o chão. Estava um pouco de lado em relação à mesa.

— Onde se fala da ressurreição de Lázaro? Acha para mim, Sônia.

Ela o mirou de soslaio.

— O senhor procura em lugar errado... é no quarto Evangelho — cochichou ríspida, sem se aproximar dele.

— Pois acha e lê para mim — disse ele, sentou-se, debruçou-se sobre a mesa, apoiou a cabeça numa das mãos e passou a olhar para o lado, prestes a ouvir a leitura. "Daqui a umas três semanas, seja bem-vinda à sétima versta![88] Eu mesmo, parece, estarei lá, se não for coisa pior ainda" — murmurava consigo mesmo.

---

[88] Alusão ao manicômio que se encontrava, na época, a sete verstas de São Petersburgo.

Sônia se acercou, indecisa, da mesa, escutando o estranho pedido de Raskólnikov com desconfiança. De resto, pegou o livro.

— Será que o senhor não leu? — perguntou ela, fitando-o de esguelha através da mesa. A voz dela ficava cada vez mais severa.

— Há muito tempo... quando estudava. Lê!

— E não ouviu na igreja?

— Eu... não vou à igreja. E tu vais muitas vezes?

— N-não, — cochichou Sônia.

Raskólnikov sorriu:

— Entendo... Quer dizer, amanhã não vais ao enterro do pai?

— Vou, sim. E na semana passada fui à igreja... para encomendar a missa.

— Em memória de quem?

— De Lisaveta. Mataram-na a machadadas.

O nervosismo do jovem crescia, e sua cabeça estava estonteada.

— Tinhas amizade com Lisaveta?

— Sim... Ela era justa... mas vinha raramente... porque não podia. A gente lia, nós duas... e conversava. Ela verá Deus.

Essas palavras livrescas lhe pareciam estranhas, e eis que surgiu outra novidade: aqueles encontros misteriosos de Sônia com Lisaveta, sendo ambas videntes. "É fácil enlouquecer com isso! É contagioso!" — pensou ele.

— Lê! — exclamou, de chofre, com insistência e irritação.

Sônia continuava a hesitar. O coração dela pulsava. Não se atrevia a ler para ele. Quase com dor, Raskólnikov olhava para a "pobre louca".

— Por que o senhor quer tanto? Não é crente... — disse ela com uma voz bem baixinha e como que ofegante.

— Lê! Assim quero! — instava ele. — É que lias para Lisaveta!

Sônia abriu o livro e achou a passagem. As mãos dela tremiam, a voz falhava. Pôs-se a ler duas vezes, sem que conseguisse articular a primeira sílaba.

— "Um certo Lázaro tinha adoecido. Era natural de Betânia..."[89] — pronunciou ela, enfim, com esforço, mas de repente, a partir da terceira palavra, sua voz ficou mais sonora e alta, igual a uma corda bem esticada. Prendeu-se-lhe a respiração no peito.

---

[89] João 11: 1. Texto do Evangelho citado segundo o Cânone Bíblico, a *Bíblia Sagrada*.

Raskólnikov entendia, em parte, por que Sônia não se atrevia a ler para ele e, quanto mais entendia isso, tanto mais brutal e irritadamente insistia nessa leitura. Compreendia muito bem com que dificuldade ela exprimia e declarava agora *seus* sentimentos. Compreendia que eles constituíam, de fato, o verdadeiro e, talvez, já antigo *mistério* que ela guardava, quem sabe, desde adolescente, ainda no seio da família, ao lado do pai desgraçado e da madrasta louca de pesar, no meio das crianças famintas, gritos e reproches horripilantes. Mas, ao mesmo tempo, o jovem ficou sabendo, com toda a certeza, que, apesar de triste e apavorada com algo ao iniciar a leitura, ela tinha uma dolorosa vontade de ler aquilo, em detrimento de toda a sua tristeza e de todos os seus receios, e ler exatamente para *ele* ouvir, e precisamente *agora*, "aconteça o que acontecer depois!"... Ele percebeu isso nos seus olhos, intuiu pela sua comoção extática... Ela dominou a si mesma, conteve o espasmo na garganta, que interrompera sua voz no começo do versículo, e continuou a leitura do décimo primeiro capítulo do Evangelho de São João. Assim chegou ao 19º versículo:

— "Muitos judeus tinham ido à casa de Marta e Maria para as consolar por causa do irmão. Quando Marta ouviu dizer que Jesus estava a chegar, foi ao encontro d'Ele. Maria, porém, ficou sentada em casa. Então Marta disse a Jesus: "Senhor, se estivesses aqui, meu irmão não teria morrido. Mas ainda agora eu sei: tudo o que pedires a Deus, Ele to concederá".

Nisso ela parou de novo, por pressentir, envergonhada, que sua voz iria tremer outra vez e interromper-se...

— "Jesus disse: 'Teu irmão vai ressuscitar'. Marta disse: 'Eu sei que vai ressuscitar na ressurreição, no último dia'. Jesus disse: 'Eu *sou a ressurreição* e a vida. Quem acredita em Mim, mesmo que morra, viverá. E todo aquele que vive e acredita em Mim nunca morrerá. Acreditas nisto?'. Ela respondeu..." — e retomando, com dor, seu fôlego, Sônia leu com força, destacando cada palavra, como se estivesse pregando em público. — "Sim, Senhor. Eu acredito que Tu és o Messias, o Filho de Deus que devia vir a este mundo."

A moça ia parar, erguendo os olhos para *ele*, mas logo se conteve e continuou lendo. Sentado, Raskólnikov escutava sem se mover nem virar a cabeça, debruçando-se sobre a mesa e olhando para o lado. Chegaram ao 32º versículo.

— "Então Maria foi ao lugar onde estava Jesus. Vendo-O, ajoelhou-se a seus pés e disse: 'Senhor, se estivesses aqui, o meu irmão não teria morrido'. Jesus viu que Maria e os judeus que vinham com ela estavam a chorar. Então Ele perturbou-Se e ficou comovido. E perguntou: 'Onde colocastes Lázaro?'. Disseram-Lhe: 'Senhor, vem e vê'. Jesus começou a chorar. Então os judeus disseram: 'Vede como Ele o amava!'. Alguns deles, porém, comentaram: 'Ele, que abriu os olhos ao cego, não poderia ter impedido que este homem morresse?'."

Raskólnikov se voltou para ela e fitou-a com emoção: sim, era isso! Ela tremia toda de uma febre real, verdadeira. Ele esperara por isso. Sônia se aproximava do trecho sobre o maior e inaudito milagre, e o sentimento de grande triunfo se apossava dela. Sua voz ficou sonora que nem o metal, expressando o arroubo feliz que a fortalecia. As linhas se confundiam ante seus olhos, pois sua vista se turvava, mas ela sabia de cor o que estava lendo. No último versículo — "Ele que abriu os olhos ao cego..." — abaixou a voz e exprimiu, com ardor e paixão, as dúvidas, reprimendas e blasfêmias dos ímpios e cegos judeus que agorinha, um minuto depois, cairiam, como que fulminados, no chão e chorariam, acreditando... "E *ele*, *ele*, igualmente cego e ímpio, ele também ouvirá e também acreditará... sim, sim, agora, agora mesmo!" — sonhava ela, vibrando com a jubilosa espera.

— "Jesus, de novo intimamente comovido, chegou ao túmulo. Era uma gruta, fechada com uma pedra. Jesus disse: 'Tirai a pedra'. Marta, irmã do falecido, disse: 'Senhor, já cheira mal. Já aqui está há quatro dias'" — ela acentuou, enérgica, a palavra *quatro*. — "Jesus disse: 'Eu não te disse que, se acreditares, verás a glória de Deus?'. Então tiraram a pedra. Jesus levantou os olhos para o alto e disse: 'Pai, Eu Te dou graças porque Me ouviste. Eu sei que sempre Me ouves. Mas Eu falo por causa das pessoas que Me rodeiam, para que acreditem que Tu Me enviaste'. Dizendo isso, gritou bem forte: 'Lázaro, sai para fora!'. *O morto saiu...*" — leu ela em voz alta e exultante, toda trêmula e gelada, como se visse aquilo pessoalmente. — "Tinha os braços e as pernas amarrados com panos e o rosto coberto com um sudário. Jesus disse aos presentes: 'Desligai-o e deixai-o ir'. *Então, muitos judeus que tinham ido à casa de Maria e que viram o que Jesus fez, acreditaram n'Ele.*"

Não quis nem pôde ler o restante, fechou o livro e levantou-se depressa da cadeira.

— É tudo sobre a ressurreição de Lázaro — disse ela baixinho, de modo severo e entrecortado, e ficou imóvel e como que envergonhada, virando-se para o lado, sem ousar fixar nele os olhos. Seu tremor febricitante ainda persistia. O coto de vela já se apagava no castiçal torto, e sua luz fosca iluminava o assassino e a meretriz que se tinham reunido, por um estranho acaso, naquele mísero quarto para a leitura do livro eterno. Passaram-se uns cinco minutos ou até mais que isso.

— Eu vim falar sobre um negócio — disse, de chofre, Raskólnikov em voz alta, levantou-se, soturno, e achegou-se a Sônia. Calada, ela ergueu os olhos. O olhar do jovem estava especialmente severo, e uma resolução aterradora se refletia nele.

— Hoje abandonei minhas próximas — disse ele —, a mãe e a irmã. Não vou mais vê-las. Rompi tudo ali.

— Por quê? — perguntou Sônia, como que aturdida. O recente encontro com a mãe e a irmã do jovem havia-lhe causado uma impressão extraordinária, embora não muito clara para ela. Desse modo, ouviu a notícia sobre a ruptura quase com pavor.

— Agora só tenho a ti — acrescentou ele. — Vamos juntos... Eu vim buscar-te. Somos ambos malditos, então vamos juntos!

Seus olhos brilhavam. "Parece um louco!" — pensou, por sua vez, Sônia.

— Vamos aonde? — perguntou ela, amedrontada, e abaixou, sem querer, os olhos.

— Sei lá. Só sei que vamos pelo mesmo caminho, tenho certeza... só isso. Temos a mesma meta!

Ela olhava para Raskólnikov, sem entender nada. Entendia apenas que ele estava terrível e infinitamente infeliz.

— Nenhuma das pessoas te compreenderá, se falares com elas — prosseguiu o jovem —, mas eu compreendi. Preciso de ti, portanto vim até aqui.

— Não entendo... — sussurrou Sônia.

— Entenderás depois. Será que não fizeste a mesma coisa? Tu também passaste por cima... soubeste passar por cima. Deste cabo de ti, destruíste uma vida... *a tua* vida (tanto faz!). Poderias viver com espírito e razão, mas acabarás na Sennaia... Contudo não poderás aguentar e, se ficares *sozinha*, enlouquecerás, como eu. Agora já estás feito uma louca; temos, então, um só caminho pela frente, o mesmo caminho! Vamos!

— Por quê? Por que o senhor me diz isso? — replicou Sônia, estranha e fortemente comovida pelas palavras dele.

— Por quê? Porque não se pode ficar assim, eis o porquê! No fim das contas, temos de raciocinar com seriedade e franqueza, em vez de chorar, como crianças, e gritar que Deus não permitirá! O que vai acontecer, pois, se realmente te levarem amanhã para o hospital? Katerina Ivânovna está maluca e com tísica, vai morrer logo — e as crianças? Será que Póletchka não vai perecer? Será que tu não viste por aqui os pequenos que as mães mandam pedir esmola pelas esquinas? Eu me informei onde moram aquelas mães e em que condições. Lá as crianças deixam depressa de ser crianças. Lá uma criatura de sete anos é devassa e ladra. E a criançada é a imagem de Cristo: "deles é o reino do Céu"! Ele mandou respeitar e amar as crianças, que são o futuro da humanidade...

— O que fazer, o quê? — repetia Sônia, chorando, histérica, e torcendo os braços.

— O que fazer? Quebrar o que se deve, de uma vez por todas, e ponto final... e assumir as dores! O quê? Não entendes? Depois entenderás... Liberdade e poder, mas o poder é o essencial! O poder sobre qualquer ser tremente e sobre todo o formigueiro!... Eis o objetivo! Lembra-te disso! São estes meus votos de despedida! Talvez esteja falando contigo pela última vez. Se não vier amanhã, ouvirás falarem sobre mim, e lembra-te então das minhas palavras de hoje. Um dia, depois, anos mais tarde, a vida te explicará, quem sabe, o que elas significam. E se vier amanhã, dir-te-ei quem matou Lisaveta. Adeus!

Sônia estremeceu toda de susto.

— Será que o senhor sabe quem a matou? — perguntou ela, gélida de pavor, e cravou os olhos nele.

— Sei e direi... A ti, só a ti! Escolhi-te. Não voltarei para pedir perdão, mas tão somente para dizer. Escolhi-te há tempo para dizer isso; ainda quando teu pai me contava sobre ti e quando Lisaveta estava viva é que pensei nisso. Adeus. E não me dês a mão. Amanhã!

Ele foi embora. Sônia o mirava como a um insano; porém, ela própria estava como que enlouquecida e sentia isso. Tinha vertigens. "Senhor! Como ele sabe quem matou Lisaveta? O que significam as palavras dele? Como é medonho!" Mas, ao mesmo tempo, aquela *ideia* nem lhe passava pela cabeça. De modo algum!... "Oh, ele deve estar muito infeliz!... Abandonou a mãe e a irmã. Por quê? O que aconteceu?

E que intenção ele tem? O que foi que ele me disse? Ele me beijou o pé e disse... disse (sim, disse às claras) que já não conseguia viver sem mim... Oh, meu Deus!"

Sônia passou a noite inteira com febre e delírio. Por vezes, pulava da cama, chorava, torcia os braços, e depois caía de novo naquele sono febril e sonhava com Póletchka, Katerina Ivânovna, Lisaveta, com a leitura do Evangelho, com ele... com o rosto pálido e os olhos brilhantes dele... Sonhava que ele beijava seus pés e chorava... Oh, Deus!

Do lado direito, atrás da porta que separava o apartamento de Sônia do de Gertruda Kárlovna Resslich, havia um quarto interposto, há muito tempo vazio, que fazia parte do apartamento da senhora Resslich e estava para alugar, sendo os respectivos anúncios pendurados no portão do prédio e colados nos vidros das janelas que davam para o canal. Sônia se tinha acostumado a ter esse cômodo por inabitado. Entretanto fora o senhor Svidrigáilov quem ficara, durante toda a conversa, no quarto vazio, escutando, às escondidas, ao lado da porta. Quando Raskólnikov saiu, ele continuou, por um tempo, em pé, refletiu um pouco, foi nas pontas dos pés ao seu quarto, contíguo ao cômodo vazio, pegou uma cadeira e colocou-a, furtivamente, perto da porta que levava ao quarto de Sônia. Gostara da conversa ouvida, achando-a interessante e significativa, gostara tanto que até trouxe a cadeira para não se expor no futuro — por exemplo, no dia seguinte mesmo — ao desprazer de passar uma hora inteira em pé e para acomodar-se de modo mais confortável e acabar tendo, em todos os sentidos, pleno prazer.

V

Quando na manhã seguinte, às onze horas em ponto, Raskólnikov entrou no prédio da delegacia ***, pedindo que comunicassem a sua chegada a Porfíri Petróvitch, da seção de investigação das causas penais, ficou mesmo surpreso com a demora em recebê-lo: passaram-se, pelo menos, dez minutos, e só então ele foi chamado, enquanto deveriam, segundo os cálculos dele, atacá-lo de imediato. Nesse ínterim, o jovem tinha permanecido na antessala, rodeado de pessoas que iam e vinham sem ter, aparentemente, o mínimo interesse por ele. Na sala vizinha, que se assemelhava a um secretariado, havia uns servidores a escrever, e era óbvio que nenhum deles fazia a menor ideia de quem seria um tal de Raskólnikov. O jovem olhava ao redor, inquieto e desconfiado, observando se não havia ao seu lado algum guarda encarregado de impedi-lo de ir embora ou, pelo menos, algum olheiro que o vigiasse à socapa. Mas não havia nada parecido: Raskólnikov via apenas os rostos dos funcionários preocupados com suas tarefas mesquinhas e de mais algumas pessoas, e ninguém se importava com sua presença a ponto de ele poder ir logo aonde quisesse. O jovem ficava cada vez mais convencido de que, se aquele homem misterioso de ontem, aquele fantasma que surgira do subterrâneo, estivesse realmente a par de tudo, decerto não permitiriam que ele, Raskólnikov, esperasse assim parado, com toda a tranquilidade. E, certamente, não teriam esperado pelo seu comparecimento até as onze horas, até que ele próprio se dignasse a comparecer. Deduzia-se que aquele homem ainda não tinha feito nenhuma denúncia, ou... ou que ele simplesmente não sabia nada, e nada tinha visto com os próprios olhos (e como poderia ter visto?), sendo, por conseguinte, tudo aquilo que se dera com ele, Raskólnikov, no dia anterior apenas uma visão exagerada pela sua imaginação mórbida e nervosa. Essa hipótese começara a consolidar-se na sua mente ainda no dia passado, em meio às mais intensas manifestações de desespero. Pensando nisso tudo agora e preparando-se para o novo combate, o jovem sentiu, de repente, que estava tremendo, e ficou mesmo indignado com a ideia de que a causa desses tremores era o medo do odiado Porfíri Petróvitch. O mais terrível seria o novo encontro com esse homem: Raskólnikov sentia um ódio desmedido por ele, detestava-o infinitamente e até receava que acabasse por delatar a si próprio, devido a tanto ódio. Porém sua indignação estava tão forte que a tremedeira logo passou: preparado para entrar com ares de frieza e desafio, ele se prometeu que ficaria, o maior tempo possível, calado, apenas olhando e escutando, e que, ao menos dessa vez, dominaria a qualquer custo a sua natureza morbidamente irritadiça. Nesse momento, convidaram-no para o gabinete de Porfíri Petróvitch.

Porfíri Petróvitch estava sozinho no seu gabinete. Esse cômodo não era muito grande nem muito pequeno; os móveis que estavam lá — uma grande escrivaninha posta diante de um sofá revestido de oleado, um ficheiro, um armário que ocupava um dos cantos e umas cadeiras — eram todos de madeira amarela e envernizada, típicos de um escritório.

Num canto da parede, ou melhor, do tabique dos fundos, havia uma porta trancada que, pelo visto, dava acesso aos outros cômodos. Tão logo Raskólnikov entrou, Porfíri Petróvitch fechou a porta do gabinete e eles ficaram a sós. Recebeu o seu convidado com o ar mais jovial e acolhedor, de modo que, só alguns minutos mais tarde, Raskólnikov percebeu nele certos indícios de desconcerto, como se o investigador acabasse de ser tirado do seu compasso ou flagrado numa situação bem discreta e pessoal.

— Ah, meu digníssimo! Ei-lo aqui... em nossas paragens... — começou Porfíri, estendendo-lhe ambas as mãos. — Sente-se, pois, queridinho! Ou talvez o senhor não goste de ser chamado de digníssimo e... queridinho, desse jeito *tout court*?[90] Não tome isso por falta de cerimônia, faça o favor... Sente-se aqui, neste sofazinho.

Raskólnikov se sentou, sem despregar os olhos dele. "Em nossas paragens", desculpas por falta de cerimônia, o termo francês *tout court et cetera* e tal, tudo isso era muito característico. "Ele me estendeu as duas mãos, entretanto não deu nenhuma, retirou-as a tempo" — surgiu-lhe uma suspeita. Os homens estavam observando um ao outro, mas desviavam, num átimo, os olhares, assim que estes se entrecruzavam.

— Trouxe-lhe aquele papel... sobre o relógio... tome. Está escrito certo, ou precisarei refazê-lo?

— Como? O papel? Bem, bem... não se preocupe, está certo — disse Porfíri Petróvitch, como se estivesse com pressa, e, já dito isso, pegou o papel e leu-o. — Sim, é isso mesmo. Não precisa de mais nada — confirmou com a mesma rapidez e pôs o papel na mesa. Um minuto depois, conversando sobre outra coisa, pegou-o de novo e colocou em cima do seu ficheiro.

— Parece que o senhor disse ontem que gostaria de interrogar-me... formalmente... sobre os meus encontros com a... mulher assassinada? — ia recomeçar Raskólnikov. "Por que disse 'parece'?" — essa ideia lhe veio feito um relâmpago. — "E por que estou tão preocupado assim de ter dito 'parece'?" — surgiu-lhe, de pronto, outra ideia fulminante.

De súbito, ele sentiu que, com apenas um toque de Porfíri, com duas palavras e duas olhadas deste, sua desconfiança tomara, num só instante, proporções monstruosas... e que isso era perigosíssimo: "Os nervos se irritam, a emoção cresce! Perigo, perigo!... Vou trair-me de novo!".

---

[90] "Familiar", em francês.

— Não, não, não! Não se preocupe, que temos tempo, bastante tempo — murmurava Porfíri Petróvitch, andando ao lado da mesa sem nenhum objetivo exposto, ora se acercando da janela ou do ficheiro, ora regressando à mesa; ora evitando o olhar desconfiado de Raskólnikov, ora parando, de supetão, e cravando os olhos nele. Sua pequena, rechonchudinha e redonda figura tinha, nesse meio-tempo, um aspecto muito estranho, como se fosse uma bolinha a rolar de um lado para o outro e saltitar de encontro a todas as paredes, de canto em canto.

— Temos tempo, temos!... O senhor fuma? Tem cigarros? Eis aqui um cigarrinho... — continuava ele, dando ao visitante um cigarro. — Sabe, eu o recebo aqui, mas o meu apartamento fica logo ali, atrás do tabique... o de serviço, enquanto alugo um urbano, por um tempinho. Precisava fazer nele uma reformazinha. Agora está quase pronto... sabe, um apartamento de serviço é coisa boa, hein? O que o senhor acha?

— Sim, coisa boa — respondeu Raskólnikov, mirando-o quase escarninho.

— Coisa boa, coisa boa... — repetia Porfíri Petróvitch, como que refletindo, ao mesmo tempo, num assunto bem diferente — sim, uma coisa boa! — quase gritou, por fim, de chofre erguendo os olhos para Raskólnikov e parando a dois passos dele. Essa repetição abobada, esse "apartamento de serviço é coisa boa", contradizia demais, em função de sua trivialidade, o olhar sério, meditativo e enigmático que ele fixou agora em seu convidado.

Mas isso apenas aumentou a fúria de Raskólnikov, de sorte que ele não pôde abster-se, de modo algum, de um desafio zombeteiro e assaz imprudente.

— Sabe de uma coisa? — perguntou ele repentinamente, olhando para o investigador quase com ousadia e até achando certo prazer nisso. — Parece que existe uma regra jurídica, um procedimento comum para todos os inquéritos possíveis, o de começar de longe, abordando lá umas ninharias ou mesmo uma coisa séria, mas totalmente alheia ao assunto, para, digamos assim, animar ou, melhor dizendo, distrair o interrogado, embalar a desconfiança dele e depois, da maneira mais inesperada, atordoá-lo com alguma pergunta fatalmente perigosa no meio da testa, não é assim mesmo? Parece que até hoje todos os manuais e guias fazem, religiosamente, menção a isso?

— Bem, bem... pois o senhor acha que este meu apartamento de serviço é para... hein? — e, dito isso, Porfíri Petróvitch entrefechou um olho, dando uma piscadela; algo astuto e engraçado passou pelo rosto dele, as rugas se alisaram na testa, os olhos ficaram estreitinhos, as feições se distenderam, e de repente ele deu uma risada nervosa e longa, ondeando o corpo todo e fitando Raskólnikov bem nos olhos. O jovem também desandou a rir, de maneira algo forçada, mas, quando Porfirí, vendo-o rir assim, ficou quase rubro de gargalhadas, a aversão excedeu-lhe, de súbito, toda a prudência: cessando de rir, ele carregou o cenho e mirou Porfíri com ódio, por muito tempo, sem desviar os olhos durante todo esse arrastado e como que propositalmente contínuo riso. Aliás, a imprudência era evidente de ambos os lados: parecia que Porfíri Petróvitch se ria de seu visitante, o qual detestava tal riso, e nem um pouco se confundia com essa circunstância. Isso era muito importante para Raskólnikov: ele entendeu que Porfíri Petróvitch tampouco estava minimamente confuso, quando de sua conversa recente, e que, pelo contrário, fora ele, Raskólnikov, quem caíra na armadilha; que, com certeza, havia nisso algo por ele ignorado, algum objetivo; que tudo estava, talvez, já pronto e ia, agora mesmo, explodir e descortinar-se... Então ele procedeu logo ao assunto, levantando-se e pegando o casquete.

— Porfíri Petróvitch — começou, resoluto, mas bastante irritado —, ontem o senhor me revelou sua vontade de convidar-me para algum interrogatório — ele acentuou, sobretudo, a palavra "interrogatório". — Eu vim, e, caso o senhor tenha algo a perguntar, então pergunte; caso contrário, permita-me ir embora. Estou sem tempo, tenho um negócio a tratar... Preciso ir ao enterro daquele servidor atropelado pelos cavalos que o senhor... também conhece... — acrescentou ele e logo ficou zangado consigo mesmo por esse acréscimo, irritando-se, consequentemente, ainda mais. — Estou farto disso tudo — o senhor me ouve? — e já faz muito tempo... inclusive, estava doente por causa disso... numa palavra — ele quase gritou, sentindo que a frase sobre a doença não vinha nada a calhar —, numa palavra, digne-se a interrogar-me ou deixe que vá embora, de imediato... e, se me interrogar, que seja de modo estritamente formal! De outro modo não vou permitir; e, por enquanto, adeus, já que não temos nada a fazer agora, nós dois.

— Meu Deus! O que é que o senhor tem? Sobre o que iria interrogá-lo? — de súbito, Porfíri Petróvitch passou a cacarejar, mudando logo de tom e de aparência, e, num instante, cessando de rir. — Não se preocupe, por gentileza — azafamava-se, ora voltando a andar de um lado para o outro, ora se empenhando em fazer Raskólnikov sentar-se —, a gente tem tempo e muito tempo, e tudo isso não passa de uma bobagem! Eu, pelo contrário, estou tão contente de que o senhor tenha vindo enfim... Recebo-o como meu hóspede. E quanto a esse riso maldito, meu queridinho Rodion Românovitch, perdoe-me. Rodion Românovitch. Assim é seu patronímico,[91] pelo que parece?... Ando meio nervoso, e o senhor me fez gargalhar com a argúcia de sua observação; palavra de honra, às vezes fico vibrando, que nem borracha, por meia hora... Rio muito. Até tenho medo de paralisia, com esta compleição minha. Sente-se, pois, faça o favor!... Faça o favor, queridinho; senão vou pensar que ficou zangado...

Raskólnikov não respondia, escutando e observando, e seu semblante continuava colérico. Aliás, ele se sentou, mas ainda com o casquete na mão.

— Digo-lhe, queridinho Rodion Românovitch, uma coisa sobre mim mesmo, para explicar essa característica — prosseguiu Porfíri Petróvitch, andando rápido pelo seu gabinete e procurando que seu olhar não se cruzasse com o do visitante. — O senhor sabe, sou solteirão, um homem bem retraído e desconhecido, e, além disso, sou uma pessoa acabada, entorpecida; gastei-me debalde e... e... o senhor tem percebido, Rodion Românovitch, que na nossa terra, quer dizer, cá na Rússia e, sobretudo, em nosso meio petersburguense... se duas pessoas inteligentes, que ainda se conhecem pouco, mas, digamos assim, sentem respeito mútuo, iguais a nós dois agora, ficarem juntas, elas não conseguem, por meia hora, encontrar nenhum tema a abordar: sentam-se, congeladas, uma na frente da outra e confundem-se reciprocamente. Todos têm o seu tema a duscutir — as damas, por exemplo... ou as pessoas mundanas de nível superior sempre têm um assunto para a conversa, *c'est de rigueur*,[92] porém as pessoas medianas, como a gente, são todas recatadas e de poucas palavras... quer dizer, as pessoas pensantes. Por que isso acontece, meu queridinho? Não temos interesses sociais ou somos honestos em demasia e não queremos, talvez, enganar um ao outro... não sei. O que o senhor acha, hein? Mas ponha o casquetinho de lado, ponha... Parece que está para sair agorinha: palavra de honra, fico envergonhado de ver... Ao contrário, estou tão contente...

---

[91] Parte integrante do nome russo, derivada do nome do pai.
[92] "É de praxe", em francês.

Raskólnikov pôs o casquete de lado, continuando a escutar, taciturno e carrancudo, a oca e desconexa tagarelice de Porfíri. "Mas o que está querendo, de fato? Será que só quer distrair-me com seu lero-lero tolo?"

— Não lhe sirvo o café, pois o lugar é impróprio, mas por que não passarmos uns cinco minutos assim, como dois companheiros, por diversão? — palrava, sem trégua, Porfíri. — E, sabe, todas aquelas tarefas funcionais... mas não fique sentido, meu queridinho, de que esteja andando de lá para cá, sem parar; desculpe-me, queridinho, receio muito ofendê-lo, mas necessito mesmo de exercícios. Fico sentado, o tempo todo, e estou tão feliz de andar uns cinco minutos... hemorroidas... tenho pensado em tratar-me com uma ginástica; dizem que os servidores de quinta, quarta e até de terceira classe pulam com gosto a corda... eis o que é a ciência de nosso século... isso aí... E quanto às minhas tarefas, interrogatórios e todas essas formalidades... é que o senhor acabou de mencionar os interrogatórios... e sabe, meu queridinho Rodion Românovitch, acontece que tais interrogatórios deixam, de fato, o interrogante mais perturbado ainda que o interrogado... Foi sobre isso, meu amiguinho, que se dignou a falar agora com toda a justiça e argúcia — Raskólnikov não reparara em nada parecido. — A gente se atrapalha, palavra de honra! E sempre a mesma coisa, a mesma coisa, feito um tambor! A reforma está em marcha, e nós aqui vamos, ao menos, mudar de título, he-he-he! E quanto aos nossos procedimentos jurídicos, como se expressou com sagacidade, nisso concordo inteiramente com o senhor. Mas diga-me, quem é que não sabe, dentre todos os réus, inclusive o populacho mais bronco, que vão, primeiro, ludibriar o interrogado, digamos, com essas perguntas alheias (segundo a sua expressão ótima) e depois o atordoar, he-he-he, bem no meio da testa, segundo a sua comparação primorosa, he-he!... Pensou realmente que eu queria, com o apartamento... he-he! Como o senhor é irônico. Chega, pois, vou parar! Ah, sim, a propósito (uma palavra puxa a outra, uma ideia atrai a outra...), o senhor acabou de mencionar, igualmente, o modo formal de interrogar, sabe?... Que modo formal é esse? Em muitos casos, a formalidade é uma bobagem. Às vezes, é só conversar amigavelmente, e fica melhor. Nunca é tarde para usar a formalidade, permita-me que o acalme quanto a isso. E o que é, no fundo, a formalidade, pergunto-lhe eu? Não se pode prender o investigador com as formalidades a cada passo. É que o ofício do investigador é, por assim dizer, uma arte livre ou algo do mesmo gênero... he-he-he!...

Porfíri Petróvitch se calou por um minutinho, retomando fôlego. Ele não se cansava de tagarelar: ora derramava frases absurdas e ocas, ora usava, de supetão, certas palavras misteriosas e logo tornava a dizer asneiras. Estava quase correndo através do cômodo, movendo suas perninhas obesas cada vez mais depressa, olhando para o chão, colocando a mão direita para trás e fazendo com a esquerda diversos gestos que sempre destoavam, de modo grotesco, das suas palavras. Raskólnikov notou de repente que, percorrendo o gabinete, ele parara umas duas vezes ao lado da porta, por um instante, como que para escutar algo... "Será que está esperando por alguém?".

— E nisso o senhor realmente tem razão — prosseguiu Porfíri num tom alegre, mirando Raskólnikov com uma singeleza extraordinária (o que fez que este estremecesse todo, preparando-se para lutar) —, o senhor tem razão em zombar, com tanto espírito, das formalidades jurídicas, he-he! É que esses nossos procedimentos profundamente psicológicos (alguns deles, por certo) são ridículos ao extremo e mesmo inúteis, caso restritos demais pelas formalidades. Volto a falar das formalidades, sim... Caso eu reconheça ou, melhor dizendo, suspeite que Fulano, Beltrano ou Sicrano sejam criminosos, no âmbito de algum inquérito de que ando encarregado... É que o senhor estudou Direito, Rodion Românovitch?

— Sim, estudei...

— Pois então, eis um exemplo, digamos assim, para o futuro... quer dizer, não pense que me atreva a ensiná-lo: olhe só que artigos sobre os crimes que o senhor publica! Não, é assim, como fato, que ousarei apresentar-lhe este exemplozinho: se achasse, digamos, que Fulano, Beltrano ou Sicrano fossem criminosos, por que iria incomodá-los antes do prazo, pergunto-lhe eu, nem que tivesse provas contra eles? Cumpre-me, por exemplo, prender um sujeito maligno na hora, e quanto a outro sujeito, por que não deixar, palavra de honra, que ele passeie um pouco pela cidade, já que tem índole diferente, he-he? Não, pelo que vejo, o senhor não entende bem, então lhe darei uma noção mais clara: se, por exemplo, eu prender aquele sujeito cedo demais, ele ganhará com isso, digamos assim, um apoio moral, he-he! Está rindo? — Raskólnikov sequer pensava em rir: estava sentado, cerrando os lábios, e cravava seu olhar inflamado nos olhos de Porfíri Petróvitch. — Entretanto é assim mesmo, sobretudo em relação a certas pessoas, já que somos todos diferentes, e a prática é sempre igual. O senhor se digna a dizer agora — as provas; tudo bem, suponhamos que haja provas. Porém as provas, meu queridinho, têm duas pontas, na maioria das vezes, e eu cá sou investigador, ou seja, um homem suscetível... confesso: apetece-me, por assim dizer, representar a minha investigação com uma precisão matemática, apetece-me arranjar uma provazinha que se pareça a "duas vezes dois são quatro"! Que se pareça à comprovação direta e incontestável. E se o prender antes do prazo, ainda que esteja seguro de que é *ele*, subtrairei, talvez, a mim mesmo os meios de acusá-lo posteriormente, e por quê? Porque lhe determinarei, digamos, a condição, porque o definirei, digamos, psicologicamente e acalmarei, porque ele entenderá, enfim, que está preso e haverá de esconder-se de mim na sua casca. Dizem que lá em Sebastopol,[93] logo depois do Alma, as pessoas inteligentes temiam muito que o inimigo atacasse, sem demora, Sebastopol de frente e acabasse por ocupá-la, mas quando viram que o inimigo preferia o cerco regular, indo construir a primeira linha de fortificações, aquelas pessoas inteligentes se aquietaram, dizem, e até ficaram alegres: havia, pelo menos, dois meses à disposição, porquanto o cerco regular é um negócio delongado! Está rindo de novo, não me acredita? É claro que o senhor também tem razão. Tem, sim! Concordo que são casos particulares: o caso que lhe apresentei é, de fato, particular! Mas eis o que precisamos levar em conta, generosíssimo Rodion Românovitch: o caso geral, aquele mesmo pelo qual todas as formalidades e regras jurídicas foram medidas, calculadas e inscritas em livros, nem sequer existe, pelo próprio fato de que todo evento, por exemplo, todo e qualquer crime se transforma, tão logo acontece na realidade, num caso inteiramente particular e, vez por outra, num caso assim... bem dessemelhante de tudo o que já aconteceu no passado. Às vezes acontecem, nesse sentido, casos hilários. Pois se eu deixar um senhor daqueles sozinho, sem o prender nem incomodar, mas contanto que, a toda hora e todo minuto, ele saiba ou, pelo menos, suspeite que estou a par de tudo, de todo o seu segredo, e fico de olho nele dias e noites, sem relaxar; se ele se sentir, assim,

[93] Alusão ao cerco de Sebastopol durante a Guerra da Crimeia (1853–1856), entre a Rússia e a Turquia, apoiada por uma coalizão de potências europeias.

perpetuamente seguido e tiver medo contínuo, ficará tonto e, juro por Deus, virá entregar-se, ele mesmo, ou então fará, palavra de honra, mais algo que se assemelhe a "duas vezes dois são quatro" e tome, digamos, um aspecto matemático — que coisa agradável! Isso pode acontecer mesmo com um bicho do mato, e quanto à nossa gente, ao homem de inteligência moderna e desenvolvido, ainda por cima, em certo sentido, nem me fale! É uma coisinha bem importante, meu queridinho: entender em que sentido o homem está desenvolvido. E os nervos... o senhor se esqueceu por completo dos nervos! É que tudo isso de hoje é ruim, doentio e irritadiço!... E quanto, mas quanto fel é que têm todos eles! Isso aí, digo-lhe eu, é uma jazida de fel, em certos casos! E pouco me importa, se ele anda desamarrado pela cidade. Que seja, que seja assim, que passeie mais um pouquinho: eu sei, por mim mesmo, que é minha vitimazinha e que não me escapará de maneira alguma! Para onde fugiria, he-he? Para o estrangeiro? Um polonês é que fugiria para o estrangeiro, mas não *ele*, ainda mais que eu estou de olho e tomei, além disso, minhas providências. Para o interior da pátria? Mas lá vivem os roceiros, a verdadeira e rematada escória russa; desse jeito, o homem modernamente desenvolvido vai preferir o cárcere ao convívio com tais estrangeiros como a nossa plebe, he-he! Porém tudo isso é bobagem e aparência. O que significa "fugir"? É uma coisa externa, não é o cerne da questão: não é por não haver para onde fugir que ele não me escapará, mas por estar amarrado *psicologicamente*, he-he! Que expressão, hein? Não me escapará por lei da natureza, mesmo se tiver para onde fugir. O senhor já viu uma borboleta diante de uma vela? Pois então ele vai girar e girar assim, à minha volta, como se eu fosse uma vela: não prezará mais a liberdade, ficará cismado, confuso, enrolar-se-á todo, como que numa rede, definhará, de aflito, até a morte!... E não só isso: preparará, ele mesmo, alguma coisinha matemática para mim, semelhante a "duas vezes dois"... é só eu lhe conceder um entreato mais longo. E vai girar, vai girar ao redor de mim, estreitando cada vez mais o raio e, afinal... catrapus! Entrará direto na minha boca, e eu o engolirei, e isso será um deleite, he-he-he! O senhor não acredita?

Raskólnikov não respondia: pálido e imóvel, fitava o rosto de Porfíri com a mesma angústia.

"Boa lição!" — pensava, gelando de medo. "Não é mais nem o gato a brincar com um ratinho, como ontem. Ele não me mostra, em vão, sua força... nem alude a ela: é muito mais inteligente que isso! Tem outra meta, mas qual? Ei, mano, é tudo bobagem: tentas intimidar-me com tua astúcia! Não tens provas, e o homem de ontem não existe! Queres apenas confundir-me; queres irritar-me importunamente e me pegar nesse estado, porém não conseguirás, vais falhar, sim, falhar! Mas por que, por que aludir até esse ponto?... Contas com os meus nervos doentes, é isso?... Não, mano, não conseguirás mesmo e vais falhar, embora tenhas aprontado alguma coisa... Pois bem, a gente verá o que aprontaste." E ele juntou todas as forças, preparando-se para uma catástrofe horrível e ignota. Por vezes, sentia vontade de atacar Porfíri e de esganá-lo num átimo. Antes ainda de entrar no seu gabinete, o jovem tinha medo dessa raiva. Sentia como se ressecava a boca, como o coração palpitava, como a espuma lhe vinha aos lábios. Apesar disso, decidiu que permaneceria calado, sem dizer uma só palavra imprudente. Entendia que essa seria a melhor tática em sua situação, pois não apenas se conteria a língua como também irritaria o inimigo com seu silêncio e faria, quiçá, que ele próprio dissesse algo precipitado. Esperava, pelo menos, que isso acontecesse.

— Não, pelo que vejo, o senhor não me dá crédito; pensa, talvez, que sejam somente umas brincadeiras inofensivas — prosseguiu Porfíri, ficando cada vez mais prazenteiro e tornando a percorrer o gabinete com risadinhas ininterruptas. — É claro que tem razão: até minha figura foi feita pelo próprio Deus de modo a suscitar nos outros tão só pensamentos cômicos. Sou um bufão, mas repito-lhe o seguinte, meu queridinho: desculpe-me, Rodion Românovitch, que sou velho, porém o senhor — jovem ainda, digamos, em sua primeira juventude — dá o maior valor à mente humana, bem como todos os jovens. A frívola argúcia da mente e os argumentos abstratos do juízo não o seduzem. É igualzinho ao antigo *Hofkriegsrat*[94] austríaco, por exemplo... ou seja, o quanto eu entenda de assuntos militares: julgando pelos papéis, Napoleão acabou derrotado e aprisionado, conforme eles lá, em seus

[94] Supremo conselho de guerra da Monarquia de Habsburgo dissolvida durante as Guerras Napoleônicas, em 1805, representando o fim do Sacro Império Romano-Germânico. A passagem faz alusão às ambições e teorias do *Hofkriegsrat* que, como a própria história mostrou, não obteve resultados práticos, especialmente perante o exército de Napoleão. Era o símbolo de um modelo retrógrado e burocrático do Império Austríaco e acabou sendo extinto em 1848, dando lugar ao Ministério da Guerra. (N. E.)

gabinetes, tinham planejado e, da maneira mais arguta, previsto, mas eis que o general Mack[95] se rende com todo o seu exército, he-he-he! Estou vendo, meu queridinho Rodion Românovitch, estou vendo que o senhor zomba de mim, porque eu, um homem tão civil assim, só escolho exemplozinhos da história militar. Mas fazer o que, é meu ponto fraco: gosto de estratégia militar e adoro tanto ler todos aqueles relatórios bélicos que... decididamente fiz pouco caso de minha carreira. Palavra de honra, deveria ser militar. Não me teria tornado, quem sabe, Napoleão, mas seria major com certeza, he-he-he! Pois bem, meu amiguinho querido, agora vou dizer-lhe toda a verdade detalhada sobre o dito *caso particular*: a realidade e a natureza, prezado senhor, são coisas importantes e Deus sabe como perturbam, de vez em quando, o cálculo mais precavidíssimo! Ei, escute o velho, Rodion Românovitch, que falo sério — dizendo isso, Porfíri Petróvitch, que mal tinha completado trinta e cinco anos, parecia realmente envelhecido: mesmo a voz dele mudou, e todo o corpo ficou encurvado — e sou, ademais, um homem sincero... Eu sou sincero ou não, como o senhor acha? Parece que sou: digo-lhe tantas coisas à toa e nem reclamo recompensa por isso, he-he! Pois bem, continuo: a argúcia é, a meu ver, uma coisa formidável; é, por assim dizer, a beleza da natureza e o consolo da vida, e faz, por vezes, tais truques que nenhum investigadorzinho humilde desvendaria, já que está empolgado, nesse meio-tempo, com a própria fantasia, como isso sempre acontece, por ele também ser humano! A natureza é que salva, contudo, o investigadorzinho humilde, eis o problema! E a mocidade fascinada com a argúcia, que "passa por cima dos obstáculos" (como o senhor se dignou a definir de maneira espirituosíssima e astuciosíssima), nem sequer pensa nisso. Suponhamos que ele minta... quer dizer, aquele sujeito, *o tal caso particular*, o incógnito... e minta otimamente, da forma mais astuciosa; parece que deveria deleitar-se com seu triunfo, colhendo os frutos de sua argúcia, e ele — baque! — desmaia no momento mais interessante e escandaloso. Suponhamos que seja uma doença ou o abafo que, vez por outra, acontece em espaços fechados — e daí? Em todo caso, sugeriu uma ideia! Mentiu de modo incomparável, mas com a sua natureza não contou. Ei-la aí, a perfídia! Certa vez, ofuscado pela

---

[95] Karl von Mack Leiberich (1752–1828): general austríaco derrotado pelas tropas napoleônicas na Batalha de Ulm (1805).

frivolidade da sua argúcia, ele começa a ludibriar aquela pessoa que o suspeita, empalidece como que de propósito, como que jogando, porém empalidece *naturalmente demais*, e aquilo que é por demais verossímil também sugere uma ideia! Enganará no primeiro lance, mas o investigador mudará de opinião, depois de cismar a noite toda, exceto se for ignorante. E isso ocorre a cada passo! Veja bem: ele mesmo começará a apressar-se, a meter o bedelho onde não for chamado, a falar volta e meia do que deveria, bem ao contrário, ocultar, a usar diversas alegorias, he-he! Virá por si mesmo e perguntará: por que não me prendem tanto tempo, he-he-he! E isso bem pode acontecer com a pessoa mais arguta, com um psicólogo e literato! A natureza é um espelho, o mais transparente de todos! Olha nele e admira, eis o que é! Mas por que foi que ficou tão pálido, Rodion Românovitch? Está com falta de ar, não queria abrir a janela?

— Oh, não se preocupe, por favor — exclamou Raskólnikov e, de repente, soltou uma gargalhada —, por favor, não se preocupe!

Porfíri se postou na frente dele, esperou um instante e desandou, ele próprio, a rir de igual maneira. De chofre, Raskólnikov se levantou do sofá, e seu riso totalmente insano cessou de vez.

— Porfíri Petróvitch! — disse ele, em alto e bom som, ainda que mal se mantivesse em pé. — Percebo, enfim, claramente que o senhor me suspeita mesmo do assassinato daquela velha e da irmã dela, Lisaveta. Por minha parte, declaro que tudo isso me tem aborrecido há muito tempo. Se achar que tem o direito de perseguir-me em termos da lei, então me persiga; se quiser prender-me, então me prenda. Contudo, não lhe permitirei caçoar de mim nem me torturar.

Subitamente, seus lábios tremeram, seus olhos fulgiram de sanha, e sua voz, antes bem reservada, ficou sonora.

— Não vou permitir! — gritou ele, de supetão, e com toda a força deu um soco na mesa. — Ouve isto, Porfíri Petróvitch? Não vou!

— Ah, meu Deus, o que é isso de novo? — exclamou Porfíri Petróvitch, levando, pelo visto, um grande susto. — Meu queridinho, Rodion Românovitch! Meu amiguinho, meu pai de sangue! O que é que o senhor tem?

— Não vou permitir! — bradou outra vez Raskólnikov.

— Fale baixo, meu queridinho! Se ouvirem a gente gritar, virão para cá! O que vamos dizer então, pense? — cochichou Porfíri Petróvitch, apavorado, e aproximou seu rosto do de Raskólnikov.

— Não vou permitir, não vou! — repetiu Raskólnikov maquinalmente, passando, de chofre, a cochichar da mesma maneira.

Porfíri se virou depressa e foi correndo abrir a janela.

— Deixar o ar fresco entrar! E beber, meu querido, um pouco de água, que é um fricote, isso aí! — Porfíri ia mandar que trouxessem água, porém a jarra, que estava lá mesmo, num canto, veio bem a calhar.

— Beba, meu queridinho — cochichava ele, trazendo a jarra —, talvez o ajude... — o susto e a compaixão de Porfíri Petróvitch eram tão naturais que Raskólnikov se calou e fitou-o com uma curiosidade selvagem. Não aceitou, no entanto, água.

— Rodion Românovitch, amiguinho, assim o senhor vai enlouquecer, asseguro-lhe, e-eh! A-ah! Beba, pois! Beba só um pouquinho!

Acabou por obrigar o jovem a pegar o copo com água. Maquinalmente, Raskólnikov o levou aos lábios, mas logo mudou de ideia e, com aversão, pôs o copo na mesa.

— Si-si-sim, foi um fricote! Desse jeito, meu queridinho, vai adoecer como antes — Porfíri Petróvitch cacarejava com uma compaixão amigável, se bem que o seu semblante continuasse perplexo. — Meu Deus! Como pode descuidar-se dessa maneira? E Dmítri Prokófytch veio visitar-me ontem... concordo, concordo: o meu caráter é escarninho, ruim, e eles chegaram a uma conclusão dessas!... Meu Deus! Veio ontem, mais tarde, quando a gente estava almoçando; começou a falar de um jeito que eu só abri os braços assim... pensando: ah, meu Deus! Veio de sua parte, não é? Sente-se, meu querido, por Cristo, sente-se!

— Não foi de minha parte, não! Mas eu sabia que ele ia visitá-lo e sabia por quê — respondeu bruscamente Raskólnikov.

— Sabia?

— Sabia. E daí?

— É que estou a par de outras façanhas suas, meu queridinho Rodion Românovitch. Eu sei de tudo! Sei, inclusive, que o senhor foi *alugar o apartamento*, tarde da noite, quando já tinha escurecido, e começou a tocar a campainha, e perguntou sobre o sangue, e confundiu os operários e zeladores. Entendo esse seu estado de espírito, o de então, entendo... ainda assim, o senhor vai simplesmente enlouquecer desse jeito, juro por Deus! Ficará todo estonteado! A indignação é que ferve demais, sua indignação nobre, causada pelas mágoas que levou, primeiro, do fado e depois dos policiais, portanto o senhor se agita tanto, aqui e acolá, para forçar todos, digamos, a agir mais depressa e, feito isso, acabar logo com tudo, já que está farto dessas bobagens e suspeitas todas. É verdade? Adivinhei a sua situação?... Mas desse modo o senhor não apenas ficará tonto, como também envolverá Razumíkhin: ele é *bondoso* demais para isso, o senhor mesmo sabe. O senhor é doente, e ele é virtuoso, então essa sua doença é, para ele, contagiosa... Vou contar-lhe, meu queridinho, quando se acalmar... sente-se, pois, um pouco, por Cristo! Descanse, por gentileza, que está todo desfigurado. Sente-se, venha!

Raskólnikov se sentou: seus tremores passavam, e o calor se alastrava por todo o corpo. Com profunda tensão e perplexidade, ele escutava Porfíri Petróvitch, que, assustado e amigável, vinha cuidando dele. No entanto, não acreditava em nenhuma das suas palavras, embora sentisse uma estranha propensão a acreditar nelas. Inesperadas, as falas de Porfíri sobre o apartamento tomaram-no de sobressalto. "Como é que ele sabe do apartamento, hein?" — pensou o jovem, de súbito. "E conta para mim, ele mesmo!"

— Sim, houve um caso psicológico, quase igual ao seu, em minha prática judicial, um caso mórbido assim — continuava Porfíri, apressado. — Um tipo também acusou a si próprio de assassinato, e como acusou: desdobrou toda uma alucinação, apresentou os fatos, relatou as circunstâncias, deixou todo mundo confuso e embaralhado... e daí? Ele mesmo, sem nenhum dolo, apenas em parte, foi a causa do assassinato, mas bem de longe, e, quando soube que tinha dado margem aos assassinos, ficou triste, transtornado e passou a ter visões; a seguir, ensandeceu por completo e persuadiu a si próprio que era justamente o assassino! Todavia, a comissão do Senado tomou conta, por fim, desse inquérito, e o coitado foi absolvido e posto sob tutela. Graças à comissão do Senado! Eta que coisa, ai-ai-ai! Que coisa, meu queridinho! Mas desse jeito, desde que tais impulsos vêm irritar-lhe os nervos, acabará mesmo tendo delírios, indo de noite tocar as campainhas e indagando sobre o sangue! Eu cá estudei toda a psicologia em prática. O homem sente, às vezes, vontade de pular da janela ou de cima de um campanário, e a sensação dele é, dessa feita, a mais tentadora. O mesmo com as campainhas... Doença, Rodion Románovitch, uma doença! Tem negligenciado demais a sua doença. Deveria consultar um médico experiente, em vez daquele seu gordo!... O senhor está delirando! E tudo isso se faz simplesmente em delírio!...

Por um instante, tudo ficou girando em volta de Raskólnikov. "Será, será mesmo" — surgiam-lhe as suspeitas — "que ele continua mentindo? É impossível, impossível!". Ele tentava afastar esse pensamento, por antever a que grau de fúria e frenesi este ia levá-lo e por sentir que podia perder o juízo por causa da cólera.

— Não foi em delírio, não! Foi na realidade! — exclamou ele, juntando todas as forças de sua razão para decifrar o jogo de Porfíri. — Sim, na realidade! O senhor ouve?

— Sim, entendo e ouço! Ainda ontem o senhor dizia que não fora em delírio, e mesmo salientava que não fora! Entendo tudo quanto pode dizer-me. E-eh!... Mas escute, meu benfeitor Rodion Românovitch, eis uma circunstância assim, por exemplo. Se o senhor realmente fosse um criminoso ou estivesse, de fato, envolvido naquele crime maldito, de qualquer forma que fosse, será que iria — poupe-me! — insistir que não fizera aquilo tudo em delírio, mas, bem ao contrário, em pleno juízo? E insistir, ainda por cima, especialmente, com tanta perseverança: seria isso possível, seria possível mesmo, misericórdia? A meu ver, tudo se faz às avessas. Pois se o senhor sentisse alguma culpa, precisaria insistir justamente que tinha agido em delírio, não é? Não é mesmo?

Ouvia-se uma malícia nessa indagação. Raskólnikov recuara até o espaldar do sofá e, calado, fitava Porfíri, que se inclinara em cima dele, com muita perplexidade.

— Ou, por exemplo, falemos do senhor Razumíkhin, quer dizer, se ele veio ontem por si só ou por sugestão do senhor. Não deveria dizer justamente que viera por si só e ocultar que fora por sua sugestão? Mas o senhor não oculta isso, mas insiste que a sugestão foi sua!

Raskólnikov nunca insistira nisso. Um calafrio lhe percorreu as costas.

— Tudo isso é mentira — disse ele devagar e baixinho, entortando os lábios num sorriso mórbido —, o senhor deseja mostrar-me, outra vez, que conhece todo o meu jogo, que antecipa todas as minhas respostas — prosseguiu, quase sentindo, ele próprio, que não ponderava mais suas palavras. — O senhor deseja intimidar-me... ou apenas se ri da minha cara...

Dizendo isso, o jovem continuava a fitar o investigador, e de repente uma infinda fúria tornou a brilhar em seus olhos.

— É tudo mentira! — exclamou ele. — O senhor sabe muito bem que a melhor artimanha do criminoso é não esconder, na medida do possível, o que não pode ser escondido. Eu não acredito!

— Eta, como é ladino! — Porfíri soltou uma risadinha. — Não há quem dê conta do senhor, meu querido: tem uma monomania aí dentro! Não acredita, pois? E eu cá lhe digo que já passou a acreditar, já acreditou por um quarto de *archin*, e farei que acredite pelo *archin* inteiro, porque gosto mesmo do senhor e sinceramente desejo o seu bem.

Os lábios de Raskólnikov tremiam.

— Desejo, sim, e digo-lhe de maneira definitiva — prosseguiu Porfíri, tocando o braço de Raskólnikov, um pouco acima do cotovelo, com um gesto leve e amigável. — Digo de maneira definitiva: observe sua doença. Ainda mais agora que as parentas vêm visitá-lo — não se esqueça delas. Precisa afagá-las e acalmá-las, mas o senhor só as amedronta...

— O que tem a ver com isso? Como é que o senhor sabe disso? Por que tanto interesse? Espia-me, pois, e quer revelar isso?

— Meu queridinho! Foi o senhor, o senhor mesmo quem me contou tudo! Nem sequer percebe que, nessa comoção sua, relata tudo, de antemão, para mim e para os outros. E o senhor Razumíkhin, Dmítri Prokófytch, contou-me também muitos detalhes interessantes ontem. Não, o senhor me tem interrompido, mas eu lhe digo que essa sua suscetibilidade, mesmo com toda a argúcia que possui, até o fez perder a visão adequada das coisas. Eis, por exemplo, aquele tema das campainhas, digamos: foi essa joia, foi esse fato (note-se, todo um fato!) que lhe entreguei de bandeja — eu, o investigador! E o senhor não vislumbra nada nisso? Se o suspeitasse, ao menos, um pouquinho, deveria agir desse modo? Não, deveria, pelo contrário, começar embalando os seus escrúpulos, sem aludir que já sei desse fato, e distraí-lo assim, levando para o lado oposto e, de repente, atordoá-lo no meio da testa (segundo a própria expressão sua): "E o que foi, digamos, que o senhor se dignou a fazer no apartamento da assassinada às dez horas da noite e, pior ainda, quase às onze horas? E por que foi que tocou a campainha? E por que perguntou sobre o sangue? E por que assombrou os zeladores, chamando-os a ir juntos à delegacia?". Eis como me cumpriria agir, se tivesse, ao menos, um pingo de suspeita contra o senhor. Cumpriria colher seus depoimentos, conforme todas as formalidades, dar uma busca e, sabe-se lá, até prender o senhor... Assim sendo, não tenho suspeitas, visto que atuei de outra maneira! Mas o senhor perdeu a visão adequada, portanto não vê patavina, repito-lhe isso!

Raskólnikov sentiu um tremor pelo corpo todo, de sorte que Porfíri Petróvitch reparou nisso com toda a clareza.

— É tudo mentira! — bradou ele. — Não sei como são seus intuitos, mas o senhor está mentindo... Falou em outro estilo, há pouco tempo, e não me engano... Está mentindo!

— Eu cá estou mentindo? — reagiu Porfíri, visivelmente empolgado, mas preservando, ainda assim, o seu ar alegre e zombeteiro, sem que a opinião do senhor Raskólnikov a seu respeito lhe causasse o mínimo incômodo. — Estou mentindo?... E como o tratava há pouco tempo (eu, o investigador!), quando lhe sugeria e entregava todos os meios de defesa, e argumentava, eu mesmo, toda essa psicologia: "Digamos, doença e delírio, ressentimento, melancolia e policiais" e mais outras coisas, hein? He-he-he! Aliás, digo-lhe a propósito que todos esses meios psicológicos de defesa, pretextos e artimanhas não têm consistência alguma e, ainda por cima, possuem dois gumes: "Digamos, doença, delírio, fantasmas — só tive visões e não lembro" é tudo assim; todavia, meu queridinho, por que a doença e o delírio produzem exatamente esses e não os outros fantasmas? Bem poderiam ser outros também, não é mesmo? He-he-he-he!

Raskólnikov olhou para ele com altivez e desprezo.

— Numa palavra — disse em alto e bom som, levantando-se e empurrando um tanto Porfíri —, numa palavra, eu quero saber: o senhor me reconhece completamente isento dessas suspeitas ou *não*? Diga, Porfíri Petróvitch, e diga de modo positivo e conclusivo, depressa, agora mesmo!

— Eta, que problema! Mas que problema é que o senhor me dá — exclamou Porfíri com um ar jovial, malicioso e nem um pouco inquieto. — Por que quer, por que quer saber tanto, desde que nem começaram a incomodá-lo para valer? É como uma criança: dá-me aí o fogo e logo! Por que anda tão preocupado? Por que está chamando a minha atenção, mas por que razões, hein? He-he-he!

— Repito-lhe — gritou Raskólnikov, furioso — que não posso mais suportar...

— O quê? — interrompeu Porfíri. — A agonia?

— Não zombe de mim! Não quero!... Digo-lhe que não quero mais!... Não quero nem posso!... Ouve-me, ouve? — vociferou o jovem, desferindo outro soco na mesa.

— Fale baixo, mais baixo, que vão ouvir-nos! Aviso-o com seriedade: cuide-se! Não estou brincando — disse Porfíri, cochichando, mas dessa vez seu semblante não denotava a recente expressão de susto e gentileza efeminada: pelo contrário, agora ele *ordenava*, direta e severamente, carregando o sobrolho e como que destruindo, de uma vez só, todos os mistérios e ambiguidades. Mas isso durou apenas um instante. Atônito, Raskólnikov sucumbiu, de repente, ao verdadeiro frenesi, e... coisa estranha: se bem que estivesse no maior paroxismo de fúria, cumpriu a ordem de falar mais baixo.

— Não vou permitir que o senhor me torture! — cochichou da mesma maneira que antes, num átimo percebendo, com dor e ódio, que não poderia deixar de cumprir as ordens e ficando ainda mais furioso com essa ideia. — Prenda-me, reviste-me, mas tenha a bondade de agir formalmente, em vez de brincar comigo! O senhor não pode...

— Mas não se preocupe com as formalidades — interrompeu Porfíri com seu sorrisinho malicioso, mirando Raskólnikov mesmo com certo deleite. — Convidei-o, meu queridinho, de modo caseiro, como se fôssemos amigos!

— Não quero essa sua amizade e cuspo nela! Ouve? Eis o que faço: pego o casquete e vou embora. O que me dizes agora, desde que queres prender-me, hein?

O jovem tomou o casquete e foi em direção às portas.

— Será que nem queria ver a surpresinha? — Porfíri voltou a pegá-lo no braço, um pouco acima do cotovelo, e, dando risadas, fê-lo parar ao lado das portas. Ficava cada vez mais alegre e brincalhão, o que deixava Raskólnikov totalmente fora de si.

— Que surpresinha? O que é isso? — perguntou ele, fitando Porfíri com medo.

— A surpresinha está bem ali, sentada atrás da porta, he-he-he! — o investigador apontou para a porta trancada que levava ao seu apartamento de serviço. — Até a tranquei para que não fugisse.

— O que é isso? Onde? O quê?... — Raskólnikov se aproximou do tabique e tentou abrir a porta, mas ela estava trancada mesmo.

— Trancada, sim, e a chave está comigo!

Porfíri realmente tirou a chave do bolso e mostrou-a ao jovem.

— É tudo mentira! — berrou Raskólnikov, não conseguindo mais controlar-se. — Estás mentindo, maldito polichinelo! — e partiu para cima de Porfíri, o qual se afastara rumo às portas, mas nem um pouco se assustara.

— Entendo tudo, tudo! — achegou-se correndo a ele. — Tu me provocas, mentindo, para que eu me delate...

— Mas não tem como se delatar mais ainda, meu queridinho Rodion Românovitch. Ficou frenético, pois... Não grite, senão vou pedir socorro!

— Estás mentindo, nada vai acontecer! Pede socorro! Sabias que eu estava doente e querias irritar-me, levar-me à fúria para que me delatasse, era esse o teu objetivo! Não, dá-me fatos! Já entendi tudo! Não tens fatos, somente aquelas ínfimas conjeturas, aquela drogazinha de Zamiótov!... Tu conhecias o meu caráter, querias levar-me ao frenesi e depois aturdir-me, de supetão, com esses teus padres e deputados... Esperas por eles, hein? O que é que estás esperando? Onde? Dá-me aí!

— Mas que deputados são esses, meu queridinho? Quanta imaginação o senhor possui! Dessa maneira nem sequer poderíamos cumprir as formalidades, como exige: não conhece a causa, meu amiguinho... E as formalidades não vão escapar, o senhor verá!... — murmurava Porfíri, prestando atenção ao barulho que se ouvia atrás das portas.

Nesse momento, certo ruído surgiu, de fato, no cômodo adjacente.

— Ah, estão vindo! — bradou Raskólnikov. — Mandaste chamá-los!... Esperavas por eles! Calculaste tudo... Pois bem, chama todos aqui: deputados, testemunhas, quem quiseres... vem, chama! Estou pronto, pronto!...

Mas sobreveio um incidente estranho e tão inesperado em circunstâncias comuns que nem Raskólnikov nem Porfíri Petróvitch poderiam, seguramente, antecipar semelhante desfecho.

VI

Lembrando-se mais tarde desse momento, Raskólnikov via tudo da maneira seguinte.

O barulho que se ouvia atrás da porta aumentou, de repente, e a porta se entreabriu.

— O que há? — gritou Porfíri Petróvitch, contrariado. — Bem que avisei...

Por um instante, não houve nenhuma resposta, mas percebia-se que várias pessoas se encontravam atrás da porta e, pelo visto, empurravam alguém.

— Mas o que é? — repetiu Porfíri Petróvitch, nervoso.

— Trouxemos Nikolai, o preso — ouviu-se lá uma voz.

— Não precisavam! Fora! Esperem!... Por que ele veio? Que bagunça é essa? — gritou Porfíri, correndo em direção às portas.

— Mas ele... — voltou a dizer a mesma voz, interrompendo-se em seguida.

Travou-se, por uns dois segundos, uma verdadeira luta, depois houve um forte empurrão, e, logo a seguir, um homem extremamente pálido invadiu o gabinete de Porfíri Petróvitch.

À primeira vista, o aspecto desse homem era muito estranho. Ele olhava bem em frente, mas parecia não enxergar ninguém. Seus olhos resolutos brilhavam, mas, ao mesmo tempo, uma palidez mortal cobria-lhe o rosto, como se o tivessem trazido para o suplício. Seus lábios estavam brancos e tremiam.

Esse homem magro, de estatura mediana, de cabelos bem rasos e feições finas e como que ressequidas, era ainda muito novo e vestia trajes de plebeu. O soldado de escolta, que ele tinha empurrado de supetão, também se arrojou para o gabinete e pegou-o no ombro, porém Nikolai puxou o braço e conseguiu soltar-se de novo. Uns curiosos surgiram às portas; havia quem quisesse entrar. Todo o descrito aconteceu quase num só instante.

— Fora, que é cedo ainda! Esperem até que os chame!... Por que o trouxeram mais cedo? — murmurava Porfíri Petróvitch, todo aborrecido e como que estabanado.

De súbito, Nikolai caiu de joelhos.

— O que tens? — exclamou Porfíri, atônito.

— Sou culpado! A culpa é minha! Sou o assessino! — proferiu Nikolai de chofre, com uma voz ofegante, mas bem alta.

O silêncio durou uns dez segundos, como se todos estivessem petrificados; até o soldado recuou e, afastando-se maquinalmente em direção às portas, ficou imóvel, sem se acercar mais do preso.

— O quê? — exclamou Porfíri Petróvitch, superando o estupor instantâneo.

— Eu sou... o assessino... — repetiu Nikolai após uma pausa.

— Como assim... tu... Como... Quem foi que mataste? — Porfíri Petróvitch parecia totalmente perdido.

Nikolai fez mais uma pausa.

— Foram Aliona Ivânovna e a irmã dela, Lisaveta Ivânovna, que eu... matei... com um machado. Fiquei zonzo... — acrescentou de improviso e calou-se outra vez. Continuava ajoelhado.

Porfíri Petróvitch passou alguns instantes imóvel, como se estivesse refletindo, e depois tornou a agitar-se, mandando as testemunhas não convidadas saírem. Estas se retiraram num átimo, e a porta se fechou. Em seguida, ele mirou Raskólnikov, que estava num canto e fitava Nikolai em pleno transtorno, e já ia aproximar-se dele, mas de repente parou, olhou para o jovem, logo fixou os olhos em Nikolai, voltou a examinar Raskólnikov, depois outra vez Nikolai, e subitamente o abordou com enlevo.

— Não te apresses tanto com essa tua zonzeira, ouviste? — gritou ele, quase enfurecido. — Ainda não te perguntei se estavas zonzo ou não... Diz: foste tu que mataste?

— Eu sou o assessino... é meu depoimento... — disse Nikolai.

— E-eh! Como mataste?

— Com um machado. Tinha-o preparado.

— Eh, quanta pressa! Sozinho?

Nikolai não entendeu a pergunta.

— Mataste sozinho?

— Sim. E Mitka é inocente e não tem nada a ver com isso.

— Mas não te apresses com esse Mitka! E-eh! Como foi, então, que desceste correndo a escada? É que os zeladores viram vocês dois?

— Foi só pra enganar... então... desci correndo com Mitka — respondeu Nikolai, ansioso: parecia que preparara a resposta de antemão.

— É isso aí! — exclamou Porfíri com raiva. — Não são dele essas palavras — murmurou consigo mesmo e, de repente, voltou a mirar Raskólnikov. Era óbvio que, absorto em interrogar Nikolai, ele se esquecera de que o jovem ainda estava no gabinete. Agora se recobrou e mesmo ficou confuso...

— Rodion Români ovitch, meu queridinho! Desculpe — aproximou-se dele correndo —, assim não pode; por gentileza... não tem nada a... eu mesmo... está vendo que surpresas recebo!... Faça o favor...

E, pegando-o na mão, Porfíri apontou para a saída.

— Parece que o senhor não esperava por isso? — disse Raskólnikov, que ainda não entendia nada com clareza, mas já se animara bastante.

— Nem o senhor esperava, meu queridinho. Eta, como sua mãozinha treme, he-he!

— E o senhor está tremendo, Porfíri Petróvitch.

— Estou, sim; não esperava mesmo!...

Eles já estavam perto das portas. Porfíri se impacientava para que Raskólnikov fosse embora.

— Nem vai mostrar-me a surpresinha? — de súbito perguntou Raskólnikov.

— O senhor fala, e os dentinhos estão batendo, aí na boca, um contra o outro, he-he! É um homem irônico! Pois bem, até a vista.

— Para mim, seria *adeus*!

— Se Deus quiser, se Deus quiser! — murmurou Porfíri com um sorrisinho torto.

Passando pelo secretariado, Raskólnikov notou que muitas pessoas o examinavam com atenção. Na multidão que estava à entrada do gabinete, ele divisou ambos os zeladores *daquele* prédio que tinha convidado então para a delegacia. Eles estavam esperando alguma coisa. Contudo, mal o jovem foi descendo a escada, ouviu novamente a voz de Porfíri Petróvitch. Virando-se, viu o investigador correr, ofegante, atrás dele.

— Uma só palavrinha, Rodion Românovitch: quanto a todo o restante, se Deus permitir... Terei, no entanto, de fazer-lhe umas perguntas de modo formal... pois então, vamos rever-nos, está bem?

E Porfíri parou na sua frente, sorrindo.

— Está bem? — acrescentou mais uma vez.

Podia-se supor que ele quisesse dizer outra coisa, mas não conseguisse.

— Desculpe-me, Porfíri Petróvitch, pelo acontecido... fiquei nervoso — ia responder Raskólnikov, cuja animação já beirava a vontade irreprimível de desafiá-lo.

— Não foi nada, nada... — replicou Porfíri, quase jovial. — Eu mesmo... Tenho uma índole peçonhenta, confesso, confesso! A gente se reverá. Se Deus permitir, a gente se reverá muitas, mas muitas vezes!...

— E conhecer-nos-emos por inteiro? — rebateu Raskólnikov.

— E conhecer-nos-emos por inteiro — concluiu Porfíri Petróvitch e, entrefechando os olhos, fitou-o bem sério. — Agora vai ao aniversário?

— Ao enterro.

— Ah, sim, ao enterro! Cuide da sua saúde, cuide...

— E eu cá não sei o que lhe desejar por minha parte! — retorquiu Raskólnikov, voltando a descer a escada e, de repente, virando-se outra vez para Porfíri. — Desejaria muito sucesso, mas o senhor bem vê como o seu cargo é cômico.

— Por que é cômico? — Porfíri Petróvitch, que já se virara para ir embora, ficou logo desconfiado.

— É que devia ter pressionado e torturado psicologicamente, igual a mim, esse pobre Mikolka até ele reconhecer a culpa; devia ter inculcado nele, dias e noites: "Tu és o assassino, tu és o assassino!"... Pois, agora que ele confessou, vai começar de novo a retorcer-lhe os ossos: "Não és o assassino, estás mentindo! Não podes ser ele! Não são suas as palavras que dizes!". E como, depois disso, seu cargo não seria cômico?

— He-he-he! O senhor reparou, pois, em como eu disse a Nikolai que "as palavras não eram dele"?

— E como não repararia?

— He-he! É arguto, muito arguto. Repara em tudo! Uma autêntica mente frívola! E toca na corda mais cômica... he-he! Era Gógol,[96] dizem, que mais revelava esse traço, dentre todos os escritores?

— Sim, Gógol.

— Gógol, pois sim... Até o encontro agradabilíssimo.

— Até o encontro agradabilíssimo...

Raskólnikov foi direto para casa. Estava tão perplexo e desorientado que, uma vez no seu quarto, passou uns quinze minutos sentado no sofá, apenas descansando e tentando, de alguma forma, recolher seus pensamentos. Nem sequer ousava refletir em Nikolai, sentindo-se abalado: a confissão de Nikolai tinha algo inexplicável, pasmoso, algo que de modo nenhum compreenderia agora. Porém a confissão de Nikolai era um fato real. As consequências desse fato também lhe ficaram imediatamente claras: a mentira haveria de ser descoberta, e então voltariam a investigá-lo. Todavia, antes que isso acontecesse, ele estaria livre e precisaria fazer, ao menos, alguma coisa para se proteger do iminente perigo.

---

[96] Nikolai Vassílievitch Gógol (1809–1852): célebre romancista, contista e teatrólogo russo; autor de grandes obras como *O capote*, *O nariz* e *Almas mortas*.

Iminente, mas até que ponto? A situação começava a esclarecer-se. Rememorando *por alto*, em traços gerais, toda a recente cena com Porfíri, ele não podia deixar de estremecer, outra vez, de pavor. Ainda não conhecia, por certo, todas as metas de Porfíri nem sabia decifrar todos os cálculos que este vinha fazendo. Mas certa parte do seu jogo fora desvendada, sendo que ninguém poderia compreender, melhor que ele próprio, como esse "lance" de Porfíri era ameaçador. Por pouco ele *poderia* delatar a si mesmo, real e completamente. Ciente da morbidez de seu caráter e tendo-a percebido com precisão, desde a primeira vista, Porfíri agira com toda a resolução e certeza. Era indiscutível que Raskólnikov se comprometera demais, ainda no dia anterior, porém *os fatos* estavam por vir e tudo parecia, por ora, apenas relativo. Ainda assim, será que ele entendia bem a situação toda? Não estaria porventura iludido? Qual seria o resultado que Porfíri pretendia alcançar? Teria efetivamente preparado algo contra ele? O que seria aquilo? De fato, Porfíri esperava por alguma reviravolta ou não? Como teria acabado o encontro deles, se Nikolai não tivesse desencadeado toda a catástrofe inesperada?

Porfíri havia mostrado quase todo o seu jogo; arriscara, sem dúvida, mas exibira as cartas e (parecia a Raskólnikov), se realmente tivesse um trunfo maior, tê-lo-ia exibido também. Qual seria aquela "surpresa"? Apenas uma piada? Significava alguma coisa ou não? Poderia dissimular algo semelhante a um fato, a uma acusação positiva? O homem de ontem? Que fim teria levado? Onde estaria hoje? Pois, se Porfíri tivesse mesmo algo positivo, seria algo relacionado àquele homem...

Cabisbaixo, o jovem estava sentado no sofá, apoiando os cotovelos nos joelhos e cobrindo o rosto com as mãos. Os tremores nervosos ainda sacudiam todo o seu corpo. Afinal, ele se levantou, pegou o casquete, pensou um pouco e dirigiu-se à porta. Tinha o pressentimento de que pelo menos no dia presente pudesse considerar-se, quase com toda a certeza, seguro. De súbito, quase uma alegria lhe veio ao coração: estava na hora de ir à casa de Katerina Ivânovna. Decerto havia perdido o enterro, mas chegaria a tempo para participar do almoço de despedida e lá, agorinha, veria Sônia.

O jovem ficou parado, pensou mais um pouco, e um sorriso mórbido lhe surgiu nos lábios.

— Hoje, hoje mesmo! — repetiu ele consigo. — Sim, hoje! Deve ser assim...

Ia abrir a porta, mas nesse momento ela começou a abrir-se por fora. Estremecendo, ele pulou para trás. A porta se abria lenta e silenciosamente, e de improviso apareceu a figura... daquele homem *do subterrâneo*.

O homem se deteve na soleira, olhou, calado, para Raskólnikov e avançou para dentro do quarto. Era a mesma pessoa de ontem — com a mesma fisionomia e as mesmas roupas —, contudo, uma mudança perceptível se dera com o semblante e o olhar: agora o homem parecia entristecido e, passado um tempinho, soltou um pesado suspiro. Faltava apenas ele ter apertado a mão à sua face, inclinando um tanto a cabeça, para que sua semelhança com uma velha mulher ficasse completa.

— O que deseja? — perguntou Raskólnikov, semimorto de medo.

O homem estava calado e, de repente, fez-lhe uma mesura profunda, curvando-se quase até o chão. Tocou, pelo menos, o chão com os dedos da mão direita.

— O que há? — exclamou Raskólnikov.

— Perdoe-me — disse o homem, baixinho.

— Por quê?

— Pelos maus pensamentos.

Eles se miravam.

— Fiquei sentido. Quando o senhor veio, naquela noite, talvez embriagado, e começou a instigar os zeladores a ir à delegacia e perguntou sobre o sangue, fiquei sentido de que tivessem deixado aquilo tudo como estava, tomando o senhor por um bêbado. Fiquei tão sentido que perdi o sono. E, decorando o seu endereço, a gente veio ontem aqui e indagou...

— Quem veio? — interrompeu Raskólnikov, num átimo recuperando a memória.

— Fui eu quem veio e ofendi-o.

— Pois o senhor é daquele prédio?

— Mas eu estava ali, ao pé do portão, junto dos zeladores, ou o senhor esqueceu? A gente tem lá nosso negócio também, desde sempre. Sou pequeno-burguês, peleiro, trabalho em casa... E mais ainda fiquei sentido...

De supetão, Raskólnikov relembrou claramente toda a cena que ocorrera, três dias antes, ao pé do portão, entendendo que, além dos zeladores, havia lá outras pessoas, inclusive umas mulheres. Recordou uma das vozes, a que sugeria levá-lo direto para a delegacia. Não conseguia lembrar o rosto de quem dissera aquilo nem o reconhecia agora, porém lembrava ter dado, então, alguma resposta, virando-se para ele...

Assim é que desfechou todo o horror do dia passado. E o mais horroroso era pensar que ele realmente ficara à beira de um abismo, que quase perecera por causa de uma circunstância tão ínfima. Esse homem não podia contar nada, além de ter visto o jovem tentar alugar o apartamento e perguntar sobre o sangue. Por conseguinte, Porfíri tampouco teria provas positivas contra ele, nada além desse *delírio*, nenhum fato além daquela *psicologia* que tem *duas pontas*! Então, a menos que aparecessem outros fatos (e eles não deviam aparecer, não deviam, não deviam!)... o que poderiam fazer com ele? Como conseguiriam desmascará-lo em definitivo, ainda que o prendessem? Então Porfíri ficou sabendo do apartamento só há pouco tempo, só agorinha, mas não sabia antes.

— Foi o senhor quem disse hoje a Porfíri... que eu tinha vindo? — exclamou ele, chocado por uma ideia inesperada.

— Quem é Porfíri?

— O investigador das causas penais.

— Fui eu. Os zeladores não foram à delegacia, mas eu fui.

— Hoje?

— Um minutinho antes de o senhor chegar. E ouvi tudo, tudo, como ele o torturou.

— O quê? Onde? Como?

— Lá mesmo, atrás do tabique dele: fiquei lá sentado, o tempo todo.

— Como assim? Era o senhor aquela surpresa? Mas como isso pôde acontecer? Misericórdia!

— Quando vi — começou o burguesinho — que os zeladores não queriam ir à delegacia, como lhes sugeria, porque já era tarde, diziam, e a polícia até poderia zangar-se por terem comparecido fora de hora, fiquei sentido, perdi o sono e fui indagar. Soube de tudo ontem, e hoje fui procurar por ele. Fui uma vez, mas ele não estava. Fui outra vez, uma hora mais tarde, mas não me receberam. Só da terceira vez é que ele me recebeu. Mal comecei a contar como tudo havia acontecido, ele foi pulando pelo gabinete e batendo no peito: "O que estão fazendo de mim, malfeitores? Se eu soubesse daquele negócio todo, teria mandado que o trouxessem com a escolta!". Depois foi embora correndo, chamou alguém e começou a falar com ele num canto, e depois voltou a interrogar-me e a xingar. Injuriou-me bastante, e eu cá relatei tudo e disse que o senhor não havia ousado responder nada às minhas palavras de ontem, nem me havia reconhecido. E ele tornou a bater no peito, correndo pelo seu gabinete, todo zangado, e, quando lhe disseram que o senhor estava esperando, falou assim: fique, pois, lá atrás do tabique e não se mexa, qualquer coisa que ouça... e trouxe uma cadeira para mim e trancou a porta — talvez o chame mais tarde, disse. E quando trouxeram Nikolai, ele me soltou, logo depois do senhor, dizendo: ainda vou convidá-lo para interrogar...

— Ele interrogou Nikolai na sua presença?

— Logo que o senhor foi embora, ele me soltou e foi interrogando Nikolai.

O burguesinho se calou e, de repente, fez outra mesura, tocando o chão com os dedos.

— Perdoe-me a falsa denúncia e minha maldade.

— Deus o perdoará — respondeu Raskólnikov, e, tão logo pronunciou isso, o burguesinho saudou-o com outra mesura, menos profunda, virou-se devagarinho e saiu do quarto. "Tudo tem duas pontas, agora tudo tem duas pontas" — repetia Raskólnikov, saindo do quarto. Estava mais animado que nunca. "Ainda vamos medir nossas forças" — disse com um sorriso amargo, descendo a escada. Essa amargura se referia a ele próprio: o jovem lembrava sua "pusilanimidade" com desdém e vergonha.

QUINTA PARTE

I

Amanhã que sucedeu à fatal discussão para Piotr Petróvitch com Dúnetchka e Pulkhéria Alexândrovna fez com que este recuperasse sua lucidez. Com o maior desprazer, Piotr Petróvitch se viu obrigado a reconhecer, aos poucos, como um fato consumado e irreversível aquilo que lhe parecia, ainda na noite anterior, um acidente quase fantástico e, se bem que já ocorrido, virtualmente impossível. A negra serpente do amor-próprio ferido sugara-lhe o coração a noite inteira. Levantando-se da cama, Piotr Petróvitch logo se mirou no espelho. Receava que lhe tivesse acontecido, ao longo da noite, um derramamento de bílis. Entretanto, nesse sentido tudo estava bem, e, ao examinar o seu vulto nobre, alvo e, nos últimos tempos, um tanto adiposo, Piotr Petróvitch até ficou, por um instante, consolado e totalmente convicto de que arranjaria uma noiva — quem sabe, melhor ainda — alhures, porém não demorou em mudar de ideia e disparou uma enérgica cuspida para o lado, provocando assim um discreto, mas sarcástico, sorriso de Andrei Semiônovitch Lebeziátnikov, seu jovem amigo e companheiro de quarto. Piotr Petróvitch reparou nesse sorriso, pondo-o, em sua mente, na conta do jovem amigo. Aliás, já tem posto, ultimamente, muita coisa na conta dele! Sua fúria dobrou ao pensar que não precisava ter comunicado a Andrei Semiônovitch os resultados de seu encontro da véspera. Era a segunda falha que ele havia cometido de afogadilho, por expansividade excessiva e irritação... Depois, como que de propósito, as contrariedades acompanharam-no toda a manhã. Até no Senado surgiu um revés ligado àquele negócio de que ele se ocupava. Mas quem o irritou sobremaneira foi o dono do apartamento alugado em vista do próximo casamento e reformado por sua conta: esse locador, um artesão enriquecido de origem alemã, de modo algum consentia em cancelar o contrato recém-assinado e reclamava o pagamento completo da multa contratual, apesar de Piotr Petróvitch lhe devolver o apartamento quase novinho em folha. Da mesma forma, a loja de móveis se recusava a estornar um só rublo do adiantamento pago pela mobília ainda não instalada. "Teria de desposar a mobília?" — praguejava Piotr Petróvitch consigo mesmo, retornando-lhe, ao mesmo tempo, sua esperança desesperada: "Será que tudo isso realmente acabou e sumiu para todo o sempre? Será que não posso mesmo tentar outra vez?". Pensando em Dúnetchka, ele voltou a sentir uma picadinha tentadora no coração. Esse momento causou-lhe tamanha dor que, se fosse possível logo trucidar Raskólnikov com um voto apenas, Piotr Petróvitch daria tal voto de imediato.

"Meu erro consistia, além disso, em não dar a elas nenhum dinheiro" — pensava ele, tristonho, ao passo que regressava ao cubículo de Lebeziátnikov. "Por que diabo fiquei sovina feito um judeu? Pois não havia nisso nenhum cálculo! Queria que ficassem, por um tempinho, com pão e água para depois me acharem providencial, mas elas... Arre!... Não, se tivesse gastado, nesse tempo todo, digamos uns mil e quinhentos rublos com o dote e os presentes — aquelas caixinhas e *nécessaires*, pedrinhas, tecidos e toda aquela droga de Knopp[97] e do armarinho inglês — então o negócio seria melhor e... mais forte! Não teriam tanta facilidade em despachar-me! A índole dessa gente é tal que elas teriam por dever devolver-me, em caso de ruptura, tanto os presentes quanto o dinheiro, e devolver faria pena e dó! E a consciência as titilaria: como assim, banir, de repente, o homem que tem sido tão generoso e assaz delicado?... Hum, cometi uma gafe!" E, praguejando de novo, Piotr Petróvitch chamou a si próprio de tolo — bem entendido, com seus botões.

Chegando a essa conclusão, ele voltou para casa duas vezes mais colérico e irritadiço do que quando saíra. A preparação do almoço de despedida no quarto de Katerina Ivânovna atiçou, em parte, sua curiosidade. Tinha ouvido, ainda no dia anterior, falarem nesse almoço; parecia que até fora convidado, mas, distraído com seus próprios afazeres, deixara todo o restante sem atenção. Apressando-se a indagar a senhora Lippewehzel, a qual se azafamava, na ausência de Katerina Ivânovna (que estava no cemitério), ao lado da mesa posta, Piotr Petróvitch ficou sabendo que o almoço de despedida seria solene, tendo sido convidados quase todos os moradores, inclusive as pessoas que o finado nem sequer

---

[97] Alusão a uma loja de quinquilharias bem conhecida, na época de Dostoiévski, em São Petersburgo.

conhecia e mesmo Andrei Semiônovitch Lebeziátnikov, não obstante sua antiga rixa com Katerina Ivânovna, e que, afinal, ele próprio, Piotr Petróvitch, não apenas fora convidado, mas também seria esperado com muita impaciência, por ser praticamente o mais importante conviva dentre todos os inquilinos. Amália Ivânovna também fora convidada, apesar de todas as desavenças passadas, com grande respeito, e, assim sendo, quase sentia prazer em dirigir agora os preparativos, mandando e desmandando; vestia ademais, embora enlutada, roupas de seda, todas novíssimas e pomposas, e orgulhava-se disso. Todos esses fatos e dados sugeriram a Piotr Petróvitch certa ideia, e ele passou para o seu quarto, isto é, para o de Andrei Semiônovitch Lebeziátnikov, um tanto meditativo. Haviam-lhe dito, entre outras coisas, que Raskólnikov era um dos convidados.

Por alguma razão, Andrei Semiônovitch passara toda a manhã em casa. As relações que Piotr Petróvitch havia estabelecido com esse senhor eram algo estranhas, se bem que, de resto, naturais até certo ponto: Piotr Petróvitch o detestava e desprezava além das medidas, quase desde aquele dia em que se hospedara no quarto dele, mas, ao mesmo tempo, parecia temê-lo em parte. Não fora apenas por sórdida economia que, vindo a Petersburgo, ficara em sua casa, conquanto este fosse o principal motivo. Havia outro motivo também. Ainda no interior, ele ouvira chamarem Andrei Semiônovitch, seu tutelado antigo, de um dos mais avançados jovens progressistas, que até estaria desempenhando um papel de destaque em certos grêmios interessantes e fabulosos. Piotr Petróvitch ficou impressionado com isso. Todos aqueles grêmios potentes e oniscientes, que desprezavam e criticavam a todos, vinham, havia tempos, impondo a Piotr Petróvitch um medo particular, embora completamente indefinido. Era óbvio que, radicado numa província, ele nem sequer podia formar uma noção aproximada de alguma *das coisas assim*. Ouvia, como todo o mundo, os boatos de que existiam, sobretudo em Petersburgo, certos progressistas, niilistas, acusadores, *et cetera* e tal, mas exagerava e deturpava, igual a muitas pessoas, o sentido e significado desses termos até o absurdo. Fazia alguns anos que tinha o maior medo da *acusação*, e essa era a primordial base de sua inquietude contínua e exagerada, sobretudo quando ele sonhava em transferir suas atividades para Petersburgo. Nesse ponto, andava, como se diz, *assustadinho*, como ficam, às vezes, *assustadinhas* as crianças pequenas. Alguns anos antes, começando a construir sua carreira ainda no interior, Piotr Petróvitch se deparara com dois casos de cruenta acusação a funcionários bastante altos da governadoria, a quem vivia até então agarrado e que lhe davam apoio. Um daqueles casos terminara, para a pessoa acusada, de modo especialmente escandaloso, e o outro quase resultara num bocado de inconveniências. Por isso é que Piotr Petróvitch decidira informar-se, tão logo chegasse a Petersburgo, do que se tratava e, caso houvesse necessidade, adiantar-se um pouco e, por via das dúvidas, lisonjear na hora certa as "nossas gerações novas". Nesse caso, contava com Andrei Semiônovitch e, visitando, por exemplo, Raskólnikov, já sabia usar, bem ou mal, as frases que não eram dele...

É claro que Piotr Petróvitch enxergou logo em Andrei Semiônovitch uma pessoa extremamente simplória e aviltada. Mas não ficou nem um pouco dissuadido ou animado com isso. Nem que se tivesse convencido de que todos os progressistas eram tão abobados assim, não passaria a sentir-se menos preocupado. Na verdade, não tinha nada a ver com todas aquelas doutrinas, ideias e sistemas que Andrei Semiônovitch lhe inculcava. Seu objetivo era peculiar. Precisava apenas esclarecer, rápida e diligentemente: o que acontecera *por lá* e de que maneira. Tinham essas pessoas força ou não tinham? Devia ele próprio ter medo de alguma coisa ou não? Seria ele acusado, se empreendesse tal ou tal negócio, ou não seria? E se fosse acusado, por que motivo exato, e quais eram os motivos de acusação em tempos presentes, em geral? E, além disso, haveria a possibilidade de aproximar-se dos progressistas e de tapeá-los, em seguida, se realmente fossem tão fortes? Cumpria-lhe fazer isso ou não cumpria? Poderia, por exemplo, resolver algum problema de sua carreira justamente com o auxílio deles? Numa palavra, Piotr Petróvitch tinha centenas de dúvidas pela frente.

Andrei Semiônovitch era um homenzinho macilento e escrofuloso, baixo e estranhamente louro. Ele servia algures e usava suíças em forma de costeletas, de que se orgulhava muito; ainda por cima, seus olhos quase sempre estavam doentes. Seu coração era mole, porém suas falas soavam altivas e, vez por outra, mesmo assoberbadas no mais alto grau, criando um permanente contraste com a figurinha macérrima dele. Amália Ivânovna tinha-o, aliás, na conta de morador assaz respeitado, já que não era beberrão e pagava regularmente o aluguel. Apesar de todas essas qualidades, Andrei Semiônovitch era, de fato, abobalhado.

Quanto ao progresso e às "nossas gerações novas", havia-se acercado deles por paixão. Pertencia àquela incontável e multiforme legião de vilões, caquéticos e tiranetes sem nenhuma formação concluída que se grudam, obrigatória e prontamente, à ideia mais aclamada e popular do momento, a fim de torná-la, num piscar de olhos, aviltada e caricata, apoiando-a, por vezes, com toda a sinceridade possível.

De resto, Lebeziátnikov, apesar de muito bonzinho, também começava a detestar, em parte, seu companheiro de quarto e ex-tutor Piotr Petróvitch. De ambas as partes, isso se dera de modo fortuito e recíproco. Por mais ingênuo que fosse Andrei Semiônovitch, ele começara a reparar, pouco a pouco, que Piotr Petróvitch o enganava e desprezava, às escondidas, e que era "um homem bem diferente". Tentou ensinar-lhe o sistema de Fourier e a teoria de Darwin, mas Piotr Petróvitch o escutava, sobretudo nos tempos recentes, com demasiado sarcasmo, e nos últimos tempos até passou a injuriá-lo. Por mero instinto, ele chegara a entender que Lebeziátnikov era não só um sujeitinho aviltado e abobalhado, mas também, quem sabe, um mentiroso, e que de forma alguma dispunha de ligações minimamente valiosas, nem mesmo naquele seu grêmio, mas tão somente teria ouvido alguma coisa de terceiros, e, mais ainda, não dava conta, talvez, nem mesmo de seu ofício *propagandista*, por perder, volta e meia, o fio do discurso e nem um pouco corresponder ao papel de acusador!

Note-se de passagem que, nessa semana e meia, Piotr Petróvitch tinha aceitado (sobretudo, de início) até os encômios bem esquisitos de Andrei Semiônovitch, não discutindo, por exemplo, e permanecendo calado, quando Andrei Semiônovitch lhe atribuía a disposição de ajudar a organizar, proximamente, uma nova "*comuna*" em algum lugar da rua Mechtchânskaia ou, digamos, não impedir Dúnetchka de arranjar um amante, logo no primeiro mês do casamento, ou não batizar seus filhos futuros etc. etc., tudo do mesmo gênero. Segundo o seu hábito, Piotr Petróvitch não contestava tais qualidades, que lhe eram atribuídas sem justa causa, e admitia semelhantes elogios, tanto lhe agradava qualquer elogio que fosse!

Ao trocar de manhã, por alguma razão, umas obrigações de cinco por cento, Piotr Petróvitch estava sentado à mesa e contava os maços de notas bancárias. Andrei Semiônovitch, que quase nunca tinha dinheiro, andava pelo quarto, fazendo de conta que olhava para todos esses maços com indiferença e mesmo com desprezo. Piotr Petróvitch jamais acreditaria que Andrei Semiônovitch realmente pudesse ver tanto dinheiro com indiferença, e Andrei Semiônovitch, por sua vez, pensava amargurado que Piotr Petróvitch seria, de fato, capaz de ter essa opinião sobre ele e, ainda por cima, talvez se alegrasse com a ocasião de açular e desafiar seu jovem amigo, exibindo os maços de notas espalhados pela mesa e relembrando-lhe assim sua mesquinhez e toda a suposta desigualdade que existia entre eles. Achava-o, dessa vez, irritadiço e desatento de modo extraordinário, embora ele, Andrei Semiônovitch, viesse desdobrando na sua frente o predileto tema de como organizar uma nova e peculiar "comuna". As breves objeções e observações que Piotr Petróvitch deixava escapar nos intervalos entre os estalidos das pedrinhas de seu ábaco respiravam o mais claro e propositalmente grosseiro escárnio. Mas o "humano" Andrei Semiônovitch atribuía o estado de espírito de Piotr Petróvitch à impressão da recente ruptura com Dúnetchka, morrendo de vontade de abordar logo esse assunto: poderia dizer a respeito umas coisinhas progressistas e propagandistas que iam consolar o respeitável amigo e, "com certeza", contribuir para o seu vindouro desenvolvimento.

— Mas que almoço de despedida é que faz aquela... viúva? — perguntou, de repente, Piotr Petróvitch, interrompendo Andrei Semiônovitch no momento mais interessante.

— Como se o senhor não soubesse: foi ontem que lhe falei sobre esse assunto e expus minhas ideias acerca de todos aqueles ritos... E ela convidou o senhor também, pelo que me disseram. O senhor mesmo conversou com ela ontem...

— Nem imaginava que essa tola indigente fosse gastar com o almoço todo o dinheiro recebido daquele outro idiota... Raskólnikov. Até fiquei espantado agora, passando por perto: que preparativos, que vinhos!... Convidou várias pessoas — sabe lá o diabo o que é isso! — prosseguiu Piotr Petróvitch, bisbilhotando e direcionando a conversa com algum propósito. — Como? Você diz que eu também fui chamado? — acrescentou de súbito, erguendo a cabeça. — Quando foi? Não lembro. Não vou, aliás. O que faria lá? Ainda ontem disse a ela, de passagem, que tinha a possibilidade de receber, como a pobre viúva do servidor público, o salário anual dele, a título de subsídio único. Será que ela me convida por isso? He-he!

— Tampouco pretendo ir lá — disse Lebeziátnikov.

— É claro! Espancou-a com o próprio punho. É claro que está com vergonha, he-he-he!

— Quem espancou? A quem? — de chofre, Lebeziátnikov ficou confuso e mesmo vermelho.

— Foi você quem espancou Katerina Ivânovna, há um mês, não foi? Ouvi falarem disso ontem... Eis como são suas convicções!... E a questão feminina também estava no meio. He-he-he!

E, como que aliviado, Piotr Petróvitch voltou a mover as pedrinhas do ábaco.

— Tudo isso é bobagem e difamação! — explodiu Lebeziátnikov, que sempre se assustava ao lembrar aquela história. — Não foi desse jeito, não! Aconteceu outra coisa... Não foi isso que o senhor ouviu, mas sim um boato! Apenas me defendia então. Ela foi a primeira a atacar-me com suas garras... Arrancou-me toda uma suíça... Espero que qualquer pessoa tenha o direito de defender sua integridade. Ademais, não permito nenhuma violência a ninguém... por princípios. Isso aí é quase um despotismo. O que faria, pois: ficaria parado na frente dela? Apenas a empurrei um pouco.

— He-he-he! — Lújin continuava a rir, maldoso.

— O senhor me provoca, porque está zangado e despeitado... E tudo isso é bobagem e não tem nada, mas nada mesmo a ver com a questão feminina! O senhor não entende direito: eu até pensava que, sendo a mulher, conforme se diz, igual ao homem em tudo, mesmo em forças (há quem afirme isso), a igualdade tinha de existir nesse ponto também. É claro que decidi mais tarde que, no fundo, não deveria haver tal questão, porque não deveria haver brigas, e que os casos de briga seriam impensáveis na sociedade futura... e que é estranho, bem entendido, buscar a igualdade numa briga. Não sou tão bobo assim... apesar de ter ocorrido aquela briga... ou seja, não haverá brigas depois, mas, por enquanto, ainda há... eta, diacho! O senhor me confundiu! Não é por causa dessa contrariedade que não vou ao almoço de despedida. Não vou por princípios, para não participar desse abjeto preconceito, eis o que é! Podia ir, aliás, somente para rir um bocado... É pena que os padres não venham, senão iria sem falta.

— Ou seja, comeria o pão dos outros e logo cuspiria nele, bem como em quem o tinha convidado? É isso, não é?

— Não cuspiria, mas protestaria. E com um objetivo útil. Eu posso contribuir, indiretamente, para o desenvolvimento e a propaganda. Cumpre a todo homem desenvolver e propagar as ideias e, quem sabe, quanto mais incisivas, melhores. Posso semear uma ideia, um grão... Desse grão é que nascerá um fato. De que maneira os ofenderei? Primeiro ficarão sentidos e depois verão, eles mesmos, que tenho sido útil. Vinham acusando a nossa Terébieva (a que agora está na comuna) de ter escrito aos pais, quando saiu da família e... deu para uns e outros, que não queria continuar no meio dos preconceitos e viveria numa união civil, e de que teria sido muito bruto escrever aquilo aos pais, já que ela podia poupá-los e escrever de maneira mais branda. Eu acho que tudo isso é asneira, e que a gente não precisa dessa brandura, mas, pelo contrário, precisa protestar mesmo! Veja Varentz, que viveu sete anos com o marido e depois o largou com dois filhos e declarou numa carta, de vez: "Estou consciente de que não posso ser feliz com o senhor. Como me tem ocultado a existência da sociedade diferente, organizada em forma de comunas, jamais lhe perdoarei o engano. Foi um homem generoso quem me contou tudo isso, e eu me entreguei a ele e, junto dele, construirei uma comuna. Digo-lhe isso às claras, por achar desonesto ludibriá-lo. Fique como quiser. Não espere que eu volte, porque é tarde demais. Desejo-lhe felicidades". Eis como se escrevem as cartas desse gênero!

— E a tal de Terébieva é aquela mulher que, segundo você me contou, já está na terceira união civil?

— A falar verdade, apenas na segunda! Mas nem que seja a quarta, nem que seja a décima quinta união dela, tudo isso é bobagem! E se eu lamentei, um dia, que meus pais tivessem morrido, foi, com certeza, agora. Várias vezes é que cheguei a sonhar que, se eles ainda estivessem vivos, iria atordoá-los, para valer, com um protesto! Faria isso de propósito... Quem era eu, uma "fatia cortada", arre! Mostrar-lhes-ia! Assombrá-los-ia! É pena, palavra de honra, que não haja ninguém!

— Para assombrar? He-he! Que seja como você quiser — interrompeu-o Piotr Petróvitch. — Mas diga-me o seguinte: você conhece aquela filha do finado, magrinha assim? Pois é verdade mesmo o que se fala a respeito dela, hein?

— E daí? A meu ver, ou seja, conforme a minha convicção pessoal, esse é o estado mais normal da mulher. Por que não? Quer dizer, *distinguons.*[98] Na sociedade contemporânea ele não é, sem dúvida, totalmente normal, por ser compulsório, mas na sociedade futura será absolutamente normal, por ser livre. Até em nossos dias ela possuía todo o direito: estava sofrendo, e aquilo era seu fundo, por assim dizer, seu cabedal de que ela podia dispor com plena liberdade. É claro que, na sociedade futura, a gente não precisará de fundos, mas o papel da mulher terá outro significado e será definido de forma coerente e racional. No que diz respeito a Sófia Semiônovna em pessoa, eu considero, atualmente, seus atos como um enérgico e encarnado protesto contra a ordem da sociedade e respeito-a muito por isso. Até fico alegre de olhar para ela!

— Pois me disseram que você mesmo a teria enxotado deste apartamento!

Lebeziátnikov se enfureceu todo.

— É outro boato! — bradou ele. — Não foi, mas não foi nada disso! Aquilo ali é que aconteceu de outra maneira mesmo! Foi Katerina Ivânovna quem mentiu por não entender nada! Não vinha cortejando Sófia Semiônovna, não! Simplesmente a desenvolvia, de forma desinteressada, tentando suscitar-lhe protestos... Apenas visava a protestos; além disso, Sófia Semiônovna, por si só, já não podia continuar aqui no apartamento.

— Será que a convidava para a comuna?

— O senhor está rindo e muito sem graça, permita-me notar isso. O senhor não entende nada! Não há tais papéis na comuna. A comuna é construída com o especial objetivo de erradicar tais papéis. Dentro da comuna a essência atual desse papel mudará por completo, e o que for tolo aqui será engenhoso lá, o que não for natural aqui, nestas circunstâncias presentes, será absolutamente natural lá. Tudo depende do meio e do ambiente em que se encontra tal pessoa. Tudo vem do ambiente, e a pessoa em si é nada. Quanto a Sófia Semiônovna, estou de bem com ela até hoje, o que pode provar-lhe que ela nunca me achou seu inimigo ou ofensor. Sim! Tento atraí-la agora para a comuna, mas os fundamentos são muito, mas muito diferentes! Por que o senhor está rindo? A gente quer construir nossa comuna, uma comuna peculiar, com bases mais amplas do que as anteriores. A gente foi mais longe em

[98] "Vamos distinguir", em francês.

nossas convicções. Estamos negando mais coisas! Se Dobroliúbov[99] se levantasse do seu caixão, eu discutiria com ele. E quanto a Belínski,[100] daria cabo dele! Enquanto isso, continuo a desenvolver Sófia Semiônovna. É uma criatura belíssima, belíssima!

— E você goza dessa criatura belíssima, hein? He-he!

— Não, não! Oh, não! Ao contrário!

— Será ao contrário mesmo? He-he-he! Falou de um jeito...

— Acredite-me! Por que motivo é que ia esconder isso do senhor, diga, por gentileza. Pelo contrário, até fico estranhando, eu mesmo: comigo ela está toda tímida, casta e pudica!

— E você a desenvolve, bem entendido — he-he! —, provando a ela que todos aqueles pudores são uma bobagem?...

— Nada disso! Nada disso! Oh, que acepção tosca e mesmo — perdoe-me! — tola é que o senhor atribui à palavra "desenvolvimento"! O senhor não entende na-da! Oh, meu Deus, como ainda está... despreparado! A gente busca a liberdade feminina, e o senhor só pensa naquilo... Deixando de lado toda a questão de castidade e pudor da mulher, duas coisas inúteis em si e até mesmo preconceituosas, eu admito, sim, admito plenamente que ela possa ser casta comigo, porquanto nisso consistem toda a vontade e todo o direito dela. Entenda-se bem que, se ela própria me dissesse: "Quero possuir-te", considerar-me-ia felizardo, já que gosto muito da moça; porém agora, pelo menos agora, está claro que ninguém nunca a tratou de modo mais cortês e amável que eu, ninguém respeitou mais a sua dignidade... Aguardo, esperançoso... e nada mais que isso!

— Seria melhor que desse algum presente a ela. Aposto que você nem sequer pensou nisso.

— Já disse que o senhor não entendia nada! A situação dela é, com certeza, assim, mas a questão é outra, totalmente outra! O senhor simplesmente a despreza. Vendo um fato que considera, por erro, digno de desprezo, recusa logo o tratamento humano a um ser humano. O senhor não sabe ainda que criatura é essa! É muita pena somente que ela tenha deixado de ler, nesses últimos tempos, e não me peça mais livros

---

[99] Nikolai Alexândrovitch Dobroliúbov (1836–1861): jornalista, crítico literário e filósofo russo.

[100] Vissarion Grigórievitch Belínski (1811–1848): ensaísta, filósofo e o maior crítico literário russo do século XIX.

emprestados. E antes pedia. É pena também que, com toda a sua energia e a disposição para protestar, que já provou uma vez, ela ainda possua pouca autonomia, pouca, digamos assim, independência e negação para se libertar completamente de certos preconceitos e... bobagens. Apesar disso, entende muito bem certas questões. Por exemplo, tem entendido perfeitamente a questão de beijar-se a mão, quer dizer, como o homem afronta a mulher quando lhe beija a mão e demonstra, dessa maneira, a desigualdade deles. Temos debatido essa questão, e logo a expliquei a ela. Também escutou com atenção o meu relato sobre as associações de operários na França. Agora discuto com ela a questão de entrada livre dos quartos na sociedade futura.

— O que é isso aí?

— Tem-se discutido, ultimamente, a questão de o membro da comuna possuir o direito de entrar, a qualquer hora, no quarto de outro membro, seja homem ou mulher... e foi decidido que sim, possui...

— E se aquele homem ou mulher estiver ocupado, em dado momento, com suas necessidades, he-he?

Andrei Semiônovitch até ficou encolerizado.

— E o senhor só fala nisso, nessas malditas "necessidades"! — exclamou ele com ódio. — Arre! Como estou furioso de ter feito, quando lhe explanava o sistema, a menção inoportuna a essas malditas necessidades! Que o diabo as carregue! É o tropeço de todos os seus semelhantes, e o pior de tudo é que eles esbarram nisso antes de saber de que se trata! E acham que têm razão! E como que se orgulham com isso! Arre! Tenho afirmado diversas vezes que toda essa questão só pode ser ensinada aos novatos bem no final, quando eles se convencerem do sistema, quando ficarem desenvolvidos e direcionados. E diga-me, por favor, o que acha de tão vergonhoso e desprezível assim, para começar, nas fossas? Eu mesmo, eu estou pronto a limpar quantas fossas o senhor quiser! Não há nisso nenhum sacrifício! É apenas um trabalho, uma atividade nobre e socialmente útil que vale qualquer outra e fica, por exemplo, bem acima das atividades de algum Rafael ou Púchkin, por ser mais útil!

— E mais nobre, mais nobre também, he-he-he!

— O que é "mais nobre"? Eu não compreendo tais expressões no sentido de definir as atividades humanas. "Mais nobre", "mais generoso"... tudo isso é bobagem, disparate, velha terminologia preconceituosa que estou negando! Tudo o que for útil para a humanidade é nobre! Só compreendo uma palavra: útil! Pode rir como quiser, mas é assim mesmo!

Piotr Petróvitch ria sem trégua. Já terminara de contar e guardara o dinheiro. Contudo, certa quantia permanecia, por algum motivo, em cima da mesa. Apesar de toda a sua vulgaridade, a "questão das fossas" servira, várias vezes, de pretexto para a ruptura e discórdia entre Piotr Petróvitch e o seu jovem amigo. E a bobagem toda consistia em que Andrei Semiônovitch se zangava para valer. Quanto a Lújin, este apenas se divertia por conta dele e, no momento presente, estava especialmente disposto a enraivecer Lebeziátnikov.

— É por causa de seu malogro de ontem que o senhor está tão maldoso e importuno — declarou, afinal, Lebeziátnikov, que, não obstante toda a sua "independência" e todos os "protestos", não se atrevia a contrariar Piotr Petróvitch e, de modo geral, ainda lhe manifestava a deferência costumeira de longa data.

— Diga-me antes o seguinte — interrompeu-o Piotr Petróvitch, altivo e irritado —, você poderia... ou, melhor dizendo: você realmente mantém as relações tão íntimas assim com a moça de que falamos para pedir-lhe que venha agorinha, por um minuto, a este quarto? Parece que eles todos já voltaram lá do cemitério... Ouço uma turba andar... Gostaria de vê-la, essa moça.

— Por quê? — perguntou Lebeziátnikov com admiração.

— Preciso disso. Mudar-me-ei daqui, entre hoje e amanhã, portanto queria comunicar a ela... Aliás, fique aqui durante a minha explicação. Assim será melhor. Senão vai pensar Deus sabe o quê.

— Não vou pensar absolutamente nada... Perguntei só por perguntar e, se o senhor tiver um assunto a tratar com ela, não há nada mais fácil do que a chamar. Já vou. E tenha a certeza de que não o atrapalharei.

Passados uns cinco minutos, Lebeziátnikov regressou, de fato, com Sônetchka. Ela entrou toda pasmada e, segundo o seu hábito, acanhada. Sempre se constrangia em semelhantes casos e tinha muito medo de novas pessoas e relações, temendo-as desde criança e, mais ainda, agora... Piotr Petróvitch recebeu-a com "carinho e cortesia", matizados, aliás, com certa familiaridade jovial que convinha, na opinião de Piotr Petróvitch, a um homem tão maduro e respeitável quanto ele no tocante a uma criatura tão jovem e, em certo sentido, tão *interessante* quanto ela. Apressou-se a "encorajá-la" e fez que se sentasse à mesa, na frente dele. Sônia se sentou, olhou ao redor — para Lebeziátnikov e para o dinheiro que estava em cima da mesa — e, fixando, a seguir, o olhar em Piotr Petróvitch, não o desviou mais dele, como que amarrada. Lebeziátnikov se dirigiu à porta. Piotr Petróvitch ficou em pé, acenou a Sônia para que continuasse sentada e fez Lebeziátnikov parar na saída.

— Aquele Raskólnikov está lá? Veio? — perguntou ele, cochichando.

— Raskólnikov? Veio. E daí? Veio, sim... Acabou de entrar, eu vi... E daí?

— Pois eu lhe peço encarecidamente que fique aqui, conosco, e não me deixe a sós com essa... rapariga. O negócio é ínfimo, e vão deduzir Deus sabe o quê. Não quero que Raskólnikov conte isso *ali*... Entende de que estou falando?

— Ah, entendo, entendo, sim! — adivinhou, de chofre, Lebeziátnikov. — Sim, o senhor tem o direito... É claro que, na minha opinião pessoal, está indo longe demais em seus receios, mas... ainda assim, tem o direito. Pois bem, eu fico. Vou acomodar-me lá perto da janela para não os atrapalhar... A meu ver, o senhor tem o direito...

Piotr Petróvitch voltou a sentar-se no sofá, bem na frente de Sônia, examinou-a com atenção e, de repente, tomou um ar de extrema imponência e mesmo de certa severidade: "Não penses aí, senhorita, coisas erradas!". Sônia se acanhou em definitivo.

— Primeiramente, Sófia Semiônovna, peça, por gentileza, desculpas à sua respeitabilíssima mãezinha... É assim mesmo, parece? Katerina Ivânovna substitui a mãe? — começou Piotr Petróvitch num tom muito grave, mas bastante cordial. Era óbvio que tinha as intenções mais amigáveis.

— É assim mesmo... ela substitui minha mãe — respondeu Sônia apressada e timidamente.

— Pois peça desculpas a ela, já que, pelas razões que não dependem de mim, eu me vejo obrigado a faltar ao rodízio de crepes... quer dizer, ao almoço de despedida, apesar do amável convite de sua mãezinha.

— Bem... vou dizer... agorinha — e Sônetchka se levantou, num pulo, da sua cadeira.

— Não é *tudo* — Piotr Petróvitch fê-la parar, achando engraçado o jeito simplório dela e seu desconhecimento de conveniências —, e conhece-me pouco, querida Sófia Semiônovna, caso pense que, por esse motivo de pouca monta que só diz respeito a mim, iria incomodar pessoalmente e receber tal pessoa como a senhorita. Meu objetivo é outro.

Sônia voltou, de pronto, a sentar-se. As notas cinzentas e irisadas, que continuavam na mesa, saltaram-lhe outra vez aos olhos, mas ela se apressou a dirigir o rosto a Piotr Petróvitch: subitamente, pensou que seria muito feio uma pessoa estranha, e sobretudo *ela*, olhar para o dinheiro de outrem. Ia fixar os olhos no lornhão de ouro que Piotr Petróvitch segurava com a mão esquerda e, ao mesmo tempo, no grande, pesado e lindo anel com uma pedra amarela que estava no dedo médio dessa mão, mas desviou-os, de repente, e acabou por encarar de novo Piotr Petróvitch, sem saber mais o que faria. Após uma pausa ainda mais imponente que o discurso anterior, Lújin prosseguiu:

— Acontece que ontem troquei, de passagem, duas palavras com a coitada Katerina Ivânovna. E duas palavras bastaram para saber que ela se encontra num estado antinatural, se me for permitida essa expressão...

— Sim... antinatural — confirmou Sônia, angustiada.

— Ou, falando de modo mais simples e compreensível, que ela está doente.

— Sim, mais simples e compreen... sim, doente.

— Pois é. Então, por sentimentos de humanismo e... e, por assim dizer, compaixão, eu gostaria de fazer algo útil, por minha parte, já que prevejo o destino inevitavelmente fatal dela. Parece-me que toda essa paupérrima família também depende agora tão só da senhorita?

— Permita-me perguntar — Sônia se levantou inesperadamente. — O que o senhor disse a ela ontem sobre a possível pensão? É que ela me falou, ontem ainda, da pensão que o senhor ia arranjar. É verdade?

— É claro que não, e mesmo seria um disparate, em certo sentido. Apenas aludi ao auxílio temporário que a viúva de um servidor morto em serviço poderia ganhar — se tivesse uma ajudinha, é claro! —, mas parece que seu finado pai não apenas descumpriu o plano de carreira como também abandonou o cargo, nesses últimos tempos. Numa palavra, mesmo se houvesse alguma esperança, seria bem efêmera, porquanto não existe, nesse caso, nenhum direito de receber o auxílio, mas muito pelo contrário... E ela já pensava em ganhar a pensão, he-he-he! Que mulherzinha afoita!

— Pensava em ganhar a pensão, sim... É que ela é ingênua e bondosa, e acredita em tudo por sua bondade, e... e... e... ela tem uma mente dessas... Sim... desculpe — disse Sônia e ficou em pé outra vez para ir embora.

— Espere, a senhorita não ouviu tudo.

— Não ouvi, não — balbuciou Sônia.

— Sente-se, pois.

Confusa em demasia, Sônia voltou a sentar-se pela terceira vez.

— Vendo-a nesse estado, com os menores desamparados, eu gostaria — conforme já disse — de ser útil na medida do possível, quer dizer, apenas na medida das minhas forças. Poderíamos, por exemplo, organizar uma subscrição ou, digamos, uma loteria em prol dela... ou algo mais desse gênero, como sempre fazem, em semelhantes casos, os próximos e mesmo as pessoas estranhas que querem ajudar em geral. Tinha a intenção de comunicar-lhe isso. Seria possível fazê-lo.

— Sim, está bem... Deus lhe retribua... — balbuciava Sônia, fitando Piotr Petróvitch bem nos olhos.

— Seria possível, mas... faremos isso depois... quer dizer, podemos começar hoje. A gente se vê de noite, conversa e põe, por assim dizer, o fundamento. Venha falar comigo aqui, lá pelas sete horas. Espero que Andrei Semiônovitch também participe conosco... Porém... há nisso uma circunstância que precisamos destacar previamente. Foi por isso que a incomodei, Sófia Semiônovna, com este convite meu. A minha opinião é que não se pode (e até seria perigoso) entregar o dinheiro à própria Katerina Ivânovna, e o almoço de hoje é a prova disso. Sem ter, digamos assim, uma crosta para amanhã nem... nem calçados nem nada, ela compra o rum jamaicano e mesmo, parece-me, o Madeira e... e o café. Vi isso de passagem. E amanhã tudo recai, como sempre, nas costas da senhorita, até o último pedacinho de pão: isso é um absurdo! Portanto a subscrição também deveria acontecer, em minha opinião, de maneira que a pobre viúva não soubesse, digamos, nada desse dinheiro, e que só a senhorita, por exemplo, soubesse. Estou certo?

— Não sei. Só hoje é que ela faz isso... só uma vez na vida... queria tanto homenagear a memória do marido, honrá-lo... mas ela é muito inteligente. Aliás, que seja como o senhor quiser, e eu lhe fico muito, muito, muito... e eles todos ficam... e Deus lhe... e os órfãos...

Sem terminar, Sônia começou a chorar.

— Pois bem. Não se esqueça disso, e agora, para começarmos, tenha a bondade de receber, a favor de sua parenta, uma pequena quantia pessoalmente de mim. Desejaria muito que o meu nome não fosse mencionado por essa razão. Eis o dinheiro... tendo, digamos, meus próprios afazeres, não posso dar mais...

E Piotr Petróvitch estendeu a Sônia uma nota de dez rublos, desdobrando-a com cuidado. Sônia pegou o dinheiro, ficou corada, levantou-se rapidamente, murmurou alguma coisa e despediu-se às pressas. Todo solene, Piotr Petróvitch acompanhou-a até as portas. Enfim, a moça saiu correndo do quarto, emocionada e extenuada, e foi ao almoço de Katerina Ivânovna numa aflição extraordinária.

Durante toda essa cena, Andrei Semiônovitch ora se mantinha perto da janela ora andava pelo quarto, sem querer interromper a conversa. Quando Sônia foi embora, acercou-se repentinamente de Piotr Petróvitch e estendeu-lhe solenemente a mão:

— Eu ouvi e *vi* tudo — disse ele, com especial acento na penúltima palavra. — É nobre, ou seja, eu queria dizer "humano"! O senhor buscava evitar o agradecimento, eu vi! E mesmo que não possa, por princípios, simpatizar com a filantropia particular, porque ela não apenas não erradica o mal, mas, pelo contrário, alimenta-o mais ainda, não posso deixar de reconhecer que tive prazer em ver o seu ato... sim, sim, eu gostei dele!

— Eh, tudo isso é bobagem — murmurou Piotr Petróvitch, um pouco emocionado, e olhou para Lebeziátnikov com atenção.

— Não é bobagem, não! Um homem que, apesar de ofendido e exasperado como o senhor está, por causa do acontecimento de ontem, é capaz de pensar na desgraça dos outros, um homem assim... embora seus atos constituam um erro social... merece, apesar disso, respeito! Nem esperava do senhor, Piotr Petróvitch, sobretudo com essas suas ideias — oh, como suas ideias ainda o atrapalham! Como o perturba, por exemplo, esse malogro de ontem — exclamava o bonzinho Andrei Semiônovitch, voltando a sentir uma forte simpatia por Piotr Petróvitch. — Por que, mas por que mesmo quer justamente aquele casamento, aquele casamento *legítimo*, meu nobríssimo e amabilíssimo Piotr Petróvitch? Por que aspira justamente àquela *legitimidade* do casamento? Bata-me, se quiser, mas eu cá estou contente de ele não ter dado certo, de que o senhor esteja livre, de que ainda não tenha perecido de todo para a humanidade... contente, sim! Veja bem: eu disse tudo!

— Porque não quero carregar chifres, nessa sua união civil, nem criar os filhos de não sei quem... por isso é que preciso do casamento legítimo — disse Lújin tão só para responder algo. Estava profundamente pensativo e preocupado.

— Os filhos? O senhor se refere aos filhos? — estremeceu Andrei Semiônovitch, feito um cavalo de batalha que ouve o sinal de ataque. — Os filhos são uma questão social da maior importância, concordo; porém a questão dos filhos é resolvida de outra forma. Há mesmo quem negue completamente os filhos, como qualquer alusão à família. Vamos falar sobre os filhos mais tarde, e agora abordemos os chifres! Confesso-lhe que esse é meu ponto fraco. Essa expressão ruim, a dos hussardos[101] e de Púchkin, é impensável no vocabulário do futuro. E o que são os chifres? Oh, que erro! Que chifres são esses? Por que logo os chifres? Bobagem sem tamanho! Pelo contrário, não haverá chifres dentro da união civil! Os chifres são apenas uma consequência bem natural de todo casamento legítimo, por assim dizer, uma correção dele, um protesto, de modo que, nesse sentido, não há nada humilhante neles... E mesmo se, um dia (imaginemos tal disparate!), eu contrair um matrimônio legítimo, até ficarei alegre com esses seus chifres malditos, dizendo então à minha mulher: "Querida, antes só te amava, mas agora te respeito, porque soubeste protestar!". O senhor está rindo? É porque não tem forças de libertar-se dos preconceitos! Que diabo, eu cá entendo bem qual é a contrariedade de quem estiver enganado, mas isso é apenas a vil consequência do vil fato, quando ambos os esposos ficam humilhados. E quando os chifres são colocados abertamente, como numa união civil, então eles deixam de existir, tornam-se impensáveis e até mesmo perdem o nome de "chifres". Pelo contrário, sua mulher só comprova como o respeita, considerando-o incapaz de impedir a felicidade dela e desenvolvido o suficiente para deixar de vingar-lhe o novo homem. Que diabo... às vezes fico sonhando que, se me casasse com um homem... arre!... com uma mulher (civil ou legitimamente, tanto faz!), traria, quem sabe, eu mesmo um amante para a minha esposa, se ela demorasse demais em arranjar um. "Querida" — diria a ela —, "amo-te, mas desejo, ainda por cima, que tu me respeites, e ponto final!". Estou certo, hein, estou certo?...

Escutando-o, Piotr Petróvitch ria, mas sem muita empolgação. Até escutava pouco. Estava cogitando em outra coisa, e mesmo Lebeziátnikov acabou reparando nisso. Piotr Petróvitch esfregava as mãos, absorto e

---

[101] Soldados de cavalaria ligeira que tinham na Rússia a fama de duelistas e namoradores.

emocionado. Andrei Semiônovitch recordaria e compreenderia tudo isso mais tarde...

II

Seria difícil determinar com exatidão os motivos pelos quais a ideia desse absurdo almoço de despedida surgira na mente transtornada de Katerina Ivânovna. Quase dez daqueles vinte e poucos rublos, que Raskólnikov destinara ao enterro de Marmeládov propriamente dito, foram realmente gastos com ele. Talvez Katerina Ivânovna imaginasse que seu dever para com o finado consistia em homenagear a memória dele "como se deve", para todos os moradores e, sobretudo, Amália Ivânovna saberem que "ele não apenas não era pior que todos, mas, quem sabe, muito melhor", e que ninguém tinha o direito de "torcer o nariz" na frente de sua viúva. Talvez a maior influência exercesse aquele peculiar orgulho dos pobres, devido ao qual muita gente humilde se esforça em demasia e gasta os últimos tostões economizados para não ser "pior que os outros" na execução de certos ritos sociais, obrigatórios em nosso meio para qualquer um nem atrair, de alguma forma, a "censura" dos outros em questão. Era provável também que, nesse caso específico, no momento de ser aparentemente abandonada por todo o mundo, Katerina Ivânovna desejasse mostrar a todos aqueles "pífios e reles inquilinos" que ela não só "sabia viver e acolher", mas também não havia sido criada para semelhante destino, e que, educada "na casa nobre e, até se pode dizer, aristocrática de um coronel", não se preparava, de modo algum, para varrer pessoalmente o chão e lavar de noite os trapos infantis. Tais paroxismos de orgulho e vaidade acometem, por vezes, até as pessoas mais pobres e modestas, transformando-se, de vez em quando, numa necessidade irritadiça e irrefreável. Além disso, Katerina Ivânovna não era daquelas pessoas mais modestas: poder-se-ia matá-la com certas circunstâncias, mas *humilhá-la* no sentido moral, isto é, intimidar e subjugar a vontade dela, seria impossível. Sônetchka tinha, ademais, boas razões em dizer que a mente de Katerina Ivânovna estava transtornada. Na verdade, ainda não se podia dizê-lo de maneira positiva e definitiva, mas sua pobre cabeça realmente ficara, ao longo de todo o último ano, tão exausta que bem poderia, pelo menos em parte, desarranjar-se. Na opinião dos médicos, a progressão rápida da tísica também contribui para o transtorno das faculdades mentais.

Não havia *vinhos* no plural e de numerosas marcas, nem o *Madeira*,[102] mas, desconsiderada essa hipérbole, o vinho estava na mesa. Havia vodca, rum e vinho lisbonense, todos de péssima qualidade, porém numa quantidade suficiente. Quanto à comida, havia, além da *kutiá*, uns três ou quatro pratos (inclusive os crepes) provenientes da cozinha de Amália Ivânovna, sendo servidos também dois samovares para terminar o almoço com o chá e o ponche. Katerina Ivânovna fizera as compras pessoalmente, auxiliada por um miserável polaco que se hospedava, Deus sabe por que, na casa da senhora Lippewehzel: ele se convertera logo no moço de recados de Katerina Ivânovna e passara todo o dia anterior e toda a manhã correndo "de língua para fora" e, pelo visto, fazendo grandes esforços para chamar a atenção a essa última circunstância. Ele vinha consultar Katerina Ivânovna por causa de qualquer ninharia, ia atrás dela ao Pátio das Compras,[103] não cessava de chamá-la *Pani chorąży*[104] e acabou por deixá-la extremamente aborrecida, embora de início ela dissesse que ficaria perdida sem esse "homem prestativo e generoso". Uma das qualidades de caráter de Katerina Ivânovna consistia em pintar, desde logo, a primeira pessoa que viesse com as cores mais belas e vivas, em elogiá-la até que se sentisse envergonhada, em inventar, a favor dela, diversas circunstâncias que nem sequer existiam, em acreditar, com plena franqueza e ingenuidade, que estas fossem reais, e em ficar depois, de repente, toda decepcionada e romper, de vez, com aquela pessoa que tinha literalmente venerado algumas horas antes, cuspir nela e enxotá-la aos empurrões. Sua índole era alegre, jovial e pacífica por natureza, porém os infortúnios e fracassos ininterruptos fizeram que ela passasse a desejar e a exigir com tanta *veemência* que todos vivessem em paz e alegria, e não *ousassem* viver de outra maneira, que a mais leve dissonância vital, o menor revés a deixavam, de pronto, quase frenética, e num instante, depois das mais

[102] Vinho muito apreciado, de elevado teor alcoólico, cuja produção na ilha da Madeira, em Portugal, começou na época do infante D. Henrique (1394–1460).
[103] Galeria comercial na parte histórica de São Petersburgo.
[104] "Senhora major", em polonês.

rútilas esperanças e fantasias, ela se punha a amaldiçoar o destino, a quebrar, desesperada, tudo quanto lhe caísse nas mãos e a bater a cabeça contra a parede. Amália Ivânovna também adquiriu, de repente, certa significância extraordinária aos olhos de Katerina Ivânovna, a qual passou a respeitá-la sobremaneira, talvez pela única razão de ter sido tramado esse almoço de despedida, já que Amália Ivânovna decidiu, com toda a solidariedade, participar de todos os afazeres: encarregou-se de pôr a mesa, de arranjar as toalhas, louças etc., e de fazer a comida em sua cozinha. Indo ao cemitério, Katerina Ivânovna incumbiu-a de tudo. E tudo foi realmente preparado com esmero: as toalhas de mesa estavam bastante limpas, os talheres — garfos, facas, cálices, copos e xícaras dos mais diversos tamanhos, tipos e marcas, emprestados de vários inquilinos — ficaram todos servidos na hora certa, e Amália Ivânovna, que achava ter feito um excelente trabalho, recebia a quem voltava do cemitério até com certo orgulho, toda nos trinques, de touca com novas fitinhas pretas e vestido de luto. Embora merecedor, esse orgulho desagradou, por algum motivo, Katerina Ivânovna: "Como se a gente não conseguisse pôr a mesa sem Amália Ivânovna!". Tampouco apreciou ela a touca com novas fitinhas: "Será que essa alemã abestalhada se orgulha de ser a dona da casa e só consentiu em ajudar os inquilinos pobres por caridade? Por caridade? Muito obrigada! Na casa de meu paizinho, que era coronel e quase governador, a mesa era posta, às vezes, para quarenta pessoas, e uma tal de Amália Ivânovna, ou melhor, Liúdvigovna, nem sequer entraria lá na cozinha...". De resto, Katerina Ivânovna resolveu ocultar suas emoções até o momento apropriado, pensando com seus botões que precisava refrear Amália Ivânovna no mesmo dia e apontar o verdadeiro lugar dela para que não se considerasse Deus sabe o quê, e tratou-a, por ora, com certa frieza. Outra contrariedade também contribuiu, em parte, para o mau humor de Katerina Ivânovna: quase nenhum dos vizinhos convidados, tirante o polaco que dera um pulinho, inclusive, no cemitério, viera ao enterro, porém, na hora da homenagem, quer dizer, do almoço, apareceram todos os inquilinos mais pobres e aviltados, muitos deles com ares lamentáveis — *grosso modo*, uma ralé —, enquanto os mais velhos e respeitáveis ignoraram o convite, como que se acordando de propósito. Não veio, por exemplo, Piotr Petróvitch Lújin, o mais digno, sem dúvida, de todos os moradores, se bem que ainda na noite anterior

Katerina Ivânovna tivesse contado a todo o mundo, isto é, a Amália Ivânovna, Póletchka, Sônia e o polaco, que esse homem nobre e magnânimo ao extremo, de fortuna e influência excepcionais, bem aceito na casa de seu pai e velho amigo de seu primeiro esposo, prometera recorrer a todos os meios para arranjar uma vultosa pensão em prol dela. Note-se que, exaltando a influência e a fortuna de alguém, Katerina Ivânovna fazia isso sem nenhum interesse ou cálculo pessoal, com total desprendimento e, por assim dizer, "de coração transbordante", por mero deleite de exaltar e valorizar o exaltado. Além de Lújin e, provavelmente, "seguindo o exemplo dele", não veio "aquele pífio cafajeste Lebeziátnikov". "O que é que imagina aquele ali? Foi convidado tão só por caridade e por ser amigo de Piotr Petróvitch e morar no mesmo quarto com ele, de modo que seria feio deixar de convidá-lo!" Tampouco compareceu certa dama de uma tonelada de peso com sua filha, "donzela passada da idade": elas se hospedavam nos quartos de Amália Ivânovna apenas por umas duas semanas, mas já tinham reclamado diversas vezes daquele barulho e gritaria que se ouviam no quarto de Marmeládov, sobretudo quando o finado voltava para casa bêbado, o que Amália Ivânovna comunicara logo a Katerina Ivânovna, injuriando-a, ameaçando expulsar a família toda e vociferando com todas as forças que ela "não valia nem sequer o pé dos nobres inquilinos" que estava incomodando. Foi de propósito que Katerina Ivânovna decidiu convidar agora essa dama e sua filha, "de quem nem sequer valeria o pé", ainda mais que, até lá, a vizinha lhe virava, com arrogância, as costas: a fim de ela saber que "a gente pensa e sente de maneira mais nobre e convida sem lembrar o mal", e para elas duas verem que Katerina Ivânovna não costumava viver na miséria. Pretendia explicar-lhes isso, sem falta, à mesa e mencionar igualmente a governadoria do finado paizinho, fazendo-as, ao mesmo tempo, notar indiretamente que não deviam virar as costas a Katerina Ivânovna e que isso era uma tolice das grandes. Tampouco veio um gordo tenente-coronel (de fato, um capitão reformado), esclarecendo-se, aliás, que estava "de cara cheia" desde a manhã passada. Numa palavra, compareceram apenas o tal polaco, um servidorzinho macilento, com acne e sem discurso, de casaca sebenta e cheiro repulsivo, e um velhote surdo e quase cego, que servira antanho nos correios e, desde os tempos imemoráveis, era sustentado na casa de Amália Ivânovna, Deus sabe por quem e com que intuito.

Compareceu ainda um tenente reformado e agora servidor de logística: bêbado, gargalhava da maneira mais indecorosa e, "imaginem só", estava sem colete! Um dos convidados foi direto à mesa, sem mesmo ter saudado Katerina Ivânovna, e uma pessoa veio, enfim, de roupão por falta de outras roupas, mas isso já era tão indecente que Katerina Ivânovna e o polaco se esforçaram juntos para bani-la. De resto, o polaco trouxe para o almoço outros dois poloneses que nunca tinham morado nos quartos de Amália Ivânovna nem sequer tinham sido vistos por lá. Tudo isso deixou Katerina Ivânovna profundamente revoltada. "Para quem é que, afinal de contas, foram feitas essas preparações todas?" Para ter mais espaço, nem as crianças ficaram à mesa, que ocupava o quarto todo, mas sim no canto traseiro; sua comida foi posta em cima do baú, e dois pequeninos se sentaram num banco, sendo Póletchka, como mocinha, encarregada de ajudá-las a comer e de limpar-lhes, "como em casas nobres", o narizinho. Em resumo, Katerina Ivânovna se viu obrigada a receber todos com o dobro de imponência e mesmo com certa soberba. Examinou alguns dos vizinhos com especial severidade e convidou-os, altiva, a sentar-se à mesa. Achando, por alguma razão, que Amália Ivânovna devia ser responsabilizada por todos os faltantes, passou de chofre a tratar a locadora com o mínimo de cortesia, fato que, percebido na hora, causou a esta o máximo de indignação. Esse começo não prometia um bom desfecho. Finalmente todos se sentaram.

Raskólnikov entrou quase no mesmo momento em que a família voltou do cemitério. Katerina Ivânovna ficou muito alegre com a sua chegada, primeiro, porque ele era a única "pessoa culta" de todos os convidados e "como se sabe, estava para ocupar, dentro de dois anos, o cargo de professor na universidade metropolitana", e, segundo, por ter pedido, imediata e respeitosamente, desculpas a ela, dizendo que, com toda a boa vontade, não podia ter ido ao enterro. Toda solícita, Katerina Ivânovna fez o jovem sentar-se à sua esquerda (era Amália Ivânovna que estava à direita) e, apesar de sua azáfama ininterrupta em servir, de modo correto, os pratos para todos os convivas, apesar da dolorosa tosse que lhe abafava, a cada minuto, a fala, tendo-a, pelo visto, dominado nos últimos dois dias, dirigia-se volta e meia a Raskólnikov para contar-lhe, num apressado cochicho, todos os sentimentos acumulados e toda a sua justa revolta com o almoço malsucedido. Sua indignação se alternava frequentemente com o mais ledo e desinibido riso a respeito dos convidados e, sobretudo, da própria dona da casa.

— A culpa é toda desse cuco. Você entende de quem estou falando: dela, sim, dela! — e Katerina Ivânovna acenou para o lado da locadora. — Olhe só como arregalou os olhos: sente que falamos dela, mas não consegue entender e fica assim. Arre, que coruja, ah-ah-ah!... (Tosse-tosse-tosse) O que é que quer mostrar com essa touca, hein? (Tosse-tosse-tosse). Quer que todo o mundo ache que ela me honra com sua presença e é minha protetora, você já notou? Pedi-lhe, como a uma mulher decente, que convidasse pessoas de bem e, notadamente, os conhecidos do finado, e olhe quem ela trouxe: palhaços e porcalhões! Vê aquele de cara imunda: é uma meleca de duas pernas! E aqueles polacos... ah-ah-ah! (Tosse-tosse-tosse) Ninguém, mas ninguém mesmo os viu nunca por aqui, muito menos eu. Pergunto-lhe, pois, por que eles vieram? Sentados juntos, com aquele ar grave. Ei, *panowie*![105] — gritou, de repente, a um dos poloneses. — A senhoria pegou crepes? Peguem mais! Tomem cerveja, cerveja! Não querem vodca? Olhe só: ficou em pé, cumprimenta, olhe, olhe — decerto estão com muita fome, coitados! Que comam, pois. Ao menos, não fazem barulho, só... só tenho medo que sumam as colherinhas de prata da locadora!... Amália Ivânovna! — de supetão, ela se dirigiu a esta em voz alta. — Caso roubem suas colherinhas, não me responsabilizo por elas, aviso-a de antemão! Ah-ah-ah! — desandou a rir, voltando-se de novo para Raskólnikov e acenando em direção à locadora, contente com sua piada. — Não entendeu, não entendeu outra vez! Fica lá de boca aberta, olhe: uma coruja de verdade, um mocho de fitas novas, ah-ah-ah!

O riso dela se transformou novamente numa tosse insuportável que durou cinco minutos. Um pouco de sangue ficou no lenço, as gotas de suor surgiram-lhe na testa. Calada, Katerina Ivânovna mostrou o sangue a Raskólnikov e, mal retomando fôlego, tornou a cochichar-lhe, com uma empolgação extraordinária e manchas vermelhas nas faces:

— Olhe só, eu dei a ela, digamos, a mais fina incumbência de convidar aquela dama e sua filha — entende de quem estou falando? Deveria cumpri-la da maneira mais delicada, agir da forma mais engenhosa, e ela fez que aquela burra do interior, aquela safada arrogante, aquela provinciana de quinta, somente por ser viúva de um major lá e por ter vindo para reclamar a pensão e surrar a barra de saia pelas repartições

---

[105] "Senhores", em polonês.

públicas, aquela mulherzinha que, com cinquenta e cinco anos, usa corante, pó e lápis (a gente sabe!)... fez que aquela safada não apenas deixasse de vir, mas nem sequer mandasse alguém pedir desculpas, já que não podia aparecer em pessoa, como exige, em tais casos, a mais ordinária polidez! Tampouco consigo entender por que não veio Piotr Petróvitch. Mas onde está Sônia? Aonde foi? Ah, ei-la enfim! Onde estavas, Sônia? É estranho que, mesmo no enterro do pai, estejas tão desleixada. Rodion Românovitch, deixe-a ficar ao seu lado. Eis aqui teu lugar, Sônetchka... pega o que quiseres. Come a galantina, que está boa. Agora trarão os crepes. Já deram comida às crianças? Póletchka, olha se há tudo na sua mesa (Tosse-tosse-tosse). Pois bem. Sê boa menina, Lênia, e tu, Kólia, deixa de balançar as perninhas e senta-te como uma criança nobre. O que tu dizes, Sônetchka?

Sônia se apressou a transmitir-lhe as desculpas de Piotr Petróvitch, falando alto de propósito, para todos poderem ouvir, e usando as expressões mais corteses que ela mesma adornara e até inventara adrede em nome de Piotr Petróvitch. Acrescentou que Piotr Petróvitch mandara dizer, em especial, que viria, tão logo lhe fosse possível, para falar sobre *os negócios* a sós e combinar o que se podia fazer e empreender no futuro etc. etc. Sônia sabia que isso acalmaria e apaziguaria Katerina Ivânovna, lisonjeando-a e, o principal, satisfazendo a sua vaidade. Ela se sentou perto de Raskólnikov, cumprimentou-o depressa e lançou-lhe uma olhada curiosa. Aliás, evitaria mirá-lo e conversar com ele em todo o tempo restante. Estava como que distraída, embora não despregasse os olhos do rosto de Katerina Ivânovna, ansiosa por agradar-lhe. Nem ela nem Katerina Ivânovna estavam de luto, por falta de trajes; Sônia usava um vestidinho marrom escuro, e Katerina Ivânovna, seu único vestido listrado de chita. As notícias de Piotr Petróvitch caíram em solo fértil. Ao escutar Sônia com imponência, Katerina Ivânovna perguntou, num tom não menos imponente, se Piotr Petróvitch estava bem de saúde. Depois *cochichou* a Raskólnikov, de imediato e quase gritando, que seria deveras estranho um homem tão importante e respeitável como Piotr Petróvitch ficar numa companhia "tão esquisita", não obstante toda a sua lealdade para com a família e a antiga amizade com o paizinho dela.

— Por isso é que lhe agradeço tanto, Rodion Românovitch: por não ter desprezado o meu pão, mesmo com esse ambiente — adicionou quase em voz alta. — Estou certa, aliás, de que só a sua especial amizade com o pobre finado o incitou a cumprir sua promessa.

Depois ela tornou a olhar, altiva, para todos os convidados e, de repente, perguntou com uma deferência peculiar — por cima da mesa e com uma voz muito alta — ao velhote surdo se ele não queria mais guisado e se já lhe tinham servido o vinho lisbonense. O velhote não respondeu e levou muito tempo para compreender a pergunta, se bem que os vizinhos o empurrassem e caíssem na gargalhada. Apenas olhava ao redor, boquiaberto, o que atiçava ainda mais a alegria de todos.

— Mas que pateta! Olhe, olhe! Por que o trouxeram aqui? Quanto a Piotr Petróvitch, sempre confiei nele — Katerina Ivânovna continuou a conversar com Raskólnikov — e, com certeza, ele não se parece... — num tom brusco e alto, ela se dirigiu a Amália Ivânovna com um ar tão ríspido que esta ficou mesmo assustada — não se parece com essas suas sirigaitas ajanotadas que meu paizinho não aceitaria na casa dele, nem para cozinhar, e que meu finado marido honraria, por certo, se as recebesse aqui tão só em razão de sua bondade inesgotável.

— Gostava de beber, sim: a gente gostava disso, bebia... — exclamou, de súbito, o servidor de logística, emborcando o décimo segundo cálice de vodca.

— Meu finado marido realmente teve essa fraqueza, e todo o mundo sabe disso — de chofre, Katerina Ivânovna atacou-o, furiosa —, contudo, era um homem bondoso e nobre, que amava e respeitava nossa família. O único mal é que, devido à sua bondade, confiava demais em várias pessoas depravadas, e só Deus sabe com quem bebia, até com aqueles que não valiam a sola de seu sapato! Imagine, Rodion Românovitch: no bolso dele encontraram um pirulito de mel... vinha mortalmente bêbado, mas sem esquecer as crianças.

— Pi-ru-li-to? A senhora disse "pi-ru-li-to"? — bradou o senhorzinho da logística.

Katerina Ivânovna não lhe concedeu resposta. Ficou pensativa e deixou escapar um suspiro.

— Talvez você pense, igual a todos, que eu tenha sido severa demais com ele — prosseguiu, dirigindo-se a Raskólnikov. — Pois não foi assim, não! Ele me respeitava, ele me respeitava muito! Era um homem de alma bondosa! Às vezes, tinha tanta pena dele! Está sentado, às vezes, num canto e olha para mim, e eu cá sinto tanta pena dele que quero fazer-lhe um carinho e depois penso com meus botões: "É só lhe fazer um carinho, e ele se embebeda de novo!". Apenas com rigidez é que se podia segurá-lo.

— Houve, sim, puxões de cabelo, houve diversas vezes! — berrou novamente o servidor, despejando mais um cálice.

— Certos bobalhões por aqui mereceriam não só um puxão de cabelo, como também uma vassourada. Não é do finado que estou falando! — declarou Katerina Ivânovna para ele.

As manchas ficavam cada vez mais rubras em suas faces, seu peito ondeava. Mais um minuto, e ela estaria prestes a armar um escândalo. Muitos convidados soltavam risadinhas, visivelmente animados com isso. Alguns começaram a empurrar o servidor de logística e a cochichar-lhe algo: decerto queriam fazê-los brigar.

— E pe-e-ermita perguntar de quem... — disse o servidor —, ou seja, de que... nobre figura... a senhora se dignou a falar agorinha... Aliás, não precisa! Bobagem! Viúva! Viuvinha! Perdoo-a... viu? — e tomou outra porção de vodca.

Sentado, Raskólnikov escutava taciturno e aborrecido. Comia bem pouco, apenas por gentileza beliscando os pedaços que Katerina Ivânovna colocava, a cada minuto, no prato dele; comia apenas para não a ofender. Prestava mais atenção em Sônia. Todavia, esta ficava cada vez mais inquieta e angustiada: ela também pressentia que o almoço de despedida não fosse terminar em paz, espiando, com medo, a crescente irritação de Katerina Ivânovna. A moça sabia, entre outras coisas, que o principal motivo pelo qual ambas as damas do interior haviam recusado com tanto desprezo o convite de Katerina Ivânovna era ela mesma, Sônia. Ouvira a própria Amália Ivânovna dizer que a mãe teria ficado sentida com o convite, questionando como poderia deixar sua filha se sentar ao lado *daquela rapariga*. Sônia suspeitava que Katerina Ivânovna já soubesse disso, e a ofensa feita à moça era, para Katerina Ivânovna, mais grave do que uma ofensa concernente a ela mesma, aos seus filhos ou ao paizinho dela. Numa palavra, era uma ofensa mortífera, e Sônia sabia que agora Katerina Ivânovna não se acalmaria mais, "até provar àquelas sirigaitas que elas duas são..." *et cetera* e tal. Como que de propósito, alguém mandou a Sônia, da outra ponta da mesa, um prato com dois corações moldados de miolo de pão preto e perfurados por uma flecha. Katerina Ivânovna se enfureceu e logo bradou, por cima da mesa, que aquele brincalhão não passava de um "asno bêbado". Amália Ivânovna, que também tinha palpites ruins e, ao mesmo tempo, estava profundamente ultrajada com a soberba de Katerina Ivânovna, começou a contar, para focar a atenção de toda a companhia contrariada em outro assunto e para forjar, ainda por cima, uma boa impressão de si mesma, como um conhecido dela, "Karl da botica", ia, uma noite, de carroça e como "o carroceiro querer matá-lo, e Karl implorar muito, mas muito, para não o matar, e chorar, e juntar as mão, e levar um susto, e de susto fazer seu coração trepidar". Embora sorridente, Katerina Ivânovna fez logo notar que Amália Ivânovna não deveria contar anedotas em russo. Esta ficou ainda mais sentida e retorquiu que "seu *Vater aus Berlin*[106] ser uma pessoa muita, mas muita importante, e só meter a mão nos bolso". Alegre, Katerina Ivânovna não aguentou e deu uma gargalhada terrível, de modo que Amália Ivânovna mal se conteve, perdendo as últimas gotas de paciência.

— Que mocho, hein? — voltou a cochichar Katerina Ivânovna a Raskólnikov, quase hilariante. — Queria dizer que o pai andava de mãos nos bolsos, e disse que furtava de bolso em bolso (tosse-tosse)! E você reparou de uma vez por todas, Rodion Românovitch, que todos esses estrangeiros petersburguenses e, principalmente, os alemães, que vêm para cá não se sabe de onde, são sempre mais bobos que a gente? Concorde comigo: será que se pode contar como "Karl da botica fazer seu coração trepidar" e como ele (borra-botas!), em vez de amarrar aquele carroceiro, "juntar as mão, e chorar, e implorar muito"? Que burra! Pensa que isso é muito tocante e nem imagina o quanto é boba! Acho esse bebum da logística muito mais inteligente: dá para ver, ao menos, que é um beberrão, que engoliu seu último juízo, e os alemães são todos tão sérios e cerimoniosos... Olhe como ficou de olhos arregalados. Está zangada! Zangada! Ah-ah-ah! (Tosse-tosse-tosse)

Entusiasmada, Katerina Ivânovna se emaranhou nos mais diversos pormenores e, de repente, passou a contar como fundaria, por conta da pensão ganha, um colégio interno para as mocinhas nobres em sua cidade natal de T***. Katerina Ivânovna ainda não tinha comunicado isso a Raskólnikov pessoalmente, e logo ficou empolgada com os detalhes mais deslumbrantes. Não se sabe de onde surgira nas mãos

---

[106] "Pai de Berlim", em alemão.

dela aquele mesmo "diploma de honra" do qual ainda o finado Marmeládov havia falado a Raskólnikov, explicando-lhe na bodega que sua esposa Katerina Ivânovna dançara com xale, no baile de formatura do seu internato, "perante o governador e outros graúdos". Em aparência, esse diploma de honra se destinava agora a confirmar o direito da própria Katerina Ivânovna de abrir um internato, mas, antes de tudo, fora guardado com o fim de derrotar em definitivo "ambas as sirigaitas ajanotadas", caso estas viessem ao almoço de despedida, e de demonstrar-lhes que Katerina Ivânovna procedia da família mais nobre e "até se pode dizer, aristocrática, e, sendo filha de um coronel, era seguramente melhor que certas aventureiras lá, tão numerosas nesses últimos tempos". O diploma de honra logo foi passando de mão em mão, sem que Katerina Ivânovna impedisse os convivas embriagados de lê-lo, já que dele realmente constava, *en toutes lettres*,[107] que ela era filha do servidor de sétima classe e cavalheiro, ou seja, quase filha de um coronel. Toda exaltada, Katerina Ivânovna não demorou em contar, com todos os detalhes, sobre a sua futura vida, bela e serena, na cidade de T***, sobre os professores ginasiais que convidaria a dar aulas em seu colégio interno, sobre o francês Mangot, um respeitável velhote que ensinara francês a ela própria, quando menina, e ainda continuava vivendo ali em T***, e com certeza iria trabalhar para ela, aceitando a remuneração mais módica. Referiu-se, por fim, a Sônia, "que se mudaria para T*** com Katerina Ivânovna para ajudá-la em tudo". De súbito, alguém deu uma risada na ponta da mesa. Conquanto tentasse fazer de conta que não reparava, desdenhosa, nesse riso que surgira na ponta da mesa, Katerina Ivânovna elevou, de pronto, a voz e começou a falar com ardor da incontestável capacidade que Sófia Semiônovna tinha para ajudá-la, bem como da "humildade, paciência, abnegação, nobreza e boa educação" dela, chegando a tocar, carinhosa, na face de Sônia, a ficar em pé e a beijá-la duas vezes com toda a cordialidade. Sônia ficou vermelha, e Katerina Ivânovna desandou, de supetão, a chorar, dizendo a respeito de si mesma que "era uma boba melindrosa e estava entristecida demais, que estava na hora de terminar o almoço e, uma vez esgotados os petiscos, de servir o chá". Nesse mesmo instante, definitivamente ofendida por não tomar a mínima parte na conversa geral e por

---

[107] "Literalmente", em francês.

ninguém a escutar, Amália Ivânovna se atreveu a fazer a última tentativa e, com uma angústia reprimida, ousou dirigir a Katerina Ivânovna uma observação extremamente profunda e útil de que se deveria prestar especial atenção, naquele futuro colégio, ao asseio das roupas de baixo das moças, e que "precisar, sem falta, haver uma dama tão boa assim para olhar as roupa" e, além disso, "para nenhuma das jovem donzela ler de noite nenhum romance daquele". Katerina Ivânovna, a qual realmente estava muito triste e muito cansada com esse almoço, logo declarou a Amália Ivânovna que esta "falava bobagens" e não entendia nada, que não seria a diretora do nobre colégio quem cuidaria das roupas de baixo, mas sim a roupeira, e que, no tocante à leitura dos romances, ela pediria que a locadora se calasse em vez de dizer tais indecências. Amália Ivânovna ficou corada e retorquiu com maldade que apenas "desejar o bem", e que "desejar muitos e muitos bem", e que "há tempo não pagar dinheiro pelo aluguel". Katerina Ivânovna não tardou em retribuir, dizendo que "desejar o bem" era uma mentira, pois apenas no dia anterior, quando o finado estava ainda no quarto, a locadora vinha atormentá-la por causa do aluguel. Bem consequente, Amália Ivânovna respondeu que "convidar aquelas dama, mas aquelas dama não vir, porque ser dama nobre e não poder mexer com a dama não nobre". Katerina Ivânovna logo pôs em relevo que a própria locadora não podia discernir a verdadeira nobreza, por pertencer, ela mesma, à pior gentalha. Amália Ivânovna não aguentou e disse, de imediato, que "seu *Vater aus Berlin* ser uma pessoa muito, mas muito, importante, e só meter ambas as mão nos bolso e fazer bem assim: puf, puf!", e, para representar, de fato, aquele seu "*Vater*", pulou da cadeira, colocou ambas as mãos em seus bolsos, enfunou as bochechas e passou a emitir certos sons indefiníveis e semelhantes a "puf, puf" com a boca, acompanhada pelo riso ensurdecedor de todos os inquilinos que incentivavam Amália Ivânovna com sua aprovação proposital na expectativa de uma briga. Katerina Ivânovna, que já não podia tolerar isso, bradou para todo o mundo ouvir que Amália Ivânovna nunca tivera, quiçá, nenhum "*Vater*", e que, não passando de uma bêbada estoniana petersburguense, servira antes como cozinheira em algum lugar ou, quem sabe, fizera coisas piores ainda. Vermelha que nem um pimentão, Amália Ivânovna começou a guinchar que era a própria Katerina Ivânovna que "nunca ter *Vater*, quem sabe, e que o *Vater aus Berlin* usar uma sobrecasaca comprida assim, e só fazer puf, puf, puf!". Katerina Ivânovna rebateu, com desdém, que todos conheciam sua procedência, e que até no diploma de honra estava escrito, em letras de forma, que seu pai era um coronel e, quanto ao pai de Amália Ivânovna (se ela tinha, pelo menos, algum pai lá), este era, por certo, um estoniano petersburguense e vendia leite, sendo, aliás, o mais provável que ela não tivesse nenhum pai legítimo, pois não se sabia, até agora, o patronímico de Amália: Ivânovna mesmo ou Liúdvigovna. Completamente fora de si, Amália Ivânovna desferiu uma punhada na mesa e continuou guinchando que ela se chamava "Amal-Ivan" e não "Liúdvigovna", e que "seu *Vater* se chamar Johann e ser burgomestre", enquanto o pai de Katerina Ivânovna "nunca, jamais ser burgomestre". Katerina Ivânovna se levantou da cadeira e, ríspida, fê-la notar, com uma voz aparentemente calma (embora toda pálida e de peito ondeante), que, caso a locadora se atrevesse, mais uma vez, a "colocar no mesmo nível aquele 'vaterzinho' de quinta e o seu paizinho, ela, Katerina Ivânovna, arrancar-lhe-ia a touca e pisoteá-la-ia todinha". Mal ouviu isso, Amália Ivânovna se pôs a correr pelo cômodo e a gritar com todas as forças que era a dona da casa e que Katerina Ivânovna devia "neste exato momento liberar o quarto", passando, em seguida, a retirar da mesa suas colheres de prata. Fez-se um grande barulho, e as crianças começaram a chorar. Sônia acorreu para conter Katerina Ivânovna, mas, quando Amália Ivânovna gritou, de repente, alguma coisa sobre o cartão amarelo, Katerina Ivânovna empurrou Sônia e partiu para cima da locadora, disposta a realizar imediatamente a sua ameaça em relação à touca. Nesse momento, a porta se abriu, e na soleira do cômodo surgiu Piotr Petróvitch Lújin. Ficou parado e examinou, com atenção e severidade, todos os presentes. Katerina Ivânovna se arrojou ao encontro dele.

III

— Piotr Petróvitch — gritou ela —, venha defender-me! Explique a essa besta que ela não pode tratar assim uma dama nobre e desditosa, que para isso existe a Justiça... que vou ao próprio governador militar... Ela será processada... Lembrando o pão de meu pai, proteja os órfãos.

— Espere, senhora... Espere, espere, senhora — negaceava Piotr Petróvitch. — Como a senhora sabe, não tive a honra de conhecer seu paizinho... Espere, senhora! (Alguém deu uma gargalhada.) Não me disponho a participar das suas rixas ininterruptas com Amália Ivânovna... Vim por necessidade... e gostaria de explicar-me imediatamente com sua enteada Sófia... Ivânovna... Parece que é assim? Deixe-me passar...

E, contornando Katerina Ivânovna, Piotr Petróvitch se dirigiu ao canto oposto, onde se encontrava Sônia.

Katerina Ivânovna ficou imóvel, no mesmo lugar, como que atingida por um relâmpago. Não conseguia entender como Piotr Petróvitch pudera arrenegar o pão de seu querido paizinho. Uma vez inventado aquele pão, ela mesma acreditava piamente nele. O tom de Piotr Petróvitch, oficial, seco e denotando certa desdenhosa ameaça, também a deixou abalada. Aliás, todos se aquietaram, aos poucos, com a sua chegada. Além de dessemelhante, no mais alto grau, de toda essa companhia, o "homem de negócios" teria vindo, obviamente, por alguma razão séria, pois só alguma coisa extraordinária podia tê-lo atraído a esse ambiente. Por consequência, algo importante havia de suceder. Raskólnikov, que estava ao lado de Sônia, deixou-o passar, mas Piotr Petróvitch não lhe deu a mínima atenção. Ao cabo de um minuto, na soleira surgiu também Lebeziátnikov; ele não entrou no quarto e permaneceu em pé, escutando a conversa com especial curiosidade e quase atônito, mas sem entender, por muito tempo, de que se tratava.

— Desculpe por tê-los interrompido, quem sabe, mas o assunto é bastante sério — notou Piotr Petróvitch de modo algo geral, sem se dirigir a ninguém em particular. — Até estaria contente de abordá-lo em público. Amália Ivânovna, peço-lhe encarecidamente que, sendo a dona deste apartamento, preste atenção à minha conversa com Sófia Ivânovna. Sófia Ivânovna — prosseguiu ele, dirigindo-se, em seguida, a Sônia, extremamente perplexa e antecipadamente assustada —, da minha mesa, que fica no quarto de meu amigo Andrei Semiônovitch Lebeziátnikov, desapareceu, logo após a sua visita, a nota do Banco Estatal de cem rublos que era de minha propriedade. Caso a senhorita saiba, de alguma maneira, onde ela se encontra agora e indique esse lugar para a gente, asseguro-lhe com toda a minha probidade que o acidente acabará nisso, e peço que todos sejam minhas testemunhas.

Caso contrário, ver-me-ei obrigado a recorrer às medidas mais drásticas, então... não venha reclamar comigo!

Fez-se no quarto um silêncio absoluto. Até as crianças pararam de chorar. Mortalmente pálida, Sônia fitava Lújin sem lhe responder nada. Parecia que ainda não o entendia. Passaram-se alguns segundos.

— Pois então, o que a senhorita me diz? — perguntou Lújin, examinando-a com atenção.

— Eu não sei... Não sei de nada... — articulou, finalmente, Sônia com uma voz fraca.

— Não? Não sabe mesmo? — voltou a perguntar Lújin, calando-se por mais alguns segundos. — Pense, *mademoiselle* — recomeçou num tom grave, mas ainda pacífico, como que tentando persuadi-la —, pondere bem, estou pronto a dar-lhe mais tempo para refletir. Vejamos: se não tivesse tamanha certeza, não me aventuraria, com a experiência que tenho, a acusá-la assim tão diretamente, pois me responsabilizo, em certo sentido, por semelhante acusação direta e pública, se ela for falsa ou apenas errônea. Entenda-se bem que estou ciente disso. Esta manhã troquei, para minhas finalidades, alguns títulos de cinco por cento no total de três mil rublos nominais. O recibo está na minha carteira. Voltando para casa (Andrei Semiônovitch é testemunha disso), comecei a contar o dinheiro e, ao contar dois mil e trezentos rublos, guardei-os na carteira e pus a carteira no bolso lateral de minha sobrecasaca. Em cima da mesa ficaram cerca de quinhentos rublos em notas bancárias, inclusive três notas de cem rublos cada uma. Nesse momento a senhorita veio (atendendo ao meu convite) ao quarto, e depois permaneceu, o tempo todo, demasiadamente confusa, tanto assim que se levantou, de repente, três vezes, apressando-se a sair bem no meio da nossa conversa, embora esta estivesse ainda longe do término. Andrei Semiônovitch pode confirmar tudo isso. É provável que a senhorita não se negue a confirmá-lo nem a declarar que eu a chamei, por intermédio de Andrei Semiônovitch, com o único fim de falarmos sobre a situação de impotência e desamparo de sua parenta Katerina Ivânovna (cujo almoço de despedida não pude prestigiar), e sobre a utilidade de alguma subscrição, loteria ou algo parecido que se poderia organizar em benefício dela. A senhorita me agradeceu e até ficou chorando (estou contando como tudo aconteceu para, primeiro, lembrá-la e, segundo, mostrar às pessoas aqui presentes que nem o menor detalhe se apagou da minha memória).

Depois peguei uma nota de dez rublos, que estava em cima da mesa, e dei-a à senhorita em meu nome e em favor de sua parenta, como o primeiro auxílio. Andrei Semiônovitch viu tudo isso. Depois acompanhei a senhorita, que continuava, por sua parte, confusa ao extremo, até as portas, e, ficando a sós com Andrei Semiônovitch, conversei com ele em torno de dez minutos; depois Andrei Semiônovitch saiu, e eu voltei à mesa com o propósito de contar o dinheiro restante, que estava lá, e guardá-lo, como havia previsto antes, num local separado. Para minha surpresa, uma das notas de cem rublos não estava mais junto das outras. Digne-se, pois, a pensar: não posso, de maneira alguma, suspeitar de Andrei Semiônovitch, envergonhando-me até com a própria suposição disso. Tampouco poderia ter errado em cálculos, já que os tinha terminado, um minuto antes de sua chegada, e achei o total correto. Concorde que, lembrando-me de seu embaraço, de sua pressa em ir embora e de como a senhorita colocou, em determinado momento, as mãos na mesa, e levando, afinal, em consideração sua situação social e os hábitos a ela relacionados, tenho de expressar — por assim dizer, com horror e mesmo contra a minha vontade — a suspeita que, por mais cruel que se apresente, não deixa de ser justa! Repito e acrescento que, apesar de toda a minha *evidente* certeza, compreendo que esta minha acusação atual contém, ainda assim, certo risco para mim mesmo. Porém, como a senhorita está vendo, não a deixo de lado e venho protestar, e digo-lhe por que motivo: unicamente, *mademoiselle*, unicamente em razão de sua ingratidão nigérrima! Como? Convido-a nos interesses de sua parenta paupérrima, dou-lhe a minha humilde contribuição pessoal de dez rublos, e a senhorita me agradece, de imediato, tudo isso de semelhante maneira? Na-ão, não é nada bom! A senhorita precisa de uma lição. Pense bem! Peço-lhe, além disso, como seu verdadeiro amigo (já que não pode ter melhor amigo neste momento): mude de ideia! Senão, serei implacável! Pois então?

— Não lhe tomei nada — cochichou Sônia, apavorada. — O senhor me deu dez rublos; ei-los aqui, tome de volta. — Sônia tirou do bolso um lenço, desatou o nó, encontrou a nota de dez rublos e estendeu-a a Lújin.

— E os outros cem rublos, a senhorita não reconhece? — disse ele com insistência e reprovação, sem aceitar a nota.

Sônia olhou ao redor. Todos a fitavam, e todos os rostos pareciam horríveis: severos, escarninhos e cheios de ódio. Ela olhou para Raskólnikov... O jovem estava em pé, junto da parede, de braços cruzados e olhos ardentes a contemplá-la.

— Meu Deus! — exclamou Sônia.

— Amália Ivânovna, precisamos informar a polícia, portanto lhe peço que, por enquanto, mande chamar o zelador — disse Lújin com uma voz baixa e até mesmo carinhosa.

— *Gott der barmherzige*![108] Eu bem saber que ela roubar! — Amália Ivânovna agitou os braços.

— A senhora sabia? — reagiu Lújin. — Quer dizer, já tinha antes, pelos menos, alguns fundamentos para tal conclusão? Peço-lhe, respeitabilíssima Amália Ivânovna, que não se esqueça dessas suas palavras pronunciadas, aliás, na presença de testemunhas.

Uma algazarra estourou, de supetão, pelo quarto todo. Todos se moveram.

— Co-o-omo? — vociferou, recobrando-se de repente, Katerina Ivânovna, e arrojou-se, como que rompendo uma cadeia, em direção a Lújin. — Como? O senhor a acusa de roubo? Acusa Sônia? Ah, cafajestes, cafajestes! — E, acorrendo a Sônia, abraçou-a com seus braços ressequidos, mas fortes que nem uma pinça. — Sônia, como ousaste aceitar esses dez rublos dele? Oh, bobinha! Dá-me aqui! Dá-me logo esses dez rublos! Tome!

E, arrancando-lhe a nota bancária, Katerina Ivânovna amassou-a na mão e jogou, com toda a força, bem no rosto de Lújin. A bolinha de papel acertou o olho dele e caiu no chão. Amália Ivânovna foi correndo apanhar o dinheiro. Piotr Petróvitch ficou furioso.

— Segurem essa maluca! — bradou ele.

Nesse momento alguns curiosos, inclusive ambas as damas do interior, assomaram às portas, ao lado de Lebeziátnikov.

— Como? Maluca? Eu é que sou maluca? Bo-o-bão! — guinchou Katerina Ivânovna. — Tu és bobão, isca judicial, canalha! Sônia, Sônia pegaria teu dinheiro? Sônia é ladra? Ela é que te daria esmola, bobão! — e Katerina Ivânovna soltou uma risada histérica. — Vocês estão vendo esse palerma? — ela se virava para todos os lados e apontava Lújin.

---

108 "Deus misericordioso!", em alemão.

— Como? E tu também? — deparou-se com a dona da casa. — Tu também, salsicheira nojenta, confirmas que ela "roubar", pé de galinha prussiana de crinolina? Ai, gente! Ai, gente! Mas ela nem sequer saiu daqui: logo que voltou do teu quarto, canalha, ficou sentadinha junto de Rodion Românovitch!... Revistem-na! Desde que não foi a lugar nenhum, o dinheiro deve estar com ela! Procura, pois; vem, procura! Mas se não achares, meu queridinho, então desculpa, que vais responder! Vou correndo falar com o soberano; com o próprio czar magnânimo é que vou falar hoje mesmo, ficarei de joelhos na frente dele! Sou órfã, por isso me deixarão entrar! Achas que não deixarão? Mentira: conseguirei! Conseguire-ei! Contavas com a timidez dela? Com isso é que contavas, hein? Pois eu cá sou bem afoita, maninho! Vais rebentar-te todo! Vem, procura! Procura, vem logo, procura!!!

E Katerina Ivânovna bulia com Lújin, arrastando-o, frenética, em direção a Sônia.

— Estou pronto a comprovar... mas acalme-se, senhora, acalme-se! Estou percebendo até demais que é afoita!... Isso... isso... o que é isso aí? — murmurava Lújin. — Isso se deve fazer com a polícia... embora haja muitíssimas testemunhas, assim mesmo... Estou pronto... Mas, em todo caso, é difícil um homem revistá-la... em razão do gênero... Se fosse com a ajuda de Amália Ivânovna... aliás, o negócio não se faz assim... O que é isso?

— Quem o senhor quiser! Que reviste quem o senhor quiser! — gritava Katerina Ivânovna. — Sônia, revira os bolsos para eles! Assim, assim! Olha, carrasco, o bolso está vazio, só havia um lenço nele; o bolso está vazio, vês? Eis o outro bolso, ei-lo! Vês, vês?

E Katerina Ivânovna não apenas revirou como quase arrancou, um por um, ambos os bolsos da moça. Porém do bolso direito saltou, de repente, um papelzinho que fez uma curva no ar e caiu aos pés de Lújin. Todos viram isso, alguns se puseram a gritar. Piotr Petróvitch se abaixou, apanhou o papelzinho com dois dedos, mostrou-o a todos os presentes e desdobrou-o. Era uma nota bancária de cem rublos dobrada três vezes. Piotr Petróvitch fez um gesto circular com a mão, exibindo a nota.

— Ladra! Fora do apartamento! Polítzia, polítzia! — bradou Amália Ivânovna. — Eles ter de ir para a Sibéria! Rua!

As exclamações se ouviram de todos os lados. Silencioso, Raskólnikov não despregava os olhos de Sônia, passando-os, de vez em quando, para Lújin. Sônia permanecia no mesmo lugar, como que sem sentidos; quase não estava surpresa. De chofre, todo o seu rosto ficou vermelho; gritando, a moça cobriu-o com as mãos.

— Não, não fui eu! Eu não peguei! Eu não sei! — soltou ela um brado dilacerante e arrojou-se nos braços de Katerina Ivânovna. Esta a abraçou e apertou, com todas as forças, ao peito, como se quisesse protegê-la de todo o mundo.

— Sônia! Sônia! Não acredito! Olha, não acredito! — gritava (apesar de toda a evidência) Katerina Ivânovna, sacudindo-a nos braços como uma criança, cobrindo-a de beijos, pegando as mãos dela e beijando-as quase a morder. — Foste tu que pegaste? Que gente boba é essa? Oh, meu Deus! São bobos, bobos — gritava, dirigindo-se a todos —, ainda não sabem, não sabem que coração é esse, que moça é essa! Ela é que vai roubar, ela? Tirará e venderá seu último vestido, irá embora descalça, mas ajudará vocês, se precisarem, eis como ela é! Ela arrumou o cartão amarelo, porque meus filhos estavam morrendo de fome, vendeu a si mesma por nossa causa!... Ah, finado, finado! Ah, finado, finado! Estás vendo? Estás vendo? Eis o teu almoço de despedida! Meu Deus! Protejam-na, venham, por que estão todos parados? Rodion Românovitch! Por que nem você a protege? Você também acredita, é isso? Vocês todos não valem o mindinho dela, todos, todos, todos! Meu Deus! Protegei-a, enfim!

O pranto da pobre, tísica e desamparada Katerina Ivânovna parecia ter causado um grande abalo ao público. Havia tanta aflição, tanto sofrimento nesse rosto deformado pela dor e ressequido pela doença, nesses lábios secos e manchados de sangue coagulado, nessa voz que gritava, rouca, nesses soluços semelhantes aos de uma criança, nesse rogo de proteção, confiante, infantil e, ao mesmo tempo, desesperado, que todos ficaram compadecidos com sua desgraça. Piotr Petróvitch, ao menos, logo *sentiu pena* dela.

— Senhora! Senhora! — exclamou ele num tom imponente. — Esse fato não lhe diz respeito! Ninguém ousaria acusá-la de premeditar o furto nem de concordar com ele, ainda mais que foi a senhora quem o descobriu, revirando o bolso da moça sem suspeita alguma. Estou pronto — e como pronto! — a lamentar que a miséria tenha incentivado, para assim dizer, Sófia Semiônovna, mas por que então a senhorita não quis confessar? Temia o escândalo? Foi o primeiro passo? Talvez tenha ficado perdida? A situação está clara, está bem clara... No entanto, por que foi alegando todas essas qualidades em vão? Senhores! — ele se dirigiu a todos os presentes. — Senhores! Entristecido e mesmo, digamos assim, condoído, estaria disposto, talvez, a perdoá-la, mesmo agora, apesar das ofensas pessoais que aturei. Que esta vergonha toda lhe sirva, *mademoiselle*, de lição para o futuro — Lújin se dirigiu a Sônia. — Quanto ao restante, deixo-o como está e, seja como for, perdoo. Já chega!

Piotr Petróvitch olhou de soslaio para Raskólnikov. Seus olhares se entrecruzaram. O de Raskólnikov estava prestes a incinerar Lújin, de tão ardente. Entretanto Katerina Ivânovna parecia não ouvir mais nada: ela abraçava e beijava Sônia como uma louca. As crianças também abraçavam Sônia, de todos os lados, com seus bracinhos, e Póletchka, sem entender, aliás, plenamente do que se tratava, parecia afundar em suas lágrimas, soluçando com desespero e escondendo seu lindo rostinho no ombro de Sônia.

— Que baixaria! — ouviu-se, de supetão, uma voz alta às portas.

Piotr Petróvitch olhou rápido para trás.

— Que baixaria! — repetiu Lebeziátnikov, fitando-o bem nos olhos.

Piotr Petróvitch como que estremeceu. Todos repararam nisso (e recordá-lo-iam mais tarde!). Lebeziátnikov entrou no quarto.

— E o senhor se atreve a chamar-me de testemunha? — perguntou ele, aproximando-se de Piotr Petróvitch.

— O que significa isso, Andrei Semiônovitch? De que está falando? — murmurou Lújin.

— Significa que o senhor é... caluniador, eis o que significam minhas palavras! — declarou Lebeziátnikov com ardor, cravando nele o olhar severo de seus olhinhos doentios. Estava encolerizado. Raskólnikov fixou nele os olhos, como se estivesse assimilando e ponderando cada palavra. O silêncio se fez novamente. Piotr Petróvitch ficou quase perdido, sobretudo no primeiro instante.

— Caso você fale comigo... — começou ele, gaguejando. — O que é que tem? Você está louco?

— Eu cá estou bem, mas o senhor é... patife! Ah, como isso é baixo! Estava escutando, estava esperando adrede, para entender tudo, porque até agora, confesso-lhe, isso não tem muita lógica... Não entendo por que o senhor fez tudo isso!

— Mas o que foi que eu fiz? Você deixará, afinal, de falar com esses rodeios abobalhados? Não está porventura bêbado?

— É o senhor que anda bebendo, talvez, de tão vil, mas não eu! Nunca tomo nem vodca, pois isso contradiz as minhas convicções! Imaginem: ele, ele mesmo, com suas próprias mãos é que entregou essa nota de cem rublos a Sófia Semiônovna — eu vi, eu sou testemunha, eu farei o juramento! Ele, ele! — repetia Lebeziátnikov, dirigindo-se a todos e a cada um.

— Você está louco, não está, fedelho? — guinchou Lújin. — Ela está aqui, na frente de vocês todos, em pessoa! Ela mesma acaba de reconhecer, na frente de todos, que não recebeu de mim nada além desses dez rublos. De que maneira é que pude, assim sendo, entregar o dinheiro a ela?

— Eu vi, vi! — gritava Lebeziátnikov, afirmativo. — E, mesmo que seja contra as minhas convicções, estou pronto agora a fazer qualquer juramento em juízo, porque vi o senhor colocar esse dinheiro às escondidas! Só que eu, bobo, pensei que tinha feito isso por caridade! Quando o senhor se despedia dela às portas, apertou-lhe a mão e, logo que ela lhe virou as costas, colocou a nota no seu bolso, às escondidas, com a outra mão, a esquerda. Eu vi! Vi!

Lújin ficou pálido.

— Por que está mentindo? — exclamou em desafio. — E como você pôde enxergar a nota, postado ali à janela? Enganou-se... por causa dos olhos fracos. Está delirando!

— Não me enganei, não! Embora estivesse longe, vi tudo, tudo, sim; embora fosse realmente difícil enxergar a nota dali — nisso o senhor não erra! — eu já sabia, por uma circunstância particular, que era exatamente a nota de cem rublos, pois, indo entregar a Sófia Semiônovna a nota de dez rublos (eu mesmo vi), o senhor pegou da mesa a de cem rublos também (vi isso por estar perto, nesse momento, e não esqueci que estava com a nota na mão, porque logo me veio certa ideia). O senhor a segurou, dobrada, no punho, o tempo todo. Já ia esquecer-me disso, mas quando o senhor se levantou, passou a nota da mão direita para a esquerda e quase a deixou cair, aí me lembrei de novo, por ter a mesma ideia: pensei que o senhor queria ajudá-la às escondidas, sem eu ver. Pode imaginar como fiquei observando... e vi, pois, o senhor colocar a nota no bolso dela. Eu vi, vi, farei o juramento!

Lebeziátnikov quase se sufocava. Diversas exclamações se ouviam de todos os lados, a maioria delas expressando espanto; porém algumas adquiriam também um tom ameaçador. Todos foram cercando Piotr Petróvitch. Katerina Ivânovna acorreu a Lebeziátnikov.

— Andrei Semiônovitch! Estava enganada a seu respeito! Proteja-a! Só o senhor que vem protegê-la! Ela é órfã, foi Deus quem mandou o senhor! Andrei Semiônovitch, meu queridinho!

E, quase sem entender o que estava fazendo, Katerina Ivânovna se ajoelhou na frente dele.

— Sandice! — berrou Lújin, frenético. — O senhor só fala sandices. "Esqueci, lembrei, esqueci" — o que é isso? Quer dizer, eu coloquei a nota de propósito? Por quê? Com que intuito? O que tenho a ver com essa...

— Por quê? Eu mesmo não entendo isso, mas o que é certo é que conto um fato autêntico! Não estou enganado, sujeito vil e criminoso, pois lembro com toda a certeza que logo me veio à cabeça uma dúvida, justamente no momento em que agradecia ao senhor e apertava a sua mão. Por que foi que colocou a nota no bolso dela às ocultas? Quer dizer, por que foi às ocultas? Será que foi apenas para esconder a doação de mim, por saber que tenho convicções contrárias e nego a filantropia particular, que nada cura radicalmente? Decidi, pois, que o senhor estava realmente envergonhado de dar tanto dinheiro na minha frente, e além disso pensei que talvez quisesse fazer uma surpresa para a moça, deixá-la admirada de achar no seu bolso esses cem rublos. (É que certos filantropos gostam demais de exibir suas boas ações, eu sei disso!) Depois cheguei a pensar que o senhor queria testá-la, ou seja, ver se ela viria, quando achasse a nota, agradecer-lhe. Depois pensei também que o senhor queria evitar os agradecimentos, para, como se diz lá, a mão direita, parece, não saber... numa palavra, algo nesse estilo... Muitas ideias me vieram então à cabeça, de modo que resolvi perscrutar tudo isso mais tarde, porém achei indelicado revelar que estava a par do segredo. Todavia, surgiu-me logo mais uma dúvida: e se Sófia Semiônovna porventura perdesse o dinheiro antes de reparar nele? Eis por que me dispus a vir para cá, a chamá-la e a comunicar que tinham colocado no seu bolso cem rublos. No entanto, entrei de passagem no quarto das senhoras Kobyliátnikov para entregar-lhes *A conclusão geral do método positivo*[109] e, sobretudo, para recomendar o artigo de Piderit (aliás, o de Wagner também), e, quando cheguei aqui, eis que história estava acontecendo! Será que poderia mesmo ter todas essas ideias e reflexões, se não tivesse visto, de fato, o senhor colocar no bolso dela cem rublos?

Quando Andrei Semiônovitch terminou suas deliberações prolixas com tal conclusão lógica no final do discurso, estava muito cansado: até o suor lhe escorria pelo rosto. Como não conseguia expressar-se direito nem em russo (sem saber, aliás, nenhum outro idioma), ficou, de uma vez só, exaurido e mesmo, pelo visto, emagrecido, com sua proeza advocatícia. Ainda assim, o seu discurso produziu um efeito extraordinário. Ele falou com tanto arroubo e tanta convicção que todos, em aparência, acreditaram nele. Piotr Petróvitch sentiu que a situação estava ruim.

— O que tenho a ver com essas tolas dúvidas que lhe vieram à cabeça? — exclamou ele. — Não é uma prova, não! Você podia ter visto tudo isso em sonho, eis o que é! Digo-lhe eu, prezado senhor, que está mentindo! Mentindo e me caluniando por algum rancor contra mim, especialmente por eu não ter aceitado aquelas suas propostas sociais, ímpias e libertárias, eis o que é!

Porém essa artimanha não trouxe proveito a Piotr Petróvitch. Pelo contrário, um burburinho se ouviu de todos os lados.

— Ah, tu te meteste, pois, nisso! — bradou Lebeziátnikov. — Mentira! Chama a polícia, que vou fazer o juramento! Só há uma coisa que não consigo entender: por que foi que ele se atreveu a fazer essa vileza toda? Oh, vilão miserável!

— Eu posso explicar por que ele se atreveu a fazer essa coisa e, se for necessário, farei, eu mesmo, o juramento! — proferiu, finalmente, Raskólnikov com uma voz firme e deu um passo à frente.

O jovem denotava firmeza e tranquilidade. Só de vê-lo, todos perceberam que ele realmente sabia de que se tratava e que o desfecho estava chegando.

— Agora estou ciente de tudo — prosseguiu Raskólnikov, dirigindo-se direto a Lebeziátnikov. — Desde o começo da história, vinha suspeitando de que houvesse lá alguma vil armadilha, e vinha suspeitando em razão de certas circunstâncias especiais que só eu conheço e que

---

[109] Trata-se da coletânea de artigos positivistas traduzida para o russo e lançada em 1866.

agora vou explicar a todos: nelas é que consiste todo o problema! E você, Andrei Semiônovitch, elucidou-me tudo em definitivo com o seu depoimento valioso. Peço que todos prestem atenção: esse senhor (ele apontou para Lújin) pediu, há pouco, em casamento uma moça, notadamente a minha irmã, Avdótia Românovna Raskólnikova. Porém, chegando a Petersburgo, ele brigou comigo — foi anteontem, quando de nosso primeiro encontro — e acabou expulso por mim, o que podem comprovar duas testemunhas. Esse homem anda muito zangado... Anteontem, eu não sabia ainda que ele se hospedava ali no seu quarto, Andrei Semiônovitch, nem que, no mesmo dia de nossa briga, ou seja, anteontem também, teria testemunhado como eu, sendo amigo do finado senhor Marmeládov, entregara à esposa deste, Katerina Ivânovna, algum dinheiro para o enterro. Ele escreveu logo um bilhete para minha mãe, comunicando a ela que eu tinha dado todo o meu dinheiro a Sófia Semiônovna e não a Katerina Ivânovna, e referiu-se, com as expressões mais torpes, à... à índole de Sófia Semiônovna, quer dizer, aludiu ao tipo de relacionamento que eu teria com Sófia Semiônovna. Tudo isso, como os senhores entendem, foi feito para me afastar da mãe e da irmã, sugerindo-lhes que estava desbaratando o último dinheiro, com que elas me ajudavam, para fins baixos. Ontem à noite, na presença da mãe e da irmã (e na presença dele também), eu restabeleci a verdade, comprovando que tinha passado o dinheiro para Katerina Ivânovna, a fim de bancar o enterro, e não a Sófia Semiônovna, e que nem sequer conhecia Sófia Semiônovna naquele dia e nunca a tinha visto nem de longe. Acrescentei, nessa ocasião, que ele, Piotr Petróvitch Lújin, com toda sua dignidade, não valia sequer o mindinho de Sófia Semiônovna, a quem tratava com tanto desprezo. E respondi à pergunta dele, se deixaria Sófia Semiônovna sentar-se ao lado de minha irmã, que já fizera isso no mesmo dia. Zangado de não ter podido fazer a mãe e a irmã brigarem comigo, ele começou a dizer-lhes, uma por uma, várias afoitezas imperdoáveis. Sobreveio uma ruptura definitiva, e ele foi expulso de casa. Tudo isso aconteceu ontem à noite. Agora lhes peço uma atenção especial: imaginem que, se conseguisse provar agora que Sófia Semiônovna é ladra, ele provaria, em primeiro lugar, à minha irmã e à minha mãe que estava quase certo em suas suspeitas, que se zangara, por justa causa, de eu ter posto no mesmo nível a minha irmã e Sófia Semiônovna, e que, atacando-me, ele defendia e resguardava, dessa maneira, a honra de minha irmã e da noiva dele. Numa palavra, poderia até conseguir, por meio de tudo isso, fazer-me brigar com as minhas parentas, e certamente esperava recuperar a deferência delas. Nem preciso dizer que assim ele se vingaria pessoalmente de mim, já que tem motivos para supor que a honra e a felicidade de Sófia Semiônovna me sejam muito caras. Eis todo o cálculo dele! Eis como eu percebo todo o acontecido! Eis toda a causa, e não pode haver outra!

Foi dessa ou quase dessa maneira que Raskólnikov terminou seu discurso, diversas vezes interrompido pelas exclamações do público, que, aliás, escutava com muita atenção. Mas, apesar de todas as interrupções, ele falou num tom cortante, tranquilo, exato, claro e firme. Sua voz brusca, bem como a fala convicta e seu rosto severo, produziram um efeito incisivo sobre todos os ouvintes.

— Isso, isso, é isso mesmo! — confirmava, extático, Lebeziátnikov. — Deve ser assim mesmo, pois ele me perguntou, tão logo Sófia Semiônovna entrou em nosso quarto, se o senhor já tinha chegado e se eu o tinha visto dentre os convidados de Katerina Ivânovna. Levou-me, justamente para isso, até a janela e perguntou baixinho. Precisava, assim sendo, que o senhor estivesse presente! É isso aí, é isso mesmo!

Calado, Lújin sorria com desdém. De resto, estava muito pálido. Parecia refletir em como poderia escapar. Talvez largasse, com prazer, tudo e fosse embora, mas nesse momento ser-lhe-ia quase impossível agir desse modo, a menos que reconhecesse abertamente a justiça das acusações voltadas contra ele e confessasse ter difamado Sófia Semiônovna. Além disso, o público, que já estava meio embriagado, agitava-se em excesso. O servidor de logística gritava mais que todos, conquanto não entendesse direito o assunto, e propunha certas medidas bem desagradáveis para Lújin. Havia, aliás, quem estivesse sóbrio: os moradores tinham vindo de todos os quartos. Os três polacos estavam muitíssimo revoltados, gritavam sem parar a Lújin: *Pan łajdak!*[110] e murmuravam, ainda por cima, outras ameaças em polonês. Sônia escutava angustiada, mas parecia tampouco entender a situação, como se estivesse acordando de uma síncope. Ela não despregava os olhos de Raskólnikov, por sentir que só ele podia defendê-la. Katerina Ivânovna respirava a custo, com rouquidão, e parecia extremamente exausta. A posição de Amália

[110] "Seu canalha!", em polonês.

Ivânovna, a qual permanecia, de boca aberta, sem entender patavina, era a mais ridícula. Ela compreendia apenas que Piotr Petróvitch caíra numa arapuca. Raskólnikov pediu outra vez a palavra, mas os convidados não o deixaram continuar: todos eles vinham cercando Lújin com gritos, injúrias e ameaças. Contudo, Piotr Petróvitch não se intimidou. Vendo que a sua ação contra Sônia estava completamente perdida, lançou mão da desfaçatez.

— Licença, senhores, licença; deixem-me passar, não apertem! — disse, atravessando aos empurrões a multidão. — E façam o favor de não me ameaçar: asseguro-lhes que nada acontecerá, que nada conseguirão contra mim, já que não sou dos medrosos; pelo contrário, acabarão responsabilizados, senhores, por terem abafado violentamente uma causa penal. A ladra está mais do que desmascarada, e eu vou persegui-la. Os juízes não são cegos nem... estão bêbados, e não acreditarão em dois rematados ateus, libertários e agitadores que me acusam por vingança pessoal e reconhecem isso, eles mesmos, devido à sua tolice... Deem-me a licença, sim...

— Que nem o seu cheiro fique no meu quarto: digne-se a ir embora logo, pois tudo está acabado entre nós! É só pensar como me esforçava... duas semanas inteiras... para explicitar a ele...

— Mas eu mesmo acabei de dizer-lhe, Andrei Semiônovitch, que iria logo embora, quando você ainda tentou segurar-me, e agora só acrescento que é bobalhão. Desejo-lhe que cure sua mente e seus olhos doentios. Licença, senhores, licença!

Lújin ia sair do quarto, porém o servidor de logística não queria deixá-lo escapar com tanta facilidade, apenas injuriado: pegou um copo de cima da mesa e jogou-o, com todas as forças, em Piotr Petróvitch, acertando em cheio Amália Ivânovna. Esta ficou guinchando, e o servidor perdeu o equilíbrio com seu arremesso e tombou debaixo da mesa. Piotr Petróvitch passou para o seu quarto e, meia hora depois, não estava mais no apartamento. Tímida por natureza, Sônia já sabia antes que era mais fácil acabar com ela do que com qualquer outra pessoa, e que qualquer um podia ofendê-la quase impune. Ainda assim, ela achava, até aquele mesmo momento, que pudesse evitar o mal com sua prudência, docilidade e humildade perante todo o mundo. Seu desengano foi muito doloroso. Decerto ela poderia suportar tudo, paciente e quase resignada — tudo, inclusive aquilo. Porém, no primeiro momento sentiu muita dor. Não obstante sua vitória e absolvição, o sentimento de mágoa e impotência apertou-lhe, pungente, o coração, assim que, passados o primeiro susto e o primeiro torpor, ela entendeu tudo com nitidez. Sônia ficou histérica. Afinal, ela não aguentou, saiu do quarto e foi correndo para casa. Isso aconteceu quase logo depois da retirada de Lújin. Acertada, em meio às gargalhadas, por um copo, Amália Ivânovna tampouco se conformou com esse desfecho. Guinchando feito uma doida, ela atacou Katerina Ivânovna, que considerava a culpada de tudo:

— Fora do apartamento! Agora! Anda! — ditas essas palavras, ela começou a pegar e jogar no chão qualquer um dos pertences de Katerina Ivânovna que estivesse ao alcance de sua mão. Toda abatida, à beira do desmaio, ofegante, pálida, Katerina Ivânovna pulou da cama (em que acabava de desabar, exausta) e partiu para cima de Amália Ivânovna. Contudo, a luta delas era muito desigual: a locadora empurrou-a como uma pena.

— Como? Não bastava me terem denegrido injustamente, e essa safada também me agride! Como? No dia do enterro de meu marido, expulsam-me do apartamento; depois de comerem o meu pão, põem-me no olho da rua com os órfãos! Aonde é que irei? — berrava a pobre mulher, arfante e soluçante. — Meu Deus! — gritou de repente, e seus olhos fulgiram. — Será que não há justiça? A quem defenderíeis, senão a nós aqui, órfãos? Pois vamos ver! Há neste mundo justiça e verdade, há mesmo, e vou encontrá-las! Espera um pouco, safada ímpia! Póletchka, fica com os pequenos, que eu voltarei. Esperem-me, nem que seja na rua! Veremos se há neste mundo verdade!

E, pondo na cabeça aquele mesmo lenço verde de *dradedam* que tinha mencionado em seu relato o finado Marmeládov, Katerina Ivânovna atravessou a turba caótica de bêbados inquilinos, que continuava reunida no quarto, e saiu correndo, gritando e soluçando, com a indefinida meta de encontrar a justiça na mesma hora, de imediato e a qualquer preço. Assustada, Póletchka se escondeu com as crianças num canto e, sentada em cima do baú, toda trêmula, ficou abraçando ambos os pequeninos à espera da mãe. Amália Ivânovna percorria o quarto todo, guinchava, vociferava e, furiosa, jogava no chão tudo quanto lhe caísse nas mãos. Os inquilinos também vociferavam, cada qual de seu jeito: uns discutiam, como podiam, o recente acontecimento; outros brigavam e xingavam; havia quem entoasse algumas canções...

"Está na hora de eu também ir! — pensou Raskólnikov. — E aí, Sófia Semiônovna, veremos o que me dirá agora!".

E ele se dirigiu à casa de Sônia.

IV

Raskólnikov advogara enérgica e veementemente em favor de Sônia, embora guardasse enorme pavor e sofrimento em sua própria alma. Tendo sofrido tanto pela manhã, ele se sentira quase feliz com o ensejo de alterar suas impressões, que iam ficando insuportáveis, sem mesmo falarmos em como seu anelo de defender Sônia era sincero e entranhado. Além disso, o jovem tinha em vista o futuro encontro com Sônia, que o alarmava, por momentos, em demasia: ele *devia* contar à moça quem matara Lisaveta e, pressentindo outro sofrimento terrível, como que tentava repeli-lo com as mãos. Por isso, quando ele exclamou, ao sair do quarto de Katerina Ivânovna: "E aí, Sófia Semiônovna, veremos o que me dirá agora!", ainda continuava naquele estado de aparente excitação, veemência e desafio que lhe proporcionara a recente vitória sobre Lújin. Mas uma coisa estranha se deu com ele. Mal o jovem chegou ao apartamento de Kapernaúmov, sentiu uma fraqueza inesperada e um temor. Parou, pensativo, junto da porta, fazendo a si mesmo uma pergunta esquisita: "É preciso mesmo dizer quem matou Lisaveta?". Essa pergunta era esquisita por ele ter sentido, de supetão e no mesmo instante, que não só lhe seria impossível deixar de fazê-la, como simplesmente adiar, pelo menos um pouco, o momento em que a faria. Ainda não sabia por que isso lhe seria impossível: apenas *sentia* assim, e a consciência cruenta de sua derrota perante a necessidade quase o esmagava. Para não raciocinar nem sofrer mais, Raskólnikov abriu rapidamente a porta e, logo da soleira, olhou para Sônia. Ela estava sentada, debruçando-se sobre a sua mesinha e cobrindo o rosto com as mãos, contudo, vendo Raskólnikov entrar, ficou prontamente em pé e veio ao seu encontro, como se estivesse esperando por ele.

— O que é que seria de mim sem você? — disse ela depressa, acercando-se dele no meio do quarto. Era só isso que ela queria, obviamente, dizer-lhe na ocasião. Por isso é que esperava a sua chegada.

Raskólnikov se dirigiu à mesa e sentou-se na cadeira da qual ela acabava de levantar-se. A moça ficou a dois passos dele, bem na frente, como no dia anterior.

— E aí, Sônia? — perguntou ele e, de repente, sentiu que sua voz estava tremendo. — O problema todo era "sua situação social e os hábitos a ela relacionados". Você entendeu isso lá?

Um sofrimento marcou o semblante dela.

— Apenas não fale comigo como ontem! — interrompeu-o a moça. — Por favor, não comece. Já chega de dor...

Ela se apressou a sorrir, temendo que ele talvez não gostasse de seu reproche.

— Foi bobo sair de lá. O que eles fazem agora? Já ia voltar, mas pensava, o tempo todo, que você... viria assim.

O jovem contou-lhe que Amália Ivânovna estava para expulsar a família do apartamento, e que Katerina Ivânovna tinha ido "buscar a verdade" algures.

— Ah, meu Deus! — estremeceu Sônia. — Vamos depressa...

E ela pegou sua mantilha.

— Sempre a mesma coisa! — exclamou Raskólnikov com irritação. — Só tem a família em mente! Fique comigo.

— E... Katerina Ivânovna?

— E Katerina Ivânovna não a deixará, certamente, de lado: virá, ela mesma, vê-la, desde que foi andar pelas ruas — acrescentou ele, resmungando. — Se não a encontrar em casa, vai acusá-la depois...

Tomada por uma indecisão torturante, Sônia se sentou numa cadeira. Raskólnikov estava calado, de olhos no chão, e refletia sobre algo.

— Suponhamos que Lújin não queira agora — começou ele, sem olhar para Sônia. — Mas, se quisesse mesmo ou tivesse aquilo em seus cálculos, e se eu não estivesse por perto com Lebeziátnikov, poria você na cadeia, hein?

— Sim — disse ela com uma voz fraca —, sim! — repetiu, distraída e preocupada.

— E eu bem poderia não estar lá! Quanto a Lebeziátnikov, veio por mero acaso.

Sônia não respondia.

— E se a pusessem na cadeia, o que aconteceria? Lembra o que disse ontem?

Ela permanecia calada. Raskólnikov fez uma pausa.

— Pensava que você fosse gritar de novo: "Ah, pare aí, não fale!" — Raskólnikov ficou rindo de modo algo forçado. — Pois bem, novamente calada? — indagou um minuto depois. — Precisamos falar de alguma coisa, não é? Eu gostaria de saber como você resolveria agora uma "questão", como diz Lebeziátnikov. (Seus pensamentos pareciam entrar em confusão.) Não, é assim mesmo, eu falo sério. Imagine, Sônia, que saberia de antemão todas as intenções de Lújin, que saberia (quer dizer, com toda a certeza) que, por causa dele, Katerina Ivânovna acabaria totalmente perdida com as crianças, e você própria, para completar (como não se dá valor algum, seria *para completar* mesmo). Póletchka também... já que o caminho dela é o mesmo. Pois bem, é isto: se tudo ficasse, de súbito, dependendo de sua decisão... ou seja, ele ou seus familiares continuam vivendo, quer dizer, Lújin continua a viver, fazendo suas torpezas, ou Katerina Ivânovna morre? Que decisão é que você tomaria: qual deles ia morrer? Eis a minha pergunta.

Sônia olhou para ele com inquietude: algo singular ouvia-se nesse discurso vago que se achegava, com muitos rodeios, ao seu objetivo.

— Já pressentia que fosse perguntar algo assim — disse ela, fitando-o ansiosa.

— Tudo bem, que seja. Mas como seria então sua decisão?

— Por que me pergunta o impossível? — retorquiu Sônia com asco.

— Pois então é melhor que Lújin viva e faça suas torpezas? Nem isso você ousaria decidir?

— Mas eu cá não posso saber a vontade de Deus... E por que você me pergunta o que não se pode perguntar? Para que servem essas perguntas ocas? Como pode acontecer que isso dependa de uma decisão minha? E quem foi que me designou juíza: quem vai viver, quem não vai?

— Quando a vontade de Deus está no meio, não há mais nada a fazer — disse Raskólnikov, lúgubre.

— Diga-me logo, pois, o que quer! — exclamou Sônia com dor. — De novo está aludindo a alguma coisa aí... Será que veio apenas para me torturar?

A moça não aguentou e ficou soluçando. Raskólnikov olhava para ela numa aflição fúnebre. Passaram-se uns cinco minutos.

— Tens razão, Sônia — disse, por fim, o jovem com voz baixa. Havia, de chofre, mudado, e seu tom de falsa insolência e desafio impotente sumira.

Mesmo a voz dele perdera a firmeza. — Eu mesmo te disse ontem que não viria pedir-te perdão, mas começo agora quase com isso, pedindo perdão... Disse aquilo de Lújin e da vontade de Deus para mim mesmo... Estava pedindo perdão, Sônia...

O jovem queria sorrir, mas algo impotente e inconcluso transpareceu em seu fraco sorriso. Ele abaixou a cabeça e cobriu o rosto com as mãos. E, de improviso, certa sensação de cáustico ódio por Sônia surgiu-lhe, estranha e repentina, no coração. Como que espantado e assustado, ele próprio, com essa sensação, ergueu a cabeça e mirou-a atento, mas encontrou somente o seu olhar aflito e desvelado até a dor. Havia amor nesse olhar, e seu ódio desapareceu como um fantasma. Não era isso: o jovem tomara um sentimento pelo outro. Isso significava apenas que *o momento* chegara.

Ele voltou a cobrir o rosto com as mãos e abaixou a cabeça. De súbito, ficou pálido, levantou-se da cadeira, olhou para Sônia e, sem dizer nada, sentou-se maquinalmente na cama dela.

Em suas sensações, esse minuto se parecia horrivelmente com aquele em que se postara atrás da velha, tendo já tirado o machado do laço, e sentira que "não havia mais um segundo a perder".

— O que você tem? — perguntou Sônia, amedrontada.

Ele não conseguia articular meia palavra. Não era dessa maneira que pretendia fazer sua confissão, e não entendia, ele mesmo, o que estava acontecendo. Silenciosa, a moça se aproximou dele, sentou-se ao seu lado na cama e ficou esperando, de olhos cravados nele. Seu coração pulsava e desfalecia. A situação se tornou insuportável. Raskólnikov virou para Sônia seu rosto lívido; os lábios dele entortaram-se numa dolorosa tentativa de dizer algo. Um pavor despontou no coração de Sônia.

— O que você tem? — repetiu ela, afastando-se um pouco do jovem.

— Nada, Sônia. Não te assustes... Bobagem! Palavra de honra, se pensar bem, é uma bobagem — murmurava ele, como quem estaria em franco delírio. — Por que foi que vim torturar logo a ti? — acrescentou, de repente, olhando para ela. — Palavra de honra. Por quê? Não paro de me fazer essa pergunta, Sônia...

Teria feito, talvez, essa pergunta um quarto de hora antes, mas agora falava com total impotência, quase perdendo a consciência e sentindo um tremor ininterrupto por todo o corpo.

— Oh, como está sofrendo! — exclamou ela, fitando-o com pesar.

— É tudo bobagem!... Eis o que é, Sônia — de chofre, ele sorriu por algum motivo, e seu sorriso, fraco e pálido, apagou-se em dois segundos —, lembras o que queria dizer-te ontem?

Sônia esperava, angustiada.

— Eu disse, quando estava de saída, que talvez me despedisse de ti para sempre, mas que, se viesse rever-te no dia seguinte, diria... quem matara Lisaveta.

De supetão, ela estremeceu com o corpo todo.

— Pois é, vim para dizer isso.

— Você falava a verdade ontem... — cochichou ela com esforço. — Como é que você sabe? — perguntou depressa, recompondo-se num instante.

Sônia passou a respirar a custo. Seu rosto ficava cada vez mais pálido.

— Eu sei.

Ela se calou por um minuto.

— Acharam-*no*, pois? — perguntou ela com timidez.

— Não, não acharam.

— Então como você sabe *daquilo*? — tornou a perguntar Sônia, com uma voz quase inaudível, após outro minuto de silêncio.

Raskólnikov se virou para ela e fitou-a com muita, muita atenção.

— Adivinha — disse ele com o mesmo sorriso torto e impotente.

Era como se uma convulsão percorresse todo o corpo dela.

— Você me... por que você me assusta... tanto? — perguntou ela, sorrindo como uma criança.

— Sou um grande amigo *dele*... por isso é que sei — prosseguiu Raskólnikov, continuando a fitar o seu rosto, como se já não tivesse mais forças para desviar o olhar. — Ele não queria... matar essa Lisaveta... Matou-a... por acaso... Ele queria matar a velha... quando ela estava sozinha... e veio... Aí entrou Lisaveta... Aí... ele a matou.

Passou-se mais um minuto horripilante. Os dois olhavam um para o outro.

— Não podes adivinhar, pois? — indagou ele, de improviso, com a sensação de quem estava prestes a jogar-se do campanário.

— N-não — respondeu Sônia, num cochicho quase inaudível.

— Olha bem para mim.

E, logo que disse isso, outra sensação antiga e conhecida veio gelar--lhe a alma: ele olhava para Sônia e, de repente, vislumbrou no seu rosto os traços de Lisaveta. Havia claramente memorizado a expressão facial de Lisaveta, quando se aproximava dela então com o machado, ao passo que ela se afastava em direção à parede, estendendo uma mão para a frente, com o rosto marcado por um medo bem infantil, igual às crianças muito pequenas que ficam intimidadas com alguma coisa, olham, inquieta e fixamente, para o objeto que as intimida, recuam e, estendendo a mãozinha para a frente, aprontam-se para chorar. Quase o mesmo estava acontecendo agora com Sônia: com a mesma impotência, com o mesmo medo, ela ficou olhando para ele por algum tempo e, estendendo, de chofre, a mão esquerda para a frente, tocou, bem de leve, o peito do jovem com os dedos e começou a levantar-se devagarinho da cama, afastando-se cada vez mais dele e mirando-o de modo cada vez mais fixo. Seu pavor se transmitiu a ele: o mesmo susto transpareceu no rosto do jovem, que passou, por sua vez, a mirá-la do mesmo modo fixo e quase com o mesmo sorriso *infantil*.

— Adivinhaste? — cochichou ele, por fim.

— Meu Deus! — um grito horrível jorrou-lhe do peito. Desfalecendo, a moça caiu na cama, de rosto contra os travesseiros. Porém, um instante depois, soergueu-se depressa, achegou-se a ele, pegou-lhe ambas as mãos e, apertando-as com seus dedos fininhos, como se fosse uma pinça, voltou a encará-lo, imóvel. Esse último olhar dela tentava ainda, desesperado e como que grudado nele, enxergar a última sombra de esperança. Mas não havia mais esperança nem sobrava mais dúvida alguma: tudo era *assim* mesmo! Até mais tarde, quando ela relembrasse esse momento ao cabo de muito tempo, suas sensações seriam estranhas e singulares: por que teria visto então, *de uma vez só*, que não havia mais dúvidas? Não poderia dizer, por exemplo, que pressentira algo desse gênero! Entretanto, agora que ele acabava de confessar o crime, ela teve a impressão de que realmente viesse pressentindo *aquilo* mesmo.

— Chega, Sônia, chega! Não me tortures! — pediu ele com sofrimento. Não era, não era assim que queria contar-lhe tudo, mas foi *assim* que aconteceu!

Como que transtornada, Sônia se levantou e, torcendo os braços, chegou ao centro do quarto; depois regressou depressa e sentou-se outra vez perto do jovem, quase tocando o seu ombro no dele. De súbito, estremeceu, soltou um grito, como se estivesse ferida, e caiu de joelhos na frente de Raskólnikov, sem mesmo saber por que fazia isso.

— O que, mas o que você fez consigo? — disse ela com desespero e, ficando outra vez em pé, abraçou-lhe, num ímpeto, o pescoço, e apertou-o, com toda a força, em seus braços.

Raskólnikov deu um passo para trás e mirou-a com um triste sorriso:

— Estás estranha, Sônia: abraças e beijas depois de eu te contar *sobre aquilo*. Estás transtornada.

— Não há, não há agora ninguém, no mundo inteiro, que esteja mais infeliz que tu! — exclamou ela, sem ter ouvido essa frase em seu desvario, e, de repente, ficou soluçando, como que histérica.

Uma sensação esquecida há tempos inundou-lhe, como uma onda, a alma e logo a deixou enternecida. O jovem não resistia: duas lágrimas surgiram nos olhos dele e ficaram suspensas sobre os cílios.

— Tu não me deixarás, Sônia? — disse ele, olhando para a moça quase com esperança.

— Não, não: jamais, em nenhuma parte! — exclamou Sônia. — Vou atrás de ti, aonde fores! Oh, meu Deus!... Oh, como sou desgraçada!... Por que, mas por que não te conheci antes? Por que não vieste mais cedo? Oh, meu Deus!

— Venho agora.

— Agora! Oh, o que fazer agora?... Juntos, juntos! — repetia ela, como que inconsciente, e tornava a abraçá-lo. — Vou para a cadeia contigo!

O jovem sentiu uma espécie de convulsão; seu antigo sorriso, cheio de ódio e quase soberbo, transpareceu-lhe nos lábios.

— Eu, Sônia, não quero ainda, quem sabe, ir para a cadeia — disse ele.

Sônia lançou-lhe uma olhada. Após a primeira, cordial e dolorosa compaixão pelo infeliz, a tétrica ideia de assassinato deixou-a aturdida. Repentinamente alterado, o tom de sua fala era o de um assassino. A moça olhou para ele com espanto. Ainda não sabia de nada: nem o porquê, nem de que modo nem com que intuito ele fizera aquilo. Agora todas essas perguntas eclodiram, de uma só vez, na mente dela. E Sônia ficou duvidando: "Ele, ele é que é assassino? Seria isso possível?".

— O que é isso? Onde é que estou? — proferiu ela numa profunda perplexidade, como se não tivesse ainda recuperado os sentidos. — Como você, você, um homem *assim*... pode ter ousado fazer aquilo?... Para quê?

— Para roubar. Chega, Sônia! — respondeu ele com visível cansaço e mesmo com certa irritação.

Sônia estava como que atordoada, mas de repente gritou:

— Estavas com fome? Querias... ajudar tua mãe? Sim?

— Não, Sônia, não — murmurou ele, cabisbaixo, e virou-lhe as costas. — Não tinha tamanha fome... realmente queria ajudar minha mãe, mas... nem isso é totalmente certo... Não me tortures, Sônia!

Sônia agitou os braços.

— Será, será tudo isso verdade? Meu Deus, mas que verdade é essa? Quem é que pode acreditar nisso?... E como, como você entrega seu último tostão e mata para roubar? Ah!... — exclamou ela de supetão. — Aquele dinheiro que deu a Katerina Ivânovna... aquele dinheiro... Meu Deus, será que aquele dinheiro também...

— Não, Sônia — interrompeu ele, apressado —, não era aquele dinheiro, acalma-te! Foi minha mãe quem me mandou aquele dinheiro, por intermédio de um negociante, e eu o recebi quando estava doente, no mesmo dia em que o entreguei. Razumíkhin viu... foi ele que recebeu o dinheiro em meu nome... aquele dinheiro era meu, era meu próprio dinheiro, meu verdadeiro dinheiro.

Sônia o escutava, atônita, e empenhava todos os esforços para compreender, ao menos, alguma coisa.

— E *aquele* dinheiro... nem sequer sei, aliás, se havia dinheiro lá — acrescentou ele com uma voz baixa e como que pensativa. — Tirei do pescoço dela um porta-moedas de camurça... um porta-moedas bem cheio, abarrotado... mas não o abri; talvez me tenha faltado tempo... Quanto às coisas de valor, àquelas abotoaduras e cadeiazinhas... escondi todas aquelas coisas e o porta-moedas num pátio, na avenida V***, debaixo de uma pedra... foi na manhã seguinte. Tudo está lá até hoje.

Sônia o escutava com todo o esforço.

— Então por quê... Você disse que foi para roubar, mas não pegou nada? — perguntou ela rapidamente, como que se agarrando a uma palha.

— Não sei... ainda não decidi se pegaria aquele dinheiro ou não — respondeu ele, outra vez pensativo, e, recobrando-se de improviso, sorriu rápida e furtivamente. — Eta, que besteira acabei de dizer, hein?

“Será que está louco?” — ia pensar Sônia, mas logo desistiu dessa ideia: não, era outra coisa. Não entendia nada disso, realmente nada!

— Sabes, Sônia — disse ele com certa inspiração súbita —, sabes o que te direi? Se tivesse matado apenas por sentir fome... — continuou, acentuando cada palavra e olhando para ela de modo misterioso, mas bem sincero —, agora estaria... *feliz*! Fica sabendo disso!

— E o que tens, o que tens? — exclamou, um instante depois, com desespero. — Mesmo se confessar agora ter cometido o mal, o que tens a ver com isso? O que tens a ver com essa tola vitória sobre mim mesmo? Ah, Sônia, foi para isso que vim a tua casa?

Sônia ia dizer novamente alguma coisa, mas permaneceu calada.

— Foi por isso que te convidei ontem, porque não tenho mais ninguém senão a ti.

— Convidou para onde? — perguntou Sônia com timidez.

— Não a roubar nem a matar... não te preocupes, não é isso — sorriu ele, sarcástico —, somos diferentes... E sabes, Sônia, que só agora, só neste momento é que entendo *para onde* te convidei ontem? Pois ontem, quando convidei, não entendia, eu mesmo, para onde. Por um motivo só é que vim: para que não me deixasses. Não me deixarás, Sônia?

Sônia apertou a mão dele.

— E por que, por que disse a ela, por que revelei a ela? — exclamou o jovem, um minuto depois, fitando-a com desespero e sofrimento infinitos. — Estás esperando pelas minhas explicações, Sônia; estás sentada aí, à espera, bem vejo isso. Mas o que vou dizer-te? Não vais entender nada disso, apenas ficarás sofrendo todinha... por minha causa! Pois é, estás chorando e abraças-me outra vez... mas por que me abraças? Porque não aguentei e vim partilhar a dor com outrem: "sofre tu também, que eu fico aliviado"? Será que podes amar um vilão como eu?

— Será que tu não estás sofrendo? — exclamou Sônia.

A mesma sensação tornou a inundar-lhe, como uma onda, a alma, deixando-a, por um instante, enternecida.

— Tenho um coração mau, Sônia, nota bem isso: com isso pode-se explicar muita coisa. Vim porque estava com raiva. Os outros não teriam vindo. E eu cá sou poltrão e... vilão! Mas... que seja assim! Tudo isso não vale... Preciso falar agora mesmo, mas não sei começar...

Ele parou, pensativo.

— E-eh, como somos diferentes! — exclamou de novo. — Não somos um par! Por que, mas por que vim? Nunca perdoarei a mim mesmo!

— Não, não, foi bom teres vindo! — respondeu-lhe Sônia. — É melhor que eu saiba! É bem melhor!

Raskólnikov a fitava com sofrimento.

— Mas realmente foi isso! — disse ele, como que tomando uma decisão. — Foi isso mesmo! É o seguinte: queria tornar-me Napoleão, portanto matei... E aí, entendes agora?

— N-não — cochichou Sônia, ingênua e tímida —, apenas... fala, fala! Eu vou entender, eu vou entender *aqui dentro*! — implorou-lhe.

— Vais entender? Pois bem, veremos!

Calado, ele ficou refletindo por muito tempo.

— É o seguinte. Um dia, fiz a mim mesmo esta pergunta: o que aconteceria, se, por exemplo, Napoleão estivesse no meu lugar e não tivesse, para começar a sua carreira, nem Toulon, nem o Egito nem a escalada do Mont Blanc, mas tão somente alguma velhinha ridícula, em vez de todas aquelas coisas bonitas e monumentais, uma viuvinha de servidor público que lhe cumprisse abater, ainda por cima, para furtar o dinheiro do baú dela (a fim de fazer a carreira, entendes?)... Pois então, ele se atreveria a fazer aquilo, se não tivesse outra saída? Não sentiria asco por aquilo não ser nada monumental, mas... só um pecado? Pois eu te digo que fiquei cismando sobre essa "questão" muitíssimo tempo e acabei todo envergonhando por adivinhar, afinal (assim tão de repente), que ele não só não sentiria asco nenhum, como nem sequer pensaria que aquilo não era monumental... nem compreenderia, no fim das contas, que asco podia causar aquilo. E se não tivesse mesmo outro recurso, esganaria a velha de modo que ela nem sequer daria um pio, sem sombra de hesitação!... Então eu... deixei de refletir e... esganei... seguindo o exemplo da autoridade... E foi justamente dessa maneira! Achas isso hilário? Sim, Sônia, o mais hilário é que foi, sabe-se lá, justamente dessa maneira...

Sônia não achava graça nenhuma nisso.

— É melhor você dizer tudo direto... sem exemplos — pediu ela, ainda mais tímida, e sua voz quase não se ouvia.

O jovem se virou para ela, mirou-a com tristeza e pegou suas mãos.

— Tens novamente razão, Sônia. Tudo isso é uma bobagem, apenas uma tagarelice! Olha: tu sabes que minha mãe não tem quase nada. Minha irmã recebeu uma instrução lá, por acaso, e acabou fadada a ser governanta. Elas depositaram em mim todas as esperanças. Eu estudava, mas não podia manter-me na universidade e fui obrigado a deixar, por um tempo, o meu curso. Mesmo se continuasse assim, poderia esperar que, dentro de uns dez ou doze anos (caso as circunstâncias me fossem favoráveis), chegasse a ser um professorzinho ou um servidor público com mil rublos de vencimentos... — ele parecia recitar um texto decorado. — Até lá, minha mãe teria definhado com seus pesares e afazeres, e eu não conseguiria, nem com todo o esforço, consolá-la, e a irmã... bem, com a irmã poderia acontecer uma coisa pior ainda!... E que vontade teria eu de deixar, a vida inteira, tudo de lado e de virar a tudo as costas, esquecendo a mãe e aturando, digamos, a desonra da irmã com reverências? Para que faria isso? Para enterrá-las e logo arrumar as outras — mulher e prole — e largá-las também, mais tarde, sem um tostão furado nem uma crosta de pão? Eu decidi, pois... decidi que, assaltando a velha, empregaria o dinheiro dela para me manter na universidade, nesses primeiros anos, sem afligir minha mãe, e para custear os primeiros passos, depois de formado... fazendo tudo isso de modo amplo e radical, a fim de construir uma carreira inteiramente nova e de escolher um caminho novo e independente... Bom... eis tudo o que queria dizer... Bem entendido, fiz mal em matar a velha... pois sim... e basta!

Chegando ao fim do relato em plena estafa, o jovem ficou cabisbaixo.

— Oh, não é assim, não — exclamava Sônia, angustiada —, será que pode ser assim? Não, não é isso, não!

— Tu mesma percebes que não é isso!... Porém eu contei toda a verdade!

— Mas que verdade é essa? Oh, meu Deus!

— Foi só um piolho que matei, Sônia: um piolho inútil, repugnante, maligno.

— A gente é que é um piolho?

— Eu mesmo sei que não é — respondeu ele, fitando-a de maneira estranha. — De resto, Sônia, estou mentindo — adicionou —, venho mentindo há tempos... Tudo isso não é assim, estás certa. As causas foram muito, muito, muito diferentes!... Faz tempo que não falo com ninguém, Sônia... Estou com muita dor de cabeça.

Seus olhos irradiavam um brilho febril. O jovem estava quase em delírio; um sorriso inquieto surgira-lhe nos lábios. Contudo, uma fraqueza horrível já se manifestava nesse estado de excitação em que se encontrava o seu espírito. Sônia percebeu como ele estava sofrendo. A cabeça dela também dava voltas. E ele continuava a falar de modo bem esquisito: a moça chegava a entender certas coisas, mas... "Como assim? Como? Oh, meu Deus!" E ela torcia os braços, desesperada.

— Não, Sônia, não é isso! — recomeçou ele, erguendo outra vez a cabeça, como se uma viravolta inesperada de ideias o tivesse pasmado e excitado de novo. — Não é isso! É melhor... imagina (sim! Desse jeito é melhor mesmo!)... Imagina que eu seja vaidoso, invejoso, malvado, sórdido, vingativo... bem, e talvez ainda propenso à insanidade. (Que venha tudo de uma vez só! Já se falou antes em minha insanidade, eu reparei nisso!) Acabei de dizer que não conseguia manter-me na universidade. E tu sabes que talvez conseguisse? Minha mãe mandaria dinheiro para comprar o que fosse preciso, e eu mesmo pagaria, com meu trabalho, as botas, as roupas e o pão... com toda a certeza! Poderia dar aulas: têm-me oferecido cinquenta copeques por aula. Razumíkhin é que trabalha assim, feitas as contas! Mas eu senti raiva e não quis trabalhar. Foi exatamente *a raiva* (essa palavra é boa!). Fiquei então recolhido no meu cantinho, feito uma aranha. Tu já vieste ao meu canil, viste-o... E tu sabias, Sônia, que esses tetos baixos e quartos pequenos oprimem a alma e a mente? Oh, como eu odiava aquele cubículo! Ainda assim, não queria sair dele. Não queria adrede! Passava lá dias inteiros, e não queria trabalhar nem mesmo comer, só estava deitado. Se Nastássia trazia comida, eu comia; se não trazia, ficava o dia inteiro com fome. De propósito, sim, de raiva mesmo é que não pedia comida! Não havia lume de noite, e eu ficava deitado nas trevas, porém não queria trabalhar para comprar velas. Precisava estudar, mas vendi os meus livros; e na minha mesa, em cima dos cadernos e anotações, há um dedo de poeira até hoje. Preferia ficar deitado e refletir. Refletia o tempo todo... E tinha tais sonhos, diversos, estranhos sonhos — nem vale a pena contar que sonhos eu tinha! Mas então comecei a sonhar, inclusive, que... Não, não é isso! Não conto direito outra vez! Olha, não parava de perguntar a mim mesmo: por que sou tão bobo que, se os outros são bobos e eu cá estou convencido de serem bobos, não quero ser mais inteligente que eles? Fiquei sabendo depois, Sônia, que, se esperasse até todos se tornarem inteligentes, perderia muitíssimo tempo... Depois fiquei sabendo ainda que isso não aconteceria nunca, que os humanos não mudariam, e que ninguém os reconstruiria, e que nem sequer valeria a pena gastar esforços com isso! Sim, é isso mesmo! É a lei deles... A lei, Sônia! É isso!... E agora eu sei, Sônia, que o soberano deles é quem tiver a mente robusta e o espírito forte! Quem for atrevido tem razão em seu meio. Quem cuspir em mais coisas é o legislador, e quem tiver a coragem de fazer mais do que eles todos é o mais certo! Sempre foi assim, e assim sempre será! Só um cego é que não veria!

Dizendo isso, Raskólnikov olhava para Sônia, porém não lhe importava mais se ela o entendia ou não. A febre havia-o dominado completamente. O jovem se entregava a uma sinistra exaltação (fazia realmente muito tempo que não conversava com ninguém!), e Sônia compreendeu que essa fúnebre catequese já se tornara a fé e a lei dele.

— Então adivinhei, Sônia — prosseguiu ele, extasiado —, que o poder só é dado a quem ousar inclinar-se e apanhá-lo. É só uma coisa, uma só: a gente ousar! Tinha então uma ideia em formação, pela primeira vez na vida, uma ideia tal que ninguém nunca tivera antes de mim! Ninguém! Ficou-me, de súbito, claro que nem o sol: como é que nenhuma pessoa ousou, até hoje, nem ousa, passando junto daquele absurdo todo, apenas o pegar pelo rabo e sacudir para o diabo? Eu... eu quis *ousar* e matei... somente quis ousar, Sônia, eis toda a causa!

— Oh, cale-se, cale-se! — exclamou Sônia, agitando os braços. — Você se afastou de Deus, e Ele o atingiu, entregou ao demônio!...

— A propósito, Sônia, quando estava deitado, lá na escuridão, e sonhava com tudo aquilo, era o demônio que me tentava, hein?

— Cale-se! Não ria, ímpio, que não entende nada, mas nada mesmo! Oh, meu Deus! Ele não entende nada, nada!

— Cala-te tu, Sônia: não estou rindo, pois sei, eu mesmo, que o demônio me impelia. Cala-te, Sônia, cala-te — repetiu o jovem, lúgubre e insistente —, eu sei tudo. Já pensei nisso tudo e cochichei a mim mesmo, quando deitado ali nas trevas... Já discuti tudo isso comigo mesmo, até o último e menor detalhe, e sei tudo, tudo! E fiquei tão cansado então, mas tão cansado com toda essa tagarelice! Queria esquecer tudo e começar de novo, Sônia, e parar de matraquear! Tu pensas, talvez, que eu fiz aquilo como um bobo, irrefletidamente? Não, fiz aquilo como um sabedor, e isso me destruiu! Tu pensas, talvez, que eu não sabia, por exemplo, que, começando apenas a questionar e a interrogar-me se tinha o direito de ter o poder, não teria, por consequência, o direito de ter o poder? Ou, quando me perguntava se a gente era um piolho, a gente, por consequência, não era mais um piolho *para mim*, mas sim para quem nem sequer pensaria nisso e agiria direto, sem tais perguntas?... Visto que passei tantos dias cismando — faria Napoleão aquilo ou não faria? —, já estava bem claro que não era Napoleão... Toda, sim, toda a tortura dessa tagarelice é que aguentei, Sônia, e quis jogá-la toda fora: quis matar, Sônia, sem casuística, matar para mim, para mim só! Não queria mentir nem a mim mesmo a respeito disso! Não foi para ajudar minha mãe que matei... bobagem! Não matei para, recebendo dinheiro e poder, tornar-me o benfeitor da humanidade. Bobagem! Matei por matar, matei só para mim: naquele momento, não me importava, em aparência, se me tornaria, mais tarde, o benfeitor de alguém por ali ou passaria a vida inteira a apanhar todos, feito uma aranha, com minha teia e a sugar-lhes a todos os fluidos vivos!... E o principal, Sônia: não queria tanto dinheiro, quando matei; não precisava de dinheiro tanto assim, mas de outra coisa... Agora sei tudo isso... Entende-me: seguindo o mesmo caminho agora, não voltaria, quem sabe, jamais a assassinar. Precisava saber outra coisa, outra coisa me provocava então: precisava saber, e o mais depressa possível, se era um piolho, igual a todos, ou um homem! Poderia passar por cima ou não poderia? Ousaria inclinar-me e apanhar ou não? Seria um ser tremente ou teria o meu *direito*...

— De matar? Teria o direito de matar? — Sônia agitou outra vez os braços.

— E-eh, Sônia! — exclamou ele com irritação; queria contestar, de alguma forma, as palavras dela, mas se calou, desdenhoso. — Não me interrompas, Sônia! Queria provar-te tão só uma coisa: o demônio me arrastou para aquele lado e só depois explicou que não me cumpria ir lá, por ser o mesmíssimo piolho que todos! Ele se riu de mim, e eis-me agora em tua casa! Recebe o vagabundo! Se não fosse piolho, teria vindo a tua casa? Escuta: quando fui então à casa da velha, foi apenas para *provar*... Fica sabendo!

— E matou-a! Matou!

— Mas como matei? Será que matam dessa maneira? Será que vão matar como eu fui então? Contar-te-ei, um dia, como eu fui... Será que matei aquela velhota? Matei a mim mesmo e não a ela! Acabei comigo de uma vez só e para todo o sempre!... E quanto à velhota, foi o demônio quem a matou, não fui eu... Basta, Sônia, basta, basta! Deixa-me — exclamou ele, de supetão, numa agonia espasmódica —, deixa-me!

Ele se debruçou sobre os joelhos e apertou a cabeça com as mãos, como se fosse uma tenaz. Sônia deixou escapar um brado dilacerante:

— Que sofrimento!

— O que faço agora? Diz! — falou ele, erguendo de chofre a cabeça e fitando-a com o rosto todo desfigurado pelo desespero.

— O que faz? — exclamou ela, levantando-se num impulso, e seus olhos, antes molhados de lágrimas, refulgiram. — Levanta-te! — a moça pegou-o no ombro, e ele se soergueu, mirando-a quase assombrado. — Vai agora, neste mesmo instante, e fica no cruzamento de ruas, faz uma mesura, beija, primeiro, a terra que maculaste, e depois saúda o mundo inteiro, todas as quatro partes, e diz para todos em voz alta: "Eu matei!". Então Deus te dará nova vida. Tu vais, tu vais? — perguntava ela, toda trêmula como numa crise nervosa, pegando-lhe ambas as mãos, apertando-as com toda a força e cravando nele seus olhos fulgentes.

Raskólnikov ficou pasmado e mesmo abalado com o repentino êxtase dela.

— Estás falando da cadeia, Sônia, não é? Preciso entregar-me, é isso? — perguntou, lúgubre.

— Precisas passar pelo sofrimento e redimir-te com ele, eis o que é.

— Não! Não vou entregar-me, Sônia.

— E como, mas como tu vais viver? Que fardo carregarás? — exclamava Sônia. — Será isso possível agora? Como é que vais falar com tua mãe? (O que será delas agora, o quê?) Oh, o que é isso? Tu já deixaste a mãe e a irmã. Já as abandonaste, sim, abandonaste. Oh, meu Deus! — soltou ela um grito. — Mas ele mesmo já sabe de tudo isso! Mas como, como viverás sem uma alma viva? O que será de ti agora?

— Não te faças de menininha, Sônia — disse ele baixinho. — Que culpa eu tenho perante eles todos? Por que iria? O que lhes diria? Tudo isso não passa de uma miragem... Eles mesmos abatem milhões de pessoas e acham nisso, ainda por cima, uma virtude. Eles são todos velhacos e vilões, Sônia!... Não irei, não. E o que lhes direi: matei, mas não ousei pegar o dinheiro e coloquei-o debaixo de uma pedra? — acrescentou com um sorriso mordaz. — Pois eles vão rir de mim, todos, e dirão: és tolo por não teres pegado o dinheiro. És covarde e tolo! Nada, Sônia, eles não vão entender nada, e não merecem entender. Por que iria? Não irei. Não te faças de menininha, Sônia...

— Tu vais sofrer tanto, tanto — repetia ela, estendendo-lhe os braços num rogo desesperado.

— Quem sabe se não me denigro *ainda*? — notou ele, entristecido e como que pensativo. — Quem sabe se *ainda* não sou um piolho, mas sim um homem, e se não me apresso a condenar-me... *Ainda* vou lutar.

Um sorriso altivo surgiu nos lábios dele.

— Suportar tanto sofrimento? Mas será a vida inteira, a vida inteira!

— A gente se acostuma... — disse ele, sombrio e meditativo. — Escuta — começou, um minuto depois —, chega de chorar, é hora de falarmos sério: vim para te dizer que me procuram agora, perseguem...

— Ah! — exclamou Sônia com susto.

— Por que estás gritando? Queres, tu mesma, que eu vá para a cadeia, e ficas agora assustada? Mas é o seguinte: não vou entregar-me a eles. Ainda vou lutar, e eles não conseguirão nada. Não têm provas de verdade. Ontem estava num grande perigo e já pensava que pereceria, mas hoje a situação melhorou. Todas as provas deles têm duas pontas, ou seja, eu posso fazer suas acusações se virarem a meu favor — entendes? — e farei... pois já aprendi um bocado de coisas. Todavia, meter-me-ão na cadeia sem sombra de dúvida. Se um acaso não me tivesse ajudado, iria preso hoje mesmo; quem sabe se *ainda* não me prenderão hoje... Mas isso não é nada, Sônia: prender-me-ão e depois soltarão... porquanto não têm nenhuma prova verdadeira nem vão ter, juro-te. E com aquilo que eles têm não se pode encarcerar um homem. Mas chega... É só para tu saberes... Quanto à mãe e à irmã, tentarei fazer que elas não acreditem nem se apavorem... Parece, aliás, que minha irmã está agora endinheirada... por conseguinte, a mãe também... Isso é tudo. De resto, sê cautelosa. Virás visitar-me no cárcere, quando me prenderem?

— Oh, sim! Irei!

Eles estavam sentados lado a lado, tristes e abatidos, como se uma tempestade acabasse de deixá-los sós numa costa deserta. Raskólnikov olhava para Sônia e, sentindo quanto amor ela lhe dedicava, experimentou, de repente, pesar e dor de ser tão amado. Sim, era uma sensação esquisita e tétrica! Vindo à casa de Sônia, vislumbrava nela toda a sua esperança e todo o seu futuro; queria largar, pelo menos, parte do seu sofrimento e, agora que todo o coração da moça se voltava para ele, sentiu-se, de supetão, e reconheceu-se incomparavelmente mais infeliz do que estava antes.

— Sônia — disse ele —, é melhor que não venhas, quando eu estiver no cárcere.

Sônia não respondeu: ela estava chorando. Passaram-se alguns minutos.

— Tens uma cruz no corpo? — perguntou ela repentinamente, como se tivesse lembrado disso.

De início, ele não entendeu a pergunta.

— Não tens mesmo, não tens? Toma, toma esta cruz de cipreste. Eu tenho uma outra: a de cobre, a de Lisaveta. Trocamos nossas cruzes, eu e Lisaveta: ela me deu sua cruz, e eu dei a ela um santinho meu. Agora vou usar a cruz de Lisaveta, e esta é para ti. Toma... é minha! É minha! — implorava ela. — Vamos padecer juntos, e juntos carregaremos as nossas cruzes!...

— Dá! — disse Raskólnikov. Não queria magoá-la, recusando a cruz, mas logo retirou a mão estendida. — Não agora, Sônia. É melhor que a ponha mais tarde — acrescentou, para acalmá-la.

— É melhor, sim, sim, é melhor — respondeu ela, entusiasmada. — Quando fores ao teu calvário, então a porás. Virás a minha casa, eu porei a cruz em ti, a gente rezará e irá.

Nesse momento, alguém bateu três vezes à porta.

— Sófia Semiônovna, posso entrar? — ouviu-se uma voz amável e bem conhecida.

Assustada, Sônia correu às portas. A loura fisionomia do senhor Lebeziátnikov assomou na soleira.

V

Lebeziátnikov estava aparentemente angustiado.

— Vim falar com a senhorita, Sófia Semiônovna. Desculpe... Já pensava que o encontraria aí — de súbito, ele se dirigiu a Raskólnikov —, quer dizer, não pensava nada... desse gênero... mas pensava exatamente... É que a nossa Katerina Ivânovna enlouqueceu — finalizou bruscamente, virando-se para Sônia.

Sônia soltou um grito.

— Quer dizer, a gente tem uma impressão assim. Aliás... A gente não sabe o que fazer, eis o que é! Ela voltou... parece que foi expulsa de algum lugar e, talvez, agredida... pelo menos, a impressão é essa... Ela foi correndo à casa do chefe de Semion Zakhárytch, mas não o encontrou:

ele estava almoçando com outro general... Imagine, ela correu até lá onde eles almoçavam... à casa daquele outro general, e — imagine só! — insistiu em chamarem o chefe de Semion Zakhárytch e, ainda por cima, logo da mesa. Dá para imaginar o que aconteceu. Bem entendido, ela acabou expulsa...e conta que o injuriou, ela mesma, e jogou algo nele. Até se pode supor isso... não entendo como não a prenderam! Agora conta o caso para todo mundo, inclusive para Amália Ivânovna, só que é difícil compreendê-la... grita e se debate... Ah, sim: ela diz, gritando, que, como todos a abandonaram, irá embora com os filhos, diz que vai carregar o realejo pelas ruas e que as crianças vão cantar e dançar, e ela também, para ganhar dinheiro, e que eles vão ficar, todo dia, sob a janela daquele general... "Que vejam", diz, "como os nobres filhos do servidor público vagabundeiam na indigência!". Bate em todos os filhos, e eles choram. Ensina Lênia a cantar a "Quintazinha", e o menino a dançar, e Polina Mikháilovna também, e rasga todos os vestidos, e faz chapeuzinhos para as crianças, como se fossem atores, e quer tamborilar numa bacia em vez da música... Não escuta nada... Como é que pode, imagina? Não se pode fazer assim, não!

Lebeziátnikov ia continuar seu relato, mas Sônia, que o escutava quase perdendo o fôlego, pegou, de repente, a mantilha e o chapeuzinho, e saiu depressa do quarto, vestindo-se a correr. Raskólnikov foi atrás dela, seguido por Lebeziátnikov.

— Enlouqueceu com certeza! — dizia este a Raskólnikov, indo com ele pela rua. — Apenas não queria amedrontar Sófia Semiônovna e disse "parece", contudo, não há dúvida. Dizem que uns montículos lá brotam no cérebro, devido à tísica; é pena que eu não entenda de medicina. Tentei dissuadi-la, aliás, mas ela não escuta nada.

— O senhor lhe falou sobre os montículos?

— Não foi justamente sobre os montículos, não. E, mesmo se fosse, ela não entenderia patavina. Mas eu cá digo o seguinte: se a gente convencer alguém logicamente de que, no fundo, ele não tem por que chorar, esse alguém parará de chorar. Isso é claro. E o senhor acha que não parará?

— Nesse caso, a vida seria fácil demais — respondeu Raskólnikov.

— Espere, espere. É claro que Katerina Ivânovna teria certas dificuldades em entender, mas o senhor sabe que em Paris já houve sérias experiências em relação à possibilidade de curar os doentes mentais tão só por meio da persuasão lógica? Um professor dali, que morreu há pouco, um cientista sério, idealizou esse tipo de tratamento. A principal ideia dele é que não há grande distúrbio no organismo dos loucos, e que a loucura em si é, digamos, um erro lógico, uma falha de raciocínio, uma visão errônea das coisas. Ele desmentia, pouco a pouco, o paciente, e dizem que conseguia, imagine só, bons resultados! Mas, como usava igualmente a ducha gelada, os resultados desse tratamento vêm sendo contestados... Pelo menos, parece-me que é assim...

Raskólnikov não o escutava havia tempo. Aproximando-se do prédio onde morava, ele cumprimentou Lebeziátnikov e foi portão adentro. Lebeziátnikov se recompôs, olhou em volta e seguiu rápido o seu caminho.

Raskólnikov entrou no seu cubículo e ficou plantado no meio dele. "Para que é que voltei aqui?" O jovem examinou o papel de parede, amarelado e sujo, a camada de poeira, o sofá... O som de batidas bruscas e ininterruptas vinha do pátio, como se alguém estivesse enfiando um prego numa tábua... Ele se achegou à janela, ficou nas pontas dos pés e, por muito tempo, mirou o pátio com uma atenção extraordinária. Porém o pátio estava vazio, e não se podia ver quem batia. Do lado esquerdo, na casa dos fundos, viam-se umas janelas abertas, em cujos peitoris estavam os potezinhos com ralos gerânios. Havia roupas estendidas além das janelas... O jovem conhecia tudo isso como a palma da mão. Ele se virou e sentou-se no sofá. Jamais, jamais se sentira tão horrivelmente solitário! Voltou a sentir, ademais, que realmente poderia acabar odiando Sônia, e justamente agora, depois de torná-la mais infeliz ainda. "Por que é que fui pedir suas lágrimas? Será que foi tão necessário assim lhe estragar a vida? Oh, vilania!"

— Ficarei só! — disse ele súbita e resolutamente. — E ela não me visitará na cadeia!

Passados uns cinco minutos, ele ergueu a cabeça e sorriu de modo algo estranho. Tivera uma ideia surpreendente: "Talvez a cadeia seja melhor mesmo" — pensou de improviso.

Ele não lembrava mais quanto tempo permanecera no quarto, com a cabeça cheia de pensamentos indefinidos. De chofre, a porta se abriu e entrou Avdótia Românovna. Primeiro, ela ficou parada e olhou para ele da soleira, do mesmo modo que ele próprio acabara de olhar para Sônia; depois veio sentar-se numa cadeira, em face do irmão, lá onde se sentara no dia anterior. Raskólnikov a fitava calado e como que sem raciocínio.

— Não te zangues, irmão, vim por um minutinho — disse Dúnia. A expressão de seu rosto estava meditativa, mas não severa. Seu olhar denotava paz e serenidade. O jovem via que a irmã também lhe trouxera amor.

— Irmão, agora sei de tudo, *tudo*. Foi Dmítri Prokófytch quem me contou e explicou tudo. Perseguem-te e atormentam devido a uma acusação tola e suja... Dmítri Prokófytch me disse que não havia nenhum perigo, e que tu não deverias ficar tão apavorado com isso. Eu penso de outra maneira e *entendo plenamente* que tudo está revoltado dentro de ti, e que essa indignação tua pode deixar rastros inapagáveis. Eu tenho medo disso. Não te condeno por nos teres abandonado, nem posso condenar: desculpa-me o reproche que te fiz. Sinto, eu mesma, que, se tivesse uma mágoa tão grande como a tua, também me afastaria de todos. Não contarei à mãe nada *sobre aquilo*, mas falarei de ti sem parar e direi, em teu nome, que virás bem em breve. Não te preocupes com ela: *eu* é que vou acalmá-la; porém não a perturbes, tu mesmo, vem, ao menos uma vez, e não te esqueças de que ela é nossa mãe! E agora vou dizer apenas — Dúnia começou a levantar-se do assento — que, caso precises de alguma coisa, ou então... se precisares de toda a minha vida... chama-me, que eu virei. Adeus!

Ela se virou, resoluta, e dirigiu-se à porta.

— Dúnia! — Raskólnikov fê-la parar, ficou em pé e achegou-se a ela. — Esse Razumíkhin, Dmítri Prokófytch, é um homem muito bom.

Dúnia corou de leve.

— Bem... — disse ela, ao esperar um minuto.

— Ele é empreendedor, laborioso, honesto e capaz de amar para valer... Adeus, Dúnia.

Dúnia ficou toda vermelha, e depois se alarmou repentinamente:

— O que é isso, irmão? Será que nos despedimos realmente, para sempre, já que tu... me deixas um testamento assim?

— Não importa... Adeus.

O jovem virou-lhe as costas e dirigiu-se à janela. Dúnia não se moveu, mirando-o com inquietação, e foi embora, aflita.

Não, ele não a tratou com frieza. Houve um momento (o derradeiro) em que sentiu enorme vontade de abraçar a irmã com força, de *despedir-se* dela e mesmo de *dizer* algo, mas nem sequer se atreveu a estender-lhe a mão: "Talvez estremeça depois, quando se lembrar de como a abraçava agora, e diga que roubei o seu beijo!".

"Será que *essa* aguentará ou não?" — acrescentou ele, alguns minutos depois, consigo mesmo. "Não aguentará, não; *essas aí* não aguentam! Essas jamais aguentam..." E voltou a pensar em Sônia.

Um ar fresco vinha pela janela. A luz, lá no pátio, já não estava tão viva. De chofre, o jovem pegou o casquete e saiu do quarto.

Entenda-se bem que ele não se importava nem mesmo queria importar-se com seu estado mórbido. Porém, toda essa angústia constante e todo esse terror espiritual não poderiam ter passado sem consequências. E, se ele não estava, por enquanto, prostrado num verdadeiro delírio, era, quem sabe, exatamente porque sua constante angústia interna ainda o mantinha em pé e consciente, mas de maneira algo artificial e só até certo ponto.

Ele caminhava sem objetivo. O sol se punha. Uma tristeza peculiar tem despontado em seu âmago, nesses últimos tempos. Ela não tinha nada de muito amargo ou maldoso, mas respirava algo contínuo, eterno, fazendo-o pressentir aqueles infindos anos de fria aflição mortificadora, aquela eternidade num "*archin* de espaço". Essa sensação passava a atormentá-lo ainda mais de noite.

— Tenta só não fazer alguma besteira com essas moléstias tolíssimas e meramente físicas, que dependem lá de um pôr do sol! Não só a Sônia como a Dúnia é que vais pedir ajuda! — murmurou ele com ódio.

Alguém chamou por ele. O jovem se virou e viu Lebeziátnikov correr atrás dele.

— Imagine: estava em sua casa, procurando pelo senhor. Imagine, ela cumpriu a promessa e levou os filhos embora! Custou-nos, a mim e a Sófia Semiônovna, encontrá-los. Ela mesma bate numa frigideira e obriga as crianças a cantar e a dançar. As crianças estão chorando. Param nos cruzamentos e perto das lojas. O povo abestalhado corre atrás deles. Vamos.

— E Sônia?... — perguntou Raskólnikov, assustado, enquanto seguia Lebeziátnikov.

— Está simplesmente arrasada. Não é Sófia Semiônovna que está arrasada, mas sim Katerina Ivânovna; aliás, Sófia Semiônovna também está arrasada. Mas Katerina Ivânovna está totalmente arrasada.

Digo-lhe: enlouqueceu de todo. A polícia vai prendê-los. Pode imaginar que efeito isso surtirá... Agora estão à beira do canal, perto da ponte ***, a dois passos de onde mora Sófia Semiônovna. Pertinho.

À beira do canal, não muito longe da ponte e a dois prédios da casa de Sônia, reunira-se uma multidão. Havia, em especial, muita molecada. A voz de Katerina Ivânovna, rouca e dolorida, ouvia-se ainda na ponte. Era, de fato, um espetáculo estranho e capaz de atrair o público de rua. Com o seu velho vestido, o xale de *dradedam* e o chapéu de palha, este semelhante a um trapo amarrotado e posto de través, estava realmente arrasada: exausta e ofegante. Seu rosto de tísica martirizada expressava mais sofrimento que nunca (ainda por cima, um tísico sempre parece mais enfermo e aleijado no sol do que em casa), porém sua excitação não cessava, ficando ela, a cada minuto, mais e mais irritada. A acerca-se a correr das crianças, brigava com elas, implorava, ensinava — lá mesmo, na presença da multidão — como dançar e o que cantar, passava a explicar por que isso era necessário, desesperava-se com a bronquice dos filhos e batia neles... Depois, sem ter terminado, arrojava-se em direção ao público; se reparava num espectador vestido com a mínima decência, logo se punha a explanar-lhe a que estado lamentável tinham sido levados os filhos "de uma família nobre e, até se pode dizer, aristocrática". Se ouvia no meio da multidão uma risada ou uma palavra provocadora, logo atacava os afoitos e começava a xingá-los. Uns passantes riam mesmo, os outros abanavam a cabeça; em geral, todos estavam curiosos em ver uma doida com seus filhos apavorados. A frigideira, de que falara Lebeziátnikov, não estava lá (pelo menos, Raskólnikov não a viu); contudo, em vez de tamborilar na frigideira, Katerina Ivânovna marcava o ritmo com suas mãos ressequidas, ao passo que obrigava Póletchka a cantar e Lênia e Kólia a dançar, e mesmo fazia esforços para cantar também, mas se atrapalhava todas as vezes na segunda nota por causa de sua tosse dilacerante, ficava desesperada, amaldiçoava a tosse e até chorava. O que a deixava mais desesperada eram o choro e o medo de Kólia e Lênia. Ela tentara, de fato, vestir as crianças do mesmo modo que se vestiam os artistas de rua. O menino usava um turbante feito de panos vermelhos e brancos para representar um turco. Faltara a fantasia para Lênia: ela usava apenas o chapeuzinho vermelho de fios de lã (ou melhor, o barrete) do finado Semion Zakhárytch, enfeitado com um pedaço daquela branca pluma de avestruz que pertencia ainda à avó de Katerina Ivânovna e fora guardada, até então, no baú como uma relíquia da família. Póletchka trajava seu vestidinho cotidiano. Tímida e consternada, ela fitava a mãe, sem se afastar dela: adivinhando que a mãe estava enlouquecida, escondia as lágrimas e olhava ao redor com muita angústia. A rua e a multidão haviam-na aterrorizado. Sônia seguia Katerina Ivânovna por toda parte, chorando e implorando, a cada instante, que voltasse para casa. Mas Katerina Ivânovna estava inexorável.

— Chega, Sônia, chega! — gritava ela, apressando-se, arfando e tossindo sem parar. — Tu mesma não sabes o que estás pedindo, feito uma criança! Já te disse que não voltaria a morar com aquela alemã bêbada. Que todos vejam, que toda a Petersburgo veja como pedem esmola os filhos de um pai nobre que passou a vida inteira servindo com lealdade e afinco, e, pode-se dizer, morreu em serviço — ao criar essa fantasia, Katerina Ivânovna já acreditava cegamente nela. — Que veja, que veja aquele generalzinho indigno. És boba, Sônia: o que vamos comer agora? diz! Já abusamos bastante de ti, e não quero mais, não! Ah, Rodion Românytch, é você! — exclamou ela, vendo Raskólnikov, e aproximou-se correndo dele. — Explique, por favor, a essa bobinha que não temos nada mais inteligente a fazer! Até os tocadores de realejo ganham a vida, e quanto a nós... todos vão destacar-nos e reconhecer logo, sabendo que somos uma família pobre, mas nobre, de órfãos fadados à miséria, e aquele generalzinho vai perder o cargo dele, você verá! Vamos cantar todo dia sob as janelas dele, e, quando passar o soberano, eu ficarei de joelhos, botarei todos os filhos na frente e apontarei para eles: "Defenda-nos, pai!". Ele é pai dos órfãos, ele é magnânimo; vai defender-nos, você verá, e aquele generalzinho... Lênia, *tenez-vous droite*![111] E tu, Kólia, vais dançar agorinha de novo. Por que choramingas? Choraminga de novo! De que, mas de que tens medo, bobinho? Meu Deus, o que fazer com eles, Rodion Românovitch? Se você soubesse como são estúpidos! O que fazer, pois, com eles?...

E, quase chorando (o que não impedia, nem um pouco, suas falas rápidas e ininterruptas), ela apontava para as crianças que choramingavam. Raskólnikov tentou persuadi-la a voltar para casa, e até disse, pensando em afetar-lhe o amor-próprio, que andar pelas ruas igual aos

[111] "Mantenha-se reta!", em francês.

tocadores de realejo seria indecente para a futura diretora do internato para mocinhas nobres...

— Do internato, ah-ah-ah! Mais vale um pássaro na mão! — exclamou Katerina Ivânovna, cujo riso foi logo abafado pela tosse. — Não, Rodion Românytch, passou o sonho! Todos abandonaram a gente!... E aquele generalzinho... Sabe, Rodion Românytch, eu joguei nele um tinteiro, que estava lá mesmo, no cômodo dos criados, em cima da mesa, ao lado daquela folha que os visitantes assinam... assinei a folha, joguei o tinteiro e saí correndo. Oh, vilões, vilões! Aliás, cuspo neles: agora vou alimentar os filhos, eu mesma, sem bajular ninguém! Já abusamos bastante dela! — Katerina Ivânovna apontou Sônia. — Póletchka, mostra-me quanto dinheiro juntamos. Como? Tão só dois copeques? Eta, nojentos! Não dão nada, apenas correm atrás da gente, assim de língua para fora! Por que é que aquele bobão está rindo? — ela apontou um homem no meio da multidão. — É tudo porque esse Kólka é tão burro, ele é que dá trabalho! O que queres, Póletchka? Fala francês comigo, *parlez-moi français.*[112] Pois eu te ensinei, pois tu sabes algumas frases!... Senão, como se pode discernir que são filhos de uma família nobre, crianças educadas e não iguais a qualquer tocador de realejo? Não apresentamos algum "Petruchka"[113] nas ruas, mas cantamos uma romança nobre... Ah, sim: o que é que vamos cantar? Interrompem-me volta e meia, e nós... veja bem, Rodion Românytch: paramos aqui para escolher uma música tal que Kólia também pudesse dançar... é que tudo isso, como você imagina, é feito sem preparativos. Temos de combinar... para que tudo seja bem ensaiado, e depois iremos à Nêvski,[114] onde há muito mais pessoas da alta sociedade, e lá nos enxergarão logo: Lênia sabe a "Quintazinha"... Só que não há outra coisa, senão a "Quintazinha", e todo o mundo canta a "Quintazinha"! A gente tem de cantar algo mais nobre... Bom, o que inventaste, Pólia, para ajudar tua mãe? A memória, falta-me a memória, senão teria lembrado! Não vamos cantar "Apoia-se no sabre de um hussardo...", no fim das contas, hein? Ah, vamos cantar em francês *Cinq sous*![115] Pois eu lhes ensinei, ensinei! E o principal: como cantarão em francês, todos verão logo que são filhos da fidalguia,

---

[112] "Fale francês comigo", em francês.

[113] Trata-se de um personagem cômico do teatro de marionetes russo.

[114] Avenida central de São Petersburgo.

[115] "Cinco vinténs", em francês.

e isso será muito mais tocante... Podemos cantar mesmo *Malborough s'en va-t-en guerre,*[116] porque é uma cançoneta bem infantil e cantada em todas as casas aristocráticas para ninar as crianças:

Malborough s'en va-t-en guerre,
Ne sait quand reviendra...[117]

começou ela a cantar. — ... Mas não, é melhor cantarmos *Cinq sous*! Vem, Kólia, põe as mãozinhas na cintura, rapidinho, e tu, Lênia, também gira, mas na direção contrária, e nós, eu e Póletchka, vamos ajudar a cantar e bater palmas!

Cinq sous, cinq sous,
Pour monter notre ménage...[118]

(Tosse-tosse-tosse!) — e ela voltou a tossir. — Arruma o vestidinho, Póletchka, que os ombros ficam de fora — notou, retomando fôlego após um acesso de tosse. — Agora devem comportar-se de modo especialmente decente e com toda a fineza, para todo o mundo ver que são filhos da fidalguia. Bem que eu disse então que se devia talhar um corpete mais comprido e, ainda por cima, com duas camadas de tecido. Foste tu, Sônia, com teus conselhos — "Mais curto, mais curto!" —, que atrapalhaste, por isso é que a criança ficou com esse vestido feio... De novo estão todos chorando, hein? Por que, bobalhões? Pois bem, Kólia, começa rápido, rápido, rápido! Oh, que criança insuportável é essa!... *Cinq sous, cinq sous...* De novo um soldado! O que é que tu queres?

De fato, um policial estava atravessando, aos empurrões, a multidão. Mas, ao mesmo tempo, um senhor de uniforme e capote, um respeitável servidor na casa dos cinquenta anos, com uma ordem no pescoço (o último detalhe agradou particularmente Katerina Ivânovna e influenciou o policial), aproximou-se dela e, calado, entregou-lhe uma nota verdinha de três rublos. Seu rosto expressava uma sincera compaixão.

---

[116] "*Malborough foi para a guerra...*", em francês.

[117] "*Malborough foi para a guerra,*
Quem sabe quando voltará...", em francês.

[118] "*Cinco vinténs, cinco vinténs*
Para fazer a nossa casinha...", em francês.

Katerina Ivânovna aceitou o dinheiro e saudou-o de modo amável e mesmo cerimonioso.

— Agradeço-lhe, prezado senhor — começou ela, assoberbada. — Os motivos que nos impeliram... Toma o dinheiro, Póletchka. Está vendo, ainda há pessoas nobres e magnânimas dispostas a ajudar uma pobre fidalga em sua desgraça. Eis aqui, prezado senhor, os órfãos nobres, até se pode dizer, com os vínculos mais aristocráticos... E aquele generalzinho ali comia perdizes, sentado... e ficou dando patadas no chão, quando fui incomodá-lo... "Vossa Excelência, digo, proteja os órfãos, já que conhece muito bem o finado Semion Zakhárytch; e como a filha dele foi caluniada, no dia em que ele próprio faleceu, pelo mais vil dos vilões..." De novo esse soldado! Defenda-me! — gritou ela para o servidor. — Por que esse soldado me importuna? A gente já fugiu de um deles pela rua Mechtchânskaia... mas o que tens a ver com isso, bobão?

— É proibido fazer isso na rua. Deixe de bagunçar aí.

— És tu que bagunças! Ando como se fosse com um realejo, não tens nada a ver com isso.

— Quanto ao realejo, precisa-se ter uma autorização, e a senhora só espanta o povo com essas suas maneiras. Onde se digna a morar?

— Que autorização? — berrou Katerina Ivânovna. — Acabo de enterrar meu marido... que autorização é essa?

— Senhora, senhora, acalme-se — ia dizer-lhe o servidor. — Vamos, que a acompanho... É indecente ficar aqui, no meio da multidão... a senhora está doente...

— Prezado senhor... não sabe de nada, prezado senhor! — gritava Katerina Ivânovna. — Vamos à Nêvski! Sônia, Sônia! Onde está ela? Também está chorando! O que é que têm vocês todos?... Kólia, Lênia, aonde vão? — exclamou, de repente, com susto. — Oh, crianças bobas! Kólia, Lênia... mas aonde é que eles vão?

Aconteceu que, apavorados ao extremo pela multidão de rua e pelos feitos da mãe insana, e vendo, afinal, um soldado que vinha para pegá-los e levar embora, Kólia e Lênia como que chegaram a um acordo e, segurando um a mãozinha do outro, foram fugindo. Aos berros e prantos, a desgraçada Katerina Ivânovna correu no encalço deles. Fazia horror e pena vê-la correr, chorosa e ofegante. Sônia e Póletchka foram, em disparada, atrás dela.

— Faz que voltem, Sônia, faz que voltem! Oh, que crianças ingratas e bobas!... Pólia, apanha-os... Foi para vocês...

Ela tropeçou, correndo com todas as forças, e tombou.

— Quebrou-se toda, meu Deus! — exclamou Sônia, inclinando-se sobre ela.

A multidão toda se reuniu ao redor. Raskólnikov e Lebeziátnikov foram os primeiros a acudir; o servidor também veio apressado, e o policial resmungou: "E-eta!" e agitou os braços, pressentindo que o acidente trouxesse complicações.

— Vai, anda! — empurrava ele as pessoas que estavam em volta.

— Está morrendo! — gritou alguém.

— Enlouqueceu! — disse outro passante.

— Valha-me Deus! — exclamou uma mulher, benzendo-se. — Pegaram o garotinho com a menina? Estão vindo, olhem: foi a mais velha quem os apanhou... Mas que doidinhos!

Os presentes examinaram com atenção Katerina Ivânovna e viram que ela não se machucara caindo nas pedras, como havia pensado Sônia, e que o sangue derramado pela calçada jorrara da sua garganta.

— Já vi isso, já sei — murmurava o servidor, dirigindo-se a Raskólnikov e a Lebeziátnikov. — É a tísica: o sangue jorra assim e sufoca. Aconteceu com uma parenta minha, há pouco, eu fui testemunha: um copo e meio de sangue... subitamente... O que fazer, no entanto? Agora vai morrer...

— Por aqui, a minha casa, por aqui! — implorava Sônia. — Aqui é que eu moro!... Eis esse prédio, o segundo a contar daqui... Tragam-na a minha casa, rápido, rápido!... — agitava-se ela. — Mandem chamar o médico... Oh, meu Deus!

Graças aos esforços do servidor, o tumulto se aquietou, e mesmo o policial ajudou a transportar Katerina Ivânovna. Semimorta, ela foi levada à casa de Sônia e colocada na cama. O sangramento ainda continuava, mas ela começou, pouco a pouco, a recuperar os sentidos. Além de Sônia, no quarto entraram, ao mesmo tempo, Raskólnikov e Lebeziátnikov, o servidor e o policial; este dispersara previamente a turba, mas alguns curiosos seguiram-nos até a porta do apartamento. Póletchka trouxe Kólia e Lênia, segurando nas mãos deles; as crianças choravam, tremendo. Veio também a família de Kapernaúmov: o próprio alfaiate — um homem coxo e curvo, de aparência estranha, com os cabelos em pé e as costeletas hirtas —, sua mulher, cujo semblante parecia assustado de uma vez por todas, e alguns dos seus filhos, de rosto petrificado pelo constante espanto e boca aberta. No meio de todo esse público apareceu, de repente, Svidrigáilov. Raskólnikov mirou-o pasmado, sem entender de onde ele surgira nem recordar se estava na multidão.

Falava-se em chamar o médico e o padre. O servidor cochichou a Raskólnikov que o médico parecia agora desnecessário, contudo mandou chamá-lo. O alfaiate Kapernaúmov foi correndo buscar o médico.

Enquanto isso, Katerina Ivânovna retomou fôlego, e seu sangramento cessou por um tempo. Com um olhar doentio, mas atento e penetrante, ela examinava Sônia, que, pálida e trêmula, enxugava sua testa suada com um lenço. Acabou por pedir que a levantassem. Os presentes fizeram que se sentasse na cama, segurando-a de ambos os lados.

— Onde estão os pequenos? — perguntou ela com uma voz fraca. — Trouxeste-os, Pólia? Oh, como são bobos!... Por que foram embora?... Oh!

O sangue ainda lhe cobria os lábios ressequidos. Ela passou os olhos pelo que a rodeava.

— É desse jeito que vives, Sônia? Não vim nenhuma vez a tua casa... tão só agora...

Ela olhou para a moça com sofrimento:

— Sugamos-te toda, Sônia... Pólia, Lênia, Kólia, venham cá... Ei-los aqui, Sônia, todos... toma-os, de mão em mão... quanto a mim, chega!... Acabou o baile! Ué! Deixem-me deitada; deixem, ao menos, morrer tranquila...

Colocaram-na outra vez no travesseiro.

— O quê? Um padre?... Não preciso... Têm um rublo a mais por aí?... Não tenho pecados!... Deus há de me perdoar assim mesmo... Ele sabe como eu sofri!... E se não me perdoar, não preciso!...

Um delírio perturbador se apoderava dela cada vez mais. De vez em quando, ela estremecia, olhava em volta, reconhecia, por um minuto, todos; porém a consciência sucumbia logo ao delírio. Sua respiração estava rouca e árdua, como se algo borbulhasse em sua garganta.

— Digo-lhe: "Vossa Excelência!..." — gritava a mulher, arquejando depois de cada palavra —, essa Amália Liúdvigovna... Ah! Lênia, Kólia, ponham as mãozinhas na cintura, depressa, depressa, *glissez-glissez, pas-de-basque!*[119] Bate com os pezinhos... Sê uma criança graciosa...

Du hast Diamanten und Perlen...[120]

Como é que continua? Queria tanto cantar...

Du hast die schönsten Augen,
Mädchen, was willst du mehr?[121]

Não é isso, não! *Was willst du mehr*: eta, o que inventou esse bobalhão!... Ah, sim, outra coisa:

Ao meio-dia ardente, no vale do Daguestão...

Ah, como gostava... Gostava apaixonadamente dessa romança, Póletchka!... Sabes, teu pai... cantava, ainda meu noivo... Ó, aqueles dias!... Queria tanto, tanto que cantássemos juntos! Mas como, como... eis que esqueci... lembrem-me como... — ela estava profundamente emocionada e tentava soerguer-se na cama. Por fim, começou a entoar com uma voz terrível, rouca e extenuada, soltando gritos e suspiros a cada palavra, ao passo que seu rosto expressava um medo crescente:

Ao meio-dia ardente!... no vale!... do Daguestão!...
Com uma bala no peito!...

— Vossa Excelência! — bradou ela, de súbito, e os soluços abafaram seu grito dilacerante —, proteja os órfãos! Lembrando o pão do finado Semion Zakhárytch!... Até se pode dizer, aristocrática!... Ué! — de chofre, ela estremeceu, recompondo-se e olhando para todos com pavor, mas logo reconheceu Sônia. — Sônia, Sônia! — disse num tom pacato e carinhoso, como que assombrada de vê-la na sua frente. — Sônia, minha querida, estás aqui?

---

[119] Nomes das figuras de balé.
[120] "*Tens diamantes e pérolas...*", em alemão.
[121] "*Tens os mais lindos olhos.*
Mocinha, o que queres mais?", em alemão.

Levantaram-na outra vez.

— Chega!... É hora!... Adeus, coitadinha!... Mataram a égua!... Cansa-a-a-ada! — gritou com desespero e ódio, e sua cabeça recaiu no travesseiro.

Ela perdeu novamente os sentidos, mas esse último desmaio não durou muito tempo. Seu rosto seco e amarelo de palidez afundou no travesseiro, a boca se abriu, as pernas se esticaram num espasmo. Ela expirou bem fundo e faleceu.

Sônia caiu em cima do seu cadáver, abraçou-o e ficou imóvel, pondo a cabeça no peito ressequido da finada. Pólethcka segurava os pés da mãe e beijava-os, soluçando. Kólia e Lênia, que ainda não entendiam o que acontecera, mas pressentiam algo muito medonho, pegaram um nos ombros do outro e, de olhos fixos um no outro também, abriram juntos a boca e puseram-se, de supetão, a gritar. Ainda estavam de fantasias: o garotinho de turbante, e a menina de solidéu com pluma de avestruz.

E de que maneira é que o "diploma de honra" ficara, de chofre, em cima da cama, ao lado de Katerina Ivânovna? Estava lá mesmo, perto do travesseiro, e Raskólnikov o via.

O jovem se aproximou da janela. Lebeziátnikov veio abordá-lo.

— Morreu! — disse Lebeziátnikov.

— Rodion Românovitch, tenho cá uma coisinha útil a comunicar-lhe — reapareceu Svidrigáilov. Lebeziátnikov não demorou em ceder-lhe lugar, retirando-se por cortesia. Svidrigáilov levou Raskólnikov, todo pasmado, para um canto distante.

— Vou assumir todos os afazeres, quer dizer, o enterro e outras coisas. É só ter dinheiro, sabe, e eu já lhe disse que tinha dinheiro de sobra. Colocarei esses dois passarinhos e essa Póletchka nas instituições para órfãos, e das melhores, e depositarei mil e quinhentos rublos para cada um, até a maioridade, para que Sófia Semiônovna fique totalmente tranquila. E vou tirá-la também do buraco, porque é uma mocinha boa, não é? Pois bem, diga a Avdótia Românovna que gastei assim aqueles dez mil dela.

— E com que intuito é que o senhor faz tanta filantropia? — perguntou Raskólnikov.

— E-eh, que homem desconfiado! — Svidrigáilov ficou rindo. — Pois já lhe disse que não precisava daquele dinheiro. E se for apenas por humanismo, o senhor não admite? Não era, no fim das contas, um "piolho" qualquer — e ele apontou com o dedo aquele canto em que estava a finada —, igual a uma velhinha usurária ali. Concorde, pois, que "ou Lújin continua a viver, fazendo suas torpezas, ou então ela morre"! E, se eu não ajudar, "Póletchka, por exemplo, terá o mesmo caminho...".

Svidrigáilov pronunciou isso com o ar de um daqueles joviais trapaceiros que *dão piscadelas*, sem despregar os olhos de Raskólnikov. Ouvindo suas próprias expressões dirigidas a Sônia, o jovem ficou pálido e gelado. Recuou prontamente e, assustado, fixou os olhos em Svidrigáilov.

— C-como... o senhor sabe? — cochichou, quase perdendo o fôlego.

— É que estou hospedado logo ali, atrás da parede, na casa da senhora Resslich. Aqui mora Kapernaúmov, e lá, a senhora Resslich, minha antiquíssima e fidelíssima amiga. Sou vizinho.

— O senhor?

— Sim — prosseguiu Svidrigáilov, todo ondulante de riso —, e posso jurar-lhe por minha honra, querido Rodion Românovitch, que o senhor me interessa de modo extraordinário. Pois eu lhe disse que nos conheceríamos melhor, um dia, predisse-lhe isso... e assim nos conhecemos. O senhor verá que homem certo eu sou. Verá que comigo ainda se pode viver...

SEXTA PARTE

I

Um estranho período começou na vida de Raskólnikov, como se uma neblina tivesse surgido na sua frente, metendo-o num isolamento insuperável e sufocante. Quando o relembrasse depois, ao cabo de muito tempo, intuiria que sua consciência ficava, por momentos, como que embaciada, e que isso durara, com alguns intervalos, até a catástrofe definitiva. Acabaria positivamente convencido de que tinha cometido muitos erros, por exemplo, não soubera prever os prazos de certos acontecimentos. Lembrando, pelo menos, o ocorrido mais tarde e procurando compreendê-lo, conheceria melhor a si próprio a partir dos dados provenientes de outras pessoas. Ele confundia, por exemplo, um acontecimento com o outro, tomava tal ou tal fato pela consequência do acidente que existia apenas em sua imaginação. Às vezes, uma inquietude mórbida e dolorosa vinha apossar-se dele e mesmo o arrastava para o pânico. Porém ele recordava também os minutos, as horas e, sabe-se lá, os dias inteiros cheios de apatia que o subjugava em contraste com o medo anterior, apatia bem semelhante àquele estado de mórbida indiferença em que se encontram alguns moribundos. De modo geral, ele mesmo tentava, naqueles últimos dias, esquivar-se da clara e plena compreensão de seu estado; diversos fatos atuais, que precisavam ser esclarecidos de imediato, deixavam-no especialmente angustiado. Como ele gostaria de libertar-se e de fugir daqueles fatos cujo esquecimento significava, aliás, o desfecho trágico e iminente de sua situação!

Quem mais o preocupava era Svidrigáilov: até se pode dizer que toda a atenção sua se fixava em Svidrigáilov. Desde que este lhe dirigira as palavras de manifesta e terrificante ameaça — foi no quarto de Sônia, no momento em que faleceu Katerina Ivânovna —, o fluxo normal de seus pensamentos se interrompeu. Mas, ainda que esse novo problema o preocupasse em demasia, Raskólnikov não se apressava a resolvê-lo. De vez em quando, sozinho à mesa de uma miserável taberna perdida numa distante e sossegada parte da cidade, imerso em reflexões sem lembrar, no entanto, como havia chegado até lá, o jovem pensava, de chofre, em Svidrigáilov: compreendia com muita clareza e aflição que precisava, o mais depressa possível, fazer um acordo com esse homem e resolver a questão de maneira definitiva. Um dia, ao passar dos confins da cidade, o jovem chegou a imaginar que esperava por Svidrigáilov naquele lugar, onde eles teriam marcado o encontro. Outro dia, acordou ao amanhecer, prostrado no solo sob uma moita, e quase não entendia como ficara ali. De resto, já tinha encontrado Svidrigáilov umas duas vezes, ao longo desses dois ou três dias que decorreram desde a morte de Katerina Ivânovna, quase sempre no quarto de Sônia, em que entrava, por um minuto, sem objetivo concreto. Eles trocavam algumas palavras breves, mas nunca conversavam sobre o ponto crucial, como se tivessem decidido, entre si, deixá-lo de lado até o momento certo. O corpo de Katerina Ivânovna ainda estava no caixão. Azafamado, Svidrigáilov preparava o enterro. Sônia também andava muito ocupada. Por ocasião do último encontro, Svidrigáilov explicou a Raskólnikov que cuidava dos filhos de Katerina Ivânovna, e que o negócio todo corria bem: com o apoio de certos conhecidos, ele encontrara umas pessoas que poderiam ajudar a encaminhar prontamente os três órfãos para instituições muito decentes, e o dinheiro reservado em prol deles fizera um papel importante, pois era mais fácil lidar com os órfãos abastados do que com os indigentes. Disse também algo a respeito de Sônia, prometendo ir, dentro em pouco, à casa de Raskólnikov, e acrescentou que "queria trocar opiniões, que gostaria muito de conversar, que havia tais coisas...". Essa conversa acontecia na antessala, perto da escada. Svidrigáilov fitava Raskólnikov bem nos olhos e, de repente, fez uma pausa e perguntou em voz baixa:

— Por que está desse jeito, Rodion Românytch? Palavra de honra: está ouvindo e vendo, mas parece não entender. Ânimo! Espere, que a gente conversa; só é pena que haja muita coisa a fazer — negócios da gente, negócios dos outros... Eh, Rodion Românytch — adicionou de supetão —, todas as pessoas precisam de ar, de ar, de ar... Antes de tudo!

Afastou-se, de súbito, para deixar passar um padre e um sacristão que subiam a escada. Eles vinham celebrar a missa das almas. Conforme a ordem de Svidrigáilov, as missas eram celebradas duas vezes por dia, meticulosamente. Svidrigáilov seguiu o seu caminho. Raskólnikov continuou parado, pensou um pouco e entrou, atrás do padre, no quarto de Sônia.

Ele ficou na soleira. A missa começava: silenciosa, solene e triste. A consciência da morte e a sensação de sua presença sempre representavam, para o jovem, algo opressivo e misticamente tétrico, desde a sua infância; além disso, fazia tempo que ele não ouvia a missa das almas. Havia nisso também outra coisa, algo por demais aterrador e inquietante. Ele olhava para as crianças: todas elas estavam ajoelhadas perto do caixão; Póletchka chorava. Sônia rezava atrás deles, chorando baixinho e como que cheia de timidez. "E ela nem sequer olhou para mim, nesses dias todos, nem sequer me disse meia palavra" — pensou, de repente, Raskólnikov. O quarto estava todo ensolarado, a fumaça do incensório se espalhava como uma nuvem, o padre lia "Mantende-a em paz, Senhor". Raskólnikov ouviu toda a missa em pé. Despedindo-se e abençoando os presentes, o padre olhava ao redor de modo algo estranho. Terminada a missa, Raskólnikov se aproximou de Sônia. A moça lhe pegou, de improviso, ambas as mãos e pôs a cabeça no ombro dele. Esse breve gesto deixou Raskólnikov estupefato: como, pensava ele com pasmo, nem a menor repulsa, nem a menor aversão por ele, nem o menor tremor dessa mão sua? Era simplesmente o cúmulo da auto-humilhação. Pelo menos, assim ele compreendeu isso. Sônia não disse nada. Raskólnikov apertou sua mão e saiu. Sentia um peso horrível. Se pudesse ir embora, nesse momento, e ficar totalmente só em algum lugar, nem que fosse até o final da vida, considerar-se-ia feliz. Mas a dificuldade era que, apesar de quase sempre estar só nesses últimos tempos, ele não conseguia sentir-se só. Às vezes, deixava a cidade e andava pelas grandes estradas; certa vez, adentrou mesmo uma mata. Porém, quanto mais ermo era o local, tanto mais o jovem percebia a próxima e importuna presença de alguém, a qual, mesmo sem ser medonha, parecia tão impertinente que ele se apressava a voltar à cidade, misturava-se com a multidão, entrava nos botequins e bodegas, ia à feira do rolo e à Sennaia. Nesses lugares é que ficava aliviado e até mais recatado. Passou uma hora inteira numa taberna, escutando as canções que lá entoavam de noitinha, e depois recordou ter achado nisso muito prazer. Tornou, no entanto, a inquietar-se mais tarde, como se o remorso tivesse vindo, de chofre, atormentá-lo: "Estou aqui escutando canções, mas deveria mesmo fazer isso?" — pensou então. Aliás, adivinhou logo que não só isso o atormentava: havia algo que exigia uma solução imediata, mas não podia ser entendido nem expresso com palavras. Tudo se enrolava que nem um novelo. "Não, qualquer luta que seja seria melhor! Seria melhor aquele Porfíri... ou Svidrigáilov... Tomara que surja rápido uma saída ou aconteça um novo ataque... Sim, sim!" — pensava ele. Acabou por deixar a taberna e ir embora quase correndo. Os pensamentos sobre Dúnia e a mãe haviam-lhe provocado, de súbito, uma espécie de pânico. Foi exatamente nessa madrugada que ele acordou sob uma moita, na ilha Krestóvski, todo trêmulo e febricitante; dirigiu-se então para casa, chegando apenas de manhãzinha. Após umas horas de sono, a febre passou, mas o jovem demorou a acordar outra vez: quando abriu os olhos, já eram duas horas da tarde.

Lembrou-se de que o enterro de Katerina Ivânovna tinha sido marcado para esse dia e ficou contente de não o ter presenciado. Nastássia lhe trouxe comida, e ele comeu e bebeu com muito apetite, quase sôfrego. Sua mente estava mais fresca, e ele próprio se sentia mais calmo do que nos últimos três dias. Até se espantou, de passagem, com essas crises de pânico que o tinham acometido. A porta se abriu, e entrou Razumíkhin.

— Ah, ele come, então não está doente! — disse Razumíkhin, pegou uma cadeira e sentou-se à mesa, defronte de Raskólnikov. Estava preocupado e não buscava esconder isso. Falava com visível irritação, mas não se apressava nem elevava demais a voz. Podia-se supor que uma intenção particular e mesmo excepcional tivesse surgido em seu âmago. — Escuta — começou ele, resoluto —, por mim, que o diabo os leve a todos, mas, pelo que vejo agora, fica claro que não dá para entender patavina. Não penses, por favor, que vim interrogar-te. Cuspo nisso! Não quero falar sobre isso! Nem que reveles agora tudinho, tu mesmo, todos aqueles segredos de vocês, não vou, quem sabe, nem escutar, mas cuspirei e irei embora. Vim apenas para saber, pessoal e definitivamente: é verdade, primeiro, que tu estás louco? É que existe uma convicção a teu respeito (dizem por aí, sim), a de que talvez estejas insano ou então muito propenso à insanidade. Confesso-te que eu mesmo estava para apoiar essa opinião, julgando, primeiro, pelos teus atos bobos e, vez por outra, baixos (que nada explica), e, segundo, pelo teu recente comportamento com a mãe e a irmã. Só um vilão e canalha, se não for um louco, pode tê-las tratado como tu as trataste; por consequência, tu estás louco...

— Faz tempo que as viste?

— Agorinha. E tu não as viste desde aquele dia? Diz-me, por favor, aonde tens ido, que eu já vim três vezes a tua casa. Tua mãe está gravemente doente, desde ontem. Queria tanto visitar-te, e Avdótia Românovna tentou segurá-la; não quis ouvir nada: "Se ele estiver doente", disse, "se ele estiver enlouquecendo, quem vai ajudá-lo, salvo a mãe?". Viemos para cá, nós todos, que não se podia deixá-la sozinha. Até chegarmos à tua porta, pedíamos que ela se acalmasse. Entramos, mas tu não estavas em casa, e ela ficou sentada bem aqui. Passou uns dez minutos sentada, enquanto nós estávamos perto, em pé, calados. Levantou-se e disse: "Se ele sai de casa e, assim sendo, está bem de saúde e esqueceu a mãe, então é indecente e vergonhoso a mãe ficar na soleira e pedir seu carinho, como se fosse esmola". Voltou para casa e caiu de cama; está com febre agora: "Bem vejo", diz, "que para *a mocinha* ele tem tempo". Acha que *a mocinha* é Sófia Semiônovna, tua noiva ou amante, sei lá. Fui logo à casa de Sófia Semiônovna, mano, porque queria saber de tudo. Venho e vejo: o caixão, as crianças choram, Sófia Semiônovna fá-las pôr vestidinhos de luto, mas tu não estás ali. Dei uma olhada, pedi desculpas, fui embora e contei tudo a Avdótia Românovna. Então tudo isso é bobagem e não há nenhuma *mocinha* no meio; a coisa mais provável, pois, é a loucura. E tu estás aí comendo a carne cozida, como se não tivesses comido há três dias. Digamos que os loucos também comem, mas, bem que não me tivesses dito uma só palavra... não estás louco! Juro que não estás. Antes de tudo, não estás louco. Então, que o diabo os leve a todos, que há nisso algum mistério, algum segredo, e eu cá não pretendo quebrar a cabeça com os segredos dos outros. Vim apenas para te xingar — concluiu ele, ao levantar-se —, para desabafar, e sei agora o que vou fazer!

— Pois o que queres fazer agora?

— E o que tens a ver com o que quero fazer agora?

— Vê se não cais na bebedeira!

— Como... como soubeste disso?

— Sabendo!

Razumíkhin se calou por um minuto.

— Tu sempre foste uma pessoa muito sensata e nunca, jamais foste louco — notou, de súbito, com ardor. — É assim mesmo: eu vou beber! Adeus! — e se dirigiu à saída.

— Falei de ti com minha irmã, Razumíkhin; foi anteontem, parece.

— De mim? Mas... onde é que pudeste vê-la anteontem? — parando de chofre, Razumíkhin até ficou um tanto pálido. Podia-se adivinhar que seu coração passara a bater lenta e tensamente no peito.

— Ela veio aqui sozinha, sentou-se e conversou comigo.

— Ela?

— Sim, ela.

— O que foi que lhe disseste, pois? Em especial, sobre mim...

— Disse a ela que eras um homem muito bom, honesto e laborioso. Não disse que a amavas, porque ela mesma sabe disso.

— Ela mesma sabe?

— Claro que sim. Vá eu aonde for, aconteça o que acontecer comigo, tu é que serás a providência delas. Entrego-as a ti, Razumíkhin, por assim dizer. Digo isso porque tenho toda a certeza de que a amas e estou convencido de teu coração ser puro. Sei que ela também pode amar-te; talvez já te ame, aliás. Agora tu mesmo vais decidir, da melhor maneira que encontrares, se vale a pena cair na bebedeira ou não.

— Rodka... Estás vendo... Pois é... Ah, diabo! Aonde é que queres ir, tu mesmo? Olha, se tudo isso for um segredo, que seja! Mas eu... eu vou saber... E tenho a certeza de que é alguma bobagem sem tamanho, alguma ninharia aí, e que tu foste o único a tramar tudo isso. De resto, és um cara admirável! Um cara admirável!...

— E eu queria acrescentar ainda, mas tu me interrompeste, que tinhas feito muito bem em resolver não perscrutares esses mistérios e segredos meus. Deixa-os por um tempo e não te preocupes. Vais saber de tudo na hora certa, exatamente quando for necessário saberes. Um homem me disse ontem que a gente precisa de ar, de ar, de ar! Quero encontrar-me com ele agora e esclarecer o que ele tinha em vista.

Meditativo e emocionado, Razumíkhin estava cismando. "É um conspirador político! Não há dúvida! E está para dar algum passo decisivo, não há dúvida disso! Não pode ser outra coisa, e... e Dúnia sabe" — pensou, de repente, consigo mesmo.

— Então Avdótia Românovna te visita — disse ele, escandindo as palavras —, e tu mesmo queres encontrar-te com um homem que diz precisarmos de mais ar, de mais ar, e... e, assim sendo, aquela carta também... é algo do mesmo gênero — concluiu, como que falando consigo.

— Que carta?

— Ela recebeu uma carta hoje e ficou muito preocupada. Muito, até demais. Eu ia falar sobre ti, mas ela pediu que me calasse. Depois... depois me disse que talvez fôssemos separar-nos dentro em pouco, depois passou a agradecer-me calorosamente não se sabe o quê; foi, afinal, para o quarto dela e trancou-se lá.

— Ela recebeu uma carta? — perguntou Raskólnikov, pensativo.

— Sim, uma carta, tu não sabias? Hum.

Os dois jovens ficaram calados.

— Adeus, Rodion. Eu, mano... houve um momento... de resto, nada; houve um momento assim... Adeus, pois! Está na hora para mim também. Não vou beber. Não preciso mais disso!

Razumíkhin estava apressado, mas, indo embora e quase fechando a porta atrás de si, voltou de repente a abri-la e disse, olhando para o lado:

— A propósito! Lembras-te daquele assassinato que Porfíri investigava: o da velha? Pois fica sabendo que o assassino foi encontrado, assumiu a culpa e apresentou todas as provas. É um daqueles mesmos operários, um dos pintores que eu defendia ainda, imaginas? Dá para acreditar que toda aquela cena de briga com o companheiro e de riso na escada foi tramada por ele, quando o zelador e as duas testemunhas vinham subindo, exatamente para ludibriá-los? Quanta astúcia e quanto sangue-frio é que tem aquele fedelho! É difícil acreditar, mas ele mesmo explicou e reconheceu tudo. E como eu me deixei enganar? Pois bem, a meu ver, é um gênio de fingimento e de engenhosidade, um gênio de engodo jurídico; por conseguinte, não há nada de tão espantoso assim! Será que não pode haver tais pessoas? E, visto que não aguentou a pressão e acabou por render-se, eu dou ainda mais crédito a ele. Fica mais verossímil assim... Mas como, como me deixei então enganar? Subia as paredes por causa daqueles pintores!

— Diz, por favor, como ficaste sabendo disso e por que isso te interessa tanto? — indagou Raskólnikov, visivelmente emocionado.

— Como assim, por que me interessa? Mas que pergunta!... E quem me contou, entre outras pessoas, foi Porfíri. Aliás, foi ele que me contou quase tudo.

— Porfíri?

— Porfíri, sim.

— E ele... o que ele acha? — perguntou Raskólnikov, assustado.

— Ele me explicou tudo com perfeição. Explicou de seu jeito, psicologicamente.

— Foi ele quem te explicou? Foi ele mesmo, em pessoa?

— Em pessoa, sim, em pessoa. Adeus! Depois te contarei outras coisas, e agora tenho um negócio a fazer. Pois... houve um momento em que pensei... Mas isso não é nada... depois!... Por que iria beber agora? Embebedaste-me sem nenhum vinho. Estou bêbado, Rodka! Estou bêbado sem um pingo de vinho... Pois bem, adeus. Virei rever-te dentro em breve.

Razumíkhin saiu porta afora.

"É um conspirador político, com certeza, sim, com certeza!" — decidiu ele em definitivo, enquanto descia devagar a escada. "Envolveu também a irmã: isso é bem possível com o caráter que Avdótia Románovna tem. Passaram a encontrar-se... Mas ela também me fez alusões. A julgar por muitas palavras... e palavrinhas... e alusões dela, tudo isso deve ser assim mesmo! E como se explicaria, de outro modo, toda essa confusão? Hum! E eu cá ia pensar... Oh, meu Deus, o que foi que pensei? Foi um assombro, sim, e tenho culpa perante ele. Foi ele mesmo quem me assombrou naquela noite, no corredor, junto da lâmpada. Irra! Que pensamento ruim, vil, grosseiro por minha parte! Mikolka fez bem em assumir o crime... E como se explica agora todo o acontecido! Aquela doença dele, todas aquelas ações estranhas, até mais cedo, sim, ainda na universidade, quando ele andava sempre tão intratável, sombrio... Mas o que significa a carta? Há nisso, talvez, outra coisa. Quem foi que escreveu essa carta? Suspeito que... Hum. Não, vou descobrir tudo isso."

Ele se recordou de Dúnetchka, pensou nela, e seu coração parou de susto. Então foi correndo à casa dela.

Assim que Razumíkhin saiu, Raskólnikov se levantou, virou-se para a janela, foi a um canto, depois ao outro, como que esquecido da estreiteza de seu cubículo, e... tornou a sentar-se no sofá. Estava como que renovado: a luta recomeçava; havia, pois, uma saída!

Sim, havia uma saída! Caso contrário, tudo ficaria por demais abafado e apertado, e um torpor viria, cruel, torturá-lo. Desde aquela cena com Mikolka no gabinete de Porfíri, o jovem se sufocava num verdadeiro impasse. No mesmo dia, depois de Mikolka, houve o encontro com Sônia, e ele não conseguiu comportar-se daquela maneira que tinha idealizado antes... não conseguiu: ficou então fraco, instantânea e radicalmente, de uma vez só! Mas concordou, ele mesmo, com Sônia, concordou dentro do seu coração que não poderia viver sozinho com tanto peso na alma! E Svidrigáilov? Svidrigáilov era um enigma... Svidrigáilov o incomodava, de fato, mas, por assim dizer, pelo outro lado. Talvez precisasse ainda lutar contra Svidrigáilov. Svidrigáilov lhe abriria, quem sabe, outra saída; contudo, Porfíri seria bem diferente.

Então o próprio Porfíri explicara aquilo a Razumíkhin, explicara *psicologicamente*! De novo começara a lançar mão de sua maldita psicologia! Porfíri? Seria Porfíri capaz de acreditar, ao menos por um minuto, que Mikolka fosse culpado, depois daquilo que se dera entre eles na ocasião, depois daquela cena a sós que acontecera antes de Mikolka entrar, daquela cena cuja interpretação certa não poderia ser *outra*? (Raskólnikov havia relembrado, nesses últimos dias, alguns trechos esparsos de toda aquela cena com Porfíri; ser-lhe-ia insuportável lembrá-la inteira). Daquela feita, eles pronunciaram tais palavras, fizeram tais movimentos e gestos, trocaram tais olhares, disseram certas coisas com tais vozes e chegaram a tais limites que depois de tudo não seria Mikolka (que Porfíri teria desmascarado completamente, desde a primeira palavra e o primeiro gesto dele), não seria Mikolka quem abalaria os alicerces de sua convicção. Mas como assim? Até Razumíkhin chegara a suspeitar dele! A cena no corredor, junto da lâmpada, não ocorrera em vão. Por isso é que ele recorreu a Porfíri... Mas por que motivo é que este o enganou desse modo? Com que intuito é que focou a atenção de Razumíkhin em Mikolka? Tinha, sem dúvida, alguma ideia; tinha, sim, certas intenções lá, mas quais? Todavia, passara-se muito tempo desde aquela manhã — muito, muito tempo! —, mas não havia mais nem alusão a Porfíri. Isso era, sem dúvida, coisa pior...

Raskólnikov pegou o casquete e, pensativo, ia sair do quarto. Em todo aquele tempo, era o primeiro dia em que ele se sentia, ao menos, em sã consciência. "É preciso acabar com Svidrigáilov" — pensava ele — "e, custe o que custar, o mais depressa possível. Parece que aquele também está esperando que venha, eu mesmo, buscá-lo". Nesse momento, tamanho ódio brotou, de repente, em seu coração fatigado que o jovem se disporia, talvez, a matar um daqueles dois: Svidrigáilov ou Porfíri. Ele sentiu, pelo menos, que era capaz de fazê-lo: se não agorinha, então no futuro. "Veremos, veremos" — repetia consigo mesmo.

Porém, tão logo o jovem abriu a porta da antessala, deparou-se, de supetão, com o próprio Porfíri. Este entrava no seu quarto. Por um instante, Raskólnikov ficou petrificado. Por mais estranho que parecesse, não se surpreendeu muito com a chegada de Porfíri nem sentiu quase medo dele. Apenas estremeceu e preparou-se, imediatamente, para lutar. "Pode ser o desfecho! Mas como foi que ele se achegou assim à socapa, feito um gato, e eu não ouvi nada? Será que estava escutando atrás da porta?"

— Não esperava pela visita, Rodion Romanytch? — exclamou, rindo, Porfíri Petróvitch. — Fazia tempo que queria dar um pulinho aqui; passava por perto e pensei: por que não entrar, por uns cinco minutos, para revê-lo? O senhor estava de saída? Não o reterei. Só fumarei um cigarrinho, se me permitir.

— Sente-se, Porfíri Petróvitch, sente-se — Raskólnikov convidava o visitante para o quarto com ares de tanta alegria e amizade aparente que ficaria espantado, ele mesmo, acaso pudesse ver-se do lado de fora. Eram as últimas sobras que vinham à tona! Um homem passa, às vezes, meia hora de medo horrível em face de um salteador e sente, de súbito, esse medo sumir, já com a faca a roçar-lhe a garganta! O jovem se sentou defronte de Porfíri e encarou-o sem uma piscada. Porfíri entrefechou os olhos e começou a acender o cigarro.

"Fala, pois, fala!" — essas palavras como que estavam para jorrar do coração de Raskólnikov. "Por que, mas por que mesmo, por que não me dizes nada?"

II

— Eis como são esses cigarrinhos! — Porfíri Petróvitch começou, enfim, a falar, acendendo o cigarro e retomando fôlego. — Um dano, um dano puro, mas não consigo desistir! Ando tossindo e ofegando, e a garganta está irritada. Sou meio covarde, sabe, e fui, um dia desses, ver o doutor B., aquele que examina cada doente por, *minimum*,[122] meia hora. Pois ele ficou rindo ao olhar para mim; tamborilou sobre meu peito e auscultou-o, e depois disse: o fumo lhe faz mal, entre outras coisas, que seus pulmões estão dilatados. E como o largaria, esse fumo, por que o substituiria? Não bebo, eis todo o meu problema, he-he-he; o problema é que não bebo! É tudo relativo, Rodion Românytch, é tudo relativo!

[122] "No mínimo", em latim.

"Será que recomeça a sua ladainha de então, será mesmo?" — pensou Raskólnikov com aversão. Lembrou, de chofre, toda a recente cena de seu último encontro, e uma sensação asquerosa inundou-lhe, qual uma onda, o coração.

— Pois eu já vim visitá-lo anteontem, à noite. O senhor não sabia? — prosseguiu Porfíri Petróvitch, examinando o quarto. — Entrei neste mesmo cômodo. Passava também, como hoje, por perto e pensei: vou fazer-lhe uma visitinha. Entrei, que a porta estava escancarada, olhei ao redor, esperei um bocado e fui embora; nem me apresentei à sua criada. Não tranca a porta?

O rosto de Raskólnikov ficava cada vez mais sombrio. Porfíri parecia adivinhar seus pensamentos.

— Vim explicar-me, meu queridinho Rodion Românytch, vim explicar-me! Devo-lhe uma explicação sem falta — continuou com um sorrisinho e até deu um tapinha no joelho de Raskólnikov, mas sua fisionomia ficou, quase no mesmo instante, séria, preocupada e, para a surpresa do jovem, marcada por uma leve tristeza. Raskólnikov nunca vira tal expressão nem sequer suspeitara que Porfíri pudesse tê-la. — Foi uma cena estranha que ocorreu, da última vez, entre nós, Rodion Românytch. Talvez uma cena estranha tivesse ocorrido, de igual maneira, quando de nosso primeiro encontro, mas daquela feita... Bom, agora tudo se encaixa perfeitamente! Eis o que é: talvez eu esteja muito culpado com o senhor... sinto isso. O senhor lembra como nos separamos então: seus nervos cantavam e seus joelhos tremiam; meus nervos cantavam e meus joelhos tremiam também. E, sabe, aquilo aconteceu entre nós de maneira meio indecente, indigna de um gentil-homem. Mas nós cá somos, ainda assim, gentis-homens, ou melhor, nós somos, antes de tudo e em qualquer caso, gentis-homens, e cumpre-nos entender isso. Pois o senhor lembra onde chegamos... aquilo foi indecente mesmo.

"O que é isso, por quem ele me toma?" — perguntava Raskólnikov a si próprio, atônito, soerguendo a cabeça e fitando Porfíri com toda a atenção.

— Eu decidi que seria melhor a gente agir de maneira sincera — prosseguiu Porfíri Petróvitch, inclinando um pouco a cabeça para trás e abaixando os olhos, como se não quisesse mais espantar a vítima com seu olhar e abrisse mão dos seus ardis e artimanhas de sempre —, sim, tais suspeitas e cenas não podem durar muito tempo. Foi Mikolka quem nos apartou naquele dia; senão, sabe-se lá aonde teríamos chegado. Aquele maldito burguesinho ficou escondido, o tempo todo, atrás do tabique, daria para imaginar? Decerto o senhor já sabe disso, e eu mesmo sei que depois ele foi visitá-lo; porém aquilo que o senhor vinha supondo não existia: eu não tinha mandado chamar ninguém nem dado ainda nenhuma ordem. Pergunta por que não dei ordens? Digamos assim: aquilo tudo me deixou, então, como que aturdido. Mal ordenei que chamassem os zeladores. (Por certo, o senhor reparou, de passagem, nos zeladores?) Uma ideia surgiu-me então, rápida como um relâmpago; é que estava convencido para valer, Rodion Românytch, bem convencido. Deixarei uma coisa escapar por um tempo, pensei, mas pegarei a outra pelo rabo: não perderei, ao menos, o que me pertence. O senhor é muito irritadiço por natureza, Rodion Românytch, irritadiço em demasia, além de todas as outras qualidades essenciais de seu caráter e de seu coração que espero já ter entendido em parte. Eu poderia, mesmo daquela vez, perceber que nem sempre uma pessoa se levanta assim e divulga, de supetão, toda a verdade. Isso acontece, sobretudo, quando a gente priva tal pessoa de sua última paciência, mas acontece, em todo caso, raramente. Eu poderia pensar dessa forma. Não, resolvi, quero um detalhezinho, ao menos um detalhezinho bem pequenino, um só, mas que se possa pegá-lo assim com as mãos, mas que seja um objeto e não apenas esta minha psicologia. Pensei que, se a pessoa fosse mesmo culpada, a gente poderia esperar dela, em todo caso, algo substancial, contando, inclusive, com o resultado mais inesperado. Contava então com o seu caráter, Rodion Românytch, em especial com o seu caráter! Liguei ao senhor todas as esperanças.

— Mas o senhor... por que o senhor só agora diz tudo isso? — murmurou, afinal, Raskólnikov, mesmo sem ter entendido direito essa questão. "De que está falando?" — perdia-se nos seus pensamentos. "Será que me toma, de fato, por um inocente?"

— Por quê? Digamos que vim explicar-me, e vejo nisso a minha sacra obrigação. Quero contar-lhe tudo, até os últimos traços, contar como tudo aconteceu, toda essa história de todo o seu desvario, por assim dizer. Fi-lo sofrer bastante, Rodion Românytch. Não sou um verdugo. Também entendo, eu mesmo, como foi doloroso carregar tudo isso nas costas, em se tratando de um homem abatido, mas orgulhoso, autoritário, impaciente... sim, sobretudo impaciente! De qualquer modo, acho-o uma pessoa nobríssima e mesmo provida de rudimentos da magnanimidade, conquanto não compartilhe todas as suas convicções, e tenho por dever declarar-lhe isso de antemão, com nitidez e plena sinceridade, pois não desejo, antes de tudo, ludibriá-lo. Quando o conheci de perto, senti afeto pelo senhor. Talvez fique rindo com estas minhas palavras? Tem todo o direito. Sei que não gostou de mim à primeira vista, já que não tinha, no fundo, por que gostar. Mas, pense o que pensar, eu quero agora recorrer, por minha parte, a todos os meios para apagar a impressão que dei e provar que eu também tenho coração e consciência. Digo-lhe isso sinceramente.

Porfíri Petróvitch interrompeu, com dignidade, o seu discurso, e Raskólnikov sentiu um medo antes desconhecido apoderar-se dele. A ideia de que Porfíri o considerava inocente passou, de improviso, a assustá-lo.

— Nem sequer é preciso contar como tudo começou, assim tão de repente — prosseguiu Porfíri Petróvitch —, não acho que precisemos disso. Não poderia, ademais, contá-lo fato por fato. Como lhe explicaria isso de modo circunstanciado? De início, surgiram os boatos. Como eram esses boatos, e quem os espalhou, e quando... e por que o senhor propriamente dito ficou no meio... acho que falar nisso também é desnecessário. Quanto a mim, em pessoa, tudo começou por uma casualidade, uma casualidade completamente casual que bem poderia acontecer ou deixar de acontecer. Qual foi? Hum, creio que tampouco precisamos falar a respeito. Tudo isso, tanto os boatos quanto as casualidades, veio sugerir-me, na ocasião, uma ideia. Confesso-lhe francamente — se confessar, que seja tudinho! —, fui eu o primeiro a suspeitar. Essas anotações da velha sobre os penhores *et cetera* e tal... tudo isso é, digamos, uma bobagem. Daria para arranjar uma centena de tais coisinhas. Tive também o ensejo de informar-me, até os menores detalhes, sobre a cena que ocorrera na delegacia da quadra; foi outra casualidade, mas quem me informou não foi algum fofoqueiro ali, mas sim uma pessoa bem especial e séria que, mesmo sem saber disso, relatou aquela cena com assombroso afinco. E tudo se encaixou, meu queridinho Rodion Românitch, tudo se encaixou perfeitamente! Como é que as coisas não se virariam todas para o mesmo lado? Cem coelhos jamais comporão um cavalo e cem suspeitas jamais comporão uma prova — assim é que diz um provérbio inglês, mas isso aí é tão só o bom senso... e as paixões?

Tente dominar as paixões, pois quem investiga também é gente. Lembrei-me então de seu artigo — naquele jornalzinho, certo? —, que esquadrinhamos ainda em sua primeira visita. Reptei então o senhor, mas foi apenas para fazê-lo seguir em frente. Repito-lhe, Rodion Românytch: o senhor é muito impaciente e anda muito doente. O senhor é corajoso, altivo, sério e... tem sentido, sim, tem sentido muito; fazia tempo que eu já sabia disso. Todas as suas sensações me são familiares, e li seu artigo como um texto bem familiar. Ele foi concebido naquelas noites sem sono, naquela fúria, quando o coração se revolta e fica vibrando, naquele entusiasmo reprimido. E tal entusiasmo soberbo e reprimido é perigoso na juventude! Provoquei-o então, porém lhe digo agora que gosto demais, em geral (quer dizer, como amador), dessas primeiras obras juvenis e ardorosas. "Fumaça e neblina, e soa uma corda."[123] Seu artigo é absurdo e fantástico, mas tanta sinceridade se entrevê nele, tanto orgulho juvenil e incorruptível, tanta coragem desesperada... ele é sinistro, esse artigo, mas isso é bom. Li seu artigo, pois, e guardei-o, e... guardando-o então, pensei: "Não, esse homem não passará despercebido!". Diga-me, pois, agora: como, depois daquele prefácio, eu não me empolgaria com a continuação? Ah, meu Deus! Será que digo alguma coisa? Será que afirmo algo agora? Só então é que reparei nisso. "O que há?" — pensei. Não há nada nisso, quer dizer, nadica de nada e, sabe-se lá, absolutamente nada. De resto, seria bem indecente eu, quer dizer, o investigador ficar empolgado dessa maneira: tenho Mikolka na mão, já com os fatos, e, seja como for, os fatos são fatos! E ele também alega sua psicologia; preciso ocupar-me dele, porquanto é uma questão de vida ou morte. Por que lhe explico agora tudo isso? É para o senhor saber e não me censurar, com essa sua mente e seu coração, por aquele meu comportamento maldoso. Não foi maldoso, he-he, digo sinceramente! O senhor acha que não fiz então uma busca neste seu quarto? Fiz, he-he, fiz; fiz, sim, quando o senhor estava deitado aí, doente, na sua caminha. Fiz de maneira não oficial e sob outro nome, mas fiz. Seu quarto foi revirado de imediato e por inteiro, até o último fio de cabelo, mas... *umsonst*![124] Pensei assim: agora esse homem virá, virá por si só e logo; se for culpado, virá com certeza. Um outro não viria, mas esse aí virá.

---

[123] Porfíri Petróvitch cita, de modo incorreto, o conto *Diário de um louco*, de Nikolai Gógol.
[124] "Debalde"; "em vão", em alemão.

E lembra como o senhor Razumíkhin começou a falar demais? A gente armou isso de propósito, para deixar o senhor inquieto: os boatos surgiram especialmente para Razumíkhin soltar a língua, e ele é uma daquelas pessoas que não suportam a indignação. E o senhor Zamiótov reparou, em primeiro lugar, em sua ira e sua coragem aberta: como foi que pôde dizer assim na bodega: "Eu matei!"? Foi corajoso demais, foi atrevido demais, e eu pensei: se ele for mesmo culpado, é um guerreiro terrível! Pensei desse modo então. Fiquei esperando! Esperava o senhor vir, e Zamiótov estava simplesmente esmagado, e... o problema é que toda essa maldita psicologia tem duas pontas! Esperava, pois, o senhor vir, e, graças a Deus, o senhor veio! E meu coração ficou palpitando. Eh! Por que foi que veio então? Seu riso, aquele seu riso — quando entrou em minha casa, lembra? — fez que eu avistasse tudo, como que através de um vidro, e, se não o esperasse daquela maneira particular, o seu riso não me diria nada. Eis o que significa a inspiração. E o senhor Razumíkhin também... ah, e aquela pedra — lembra aquela pedra? — a pedra debaixo da qual estão guardadas aquelas coisas? É como se eu a visse algures, lá num terreno baldio... o senhor disse que era um terreno baldio: primeiro a Zamiótov e depois, da segunda vez, a mim mesmo? E quando começamos a esquadrinhar aquele artigo seu, o senhor se pôs a palestrar, e eu entendia cada palavra de forma dupla, como se uma coisa se escondesse debaixo da outra! Pois é, Rodion Românytch, foi dessa maneira que cheguei aos últimos marcos e machuquei a testa e recobrei-me. Não, disse, o que estou fazendo? Pois, se a gente quisesse, poderia explicar tudo isso, até o extremo limite, de outro jeito, de jeito que tudo ficasse mais natural ainda. É um martírio! "Não", pensei, "para mim seria melhor um detalhezinho!...". E, quando ouvi falarem sobre aquelas campainhas, fiquei todo estupefato e até mesmo trêmulo. "É ele", pensei, "meu detalhezinho! É ele!". Deixei de raciocinar então, não queria mais. Daria mil rublos naquele momento, meus próprios mil rublos, só para vê-lo com os meus *próprios* olhos: como caminhou cem passos ao lado do burguesinho, depois de ele o chamar francamente de "assassino", e não ousou perguntar-lhe nada, naqueles cem passos?... E o friozinho até a medula espinal? E as campainhas em plena doença, naquele quase delírio? Enfim, Rodion Românytch, não teria por que se espantar com as peças que eu lhe havia pregado. Por que é que o senhor veio naquele exato momento? Era como se alguém o empurrasse, juro por Deus, e, caso Mikolka não nos tivesse apartado, então... e de Mikolka, se lembra? Lembra-se bem dele? Foi um trovão, não foi? Foi um trovão que estourou numa nuvem, foi um relâmpago! E como eu o recebi? Não acreditei nem um pouquinho naquele relâmpago, o senhor mesmo viu! E depois? Bem... depois, quando o senhor foi embora e ele começou a responder com muita e muita coerência a certas perguntas, aí eu fiquei perplexo, por isso mesmo é que não lhe dei crédito por um só vintém! Ele se mostrou duro que nem um diamante. Não, pensei, *morgen früh*![125] Que diabo de Mikolka seria aquele?

— Mas Razumíkhin acaba de dizer-me que o senhor continua a acusar Nikolai, e que foi o senhor em pessoa que persuadiu Razumíkhin disso...

Faltou-lhe fôlego para terminar a frase. Raskólnikov escutava com uma emoção inexprimível, como se tivesse compreendido o jogo de Porfíri, e estava prestes a abdicar de si mesmo. Temia acreditar e não acreditava nessas ambíguas palavras do inimigo. Sôfrego, procurava nelas algo mais certo e convincente.

— O senhor Razumíkhin? — exclamou Porfíri Petróvitch, como que entusiasmado com a pergunta de Raskólnikov, até lá taciturno. — He-he-he! O que era preciso era mandar o senhor Razumíkhin embora: onde só bastam dois, o terceiro não vem a calhar. O senhor Razumíkhin não tem nada a ver com a gente; veio correndo a minha casa, tão pálido assim... Que fique com Deus, pois; ele não vem ao caso! Quanto a Mikolka, o senhor gostaria de saber que sujeito é aquele, quer dizer, como eu entendo a natureza dele? Antes de tudo, é ainda menor de idade, um garotinho, e não que seja covarde, mas assim... parece, digamos, um artista qualquer. Não ria, palavra de honra, das minhas explicações a respeito dele. É um rapaz inocente e suscetível a tudo. Tem coração e é dado a fantasias. Sabe cantar e dançar, e dizem que conta histórias de modo que as pessoas vêm de longe para ouvi-lo contar. Já foi à escola, mas é só lhe mostrar um dedinho, e vai gargalhar até cair; e pode beber até desmaiar — não é que seja um beberrão, mas às vezes, quando lhe servem bebida, embriaga-se como um fedelho. Ele furtou daquela vez, mas nem sequer imagina que tinha furtado: "se apanhares do chão, que

[125] Nesse contexto: "Ora bolas!", em alemão.

furto é esse?". E o senhor sabe que ele é dos cismáticos? Ou melhor, não é um cismático como tal, mas simplesmente um sectário; houve romeiros em sua família, e ele mesmo — faz pouco tempo ainda — ficou dois anos sob a tutela espiritual de um ermitão, naquela aldeia sua. Inteirei-me de tudo isso com o próprio Mikolka e com a gente dele, lá do distrito Zaráiski. E outra coisa: ele já quis fugir para uma ermida! Tinha devoção, rezava noites inteiras, lia aqueles livros antigos e "verdadeiros" até a sandice. Foi Petersburgo que o impressionou muito, em especial o gênero feminino e, com certeza, o vinho. De tão suscetível que é, acabou esquecendo o seu ermitão e tudo. Eu sei que um artista gostava dele... andavam juntos, e foi então que esse caso aconteceu! O moço ficou apavorado: enforcar-se, fugir! O que fazer com aquela ideia que o povo tem de nossa justiça? Já a própria palavra "processarão" amedronta alguns por aí. E de quem é a culpa? Oh, queira Deus que os novos juízes não sejam assim! Pois é: uma vez na cadeia, o rapazote se recordou de seu ermitão honesto e, pelo visto, a *Bíblia* também reapareceu. Sabe, Rodion Românytch, o que significa "sofrer" para algumas dessas pessoas? Não é sofrer em favor de alguém, mas tão somente "sofrer por sofrer", isto é, passar pelo sofrimento, e, se este viesse das autoridades, seria melhor ainda. Um preso dos mais humildes ficou, certa feita, um ano inteiro no cárcere, lendo a *Bíblia* todas as noites num canto quentinho; lia, pois, lia e enlouqueceu de leitura... enlouqueceu totalmente, de forma que acabou por pegar, sem causa alguma, um tijolo e jogá-lo no comandante, sem nenhuma ofensa por parte dele. E como jogou: errou, de propósito, por um *archin*, para não causar nenhum dano! Pois bem, todo o mundo sabe que fim espera aquele preso que vem armado para cima do comandante: "passou, digamos, pelo sofrimento". E eu cá suspeito agora que Mikolka também deseje "passar pelo sofrimento" ou algo semelhante. Até sei disso, pelos fatos, com toda a certeza. Só que ele mesmo não sabe que eu sei. O senhor não admite, por acaso, que nosso povo venha a originar tais pessoas fantásticas? Mas a cada passo! O tal ermitão voltou a influenciá-lo, especialmente após a tentativa de enforcar-se que Mikolka fez. De resto, ainda virá, ele mesmo, para me contar tudo. O senhor acha que ele aguentará? Espere aí, que vai escapar ainda! Virá, entre hoje e amanhã, desmentir seu depoimento. Passei a gostar daquele Mikolka, e exploro-o a fundo. O que o senhor pensa? He-he! Ele me respondeu muito bem a certas perguntas: é evidente que recebeu lá informações precisas e que se preparou com astúcia; quanto às outras perguntas, está enrolado, não sabe nadinha de nada nem suspeita que não saiba nada! Não, queridinho Rodion Românytch, não é Mikolka! É um caso fantástico e sinistro, um caso moderno, um crime de nossos tempos, dos tempos em que se tem perturbado o coração humano, quando se cita a frase de que "o sangue refresca", quando a vida toda é reduzida ao conforto. É um sonho livresco, um coração irritado por teorias; é a coragem de dar o primeiro passo que se percebe nisso, mas uma coragem toda particular: atreveu-se, e como que caiu de uma montanha ou pulou de um campanário, indo cometer o crime por mero impulso. Esqueceu-se de fechar a porta atrás de si, e matou, matou duas pessoas, apenas por teoria. Matou, mas não soube roubar, e aquele dinheiro que pegou... guardou-o debaixo de uma pedra. Como se não lhe bastasse ter aturado um suplício, quando estava atrás da porta e os estranhos tentavam forçá-la, tocando a campainha, veio depois, outra vez, ao apartamento vazio para relembrar, meio delirante, o som dessa campainha, já que precisava sentir novamente o frio nas costas... Bem, suponhamos que isso seja tão só a doença dele, mas há outra coisa: matou, mas, se acha uma pessoa honesta, despreza os outros e anda que nem um anjinho pálido — não, que Mikolka seria esse, meu queridinho Rodion Românytch? Não é Mikolka!

Essas últimas palavras, ditas após tudo o que fora proferido e que parecia tanto uma renúncia, foram inesperadas demais. Raskólnikov ficou todo trêmulo, como se acabasse de levar uma facada.

— Então... quem foi... que matou?... — perguntou ele, sem aguentar mais, com uma voz ofegante. Porfíri Petróvitch até recuou, encostando-se no espaldar de sua cadeira. Em aparência, essa repentina pergunta deixara-o assombrado.

— Como assim, quem matou?... — repetiu, como se não desse crédito aos seus ouvidos. — Foi *o senhor* que matou, Rodion Românytch! Foi o senhor que matou... — adicionou quase cochichando, em tom de plena convicção.

Num pulo, Raskólnikov se levantou do sofá, ficou por alguns segundos em pé e tornou a sentar-se, sem uma palavra. Uns pequenos espasmos lhe contraíram, de súbito, todo o rosto.

— O labiozinho está tremendo de novo, como daquela vez — murmurou Porfíri Petróvitch, até com certa compaixão. — Parece, Rodion

Românytch, que o senhor não me entendeu direito — acrescentou após uma pausa —, por isso é que ficou tão pasmado. Vim justamente para dizer tudo e trazer o negócio à tona.

— Não fui eu quem matou — ia cochichar Raskólnikov, igual às crianças assustadas por serem pegas em flagrante.

— Não, Rodion Românytch, foi o senhor mesmo e não poderia ser ninguém mais — cochichou Porfíri, severo e persuadido.

Os dois se calaram, e seu silêncio foi estranhamente longo, durando cerca de dez minutos. Raskólnikov se debruçou sobre a mesa e eriçava, taciturno, os cabelos. Sentado, Porfíri Petróvitch esperava tranquilamente. De chofre, Raskólnikov mirou Porfíri com desdém.

— De novo sua cantiga, Porfíri Petróvitch? De novo essas suas artimanhas antigas? Como é que não se enjoa, no fim das contas?

— Eh, chega: de que artimanhas preciso agora? Seria outra coisa, se houvesse aqui testemunhas; porém a gente tem cochichado a sós. O senhor está vendo: não vim para caçar e pegá-lo feito uma lebre. Confesse ou não, pouco me importa neste momento. Cá dentro, já estou convencido.

— Se for assim, por que é que veio? — inquiriu Raskólnikov, irritadiço. — Faço-lhe outra vez a mesma pergunta: se o senhor me acha culpado, por que não me põe na cadeia?

— Mas que pergunta é essa? Vou responder-lhe ponto por ponto: primeiro, não me é proveitoso prendê-lo na hora...

— Como assim: não é proveitoso? Se estiver convencido, deve...

— E daí, se estou convencido? Por enquanto, são apenas meus sonhos. E por que o poria lá, *no sossego*? O senhor mesmo sabe, já que está pedindo. Se, por exemplo, eu trouxer o burguesinho para depor, o senhor dirá para ele: "Estás bêbado, não estás? Quem é que me viu contigo? Tomei-te simplesmente por um beberrão; aliás, tu estavas bêbado mesmo" — e que resposta lhe darei, ainda mais que seu depoimento é mais verossímil do que o dele? O dele só tem psicologia — pura indecência com aquele focinho! —, enquanto o senhor acerta em cheio: o canalha bebe branquinha, e todo o mundo está a par disso. Eu mesmo tenho confessado sinceramente que essa psicologia toda possui duas pontas, sendo a outra ponta maior e bem mais verossímil, e que não tenho, por ora, nada contra o senhor. E bem que o encarcere, no fim das contas, e bem que venha (que coisa mais esquisita) comunicar-lhe isso de antemão, digo, ainda assim (outra esquisitice minha) e com franqueza, que tal desfecho não me será proveitoso. E, segundo, vim para...

— Pois é, e segundo... — Raskólnikov continuava arfante.

— Vim porque tenho como dever, segundo lhe disse há pouco, dar-lhe explicações. Não quero que me tome por um carrasco, ainda mais que tenho, acredite-me ou não, franca simpatia pelo senhor. Por esse motivo é que vim, terceiro, com uma proposta aberta e direta: faça uma delação premiada. Isso lhe será infinitamente mais proveitoso, e a mim também, já que me livrarei dessa pendência. Estou sendo sincero ou não, o que acha?

Raskólnikov refletiu um minuto.

— Escute, Porfíri Petróvitch, o senhor mesmo diz que só há psicologia nisso, mas apela, ao mesmo tempo, à matemática. E se o próprio senhor estiver enganado agora?

— Não, Rodion Românytch, não estou enganado. Tenho um detalhezinho assim. Encontrei-o, aquele detalhezinho, antes ainda: foi Deus quem o mandou para mim!

— Mas que detalhezinho?

— Não vou dizer, Rodion Românytch. E, de qualquer maneira, não tenho mais o direito de protelar: vou prendê-lo. Pense bem: *agora* já não me importa, por conseguinte, só tenho em mente os seus interesses. Juro por Deus, Rodion Românytch, assim será bem melhor!

Raskólnikov sorriu com maldade.

— Pois isso aí não seria apenas uma piada, mas uma sem-vergonhice. Mesmo se eu fosse culpado (o que não digo de modo algum), por que razão iria fazer essa delação premiada, já que o senhor mesmo me disse que me poria lá, *no sossego*?

— Eh, Rodion Românytch, não acredite tanto em palavras: talvez não fique bem *no sossego*? É apenas uma teoria (ainda por cima, uma teoria minha), e que tipo de autoridade eu sou? Talvez venha escondendo umas coisinhas do senhor, mesmo agora. Nem tudo é que lhe exporia assim às escâncaras, he-he! Segundo ponto: como assim, por que razão? Mas o senhor sabe que desconto receberá nesse caso? Quando é que virá com a delação, em que momento? Pense só nisso! Depois de outra pessoa ter assumido o crime e complicado a investigação toda. E eu cá — juro-lhe pelo próprio Deus! — vou arranjar tudo de tal jeitinho que sua delação parecerá como que totalmente inesperada.

Vamos desarraigar toda essa psicologia: reduzirei a nada todas as suspeitas em relação ao senhor, de sorte que o seu crime se apresente como uma espécie de desvario, porquanto não passa, para falar a verdade, de um desvario mesmo. Sou um homem honesto, Rodion Românytch, e vou cumprir a minha promessa.

Raskólnikov se calou, tristonho, e abaixou a cabeça. Ficou pensando por muito tempo e, finalmente, voltou a sorrir, mas seu sorriso já era todo pacato e triste.

— Eh, não preciso disso! — declarou ele, como se não tivesse mais nada a esconder de Porfíri. — Não vale a pena! Não conto, de modo algum, com o seu desconto!

— Era bem disso que tinha medo! — exclamou Porfíri calorosamente e como que sem querer. — Era bem disso que tinha medo, de que o senhor não quisesse o desconto da gente.

Raskólnikov lançou-lhe um olhar triste e significativo.

— Ei, não brinque com sua vida! — prosseguiu Porfíri. — Ainda tem muita coisa pela frente. Como assim, não precisa de desconto, como assim? Que homem impaciente o senhor é!

— Que coisa é que tenho pela frente?

— A vida! Que profeta é o senhor, quanto está sabendo? Buscai, e achareis. Quem sabe se Deus não espera que faça isso. E não será para sempre ela, a cadeia...

—Terei desconto... — Raskólnikov ficou rindo.

— Por que não: será que teme aquela vergonha burguesa? É possível que tema, sim, embora não saiba disso por ser novo ainda! Contudo, não deveria temer a tal delação premiada, tampouco se envergonhar com ela.

— E-eh, cuspo nisso! — cochichou Raskólnikov com desdém e asco. Parecia que não se dispunha a falar mais; ia levantar-se de novo, como se quisesse sair do quarto, porém se sentou outra vez, visivelmente desesperado.

— Cospe, sim! Perdeu a fé e acha que o bajulo grosseiramente. E foi muito tempo que o senhor já viveu? Está entendendo de muita coisa? Inventou uma teoria e ficou envergonhado de não ter podido realizá-la, de ter obtido um resultado nada original! O resultado foi vil, é verdade, mas o senhor não é, assim mesmo, um vilão rematado. Não é um vilão daqueles! Ao menos, não se engabelou por muito tempo, chegou de vez ao extremo. Por quem é que o tomo? Tomo-o por uma daquelas pessoas que se manterão firmes, mesmo se lhes cortarem as tripas, e mirarão os torturadores sorrindo, contanto que possuam uma fé ou acreditem numa divindade. Encontre, pois, sua fé e continue vivendo. Em primeiro lugar, precisa mudar de ares há tempo. Pois o sofrimento também é uma boa opção. Sofra. Talvez Mikolka tenha razão em buscar pelo sofrimento? Sei que não acredita, mas deixe de filosofar: entregue-se logo à vida, sem raciocinar à toa, e não se perturbe — alcançará por si só uma costa e ficará lá de pé. Que costa será essa? Não sei. Apenas creio que o senhor ainda tem muita vida pela frente. Sei que toma agora as minhas palavras por um discurso decorado; todavia, quem sabe se não as lembrará mais tarde e não tirará delas algum proveito — por isso é que falo, inclusive. Ainda bem que matou somente uma velhinha. E se tivesse inventado outra teoria, quem sabe se não teria feito um horror cem milhões de vezes mais repugnante! Talvez deva agradecer a Deus; como é que o senhor sabe: Deus o resguarda, talvez, para alguma finalidade. Tenha, pois, um coração forte e não tema tanto assim. Apavorou-se com o grande desfecho por vir? Não, é uma vergonha ter medo disso. Aguente firme, desde que deu o tal passo. Essa é a justiça. Cumpra, pois, o que a justiça exige. Sei que não acredita nisso, mas juro por Deus: a vida o levará até uma costa. Depois gostará disso ainda. E agora precisa tão só de ar, de ar, de ar!

Raskólnikov estremeceu.

— Mas quem é o senhor? — exclamou ele. — Que profeta é? Da altura de que tranquilidade sublime é que profere esses augúrios celestiais?

— Quem sou? Um homem acabado e nada mais que isso. Um homem que sente e fica, talvez, compadecido, um homem que sabe, talvez, alguma coisa, mas está totalmente acabado. E o senhor é de outro feitio: Deus lhe preparou uma vida inteira (quem sabe, aliás, se sua vida não passará, igual à minha, como uma fumaça, sem nada ter ocorrido?). O senhor entrará, sim, na outra categoria de pessoas, e daí? Será que vai lamentar o conforto perdido, com esse seu coração? Ninguém o verá, talvez, por muito e muito tempo, sim, e daí? Não se trata do tempo, mas apenas de sua personalidade. Torne-se o sol, e todo o mundo o verá. O sol precisa, antes de tudo, ser o sol. Por que está sorrindo de novo, por me achar um Schiller? E aposto: supõe que o tenha bajulado! Por que não — talvez o bajule de fato, he-he-he! Não acredite, Rodion Románytch, em minhas palavras, não acredite nunca, até o fim, no que estou dizendo... concordo que minha índole é assim, mas vou acrescentar o seguinte: é o senhor mesmo quem pode, parece, medir a minha vileza e a minha honestidade!

— Quando é que pretende prender-me?

— Posso deixá-lo em liberdade um dia e meio ou dois dias ainda. Pense bem, queridinho, e reze a Deus. Será mais proveitoso, sem dúvida, será mais proveitoso!

— E se eu por acaso fugir? — perguntou Raskólnikov, sorrindo de modo algo estranho.

— Não vai fugir, não. Um homem bronco fugiria, um sectário em voga — lacaio das ideias alheias — fugiria, já que é só lhe mostrar a pontinha de um dedinho, como ao guarda-marinha Dyrka,[126] e ele acreditará, para a vida toda, em qualquer coisa. E o senhor não acredita mais em sua própria teoria; com que fugirá, pois? E que proveito terá, se foragido? É asqueroso e difícil ser foragido, e o senhor precisa, antes de tudo, viver, tendo uma posição definida e um ar conveniente. E, uma vez foragido, que ar o senhor terá? Se fugir, voltará por si mesmo. O *senhor é imprescindível para a gente.* E se eu o puser no presídio, ficará lá um mês, ou dois, ou três meses, e lembrará, de repente, as minhas falas e delatará a si próprio, e da maneira mais inesperada possível, quem sabe. Não saberá, uma hora antes, que acabará por se delatar. Estou mesmo seguro de que decidirá "passar pelo sofrimento"; não acredita agora no que lhe digo, mas fará, com certeza, essa escolha. É que o sofrimento, Rodion Românytch, é uma grande coisa: não preste atenção à minha obesidade, não precisa... mas eu cá sei: há uma ideia no sofrimento, e não fique rindo. Mikolka está com razão. Não, Rodion Românytch, não vai fugir mesmo.

Raskólnikov se levantou e pegou o casquete. Porfíri Petróvitch também ficou em pé.

— Vai dar uma volta? A tardezinha estará boa, a menos que aconteça um temporal. De resto, seria bom refrescar os ares...

Ele também pegou o casquete.

— Não ponha, por favor, na cabeça, Porfíri Petróvitch — disse Raskólnikov com uma insistência severa —, que eu confessei algo hoje. Ouvi-o por mera curiosidade, pois é um homem estranho, mas não lhe confessei nada... Tenha isso em mente.

---

[126] Personagem da comédia *O casório,* de Nikolai Gógol.

— Terei, sim, terei... Olhe só: até começou a tremer. Não se preocupe, meu queridinho, e fique à vontade. Passeie um pouco, mas não exagere, que não poderá passear muito tempo. Por via das dúvidas, tenho mais um pedidozinho a fazer-lhe — acrescentou em voz baixa —, um pedidozinho meio delicado, mas importante: se porventura (aliás, não acredito nisso nem o acho capaz de tais coisas)... assim, por via das dúvidas mesmo... se porventura lhe vier, nessas quarenta ou cinquenta horas, a vontade de terminar o negócio de outra maneira, de um jeito fantástico — por exemplo, dando finzinho à sua vida (uma suposição absurda, espero que me desculpe por ela...) —, deixe para nós um recado: breve, mas consistente. Duas linhas assim, tão só duas linhazinhas, e mencione aquela pedra, que dessa forma será mais nobre. Pois bem, até a vista... Bons pensamentos para o senhor, decisões certas!

Porfíri foi embora, curvando-se um pouco e como que evitando olhar para Raskólnikov. O jovem se aproximou da janela e esperou, com uma impaciência irritadiça, até que ele saísse do prédio e ficasse o mais longe possível. Depois saiu, apressado, do quarto.

III

Raskólnikov se apressava a rever Svidrigáilov. Nem ele mesmo sabia o que esperava daquele homem. Porém aquele homem tinha certo poder sobre ele. Uma vez ciente disso, não conseguia mais acalmar-se, ainda mais que a hora havia chegado.

Pelo caminho, uma dúvida atormentava o jovem sobremaneira: será que Svidrigáilov já se encontrou com Porfíri? Não se encontrou, não! — a julgar pelas evidências, Raskólnikov tinha toda a certeza disso. Continuou cismando, rememorou toda a visita de Porfíri e concluiu: não, eles não se encontraram ainda, sem sombra de dúvida!

Todavia, se o encontro ainda não havia ocorrido, ocorreria mais tarde ou não? Até lá, o jovem pensava que não ocorreria. Por quê? Ele tampouco saberia explicar isso, mas, mesmo se soubesse, não quebraria agora a cabeça com semelhante questão. Tudo isso vinha atormentá-lo e, ao mesmo tempo, não lhe importava tanto assim. Coisa estranha: ninguém acreditaria nisso, talvez, mas de seu destino hodierno e imediato ele cuidava apenas com distração e indolência. O que o atormentava era outra coisa, muito mais importante, extraordinária, algo que só dizia respeito a ele próprio e a ninguém mais e, no entanto, era como que diferente, algo essencial. Além disso, ele sentia um infinito cansaço moral, embora nessa manhã seu juízo funcionasse melhor que em todos os últimos dias.

E valeria mesmo a pena tentar vencer todas essas novas dificuldades de pouca monta, sobretudo agora, depois de tudo o que se dera com ele? Por exemplo, valeria a pena tentar convencer Svidrigáilov de não se encontrar com Porfíri, perscrutando, bisbilhotando, perdendo tempo com esse tal Svidrigáilov? Oh, como ele estava farto disso tudo!

Ainda assim, o jovem se apressava a rever Svidrigáilov: será que esperava dele alguma *novidade*, algum conselho, alguma saída? Quem se afoga, agarra-se mesmo a uma palha! Seria o próprio destino, seria algum instinto que os atraía um ao outro? Talvez fossem apenas o cansaço e o desespero; talvez Raskólnikov não precisasse de Svidrigáilov e sim de outra pessoa, sendo Svidrigáilov uma opção perfeitamente casual... Sônia? Mas para que iria ver Sônia agora? Para pedir de novo suas lágrimas? Além do mais, ele tinha medo de Sônia. Sônia representava uma sentença inexorável, uma resolução que não se podia mudar. Era uma das duas: ou seu caminho, ou o caminho dela. O jovem não conseguiria vê-la, sobretudo nesse momento. Não, seria melhor testar Svidrigáilov: quem era aquele homem? E Raskólnikov não podia deixar de reconhecer, em seu âmago, que realmente precisava dele, havia tempo, com algum propósito. Entretanto, o que poderiam ter em comum eles dois? Nem seus delitos poderiam ser iguais. Aquele homem era, ainda por cima, muito desagradável, obviamente devasso em demasia, indubitavelmente astuto e mentiroso, provavelmente muito malvado. Vários boatos corriam a respeito dele. Era verdade que ele andava ajudando os filhos de Katerina Ivânovna, mas quem sabia a que isso se destinava e o que significava? Aquele homem sempre tinha seus projetos e intenções. Ao longo desses dias todos, outra ideia surgia volta e meia na mente de Raskólnikov, deixando-o todo inquieto; por mais que o jovem procurasse livrar-se dela, era uma ideia penosa! De vez em quando, ele pensava: Svidrigáilov o rondava, o tempo todo, e continua a rondá-lo; Svidrigáilov ficou a par de seu mistério; Svidrigáilov tinha certos planos em relação a Dúnia. E se continua a tê-los? Poder-se-ia dizer, com uma certeza quase total, que *sim*, continua. E se agora, ciente de seu mistério e tendo, em função disso, poder sobre ele, Svidrigáilov quiser usá-lo como uma arma contra Dúnia?

Essa ideia atormentava o jovem até em sonhos, mas nunca lhe tinha surgido ainda com tão consciente clareza quanto no momento em que ele se dirigira à casa de Svidrigáilov. Essa ideia lhe suscitava, em si, uma lúgubre fúria. Primeiro, tudo mudaria, mesmo em sua situação atual, cumprindo-lhe logo contar o segredo a Dúnetchka. Talvez lhe cumprisse trair a si próprio para salvar Dúnetchka de algum passo imprudente. Aquela carta? Dúnia teria recebido, pela manhã, uma carta! Quem poderia mandar cartas para ela em Petersburgo? (Seria Lújin?) Na verdade, Razumíkhin estava de olho nela, mas Razumíkhin não sabia nada. Talvez lhe cumprisse contar tudo a Razumíkhin também? Raskólnikov pensou nisso com asco. "Em todo caso, preciso ver Svidrigáilov o mais depressa possível" — decidiu ele em definitivo. "Graças a Deus, a essência desse negócio é mais importante do que os detalhes; mas se ele... se ele for capaz... se Svidrigáilov tramar alguma coisa contra Dúnia, então..." Raskólnikov ficara tão exausto nesse meio-tempo, durante esse mês todo, que não conseguia mais resolver semelhantes dúvidas de outra maneira senão com uma só decisão: "Então o matarei!" — pensou ele com frio desespero.

Uma sensação angustiante veio apertar-lhe o coração. O jovem parou no meio da rua e começou a olhar em redor: que caminho seguia e onde se encontrava? Estava na avenida ***, a uns trinta ou quarenta passos da Sennaia, que tinha ficado para trás. Todo o andar superior do prédio à sua esquerda era ocupado por uma taberna. Todas as janelas estavam abertas de par em par; julgando pelas figuras que se moviam ali, a taberna estava cheia. As canções se derramavam pela sala; tocavam um clarinete e um violino, ribombava um tambor turco; ouviam-se guinchos femininos. Raskólnikov ia tomar o caminho de volta, perplexo de ter chegado à avenida ***, mas de repente avistou, por uma das últimas janelas abertas da taberna, Svidrigáilov, que estava sentado a uma mesa de chá, pertinho dessa janela, e fumava um cachimbo. O jovem ficou todo apavorado com isso. Svidrigáilov o observava e examinava em silêncio e — outro detalhe que também espantou, de imediato, Raskólnikov — parecia estar pronto a levantar-se para ir embora, furtivamente e antes de ser visto. Raskólnikov logo fez de conta que não reparara nele, olhando, meditativo, para o lado, enquanto continuava a observá-lo com o cantinho do olho. Seu coração palpitava, inquieto. Era bem isso: evidentemente, Svidrigáilov não queria que o vissem. Tirou o cachimbo da boca, indo já se esgueirar, mas percebeu de chofre, assim que ficou em pé e afastou a cadeira, que Raskólnikov o mirava e observava. Algo semelhante à cena de seu primeiro encontro, quando Raskólnikov dormia no quarto, aconteceu entre eles. Um sorriso ladino transpareceu no rosto de Svidrigáilov, ficando cada vez mais largo. Os dois já sabiam que viam e observavam um ao outro. Por fim, Svidrigáilov soltou uma gargalhada bem alta.

— Vem! Vem, pois; entra, se quiser, que estou aqui! — gritou ele pela janela.

Raskólnikov subiu à taberna. Encontrou Svidrigáilov num cômodo dos fundos, muito pequeno e de uma janela só, contíguo à grande sala onde, ocupando vinte mesinhas, os comerciantes, servidores e várias outras pessoas tomavam chá em meio aos brados de um desesperado coral dos cantadores. O som das bolas de sinuca vinha de algum lugar. Na mesinha de Svidrigáilov havia uma garrafa aberta de champanhe e um copo pela metade de vinho. Também se encontravam lá um garoto que tocava um pequeno realejo de mão e uma forte moça corada, de saia listradinha e chapéu tirolês com fitas — cantora de uns dezoito anos que, não obstante o coral da sala vizinha,entoava com um contralto meio enrouquecido uma música de lacaio, acompanhada do realejo...

— Pois bem, chega! — interrompeu-a Svidrigáilov, vendo Raskólnikov entrar.

A moça logo parou de cantar, esperando respeitosamente por algo. Enquanto cantava sua lacaiada rimada, a expressão de seu rosto também parecia séria e respeitosa.

— Ei, Filipp, traz um copo! — gritou Svidrigáilov.

— Não vou beber vinho — disse Raskólnikov.

— Como quiser, mas não é para você. Bebe, Kátia! Hoje não precisarei de mais nada, vai! — ele ofereceu à moça um copo cheio de vinho e estendeu-lhe uma notinha amarela. Kátia despejou o copo de uma só vez, como as mulheres costumam tomar vinho, ou seja, fazendo vinte goles a fio sem parar, pegou a notinha, beijou a mão de Svidrigáilov, que este lhe permitira beijar com toda a seriedade, e saiu do cômodo, seguida pelo tocador de realejo. Eles dois eram músicos de rua. Svidrigáilov morava em Petersburgo há menos de uma semana, mas tudo à volta dele já estava organizado de modo algo patriarcal. Filipp, o lacaio da taberna que já se tornara um "chegado" de Svidrigáilov, não parava de bajulá-lo. A porta que levava à sala tinha uma fechadura: Svidrigáilov se sentia naquele cômodo como em sua casa e passava nele, quem sabe, dias inteiros. A taberna era suja e ruim, pior mesmo que um botequim mediano.

— Vinha procurando pelo senhor — começou Raskólnikov —, mas por que foi que agora, passando pela Sennaia, virei para a avenida ***? Eu nunca tomo esse caminho nem ando por aqui. Costumo virar da Sennaia para a direita. E não se chega dessa maneira onde o senhor mora. Mal dobrei a esquina, e ei-lo aí! É estranho!

— Por que não dizer logo: é um milagre?

— Porque talvez seja apenas uma casualidade.

— Mas que caráter é que possui todo este povo! — Svidrigáilov desandou a rir. — Não reconhece o milagre, mesmo que acredite nele no íntimo! Você próprio diz que "talvez" seja apenas uma casualidade. Nem imagina, Rodion Românovitch, como todos são covardes, neste país, quanto à opinião pessoal. Não falo de você. Você tem uma opinião pessoal, e tê-la não o amedronta. Foi isso que despertou a minha curiosidade.

— Só isso?

— Isso já basta.

Svidrigáilov estava obviamente excitado, mas só um pouco: tinha tomado, quando muito, meio copo de vinho.

— Parece-me que o senhor veio a minha casa antes de saber que eu era capaz de ter aquilo que chama de opinião pessoal — notou Raskólnikov.

— Daquela vez, o negócio era diferente. Cada qual dá seus passos. E quanto ao milagre, digo-lhe que você parece ter dormido nesses últimos dois ou três dias. Fui eu mesmo que marquei o encontro nesta taberna, e não foi nada milagroso você ter vindo direto para cá: ensinei-lhe todo o caminho, indiquei o lugar e a hora em que poderia achar-me aqui. Lembra?

— Esqueci — respondeu Raskólnikov, pasmado.

— Acredito. Disse-lhe isso duas vezes. O endereço ficou gravado, mecanicamente, em sua memória. Você virou para cá de igual modo mecânico, mas acabou encontrando, mesmo sem saber disso, o endereço exato.

Aliás, explicando-lhe tudo daquela feita, eu não contava com a sua compreensão. Você se expõe demais, Rodion Românytch. E, outra coisa: estou convencido de que muita gente em Petersburgo anda falando consigo mesmo. É a cidade dos amalucados. Se houvesse ciências neste país, os médicos, juristas e filósofos poderiam fazer em Petersburgo valiosíssimos estudos, cada um em sua área. Poucos são os locais em que tantos fenômenos lúgubres, brutos e esquisitos influenciam a alma humana como em Petersburgo. O que valem apenas as influências climáticas! Entretanto é o centro administrativo de toda a Rússia, e seu caráter deve refletir-se em tudo. Mas não se trata disso agora: trata-se de eu tê-lo visto do lado de fora, já várias vezes. Saindo de casa, você ainda mantém a cabeça erguida. Ao cabo de vinte passos, abaixa a cabeça e põe as mãos para trás. Está olhando, porém não enxerga, visivelmente, nada na sua frente nem pelos lados. Começa, enfim, a mover os lábios e a falar consigo mesmo, erguendo, às vezes, uma das mãos e passando a declamar, depois fica parado, por muito tempo, no meio de seu caminho. Isso aí é muito ruim. Talvez alguém repare em você, além de mim, e tal coisa não é auspiciosa. No fundo, eu não me importo com isso nem vou curá-lo, mas você... você me entende, sem dúvida.

— O senhor sabe que alguém me espia? — perguntou Raskólnikov, fixando nele um olhar penetrante.

— Não sei de nada, não — respondeu Svidrigáilov, como que espantado.

— Pois então vamos deixar-me em paz — murmurou Raskólnikov, carregando o cenho.

— Está bem, vamos deixá-lo em paz.

— É melhor que me diga o seguinte: se o senhor vem beber aqui e marcou duas vezes o nosso encontro neste lugar, por que é que agora, quando eu olhava da rua pela janela, queria esconder-se ou ir embora? Percebi isso com toda a clareza.

— He-he! E por que é que então, quando eu acabava de entrar no seu quarto, você estava deitado no sofá, de olhos fechados, e fazia de conta que dormia, enquanto não tinha, de fato, um pingo de sono? Percebi isso com toda a clareza.

— Podia ter... meus motivos... o senhor mesmo sabe.

— Eu também podia ter meus motivos, embora você não chegue a conhecê-los.

Pondo o cotovelo direito na mesa, Raskólnikov apoiou o queixo nos dedos da mão direita e cravou os olhos em Svidrigáilov. Passou um minuto examinando o semblante dele, o qual sempre o deixava perplexo. Era um rosto estranho que se assemelhava a uma espécie de máscara: branco, corado, de lábios rubros e barba bem clara, emoldurado pelos cabelos louros e ainda bastante fartos. Seus olhos eram, de certa maneira, demasiadamente azuis, e seu olhar, demasiadamente pesado e fixo. Havia algo muito desagradável nesse rosto bonito que não aparentava, nem de longe, a idade de Svidrigáilov. Seu traje de verão era leve e garboso, em especial a camisa que ele usava. Um enorme anel com uma pedra preciosa enfeitava-lhe o dedo.

— Será que precisarei agora mexer com o senhor também? — disse Raskólnikov de repente, começando, com uma impaciência espasmódica, uma conversa bem franca. — Nem que o senhor se torne, se quiser prejudicar-me, o meu inimigo mais perigoso, eu cá não quero estragar minha vida mais ainda. Vou mostrar-lhe agorinha que não dou tanto valor a mim mesmo como o senhor deve pensar. Fique sabendo, pois: venho dizer-lhe abertamente que, se continua tendo a mesma intenção contra a minha irmã e se pretender usar algo daquilo que foi descoberto nos últimos tempos para realizar essa intenção sua, eu vou matá-lo antes que o senhor me ponha na cadeia. Minha palavra está segura: o senhor sabe que poderei cumpri-la. E outra coisa: se pretende fazer uma declaração para mim — é que me tem parecido ultimamente que o senhor quer dizer algo! —, faça-a rápido, pois eu valorizo o meu tempo, e pode ser tarde demais dentro em pouco.

— Por que está com tamanha pressa? — perguntou Svidrigáilov, olhando para ele com curiosidade.

— Cada qual dá seus passos — disse Raskólnikov, sombrio e impaciente.

— Foi você mesmo quem me pediu para ser sincero, mas se recusa agora a responder à minha primeira pergunta — notou Svidrigáilov, sorrindo. — Parece-lhe o tempo todo que tenho alguns objetivos ocultos, portanto me acha suspeito. Pois bem, isso é totalmente compreensível em sua situação. Contudo, por mais que me apeteça ficar mais próximo de você, não me encarregarei de tentar convencê-lo do contrário. Juro por Deus que não vale a pena, ainda mais que não me disponho a falar com você sobre nada de tão especial.

— Então por que precisa tanto de mim? Por que me ronda o tempo todo?

— Porque o acho um objeto interessante de observar. Gostei do caráter fantástico de sua situação, eis o que foi! Além disso, você é o irmão da pessoa que me tem interessado demais, e foi, afinal, essa própria pessoa que me contou, a certa altura, tantas coisas a seu respeito, fazendo-me concluir que você a influenciava sobremaneira — seria isso pouco? He-he-he! Reconheço, aliás, que sua pergunta é muito complicada para mim, e que me é difícil respondê-la. Agora, por exemplo, você vem conversar comigo não só para tratar dos negócios, como também para eu lhe dizer algo novo, é isso? É assim mesmo? — insistia Svidrigáilov com um sorriso finório. — Imagine, pois, que eu mesmo contava com você, ainda quando vinha para cá de trem, pensava que você também me diria algo *novo*, e que eu conseguiria tomar-lhe algo emprestado! Eis que tipo de ricaços nós somos!

— Tomar emprestado o quê?

— Como lhe responder? Sei lá o quê! Está vendo em que espelunca passo todo o meu tempo, e isso me dá prazer, ou seja, não é um prazer, mas assim... A gente precisa ficar em algum lugar. Eis, por exemplo, aquela coitada da Kátia — viu-a?... Se eu fosse, ao menos, um comilão, um gastrônomo dos clubes, mas eis ali o que posso comer! — ele apontou para uma mesinha posta num canto, em cima da qual estava um pires de lata com sobras de um bife horrível com batatinhas. — A propósito, você almoçou? Eu belisquei um bocado e não estou mais com fome. Não bebo mais vinho, por exemplo. Nenhum vinho, além do champanhe, e quanto ao champanhe, tomo um só copo em toda a tarde, e tenho, ainda assim, dor de cabeça. Foi agorinha que mandei servir o champanhe, para me animar um pouco, pois me preparo para ir a algum lugar, e você me vê num estado de espírito muito singular. Por isso é que me escondia como um garoto, por pensar que você me atrapalharia; contudo, parece-me — ele tirou o relógio — que podemos ficar juntos uma horinha — agora são quatro e meia. Ah, se tivesse, pelo menos, alguma coisa, se fosse fazendeiro ou pai de família, ou então ulano,[127] fotógrafo, jornalista... acredita? Mas não tenho nada, nenhum ofício! Às vezes, fico entediado. Palavra de honra, pensava que você me diria algo novo.

[127] Soldado lanceiro de cavalaria em alguns países europeus, inclusive na Rússia.

— Mas quem é o senhor e por que veio aqui?

— Quem sou eu? Você sabe: sou fidalgo, servi por dois anos na cavalaria, depois andei à toa cá em Petersburgo, depois me casei com Marfa Petrovna e passei a viver no campo. Eis a minha biografia!

— Parece que o senhor é um jogador?

— Não, que jogador eu sou? Um fulheiro não é jogador.

— O senhor foi um fulheiro?

— Fui um fulheiro, sim.

— Pois então foi batido?

— Algumas vezes. Por quê?

— Quer dizer, podia desafiar para um duelo... e, de modo geral, isso anima.

— Não o contradigo; não sou, ademais, muito forte em filosofia. Confesso-lhe que vim para cá, antes de tudo, por causa do mulherio.

— Logo depois de enterrar Marfa Petrovna?

— Pois é — Svidrigáilov sorriu com uma franqueza irresistível. — E daí? Parece que você percebe algo ruim nesta minha conversa sobre a mulherada?

— Ou seja, percebo eu algo ruim na libertinagem ou não?

— Na libertinagem? Então é isso aí? De resto, vou responder-lhe ponto por ponto e, antes de tudo, sobre a mulher como tal... estou disposto a parolar, sabe? Diga por que me seguraria? Por que largaria as mulheres, desde que gosto, ao menos, delas? Ao menos, é uma ocupação.

— Então conta só com a libertinagem aqui?

— E daí, se conto com a libertinagem? Por que falar em libertinagem? Gosto, sim, dela e digo-o sinceramente! Há nessa libertinagem, ao menos, algo constante, condicionado pela própria natureza e não sujeito à fantasia, algo que permanece, como um pedacinho de carvão sempre em brasa, no sangue, que nos inflama eternamente e não se apaga, quem sabe, nem com os anos. Concorde você mesmo: não seria uma espécie de ocupação?

— Com que o senhor se alegra? É uma doença... e perigosa.

— Ah, é mesmo? Concordo que é uma doença, igual a tudo que vai além das medidas (e nisso a gente é obrigado a passar das medidas!), mas, primeiro, um faz assim e o outro assado; segundo, é claro que precisamos respeitar as medidas em tudo — um cálculo sórdido, mas fazer o quê? Se não houvesse medidas, a gente teria, talvez, de dar-se um tiro na testa. Concordo que uma pessoa decente é obrigada a sentir tédio, porém...

— E o senhor se daria um tiro na testa?

— Que coisa! — ripostou Svidrigáilov com asco. — Faça-me o favor de não falar mais nisso — acrescentou, apressado e mesmo sem sombra da fanfarrice que se lobrigava em todas as suas palavras precedentes. Até o rosto dele parecia ter mudado. — Confesso a minha fraqueza imperdoável, mas o que faria? Tenho medo da morte e não gosto de ouvir falar nela. Em parte sou místico, sabe?

— Ah, os espectros de Marfa Petrovna? Continuam, pois, a aparecer?

— Deixe-os para lá, não fale neles! Ainda não apareceram em Petersburgo, e que o diabo os carregue! — exclamou Svidrigáilov com um ar meio irritadiço. — Não, é melhor que falemos... aliás... Hum! Eh, tenho pouco tempo, não posso ficar mais com você, que pena! Teria o que lhe contar.

— Por quê? Tem uma mulher por aí?

— Sim, uma mulher... um caso assim, sem querer... não, falo de outra coisa.

— E a sujeira de todo este ambiente não o incomoda mais? Não tem mais forças para parar?

— Procura também pelas forças? He-he-he! Deixou-me agora admirado, Rodion Românytch, embora eu já soubesse de antemão que seria assim mesmo. É que você me tem falado de libertinagem e de estética! Você, Schiller; você, idealista! Tudo isso deve ser assim, bem entendido, e a gente se espantaria, se fosse de outro jeito; contudo, não deixa de ser estranho na realidade... Ah, que pena a gente ter pouco tempo, já que você é um sujeito curiosíssimo! A propósito, você gosta de Schiller? Eu gosto demais.

— Como o senhor é fanfarrão, entretanto! — disse Raskólnikov com certa aversão.

— Juro por Deus que não! — respondeu Svidrigáilov em meio a gargalhadas. — Aliás, não discuto que seja um fanfarrão mesmo, mas por que não teria um pouco de fanfarrice, sendo ela inofensiva? Vivi sete anos no campo com Marfa Petrovna, portanto agora, topando com uma pessoa inteligente como você, uma pessoa inteligente e curiosa no mais alto grau, só sinto prazer em batermos um papo e, além disso, tomei meio copo de vinho, e ele me deu um pouco na telha.

E, o principal, existe uma circunstância que me tem animado muito, mas que eu... acabarei omitindo. Aonde vai? — perguntou, de súbito, assustado.

Raskólnikov ia levantar-se. Sentia abafo e peso, e certa vergonha de ter ido ali. Estava convicto agora de que Svidrigáilov era o vilão mais oco e pífio do mundo.

— E-eh! Sente-se, fique — pedia-lhe Svidrigáilov —, e mande que lhe sirvam, ao menos, chá. Sente-se, pois, que não vou mais dizer besteiras sobre mim mesmo. Vou contar-lhe alguma coisa. Quer que lhe conte como uma mulher me "salvava", usando suas palavras? Será mesmo uma resposta à sua primeira pergunta, já que essa mulher é sua irmã. Posso contar? Ademais, passaremos o tempo.

— Conte, mas espero que o senhor...

— Oh, não se preocupe! Ainda mais que Avdótia Românovna pode impor apenas o mais profundo respeito, mesmo a um homem tão reles e mau como eu.

IV

— Talvez você saiba (aliás, fui eu mesmo que lhe contei isso) — começou Svidrigáilov — que fiquei preso por uma dívida enorme e não tinha a menor possibilidade de pagá-la. Não é preciso esquadrinhar como Marfa Petrovna me resgatou naquela ocasião: você sabe até que ponto de loucura uma mulher pode chegar em suas paixões. Ela era honesta e nada boba (embora sem a mínima instrução). Imagine, pois, que, ciumenta e honesta que era, essa mesma mulher se dignou, ao cabo de muitos surtos e escândalos horripilantes, a concluir comigo uma espécie de contrato que cumpriria durante toda a nossa vida conjugal. É que Marfa Petrovna era muito mais velha que eu e, além disso, sempre portava um cravinho na boca. Eu tinha, cá na alma, tanta porcaria e, de certa forma, tanta sinceridade que lhe declarei às escâncaras que não poderia ser totalmente fiel a ela. Essa declaração deixou-a frenética, mas pareceu-me que minha grosseira franqueza lhe agradou até certo ponto: "Digamos que não pretende, ele mesmo, trair-me, já que declara isso de antemão!" — e, para uma mulher ciumenta, esse detalhe vem em primeiro lugar. Após muito choro, fechamos, nós dois, uma espécie de contrato verbal: primeiro, eu nunca abandonaria

Marfa Petrovna e sempre seria o seu marido; segundo, não viajaria a lugar nenhum sem a permissão dela; terceiro, nunca teria uma amante permanente; quarto, Marfa Petrovna me permitiria, em contrapartida, fisgar, vez por outra, mocinhas da criadagem, contanto que ela soubesse secretamente disso; quinto, Deus me livrasse de amar uma mulher de nossa classe; sexto, caso eu sentisse — Deus me resguardasse daquilo! — uma paixão grande e séria, deveria confessá-la a Marfa Petrovna. De resto, Marfa Petrovna estava o tempo todo assaz tranquila em relação ao último ponto: era uma mulher inteligente e só podia, por consequência, considerar-me um libertino e safadão, incapaz de amar de maneira séria. Mas uma mulher inteligente e uma mulher ciumenta são dois objetos diferentes, e o mal todo consiste nisso. Aliás, para julgarmos certas pessoas de modo imparcial, precisamos desistir antecipadamente de certas opiniões preconceituosas e do hábito que temos formado a respeito daquelas pessoas e coisas que nos rodeiam de praxe. Nesse sentido, tenho o direito de valorizar mais o julgamento seu do que o de qualquer outra pessoa. Pode ser que você já tenha ouvido muitas coisas ridículas e absurdas sobre Marfa Petrovna. Ela tinha, de fato, alguns costumes bem engraçados; porém lhe digo francamente que lamento muito aquelas inúmeras mágoas que causei a ela. Parece-me que isso basta para o terníssimo esposo compor uma *oraison funèbre*[128] decente em homenagem à terníssima esposa. Quando brigávamos, eu ficava, na maioria das vezes, calado, sem me aborrecer, e essa conduta de gentil-homem quase sempre atingia seu alvo: Marfa Petrovna se deixava levar por ela, apreciava-a e mesmo chegava, algumas vezes, a orgulhar-se de mim. Ainda assim, não suportou a sua irmãzinha. E de que maneira ela se atreveu a pôr uma moça tão linda dentro da nossa casa, como governanta? Explico isso pelo fato de que, sendo uma mulher ardorosa e suscetível, Marfa Petrovna simplesmente se apaixonou — apaixonou-se no sentido literal! — pela sua irmãzinha. E Avdótia Románovna, hein? Eu percebi muito bem, à primeira vista, que a situação estava ruim e — o que você acha? — decidi nem sequer olhar para ela. Mas foi a própria Avdótia Románovna quem deu o primeiro passo: acredita-me ou não? Acredita também que Marfa Petrovna até chegou a zangar-se comigo, a princípio, pelo meu constante silêncio em relação à sua irmã

[128] "Discurso fúnebre", em francês.

e pela indiferença com que eu tratava as ininterruptas e apaixonadas divagações dela sobre Avdótia Românovna? Nem eu mesmo entendo o que ela queria! É claro que Marfa Petrovna revelou a Avdótia Românovna todo o meu íntimo. Ela possuía um costume infeliz, o de contar a qualquer pessoa todos os segredos de nossa família e de queixar-se, o tempo todo, de mim para todo o mundo. Como ela prescindiria, então, dessa nova e bela amiga? Acho que suas conversas não se referiam a outros assuntos senão a mim, e que, sem sombra de dúvida, Avdótia Românovna ficou a par de todos aqueles lúgubres e misteriosos boatos que correm à minha volta... Aposto que você também já ouviu alguma coisa nesse estilo.

— Ouvi. Lújin o acusava mesmo de ter sido o culpado da morte de uma criança. É verdade?

— Faça-me o favor de deixar toda aquela baixaria de lado — resmungou Svidrigáilov com asco. — Se você tiver tanta vontade de inteirar-se de todo aquele absurdo, vou contar-lhe mais tarde, em separado, mas agora...

— Também se falava de um lacaio da sua fazenda e que o senhor teria sido o culpado de outra coisa.

— Chega, por favor, chega! — Svidrigáilov voltou a interrompê-lo com óbvia impaciência.

— Seria aquele lacaio que vinha, depois de morto, encher seu cachimbo... o senhor mesmo me contou? — Raskólnikov ficava cada vez mais irritado.

Svidrigáilov fitou Raskólnikov bem de frente (e o jovem teve a impressão de que um escárnio maldoso tivesse surgido, feito um relâmpago, no seu olhar), porém dominou a si próprio e respondeu com bastante amabilidade:

— Aquele mesmo, sim. Bem vejo que você também está por demais interessado nisso tudo e tenho por dever satisfazer, na primeira ocasião favorável, sua curiosidade em todos os aspectos. Que diabo! Bem vejo que alguém realmente pode tomar-me por um personagem romanesco. Julgue, você mesmo, até que ponto eu devo agradecer, depois disso, à finada Marfa Petrovna por ter contado à sua irmãzinha tantas coisas misteriosas e curiosas a meu respeito. Não ouso julgar as impressões dela, mas, em todo caso, aquilo me foi proveitoso. Com toda a aversão natural que Avdótia Românovna tinha por mim e não obstante a minha fisionomia sempre funérea e repulsiva, ela acabou tendo pena daquele homem perdido que eu era. E se o coração de uma moça tiver *pena*, isso será, bem entendido, o maior perigo. Aí ela vai querer, sem falta, "salvar" e dissuadir e ressuscitar, e criar metas mais nobres, e animar o homem para nova vida e novas atividades... sabe-se bem que sonhos podem surgir nesse caso. Eu percebi logo que o passarinho vinha, por si só, cair na arapuca, e preparei-me por minha vez. Parece que está sombrio, Rodion Românytch? Mas não foi nada: como você sabe, não aconteceu muita coisa. (Eta, diabo, quanto vinho eu tomei!)Você sabe: desde o início, sempre achei lamentável que o destino não tivesse permitido à sua irmã nascer no segundo ou terceiro século de nossa era, como filha de algum principezinho ou semelhante régulo, ou então do procônsul[129] da Ásia Menor. Sem sombra de dúvida, ela seria uma daquelas pessoas que foram martirizadas e ficaria sorrindo, bem entendido, quando lhe queimassem o peito com uma tenaz em brasa. Ela se exporia àquilo por si só, de propósito, e no quarto ou no quinto século iria para o deserto egípcio e passaria ali trinta anos, alimentando-se de raízes, êxtases e visões. Ela própria não almeja nem exige outra coisa senão aturar, o mais cedo possível, algum martírio em prol de alguém, e pulará, talvez, da janela se não a submeterem a tal martírio. Ouvi falar, por aí, de certo senhor Razumíkhin. Dizem que é um rapaz sensato (até o sobrenome dele demonstra isso:[130] decerto é um seminarista), então que ele resguarde a sua irmã. Numa palavra, parece-me que a entendi, e estou honrado com isso. Mas àquela altura, ou seja, quando nos conhecemos... Você mesmo sabe que o homem sempre se mostra, em tais casos, mais leviano e tolo, que a vista dele se turva e passa a enxergar só coisas erradas. Por que diabo ela é tão linda? Não sou culpado disso! Em breves termos, fui levado pelo mais violento ímpeto libidinoso. A castidade de Avdótia Românovna é fabulosa, jamais vista nem descrita. (Note-se que lhe comunico isso tão só como um fato referente à sua irmã. Ela é casta, quem sabe, de forma doentia, apesar de sua grande inteligência, e isso vai prejudicá-la.) Acontece que

---

[129] No Império Romano, governador de província.

[130] A palavra russa "разум" (*razum*), de que provém o sobrenome "Razumíkhin" significa "juízo", "razão".

fisguei uma moça, Paracha, a Paracha de olhos negros,[131] serva que acabavam de trazer de outra aldeia e que eu nunca vira antes (muito bonitinha, mas incrivelmente boba), e ela ficou chorando, uivando para toda a fazenda ouvir, e aprontou um escândalo. Um dia, depois do almoço, Avdótia Românovna me encontrou, de propósito, na alameda de nosso jardim e, de olhos brilhantes, *exigiu*, a sós, que eu deixasse a coitadinha da Paracha em paz. Parece que foi a nossa primeira conversa particular. Eu, bem entendido, tive a honra de satisfazer o desejo dela, procurei fingir-me de admirado e embaraçado — numa palavra, fiz bem meu papel. Começaram os encontros — conversas misteriosas, sermões moralizadores, ensinamentos, súplicas, rogos, até lágrimas —, acredite: até lágrimas! Eis como certas moças ficam dominadas por aquela paixão pela propaganda! Eu, bem entendido, atribuí tudo ao meu destino, fingi-me de quem ansiava e aspirava à luz e, afinal de contas, lancei mão do maior e mais inabalável meio de conquistar o coração feminino, daquele meio que jamais trai a ninguém e age sobre todas as mulheres do mundo, sem a mínima exceção. Esse meio bem conhecido é a lisonja. Não há coisa mais difícil neste mundo que a singeleza nem coisa mais fácil que a lisonja. Se a singeleza tiver um centésimo de nota falsa, logo surgirá a dissonância e, depois dela, o escândalo. E mesmo que a lisonja tenha todas as notas falsas, a gente não deixará de achá-la agradável nem de ouvi-la com certo prazer; mesmo que esse prazer seja bruto, continuará sendo prazeroso. E, por mais tosca que seja a lisonja, ao menos metade dela parecerá, com certeza, verídica. Isso é justo para todos os grupos e camadas da sociedade. Até uma vestal[132] se deixa seduzir pela lisonja. E das pessoas comuns nem se fala. Eu não consigo lembrar sem risadas como seduzi, certa vez, uma senhorazinha fiel ao marido, aos filhos e às suas virtudes. Quanta alegria isso me deu, com tão pouco trabalho! E a senhorazinha era realmente bem virtuosa, pelo menos à sua maneira. Toda a minha tática consistia em prosternar-me, a cada minuto, perante ela, estupefato com sua castidade. Adulava-a sem nenhuma vergonha e, assim que

[131] Forma diminutiva e carinhosa do nome Praskóvia; é possível que Svidrigáilov aluda à primeira estrofe do poema "Paracha" (1798) de Gavrila Românovitch Derjávin (1743–1816), um dos clássicos da literatura russa anteriores a Púchkin: *Paracha de cabelos louros / E rosto pálido a corar...*

[132] Na Roma antiga, sacerdotisa de Vesta, deusa do fogo, que se mantinha casta durante a vida toda.

conseguia um aperto de mão ou até mesmo um olhar mostrava-me contrito de tê-los arrancado dela com força, pois ela me resistia e resistia tanto que, se não fosse, eu mesmo, tão perverso assim, nunca receberia nada, pois ela, inocente que era, não antevira a minha astúcia, cedendo a mim sem querer nem mesmo saber daquilo, e assim por diante. Numa palavra, consegui o meu objetivo, e a senhorazinha continuou absolutamente persuadida de ser inocente e casta no cumprimento de seus deveres e obrigações, e de ter pecado por mera casualidade. E como ficou brava comigo quando lhe declarei, no fim das contas, que, segundo a minha sincera convicção, ela buscava prazeres do mesmo modo que eu. Marfa Petrovna, coitada, também se deixava lisonjear em excesso, e, se eu apenas quisesse, seguramente teria transferido, ainda em vida, todo o patrimônio dela para o meu nome. (Contudo, bebo demais e não paro de tagarelar.) Espero que você não se zangue, se eu lhe disser agora que o mesmo efeito tinha sobrevindo a Avdótia Românovna. Porém eu mesmo estava bobo e impaciente, estragando assim o negócio todo. Antes ainda, Avdótia Românovna não gostara algumas vezes (em especial, uma vez) da expressão de meus olhos, você acredita nisso? Numa palavra, um fogo se acendia neles, cada dia mais forte e imprudente, um fogo que a assustava e acabou por lhe suscitar ódio. Não é preciso contar os detalhes, mas nós nos separamos. Nisso fiz outra besteira. Comecei a escarnecer, com a maior grosseria, todas aquelas propagandas e exortações, Paracha entrou novamente em cena, e não foi só ela... em suma, criou-se um pandemônio. Oh, se você visse, Rodion Românytch, se visse, ao menos uma vez na vida, como os olhinhos de sua irmãzinha sabem, às vezes, fulgir! Não importa que eu esteja agora bêbado e que já tenha tomado um copo inteiro de vinho: falo a verdade e asseguro-lhe que vivia sonhando com o olhar dela e que não conseguia mais suportar o ruge-ruge do seu vestido. Palavra de honra, pensava que acabaria contraindo epilepsia; nunca teria imaginado que pudesse chegar àquele frenesi todo. Numa palavra, precisava reconciliar-me com ela, mas isso já era impossível. Imagine, pois, o que fiz então! Até que ponto de embrutecimento a raiva pode levar um homem! Nunca empreenda nada com raiva, Rodion Românytch. Pensando que Avdótia Românovna era, no fundo, indigente (ah, perdão, não era isso que queria... Mas que diferença faz, se for expressa a mesma ideia?), quer dizer, vivia somente do seu trabalho, e sustentava sua mãe e você também (ah, diabo, está com carranca de novo...), ousei oferecer a ela todo o meu dinheiro (já naquele tempo poderia arranjar uns trinta mil) para que fugisse comigo, digamos, para Petersburgo. É claro que lhe juraria então amor eterno, beatitude *et cetera* e tal. Fiquei tão desvairado que, acredite ou não, mas, se ela me dissesse: "Degola ou envenena Marfa Petrovna e casa-te comigo", aquilo seria logo cumprido! Mas tudo resultou naquela catástrofe que já é de seu conhecimento, e você mesmo pode julgar até que fúria eu teria chegado ao saber que Marfa Petrovna chamara aquele execrabilíssimo advogadozinho Lújin e quase arrumara o casamento, o que seria, no fundo, a mesma coisa que eu tinha proposto. É isso? É isso? É isso mesmo? Tenho reparado que você está escutando com muita atenção... meu jovem interessante...

Impaciente, Svidrigáilov deu um soco na mesa. Estava todo vermelho. Raskólnikov percebia claramente que um só copo ou um copo e meio, que ele bebera de modo imperceptível, gole sobre gole, produzira um efeito mórbido, e decidiu aproveitar a ocasião. Svidrigáilov lhe parecia suspeito em demasia.

— Bom... depois disso, estou plenamente convencido de que o senhor veio aqui tendo em vista minha irmã — disse ele com toda a franqueza, para deixar Svidrigáilov ainda mais irritado.

— Eh, chega — Svidrigáilov parecia ter mudado repentinamente de ideia —, já lhe disse... além do mais, sua irmã me detesta.

— Eu também estou seguro de que ela o detesta, mas não se trata disso agora.

— Está seguro de que ela me detesta? — entrefechando os olhos, Svidrigáilov sorriu com malícia. — Você tem razão: ela não me ama; mas nunca tenha a certeza daquilo que acontece entre marido e mulher ou entre dois amantes. Sempre há nisso um cantinho oculto para todo mundo, que só eles dois conhecem. Você me garantiria que Avdótia Românovna olhava para mim com aversão?

— Julgando por algumas das palavras e palavrinhas que o senhor tem usado em seu relato, percebo que continua tendo seus planos e as intenções mais urgentes em relação a Dúnia; bem entendido, as intenções torpes.

— Como? Deixei escapar tais palavras e palavrinhas? — de súbito, Svidrigáilov ficou assustado da forma mais ingênua possível, sem prestar a mínima atenção ao epíteto atribuído às intenções dele.

— E continuam a escapar. De que, por exemplo, o senhor tem tanto medo? Por que é que está agora tão apavorado?

— Tenho pavor e medo? Medo de você? Antes você teria medo de mim, *cher ami*.[133] Que besteira, no entanto... Aliás, estou embriagado e percebo isso; quase soltei, outra vez, a língua. Para o diabo esse vinho! Ei, tragam-me água!

Ele pegou a garrafa e, sem cerimônia, jogou-a pela janela. Filipp trouxe água.

— Tudo isso é bobagem — disse Svidrigáilov, molhando uma toalha e pondo-a na cabeça —, posso refreá-lo com uma só palavra e reduzir a pó todas as suas suspeitas. Você sabe, por exemplo, que me casarei em breve?

— O senhor já me disse antes.

— Disse? Esqueci. Mas então não podia ainda dizê-lo de modo afirmativo, porque nem sequer tinha visto a noiva; apenas estava disposto. E agora já tenho a noiva, e o casamento está arranjado, e, se não tivesse uns afazeres inadiáveis, chamá-lo-ia sem falta e levaria à casa dela, que quero pedir-lhe conselho. Eta, diabo! Só restam dez minutinhos. Olhe o relógio... está vendo? Aliás, vou contar-lhe, que meu casamento é uma coisinha interessante, quer dizer, à sua maneira... Aonde vai? De novo está de saída?

— Não, agora é que não vou sair.

— De jeito nenhum? Vamos ver! Levá-lo-ei para lá, é verdade, e mostrarei a noiva, mas não agora, pois daqui a pouco você terá de sair. Você irá à direita, e eu à esquerda. Conhece a tal de Resslich? Aquela mesma Resslich em cuja casa eu moro, hein? Está ouvindo? Não, você pensa o quê? Aquela mesma mulher sobre a qual correm os boatos de que a garotinha... na água... no inverno... ouve-me? Ouve ou não? Pois foi ela quem me arranjou tudo isso: estás com tédio, disse, vai divertir-te um pouco. E eu cá sou um cara sombrio e chato. Você acha que sou jovial? Não, sombrio: não faço dano algum, mas fico no meu canto, e não conseguem fazer — às vezes, por três dias — que me ponha a conversar. E aquela Resslich é uma safada, digo-lhe eu, e eis o que tem em mente: quando eu abandonar a mulher, uma vez enjoado, e for embora, a mulher irá trabalhar para ela, ou seja, prostituir-se em nosso meio e

[133]"Caro amigo", em francês.

com a melhor clientela. Diz que o pai da moça, servidor reformado, está paralítico: fica sentado na poltrona e faz três anos que não move as pernas. Diz também que a mãe da moça é uma dama sensata, digamos, a mãezinha dela. O filho serve algures no interior e não os ajuda. A filha se casou e não os visita, e eles criam dois sobrinhos pequenos (como se não bastassem seus próprios filhos) e tiraram do ginásio, sem ter completado o curso, a filha mais nova, uma menina que vai fazer dezesseis anos daqui a um mês, ou seja, daqui a um mês poderia casar-se. Quer dizer, comigo. Fomos então à casa deles, e como foi engraçado! Apresento-me: fazendeiro, viúvo, de família conhecida, com tais e tais ligações, provido de cabedais — e daí, se já tenho cinquenta anos e ela nem completou dezesseis? Quem é que olha para isso? Pois é um excelente negócio, não é? Um excelente negócio, ah-ah! Se você visse como eu proseava com o paizinho e a mãezinha dela! Iria pagar só para me ver nesse meio-tempo. Vem ela, faz reverência — pode imaginar? —, ainda de vestidinho curto, um botãozinho para desabrochar... e fica corada, vermelha como o arrebol (haviam-lhe dito, por certo). Não sei o que você acha desses rostinhos femininos, mas, a meu ver, esses dezesseis anos, esses olhinhos ainda infantis, essa timidez e as lágrimas de pudor — a meu ver, isso é melhor do que a beleza, tanto mais que a garota é, por si só, uma gracinha. Seus cabelinhos louros, frisados em forma de cachos miúdos, os labiozinhos carnudos, rubros, e as perninhas — digo-lhe, uma graça!... Fomos apresentados, pois; eu disse que estava com pressa, devido a circunstâncias familiares, e logo no dia seguinte, ou seja, anteontem, recebemos a bênção. Desde então, todas as vezes que vou lá, ponho a garotinha no colo e não a deixo descer... Ela fica vermelha que nem o arrebol, e eu a beijo a cada minuto; a mãezinha lhe inculca, bem entendido — esse daí é o teu marido e tem de ser desse jeito! — numa palavra, um moranguinho! E, na verdade, o meu estado de hoje, quer dizer, o de noivo, talvez seja melhor ainda que o de marido. É o que se chama de *la nature et la vérité*![134] Ah-ah! Falei com ela umas duas vezes: a menininha não é nada boba; às vezes, olha para mim de tal jeito, furtivamente, que parece queimar. E sabe que o rostinho dela é como o da Madona de Rafael? É que a Madona Sistina tem um rosto fantástico, o de uma pesarosa vidente, isso não lhe saltou aos olhos?

---

[134] "A natureza e a verdade", em francês.

Pois sim, é algo nesse estilo. Logo que recebemos a bênção, eu trouxe, no dia seguinte, presentes por mil e quinhentos rublos — uma joia de diamantes, a outra de pérolas e um cofrete de prata, daqueles que as damas põem no toucador, grande assim e com várias bugigangas —, e mesmo o seu rosto, o da Madona, ruborizou-se. Quando a pus ontem no colo, talvez de maneira meio afoita, ficou toda corada, e as lágrimas lhe jorraram, porém aguentou firme, se bem que estivesse em brasa. Todos saíram, por um minuto, e nós ficamos a sós, então ela me abraçou, de supetão, o pescoço com ambos os bracinhos (foi a primeira vez que fez isso por sua própria vontade), beijou-me diversas vezes e jurou que seria uma esposa obediente, fiel e bondosa, que me faria feliz, que me dedicaria toda a sua vida, cada minuto de sua vida, que sacrificaria tudo, mas tudo, por mim, e que queria, em troca disso tudo, ganhar *apenas o meu respeito*... "e não preciso", disse, "de mais nada, de nada, de nenhum presente!". Concorde você mesmo que ouvir semelhante declaração a sós de um anjinho assim, de dezesseis anos, com aquele vestidinho de tule e aqueles cachinhos, com os rubores daquele pudor de donzela e as lágrimas de entusiasmo nos olhos... concorde você mesmo que é assaz empolgante. Não é empolgante? Será que não vale nada, hein? Vale, sim, vale, não é? Bem... escute-me, pois... vamos, pois, ver minha noiva... mas não agora!

— Numa palavra, essa monstruosa diferença de idade e desenvolvimento é que lhe suscita a volúpia! Será que o senhor se casará mesmo dessa maneira?

— E por que não? Com certeza. Cada um com o seu cada qual, e o mais alegre de todos é aquele que sabe enganar a si mesmo mais que os outros. Ah-ah! E por que será que você mergulhou nessas suas virtudes até as orelhas? Poupe-me, queridinho, sou um pecador. He-he-he!

— Contudo ajudou a encaminhar os filhos de Katerina Ivânovna. Aliás... aliás, tinha suas razões para isso... agora entendo tudo.

— Gosto de crianças em geral, gosto muito de crianças — Svidrigáilov soltou uma gargalhada. — Até posso contar-lhe, a respeito disso, um episódio curiosíssimo que continua, de resto, até agora. Logo no primeiro dia de minha estada aqui, fui percorrendo aquelas cloacas todas, porque me sentia, depois de sete anos no campo, muito carente. Você repara, talvez, que não me apresso a procurar minha turma antiga, ou seja, meus amiguinhos e companheiros de outrora. E continuarei longe deles o tempo que for possível. Sabe: lá na fazenda, quando vivia com Marfa Petrovna, fiquei mortalmente abatido com as lembranças de todos aqueles lugares e lugarzinhos misteriosos, onde quem for sabido encontra muita coisinha boa. Eta, diabo! O povo se embebeda, a mocidade instruída se imola, por ócio, com sonhos e fantasias quiméricas, mutila-se com teorias; vieram, sabe-se lá de onde, aqueles judeus, escondem a dinheirama, e todos os outros estão na esbórnia. Já nas primeiras horas, senti o cheirinho bem conhecido desta cidade. Venho, pois, ao chamado sarau dançante: uma cloaca medonha (e eu adoro as cloacas e justamente aquelas de muita sujeirazinha) com um cancã horrível, bem entendido, que nem existia na minha época. Sim, o progresso consiste nisso. Olho de repente e vejo uma garota de uns treze anos, muito bem-vestida, dançar com um virtuose ali, enquanto mais um virtuose se posta na frente dela. E sua mãe está sentadinha numa cadeira, ao pé da parede. Dá, pois, para imaginar que cancã é aquele! A garotinha fica confusa, corada e, afinal, ofendida, põe-se a chorar. O virtuose levanta-a do chão e começa a girá-la, exibe-se para ela, e todos riem ao redor, e — gosto de nosso público, nesses momentos, nem que seja o de cancã! — gritam às gargalhadas: "Bem feito! Quem mandou trazer as crianças aqui?". Bom, para mim, tanto faz como tanto fez, quer se divirtam com lógica, quer sem ela! Escolhi logo meu lugarzinho, sentei-me ao lado da mãe e disse, para começar, que viera também de fora, que todos eram ignorantes por lá e não sabiam discernir as verdadeiras virtudes nem tratar a gente boa com o devido respeito; dei a entender que tinha muito dinheiro, ofereci minha carruagem para levar a mãe e a filha embora, levei-as, de fato, para casa (moram num cubículo alugado, pois acabaram de vir para cá), travei amizade. Disseram-me que tanto ela quanto a filha só ficariam honradas com a minha companhia; soube que estavam sem eira nem beira, e que tinham vindo para arranjar um negócio numa repartição pública; ofereci-lhes ajuda e dinheiro; soube também que teriam ido àquele sarau por erro, pensando que lá realmente ensinavam a dançar; propus contribuir, por minha parte, para a educação da mocinha, pagando as aulas de língua francesa e dança. Elas ficaram entusiasmadas, tomaram aquilo por uma honra... e nossa amizade continua. Vamos, se quiser, à casa delas, mas não agora.

— Chega! Deixe, por fim, essas anedotas sujas e vis, homem baixo, devasso, voluptuoso!

— Schiller, ó nosso Schiller, eta que Schiller! *Où va-t-elle la vertu se nicher?*[135] Você sabe, vou de propósito contar-lhe coisinhas assim, para ouvir essas suas exclamações. Um deleite!

— É claro: neste momento estou ridículo para mim mesmo! — murmurou Raskólnikov, furioso.

Svidrigáilov gargalhava com toda a força; chamou, finalmente, Filipp, pagou a conta e ficou em pé.

— Eta, como estou bêbado... *assez causé* — disse ele. — Um deleite!

— E como não sentiria deleite? — exclamou Raskólnikov ao levantar-se também. — Para um libertino todo surrado, é um deleite contar sobre tais aventuras, tendo em vista alguma intenção monstruosa do mesmo gênero... ainda mais nessas circunstâncias e para uma pessoa igual a mim. Atiça o fogo!

— Pois bem — respondeu Svidrigáilov, examinando Raskólnikov com certo matiz de espanto —, se for assim, você mesmo é um cínico de verdade. Contém, pelo menos, em si um material enorme. Pode compreender muita coisa, mas muita... e pode fazer muita coisa também. Chega, pois. Lamento sinceramente que tenhamos falado pouco, mas você não me escapará... Espere aí um tantinho...

Svidrigáilov saiu da taberna. Raskólnikov foi atrás dele. Entretanto, Svidrigáilov não estava tão bêbado assim: a embriaguez lhe subira à cabeça por um só instante e diminuía a cada minuto. Ele estava muito preocupado com algo bem importante e carregava o cenho. Um suspense atormentava-o, pelo visto, e afligia. Nos últimos minutos passara, de chofre, a tratar Raskólnikov de modo diferente, ficando cada vez mais ríspido e sarcástico. Ao reparar nisso tudo, Raskólnikov também estava preocupado. Tendo graves suspeitas quanto a Svidrigáilov, resolveu segui-lo.

Os homens desceram para a calçada.

— Você vai à direita e eu à esquerda, ou, talvez, ao contrário, só que... *adieu, mon plaisir*,[136] até o encontro alegre!

E ele virou à direita, em direção à Sennaia.

---

[135] "Onde vai aninhar-se a virtude?", em francês. Trata-se de um gracejo atribuído ao dramaturgo francês Molière (1622–1673) em sua primeira biografia, *Vie de monsieur Molière* (1705), escrita por Jean-Leónor de Grimarest (1659–1713); a passagem faz alusão jocosa ao conceito schilleriano de "bela alma" (*Die schöne Seele*). (N. E.)

[136] "Adeus, meu prazer", em francês.

V

Raskólnikov foi no encalço de Svidrigáilov.

— O que é isso? — exclamou este, voltando-se para o jovem. — Parece que lhe disse...

— Isso quer dizer que agora não deixarei o senhor em paz.

— O que-e-e-ê?

Parando de vez, eles ficaram, por um minuto, olhando um para o outro, como se estivessem medindo as forças.

— De toda a sua falácia de beberrão — replicou bruscamente Raskólnikov —, eu deduzo *positivamente* que o senhor não apenas não desistiu das suas intenções mais sujas quanto à minha irmã, mas até mesmo continua a nutri-las mais do que nunca. Sei que esta manhã minha irmã recebeu uma carta. E o senhor estava inquieto o tempo todo... Suponhamos que tenha podido arranjar, pelo caminho, uma esposa aí, mas isso não significa nada. Quero certificar-me pessoalmente...

Raskólnikov nem sequer poderia determinar o que precisamente ele queria, nesse momento, e de que desejava certificar-se pessoalmente.

— Ah, é? Quer que chame agorinha a polícia?

— Pode chamar!

Eles ficaram mais um minuto face a face. Por fim, o rosto de Svidrigáilov mudou. Persuadido de que Raskólnikov não tinha medo de sua ameaça, ele tomou, de súbito, o ar mais jovial e amigável.

— Eta, como você é! Foi de propósito que não lhe falei desse seu negócio, embora me visse, bem entendido, torturado pela curiosidade. Um caso fantástico. Ia deixá-lo até a próxima ocasião, mas, palavra de honra, você é capaz de instigar mesmo um cadáver... Vamos, então, só que lhe digo logo: vou dar apenas um pulinho em casa para pegar o dinheiro; depois trancarei o apartamento, chamarei uma carruagem e irei passar a noite inteira nas ilhas. Será que você vai comigo?

— Enquanto o senhor estiver no seu apartamento, eu irei ao de Sófia Semiônovna para pedir desculpas por não ter ido ao enterro.

— Como você quiser, porém Sófia Semiônovna não está em casa. Ela levou todas as crianças à casa de uma dama, de uma velha e nobre dama, minha conhecida de longa data e dirigente de certas instituições para órfãos. Eu encantei essa dama, oferecendo-lhe dinheiro pelos três pintinhos de Katerina Ivânovna, e, além disso, fiz uma doação em favor de suas instituições; contei-lhe, por fim, a história de Sófia Semiônovna, mesmo com todas as regalias, sem omitir nada. Produzi um efeito indescritível. Por isso é que cumpre a Sófia Semiônovna comparecer, ainda hoje, ao hotel ***, em que se hospeda temporariamente, mudando-se para cá, da fazenda, essa minha dama.

— Tudo bem, mas eu vou assim mesmo.

— Como quiser, só que eu não sou seu companheiro: pouco me importa! Já estamos chegando em casa. Estou convencido de que você desconfia de mim porque tenho sido, até agora, delicado o suficiente para não o incomodar com indagações... entende? Você achou isso esquisito; aposto que foi assim! Eis o que dá ser delicado.

— E escutar atrás das portas!

— Ah, é isso? — Svidrigáilov ficou rindo. — Pois sim, ficaria surpreso se você deixasse isso sem atenção, depois de tudo o que aconteceu. Ah-ah! Ainda que eu mesmo entenda algumas partes daquilo que você... aprontou lá... e confessou a Sófia Semiônovna, mas... o que seria aquilo? Talvez seja bronco a ponto de não entender mais nadica de nada? Explique-me, pelo amor de Deus, meu queridinho! Ensine-me os princípios mais novos.

— O senhor não pode ter ouvido nada, é tudo mentira!

— Mas eu não falo nisso, não falo (embora tenha ouvido mesmo umas coisinhas), não: o problema é que você só vem com esses ai-ai-ai! É Schiller que desponta, a cada minuto, aí dentro. E agora nem se pode escutar atrás das portas? Se for desse jeito, vá à delegacia e anuncie lá: assim, diga, e assado, aconteceu comigo um acidente: houve um errinho na minha teoria. E se estiver convicto de que a gente não pode escutar atrás das portas, mas pode descascar as velhinhas a torto e a direito, a seu bel-prazer, então vá rapidinho embora daqui, digamos, para a América. Fuja, meu jovem! Talvez ainda tenha tempo. Falo com toda a sinceridade. Não tem dinheiro, é isso? Eu lhe pagarei a viagem.

— Nem sequer penso nisso — ia interrompê-lo Raskólnikov com asco.

— Entendo (aliás, não se dê pena: se não quiser, não fale muito); entendo que tipo de questões você tem em pauta — são questões morais, não são?... Questões de cidadão e homem de bem? Deixe-as, pois, de lado: por que precisaria delas agora? He-he! Por ser ainda cidadão e homem de bem? Se for assim, nem devia meter-se nisso, encarregar-se de um negócio que não é seu. Estoure-se, pois, os miolos... ou não está a fim disso, hein?

— Parece que o senhor quer irritar-me de propósito, só para que eu o deixe em paz...

— Quanta esquisitice! Chegamos, enfim, seja bem-vindo para a escadaria. Eis a entrada de Sófia Semiônovna, está vendo? Olhe, não há ninguém em casa! Não acredita? Pergunte aos Kapernaúmov, ela entrega a chave a eles. Ei-la pessoalmente, *madame* de Kapernaúmov, hein? O quê (ela está um pouco surda), foi embora? Aonde? E aí, ouviu agora? Não está em casa nem voltará, quem sabe, até altas horas da noite. Pois bem, vamos agora à minha casa. Você queria também ir à minha casa, não é? Pois bem, cá estamos nós. *Madame* Resslich não está... Essa mulher anda sempre atarefada, mas é gente boa, asseguro-lhe... você poderia, talvez, conseguir algo com ela, se fosse um pouco mais sensato. Pois bem, digne-se a ver: tiro da gavetinha este papel de cinco por cento (olhe quantos títulos tenho ainda!), e vou trocá-lo hoje numa casa de câmbio. Viu, hein? Não tenho mais tempo a perder. Tranco a gavetinha, tranco o apartamento, e eis-nos de novo na escada. Quer que a gente pegue uma carruagem? Vou direto às ilhas. Não quer passear comigo? Pego essa carruagem até a ilha Eláguin, certo? Desiste? Não aguentou? Vamos passear, hein? Parece que a chuva está chegando, mas isso é pouca coisa, vamos puxar o toldo...

Svidrigáilov já estava sentado na carruagem. Raskólnikov havia decidido que suas suspeitas eram injustas, ao menos nesse momento. Sem responder uma só palavra, ele se virou e tomou o caminho de volta, em direção à Sennaia. Se tivesse olhado para trás, pelo menos uma vez ao longo de seu caminhar, teria visto Svidrigáilov pagar o cocheiro por ter percorrido, no máximo, cem passos e ficar, ele próprio, na calçada. Tinha dobrado, porém, a esquina e não podia ver mais nada. Uma profunda aversão afastara-o de Svidrigáilov. "E eu pude esperar, apenas por um instante, alguma coisa desse malfeitor bruto, desse libertino voluptuoso, desse vilão!" — exclamou sem querer. No entanto, Raskólnikov pronunciou seu veredicto de modo por demais leviano e precipitado. Em todo o aspecto de Svidrigáilov havia algo que lhe dava certo ar singular ou até mesmo misterioso. Quanto a tudo o que dizia respeito à sua irmã, Raskólnikov continuava totalmente persuadido de que Svidrigáilov não a deixaria em paz. Contudo, pensar nisso sem trégua era insuportavelmente difícil! Uma vez sozinho, o jovem deu vinte passos e mergulhou, segundo o seu hábito, numa profunda meditação. Subindo à ponte, ele parou junto do parapeito e ficou olhando para a água do rio. Enquanto isso, Avdótia Românovna estava ao lado dele. O jovem a encontrou no início da ponte, mas seguiu seu caminho sem reparar nela. Dúnetchka nunca vira o irmão nesse estado na rua. Assombrada até o pavor, ela parou sem saber se valia a pena chamá-lo ou não. De súbito, avistou Svidrigáilov que vinha, a passo rápido, pelo lado da Sennaia. Ele se aproximava misterioso e cauteloso. Não subiu à ponte, parando na calçada e fazendo de tudo para que Raskólnikov não o visse. Teria reparado em Dúnia havia tempo e acenava para ela de longe. Parecia pedir-lhe com gestos que não chamasse pelo irmão, deixando-o sossegado, e viesse falar com ele.

Foi isso que Dúnia fez. Silenciosa, ela contornou o irmão e achegou-se a Svidrigáilov.

— Vamos depressa — cochichou-lhe Svidrigáilov. — Não quero que Rodion Românytch saiba de nosso encontro. Aviso-a que estávamos juntos aqui pertinho, numa taberna onde ele me encontrara, e que me livrei dele com muita dificuldade. Seu irmão sabe, de alguma forma, que eu lhe mandei uma carta e tem lá certas suspeitas. Não foi a senhorita quem contou para ele, foi? Então quem contou?

— A gente já dobrou a esquina — interrompeu Dúnia —, agora meu irmão não nos verá. Declaro-lhe que não vou acompanhar o senhor. Diga-me tudo aqui mesmo; tudo isso pode ser dito no meio da rua.

— Primeiro, isso não pode ser dito na rua, de modo algum; segundo, a senhorita deve escutar Sófia Semiônovna também; terceiro, vou mostrar-lhe alguns documentos... E, afinal de contas, caso a senhorita não queira ir à minha casa, desisto de todas as explicações e vou logo embora. Peço-lhe, todavia, para não esquecer que um segredo muito curioso de seu irmãozinho adorado se encontra inteiramente em minhas mãos.

Dúnia parou, indecisa, e cravou em Svidrigáilov seu olhar penetrante.

— De que é que tem medo? — disse ele, tranquilo. — A cidade não é sua roça. Até na roça a senhorita me causou mais prejuízo do que eu à senhorita, e aqui...

— Sófia Semiônovna está avisada?

—Não disse a ela uma só palavra, não, nem sequer tenho certeza de que ela está agora em casa. Aliás, é provável que esteja. Ela acabou de enterrar uma parenta: não fazem visitas num dia desses! Por enquanto, não quero falar nisso com ninguém e mesmo me sinto arrependido, em parte, de tê-lo comunicado à senhorita. A menor imprudência equivale, nesse caso, a uma denúncia. Moro aqui, neste prédio, a gente já está chegando. Aquele lá é o zelador do prédio; o zelador me conhece muito bem, eis que me cumprimenta; ele vê que estou vindo com uma dama e teve, certamente, tempo de reparar em seu rosto, e isso lhe é proveitoso, se estiver com muito medo e suspeitar de mim. Desculpe-me estas falas grosseiras. Eu mesmo alugo um apartamento. Sófia Semiônovna mora justamente do outro lado da minha parede, também num quarto alugado. Todo o andar está alugado, aliás. De que teria, pois, medo, igual a uma criança? Ou seria eu tão medonho assim?

O rosto de Svidrigáilov se entortou num sorriso indulgente, conquanto ele não estivesse mais para sorrir. Seu coração palpitava, e a respiração se prendia no peito. Ele falava bem alto adrede, para dissimular a emoção que crescia, mas Dúnia não reparava nessa emoção singular, irritada em demasia com a observação de que teria medo de Svidrigáilov, igual a uma criança, e de que ele seria tão medonho assim.

— Embora saiba que o senhor é um homem... sem honra, não tenho nenhum medo do senhor. Vá em frente — disse ela. Parecia tranquila, mas o seu rosto estava bem pálido.

Svidrigáilov parou junto da porta de Sônia.

— Permita-me perguntar se ela está em casa. Não está. Que malogro! Porém eu sei que ela pode voltar dentro em pouco. Se não está em casa, só pode ter ido tratar com uma dama a respeito de seus irmãos órfãos. A mãe deles morreu. Eu também me meti nisso e dei umas ordens. Se Sófia Semiônovna não voltar daqui a dez minutos, mandarei, se quiser, que ela vá procurá-la ainda hoje. Pois bem, eis aqui o meu apartamento. Eis aqui meus dois quartos. Atrás dessa porta mora a minha locadora, a senhora Resslich. Agora preste atenção, que vou mostrar-lhe os meus documentos principais: esta porta leva do meu dormitório a dois cômodos totalmente vazios que estão para alugar. Ei-los aqui... a senhorita precisa ver isto direitinho...

Svidrigáilov ocupava dois cômodos bastante espaçosos e mobiliados. Dúnetchka olhava ao redor desconfiada, mas não percebia nada especial na mobília nem na disposição dos quartos, ainda que fosse possível perceber certas coisas, por exemplo, ver que a morada de Svidrigáilov se situava, de alguma maneira, entre dois apartamentos quase inabitados. Não se passava para os quartos dele logo do corredor, mas sim através de dois cômodos pertencentes à locadora que estavam quase vazios. Abrindo, a seguir, a outra porta do dormitório, Svidrigáilov mostrou a Dúnetchka outro apartamento, também vazio, que se destinava a ser alugado. Dúnetchka ficou parada na soleira, sem entender por que Svidrigáilov a convidava a ver o apartamento, mas Svidrigáilov se apressou a explicar-lhe isso:

— Olhe para cá, examine esse segundo quarto grande. Preste atenção a essa porta que está trancada. Ao lado da porta há uma cadeira, a única cadeira em ambos os quartos. Fui eu que a trouxe do meu apartamento, a fim de escutar com mais conforto. Logo ali, do outro lado da porta, fica a mesa de Sófia Semiônovna; ela estava sentada lá e conversava com Rodion Românytch. E eu escutava aqui, sentado na cadeira — duas noites seguidas, por umas duas horas cada noite —, e pude, naturalmente, descobrir alguma coisa; o que a senhorita acha?

— O senhor espiava?

— Sim, espiava. Agora vamos ao meu quarto, que não temos nem onde sentar aqui.

Svidrigáilov levou Avdótia Românovna de volta ao seu primeiro cômodo, que lhe servia de sala de estar, e propôs que ela se sentasse numa cadeira. Sentou-se, ele próprio, na outra ponta da mesa, pelo menos a uma braça dela, mas em seus olhos já fulgurava, provavelmente, aquela mesma chama que tanto assustara Dúnetchka outrora. Ela estremeceu e, desconfiada, tornou a olhar ao redor. Seu gesto foi involuntário: decerto ela não queria patentear sua desconfiança. Porém a situação isolada do apartamento de Svidrigáilov acabou por surpreendê-la. Dúnia queria perguntar se, pelo menos, a locadora estava em casa, mas não perguntou... por orgulho. Além do mais, havia no seu coração outro sofrimento, infinitamente maior que o medo por si mesma, um sofrimento insuportável.

— Eis aqui sua carta — disse ela, colocando a carta em cima da mesa. — Seria possível aquilo que o senhor escreve? Está aludindo ao crime que teria cometido, supostamente, meu irmão. Alude com muita clareza e não ousaria desistir disso agora. Pois fique sabendo que já ouvi antes esse boato estúpido e não confio em nenhuma palavra dele. É uma suspeita vil e ridícula. Eu conheço a história toda e sei como e por que razão ela foi inventada. O senhor não pode ter prova alguma. Prometeu que me provaria, então me prove! Mas saiba de antemão que não acredito em suas provas! Não acredito!...

Dúnetchka disse isso numa tirada veloz, e a vermelhidão lhe cobriu, por um instante, o rosto.

— Se não acreditasse mesmo, será que se atreveria a vir sozinha à minha casa? Por que veio então? Por mera curiosidade?

— Não me torture: diga-me logo, diga!

— Nem preciso dizer que é uma moça corajosa. Eu pensava, juro por Deus, que ia pedir ao senhor Razumíkhin que a acompanhasse até aqui. Mas ele não estava nem perto da senhorita nem nas cercanias, eu vi... isso foi atrevido; a senhorita queria, pois, ajudar Rodion Românytch. De resto, tudo que possui é divino! Quanto ao seu irmão, o que lhe direi?... A senhorita acaba de vê-lo pessoalmente. O que achou dele?

— O senhor não se basearia apenas nisso, estou errada?

— Não me baseio só nisso, mas sim nas palavras dele mesmo. Ele veio falar com Sófia Semiônovna, duas noites seguidas. Mostrei-lhe onde eles estavam sentados. Seu irmão confessou a ela todo o ocorrido. Ele é assassino. Assassinou a velha usurária, viúva de um servidor público, à qual penhorava suas coisas; assassinou também a irmã da velha, mascate chamada Lisaveta, que tinha presenciado, casualmente, o assassinato da irmã. Matou as duas mulheres com o machado que tinha trazido consigo. Matou-as para roubar e roubou: pegou o dinheiro e mais umas coisas lá... Ele mesmo contou tudo isso, palavra por palavra, a Sófia Semiônovna; só ela sabe o segredo, e não participou, de maneira alguma, daquele assassinato, mas, pelo contrário, ficou horrorizada, bem como a senhorita agora. Esteja tranquila, ela não o denunciará.

— Isso não é possível! — murmurava Dúnetchka, ofegante, e seus lábios estavam mortalmente pálidos. — Não é possível! Não há nenhum, nem o menor motivo, nenhuma razão... É tudo mentira! Mentira!

— Ele roubou, esse é o motivo: levou dinheiro e coisas de valor. É verdade que não aproveitou, segundo a confissão dele, nem o dinheiro roubado nem aquelas coisas, deixando-os algures, sob uma pedra onde continuam até agora. Mas isso aconteceu porque ele não teve a coragem de aproveitá-los.

— Mas seria provável que ele pudesse ter furtado ou roubado, ou apenas ter pensado em fazer isso? — exclamou Dúnia e levantou-se, num pulo, da cadeira. — O senhor conhece meu irmão, tem-no visto, não é? Poderia ele ser um ladrão?

Ela parecia implorar a Svidrigáilov, tendo esquecido todo o seu medo.

— Há nisso, Avdótia Românovna, milhares e milhões de combinações e variantes. O ladrão rouba, mas sabe, em compensação, que é um criminoso; e eu cá ouvi falar de um homem nobre que assaltou os correios... quem é que sabe: talvez ele pensasse, de fato, que tinha feito uma coisa boa? Eu mesmo não acreditaria, por certo, como a senhorita não acredita, se uma pessoa estranha me tivesse contado isso, mas acreditei em meus próprios ouvidos. Seu irmão explicou a Sófia Semiônovna todos os motivos, e ela mesma descria, no começo, dos próprios ouvidos, mas acabou dando crédito aos seus olhos. Foi ele mesmo quem contou tudo a ela.

— Quais são... esses motivos?

— É uma longa história, Avdótia Românovna. Como é que expressaria isso... É uma espécie de teoria, a mesma ideia segundo a qual a gente acha, por exemplo, que um crime pontual é permitido, contanto que o objetivo geral seja bom. Apenas um mal e cem boas ações! Também é difícil, no fim das contas, um moço talentoso e provido de ambições enormes saber que, se tivesse, por exemplo, tão só uns três mil, toda a sua carreira e todo o futuro de seus alvos vitais seriam outros, e não ter, entretanto, esses três mil. Acrescente a irritação causada pela fome, pela morada apertada, pelos farrapos, pela viva consciência da "beleza" de sua posição social e, para completar, pelo estado da irmã e da mãe. E, antes de tudo, a vaidade dele, orgulho e vaidade; aliás, só Deus sabe: talvez, com bons pendores também... Não pense, por favor, que o condeno; ademais, não é meu negócio. Houve no meio outra teoriazinha particular, uma teoria de quinta, em termos da qual a humanidade se divide, veja só, em material e pessoas especiais, ou seja, tais pessoas que não obedecem, em virtude de sua alta posição, às leis, mas, pelo contrário, compõem-nas para todas as demais pessoas, quer dizer, para o material, para o lixo. Uma teoria assim, medíocre; *une théorie comme une autre*.[137] Foi Napoleão que deixou seu irmão arrebatado, ou seja, foi aquele fato de que muitas pessoas geniais não prestavam atenção aos males isolados, mas passavam por cima deles sem refletir. Ao que parece, ele imaginou

---

[137] "Uma teoria como qualquer outra", em francês.

que também era uma pessoa genial, ou melhor, estava convencido disso por algum tempo. Sofria muito e continua sofrendo com a ideia de que soube compor sua teoria, mas não tem forças para "passar por cima" sem refletir, não sendo, por conseguinte, genial. E isso é bem humilhante para um moço ambicioso, sobretudo em nossos tempos...

— E o remorso? O senhor nega a ele, então, qualquer sentimento moral? Seria ele assim mesmo?

— Ah, Avdótia Románovna, agora tudo está confuso; aliás, nunca houve nenhuma ordem exemplar por aqui. A gente russa tem alma grande em geral, Avdótia Románovna, grande como a nossa terra, e extremamente propensa ao fantástico, ao caótico; porém ter alma grande sem muita genialidade é uma desgraça. E lembra o quanto falamos, nós dois, neste mesmo estilo e sobre este mesmo tema, sentados de noite no terraço, ali no jardim, cada vez depois do jantar. A senhorita ainda me censurava, justamente por causa dessa alma grande. Quem sabe: talvez estivéssemos conversando no mesmo momento em que ele cogitava aqui, deitado, seu crime? A sociedade culta não tem muitas lendas sagradas, Avdótia Románovna, salvo se alguém deduzir algo dos livros... ou tirar das crônicas medievais. Mas aqueles ali são cientistas e, sabe, são todos borra-botas, de certa maneira, de modo que um homem mundano até se envergonharia de ser como eles. De resto, a senhorita conhece as minhas opiniões em geral: decididamente não condeno ninguém. Sou folgazão e sigo essa tática. Já falamos disso mais de uma vez. Tive, inclusive, a felicidade de despertar-lhe interesse com meus julgamentos... Está muito pálida, Avdótia Románovna!

— Eu conheço aquela teoria dele. Li o artigo sobre as pessoas a quem tudo é permitido... Razumíkhin me trouxe o jornal...

— O senhor Razumíkhin? O artigo de seu irmão? No jornal? Há um artigo assim? Eu não sabia. Eta, que coisa curiosa! Mas aonde vai, Avdótia Románovna?

— Quero ver Sófia Semiónovna — disse Dúnetchka com uma voz fraca. — Como é que vou ao apartamento dela? Talvez ela já tenha voltado; quero vê-la sem falta, agora mesmo. Que ela...

Avdótia Románovna não conseguiu terminar a frase: sua respiração literalmente se interrompia.

— Sófia Semiónovna não voltará até a noite. Assim eu acho. Ela devia chegar logo; senão, chegaria bem tarde...

— Ah, tu estás mentindo! Eu vejo... estavas mentindo... foi tudo mentira!... Não acredito em ti! Não acredito! Não acredito! — exclamou Dúnetchka num verdadeiro frenesi, perdendo completamente a cabeça.

Quase desmaiando, ela caiu na cadeira que Svidrigáilov lhe oferecera às pressas.

— O que tem, Avdótia Românovna, recobre-se! Eis a água. Beba um gole...

Svidrigáilov jogou um pouco d'água no rosto dela. Dúnetchka estremeceu e recuperou os sentidos.

— Isso foi forte — murmurava Svidrigáilov consigo mesmo, carregando o cenho. — Avdótia Românovna, acalme-se! Saiba que ele tem amigos. A gente vai salvá-lo agorinha. Quer que eu o leve para o estrangeiro? Tenho dinheiro e conseguirei a passagem em três dias. Quanto ao assassinato... ele fará ainda muita coisa boa, de modo que tudo fique redimido... acalme-se. Ainda poderá ser um grande homem. E aí? Como se sente?

— Homem maldoso! Ainda se ri de mim. Deixe-me ir embora...

— Aonde? Mas aonde vai?

— Buscar meu irmão. Onde está ele? O senhor sabe? Por que a porta está trancada? A gente entrou por esta porta, e agora ela está trancada. Quando foi que a trancou?

— Mas não podia gritar aquilo que lhe disse aqui, para todo o mundo ouvir. Não estou rindo, apenas me cansei de falar desse jeito. Aonde é que iria nesse seu estado? A senhorita quer traí-lo? Levá-lo-á ao frenesi, e ele delatará a si mesmo. Fique sabendo que já andam no encalço dele, que já seguem seu rastro. A senhorita não fará outra coisa senão trair seu irmão. Espere: vi-o e falei com ele há pouco; ainda se pode salvá-lo. Espere, sente-se; vamos pensar juntos. Chamei-a justamente para falarmos sobre isso a sós e pensarmos bem nisso. Sente-se, venha!

— De que maneira o senhor pode salvá-lo? Será que se pode salvá-lo?

Dúnia se sentou. Svidrigáilov também se sentou perto dela.

— Tudo isso depende da senhorita, de você, só de você — começou ele quase cochichando, de olhos brilhantes, gaguejando e mesmo não conseguindo pronunciar certas palavras de emoção.

Assustada, Dúnia recuou para ficar longe dele. Svidrigáilov também estava todo trêmulo.

— Você... uma palavra sua, e ele está salvo! Eu... eu vou salvá-lo. Tenho dinheiro e amigos. Vou mandá-lo embora logo; conseguirei o passaporte, não, dois passaportes: um para ele e o outro para mim. Tenho amigos, conheço homens de negócios... Quer? Conseguirei também o passaporte para você... e para sua mãe... para que serviria Razumíkhin? Amo-a como antes... Amo-a infinitamente. Deixe-me beijar a borda de seu vestido, deixe-me, deixe! Não posso ouvir esse ruge-ruge. Diga-me: faz isso, e eu farei! Farei tudo. Farei o impossível. Vou acreditar no que você acredita. Farei tudo, tudo! Não olhe para mim desse modo, não olhe! Sabe que me mata assim?...

Ele chegava mesmo a delirar. Ficou, de repente, como que aturdido por uma pancada. Dúnia se levantou e correu às portas.

— Abram! Abram! — gritava ela através da porta, sacudindo-a com as mãos e chamando por socorro. — Abram logo! Será que não há ninguém?

Svidrigáilov se endireitou, recuperando o seu sangue-frio. Um sorriso maldoso e sarcástico transpareceu devagar em seus lábios trementes.

— Não há ninguém em casa — disse baixa e pausadamente —, a dona saiu, e não adianta gritar desse jeito: apenas se perturba em vão.

— Onde está a chave? Abre logo a porta, agora, vilão!

— Perdi a chave e não consigo encontrá-la.

— Ah, é a violência? — exclamou Dúnia, pálida como a morte, e foi correndo para um canto, protegendo-se com uma mesinha que estava por perto. Ela não gritava mais: fixou o olhar em seu verdugo e observava com atenção cada movimento dele. Svidrigáilov tampouco se movia, plantado em face da moça, na outra extremidade do quarto. Tinha-se recomposto, ao menos em aparência, porém seu semblante continuava pálido. Estava sorrindo com escárnio.

— A senhorita acabou de dizer "violência", Avdótia Románovna. Se for assim mesmo, pode perceber que tomei minhas providências. Sófia Semiônovna não está em casa; o apartamento dos Kapernaúmov fica muito longe, a cinco quartos trancados daqui. Afinal, sou ao menos duas vezes mais forte que a senhorita e, além disso, não tenho o que temer, pois a senhorita não poderá reclamar depois... ou quer realmente trair seu irmão? Ademais, ninguém acreditará nisso: por que razão uma moça viria sozinha ao apartamento de um solteiro? Assim sendo, mesmo se sacrificar o irmão, não comprovará nada: é muito difícil comprovar a violência, Avdótia Românovna.

— Vilão! — cochichou Dúnia com indignação.

— Como você quiser, mas note bem que foi somente uma hipótese. Conforme a minha convicção pessoal, tem toda a razão: a violência é um nojo. Digo apenas que não ficaria absolutamente nada em sua consciência, mesmo se... mesmo se você se dispusesse a salvar seu irmão de modo voluntário, como eu lhe proponho. Você só obedeceria às circunstâncias, enfim, à força, já que não podemos dispensar esse termo. Pense nisso: o destino de seu irmão e de sua mãe está em suas mãos. E eu serei seu escravo... a vida toda... vou esperá-la aqui...

Svidrigáilov se sentou no sofá, a uns oito passos de Dúnia. Ela não tinha mais dúvida de que sua resolução seria inabalável. Além do mais, ela o conhecia...

De súbito, a moça tirou do bolso um revólver, engatilhou-o e apoiou a mão armada na mesinha. Num pulo, Svidrigáilov ficou em pé.

— Ah, então é isso aí! — exclamou ele, surpreso, mas com o mesmo sorriso maldoso. — Pois isso muda radicalmente a situação! Você mesma me facilita extremamente o trabalho, Avdótia Românovna! Onde foi que arrumou o revólver? Será que o senhor Razumíkhin ajudou? Ah! Esse revólver é meu! Meu velho conhecido! E como o procurei então!... As aulas de tiro que tive a honra de dar-lhe, lá no campo, não se perderam em vão.

— O revólver não é seu, mas de Marfa Petrovna, que assassinaste, facínora! Não tinhas coisa nenhuma na casa dela. Peguei-o quando passei a suspeitar do que tu eras capaz. Ousa dar um só passo, e juro que te matarei!

Dúnia estava frenética. Mantinha a arma de prontidão.

— E seu irmão? Pergunto por curiosidade — indagou Svidrigáilov, que permanecia no mesmo lugar.

— Delata-o, se quiseres! Fica aí! Não te movas! Vou atirar! Envenenaste tua esposa, eu sei, tu mesmo és assassino!...

— Tem tanta certeza de que envenenei Marfa Petrovna?

— Foste tu! Ainda aludias... falavas comigo sobre o veneno... eu sei, tinhas ido buscá-lo... já estavas pronto... Foste tu, com certeza... vilão!

— Mesmo se fosse verdade, isso aconteceria por tua causa... tu serias a culpada disso.

— Mentes! Eu sempre te odiei, sempre...

— Será, Avdótia Românovna? Esqueceu, pelo visto, como já me cedia e desfalecia, naquele calor da propaganda... Eu lia aquilo em seus olhinhos: lembra?... era de noite, sob a lua, e o rouxinol estava cantando.

— Mentes — os olhos de Dúnia fulgiam de cólera —, tu mentes, caluniador!

— Minto? Talvez esteja mentindo. Menti, sim. Não é preciso lembrar as mulheres dessas coisinhas — ele sorriu. — Sei que vais atirar, meu bichinho lindo. Atira, pois!

Dúnia ergueu o revólver e, mortalmente pálida, olhava para Svidrigáilov, tendo já tomado sua decisão e esperando pelo primeiro movimento por parte dele; seu labiozinho inferior tremia, embranquecido, e seus grandes olhos negros brilhavam como uma chama. Svidrigáilov jamais a vira tão bela. A chama, que surgira nos olhos da moça no momento em que ela erguia a arma, deixara-o como que abrasado, e seu coração se contraíra dolorosamente. Ele deu um passo, e o revólver disparou. A bala passou-lhe de raspão pelos cabelos e bateu na parede atrás dele. Svidrigáilov parou e riu baixinho:

— Uma vespa picou! Alveja logo a cabeça... O que é isso? O sangue! — ele tirou um lenço para enxugar o sangue, cujo filete escorria pela sua têmpora direita: decerto a bala tinha roçado na pele do crânio. Dúnia abaixou o revólver e fitava Svidrigáilov antes com um espanto selvagem do que com medo. Pelo visto, ela mesma não entendia o que tinha feito nem o que estava acontecendo.

— Bom, foi um tiro perdido! Atire outra vez, estou esperando — disse Svidrigáilov em voz baixa; ainda estava sorrindo, mas de maneira algo funesta. — Senão, vou pegá-la antes que engatilhe a arma.

Dúnetchka estremeceu, engatilhou rapidamente o revólver e tornou a erguê-lo.

— Deixe-me! — gritou ela, desesperada. — Juro que vou atirar de novo... Eu o... matarei!...

— Pois bem... é impossível que não me mate a três passos. E se não me matar... então... — seus olhos fulgiram, e ele fez mais dois passos.

Dúnetchka atirou, mas a arma falhou!

— Carregou de qualquer jeito. Tudo bem! Ainda há uma escorva aí dentro. Arrume, que vou esperar.

Ele estava plantado na sua frente, a dois passos, esperava e mirava-a com uma louca audácia, cravando nela um olhar inflamado de paixão.

Dúnia percebeu que ele preferiria morrer a deixá-la em paz. Estava bem claro que ela o mataria agora, a dois passos de distância!

De chofre, ela jogou o revólver no chão.

— Desistiu! — disse Svidrigáilov, pasmado, e deu um suspiro profundo. Parecia que algo se afastara, de uma só vez, do seu coração, e talvez não fosse apenas a pressão do medo da morte, que ele nem sequer sentia nesse momento. Fora outra a sensação, mais pesarosa e lúgubre, de que Svidrigáilov se libertara, mesmo sem poder defini-la plenamente.

Ele se achegou a Dúnia e abraçou-lhe, silencioso, a cintura. Ela não resistia, só o fitava, suplicante e toda trêmula como uma folha. Svidrigáilov ia dizer algo: seus lábios se contorciam, mas ele não conseguia articular nenhuma palavra.

— Vê se me deixas! — implorou Dúnia. Svidrigáilov estremeceu: esse *tu* não fora dito da mesma maneira que todos os precedentes.

— Pois não me amas? — perguntou ele baixinho.

Dúnia fez um sinal negativo com a cabeça.

— E... não podes?... Nunca? — cochichou ele, com desespero.

— Jamais! — respondeu, cochichando, Dúnia.

Uma terrível luta silenciosa travou-se, por um instante, na alma de Svidrigáilov. Ele fixou em Dúnia um olhar inexprimível. De súbito, retirou o braço, virou-lhe as costas, foi rápido em direção à janela e parou em face dela.

Passou-se mais um instante.

— Eis a chave! — ele tirou a chave do bolso esquerdo de seu casaco e colocou-a em cima da mesa, atrás de si, sem se virar nem olhar para Dúnia. — Tome e vá embora, depressa!...

Olhava, obstinado, pela janela. Dúnia se aproximou da mesa para pegar a chave.

— Depressa! Depressa! — repetiu Svidrigáilov, ainda sem se mover nem se virar, mas uma nota aterradora soou, pelo visto, nesse "depressa". Percebendo-a, Dúnia pegou a chave, foi correndo às portas, abriu-as rapidamente e saiu, num átimo, do quarto. Um minuto depois, quase enlouquecida, ela alcançou a margem do canal e correu em direção à ponte ***.

Svidrigáilov ficou perto da janela uns três minutos; enfim se virou lentamente, olhou ao redor e, taciturno, passou a palma da mão pela testa. Um sorriso estranho crispou-lhe o rosto, um sorriso lastimável, tristonho e fraco, um sorriso de desespero. O sangue, já quase coagulado, sujou-lhe a mão; ele mirou o sangue com fúria, depois molhou uma toalha e lavou a têmpora. Jogado no chão, o revólver de Dúnia estava perto das portas e, de repente, atraiu-lhe a atenção. Svidrigáilov apanhou a arma e examinou-a. Era um pequeno revólver de bolso, arma de modelo antigo que continha três balas; duas balas e uma escorva ainda estavam nele. Daria para atirar uma vez só. Svidrigáilov refletiu um pouco, pôs o revólver no bolso, pegou o chapéu e foi embora.

VI

Ao longo de toda aquela noite, até as dez horas, ele passava de taberna em taberna e de cloaca em cloaca. Numa dessas, encontrou Kátia, que cantava outra música de lacaio sobre alguém que era "vilão e tirano",

Começou a beijar Kátia...

Svidrigáilov comprava bebidas para Kátia, para o tocador de realejo, para os cantadores, lacaios e dois escrivães desconhecidos. Envolvera-se com esses dois escrivães só porque ambos tinham nariz torto: um tinha o nariz entortado para a direita, e o outro, para a esquerda. Isso surpreendera Svidrigáilov. Os companheiros levaram-no, afinal, para um jardim público, onde ele pagou a entrada para todos. Nesse jardim havia apenas um fininho pinheiro de três anos e três moitinhas. Além disso, havia lá um "*vakzal*"[138] — no fundo, uma bodega em que se podia, aliás, tomar chá, e que dispunha de algumas mesinhas verdes e cadeiras. Um coral ruinzinho de cantadores e um bêbado alemão de Munique — tal e qual um palhaço com nariz vermelho, mas, por alguma razão, triste ao extremo — divertiam o público. Os escrivães discutiram com outros servidorezinhos ali presentes e aprontaram uma briga de foice. Eleito por eles como árbitro, Svidrigáilov tentou reconciliá-los por um quarto de hora, mas eles vociferavam tanto que não havia a mínima possibilidade de entender qualquer coisa. O fato mais certo era que um deles furtara algo e mesmo o vendera, de imediato, a um judeu que estava

---

[138] Corruptela do termo inglês "Vauxhall", referente a um subúrbio londrino transformado num parque de diversões; trata-se, neste contexto, de um restaurante barato em que se diverte um público despretensioso.

por perto, mas não quisera dividir o lucro com seu colega. Esclareceu-se, finalmente, que o objeto vendido era uma colher de chá pertencente ao *vakzal*. A criadagem deu pela ausência dela, e o acidente foi tomando proporções ameaçadoras. Svidrigáilov pagou a colher, levantou-se e saiu do jardim. Eram quase dez horas. Ele próprio não tinha bebido, nesse tempo todo, sequer uma gota de vinho; pedira apenas chá naquele *vakzal*, tão só por respeito às conveniências. A noite estava, entretanto, abafadiça e lúgubre. Por volta das dez horas, os nimbos vieram, medonhos, de todos os lados, estourou o trovão e a chuva jorrou como uma cachoeira. A chuva não caía gota a gota, mas açoitava a terra com jatos d'água. Os raios fulgiam a cada instante, podendo-se contar até cinco durante cada relâmpago. Todo molhado, Svidrigáilov chegou a casa, trancou as portas, abriu a sua gaveta, tirou todo o dinheiro e rasgou dois ou três papéis. Ao colocar o dinheiro no bolso, queria mudar de roupa, mas, olhando pela janela e ouvindo as trovoadas e o ruído da chuva, fez um gesto indiferente, pegou o chapéu e saiu sem fechar o apartamento. Foi procurar Sônia. Ela estava em casa, mas não sozinha: quatro pequenos filhos de Kapernaúmov rodeavam-na. Sófia Semiônovna servia chá para eles. Recebeu Svidrigáilov calada e respeitosa, olhou com espanto para seu traje encharcado, porém não disse uma palavra. Quanto às crianças, elas se esgueiraram logo, todas apavoradas.

Svidrigáilov se sentou à mesa, pedindo que Sônia se sentasse ao seu lado. Tímida, ela se preparou para escutá-lo.

— Eu, Sófia Semiônovna, talvez vá embora para a América — disse Svidrigáilov — e, como nos vemos, provavelmente, pela última vez, tenho de tomar certas providências. Pois bem, a senhorita viu hoje aquela dama? Eu sei o que ela lhe disse, não precisa contar — Sônia estremeceu e ficou corada. — A índole daquela gente é conhecida. No que respeita às suas irmãzinhas e ao seu irmãozinho, eles estão realmente em boas mãos, e o dinheiro que lhes cabe foi entregue por mim mesmo, com recibos, a quem de direito, às pessoas seguras. Fique, aliás, com esses recibos, digamos, por via das dúvidas. Ei-los aqui, tome! Bem... acabei com isso. Eis aqui três obrigações de cinco por cento, três mil no total. Tome-as para si mesma, só para o seu uso pessoal, e que isso fique entre nós dois, sem que ninguém saiba... qualquer coisa que lhe disserem. A senhorita vai precisar delas, porquanto viver desse modo,

Sófia Semiônovna, é ruim; ademais, não lhe será mais necessário continuar como dantes.

— O senhor fez tanto por mim e pelos órfãos e pela finada... — respondeu Sônia às pressas — que, se tão pouco lhe agradeci até hoje, não fique achando que...

— Eh, chega, chega!

— E esse dinheiro, Arkádi Ivânovitch, agradeço-lhe muito, mas não preciso agora dele. Sempre conseguirei sustentar a mim mesma, não tome isso por uma ingratidão: sendo o senhor tão benfazejo, dê esse dinheiro...

— É para a senhorita, Sófia Semiônovna, e sem muita conversa, por gentileza, já que não tenho tempo. Vai precisar de dinheiro. É que Rodion Românovitch só tem dois caminhos: um tiro na testa ou a Vladímirka[139] — Sônia olhou para ele com pavor e ficou tremendo. — Não se preocupe: foi ele mesmo quem me contou, mas não sou tagarela, não o direi a ninguém. A senhorita fez bem em mandar que ele confessasse. Isso lhe seria bem mais proveitoso. Se ele seguir a Vladímirka, a senhorita irá atrás dele? Irá mesmo? Irá? E, se for assim, então vai precisar de dinheiro. Para ajudá-lo, entende? Dou este dinheiro à senhorita como se o desse a ele. Além do mais, a senhorita prometeu a Amália Ivânovna que pagaria a dívida: eu tinha ouvido. Por que será que assume, tão levianamente, esses contratos e obrigações, Sófia Semiônovna? Foi Katerina Ivânovna quem ficou devendo àquela alemã, mas não a senhorita, então pouco lhe importa a dívida. A gente não vive dessa maneira. Pois bem... se alguém perguntar, um dia — digamos, amanhã ou depois de amanhã — por mim ou a meu respeito (e vão fazer-lhe perguntas, eu sei), não mencione que vim a sua casa, não mostre o dinheiro, em caso algum, nem diga a ninguém que o recebeu. Bom... até a vista — ele se levantou da cadeira. — Minhas lembranças a Rodion Românytch. A propósito: até que chegue a hora, guarde o dinheiro, por exemplo, na casa do senhor Razumíkhin. Conhece o senhor Razumíkhin? Por certo, conhece. É um rapaz assim... Leve, pois, o dinheiro à casa dele, amanhã ou... quando chegar a hora. E, até lá, guarde-o direitinho.

---

[139] Trata-se da estrada pela qual os condenados a trabalhos forçados iam para a Sibéria.

Sônia também pulou da cadeira e mirou-o com susto. Queria muito dizer alguma coisa, fazer alguma pergunta, mas não ousava, nesses primeiros minutos, nem sabia por onde começar.

— Como o senhor... como o senhor vai sair agora, com esse aguaceiro todo?

— Quem vai às Américas agorinha não teme nenhuma chuvinha, he-he! Adeus, minha querida Sófia Semiônovna! Viva e viva muito, os outros precisarão de você. A propósito: diga ao senhor Razumíkhin que eu lhe mandei lembranças. Diga assim mesmo: Arkádi Ivânovitch Svidrigáilov é que manda lembranças. Diga sem falta.

Ele saiu, deixando Sônia perplexa, assustada e tomada por um pressentimento incerto e penoso.

Saber-se-ia mais tarde que na mesma noite, já pelas doze horas, Svidrigáilov fizera mais uma visita muito excêntrica e inesperada. Ainda chovia sem trégua. Todo molhado, ele entrou, às onze horas e vinte, no pequenino apartamento dos pais de sua noiva, que se encontrava na Terceira Linha da avenida Menor da ilha Vassílievski. Bateu várias vezes à porta e produziu, a princípio, uma grande agitação; contudo Arkádi Ivânovitch podia ter, quando queria, maneiras assaz fascinantes, de sorte que a primeira (e bem plausível, de resto) suposição dos sensatos pais da noiva, a de que Arkádi Ivânovitch se teria embebedado algures até perder o juízo, ficou por si só desmentida. A compassiva e ajuizada mãe da noiva trouxe o pai paralítico numa cadeira de rodas e logo procedeu, segundo o seu hábito, a certas indagações remotas. (Essa mulher nunca fazia perguntas diretas, mas sempre sorria, de início, e esfregava as mãos; a seguir, se precisava de alguma informação importante e exata, por exemplo, quando Arkádi Ivânovitch se dignaria a marcar o casamento, começava a perguntar, curiosíssima e quase ávida, sobre Paris e a vida palaciana dali, e só depois chegava, por ordem, à Terceira Linha da ilha Vassílievski). Em outro momento, tudo isso imporia, com certeza, muito respeito, mas dessa vez Arkádi Ivânovitch se revelou, de certa forma, impaciente em excesso e pediu para ver imediatamente a noiva, embora lhe tivessem dito, bem no começo, que a noiva já tinha ido para a cama. Bem entendido, a noiva apareceu. Arkádi Ivânovitch comunicou logo a ela que precisava passar um tempinho fora de Petersburgo, devido a uma circunstância muito relevante, e que lhe trouxera, portanto, quinze mil rublos em prata e diversos papéis, pedindo que os aceitasse como presente, pois se dispunha, havia tempos, a oferecer-lhe tal bagatela antes do casamento. Decerto suas explicações não expressavam, de modo algum, a ligação lógica da oferenda com a partida urgente nem a necessidade inadiável de vir à meia-noite, sob uma chuva torrencial, para vê-la, porém o negócio foi concluído de modo satisfatório. Até as necessárias exclamações, indagações e admirações se revelaram inesperadamente moderadas e reservadas, ainda que a gratidão fosse expressa do modo mais ardoroso e mesmo reforçada pelas lágrimas da mãe sensatíssima. Arkádi Ivânovitch se levantou, deu uma risada, beijou a noiva, tocou carinhosamente na face dela, confirmou que voltaria em breve e, percebendo nos seus olhinhos, além da curiosidade infantil, uma pergunta muito séria e tácita, pensou um pouco, beijou-a outra vez e logo sentiu, no fundo da alma, um lamento sincero de que seu presente ficasse, de imediato, guardado nos baús da mais sensata das mães. Saindo, deixou toda a família em estado de excitação descomunal. No entanto, a piedosa mãezinha não demorou a esclarecer, num cochicho bem rápido, certas dúvidas cruciais, dizendo que Arkádi Ivânovitch era um grande homem, cheio de negócios e conchavos, ricaço... "Só Deus sabe o que ele tem lá na cabeça — quis e foi embora, quis e entregou o dinheiro — portanto não há com que se espantar. Por certo, é estranho que tenha vindo todo molhado, mas os ingleses, por exemplo, são mais excêntricos ainda, e toda aquela gente de alto nível não se importa com o que se fala a seu respeito nem faz cerimônias. Quem sabe se ele não anda assim de propósito, para mostrar que não tem medo de ninguém. E o mais importante: não digam a ninguém uma só palavrinha sobre isso, porque sabe lá Deus qual será o desfecho, e tranquem rapidinho o dinheiro nos baús, e a melhor parte disso tudo é, com certeza, que Fedóssia ficou na cozinha; e, o principal, não precisam dizer nada, nada, nada àquela safada Resslich, de jeito nenhum..." e assim por diante. Os familiares ficaram cochichando até, mais ou menos, as duas horas. Aliás, a noiva tinha ido dormir bem mais cedo, pasmada e um pouco triste.

Enquanto isso, Svidrigáilov passava, à meia-noite em ponto, a ponte *** em direção ao lado petersburguense. A chuva cessara, mas o vento continuava silvando. Ele começou a tremer e, por um minuto, ficou mirando a água negra do Neva Pequeno com certa curiosidade singular e mesmo com certa dúvida. Achando logo que fazia muito frio perto da água, virou-se e foi à avenida ***... Caminhava pela infinda avenida *** por muito tempo, em torno de meia hora, tropeçando, às vezes, naquela calçada de tábuas imersa na escuridão, e não parava de procurar, curioso, alguma coisa na parte direita da avenida. Fora bem ali, já no fim da avenida, que ele avistara de passagem, havia pouco, uma pousada, construída de madeira, mas espaçosa, cujo nome era, pelas recordações dele, algo como Adrianopol. Seus cálculos se confirmaram: a pousada em questão era tão visível naquele ermo que seria impossível não a encontrar, mesmo em plena noite. Era um prédio de madeira, comprido e enegrecido, em que, não obstante a hora avançada, ainda se percebia certa animação e brilhavam diversas luzes. Svidrigáilov entrou e pediu a um maltrapilho encontrado no corredor que lhe arranjasse um quarto. Lançando uma olhada a Svidrigáilov, o maltrapilho se ajeitou e conduziu-o logo para um quarto distante, abafado e apertado, que ficava num canto, bem no fim do corredor, debaixo da escada. Porém não havia escolha: todos os outros quartos estavam ocupados. O maltrapilho olhava de modo interrogativo.

— Tens chá? — perguntou Svidrigáilov.

— Podemos...

— O que tens mais?

— Temos carne de vitela, vodca, petiscos.

— Traz carne de vitela e chá.

— E nada mais que isso? — perguntou o maltrapilho, mesmo com certa perplexidade.

— Nada, nada!

O maltrapilho se retirou, totalmente desapontado.

"Deve ser um lugarzinho daqueles" — pensou Svidrigáilov —, "como é que não sabia? Decerto eu também tenho ares de quem está voltando de um café cantante e já teve uma história pelo caminho. Contudo, é interessante quem se hospeda e pernoita aqui!"

Ele acendeu uma vela e examinou o quarto com mais atenção. Era um cubículo tão pequeno que Svidrigáilov mal cabia nele, de uma janela só; uma cama imunda, uma simples mesa pintada e uma cadeira ocupavam quase todo o espaço. As paredes do quarto pareciam feitas de pranchas pregadas uma na outra, e o surrado papel de parede estava tão empoeirado e roto que ainda se podia adivinhar sua cor (amarela), mas já não era possível enxergar nenhum desenho. Parte da parede e do teto estava enviesada, como é de praxe nas mansardas, e a escada passava em cima desse umbral. Svidrigáilov pôs a vela na mesa, sentou-se na cama e ficou refletindo. Um sussurro estranho e ininterrupto que vinha do cubículo vizinho, tornando-se, vez por outra, quase um grito, acabou atraindo a atenção dele. Esse sussurro não se interrompia desde que ele tinha entrado. Svidrigáilov se pôs à escuta: uma pessoa xingava e exprobrava, quase chorando, a outra, mas se ouvia apenas uma voz. Levantando-se, ele tapou a vela com uma mão e vislumbrou logo uma frestinha iluminada na parede; aproximou-se dela e ficou espiando. No quarto vizinho, um pouco maior que o dele, havia dois hóspedes. Um deles, em mangas de camisa, com uma cabeleira extremamente crespa e um semblante vermelho e inflamado, tomara a pose de orador, de pernas afastadas para manter o equilíbrio, e, batendo-se no peito, censurava pateticamente o outro por ser indigente e não estar no serviço público, dizia que o tirara da lama e poderia, quando quisesse, botá-lo fora, e que tão só o dedo da providência estava a par disso tudo. O amigo censurado estava sentado numa cadeira e parecia alguém que morre de vontade de espirrar, mas não consegue de jeito nenhum. De vez em quando, ele fixava no orador seu olhar ovino e turvo, sendo, porém, evidente que não fazia a menor ideia do que se tratava, nem sequer ouvia as palavras dele. Uma vela estava prestes a apagar-se em cima da mesa, onde havia uma garrafa de vodca quase vazia, uns copos e cálices, pão, uns pepinos e uma vasilha com restos de chá tomado. Ao examinar minuciosamente esse quadro, Svidrigáilov se afastou, indiferente, da fresta e sentou-se na cama.

O maltrapilho, que acabava de trazer chá e carne de vitela, não se conteve e perguntou outra vez: "O senhor quer mais alguma coisa?"; voltou a ouvir a resposta negativa e retirou-se em definitivo. Svidrigáilov engoliu com sofreguidão um copo inteiro de chá para se esquentar, mas não conseguiu comer nem um pedaço de carne, por falta geral de apetite. Decerto uma febre ia atacá-lo. Ele tirou o casaco e o colete, embrulhou-se num cobertor e deitou-se na cama. Estava aborrecido: "Seria melhor que estivesse, desta vez, com saúde", — pensou com um sorriso. O quarto estava abafado, a vela bruxuleava, o vento silvava lá fora, um rato se remexia num canto, e todo o cômodo parecia cheirar a ratos e a courama. Deitado, ele sonhava de modo confuso: seus pensamentos se revezavam, como se sua imaginação ansiasse por agarrar-se a algum objeto especial. "Talvez haja um jardim embaixo da janela" —

pensou ele —, "as árvores é que fazem barulho. Como não gosto desse barulho das árvores à noite, com tempestade e escuridão — que sensação asquerosa!" Ele se lembrou de ter pensado com asco no parque Petróvski, quando passava, havia pouco, ao lado dele. Lembrou-se também da ponte *** e do Neva Pequeno, sentindo de novo o mesmo frio que o dominara lá em cima da água. "Nunca em toda a minha vida gostei da água, nem mesmo nos quadros" — voltou a pensar e, de repente, sorriu com outra ideia estranha. "Parece que agora não deveria ligar importância nenhuma a toda aquela estética e todo aquele conforto, mas não: justamente agora fiquei exigente, igual a um bicho que procura, sem falta, por um lugar certo... em tal ocasião. Devia dar então uma volta pelo Petróvski! Achei-o, quiçá, escuro e frio, he-he! Quase precisava de sensações agradáveis!... A propósito, por que não apago a vela?" — soprou-a. "Os vizinhos já se deitaram" — pensou, sem enxergar a luz na frestinha. "Agora é que seria bom a senhora aparecer, Marfa Petrovna: está tudo escuro, e o lugar é apropriado, e o momento é original. Mas justamente neste momento não aparecerá..."

De súbito, ele recordou, por algum motivo, como pouco tempo atrás, uma hora antes de realizar sua intenção relativa a Dúnetchka, aconselhara Raskólnikov a deixá-la sob a proteção de Razumíkhin. "Talvez seja verdade que disse aquilo, primeiramente, para o meu próprio prazer, como tinha adivinhado Raskólnikov. E aquele Raskólnikov é um safadão! Tem carregado muito peso nos ombros. Pode tornar-se mais safadão ainda, com o passar do tempo, quando se livrar de suas bobagens, mas agorinha quer viver, quer *demais*! Quanto a esse ponto, nosso povinho é vil. Pois bem, que o diabo o leve, para mim tanto faz."

Ele não conseguia dormir. Pouco a pouco, a recente imagem de Dúnetchka começou a surgir na sua frente, e um tremor percorreu-lhe, de chofre, o corpo. "Não, é preciso acabar com isso", pensou, recobrando-se, "é preciso refletir em outras coisas. É estranho e ridículo: nunca senti muito ódio por ninguém, nunca quis vingar-me para valer, e isso é mau sinal, mau sinal! Não gostava de discutir nem me enfurecia — também mau sinal! E quantas coisas prometi agorinha a ela: arre, diacho! Quem sabe se ela não me mudaria de algum jeito..." Ficou calado, cerrando os dentes: a imagem de Dúnetchka tornou a aparecer na sua frente do mesmo modo como ela estava, quando, ao atirar pela primeira vez, levara um susto enorme, abaixara o revólver e, semimorta, cravara os olhos nele, de sorte que Svidrigáilov conseguiria agarrá-la duas vezes e ela nem moveria a mão para se defender, salvo se ele a lembrasse disso. Recordou a lástima que sentia naquele momento, como se algo lhe apertasse o coração... "Eh, que o diabo carregue tudo! De novo esses pensamentos, tenho de acabar com eles, acabar!..."

Svidrigáilov estava adormecendo; os tremores febris cessavam, mas de repente algo correu, debaixo do cobertor, pelo braço e pela perna dele. "Arre, diabo, será mesmo um rato?" — pensou, estremecendo. "Deixei a carne em cima da mesa..." Não tinha a menor vontade de tirar o agasalho, de levantar-se, de sentir frio, mas algo nojento voltou a tocar repentinamente na sua perna; ele puxou com força o cobertor e acendeu a vela. Tremendo de frio febricitante, inclinou-se para examinar a cama, mas não havia nada ali; sacudiu o cobertor, e um rato pulou, de supetão, sobre o lençol. Angustiado, tentou apanhá-lo, porém o rato se arrojava, sem sair da cama, para todos os lados, ziguezagueava por entre os seus dedos, passava-lhe pela mão e acabou por esconder-se sob o travesseiro. Svidrigáilov jogou o travesseiro no chão e, num instante, sentiu algo entrar debaixo da sua camisa, começando a correr pelo corpo e logo ficando atrás, nas suas costas. Um tremor nervoso fez que acordasse. O quarto estava escuro; ele continuava na cama, embrulhado, como pouco antes, num cobertor; o vento uivava além da janela. "Que porcaria!" — pensou ele, aborrecido.

Svidrigáilov se soergueu na cama e ficou sentado de costas para a janela. "É melhor passar a noite em claro", decidiu afinal. De resto, a janela irradiava frio e umidade; sem mudar de lugar, pegou novamente o cobertor e embrulhou-se nele. Não tinha acendido a vela. Não refletia nem queria refletir sobre nada, todavia os sonhos lhe vinham um atrás do outro, os pensamentos surgiam entrecortados e desconexos, sem começo nem fim. Parecia que ele voltava a dormitar. Fossem o frio, a escuridão, a umidade, o vento uivando além da janela e balançando as árvores que lhe suscitassem esse desejo obstinado e quimérico, ele se pôs a sonhar com as flores. Imaginou uma paisagem encantadora: um dia ensolarado e quase tórrido, um dia festivo, o dia da Trindade.[140] Uma rica e garbosa mansão bucólica, construída no estilo inglês, toda cercada de cheirosos canteiros de flores, cingida de hortas que se estendem em

[140] Festa do calendário popular que acontece cinquenta dias após a Páscoa.

redor dela; o terraço de entrada envolto em trepadeiras e adornado de rosas enfileiradas; uma escada clara e fresca, coberta de uma luxuosa alcatifa, com as flores raras em potes chineses de ambos os lados. Ele reparou, sobretudo, nos ramalhetes de ternos narcisos brancos, postos em vidros com água, que se inclinavam sobre suas hastes robustas e compridas, de um verde bem vivo, exalando um forte aroma. Nem lhe apetecia afastar-se delas, mas ele subiu a escada e entrou numa sala grande e alta, e lá também havia flores por toda parte: junto das janelas, ao pé das portas abertas do terraço e no próprio terraço. Recentemente ceifada, a relva cheirosa se espalhava pelo chão; as janelas estavam abertas, o ar puro, leve e fresco penetrava no quarto, os passarinhos gorjeavam lá fora, e no meio da sala, sobre as mesas recobertas de brancos véus de cetim, havia um ataúde. Esse ataúde estava forrado de *gros de Naples*[141] alvo e revestido de várias camadas de volante branco. As guirlandas de flores enlaçavam-no de todos os lados. Toda coberta de flores, uma menina de vestido branco de tule estava deitada lá, de braços como que esculpidos de mármore, cruzados e apertados ao peito. Porém seus cabelos soltos, de um louro muito claro, estavam molhados; uma coroa de rosas cingia-lhe a cabeça. Severo e já endurecido, seu perfil também parecia esculpido em mármore, mas o sorriso de seus lábios exânimes estava marcado por um pesar infinito, estranho para uma criança, e cheio de lástima dolorosa. Svidrigáilov conhecia essa menina: não havia ícones nem velas acesas perto do caixão dela, nenhuma oração se ouvia ali. Essa menina se afogara, cometendo o suicídio. Tinha apenas catorze anos, mas seu coração já estava partido e acabou levado à morte pela mágoa que assombrara e apavorara sua consciência infantil, inundara sua alma angelicalmente casta de vergonha desmerecida e arrancara-lhe o último grito de desespero, não ouvido, mas abafado com violência numa noite escura e fria, no meio das trevas, degelo úmido e vento uivante...

Svidrigáilov acordou, levantou-se da cama e aproximou-se da janela. Achou, às apalpadelas, a tranca e abriu a janela. O vento invadiu, furioso, o cubículo, cobrindo-lhe, como uma escarcha gelada, o rosto e o peito protegido tão só pela camisa de baixo. Havia lá realmente uma espécie de jardim, lugar que também se destinava, pelo visto, às

---

[141] Tipo de seda robusta, encorpada, que era utilizada especialmente na confecção de peças do vestuário e de toalhas de mesa.

diversões: decerto os cantadores se apresentavam lá de dia, e o chá era servido ao público que ocupava as mesinhas. Agora os borrifos jorravam das árvores e moitas pela janela, e a escuridão estava tão densa que só se podia enxergar a custo, como num subterrâneo, algumas manchas escuras que designavam os objetos. Svidrigáilov se inclinou para a frente e, apoiando os cotovelos no peitoril, passou uns cinco minutos fitando, sem desviar os olhos, essa treva. Um tiro de canhão se ouviu, de repente, no fundo da noite escura, seguido por outro tiro.

"Ah, é o sinal! A água está subindo" — pensou ele —, "inundará, pela manhã, os lugares mais baixos, alagará as ruas, submergirá os porões e cavas; as ratazanas desses porões virão à tona, e, todos molhados, os moradores começarão a levar, xingando no meio do aguaceiro e vento, seus cacarecos aos andares de cima... Que horas seriam agora?" Tão logo ele pensou nisso, um relógio de parede fez tique-taque, algures bem perto, e, como que apressado ao extremo, deu três horas. "Bah, mas daqui a uma hora começará a amanhecer! Esperaria o quê? Sairei agora mesmo, irei direto à Petróvski, escolherei lá uma grande moita, toda molhada de chuva, de modo que, se a roçar de leve com o ombro, milhões de respingos salpicarão toda a cabeça..." Ele se afastou da janela, trancou-a, acendeu a vela, envergou o colete, vestiu o casaco, pôs o chapéu e foi, com a vela na mão, pelo corredor, procurando o tal maltrapilho, que estaria dormindo em algum cubículo abarrotado de velhos trastes e cotos de velas, para pagar o pernoite e sair da pousada. "É a melhor ocasião possível, não dá para escolher outro momento!"

Ele passou muito tempo andando por todo esse corredor comprido e estreito, sem encontrar ninguém, e já queria chamar em voz alta, mas avistou repentinamente num canto escuro, entre um velho armário e a porta, um estranho objeto que parecia vivo. Inclinou-se, com a vela na mão, e viu uma criança: era uma menina de, no máximo, cinco anos, de vestidinho molhado que nem um pano de chão, trêmula e chorosa. Em aparência, ela não tinha medo de Svidrigáilov, apenas fixava nele, com obtuso espanto, seus grandes olhos negros e soluçava por vezes, como fazem as crianças que tinham chorado por muito tempo, mas já se acalmaram e mesmo se consolaram, soltando, apesar disso, um ou outro soluço fortuito. O rostinho da menina estava pálido e extenuado; ela entorpecera de frio, mas... "Como ela veio parar aqui? Escondeu-se, talvez, e passou toda a noite em claro." Svidrigáilov se pôs a indagá-la. De súbito, a menina ficou animada e começou a balbuciar algo em seu linguajar infantil, bem depressa. Tratava-se da "mamãezinha" que ia "batê" nela e de uma xícara que ela "queblou". A menina falava sem parar, e seus relatos deixavam adivinhar, bem ou mal, que era uma filha malquista, judiada e intimidada pela mãe, uma cozinheira sempre bêbada, provavelmente a dessa mesma pousada; que a menina quebrara uma xícara da "mamãezinha" e levara um susto tão grande que fugira de casa ainda à noitinha; que teria passado muito tempo escondida lá fora, no meio da chuva, e que viera, por fim, àquele canto atrás do armário, onde ficara a noite inteira, chorando, tremendo de umidade, de escuridão e de medo de que fossem espancá-la por causa do ocorrido. Svidrigáilov levantou a criança do chão, voltou ao seu quarto, pôs a menina na cama e começou a despi-la. Calçados sem meias, seus sapatinhos furados estavam totalmente molhados, como se tivessem permanecido, a noite toda, num charco. Ao despir a criança, Svidrigáilov a colocou na cama, cobriu-a e embrulhou toda no seu cobertor. Ela adormeceu logo. Feito isso, ele ficou de novo sombrio e meditativo.

"Que ideia é que tive!" — surgiu-lhe, de súbito, uma sensação pesada e maldosa. "Que disparate!" Aborrecido, pegou a vela para ir embora, achar, custasse o que custasse, o maltrapilho e logo deixar a pousada. "Eh, menininha!", pensou com uma maldição, abrindo a porta, mas tornou, mais uma vez, a olhar para a criança, para saber se estava dormindo e como dormia. Puxou devagarinho o cobertor. O sono da menina era profundo e sereno. Esquentara-se debaixo do cobertor, e o rubor já se espalhava pelas suas faces pálidas. Mas, coisa estranha: esse rubor se manifestava mais escarlate do que poderia ser o matiz ordinário do rosto corado de uma criança. "Esse rubor é febril" — pensou Svidrigáilov. "Parece aquele rubor de embriaguez, como se lhe tivessem dado um copo inteiro de vinho. Os labiosinhos rubros como que ardem de febre, mas o que é isso?" De chofre, ele teve a impressão de que os compridos cílios negros da menina estivessem estremecendo e piscando, como que se erguendo aos poucos, e que um olhinho agudo e malicioso se vislumbrasse embaixo deles, jogando-lhe piscadelas impróprias de uma criança, como se ela apenas fingisse de adormecida... Sim, é isso: seus labiozinhos se abrem num sorriso; as pontinhas dos lábios tremem, como se a menina ainda tentasse conter o riso. Mas eis que ela se solta de vez: é um riso, um riso evidente; algo insolente e desafiador emana desse rosto nada infantil; é a devassidão, é o semblante de uma Camélia, o descarado semblante de uma venal Camélia francesa. Eis que ambos os olhos se abrem, sem sombra de dissimulação, fixam nele um olhar fogoso e impudico, chamam-no, riem... Algo infinitamente feio e ofensivo se percebe nesse riso, nesses olhos, nessa torpeza toda a manchar o rosto da menina. "Como? Tem apenas cinco anos!", cochichou Svidrigáilov, tomado de um verdadeiro pavor. "Isso... o que é isso, enfim?" E eis que a menina virou para ele esse rostinho ardente, estendeu os braços... "Ah, maldita!", exclamou Svidrigáilov, apavorado, e levantou a mão para dar-lhe um soco... E acordou no mesmo instante.

Continuava deitado na mesma cama, envolto, da mesma maneira, num cobertor; a vela não estava acesa, e o alvor matinal já luzia além da janela.

"Um pesadelo para a noite toda!" — irritado, ele se soergueu na cama, sentindo-se todo em pandarecos; até seus ossos doíam. Lá fora, não dava para enxergar nada por causa de uma neblina muito espessa. Eram quase seis horas: tinha dormido demais! Ele se levantou e vestiu o colete e o casaco, ainda úmidos. Apalpou o revólver no bolso, tirou-o e ajeitou a escorva; depois se sentou, tirou do bolso o caderninho de anotações e escreveu na folha de rosto, a mais visível de todas, algumas linhas em letras grandes. Ao relê-las, ficou pensativo, debruçando-se sobre a mesa. O revólver e o caderninho estavam lá mesmo, perto do seu cotovelo. As moscas despertavam e vinham pousar em massa na porção intacta de carne que também continuava em cima da mesa. Ele fitou as moscas por muito tempo e, afinal, começou a caçar uma delas com a mão direita, desocupada. Por mais esforços que fizesse, não conseguiu apanhá-la. Flagrando-se, por fim, com essa ocupação divertida, ele se recompôs estremecendo, levantou-se e, resoluto, saiu do quarto. Um minuto depois, já estava na rua.

Uma espessa neblina da cor do leite envolvia a cidade. Indo pela calçada de madeira, escorregadia e suja, Svidrigáilov se dirigiu ao Neva Pequeno. Sonhava acordado com a água do Neva Pequeno, que teria subido ao longo da noite, com a ilha Petróvski, as sendas molhadas, a relva molhada, as árvores e moitas molhadas, e, finalmente, com aquela última moita... Aborrecido, começou a examinar as casas para não pensar mais nisso. Na avenida não havia passantes nem carroças.

As casinhas de madeira, de um amarelo vivo, pareciam tristonhas e sujas com seus contraventos fechados. O frio e a umidade, que perpassavam todo o seu corpo, davam-lhe calafrios. De vez em quando, ele via as tabuletas de lojistas e hortaliceiros, lendo minuciosamente cada uma delas. A calçada de madeira terminou. Ele se acercou de um grande prédio de alvenaria. Um cachorrinho sujo e tiritante de frio atravessou, de rabo entre as pernas, o seu caminho. Um homem de capote, mortalmente bêbado, estava prostrado de bruços no meio da calçada. Svidrigáilov olhou para ele e seguiu adiante. Uma alta torre de vigia surgiu à sua esquerda. "Bah!", pensou ele. "Eis um lugar bom, por que iria à Petróvski? Haverá, pelo menos, uma testemunha oficial..." Quase sorriu com essa nova ideia e voltou-se para a rua ***, onde ficava o quartel dos bombeiros com aquela torre. Um homenzinho de casaco militar cinza e capacete de cobre, que o tornava parecido com Aquiles, estava ao pé do largo portão trancado, encostando o ombro nele. Com um olhar sonolento, ele mirou de soslaio Svidrigáilov, que se aproximava. No seu rosto transparecia aquela milenar tristeza rabugenta que marca, com tanta acidez e sem a mínima exceção, todas as caras da tribo judaica. Ambos os homens, Svidrigáilov e Aquiles, ficaram por algum tempo olhando, calados, um para o outro. Enfim, Aquiles achou errado um homem que não estava bêbado parar a três passos dele, fitando-o bem de frente sem dizer nada.

— O que é que o senhoi quei aqui-i-i? — disse ele, ainda sem se mover nem mudar de posição.

— Nada, maninho. Bom dia! — respondeu Svidrigáilov.

— Aqui não é lugai, na-ã-o.

— Eu, maninho, parto para o país dos outros.

— Para o país dos outros?

— Para a América.

— Para a América?

Svidrigáilov tirou o revólver e engatilhou-o. Aquiles ergueu as sobrancelhas.

— Que piada é essa? Aqui não é lugai, na-ã-o!

— E por que não seria lugar?

— Porque não é me-e-esmo.

— Tanto faz, mano. O lugar é bom; se te perguntarem, responde assim mesmo: foi, diz, para a América.

Ele levou o revólver à têmpora direita.

— Aqui não pode, na-ã-o, aqui não é lugai!... — agitou-se Aquiles, cujas pupilas se dilatavam cada vez mais.

Svidrigáilov puxou o gatilho.

VII

No mesmo dia, mas já de noitinha, por volta das sete horas, Raskólnikov ia ao apartamento onde moravam a mãe e a irmã, àquele mesmo apartamento da casa de Bakaléiev em que Razumíkhin as hospedara. O acesso à escadaria ficava do lado da rua. Raskólnikov caminhava, ainda retardando os passos e como que hesitando: vou lá ou não vou? Contudo, não voltaria, em caso algum, para trás: a decisão que havia tomado era bem firme. "Além do mais, não fará diferença, pois elas ainda não sabem de nada" — pensava o jovem —, "e já se acostumaram a considerar-me esquisito..." O traje dele estava horrível: todo sujo de ter passado a noite inteira sob a chuva, roto e amarrotado. Seu rosto estava quase desfigurado pelo cansaço, mau tempo, exaustão física, e pela sua luta consigo mesmo que durara todo o dia anterior. Ele tinha passado a noite sozinho, só Deus sabia onde, mas, pelo menos, tomara sua decisão.

O jovem bateu à porta; a mãe destrancou-a. Dúnetchka não estava em casa. A criada também havia saído. A princípio, Pulkhéria Alexândrovna emudeceu de pasmo feliz, depois pegou o filho pela mão e levou-o ao quarto.

— Eis-te aqui! — começou a falar, titubeante de alegria. — Não te zangues comigo, Ródia, de te receber com estas lágrimas tolas: não choro, mas estou rindo. Pensas que esteja chorando? Não, estou alegre, mas tenho um cacoete bobo: as lágrimas correm. Isso vem daquele tempo quando teu pai faleceu — choro por qualquer motivo. Senta-te, meu querido; pelo que vejo, andas cansado. Ah, como ficaste sujo.

— Peguei uma chuva ontem, mãezinha... — ia dizer Raskólnikov.

— Não é isso, não! — agitou-se Pulkhéria Alexândrovna, interrompendo-o. — Pensavas que eu fosse interrogar-te agora, pelo antigo hábito das mulheres, mas não te preocupes. Eu entendo, entendo tudo; já aprendi as coisas daqui e vejo, eu mesma, que a vida urbana é mais inteligente, palavra de honra. Resolvi de uma vez por todas: como chegaria a compreender tuas meditações e exigiria que me prestasses contas? Talvez tenhas Deus sabe que ideias e planos na cabeça ou alguns pensamentos te brotem aí; será que te cutucaria neste momento: em que estás pensando, hein? Eu cá... Ah, meu Deus! Por que é que ando de lá para cá, feito uma doida?... Eu cá, Ródia, estou lendo o teu artigo no jornal pela terceira vez; foi Dmítri Prokófytch quem o trouxe para mim. Logo que o vi, pensei com os meus botões: ai-ai, como sou boba — eis com que ele mexe, eis a chave do enigma! Talvez tivesses novas ideias na cabeça, àquela altura; talvez estivesses cismando nelas, e eu te atrapalhava e confundia! Leio, meu queridinho, e não entendo muita coisa, é claro. Aliás, deve ser assim mesmo: como entenderia?

— Mostre-me o artigo, mãezinha.

Raskólnikov pegou o jornalzinho e deu uma olhada rápida em seu artigo. Por mais que isso contradissesse a situação e o estado dele, veio-lhe aquela estranha e docemente provocadora sensação que experimenta o autor ao ver sua primeira obra publicada, ainda mais que ele tinha apenas vinte e três anos. Porém o arroubo durou apenas um instante. Ao ler umas linhas, o jovem ficou sombrio, e uma angústia enorme lhe apertou o coração. Toda a sua luta espiritual dos últimos meses ressurgiu-lhe na memória de uma só vez. Ele jogou o artigo na mesa com aversão e desgosto.

— Contudo, Ródia, por mais boba que seja, eu posso compreender que te tornarás, daqui a pouco, um dos primeiros homens — e isso se não fores o primeiro de todos! — em nosso meio científico. E eles se atreveram a pensar que enlouqueceste. Ah-ah-ah! Tu não sabes, mas eles pensavam assim! Ah, vermes ínfimos, como entenderiam o que é a inteligência? Até Dúnetchka quase acreditou nisso, imaginas? Teu finado pai mandou dois escritos para as revistas — primeiro os versos (guardei o caderno dele, vou mostrá-lo, um dia, para ti) e depois toda uma novela (eu mesma implorei que me deixasse copiá-la) —, e como nós dois rezávamos para que fossem aceitos! Não aceitaram... Eu, Ródia, quase morri, uns seis ou sete dias atrás, quando vi como tu vives, o que comes e com que roupas andas. E agora vejo que foi apenas uma besteira minha, porque, se quiseres, conseguirás tudo de vez com tua inteligência e teu talento. Só por enquanto é que não queres isso e te ocupas de negócios muito mais importantes...

— Dúnia não está em casa, mãezinha?

— Não está, Ródia. Raramente a vejo em casa: ela me deixa sozinha. Dmítri Prokófytch, muito lhe agradeço, vem visitar-me e não para de falar de ti. Ele te ama e respeita, meu queridinho. Quanto à tua irmã, não digo que ela me falte tanto assim com respeito. Não estou reclamando. Ela tem sua índole, e eu tenho a minha; ela tem lá alguns segredos, e eu não escondo nada de vocês dois. Tenho plena certeza, bem entendido, de que Dúnia é muito inteligente e ama, além disso, a mim e a ti... mas não sei aonde tudo isso nos levará. Deixaste-me muito feliz, Ródia, com tua visita, e ela não está em casa; logo que voltar, direi: teu irmão veio, quando estavas fora, e onde foi que te dignaste a passar o tempo? Sabes, Ródia, não me papariques demais: vem, se puderes; e se não puderes, fazer o que, vou esperar. Ainda assim, saberei que me amas, e isso me bastará. Vou ler essas obras tuas, e todos vão falar sobre ti, e, de vez em quando, tu mesmo virás para me ver — o que há de melhor? Vieste agora para consolar tua mãe, eu bem vejo...

De súbito, Pulkhéria Alexândrovna ficou chorando.

— De novo! Não olhes para a velha boba! Ah, meu Deus, por que estou sentada? — exclamou ela, ficando depressa em pé. — Tenho café, mas não te sirvo! Eis o que é o egoísmo da velha. Agora, agora!

— Deixe, mãezinha, já vou embora. Não foi para isso que vim. Escute-me, por favor.

Tímida, Pulkhéria Alexândrovna se aproximou dele.

— Aconteça o que acontecer, mãezinha, ouça o que ouvir a meu respeito, digam-lhe o que disserem sobre mim, a senhora me amará tanto quanto agora? — perguntou ele repentinamente, todo emocionado, como se não escolhesse mais suas palavras nem as ponderasse.

— Ródia, o que tens, Ródia? Como é que podes perguntar uma coisa dessas? Quem é que me dirá alguma coisa a teu respeito? Não darei crédito a ninguém, quem quer que venha, apenas o enxotarei daqui.

— Vim para assegurar-lhe que sempre a amei... Sinto-me contente agora de estarmos a sós, e mesmo contente de que Dúnetchka não esteja em casa — prosseguiu ele com a mesma veemência. — Vim para dizer francamente que, embora fique infeliz em breve, a senhora saberá que seu filho a ama agora mais que a si próprio, e que tudo quanto a senhora pensava sobre mim — que sou cruel e não a amo —, tudo isso não era verdade. Nunca deixarei de amá-la... Pois chega: parecia-me que devia fazer isso antes de qualquer coisa...

Pulkhéria Alexândrovna abraçava o filho, silenciosa, apertava-o ao seu peito e chorava baixinho.

— Não sei o que tens, Ródia — disse ela, por fim. — Andava pensando, nesse tempo todo, que a gente te chateava apenas, mas agora tudo me faz perceber que estás à beira de um mal imenso e ficas, portanto, aflito. Faz tempo que prevejo isso, Ródia. Desculpa-me por falar nisso: não paro de cismar nem consigo dormir à noite. Tua irmã também passou essa noite toda em delírio, lembrando de ti sem parar. Ouvi algumas palavras dela, mas não entendi patavina. Fiquei a manhã inteira como quem vai ao suplício, esperando por algo, tendo palpites... e eis o que ocorreu! Ródia, Ródia, aonde vais? Partes, talvez, para algum lugar?

— Sim.

— Bem que pensava! Mas eu também posso ir contigo, se precisares disso. E Dúnia, que te ama e ama muito, irá conosco, e Sófia Semiônovna talvez vá, se for necessário; sabes, vou levá-la com todo o gosto, mesmo em lugar de minha filha. Dmítri Prokófytch ajudará a partirmos juntos, mas... aonde é que... tu vais?

— Adeus, mãezinha.

— Como? Hoje mesmo? — exclamou ela, como se o perdesse para todo o sempre.

— Não posso... está na hora... preciso tanto...

— E eu não posso ir contigo?

— Não... mas ponha-se de joelhos e reze a Deus por mim. Talvez sua prece chegue a Ele.

— Deixa então que te benza, que te dê minha bênção! Assim, assim. Oh, meu Deus, o que a gente está fazendo?

Sim, ele estava contente de não haver ninguém em casa, estava muito contente de ficar a sós com a mãe. Seu coração parecia ter amolecido de vez, ao cabo de todo esse tétrico tempo. Ajoelhado perante a mãe, Raskólnikov beijava seus pés, e eles dois se abraçavam chorando. Dessa vez, ela não se surpreendia nem indagava. Compreendia, havia muito tempo, que algo terrível acontecia com o filho, e que um momento sinistro estava por vir.

— Ródia, meu querido, meu primogênito — dizia ela, soluçando —, estás agora como estavas antes, quando vinhas, pequeno, abraçar-me e beijar-me assim; ainda quando teu pai estava vivo e a gente passava apuros, tu nos consolavas apenas com tua presença, e, depois que enterrei o teu pai, quantas vezes nós, abraçados como agora, chorávamos no túmulo dele! Faz tempo que estou chorando: o coração materno pressente uma desgraça. Tão logo te vi pela primeira vez, naquela noite — quando a gente acabava de vir para cá, lembras? —, adivinhei tudo somente por um olhar teu, e meu coração ficou então palpitando, e hoje, quando abri a porta e olhei para ti, pensei: chegou, parece, chegou a hora fatídica. Ródia, Ródia, não é agora que partes?

— Não.

— Virás outra vez?

— Virei... sim.

— Não te zangues, Ródia, nem sequer deveria perguntar isso. Sei que não deveria, mas assim... diz-me somente duas palavras: é para longe que vais?

— Para muito longe.

— O que será: algum serviço por lá, alguma carreira para ti?

— O que Deus me mandar... apenas reze por mim...

Raskólnikov se dirigiu às portas, mas a mãe segurou-o, cravando nele um olhar cheio de desespero. Seu rosto ficou desfigurado pelo pavor.

— Chega, mãezinha — disse Raskólnikov, profundamente arrependido de ter vindo.

— Não é para sempre? Ainda não é para sempre? Ainda virás, virás amanhã?

— Virei, sim, virei. Adeus.

Enfim ele se libertou.

A tarde estava fresca, quente e luminosa: o tempo melhorara ainda pela manhã. Raskólnikov voltava, às pressas, para casa. Queria acabar com tudo antes que o sol se pusesse. E até lá não queria encontrar qualquer pessoa que fosse. Subindo ao seu quarto, ele percebeu que Nastássia deixara de lado o samovar para fixar os olhos nele e acompanhá-lo com um olhar atento. "Será que alguém está no meu quarto?", pensou o jovem. Imaginou, com asco, que era Porfíri. Chegando, porém, ao seu quarto e abrindo a porta, viu Dúnetchka. Ela estava sentada, sozinha e bem pensativa, esperando-o, pelo visto, havia muito tempo. O jovem parou na soleira. Surpresa, ela se levantou do sofá e ficou plantada na sua frente. Imóvel e fixo nele, seu olhar expressava pavor e pesar irremediável. Só por esse olhar Raskólnikov entendeu logo que ela sabia de tudo.

— Pois então... eu entro ou vou embora? — perguntou com desconfiança.

— Fiquei o dia todo na casa de Sófia Semiônovna. Nós duas esperávamos por ti; pensávamos que passarias sem falta por lá.

Raskólnikov entrou no quarto e, exausto, sentou-se numa cadeira.

— Estou meio fraco, Dúnia, cansei-me demais. Contudo, queria ter pleno domínio de mim, pelo menos, neste momento.

Fixou nela um olhar desconfiado.

— Onde foi que passaste a noite inteira?

— Não lembro direito. Sabes, irmã, eu queria tomar minha decisão final e passei várias vezes ao longo do Neva, lembro bem isso. Queria acabar lá com tudo, mas... não tive coragem... — cochichou ele, voltando a olhar para Dúnia com a mesma desconfiança.

— Graças a Deus! E quanto medo nós tínhamos disso, eu e Sófia Semiônovna! Ainda acreditas na vida, então... Deus seja louvado, Deus seja louvado!

Raskólnikov sorriu amargamente.

— Não tinha fé, mas fiquei agorinha chorando nos braços da mãe; sou ímpio, mas pedi que ela rezasse por mim. Só Deus sabe como isso se faz, Dúnetchka, e eu não entendo nada.

— Foste ver a mãe? Contaste isso a ela? — exclamou Dúnia, apavorada. — Será que te atreveste a contar?

— Não, eu não disse isso... com palavras, mas ela entendeu muita coisa. Tinha ouvido como tu deliravas à noite. Estou convencido de que ela já entende metade do caso. Talvez tenha feito mal em ter ido vê-la. Nem sequer sei para que tinha ido. Sou um vilão, Dúnia.

— És um vilão, mas estás pronto a enfrentar o martírio! Vais enfrentá-lo, não vais?

— Vou. Agorinha. É para evitar tamanho vexame que queria afogar-me, Dúnia, mas pensei, quando já estava em cima da água, que, se me achava forte até agora, não temeria esse vexame — disse ele, antecipando a conversa. — Seria o orgulho, Dúnia?

— É o orgulho, Ródia.

Uma espécie de chama brilhou nos seus olhos baços, como se ele se alegrasse de ter ainda orgulho.

— E não estás pensando, irmã, que simplesmente tive medo da água? — perguntou, fitando o rosto dela com um sorrisinho abjeto.

— Oh, Ródia, chega! — exclamou Dúnia, amargurada.

O silêncio durou uns dois minutos. Cabisbaixo, ele olhava para o chão; Dúnetchka se mantinha em pé, do outro lado da mesa, mirando o irmão com pesar. De súbito, ele se levantou:

— É tarde, está na hora. Agora vou delatar-me. Mas não sei por que vou delatar-me.

Grandes lágrimas corriam pelas faces dela.

— Estás chorando, irmã, mas poderias estender-me a mão?

— Ainda duvidas disso?

Ela o abraçou com força.

— Será que, indo assim enfrentar o castigo, não lavarias metade do teu delito? — exclamou ela, apertando o irmão num forte abraço e beijando-o.

— Delito? Mas que delito? — bradou ele, de chofre, num rasgo de fúria. — O delito é ter matado um piolho vil e maligno, aquela velha usurária de que ninguém precisava e que sugava o sangue dos pobres, tanto assim que quarenta pecados seriam perdoados a quem a matasse? Não penso nele nem busco lavá-lo. Por que todo o mundo vem com o mesmo papo — "delito, delito!" — de todos os lados? Só agora é que percebo claramente todo o absurdo de minha covardia, agora que decidi enfrentar esse vexame desnecessário! Decidi tão somente por minha vileza e mediocridade, e, ainda por cima, para ganhar desconto, como propõe aquele... Porfíri!...

— Irmão, o que dizes, irmão? Tu derramaste sangue! — gritou Dúnia com desespero.

— Que todos derramam — prosseguiu ele, quase frenético —, que se derrama e sempre se derramou em cachoeira neste mundo, que vertem feito o champanhe, porque coroam de louros no Capitólio[142] e depois chamam a quem o verteu de benfeitor da humanidade. Presta só atenção e vê direitinho! Eu mesmo queria o bem dos humanos e acabaria fazendo centenas, milhares de boas ações em lugar dessa única bobagem, que nem uma bobagem é, mas tão só uma falha, pois toda a minha ideia não era tão boba assim como parece agora, depois de falhar... (Qualquer coisa parece boba, se não der certo!) Queria apenas

---

[142] Alusão ao estadista romano Júlio César (100– 44 a.C.), condecorado pelo extermínio dos piratas que capturou por motivos de vingança pessoal.

conseguir a independência com essa bobagem, dar o primeiro passo, arranjar os meios, e tudo se redimiria depois com um benefício incomparável... Mas eu... não aguentei nem sequer o primeiro passo, porque sou um vilão! Nisso é que consiste o problema todo! Ainda assim, não vou aceitar a visão de todos vocês: se conseguisse, acabaria coroado de louros, porém caí numa arapuca!

— Mas não é isso, não é nada disso! Irmão, o que estás dizendo?

— Ah, sim, a forma é que está errada, a forma é que não está esteticamente boa! Pois eu não entendo, de jeito nenhum, por que matar o povinho com bombas e com um cerco regular é uma forma mais respeitável! O medo de estética é o primeiro sinal de impotência!... Nunca, nunca enxerguei isso com mais clareza do que agora, e menos que nunca entendo o meu crime! Nunca estive mais forte e convicto do que agora, nunca!...

Uma vermelhidão cobriu seu pálido e extenuado rosto. Todavia, soltando Raskólnikov a última exclamação, seu olhar encontrou, sem querer, o de Dúnia, e tanta dor, tanta compaixão por ele se via neste olhar, que de repente o jovem recuperou a consciência. Sentiu que tornara infelizes essas duas pobres mulheres. Fora o culpado de sua desgraça...

— Dúnia, minha querida! Se for culpado, perdoa-me (se bem que não possa perdoar-me, se for culpado). Adeus! Não vamos discutir mais! Está na hora mesmo. Não vás comigo, imploro-te, já que tenho ainda de passar... Vai agorinha e fica perto de nossa mãe. Imploro que faças isso! Este é o meu último e o maior pedido. Fica com ela o tempo todo. Deixei-a numa aflição que ela não vai suportar: morrerá ou perderá o juízo. Pois fica com ela! Razumíkhin estará ao seu lado, já disse a ele... Não chores por minha causa: tentarei ser honesto e corajoso a vida toda, embora seja assassino. Talvez chegues a ouvir, um dia, meu nome. Verás que não vou envergonhá-las; ainda vou provar que... E agora, até a vista — apressou-se a concluir, reparando de novo em certa expressão estranha que surgira nos olhos de Dúnia com essas últimas palavras e promessas dele. — Por que choras tanto? Não chores, não chores, que a gente não se separa para todo o sempre!... Ah, sim! Espera, eu esqueci!...

Ele se acercou da mesa, pegou um grosso livro empoeirado, abriu-o e tirou um pequeno retrato, feito com aquarela sobre o marfim, que estava entre as folhas. Era o retrato da filha de sua locadora, da noiva dele que morrera de febre, daquela moça estranha que se dispunha a ir para o convento. O jovem passou um minuto olhando para esse rostinho doentio e bem expressivo, beijou o retrato e entregou-o a Dúnetchka.

— Com ela é que falei muito, inclusive sobre *aquilo*, tão só com ela — disse, meditativo —, ao coração dela é que contei muito daquilo que depois aconteceria de modo tão horrível. Não te preocupes — dirigiu-se a Dúnia —, ela não concordava, igual a ti, e estou contente de que não esteja mais viva. O essencial... o essencial é que agora tudo tomará outro rumo, partindo-se em dois — exclamou repentinamente, dominado de novo pela sua angústia —, tudo, tudo... será que estou preparado para isso? Será que quero isso, eu mesmo? Dizem que isso é necessário para o meu martírio! Para que, para que servem todos esses absurdos martírios? Para que servem eles? Será que entenderei melhor no futuro, esmagado pelas torturas e pela idiotice, caduco após vinte anos de cárcere, do que entendo hoje, e para que viverei então? Por que é que consinto em viver hoje dessa maneira? Oh, eu sabia que sou um vilão, quando estava plantado, de manhãzinha, lá sobre o Neva.

Enfim, eles saíram do quarto. Dúnia sentia um peso enorme, mas, não obstante, amava seu irmão! Ela foi embora, porém se virou, a uns cinquenta passos dali, para vê-lo mais uma vez. Ainda podia vê-lo. Chegando à esquina, ele também se virou, e seus olhares se encontraram pela última vez; ao perceber que a irmã olhava para ele, o jovem lhe acenou, impaciente e mesmo irritado, para que se retirasse e dobrou rápido a esquina.

"Estou com raiva e vejo isso" — pensava ele, envergonhado, um minuto depois, com esse aceno aborrecido para Dúnia. "Mas por que elas me amam tanto, se não mereço tanto amor? Oh, se estivesse sozinho e se ninguém me amasse, e se eu mesmo não tivesse amado jamais a ninguém! *Nada disso estaria acontecendo!* É interessante saber se nesses quinze ou vinte anos futuros minha alma se conformará tanto que passarei a choramingar, enternecido, na frente das outras pessoas, chamando a mim mesmo, em qualquer ocasião, de facínora? É isso, sim, isso! Por isso é que eles me mandam agora para a cadeia, é disso que eles precisam... Ei-los todos aqui, correndo pela rua de lá para cá, e qualquer um deles é vilão e facínora por natureza e, coisa pior ainda, é idiota! Tentem só me livrar da cadeia, e todos eles se enfurecerão de indignação sublime! Oh, como os odeio a todos!"

Ele ficou refletindo nisso. "Será que, por meio de algum processo, eu me conformarei afinal, perante todos eles, sem sombra de raciocínio, apenas por força de convicção? E por que não? Minha história, por certo, terminará assim. Será que vinte anos de opressão contínua não acabarão comigo? Água mole em pedra dura... E para que, para que viver depois disso; por que vou agora à delegacia, ciente, eu mesmo, de que tudo terminará assim, como no livro, e de nenhuma outra maneira?"

Era, quem sabe, pela centésima vez que ele se fazia, desde o dia anterior, a mesma pergunta, mas ia, ainda assim, à delegacia.

VIII

Quando ele entrou no quarto de Sônia, já começava a anoitecer. Sônia esperara por ele o dia inteiro, profundamente aflita. Dúnia estava com ela: viera ainda pela manhã, relembrando as recentes palavras de Svidrigáilov de que "Sônia sabia daquilo". Não vamos descrever as minúcias de sua conversa nem as lágrimas das duas mulheres, nem o quanto elas se apegaram uma à outra. Esse encontro proporcionou a Dúnia, pelo menos, um consolo: seu irmão não ficaria sozinho, já que Sônia fora a primeira pessoa a que ele recorrera com sua confissão, procurando quem lhe desse apoio, e ela o seguiria aonde ele fosse mandado pelo destino. Mesmo sem perguntar, Dúnia soube que seria assim mesmo. Ela tratava Sônia com uma espécie de veneração e quase a perturbava, a princípio, com esse sentimento venerador que lhe expressava. Sônia estava para chorar, pois achava, pelo contrário, que nem sequer merecia olhar para Dúnia. A bela imagem de Dúnia ficara para sempre em sua alma, desde aquele momento em que esta a cumprimentara com tanto respeito e atenção quando de seu primeiro encontro na casa de Raskólnikov, e era uma das mais lindas e inacessíveis visões que ela tivera em toda a sua vida.

Por fim, Dúnetchka não aguentou, despedindo-se de Sônia para esperar pelo irmão na casa dele: parecia-lhe, o tempo todo, que ele iria primeiro lá. Uma vez sozinha, Sônia começou logo a pensar, torturada pelo medo, que talvez ele acabasse cometendo, de fato, o suicídio. O medo de Dúnia era o mesmo. Mas elas duas passaram o dia todo a persuadir uma à outra, com todos os argumentos possíveis, de que isso não poderia acontecer, sentindo-se mais tranquilas enquanto estavam juntas. Agora que acabavam de separar-se, começaram a pensar ambas só nisso. Sônia lembrou como Svidrigáilov lhe dissera, no dia anterior, que Raskólnikov tinha duas opções: a Vladímirka ou então... Ela conhecia, ademais, a vaidade, a soberba, a ambição e a descrença dele. "Será que tão só a covardia e o medo da morte podem obrigá-lo a viver?" — pensou ela, afinal, com desespero. Entrementes, o sol já se punha. Entristecida, ela estava em pé, na frente da janela, e olhava atentamente para fora, mas avistava apenas o muro do prédio vizinho, feito de alvenaria, mas não caiado. Quando ficou totalmente convencida de que o infeliz morrera, este entrou, enfim, no seu quarto.

Um grito de alegria jorrou do seu peito. Porém, ao olhar com atenção para o rosto dele, a moça ficou toda pálida.

— Pois é! — disse, sorrindo, Raskólnikov. — Vim buscar tuas cruzes, Sônia. Foste tu mesma que me mandaste para o cruzamento de ruas, e, agora que é tempo de fazer isso, ficaste com medo?

Sônia o fitava perplexa. O tom do jovem lhe pareceu estranho; um tremor frio percorreu seu corpo, mas, um minuto depois, ela adivinhou que tanto o tom quanto as palavras dele eram falsos. Falando com ela, Raskólnikov olhava para um canto, como se evitasse ver o seu rosto.

— Estás vendo, Sônia, eu decidi que assim seria melhor para mim. Há nisso uma circunstância... Bom, é uma longa história, e não vale a pena contá-la. Sabes o que me irrita apenas? É pena que todos aqueles focinhos animalescos e tolos vão rodear-me agora, esbugalhando aqueles olhos horríveis, fazendo aquelas perguntas bobas às quais precisarei responder, apontando-me o dedo... Arre! Sabes, não vou falar com Porfíri, estou farto dele. Acho melhor procurar o meu amiguinho Pólvora: eta, como o assombrarei, que efeito produzirei desse modo! Contudo, preciso de mais sangue-frio, que ando amargo demais nesses últimos tempos. Acabei de mostrar o punho à minha irmã, apenas porque ela se virou, pela última vez, para me ver, acreditas? Este meu estado é uma porcaria! Eis até que ponto eu cheguei! Pois então, onde estão as cruzes?

Ele estava como que fora de si. Mal conseguia manter-se, por um minuto, no mesmo lugar, mal chegava a concentrar sua atenção em qualquer objeto que fosse; seus pensamentos saltavam um por cima do outro, suas palavras vinham sem nexo, suas mãos tremiam de leve.

Calada, Sônia tirou da gaveta duas cruzes, uma de cipreste e a outra de cobre, benzeu-se, benzeu-o e pôs-lhe no peito a cruz de cipreste.

— Isso quer dizer que vou carregar minha cruz, he-he! Está certo: tenho sofrido pouco até agora! A cruz de cipreste é a do povão, e a cruz de cobre, que pertencia a Lisaveta, fica contigo... mostra-me! Ela estava com Lisaveta... naquele momento? Eu também conheço duas cruzes parecidas, uma de prata e a outra com um santinho. Joguei-as então no peito da velha. Seria bom, palavra de honra, se arranjasse aquelas cruzes e pusesse ambas agora... Estou parolando, aliás, acabarei esquecendo o importante; ando meio distraído!... Estás vendo, Sônia: vim, na verdade, para te avisar, para que soubesses... É tudo... Vim tão somente para isso. (Hum, estava pensando, de resto, que te diria mais coisas.) Tu mesma querias que eu fosse à delegacia; pois bem, ficarei na cadeia, e teu desejo será realizado. Por que estás chorando? E tu também choras? Chega, já chega. Oh, como tudo isso me é difícil!

O sentimento acordou nele, todavia: seu coração ficou apertado, enquanto ele a mirava. "Por que é que ela está assim?" — pensava consigo mesmo. "Quem eu sou para ela? Por que chora, por que me prepara como a mãe ou Dúnia? Será minha babá?"

— Benze-te, reza ao menos uma vez só — pediu Sônia com uma voz tímida e tremente.

— Oh, claro, quanto quiseres! Do fundo de meu coração, Sônia, do fundo de meu coração...

Aliás, ele queria dizer outra coisa.

O jovem se benzeu várias vezes. Sônia pegou seu lenço e colocou-o na cabeça. Era um lenço verde de *dradedam*, provavelmente aquele mesmo que tinha mencionado outrora Marmeládov, o lenço "familiar". Raskólnikov pensou de passagem nisso, mas não perguntou nada. Ele mesmo já percebia, de fato, que estava distraído demais e emocionado de forma algo indecente. Sentiu medo disso. O fato de Sônia querer acompanhá-lo agora também o deixou espantado.

— O que fazes? Aonde vais? Fica, fica! Eu vou sozinho! — exclamou ele, tomado de uma irritação pusilânime, e dirigiu-se às portas, quase enfurecido. — Para que serve essa comitiva toda? — murmurou, saindo porta afora.

Sônia ficou no meio do quarto. Raskólnikov nem se despediu dela e logo a esqueceu; apenas uma dúvida fervilhava, sarcástica e rebelde, em sua alma. "Será, será mesmo que tudo isso é assim?" — voltou a pensar, descendo a escada. "Será que já não posso parar e fazer tudo de novo... e não ir para lá?" Foi, entretanto. Sentiu, de maneira inesperadamente definitiva, que não devia mais indagar a si próprio. Ao sair do prédio, lembrou que não se despedira de Sônia, a qual ficara no meio do quarto com aquele lenço verde, sem se mover, tímida, após o grito dele, e parou por um instante. No mesmo momento, uma ideia lhe surgiu como um clarão: parecia que estava esperando para assombrá-lo de vez.

"Por que, mas por que vim agora à casa dela? Disse-lhe que havia algo importante, mas o que era? Não havia nada importante! Queria dizer que *vou lá*, e daí? Quanta necessidade! Será que a amo? Não amo, não? Acabei de enxotá-la feito um cachorro. Será que precisava mesmo das suas cruzes? Oh, como eu decaí! Não... precisava das lágrimas dela, precisava vê-la assustada, olhar como seu coração dói e fica aflito! Precisava agarrar-me, pelo menos, a alguma coisa, demorar um pouco, olhar para alguma pessoa! E ainda ousava contar e sonhar tanto comigo, eu, miserável e pífio, vilão, vilão!"

Ele seguia a margem do canal, e já lhe restava pouca distância a percorrer. Mas, ao aproximar-se da ponte, parou, de repente se virou em direção desta e foi à Sennaia. Olhava com avidez à direita e à esquerda, examinava com muita atenção todos os objetos, mas não conseguia concentrar-se em nenhum deles — tudo lhe escapava. "Levar-me-ão, daqui a uma semana ou um mês, por esta ponte, numa daquelas carruagens carcerárias, para algum lugar... como é que verei então o canal? Tomara que não me esqueça dele!" — surgiu-lhe outra ideia. "Eis uma tabuleta... como é que lerei então essas mesmas letras? Está escrito: 'Campanhia'; tomara que decore esse 'a', essa letra 'a', para revê-la daqui a um mês, esse mesmo '*a*': como é que o verei então? O que é que vou sentir e pensar?... Meu Deus, como tudo isso deve ser baixo, todas estas minhas... preocupações de hoje! Decerto tudo isso deve ser curioso... de certa forma... (No que é que ando pensando, ah-ah-ah!) Porto-me feito um menino, faço tanto alarde comigo mesmo... por que me censuro? Irra, como me empurram. Foi aquele sujeito gordo — por certo, um alemão — quem me empurrou: será que ele sabe quem empurrou? E aquela mulher que pede esmola com uma criança: é curioso que me considere mais feliz do que ela! Dar-lhe-ia dinheiro, só por brincadeira... e por que não? Bah, cinco copeques sobraram no bolso... de onde? Pega aí, pega... toma-os, queridinha!"

— Deus te proteja! — ouviu-se a voz lastimosa da mendicante.

Ele chegou à Sennaia. Sentia muito asco de deparar-se com o poviléu, mas se dirigia exatamente àqueles lugares onde este se agrupava. Daria tudo para ficar só, mas entendia que não ficaria só nem um minutinho. Um bêbado se requebrava no meio da multidão: queria dançar, rodeado pelas pessoas, e acabava caindo para o lado. Atravessando, aos empurrões, a turba, Raskólnikov passou uns minutos olhando para o bêbado e, de improviso, deu uma breve risada convulsiva. Ao cabo de um minuto, já não se lembrava dele e, bem que o fitasse, nem sequer o via. Enfim, foi embora, mesmo sem recordar onde estava, mas, logo que chegou ao centro da praça, um impulso se deu com ele, uma sensação lhe dominou totalmente o corpo e o juízo.

De chofre, ele relembrou as palavras de Sônia: "Vai ao cruzamento de ruas, saúda o povo com uma mesura, beija a terra, já que também pecaste perante ela, e diz a todo o mundo em voz alta: Sou assassino!". Ao relembrá-las, ficou todo trêmulo. Estava tão oprimido pela angústia irremediável e pelo terror do tempo recente e, sobretudo, das últimas horas em que se arrojou ao encontro dessa possível sensação íntegra, nova e plena. Ela o dominou qual uma crise nervosa: acendeu-se, como uma fagulha, em sua alma e, de repente, apoderou-se dele como uma chama. Todo o seu ser ficou enternecido de vez, e as lágrimas jorraram. Ele tombou no chão, naquele mesmo lugar em que estava plantado...

Raskólnikov se ajoelhou no meio da praça, curvou-se até o chão e beijou esse solo imundo com prazer e felicidade. Uma vez em pé, fez outra mesura profunda.

— Eta, como encheu a cara! — notou um rapaz que estava ao lado dele.

Ouviu-se um riso.

— Ele vai a Jerusalém, maninhos, despede-se dos filhos e da pátria, saúda o mundo inteiro e beija a cidade metropolitana de São Petersburgo na sua terrinha — acrescentou um burguesinho embriagado.

— Um rapazote tão novo! — intrometeu-se o terceiro passante.

— Dos nobres! — comentou alguém com uma voz imponente.

— Não dá para entender, hoje em dia, quem é dos nobres e quem não é.

Todas essas exclamações e conversas retiveram Raskólnikov, e as palavras "eu matei", que talvez estivessem prestes a saltar-lhe da língua, ficaram presas em sua boca. No entanto, ele aturou com tranquilidade a gritaria e, sem olhar ao redor, foi atravessando a próxima viela em direção à delegacia. Uma visão lhe apareceu no caminho, mas ele não se surpreendeu, já pressentindo que tudo devia acontecer dessa exata maneira. No momento em que se inclinou pela segunda vez até o chão, lá na Sennaia, o jovem se virou à esquerda e, a uns cinquenta passos dali, avistou Sônia. Ela se escondia atrás de um daqueles barracos de madeira que estavam na praça, tendo acompanhado, pois, todo o seu pesaroso percurso! Nesse momento, Raskólnikov intuiu e compreendeu, de uma vez por todas, que Sônia ficaria com ele para todo o sempre e iria atrás dele aos confins do mundo, aonde quer que o destino o mandasse. Seu coração se revirou todo, mas... ele já tinha chegado ao lugar fatídico...

Assaz vigoroso, o jovem entrou no pátio. Precisava subir ao terceiro andar. "Vou demorar em subir" — pensou ele. Parecia-lhe, em geral, que o momento sinistro viria dentro de muito tempo, e que ele ainda poderia refletir sobre muitas coisas.

O mesmo lixo e as mesmas cascas de ovos se espalhavam pela escada em caracol, as portas dos apartamentos estavam de novo escancaradas, a fumaça e o fedor saíam de novo das mesmas cozinhas. Desde aquele dia, Raskólnikov não viera mais ali. Suas pernas enfraqueciam e formigavam, porém o levavam adiante. O jovem parou um instante para retomar fôlego, para se endireitar, para entrar como *um homem*. "E para quê? Por quê?" — pensou de improviso, cogitando em seu movimento. "Se for preciso tomar esse cálice, tanto faz como tanto fez. Quanto mais sujo, melhor." A figura de Iliá Petróvitch "Pólvora" surgiu, nesse instante, em sua imaginação. "Será que vou mesmo falar com ele? E se for outra pessoa? Não poderia ser Nikodim Fomítch? E se me virar agora e for direto ao apartamento do delegado? Serei, pelo menos, preso de modo caseiro... Não, não! Vou falar com Pólvora, com Pólvora! Se beber, beberei tudo de vez..."

Tomado de frio e quase inconsciente, ele abriu a porta da delegacia. Dessa vez, havia lá poucas pessoas: um zelador e mais um plebeu. O vigia nem sequer assomava no alto da sua guarita. Raskólnikov passou para o cômodo seguinte. "Talvez ainda seja possível não dizer nada" — pensava rapidamente. Viu um dos funcionários, de sobrecasaca civil, que se dispunha, à sua escrivaninha, a redigir um papel. Outro escrivão estava sentado num canto. Zamiótov não estava lá. Decerto Nikodim Fomítch também estava ausente.

— Não há ninguém? — ia perguntar Raskólnikov, dirigindo-se ao primeiro funcionário.

— Quer falar com quem?

— A-a-ah! Não visto nem ouvido, mas o cheirinho russo... como se diz naquele conto de fadas... esqueci! Mi-inhas sauda-a-des! — exclamou de repente uma voz conhecida. Raskólnikov ficou tremendo. O tenente Pólvora estava na sua frente, tendo saído, de supetão, do cômodo vizinho. "É o próprio destino" — pensou Raskólnikov — "por que ele está aqui?"

— Vem ver a gente? Por que motivo? — exclamava Iliá Petróvitch — seu estado de espírito parecia ótimo e mesmo um pouquinho excitado. — Se tiver um negócio a tratar, veio cedo demais. Eu mesmo vim por acaso... De resto, em que posso servi-lo? Confesso-lhe... qual é seu nome? Desculpe...

— Raskólnikov.

— Pois é: Raskólnikov! E o senhor podia supor que eu acabasse esquecendo? Não me ache, por favor, tão bronco assim... Rodion Ro... Ro... Rodiônytch, certinho?

— Rodion Românytch.

— Sim, sim-sim! Rodion Românytch, Rodion Românytch! É isso que eu queria. Até perguntei várias vezes pelo senhor. Confesso-lhe que, desde então, ando sinceramente contrito de que a gente o tenha tratado assim... explicaram-me mais tarde, e eu soube que é um jovem literato e mesmo um cientista... que são, por assim dizer, seus primeiros passos... Oh, meu Deus! Mas quem desses literatos e cientistas não fez, a princípio, uns passos originais? Eu e minha mulher, nós dois respeitamos a literatura, e minha mulher está apaixonada por ela!... A literatura e as artes! Tomara que seja nobre, e todo o restante é adquirido com talento, conhecimento, juízo e gênio! Eis o chapéu... o que significa, por exemplo, o chapéu? O chapéu é uma panqueca, vou comprá-lo na loja de Zimmermann; mas o que fica debaixo do chapéu e o que esse chapéu resguarda, isso não comprarei em lugar nenhum!... Confesso que mesmo queria ir à sua casa para me explicar direitinho, mas pensei que o senhor, quem sabe... Perguntarei, todavia: o senhor realmente precisa de alguma coisa? Dizem que os parentes vieram visitá-lo?

— Sim, minha mãe e minha irmã.

— Tive até a honra e a felicidade de encontrar sua irmã — que pessoa instruída e charmosa! Confesso que lamentei ter tratado o senhor com tanto arroubo daquela vez. Foi um lapso! Quando o senhor desmaiou, tive certas dúvidas especiais, sim, mas isso ficou esclarecido, mais tarde, da maneira mais brilhante! Barbárie e fanatismo! Entendo a sua indignação. Talvez esteja mudando de endereço, por causa da vinda de sua família?

— N-não, não é isso... Vim perguntar... pensava que encontraria Zamiótov aqui.

— Ah, sim! O senhor é amigo dele, ouvi falar nisso. Não, Zamiótov não está mais aqui, o senhor não o encontrará. Sim, perdemos Alexandr Grigórievitch! Desde ontem não está disponível: mudou de cargo... e até brigou com todos, quando mudava... até se portou impolido... Um rapaz leviano e nada mais que isso; podíamos mesmo nutrir algumas esperanças, mas... vai lidar com essa nossa mocidade brilhante! Parece que quer fazer uma prova, mas só há falácia e fanfarrice naquelas provas. Não é a mesma pessoa que o senhor ou, digamos, o seu amigo Razumíkhin! Sua carreira é a parte científica, de modo que os malogros não o desapontarão! Para o senhor, essas belezas da vida são, digamos assim, *nihil est*[143] — asceta, monge, ermitão!... Seu negócio é um livro e uma pena atrás da orelha; é lá nos estudos científicos que paira seu espírito! Eu mesmo, em parte... dignou-se a ler as memórias de Livingstone?[144]

— Não.

— Pois eu li. Aliás, há muitos niilistas por aqui, hoje em dia, e isso não é surpreendente: em que tempos vivemos, pergunto-lhe eu? De resto, estou ao seu lado... por certo, o senhor não é niilista! Responda-me francamente, responda!

— N-não...

— Não, diga-me francamente, não se incomode, como se estivesse sozinho! O ofício é outra coisa, sim, outra coisa... o senhor pensava que eu queria dizer *benefício*, mas não adivinhou, não! Não é benefício da amizade, mas sim o sentimento de cidadão e de homem, o sentimento

[143] "Nada", em latim.

[144] David Livingstone (1813–1873): missionário escocês, um dos maiores exploradores da África.

de humanismo e de amor ao Supremo. Posso ser, inclusive, uma pessoa oficial e ter o meu cargo, mas sempre me cumpre sentir que sou cidadão e homem de bem, e prestar contas a mim mesmo... O senhor se digna, pois, a falar em Zamiótov. Zamiótov não sabe fazer outra coisa senão bagunçar naquele estilo francês, num estabelecimento indecente e com um copo de champanhe ou de vinho do Dom na mão — eis o que é esse seu Zamiótov! E eu, quem sabe, queimei-me todo em razão de minha lealdade e meus altos sentimentos, e tenho, ainda por cima, significância e título, ocupo um cargo! Estou casado e tenho filhos. Cumpro os deveres de cidadão e homem de bem, e quem é ele, permita-me perguntar? Eu trato o senhor como um homem enobrecido pela instrução. Ainda há muitas parteiras por aqui, até em excesso...

Raskólnikov ergueu as sobrancelhas de modo interrogativo. As palavras de Iliá Petróvitch, que provavelmente acabava de sair da mesa, saltitavam e batucavam na sua frente, desprovidas, em sua maioria, de qualquer sentido. Contudo o jovem entendia algumas dessas palavras, embora aos trancos e barrancos; olhava atônito e não sabia em que resultaria isso tudo.

— Estou falando daquelas raparigas de cabelo cortado — continuava Iliá Petróvitch, prolixo. — Apelidei-as, cá para mim, de parteiras e acho esse apelido totalmente satisfatório. He-he! Metem-se na academia, estudam a anatomia. Diga-me, pois: se eu adoecer, por exemplo, será que vou chamar uma rapariga dessas para me tratar? He-he!

Iliá Petróvitch gargalhava, todo contente com suas pilhérias.

— Existe, digamos assim, uma sede de instrução imoderada, mas não seria melhor assim: estudou um bocado e basta? Para que abusar? Para que ofender as nobres personalidades, como faz esse cafajeste Zamiótov? Para que ele me ofendeu, pergunto-lhe eu? Ainda há tantos suicídios por aqui — o senhor nem pode imaginar quantos são eles! Fulano gasta seu último dinheiro e mata-se em seguida. Mocinhas, garotos, anciões... Eis que comunicaram, esta manhã, sobre um senhor que acabava de vir para cá. Nil Pávlytch, hein, Nil Pávlytch? Qual é o nome daquele cavalheiro que se matou no Petersburguense? Ainda falaram dele há pouco...

— Svidrigáilov — respondeu alguém, rouquenho e impassível, do cômodo adjacente.

Raskólnikov estremeceu.

— Svidrigáilov? Svidrigáilov se matou! — exclamou ele.

— Como? O senhor conhece Svidrigáilov?

— Conheço... sim... Ele acabava de vir...

— Pois é: acabava de vir para cá, tinha perdido a esposa, era um homem de comportamento desregrado e deu-se um tiro, de supetão e de um jeito tão escandaloso que nem dá para imaginar... deixou algumas palavras no seu caderninho de anotações, disse que estava morrendo são de espírito e pediu para não acusar ninguém de sua morte. Dizem que aquele ali tinha dinheiro. Como foi que o senhor o conheceu?

— Conheci-o... minha irmã tinha morado na casa dele como governanta...

— Bah, bah, bah... Pois o senhor pode contar sobre ele para a gente. E nem sequer suspeitava?

— Vi-o ontem... ele... bebia vinho... eu não sabia de nada.

Raskólnikov sentia um peso esmagador que parecia ter caído em cima dele.

— O senhor está de novo tão pálido. Temos aqui um ar abafado...

— Já vou embora — murmurou Raskólnikov —, desculpe tê-lo incomodado...

— Oh, não, quanto o senhor quiser! Foi um prazer, e eu fico contente de declarar...

Iliá Petróvitch até lhe estendeu a mão.

— Eu queria apenas... ver Zamiótov...

— Entendo, entendo, e foi um prazer.

— Eu... estou bem satisfeito... até a vista... — sorria Raskólnikov.

Ele saiu, tropeçando. Sentia-se estonteado. Mal percebia se estava em pé ou não. Começou a descer a escada, apoiando a mão direita na parede. Pareceu-lhe que um zelador o empurrara, subindo, com um livreto na mão, à delegacia, que um cachorrinho desandara a latir algures, num andar de baixo, e que uma mulher atirara, gritando, um rolo naquele cachorrinho. O jovem desceu a escada e saiu do prédio. Lá fora, no pátio, bem perto da saída, estava Sônia, pálida e como que semimorta de emoção, fitando-o com um olhar enlouquecido. Raskólnikov parou na frente dela. Algo doentio e sofrido transpareceu no rosto da moça, algo desesperado. Ela agitou os braços. Um sorriso feio e desconcertado surgiu nos lábios dele. O jovem ficou parado, por algum tempo, sorriu e foi subindo outra vez à delegacia.

Sentado, Iliá Petróvitch revirava a papelada. Na frente dele estava aquele mesmo brutamontes que acabara de empurrar Raskólnikov subindo a escada.

— A-a-ah, o senhor voltou? Esqueceu alguma coisa?... Mas o que tem?

De lábios embranquecidos e olhar fixo, Raskólnikov se aproximou lentamente de Iliá Petróvitch, achegou-se à sua mesa e apoiou a mão nela; queria dizer algo, mas não conseguia: ouviam-se apenas uns sons desconexos.

— Está passando mal! Uma cadeira! Ei-la aqui, sente-se na cadeira, venha! Tragam água!

Raskólnikov desabou na cadeira, sem despregar os olhos do rosto de Iliá Petróvitch, a quem tinha causado uma impressão bem desagradável. Eles passaram cerca de um minuto olhando um para o outro e esperando. Alguém trouxe água.

— Fui eu... — ia dizer Raskólnikov.

— Tome água.

Raskólnikov afastou o copo com a mão e disse em voz baixa, pausada, mas nitidamente:

— *Fui eu quem matou então a velha viúva e a irmã dela, Lisaveta, com um machado, e quem roubou.*

Iliá Petróvitch ficou boquiaberto. As pessoas vinham correndo de todos os lados.

Raskólnikov repetiu seu depoimento.

....

EPÍLOGO

I

Sibéria. Na margem de um largo rio deserto fica uma cidade, um dos centros administrativos da Rússia; na cidade há uma fortaleza, nessa fortaleza há um presídio. Já faz nove meses que se encontra nesse presídio Rodion Raskólnikov, o detento condenado a trabalhos forçados de segunda classe. Quase um ano e meio se passou desde o dia de seu crime.

A investigação desse crime transcorreu sem muitas dificuldades. O criminoso sustentava sua declaração firme, exata e claramente, não obscurecia as circunstâncias nem as abrandava em seu favor, não distorcia os fatos nem omitia os mínimos detalhes. Contou, até os últimos pormenores, todo o processo do assassinato: elucidou o mistério do *penhor* (isto é, daquela tabuinha com uma placa de metal em cima) que fora encontrado nas mãos da velha assassinada; esquadrinhou como pegara as chaves da vítima, descreveu essas chaves, o cofrete e as coisas que o enchiam, arrolando, inclusive, alguns dos objetos avulsos que estavam lá; esclareceu o enigma do assassinato de Lisaveta; narrou como viera Koch, seguido pelo estudante, e como eles dois batiam à porta, relatando tudo o que falavam um ao outro; contou como ele, o criminoso, descera correndo a escada e ouvira os berros de Mikolka e de Mitka, como se escondera no apartamento vazio e fora depois para casa, e apontou, finalmente, a pedra que estava no mesmo pátio da avenida Voznessênski, embaixo do portão, a pedra sob a qual foram encontrados o porta-moedas e outras coisas roubadas. Numa palavra, a questão ficou clara. Entretanto os investigadores e juízes estavam pasmados de o assassino ter guardado o porta-moedas e outras coisas debaixo daquela pedra, sem se ter aproveitado deles, e, sobretudo, com o fato de que ele não apenas não se lembrava direito de todas as coisas que roubara, como tampouco conseguia dizer quantas eram. A própria circunstância de ele não ter aberto o porta-moedas sequer uma vez nem saber quanto dinheiro este continha parecia incrível (no porta-moedas havia trezentos e dezessete rublos em prata e três moedas de duas *grivnas*; algumas das notas de maior valor, que ficavam em cima, estavam extremamente estragadas por terem passado muito tempo debaixo da pedra). Gastaram muitos esforços tentando esclarecer por que motivo o réu mentia tão só a respeito dessa única circunstância, confessando, de modo voluntário e verídico, todo o restante. Por fim, alguns dos participantes do processo (em especial, os psicólogos) chegaram a admitir que fosse possível ele realmente não ter aberto o porta-moedas, desconhecendo, portanto, o seu conteúdo e colocando-o assim embaixo da pedra, mas logo deduziram disso que o crime propriamente dito não podia ter ocorrido de outra forma senão devido a certa insanidade temporária, em razão, por assim dizer, de certa monomania mórbida relacionada a assassínio e roubo, sem objetivos posteriores nem cálculos interesseiros. Aí veio bem a calhar a novíssima teoria de insanidade temporária, que está em voga e que os juristas têm procurado aplicar, em nossos tempos, a certos criminosos. Além disso, o permanente estado de hipocondria, que vinha patenteando Raskólnikov, foi comprovado com precisão por várias testemunhas: pelo doutor Zóssimov, pelos antigos companheiros dele, pela sua locadora e pela criada. Tudo isso contribuiu imensamente para a conclusão de que Raskólnikov não se assemelhava a um assassino, ladrão e facínora ordinário, e que o crime dele era bem diferente. Para o maior desgosto de quem defendia essa opinião, o próprio criminoso quase não tentava defender-se, respondendo às perguntas mais importantes — o que precisamente o teria levado ao homicídio e o que o teria incitado a cometer o roubo? — com bastante clareza e a mais bruta exatidão que os motivos de todo o ocorrido eram a situação precária, a miséria e a impotência dele, bem como o desejo de subsidiar os primeiros passos de sua carreira profissional com, pelo menos, três mil rublos que ele contava encontrar na casa da vítima. Dizia que se atrevera a cometer o assassinato por causa de sua índole leviana e pusilânime, a qual estava, ademais, irritada pelos malogros e provações. Quando lhe perguntavam o que exatamente o instigara a delatar a si próprio, declarava que era seu franco arrependimento. Tudo isso quase beirava o desafio...

Contudo, a sentença se revelou mais complacente do que se podia esperar, julgando pelo crime cometido, talvez justamente porque o criminoso não só não queria defender-se, mas, pelo contrário, parecia disposto a acusar ainda mais a si mesmo. Todas as estranhas e peculiares circunstâncias do crime foram tomadas em consideração. O estado mórbido e calamitoso do réu antes do crime não gerava nenhuma dúvida. O fato de ele não ter usado as coisas roubadas foi reconhecido em parte como o resultado de seu arrependimento, em parte como o estado algo doentio das suas faculdades mentais no momento do crime. As circunstâncias do casual assassinato de Lisaveta serviram, inclusive, de exemplo que reforçava a última suposição: o homem comete dois assassinatos e, ao mesmo tempo, esquece que a porta está aberta! No fim das contas, a delação premiada, a qual ocorrera naquele exato momento em que a falsa declaração do fanático desanimado (Nikolai) acabava de complicar a investigação ao extremo, e quando, além do mais, não havia nem provas convincentes nem mesmo suspeitas contra o verdadeiro culpado (Porfíri Petróvitch cumprira plenamente sua promessa), contribuiu, entre outros fatores, para abrandar a sentença do criminoso. Esclareceram-se, de forma totalmente inesperada, outras circunstâncias que o favoreciam muito. O ex-estudante Razumíkhin se informou em algum lugar e apresentou as provas de que o criminoso Raskólnikov, quando estava ainda na universidade, gastava seus últimos tostões para ajudar seu colega, um pobre e tísico estudante, e quase o sustentava por meio ano. Quando o colega morreu, Raskólnikov passou a cuidar do velho e doente pai do finado (o qual o havia sustentado e alimentado com seu trabalho, praticamente desde os treze anos de idade), encaminhou, mais tarde, esse ancião para um hospital e, quando ele também faleceu, enterrou-o. Todas essas informações influenciaram, de certo modo favorável, a definição de seu destino. A dona do apartamento onde Raskólnikov se hospedava, viúva Zarnítsyna, que era mãe de sua noiva finada, testemunhou igualmente que, quando eles ainda moravam num outro prédio, perto das Cinco Esquinas, acontecera lá um incêndio noturno, e o jovem tirara de um apartamento já tomado pelo fogo duas crianças e sofrera, ele próprio, queimaduras. Esse fato foi minuciosamente investigado e confirmado, de maneira bem convincente, por várias testemunhas. Numa palavra, o criminoso acabou condenado a trabalhos forçados de segunda classe e por apenas oito anos, em virtude da sua delação premiada e de certas circunstâncias que atenuavam sua culpa.

Ainda no início do processo, a mãe de Raskólnikov ficou doente. Dúnia e Razumíkhin acharam melhor levá-la embora de Petersburgo por todo esse período. Razumíkhin escolheu uma cidade próxima à estrada de ferro e não muito distante de Petersburgo, a fim de ter a possibilidade de observar regularmente todas as circunstâncias do processo e, ao mesmo tempo, ver Avdótia Românovna com a maior frequência possível. A doença de Pulkhéria Alexândrovna era algo estranha, de natureza nervosa, e vinha acompanhada — se não em sua totalidade, ao menos em parte — por uma espécie de loucura. Voltando do último encontro com o irmão, Dúnia encontrou a mãe já totalmente doente, com febre e delírios. Na mesma noite, ela combinou com Razumíkhin o que eles iriam responder às indagações maternas sobre o irmão e mesmo inventou, com o auxílio dele, toda uma história de que Raskólnikov tinha ido muito longe, aos confins da Rússia, para cumprir uma incumbência particular que lhe proporcionaria, enfim, dinheiro e reconhecimento. Porém eles dois ficaram pasmados de que Pulkhéria Alexândrovna não indagasse acerca de tudo isso, nem logo de início nem a seguir. Pelo contrário, ela mesma compôs toda uma história sobre a partida inesperada do filho: contava, chorando, como ele viera despedir-se e aludia, nesse meio-tempo, que só ela estava a par de muitas circunstâncias bem importantes e misteriosas, e que, tendo vários inimigos poderosíssimos, Ródia precisava até mesmo viver escondido. Quanto à futura carreira dele, também lhe parecia indubitável e promissora, contanto que acabassem certas adversidades. Ela assegurava a Razumíkhin que, com o passar do tempo, seu filho se tornaria, quem sabe, um estadista, citando como provas o artigo e o brilhante talento literário dele. Lia sem trégua esse artigo, às vezes em voz alta, chegando mesmo a dormir com ele; todavia, quase não perguntava onde exatamente se encontrava Ródia, apesar de todos evitarem, pelo visto, conversar com ela a respeito disso, o que poderia, por si só, provocar-lhe suspeitas. Os próximos passaram, enfim, a temer esse estranho silêncio de Pulkhéria Alexândrovna em relação a certos assuntos. Ela nem sequer reclamava, por exemplo, de não receber cartas do filho, se bem que antes, morando em sua cidadezinha, não tivesse outras esperanças senão a de receber, o mais depressa possível, notícias de seu adorado Ródia. Sendo completamente inexplicável, essa última circunstância deixava Dúnia muito preocupada; ela pensava que a mãe talvez pressentisse alguma terrível reviravolta na vida do filho e receasse indagar para não saber algo mais terrível ainda. Em todo caso, Dúnia percebia com toda a clareza que Pulkhéria Alexândrovna não estava sã de espírito. Aliás, a própria mãe travou a conversa, umas duas vezes, de forma que, respondendo às suas perguntas, fosse impossível deixar de mencionar onde se encontrava, nesse ínterim, Ródia, e quando as respostas vieram, involuntariamente, suspeitas e insatisfatórias, ficou, de repente, bem triste, sombria e taciturna, permanecendo nesse estado por muito tempo. Dúnia percebeu, afinal, que era difícil mentir e inventar desculpas, e chegou à conclusão definitiva de que seria melhor omitir certos pontos de todo. No entanto, ficava-lhe cada vez mais evidente que a pobre mãe tinha suspeitas horríveis. Dúnia lembrou, entre outras coisas, as palavras do irmão, segundo as quais a mãe teria escutado o delírio dela naquela noite, às vésperas do último dia fatal, após a cena que acontecera com Svidrigáilov... será que a mãe ouviu então algo? Frequentemente, por vezes ao cabo de alguns dias e mesmo algumas semanas de triste e funesto silêncio e choro contido, a doente ficava animada, de certo modo histérico, e começava a falar em voz alta, quase sem parar, sobre o filho, sobre as esperanças dela, sobre o futuro. Suas fantasias eram, vez por outra, muito estranhas. Os próximos consolavam-na com sua aprovação; talvez ela mesma percebesse que a distraíam proposital e falsamente, mas continuava falando, ainda assim...

Cinco meses depois de o criminoso se entregar às autoridades foi divulgada a sentença dele. Razumíkhin ia visitá-lo na prisão todas as vezes que isso era possível. Sônia também ia visitá-lo. Veio, enfim, a separação: Dúnia e Razumíkhin juraram que ela não seria eterna. Na jovem e entusiástica mente de Razumíkhin já se fincara o projeto de criar — na medida do possível, dentro dos próximos três ou quatro anos — ao menos os alicerces da vindoura fortuna, acumulando algum dinheiro, de mudar-se para a Sibéria, onde o solo era rico em todos os sentidos, mas a mão de obra, a população em geral e os cabedais estavam escassos, e de instalar-se naquela mesma cidade em que estaria Ródia para... começarem, todos juntos, uma vida nova. Despedindo-se, todos choravam. Raskólnikov estava muito pensativo, naqueles últimos dias, perguntava frequentemente pela mãe, andava o tempo todo preocupado com ela — preocupado demais, o que inquietava Dúnia. Informado sobre os detalhes do estado mórbido da mãe, ele ficou muito sombrio.

Durante todo aquele período, parecia especialmente intratável com Sônia. Lançando mão do dinheiro que Svidrigáilov deixara para ela, Sônia se preparava, havia tempos, para acompanhar o grupo de presos com o qual seria mandado Raskólnikov. Nenhuma palavra foi dita a respeito disso, porém eles dois sabiam que aconteceria isso mesmo. Quando da última despedida, Raskólnikov respondia com estranhos sorrisos às veementes afirmações da irmã e de Razumíkhin sobre o futuro feliz de toda a família, tão logo ele saísse do presídio, e pressagiou que o estado mórbido da mãe resultaria, em breve, numa desgraça. Por fim, ele e Sônia foram embora.

Dois meses depois Dúnetchka se casou com Razumíkhin. O casamento foi triste e silencioso. Dentre os convidados estavam, aliás, Porfíri Petróvitch e Zóssimov. Em todos esses últimos tempos, Razumíkhin tinha a aparência de quem tomara uma decisão firme. Dúnia acreditava cegamente que ele realizaria todas as suas intenções e não podia, de resto, deixar de acreditar: uma vontade férrea se vislumbrava nesse homem. Ele voltou, entre outras coisas, a frequentar as aulas universitárias para terminar o curso. Os dois viviam idealizando, a cada minuto, planos para o futuro, convictos de que se transfeririam, dentro de cinco anos, para a Sibéria. Enquanto isso, contavam com Sônia...

Pulkhéria Alexândrovna abençoou com alegria o casamento da filha com Razumíkhin, mas logo após esse casamento ficou mais triste e perturbada ainda. Para lhe proporcionar um minuto feliz, Razumíkhin contou, entre outros fatos, sobre o estudante e seu pai caduco, e como Ródia se queimara, no ano anterior, e mesmo caíra doente depois de salvar da morte duas crianças. Essas notícias levaram Pulkhéria Alexândrovna, cuja mente já estava transtornada, quase ao êxtase. Ela falava nisso o tempo todo, puxando conversas, inclusive, na rua (conquanto Dúnia a acompanhasse constantemente). Topando qualquer ouvinte que fosse, nas carruagens públicas e nas lojas, ela direcionava a conversa para o filho, contando do seu artigo, de como ele ajudara o estudante, de como ficara queimado durante o incêndio, e assim por diante. Dúnetchka nem sabia como a refrear. Além do perigo desse humor extático e malsão em si, a própria possibilidade de alguém relacionar o sobrenome de Raskólnikov ao recente processo penal e de passar a falar nele acarretava ameaça. Pulkhéria Alexândrovna chegou mesmo a encontrar o endereço da mãe das crianças salvas daquele incêndio, querendo visitá-la sem falta.

Afinal de contas, sua angústia atingiu os extremos. De vez em quando, ela se punha a chorar, adoecia com frequência e delirava, tomada de febre. Uma manhã, declarou abertamente que, de acordo com os seus cálculos, Ródia devia chegar dentro em pouco, que ela se recordava de o filho ter mencionado, quando se despedia dela, que era preciso esperar pela sua vinda exatamente ao cabo de nove meses. Começou a arrumar tudo no apartamento, preparando-se para o encontro, foi enfeitando o quarto (o dela mesma) que se destinava ao filho, limpando os móveis, lavando e pendurando novas cortinas. Embora aflita, Dúnia estava calada e mesmo a ajudava a arrumar o quarto para receber o irmão. No fim desse dia inquietante, passado em fantasias ininterruptas, sonhos alegres e lágrimas, a mãe ficou doente, amanhecendo com febre e delírios. Estava com pneumonia... Duas semanas depois, ela morreu. Podia-se concluir, pelas palavras que lhe arrancava o delírio, que suas suspeitas em relação ao terrível destino do filho eram muito maiores do que se supunha.

Raskólnikov passou muito tempo sem saber da morte da mãe, se bem que a correspondência com Petersburgo se tivesse estabelecido desde o início de sua estada na Sibéria. Os contatos eram mantidos por Sônia, que todo mês enviava pontualmente uma carta a Petersburgo, dirigindo-a a Razumíkhin, e todo mês recebia pontualmente uma resposta de Petersburgo. A princípio, as cartas de Sônia pareciam a Dúnia e Razumíkhin bastante secas e insatisfatórias; mais tarde, porém, eles acharam que não se poderia escrever de maneira melhor, pois essas cartas lhes davam, apesar de tudo, uma ideia completa e exata do destino de seu desditoso irmão. As cartas de Sônia vinham repletas da mais trivial realidade, contendo a mais simples e clara descrição de todo o ambiente carcerário em que vivia Raskólnikov. Ela não relatava suas próprias esperanças, nem fazia conjeturas sobre o futuro nem descrevia seus sentimentos. Em vez de tentar explicar o estado de espírito de Raskólnikov e toda a sua vida interior em geral, ela narrava apenas os fatos, ou seja, as próprias palavras dele, as notícias pormenorizadas sobre a sua saúde, o que ele queria, quando de seus encontros, o que lhe pedia, que incumbências lhe dava etc. Todas essas notícias eram comunicadas de modo extremamente detalhado. A imagem do desditoso irmão acabava transparecendo por si só, manifestando-se com clareza e precisão: não podia haver nenhum erro lá, pois todos os fatos estavam seguros. Entretanto, poucas eram as conclusões otimistas que Dúnia e seu marido tiravam dessas notícias, sobretudo no começo. Sônia escrevia continuamente que ele estava sombrio e taciturno o tempo todo, e quase não se interessava pelas notícias que ela lhe comunicava todas as vezes que recebia cartas de Petersburgo, apenas perguntava, de vez em quando, pela mãe. Quando Sônia viu que ele já pressentia a verdade e contou, afinal, sobre a morte da mãe, nem mesmo essa notícia lhe causou grande abalo: assim era, pelo menos, a impressão externa que a deixou toda perplexa. Sônia escrevia, entre outras coisas, que, embora continuasse aparentemente imerso em si mesmo e como que se trancasse de todos, Raskólnikov tinha uma visão franca e simples de sua vida nova, que entendia claramente a sua situação e não antevia nenhuma melhora próxima nem nutria nenhuma esperança leviana (o que seria tão natural em seu estado) e que não se espantava quase com nada no meio desse novo ambiente, o qual se parecia tão pouco com qualquer espaço já conhecido. Escrevia também que a saúde dele estava satisfatória. Ele cumpria suas tarefas, sem as evitar nem procurar por elas. Estava quase indiferente em relação à comida, mas, sendo essa comida, à exceção dos domingos e feriados, muito ruim, acabou aceitando, de bom grado, algum dinheiro de Sônia para arranjar um lanche cotidiano; quanto a todo o restante, pedia que Sônia não se preocupasse, assegurando que todo o cuidado dela só lhe causava aborrecimentos. A moça escrevia, a seguir, que ele ficava numa cela comum do presídio; mesmo sem ter visto o interior das casernas, ela concluiu que era apertado, feio e insalubre, e que Raskólnikov dormia numa tarimba coberta de feltro e não queria nada mais aconchegante. No entanto, não era em razão de algum plano ou de alguma intenção premeditada que ele vivia desse modo tosco e pobre, mas simplesmente por desatenção e aparente indiferença pelo seu destino. Sônia escrevia com singeleza que ele não apenas estava desinteressado em suas visitas, sobretudo de início, como ficava quase aborrecido por causa destas, tratando-a com poucas palavras e mesmo com grosseria, mas acabou por desenvolver o hábito e quase a necessidade desses encontros, de sorte que se afligia muito quando a moça adoecia e não podia, durante alguns dias, visitá-lo. Seus encontros se davam nos feriados, ao pé do portão carcerário ou no corpo da guarda, aonde ele era trazido por alguns minutos; nos dias úteis, Sônia o via no lugar dos trabalhos forçados — nas oficinas ou nas fábricas de tijolos, ou então nos barracões à beira do Irtych.[145]

[145] Grande rio na parte asiática da Rússia.

A respeito de si própria Sônia informava que conseguira algumas amizades e mesmo proteções na cidade, que se dedicava à costura e, como havia lá pouquíssimas costureiras, chegara a tornar-se necessária para várias famílias; não mencionava apenas que Raskólnikov também conseguira, com a ajuda dela, a proteção dos superiores, passando a cumprir tarefas menos pesadas, e assim por diante. Veio, por fim, a notícia (Dúnia até reparou em certa emoção especial e inquietude que marcavam as últimas cartas de Sônia) de que ele se afastara de todos, hostilizado pelos demais presidiários, que permanecia dias inteiros em silêncio e ficava bem pálido. De súbito, Sônia escreveu em sua última carta que ele tinha uma doença grave e estava internado na enfermaria para detentos de um hospital...

II

Ele estava doente havia muito tempo, mas não foram os horrores da vida carcerária, nem o trabalho forçado, nem a comida ruim, nem a cabeça raspada, nem a roupa de retalhos que o destruíram: oh, quão pouco ele se importava com todas aquelas torturas e provações! Pelo contrário, o jovem se alegrava mesmo com o trabalho: fisicamente extenuado, conseguia, ao menos, algumas horas de sono tranquilo. E o que significava para ele a comida, aquela rala sopa de legumes misturados com baratas? Em sua vida anterior, quando era estudante, não tinha frequentemente nem isso. Suas roupas eram quentes e adaptadas ao seu modo de viver. Quanto aos grilhões, ele nem sequer sentia seu peso. Estaria com vergonha de sua cabeça raspada e de seu blusão precário? Mas na frente de quem é que se envergonharia, na frente de Sônia? Sônia tinha medo dele — será que o deixaria envergonhado?

E por que não? Ele se envergonhava mesmo perante Sônia, afligindo-a por isso com seu tratamento desdenhoso e bruto. Todavia, não tinha vergonha de sua cabeça raspada nem dos grilhões: seu orgulho é que estava muito magoado, e ele adoeceu por causa dessa mágoa. Oh, como ficaria feliz se pudesse acusar a si próprio! Suportaria tudo então, até mesmo o maior vexame. Mas ele julgava a si mesmo com toda a severidade, e sua consciência encarniçada não encontrava nenhuma culpa especial no seu passado, exceto, talvez, uma simples *falha* que poderia ter cometido qualquer pessoa. Raskólnikov estava envergonhado justamente de ter perecido daquela maneira cega, irremediável, surda e tola, por ordem do cego destino, e, procurando consolar-se de alguma forma, via-se obrigado a aceitar a "absurdidade" da dita ordem e obedecer a ela.

Uma aflição indefinida e inútil no presente e um sofrimento interminável, que nada redimiria no futuro — eis o que esperava por ele nesse mundo. E o que mudaria o fato de que, ao cabo daqueles oito anos de reclusão, ele teria apenas trinta e dois e poderia recomeçar a viver? Por que viveria? O que teria em vista? A que aspiraria? Viver para existir? Mas ele estava mil vezes pronto, ainda antes do ocorrido, a trocar sua existência por uma ideia, por uma esperança, mesmo por uma quimera. Nunca se contentava com a existência em si; ele sempre queria algo maior. Talvez fosse tão só a força de seus desejos que o incitava a considerar-se um homem a quem seria permitido mais do que a todas as outras pessoas.

Se o destino lhe mandasse a contrição — uma contrição abrasadora que partisse o coração e expugnasse o sono, uma contrição tão grande que sua horrenda tortura o fizesse pensar na forca e na voragem! Oh, ele se alegraria com isso! Os sofrimentos e lágrimas também fazem parte da vida. Mas ele não se arrependia do seu crime. Poderia, pelo menos, zangar-se com sua tolice, como se zangava antes com aquelas ações feias e disparatadas que o conduziriam para a cadeia. Mas agora, já no presídio, ele repensou minuciosamente, *nas horas vagas*, todas as suas ações anteriores e não as achou tão tolas e feias como elas lhe pareciam antes, naquele fatídico tempo. "Por que"— pensava ele, "por que minha ideia seria mais tola do que as outras ideias e teorias que se colidem, de tão numerosas, neste mundo, desde que este mundo existe? É só examinar a situação com um olhar totalmente isento, abrangente e livre das influências cotidianas, e a minha ideia não parecerá certamente tão... estranha assim. Ó contestadores e sabedores que valeis cinco copeques de prata, por que parais a meio caminho? Por que meu ato parece tão repugnante?" — dizia a si mesmo. "Por ser um delito? Mas o que significa a palavra 'delito'? Minha consciência está tranquila. Aconteceu, sem dúvida, um crime doloso; sem dúvida, a lei foi infringida e o sangue foi derramado, mas é só tirar minha vida em nome da lei... e basta! É claro que, neste caso, até muitos benfeitores da humanidade — aqueles que não herdaram o poder, mas o tomaram com violência — deveriam ser executados já nos seus primeiros passos. Mas aquelas pessoas suportaram seus passos e *têm*, portanto, *razão*, e eu não suportei e, assim sendo, não tinha o direito de me permitir um passo daqueles." O único ponto em que ele reconhecia seu crime era não o ter suportado, acabando por delatar a si próprio.

O jovem também sofria com a questão: por que não se matara naquele dia? Por que ficara então plantado em cima do rio e preferira entregar-se às autoridades? Estaria tamanha força contida naquele desejo de viver, seria tão difícil vencê-lo? Mas Svidrigáilov, que tinha medo da morte, venceu-o! Raskólnikov sofria de fazer a si mesmo essa pergunta e não chegava a compreender que, já naquele dia em que ficara plantado em cima do rio, talvez pressentisse aquela profunda mentira que impregnava sua alma e suas convicções. Não entendia que tal pressentimento podia ser precursor da futura virada em sua vida, de sua futura ressurreição, de sua futura e nova visão de mundo. Antes admitiria somente o obtuso jugo do instinto que não conseguiria romper nem superar (por fraqueza e nulidade suas) de outra maneira. Olhava para os companheiros presos e ficava pasmado: como todos eles também amavam a vida, quanto valor davam a ela! Parecia-lhe que eles a amavam e prezavam ainda mais na cadeia, que a valorizavam ainda mais que em liberdade. Quantos sofrimentos e torturas horríveis teriam suportado alguns desses homens, por exemplo, os sem-teto! Será que apenas um raio de sol, uma mata espessa e uma fonte gelada, em que um andarilho teria reparado algures, numa floresta desconhecida, três anos atrás, tinham tanto valor que ele vivia ansioso por reencontrá-los, como se fosse sua amante, vendo-os em sonhos com aquela relva verde em volta da fonte e um passarinho a cantar numa moita? Olhando com atenção para essas pessoas, ele via exemplos ainda mais inexplicáveis.

Decerto o jovem não divisava muitos detalhes daquele ambiente que o rodeava no presídio nem mesmo queria divisá-los. Vivia abaixando, de certa forma, os olhos, por achar tudo insuportavelmente abominável. No entanto, muitas coisas passaram enfim a surpreendê-lo, e ele começou, de modo algo involuntário, a reparar naquilo que antes nem sequer imaginava. O que mais o admirava era aquele medonho e insuperável abismo que ficava entre ele e todos os outros detentos. Parecia que eles pertenciam a nações diferentes, olhando um para o outro com desconfiança e aversão. Ele sabia e compreendia as causas gerais dessa desunião, embora nunca tivesse admitido antes que tais causas fossem, de fato, tão profundas e poderosas. No presídio havia, igualmente, poloneses desterrados[146] e criminosos políticos. Estes simplesmente tomavam todos os criminosos comuns por servos ignorantes, tratando--os com altivo desprezo, mas Raskólnikov não podia compartilhar essa visão: via claramente que aqueles ignorantes eram, em vários sentidos, muito mais inteligentes do que os próprios poloneses. Havia lá dois russos — um ex-oficial e dois seminaristas — que também desprezavam demais a plebe, e Raskólnikov percebia, de igual maneira, o erro deles.

Os presidiários não gostavam do jovem e evitavam-no, chegando, por fim, a odiá-lo abertamente. Por quê? Ele não sabia. As pessoas muito mais malignas que ele desprezavam-no, zombavam dele próprio e do seu crime.

— És um fidalgo! — diziam-lhe. — Não precisavas mexer com o machado: aquele negócio não é da fidalguia.

Na segunda semana da Quaresma chegou a sua vez de jejuar com toda a caserna. Ele ia à igreja e rezava com outros detentos. Uma briga aconteceu um dia (ele mesmo não sabia por que motivo), e todos o atacaram, enraivecidos, de uma vez.

— És ímpio! Não acreditas em Deus! — gritavam para ele. — Temos de te matar!

O jovem nunca havia falado com os presidiários sobre Deus e a fé, mas eles queriam matá-lo como ateu; calado, ele não retrucava. Um dos detentos partiu para cima dele, numa fúria irreprimível, mas Raskólnikov permaneceu calmo e silencioso: suas sobrancelhas não se moveram, nenhum traço de seu semblante tremeu. O soldado de escolta ficou, no momento certo, entre ele e o assassino, senão se derramaria sangue.

Mais uma questão lhe era irresolúvel: por que todos eles gostavam tanto de Sônia? Ela não procurava agradar aos detentos; eles a viam raramente, às vezes só no trabalho, quando ela vinha, por um minutinho, para rever Raskólnikov. Entretanto todos já conheciam a moça, sabiam que ela viera atrás *dele*, sabiam como e onde ela morava. Sônia não dava dinheiro aos presidiários nem lhes prestava serviços especiais, apenas uma vez, no Natal, trouxera bolos e *kalátchs*[147] para todo o presídio.

---

[146] Trata-se dos participantes da malograda rebelião contra o Império Russo que aconteceu na Polônia, em 1863.

[147] Pães de trigo cuja forma lembra cadeados.

Mas, pouco a pouco, certas relações mais próximas se estabeleceram entre eles e Sônia: ela escrevia cartas para as suas famílias e mandava-as pelos correios. Os parentes que vinham à cidade deixavam as coisas destinadas aos detentos e mesmo o dinheiro nas mãos de Sônia. Suas mulheres e namoradas conheciam-na e visitavam a casa dela. E quando a moça aparecia no lugar dos trabalhos para ver Raskólnikov ou encontrava um grupo de presidiários que ia trabalhar, todos tiravam o gorro e cumprimentavam-na. "Mãezinha Sófia Semiônovna, és nossa mãe terna e carinhosa!" — diziam os criminosos ferreteados a essa pequena, magrinha criatura. Ela retribuía com um sorriso, e todos eles gostavam de vê-la sorrindo. Gostavam até de seu modo de caminhar, viravam-se para vê-la andando e elogiavam-na; elogiavam, inclusive, por ela ser tão pequena assim, sem saberem o que mais mereceria elogios. Havia mesmo quem viesse pedir-lhe remédios.

Raskólnikov passou no hospital todo o final da Quaresma e a Semana Santa. Já convalescente, rememorou os sonhos que tivera quando estava com febre e delírios. Imaginava, doente, que o mundo inteiro era fadado a perecer de uma peste terrível, nunca vista nem suposta, que vinha do fundo da Ásia para a Europa. Toda a humanidade ia morrer, à exceção de algumas pessoas eleitas, bem poucas. Surgiram certas triquinas novas, entes microscópicos que invadiam o corpo humano. Mas esses entes eram espíritos dotados de inteligência e de vontade. As pessoas acometidas por eles ficavam logo possessas e insanas. Mas nunca, nunca as pessoas se consideravam tão sábias e invencíveis em sua sabedoria quanto as infectadas. Nunca achavam tão inabaláveis suas sentenças, suas conclusões científicas, suas convicções morais e suas crenças. Vilas inteiras, cidades inteiras, povos inteiros infectavam-se e enlouqueciam. Todos estavam transtornados e não se entendiam; cada um pensava que a verdade só cabia a si, e afligia-se de olhar para os outros, batia-se no peito, chorava e torcia os braços. As pessoas não sabiam como e a quem julgar nem concordavam entre si sobre em que consistiam o mal e o bem; ignoravam a quem acusar e a quem absolver. Matavam umas às outras numa fúria absurda. Os exércitos inteiros marchavam um contra o outro, mas esses exércitos começavam, ainda em marcha, a destruir-se por dentro: as fileiras se confundiam, os soldados atacavam, de súbito, uns aos outros, apunhalando-se e cortando-se, dilacerando e comendo a carne humana. Nas cidades tocavam, o dia todo, a rebate para reunir o povo: ninguém sabia quem e para que chamava as pessoas, e todos estavam inquietos. Os mais ordinários trabalhos ficaram suspensos, pois todos propunham suas ideias e suas emendas, sem conseguir chegar a um acordo; a lavoura também ficou abandonada. As pessoas se reuniam, por vezes, em algum lugar, formavam um grupo disposto a empreender algo em comum, juravam que não se separariam mais, contudo se punham logo a fazer uma coisa totalmente alheia ao que acabavam de decidir, passavam a acusar-se mutuamente, brigavam e matavam uma à outra. Surgiram incêndios, veio a fome. Tudo e todos pereciam. A peste se alastrava e avançava cada vez mais. Só algumas pessoas é que poderiam salvar-se no mundo inteiro: eram pessoas eleitas e castas, predestinadas a dar início ao novo gênero humano e à nova vida, a renovar e purificar a terra, mas ninguém nunca vira essas pessoas, ninguém nunca ouvira a voz delas.

Raskólnikov estava atormentado pelas repercussões tristes e angustiantes desse absurdo delírio em suas lembranças, e lamentava que a impressão desses sonhos febris não o deixasse, por tanto tempo, em paz. Já transcorria a segunda semana após a Páscoa; os dias primaveris vinham quentes e serenos; as janelas da enfermaria para detentos estavam abertas (ainda que fossem gradeadas e um sentinela andasse embaixo delas, era um alívio). Durante toda a doença dele, Sônia pudera visitá-lo na enfermaria apenas duas vezes: precisava pedir autorização a cada vez, e isso era difícil. Porém ela vinha frequentemente ao pátio do hospital, sobretudo de tardezinha, e postava-se sob as janelas, às vezes só para ficar lá um minutinho e ver, ao menos de longe, a janela da enfermaria onde Raskólnikov se encontrava. Um dia, ele adormeceu nessa hora, já quase bom de saúde e, acordando, achegou-se casualmente à janela e de chofre viu Sônia. Ela estava em pé, junto do portão do hospital, e parecia esperar por alguma coisa. Uma sensação repentina como que perfurou, nesse instante, o coração do jovem; estremecendo, ele se afastou às pressas da janela. No dia seguinte Sônia não veio, no terceiro dia tampouco, e Raskólnikov percebeu que a esperava com inquietude. Deram-lhe finalmente alta. Ao retornar ao presídio, ele foi informado pelos detentos que Sófia Semiônovna estava doente e não saía de casa.

Muito aflito, o jovem pediu que a visitassem. Não demorou em saber que sua doença não era grave. Ciente, por sua vez, de que ele andava saudoso e preocupado com ela, Sônia lhe mandou um bilhete escrito a lápis, dizendo que estava bem melhor, que tivera apenas um leve resfriado e que logo, logo iria revê-lo no seu local de trabalho. Quando Raskólnikov lia esse bilhete, seu coração palpitava com força e dor.

O dia estava outra vez sereno e quente. De manhã cedo, por volta das seis horas, ele foi trabalhar à beira do rio, onde um forno fora instalado num barracão para ustular o alabastro triturado. Apenas três presidiários foram trabalhar ali. Um deles se dirigiu, escoltado por um soldado, à fortaleza para buscar algum instrumento; o outro se pôs a cortar a lenha, colocando-a no forno. Raskólnikov saiu do barracão, foi até a margem do rio, sentou-se nos troncos amontoados perto do barracão e ficou olhando para o rio largo e deserto. Um panorama enorme se abria a partir dessa alta margem. Da margem oposta, muito distante, vinha um canto baixinho. Viam-se lá as iurtas[148] dos nômades, pontinhas pretas quase imperceptíveis naquela imensurável estepe banhada de sol. Outras pessoas, bem diferentes dos russos, viviam lá em liberdade; o próprio tempo parecia ter parado naquelas plagas, como se a época de Abraão e de seus rebanhos não tivesse passado ainda. Raskólnikov estava sentado, imóvel, e não desviava os olhos do rio; seus pensamentos se transformavam em sonhos; imerso numa contemplação, ele não pensava em nada, mas uma angústia o deixava aflito e perturbado.

De súbito, Sônia apareceu perto dele. Aproximou-se sem o menor barulho e sentou-se ao seu lado. Era bem cedo, e o friozinho matinal ainda não se abrandara. A moça usava seu velho casaquinho pobre e seu lenço verde. O rosto ainda estava marcado pela doença e parecia mais magro, pálido e cansado. Ela sorriu para Raskólnikov, afável e alegremente, estendendo-lhe, tímida como de praxe, a mão.

Sônia sempre lhe estendia a mão com timidez, às vezes nem sequer deixava o jovem tocar nela, como que receosa de ele a repelir. Raskólnikov sempre tomava sua mão com certo asco, sempre recebia a moça com certa contrariedade, às vezes ficava teimosamente calado durante toda a sua visita. Vez por outra, ela se assustava e ia embora muito entristecida. Mas agora as suas mãos não se desuniam; ele a mirou de soslaio, sem dizer nada, e abaixou depressa os olhos, fixando-os no solo. Eles estavam a sós, ninguém os via. O guarda lhes tinha virado as costas.

---

[148] Tenda dos nômades da Ásia Central.

Raskólnikov não sabia como isso aconteceu, mas algo o levou, de repente, a atirar-se aos pés dela. Chorando, ele abraçava os joelhos da moça. No primeiro minuto, ela se apavorou mortalmente, e todo o seu rosto ficou petrificado. Levantou-se num pulo e olhou para ele, trêmula. Mas logo, no mesmo instante, compreendeu tudo. Seus olhos fulgiram de imensa felicidade; ela compreendeu que, sem sombra de dúvida, ele a amava, amava infinitamente, e que o momento feliz afinal chegara...

Eles queriam conversar, mas não conseguiam. As lágrimas lhes turvavam os olhos. Estavam ambos pálidos e magros, mas em seus rostos doentes e lívidos já brilhava a aurora do revigorado futuro e da completa ressurreição para a nova vida. Fora o amor que os ressuscitara. Um coração encerrava inúmeras fontes de vida para o outro.

Eles decidiram esperar pacientes. Restavam-lhes ainda sete anos, mas haveria, até lá, tanto sofrimento insuportável e tanta felicidade infinda! Ele ressuscitou e sabia disso, sentia isso plenamente, com todo o seu ser renovado, e ela... ela só vivia a vida dele!

Na mesma noite, quando as casernas ficaram trancadas, Raskólnikov estava deitado na sua tarimba e pensava nela. Até lhe parecia, naquele dia, que todos os presidiários, seus inimigos antigos, já o viam com outros olhos. Ele mesmo puxava conversa com os detentos, e estes lhe respondiam amavelmente. O jovem se lembrava disso, mas será que não devia mesmo ser desse modo, será que tudo não devia mudar agora? Estava pensando em Sônia. Lembrava como a afligia o tempo todo e como lhe magoava o coração; lembrava seu rostinho pálido e magrinho, mas essas lembranças quase não o atormentavam agora: ele sabia com que amor infinito redimiria todos os sofrimentos dela.

E o que seriam *todos* aqueles sofrimentos do passado? Tudo, até o seu crime, até a sentença e a prisão, tudo lhe parecia agora, em seu primeiro impulso, um fato externo e alheio que não teria nada a ver com ele. De resto, naquela noite o jovem não podia pensar em nada longa e continuamente, não conseguia concentrar seus pensamentos em coisa nenhuma nem tomar nenhuma resolução de forma consciente — estava apenas sentindo. A dialética cedera lugar à vida, e doravante sua consciência teria de seguir um rumo bem diferente.

Havia um Evangelho debaixo do seu travesseiro. Raskólnikov o pegou maquinalmente. O livro pertencia a Sônia, era aquele mesmo livro no qual Sônia lera para ele a história da ressurreição de Lázaro. No início de sua pena ele pensava que a moça o torturaria com a religião, que iria falar do Evangelho e impor-lhe as leituras. Mas, para a sua maior surpresa, ela não falou nenhuma vez sobre isso, nenhuma vez lhe ofereceu o Evangelho. Foi ele mesmo quem pediu que Sônia o trouxesse, pouco antes de sua doença, e ela lhe trouxe o livro, calada. Antes daquele dia Raskólnikov nem sequer o abria. Tampouco o abriu agora, porém lhe surgiu uma ideia: "Será que as convicções dela podem não ser agora as minhas? Os sentimentos dela, as aspirações dela ao menos...".

Sônia também passou todo aquele dia emocionada, e de noite tornou mesmo a adoecer. Contudo, estava tão feliz que ficou quase assustada com sua felicidade. Sete anos, *apenas* sete anos! No início de sua felicidade, eles dois estavam prestes, de vez em quando, a tomar esses sete anos por sete dias. Raskólnikov nem sabia ainda que não ganharia essa nova vida de graça, que precisaria pagar caro por ela, adquiri-la com uma grande proeza futura...

Mas aí começa outra história, a história da gradual renovação de um homem, a de sua gradual conversão, de sua lenta passagem de um mundo para o outro, a história de como ele conhecerá uma nova realidade, antes completamente ignota. Isso poderia constituir o tema de outra narração, mas o nosso relato presente está terminado.

SOBRE O TRADUTOR

NASCIDO NA BIELORRÚSSIA EM 1971 e radicado no Brasil desde 2005, Oleg Almeida é poeta, ensaísta e tradutor, sócio da União Brasileira de Escritores (UBE). Autor dos livros de poesia *Memórias dum hiperbóreo* (2008; Prêmio Internacional Il Convivio, Itália/2013) e *Quarta-feira de Cinzas e outros poemas* (2011; Prêmio Literário Bunkyo, Brasil/2012) e de diversas traduções de clássicos das literaturas russa e francesa. Para a editora Martin Claret, além de *Crime e Castigo*, traduziu *Diário do subsolo* e *O jogador*, de Dostoiévski; *Pequenas tragédias*, de Púchkin; e *O esplim de Paris: pequenos poemas em prosa*, de Baudelaire.